LA MAESTRA DE TÍTERES

Carmen Posadas

La maestra de títeres

ESPASA

Obra editada en colaboración con Editorial Planeta. – España

Diseño de portada: Planeta Arte & Diseño
Imagen de portada: © Bill Diodato / GettyImages
Fotografía de la autora: © Carolina Roca
Diseño del epílogo: © María Pitironte

© 2018, Carmen Posadas

© 2018, Espasa Libros S. L. U.- Barcelona, España

De la reproducción de la letra canción «My Way»: © Warner/Chappell Music Spain, S. A. Letra y música: Paul Anka, Claude François, Jacques Revaux Gilles Thibaut. © Bonatarda

© 2018, Editorial Planeta Mexicana, S.A. de C.V.
Bajo el sello editorial ESPASA M.R.
Avenida Presidente Masarik núm. 111, Piso 2
Colonia Polanco V Sección
Delegación Miguel Hidalgo
C.P. 11560, Ciudad de México
www.planetadelibros.com.mx

Primera edición impresa en España: octubre de 2018
ISBN: 978-84-670-5269-5

Primera edición impresa en México: noviembre de 2018
ISBN: 978-607-07-5465-4

Impreso en los talleres de EDAMSA Impresiones, S.A. de C.V.
Av. Hidalgo núm. 111, Col. San Nicolás Tolentino, Ciudad de México
Impreso en México – *Printed in Mexico*

Para Bernardo

*Hay un momento para todo y un tiempo
para cada acción bajo el cielo:*

*un tiempo para nacer,
    y un tiempo para morir;
un tiempo para plantar,
    y un tiempo para arrancar lo plantado;
un tiempo para matar,
    y un tiempo para curar;
un tiempo para destruir,
    y un tiempo para edificar;
un tiempo para llorar,
    y un tiempo para reír;
un tiempo para lamentarse,
    y un tiempo para danzar;
un tiempo para tirar piedras,
    y un tiempo para recogerlas;
un tiempo para abrazar,
    y un tiempo para abstenerse de abrazos;
un tiempo para buscar,
    y un tiempo para perder;
un tiempo para guardar,
    y un tiempo para tirar;
un tiempo para rasgar,
    y un tiempo para coser;
un tiempo para callar,
    y un tiempo para hablar;
un tiempo para amar,
    y un tiempo para odiar;
un tiempo para la guerra,
    y un tiempo para la paz.*

ECLESIASTÉS, 3:3

1

ANOCHE MATÉ A MAMÁ, NO SENTÍ NADA
[Gadea]

Gadea no recuerda bien cuándo empezó a desconfiar de su madre. O tal vez sí. Desconfiar, fea palabra, y absolutamente impensable relacionarla con alguien como Beatriz Calanda. Única, esa era la expresión más habitual cuando alguien se refería a ella. También querida, controvertida, admirada, envidiada, más lista que el hambre y otros adjetivos igualmente rendidos que, a fuerza de repetirse, se habían convertido en dogma de fe en el reino feliz en el que ella reinaba.

Siempre había sido así. O eso creía Gadea, que, desde niña, había visto a su madre sonreír —con o sin ella en brazos— desde las portadas de todas las revistas que, cada martes, Lita, su ayudante, desplegaba sobre la mesa del cuarto de estar. El álbum de fotos de su infancia y adolescencia a color y a doble página desde que tenía uso de razón. No, qué bobadas estaba diciendo, en realidad todo había empezado mucho antes de que ella naciera. Por eso sus tres medio-hermanas Tiffany, Alma y Herminia —una por cada marido que mami había tenido, cuatro hasta la fecha, si contamos al padre de Gadea— también podían reconstruir sus vidas a través de los semanarios. Uno de los secretos mejor guardados de la casa era el lugar en el que su madre almacenaba todas aquellas viejas revistas encuadernadas en álbumes de cuero rojo y archivados por años, por bodas, por bautizos, por divorcios y una vez más por nuevos casorios, nuevos embarazos y luego más divorcios, todos amigables, todos noticiables. Gadea se lo había rogado muchas veces a Lita. «Por favor, por favor, Li, dime dónde los guarda, es solo para echar un vistazo y ver cómo empezó todo». Pero Li dijo que no, que la curiosidad mató al gato y que si mami los tenía guardados, por algo sería.

Esto ocurrió cuando Gadea andaba aún por la adolescencia, que, en su caso, se manifestó con un furioso acné y una no menos virulenta rebeldía contra el mundo y en especial contra su madre. Pero enseguida se curó de ambas cosas, porque mami la llevó a un par de médicos muy buenos. El primero la libró del acné mientras sus amigas seguían llenas de granos, pústulas y complejos. El segundo lo tuvo un poco más difícil. «Vamos, cielo, cuéntale todo al doctor Espinosa», había dicho Beatriz mientras premiaba al médico con aquella famosa sonrisa suya, una que hacía brillar sus ojos de un modo entre ingenuo e indefenso y a la que Gadea había visto obrar toda clase de portentos.

—Anda, no seas tímida, está aquí para ayudarte, dile lo que me contaste ayer.

Gadea se sorprendió porque no le había contado nada a su madre. Ni falta que hacía. Desde niña, era ella la que interpretaba todos sus pensamientos, también los de sus hermanas. «Ya sé lo que os pasa —solía decirles—: Mirad, es muy fácil, tenéis que hacer esto y aquello y lo de más allá...».

Y funcionaba. Estupendamente además, porque, como acostumbraba a señalarles mientras las miraba a través del espejo que usaba para maquillarse o enredando cinco uñas rojas perfectamente manicuradas en alguno de sus rizos infantiles, «Mami lo sabe todo».

El doctor Espinosa tenía una papada larga y magra que pendulaba —ahora de placer, ahora de turbación— cada vez que Beatriz Calanda le sonreía.

—Cosas de la edad, doctor. Mi niña se ve feúcha, de ahí vienen todos sus problemas. Qué tontería, ¿verdad? Y mira que se lo he dicho mil veces, a ella y a sus hermanas, que para fea yo cuando era pequeña. El conguito de la familia, así me llamaban, con eso le digo todo.

Tampoco aquello era cierto, pero esta vez Gadea no se sorprendió tanto. Se trataba del tipo de comentario que mami solía hacer en sus entrevistas y que le quedaba tan bien. No había más que mirar su única foto de infancia, una que reinaba sobre su mesilla en un marquito de plata, junto a otra igualmente antigua de sus padres, sonrientes, felices, para darse cuenta de que siempre había sido una belleza. En aquella instantánea se podía ver a Beatriz con cinco años más o menos, facciones perfectas, pómulos altos y un pelo negro lleno de rizos lustrosos que quizá hubiera resultado algo vulgar si no lo redimieran unos ojos claros y enormes, iguales a los de un gato. La foto estaba recortada con una tijerita justo por debajo de los hombros. Gadea había llegado a sospechar que tal vez hubiese sido censurada de aquel modo para que no se viera lo humilde que era la ropa que llevaba. Pero eso sería años después. De momento aquella tarde, en la consulta del doctor Espinosa, lo único que pensó fue que su madre, que siempre la obligaba a decir la verdad, también mentía según y cuando.

—... Sí, doctor, verdaderamente cocunda, así era yo de niña. «A ver cómo hacemos carrera de ella —solía decir mi padre—. ¡Pero si más que una señorita parece una gitanilla!». —Beatriz había iluminado al psiquiatra con otra de sus sonrisas infalibles antes de continuar—: Y a mis hijas mayores les ha pasado tres cuartos de lo mismo. Tiffany, perdón..., *María*, quiero decir, también Alma y por supuesto Herminia, todas ellas tuvieron adolescencias feúchas y difíciles. ¡Y mírelas ahora!

El doctor Eduardo Espinosa no dijo nada. Fue su papada la que se mostró más elocuente. Derecha, izquierda, derecha, izquierda. «Solo del montón», parecía decir aquel badajo de carne antes de que su dueño cavilara que la hija mayor, Tiffany, María, o comoquiera que se llamase ahora (¿a qué venía aquello?, ¿por qué a las famosas les daba de pronto por cambiarse de nombre?), había sido monilla de adolescente, pero ya no. De las cuatro, era la más parecida a su madre y sin embargo no había comparación posible entre una y otra. Un caso curioso el de esta chica. Era Beatriz —sus mismos pómulos, sus mismos ojos claros e incluso los mismos encantadores hoyuelos que se le formaban al sonreír—, pero, en su caso, todos aquellos rasgos parecían cincelados por otro escultor más inexperto y sobre todo tosco. Por eso, y por una luz indefinible que la madre tenía y la hija no, una fascinaba a pesar de sus sesenta y tantos años mientras que la otra... ¿Cuántos años podía tener Tiffany ahora?

El doctor Espinosa y su papada eran más devotos de las revistas del corazón de lo que les gustaba aparentar. Solían hojearlas entre paciente y paciente. Pero, además, era materialmente imposible desconocer los sucesivos episodios de la saga de la familia Calanda, sus vidas y milagros. De ella daban cuenta, día sí y día también, los suplementos dominicales de todos los periódicos, los programas de tele, los de radio, hasta Facebook y Twitter... Por eso el psiquiatra sabía que Tiffany tenía entonces alrededor de cuarenta años, que vivía fuera de España con su segundo marido, un aburrido promotor inmobiliario, y que era lo que ahora llaman madre a tiempo completo de dos niños. Sabía también que, antes de decantarse por una vida apacible y muy distinta de la de Beatriz, en su primer matrimonio sí había seguido la estela familiar eligiendo a un candidato con apellido sonoro y perfecto para convertirse en carne de *paparazzi*. Jimmy, como lo llamaban, era hijo de una condesa viuda y se decía poeta, pero lo cierto es que dedicaba más tiempo a fomentarse un aire de niño terrible a lo Rimbaud que a emborronar cuartillas («Porque si a uno, a golpe de exclusiva, le pagan más por cultivar el malditismo que por escribir versos, ¿qué culpa tiene?», había sido su comentario). Después de borracheras épicas y escándalos varios con sus correspondientes peleas y reconciliaciones matrimoniales (todas recogidas puntualmente por la prensa especializada), la pareja se separó. Aunque no sin que antes aquel aprendiz de Rimbaud le hiciera a Tiffany un regalo interesante: cambiarle el nombre. En realidad, fue la condesa viuda la que lo hizo. Emparentar con Beatriz Calanda podía tener su glamur, debió de pensar la dama en cuestión cuando se acercaba ya la boda, pero había detalles que, inevitablemente, delataban el pelo de la dehesa y cantaban *La Traviata*. ¿Qué era eso de «Tiffany»? ¿Dónde, por amor del cielo, se había visto que una mujer, candidata a formar parte de su familia, se llamara igual que una joyería, cursilada inconmensurable? ¿No tenía aquella chica otro nombre? Seguro que ella, como todas las niñas de su quinta, debía de llevar el nombre de la madre de Dios delante del de la joyería neoyorquina para que el páter consintiera en bautizarla con semejante engendro. Por suerte, así era y se obró el milagro. De la noche a la mañana, Tiffany pasó a ser María, algo que, por cierto, agradó y no poco a la portadora del nombre, que ya había visto cómo, en su colegio, tan elegante, tan de toda la vida, el nombre producía cierta chufla. El cambio también le vino bien a Beatriz. No solo porque era un hecho noticiable, sino porque sus gustos habían evolucionado bastante desde el bautizo de Tiffany y, en las presentes circunstancias, jamás habría puesto un nombre así a una hija.

El doctor Espinosa y su papada, ahora entre filosófica y psicoanalítica, se fueron a continuación ligeramente por las ramas reflexionando sobre lo que él llamaba «el secreto lenguaje de los nombres». Y se dijo entonces que, para alguien devoto observador de conductas ajenas como era él, resultaba muy sencillo adivinar la edad de casi cualquier persona solo con oír su nombre. Ejemplos perfectos de su tesis los tenía delante en aquel momento. Beatriz Calanda, aquí presente, pertenecía a la generación de los nombres tradicionales. A la de las Cármenes, las Conchitas, las Teresas, o las Inmaculadas. Según el barrio, también a la de las Toñis, las Puris y las Paquis. La generación también de las Covadongas, las Begoñas o las Mercedes, si se guía uno por criterios geográficos, pero esa, según el doctor Espinosa, era otra historia que ahora mismo no hacía al caso. Por su parte —siguió reflexionando aquel experto en comportamientos ajenos—, los nombres de las hijas de Beatriz no solo delataban la edad de cada una de ellas, sino que ofrecían, además, datos interesantes sobre sus respectivos progenitores. Tiffany, Alma, Herminia y Gadea... Era evidente que, detrás de la elección de aquellos cuatro nombres, estaba la personalidad, también la profesión y por supuesto el origen de los maridos sucesivos de la bella. Un actor de extracción humilde convertido luego en gloria nacional..., un escritor de campanillas..., un aristócrata arruinado... y un gran banquero. Cuatro peldaños distintos en la vida de Beatriz Calanda, pero todos pertenecientes a una misma escalera hacia las alturas. ¿Cuál de ellos podía considerarse más famoso, más importante, más renombrado?

—... Doctor, ¿me oye usted? Le decía que...

Al doctor Espinosa le habría gustado seguir filosofando sobre el secreto lenguaje de los nombres. Decirse, por ejemplo, que si Tiffany era hija de un actor de origen humilde al que, era evidente, le gustaban mucho los desayunos con diamantes, Alma en cambio lo era de un intelectual con devoción por Gustav Mahler. En cuanto al nombre de Herminia, este presentaba más dificultades de interpretación. Tal vez el aristócrata arruinado —que ya era padre de tres o cuatro hijos de un matrimonio anterior con nombres perfectamente convencionales— tuviese, quién sabe, una vieja y muy rica tía llamada así a la que quisiese homenajear por motivos familiares y/o pecuniarios. ¿Y Gadea? ¿Cuál podría ser la relación entre un padre banquero y el último de los nombres? ¿Sería Arturo Guerra —un hombre serio y muy reservado que un día, contra pronóstico de todos, perdió la cabeza por Beatriz Calanda— un admirador de las gestas del *Mio Cid*? ¿O solamente de los juramentos en falso?

—Mire, doctor —lo interrumpió entonces Beatriz, abriéndose paso entre las lucubraciones del psiquiatra al tiempo que lo envolvía en una sonrisa siempre paciente, pero, a la vez, algo menos encantadora que la anterior—. Ya sé que usted tiene su método. Y que ese célebre método suyo consiste en observar mucho y hablar poco. También en evaluar a los pacientes más por lo que callan que por lo que dicen, según tengo entendido. Pero ahora me va a escuchar a mí. Este es un caso muy sencillo y no requiere tanto ojo clínico ni tanta... observación. A mi hija no le pasa nada en realidad. Al fin y al cabo, ¿quién no ha sido un poco rebelde a su edad? Si lo hemos venido a ver es, simplemente, porque la pobre duerme fatal, está muy callada, distinta. Y eso me preocupa, doctor

—había añadido Beatriz Calanda, adelantando levemente una mano hacia la del psiquiatra como si fuera a tocarla pero sin llegar a hacerlo—. Me preocupa porque ella siempre ha sido una niña feliz y confiada. Nosotras nos lo contamos todo, ¿verdad, Gadea?

Gadea sabía perfectamente por qué estaban ahora en la consulta del doctor Espinosa. También sabía que mami nunca iba a contarle al médico lo que realmente las había llevado hasta allí. «Anoche maté a mamá, no sentí nada». ¿Por qué rayos se le habría ocurrido garabatear el título de aquella tonta canción (una que ni siquiera le gustaba demasiado) con uno de los lápices de labios de mamá y nada menos que en el espejo de su cuarto de baño? Claro que tampoco estarían aquí, en la consulta de Espinosa, en este momento, si Lita, la asistente de mami, su mano derecha, su más alargada sombra, no hubiese entrado sin llamar como era su mala costumbre antes de que ella lograra borrar aquello a toda prisa.

—Chiquilladas, doctor, eso es lo que ella hace de un tiempo a esta parte y no es necesario que le especifique cuáles. Son bobadas, ya se sabe cómo funcionan las cabecitas a estas edades. Mire, le voy a explicar cómo es mi niña.

Su madre estuvo hablando mucho rato. Se explayó sobre la confianza que siempre había regido su vida y la de sus hijas y lo unidas que estaban. Habló de que, para ella, la familia era lo primero, y lo segundo, y lo tercero (esta era una frase que mami repetía siempre en sus exclusivas y gustaba un montón), y luego entrecerró los ojos antes de bajar la voz inclinándose aún más hacia su interlocutor. Tal vez le contase al doctor cómo eran sus otras tres hijas. O le hablase de la felicidad de llevar casada con su actual marido diecisiete años, dos más de los que Gadea tenía en aquel momento. O quizá le confesara cómo no entendía en absoluto por qué ella y su vida siempre habían tenido tantísimo interés para la opinión pública («Al fin y al cabo, ¿qué he hecho yo? Nada del otro mundo, solo crear una familia e ir donde el corazón me lleve, doctor»). No, su madre no había revelado al doctor Espinosa nada que no hubiera contado mil veces antes en los medios de comunicación entrecerrando los ojos tanto como ahora y hablando bajito.

«Mentirosa», pensó Gadea y se sorprendió por la elección de un término que jamás hasta ese día había asociado a su madre.

Pero pronto se olvidó. De esto y de todo lo que habían hablado aquella tarde en la consulta, porque mami enseguida se hizo gran amiga del doctor Eduardo Espinosa, que le recetó unas pastillas muy buenas que acabaron con su insomnio en solo un par de días. También acabaron con su fea costumbre de escribir bobadas en los espejos del cuarto de baño y todo volvió a ser como siempre había sido en la vida de Gadea, normal, sin sobresaltos.

O como a mami le gustaba decir: «Perfecta. Sencillamente perfecta tu vida, ¿verdad, tesoro?».

2

LA PREHISTORIA
[Ina]

Lita insistía en que la curiosidad mató al gato y que si su madre tenía tan guardados aquellos viejos álbumes rojos, por algo sería, pero la verdadera historia de Beatriz Calanda no estaba en ellos. ¿Cómo había empezado todo? Nadie lo sabía. Ni siquiera Beatriz, puesto que los capítulos más tempranos e interesantes de su existencia hace años que habían naufragado, como naufragan las verdades incómodas, ahogadas bajo nuevas y más convenientes versiones de los hechos, interpretaciones que, de tanto repetirse, acaban convirtiéndose en más verdaderas que la realidad.

Por eso, su biografía en Wikipedia decía más o menos esto:

Que la socialité Beatriz Calanda y Pérez Rapia procedía de una acomodada familia madrileña pero residente durante años en Inglaterra, donde su padre, Julián, trabajaba en un banco londinense. Julián Calanda descendía de los Calanda de Miranda, una familia de hidalgos algo venidos a menos, pero que contaba entre sus antepasados nada menos que con un obispo de Nueva Granada. Por esas carambolas que tanto gustan al destino, Julián Calanda conocería en Madrid a Ignacia Pérez Rapia, encantadora hija de unos grandes hacendados de la ciudad de Potosí, propietarios de una inmensa ganadería de reses bravas, exiliados tras un inoportuno golpe de Estado en su Bolivia natal. Después de profusos detalles sobre el linaje de los Pérez Rapia, sus ancestrales conexiones con el antiguo virreinato y también detalles familiares posteriores y muy interesantes —como la mención del romance y/o desliz de una tía bisabuela, gran amazona ella, con una testa coronada durante los Juegos Olímpicos de 1933 en Berlín—, el texto volvía a los progenitores de Beatriz Calanda y Pérez Rapia para relatar que el venturoso encuentro de ambos acabaría en matrimonio poco antes de marchar a Inglaterra, donde nacería Beatriz. La complaciente biografía no aportaba información alguna sobre otros posibles vástagos (conveniente y venturosa circunstancia como más tarde se vería), sino que se centraba en relatar los pasos iniciales de la joven Beatriz. Consignaba, por ejemplo, que, apenas superada la adolescencia y para alejarla «de un desafortunado desengaño amoroso», la familia había decidido, en la década de los setenta, mandarla a España. Más concretamente a Madrid, donde se instaló en casa del padrastro de su madre, don Lorenzo Pérez y Pérez, y de Perlita Rapia, su mujer (de excelente familia de Potosí ella). Una vez allí, y como no podía ser de otra manera, comenzó a relacionarse con lo más granado de la sociedad capitalina al tiempo que cursaba estudios de secretariado internacional. Siempre según la Wikipedia, fue en una de las aulas de la renombrada academia Florence Nightingale en la que la inscribieron donde entabló amistad con Marisol Sanz, hija de la mano derecha de Francisco Franco y uno de los cerebros del llamado Plan de Desarrollo del régimen y artífice del gran salto hacia delante que la sociedad española experimentó a mediados del siglo XX. Wikipedia acababa este primer capítulo de los devenires de Beatriz Calanda subrayando que sería precisamente gracias a Marisol Sanz que conoció al primero de sus cuatro maridos, Miguel Rico, apodado entonces El ángel de Carabanchel, actor de moda y el guapo oficial de aquella España, dormida en eterna siesta, pero de la que por fin empezaba a despertar para abrirse al mundo. Cierto era que El ángel de Carabanchel —matizaba la enciclopedia virtual— no pertenecía a la aristocracia, ni siquiera a las clases acomodadas como hubieran deseado sus padres. Pero el amor es el amor y, para consternación de su familia, la pareja planteó un ultimátum. O se casaban o se fugaban. El amor triunfó al fin y, meses más tarde, la pareja protagonizaba una de las bodas que más sensación habría de causar por aquel entonces.

Aquí se ponía fin al primer capítulo de su vida no sin antes precisar que, desde aquellos lejanos días, Beatriz Calanda se había propuesto ir siempre a donde el corazón la llevara.

Y lo había cumplido.

Esto es lo que decía su biografía oficial. La verdad, en cambio, era ligeramente distinta.

Beatriz Calanda llegó a Madrid un día de noviembre de principios de los setenta, en efecto desterrada por sus padres para alejarla de un mal amor. Pero ahí acababan las similitudes entre la realidad y la versión por todos aceptada.

—... Anda, cielo, no llores. Cuando Dios cierra una puerta, siempre abre una ventanita, ya lo verás.

Eso le había dicho su madre mientras preparaban juntas el equipaje. Una maleta de lona gris y una pequeña bolsa de viaje eran más que suficientes para contener todas sus pertenencias. Dos blusas blancas y otra azul con jaretas; tres jerséis de punto, cuatro faldas —demasiado largas para aquellos tiempos en los que Mary Quant había logrado destapar ya todas las rodillas, incluidas las de la reina de Inglaterra—, unas cuantas mudas; camisón y un esquijama; zapatos bajos y otros de medio tacón que casi parecían nuevos, y luego estaba aquel trajecito de chaqueta entre beis y marrón que su madre se había empeñado en comprarle en Marks & Spencer justo en el último momento.

—Que tu tío Encho tiene muchas amistades y hay que ir preparada —le había dicho Ignacia Pérez Rapia mientras cepillaba con brío la prenda—. Mira, lo voy a meter en la maleta junto con el pañuelo rojo de seda natural, sí, ese tan bonito que papá me regaló por Navidad. Con eso ya verás como das el golpe, el tío Encho estará encantado. También estoy segura de que le gustará mucho esta rebequita de ochos, muy adecuada para tu edad; tío Encho se fija mucho en los detalles.

Tío Encho esto, tío Encho lo otro, tío Encho lo de más allá... Todo lo que su madre decía desde que se había decidido su destierro a Madrid empezaba con la misma invocación seguida de su correspondiente jaculatoria. Tío Lorenzo Pérez era el rico de la familia. No era natural de Potosí, sino de un pueblo cercano a Madrid, pero la posguerra lo había llevado a emigrar a aquella ciudad mítica donde pronto consiguió montar un pequeño negocio de abastos como allá los llaman. Años de trucar levemente la báscula para que los kilos de azúcar, café o lentejas tuvieran cincuenta —o a veces cien— gramos de menos nunca han hecho rico a nadie, pero sí si tal pericia va acompañada de unos ojos muy azules y un aire soñador capaces de enamorar a Perlita, el mejor partido del barrio, mientras intentaba convencerla de que todo se debía a un lamentable error («Ay, señorita, no sé qué le puede pasar a esta balanza que anda tan descompensada. Permítame que le obsequie unas rosquillas por las molestias»).

Al poco tiempo de aquello de la báscula y las rosquillas, se acabaron duelos y quebrantos, también los kilos de novecientos gramos y las lentejas con más chinas que chicha porque el futuro suegro de Lorenzo Pérez no tardó en darse cuenta del talento innato de su yerno para los negocios y lo invitó a participar en el suyo, que era el de los muertos. O, lo que es lo mismo, una empresa de pompas y servicios fúnebres llamada El Crepúsculo cuya prosperidad se basaba en la evidencia de que, en una sociedad devota y provinciana como aquella, nadie escatimaba gastos cuando se trataba de preparar «el último viaje». Quien más, quien menos (y con frecuencia más quien menos tenía) ahorraba pesito a pesito una vida entera para asegurarse unas exequias dignas de un faraón. Algunas familias incluso competían por ver cuál era más rumbosa: que si a tu papá lo llevó al camposanto una carroza tirada por dos caballos alazanes, a mi mamacita qué menos que una cuadriga tocada con penachos negros; y, si para su querida tía Dulcinda ustedes eligieron féretro de caoba con crucifijo de plata, para nuestra adorada Pocholita será otro igual pero acompañado de un coro barroco que le cante cosas lindas...

Y fue así, convenciendo a los parroquianos de que a un verdadero caballero (o dama) solo se le conoce en el momento de su entierro, como Lorenzo Pérez consiguió llenar los bolsillos de su suegro —y de paso también los propios— en menos de lo que dura un réquiem. Quiso la suerte que fuera también en el ejercicio de su función como ujier de la vida eterna que, cuando más entregado estaba a la tarea de cumplir con la séptima de las obras de misericordia, irrumpiera en su existencia de grandes ganancias y pequeños (pero perfectamente satisfactorios) afectos el amor de su vida, el ángel de sus sueños, el sol de sus desvelos, también la redención de todos sus pecados. Ignacia —o Ina, como muy pronto empezaría a llamarla Lorenzo Pérez— tenía apenas doce años cuando sus ojos se posaron en ella.

Ocurrió en un velorio (uno de tercera tirando a cuarta, según clasificación de aquel experto en excursiones al más allá), cierta mañana del junio más gris cuando nada presagiaba tan celestial encuentro. Y todo gracias a un contratiempo: la indigestión y subsecuente tremenda cagalera del mozo encargado de las entregas más baratas. El resto de la cuadrilla de El Crepúsculo se encontraba en ese momento atendiendo a un entierro de los de postín, por lo que Lorenzo, diligente siempre, se vio obligado a llevar en persona, y muy contrariado, aquella baratísima caja de pino a uno de los barrios más pobres de Potosí y a una casa misérrima. Y allí estaba Ignacia. Lloraba en una esquina abrazada a una sucia muñeca de trapo que encajaba poco y nada con sus facciones perfectas y a la vez graves, y un pelo negro y largo hasta la cintura. Pero, sobre todo, no encajaba con aquel cuerpo de pecado que se adivinaba bajo la basta tela de un vestido que parecía habérsele quedado, de pronto, corto y muy estrecho, igual que si una apresurada hada madrina la hubiera tocado con su varita haciéndola pasar, en un solo abracadabra, de larva a crisálida y de crisálida a espléndida mariposa.

—¿Es tu papá el difunto? —había preguntado, dirigiéndose a la niña, como si no hubiera nadie más que ella en la habitación. Sin reparar siquiera en su madre, que bisbiseaba oraciones junto a la cama del finado espantándole las moscas para que no se posaran en su cabeza prematuramente calva, en su boca fina y triste o en aquella frente de surcos, tan profundos, que hablaban de trabajo duro y de hambre.

Un par de horas más tarde, el cadáver, enfundado en su mejor terno y con un maquillaje *post mortem* regalo de El Crepúsculo que le hacía lucir un color rosáceo y saludable que probablemente nunca tuvo en vida, descansaba ya en el mejor cajón de la empresa de pompas fúnebres.

—No se preocupe —le había dicho él a la viuda, que lloraba apretando contra sus faldas a dos gemelos de corta edad y ojos tan fijos y vidriados que parecían haber agotado todas sus lágrimas—. Lo de su marido corre por cuenta de la casa. —La mujer lo miró sin comprender y el tío Encho y futuro benefactor de aquella familia trunca creyó oportuno mentirle—: Es más habitual de lo que se imagina, doña. De vez en cuando en El Crepúsculo corremos con los gastos de alguna familia necesitada. Nos viene de perlas como reclamo comercial. Y ahora, descanse, buena mujer, ya vendré a visitarla uno de estos días para ver cómo le van las cosas. A usted y a sus hijos de usted —precisó.

En efecto lo hizo. Pero no sin antes apostarse varias mañanas en un cafecito próximo a la vivienda familiar, con una cerveza por coartada y parapetado tras *El Heraldo de Potosí* (que, entre todos los diarios del lugar, era el que tenía las hojas más grandes y discretas), solo por el placer de ver pasar a la niña. Así pudo admirarla un día y otro toditita vestida de negro; en ocasiones con uno, otras con sus dos hermanos menores de la mano, muy serios los tres, camino de la panadería o del colmado. Lorenzo Pérez se maravilló de cuánto había cambiado Ina desde el entierro. Parecía como si hubieran pasado meses en vez de semanas desde entonces. La pena y la ausencia la habían hecho madurar. Ya no aparentaba los doce años que él pronto averiguó que tenía, sino catorce, o dieciséis incluso. Además, si el día en que la conoció llevaba la ceñida ropa de una niña que ha crecido demasiado rápido, ahora ocurría lo contrario. Lorenzo calculó que el vestido holgado e informe que llevaba debía de ser de su madre o de alguna tía. Pero qué inusualmente blancas para aquellas latitudes eran esas manos suyas que asomaban bajo las deshilachadas puntillas de las mangas. Y qué grácil la perfecta mandíbula o el infinito cuello que emergía de la gastada y tiesa tela igual que un cisne que se desliza sobre una ciénaga. Y Lorenzo Pérez imaginó entonces aquella misma piel y aquel mismo cuello extraordinario emergiendo de todos los maravillosos trajes que él pensaba comprarle en cuanto fuera un poquito mayor. También los zarcillos de oro que penderían a cada lado de ese rostro sin par. Y las peinetas de madreperla con las que pensaba domeñar aquel pelo largo y rebelde.

Detrás de *El Heraldo de Potosí* Lorenzo Pérez comenzó a planearlo todo. Con la misma artería con la que había conseguido que su báscula pesara siempre cien gramos de menos. Con el mismo afán y a la vez la misma mano izquierda con la que había logrado convertir El Crepúsculo en uno de los negocios más prósperos de Potosí trazó, punto por punto y detalle a detalle, el futuro de Ignacia. Y lo hizo con la convicción del maestro joyero que, una vez encontrado un maravilloso diamante en bruto, sabe que el facetado, pulido y realce al que piensa someter a piedra tan fascinante merecerá también, y un día no muy lejano, la calificación de perfecta obra de arte.

La primera parte del proceso, hacerse con la gema, resultó sencilla. La madre de Ina estuvo más que dispuesta a aceptar el ofrecimiento que él le hizo y solo se mostró reticente por su inusual naturaleza.

—¿Mi Ignacita maquilladora de muertos, don Lorenzo?

—Claro que sí, mujer —la había confortado él, regalándole la misma mirada con la que encandilaba a las antiguas clientas del colmado mientras pesaba café o garbanzos en su báscula caprichosa—. Es el trabajo perfecto para una muchacha de su edad.

—Pero la criatura va a estar todo el día entre cadáveres —se había atrevido a argumentar la viuda, resistiendo como buenamente podía el centellear de aquellos ojos claros.

—¿Y en qué mejor compañía puede estar? Piénselo un poco, doña. El mundo de los vivos está lleno de aprovechados, de manilargos. Ignacita es demasiado linda y, a la vez, demasiado joven e inexperta como para saber defenderse de ellos. El reino de los muertos, en cambio, es un remanso de paz. Puede usted estar tranquilísima de que nadie la va a importunar. Y luego hay que tener en cuenta también el asunto de los emolumentos. ¿Dónde va a ganar una niña de doce años tanta plata al mes?

El futuro tío Encho nunca llegó a saber cuál de los dos argumentos, el de la paz de los muertos o el de la plata de los vivos, había sido el más convincente. Pero dos días más tarde, Ignacia —ahora rebautizada Ina por su protector— maquillaba ya su primer cadáver, un niño de ocho años, fallecido de la manera más fatal. Por lo visto, sus padres lo habían llevado al estudio de un renombrado fotógrafo para que lo retratara en el día de su primera comunión vestido de marinerito. A tal efecto, lo pusieron de pie sobre una silla delante de un lindo decorado marítimo de tenues olas pintadas sobre un hule, pero con tal mala suerte que el fogonazo del flash de magnesio (el fotógrafo era de la vieja escuela) sobresaltó a la criatura, que cayó hacia atrás desnucándose.

—Angelito al cielo —le había dicho Lorenzo a Ina, que miraba espantada a su primer cliente amortajado con el mismo atuendo de marinerito y con la foto fatídica expuesta sobre la caja en recuerdo del modo en que había volado al otro mundo—. Tu trabajo, Ina, es lograr que la familia lo recuerde de la mejor manera posible. Plantéatelo así. Ya verás como pronto te acostumbras.

Pero no se acostumbraba. De modo que Lorenzo se dijo que debía estar aún más pendiente de ella. Por eso, empezó a llevarla a merendar de vez en cuando a su propia casa después del trabajo. Al principio creyó que a su mujer no le iba a gustar que convidara a la pequeña maquilladora de muertos, pero resultó que Perlita, que no podía tener hijos, acabó encariñándose con la niña casi tanto como él. Bueno, como él era imposible, porque Lorenzo Pérez —que de un tiempo a esta parte había abierto nuevas líneas de negocio interesándose por el contrabando de tabaco así como por el reciente y desde luego muy prometedor negocio cocalero— tenía en Ina su más redentora coartada. Por supuesto, él nunca llegó a darse cuenta de que era así. ¿Pero qué otra cosa sino un amor que todo lo redime era lo que sentía por aquella niña? Pérez podía ser un embaucador de viudas, un tramposo redomado, un contrabandista y un mago del proceso de la hoja de coca, pero era también capaz de amores puros. Al menos de uno. Por eso jamás le puso un dedo encima, ni le dio un solo beso que no fueran los castos que repartía una vez al año, la víspera de Navidad, a todas sus empleadas. En otras esferas de la vida, tal vez fuera implacable, insaciable, pero había que ver cómo le temblaban las canillas cada vez que Ina le daba los buenos días o el modo en que los ojos le hacían chiribitas cuando ella le preguntaba:

—¿Está bien así, patrón? ¿Le parece que le ponga a este cliente un poquito más de colorete? ¿Y esta finada, qué tal? ¿Cree *usté* que le luce lindo el labial rojo o mejor pruebo con uno rosado?

Si Lorenzo se contentaba con adorarla a distancia, su mujer le demostraba cada vez un afecto más notorio. Fue ella la que se empeñó en que tenía que dejar el maquillaje de muertos y volver al colegio. Y no a uno cualquiera, sino al mejor de la ciudad. Para que aprendiera latín e historia, matemáticas y lengua. Pero también piano y francés, materias, en su opinión, fundamentales en la educación de una señorita viajada. Viajada, sí, porque Perlita había hecho ya sus planes. Los negocios de su marido marchaban viento en popa y valían un Potosí. Era hora de volar más alto y, sobre todo, más lejos. ¿No era su Lorenzo un emigrante español? ¿Y no tenían todos los emigrantes de éxito un mismo sueño, volver al terruño, construirse tremenda casa señorial con su balaustrada y su palmera con la que demostrar a parientes y paisanos lo mucho que habían prosperado? Y quien dice a su terruño dice mejor un poco más allá, que sin duda el Ciempozuelos que lo vio nacer sería un pueblito relindo en el que todos estarían chochos de recibirlos. Pero donde esté Madrid (y Perlita se había informado de que estaba muy cerca, a apenas unos cuantos kilómetros de distancia) que se quite Ciempozuelos.

Veinte meses más tarde, el matrimonio Pérez y su nueva hija aterrizaban en el aeropuerto de Barajas. Eran los comienzos de la década de los cincuenta. Las semanas previas a la partida fueron frenéticas preparándolo todo. Había que sacarse el pasaporte, compulsar documentos y papeles, embalar muebles, enseres, bibelots, incluida una talla tamaño natural de Nuestra Señora del Socavón con su plétora de querubines de la que Perlita era devota. Eso sin olvidar el trusó de viaje digno de su nueva situación y otro similar para Ina, que ella se había empeñado en confeccionar para que ambas pudieran presumir en Madrid.

—Vamos, Epifanía —había recriminado la señora de Pérez a la madre de Ina, que no paraba de llorar cuando la invitó a la casa a ver todas aquellas maravillas—. Debería estar contenta. ¿Cuándo soñó *usté* con ver a su hija vestida así? Mire qué abrigo de vicuña digno de una actriz de *holiwú*. ¿Y qué me dice de esta carterita de lagarto de importación color verde esmeralda con sus zapatos a juego? ¿Y de este vestido de lanilla patria, ideal para los inviernos madrileños, que me han dicho son atroces? Y mire, por último, lo que mi Lorenzo le ha mandado hacer como joya a la niña. Este broche de oro fino en forma de ranita. ¿No le parece sencillamente regio con sus ojos de rubíes? Ande, mujer, seque esas lágrimas, que ya convenceré a mi esposo para que la invite a venir a vernos una vez que estemos instalados allá.

Se lo mencionó a Lorenzo, pero él tenía demasiadas cosas en la cabeza como para preocuparse por las cuitas de Epifanía. Le gustaba la idea de volver a España e instalarse una temporada allí como un indiano respetado, pero ¿lograría manejar a distancia sus asuntos? El Crepúsculo, con su suegro a la cabeza, funcionaba solo, pero el *otro* negocio era más delicado. Tal vez al principio tuviera que regresar con cierta frecuencia a Potosí, algo más fácil ahora que podía viajar en avión y no en barco y en tercera como cuando llegó a esas latitudes. El vuelo, con sus dos y hasta tres escalas intermedias, duraba cerca de veinticuatro horas, pero era mejor eso que descuidar los asuntos, porque, ya se sabe, el ojo del amo es el único que engorda el caballo. Por lo demás, no era mala idea alejarse un poco. Su suerte como hombre de negocios estaba demasiado relacionada con un tal Casimiro Destripaendrigas, un cacique del lugar que llevaba más de cincuenta años en el poder y nadie —ni siquiera los que han pactado con el diablo como Destripaendrigas—, se dijo Lorenzo Pérez con convicción, es inmortal, de modo que tal vez me sea útil tener un pie acá y otro en el viejo continente.

Al final, iba a resultar que a Perlita no le faltaba razón. Tarde o temprano, todos los que se van quieren volver a la tierra que los vio nacer y demostrar lo que han sido capaces de conseguir. «Además —sonrió Lorenzo Pérez al recordar sus ya lejanos comienzos en Potosí—, ¿quién me dice a mí que no pueda encontrar, allá en los Madriles, algún otro asuntillo igual o más lucrativo aún que los de acá? Todo es cuestión de tener los ojos bien abiertos».

3

UNA NUEVA VIDA
[Ina]

«Estar en el lugar adecuado en el momento oportuno pero con los ojos más abiertos que un búho —o, mejor aún, que un ave de rapiña—, he aquí la llave del éxito». Algo así se había dicho Lorenzo Pérez mientras dejaba que la vista se le perdiera entre los caireles de la araña central del hotel Ritz en el que se alojaron nada más llegar a Madrid. ¿De cuántas secretas alianzas, de cuántos negocios y ambiciones de todo tipo habrían sido testigos aquellas titilantes lágrimas de cristal? A la espera de que se convirtieran en testigos también de sus próximas aventuras financieras, Lorenzo las hizo cómplices del primero de sus afanes, la necesidad de encontrar cuanto antes la casa ideal, el perfecto hogar para la familia Pérez y Pérez.

El conserje del hotel, que parecía servicial y muy espabilado, le había dicho que podía, si ese era el deseo del señor, ponerle en contacto con la persona ideal para que lo ayudara en estos menesteres: don Juan Pablo Yáñez de Hinojosa.

—... De los Yáñez de Hinojosa de toda la vida, amigo mío —lo saludó, apenas un par de horas más tarde, el caballero en cuestión, al tiempo que le tendía una blasonada (y también muy arrugada) tarjeta de visita, que de inmediato procedió a guardar de nuevo en un bolsillo como si fuera un bien escaso—. Ya me ha explicado Evelio, el conserje, que anda usted en busca de una casa para instalarse. No has podido acudir a persona más adecuada —continuó, pasando, sin solución de

30

continuidad, a un fraternal tuteo al tiempo que se retrepaba en uno de los más mullidos sofás del *hall,* lo que tuvo como efecto inmediato dejar al aire un par de canillas enfundadas en unos calcetines que se sujetaban a las pantorrillas con una suerte de masculino liguero que Pérez no había visto en su vida, pero que imaginó debía de ser muy elegante. Casi tanto como los zapatos bicolor, marrón y blanco, que lucía. Que el izquierdo revelara, en un inoportuno vaivén del pie, un considerable agujero en la suela fue motivo de reflexión para Lorenzo Pérez. «Cuánta penuria se debe de vivir aún en este país que hasta los señoritos andan con problemas de medias suelas». Eso pensó, al tiempo que hacía señas al camarero y preguntaba a su invitado:

—¿Qué tomará usted, señor Yáñez?

—Juan Pablo, querido amigo, Juan Pablo, y de tú, que para eso somos cuates, ¿no los llaman así, allá en Potosí?

Lorenzo tuvo que explicarle que Potosí no estaba exactamente en México y que en Bolivia a los amigos se les llama igualito que en España, pero Juan Pablo andaba ya en otros afanes. Como en dar instrucciones al camarero, al que parecía conocer de ocasiones anteriores.

—... Para mí lo de siempre, Julito, una *media combinación,* larga de ginebra y corta de vermú. Y tráete también un poco de ese jamón que guarda tu jefe para los amigos. Y unos boquerones en vinagre y un poco de *foie* francés, ya que estamos. ¿Te gusta el *foie,* Lorenzo? Ya te convidaré un día de estos a Embassy, que tiene el mejor *foie* de Madrid. O si no a Jockey, para que pruebes su patata San Clemencio. Néstor Luján (que es íntimo amigo mío, por supuesto) la ha bautizado como el Rolls Royce de las patatas, con su tuétano fresco, con su nata líquida y el mejor *foie* francés que puedas imaginar —añadió, poniendo ojos soñadores—. Pero, bueno, todo a su tiempo, todo a su tiempo —salmodió mientras se preparaba un montado de jamón de un tamaño que no se lo salta un torero y que solo logró trasegar con la ayuda de un par de tragos de su *media combinación.*

Era flaco como una raspa, tenía un fino bigotillo de esos que entonces llamaban camino de hormigas y el porte distinguido (pero condecorado de lamparones) de una oveja negra de buena familia más descarriada de lo habitual.

—Y ahora dime, Encho, te puedo llamar Encho, ¿verdad? Explícame qué tipo de casa buscas que del resto me ocupo yo. Y no solo de encontrarte la más adecuada —continuó sin pausa—, sino también de llenártela después de la gente más fina de Madrid, tú descuida, que no has podido caer en mejores manos, ¿verdad, Julito? Y tráete *p'acá* —peroró castizo— un poco de empanada gallega y unas croquetas, que ya es casi la hora del aperitivo. Claro que para aperitivo fetén, nada como el hotel Palace. Ahí también te voy a llevar para que conozcas a quien tienes que conocer. A los que cortan el bacalao, amigo mío, a los Barreiros, los March, los Villalonga... todos íntimos míos.

»Ahora que si lo que quieres es avistar féminas mientras haces negocios, te recomiendo el Castellana Hilton. Hacia las ocho, se puede ver por ahí a señoras estupendas que le alegran a uno la vista con sus boquitas pintadas y sus abrigos de petigrís. Pilinguis, pensarás tú quizá. ¡No, amigo mío, no y mil veces no! Algunas son incluso de dignísima familia. Aunque, si quieres que te diga la verdad, en ocasiones tiene uno serias dificultades para distinguir quién es quién. Figúrate lo que pasó el otro día, Encho. Estaba yo tomando un whisky tan tranquilo en el Hilton sobre las nueve, cuando oí al descuido cierta conversación entre el camarero jefe y dos damas que, por lo visto, no eran del agrado de las otras féminas muy finas que llevan años frecuentando aquel selecto lugar y se habían quejado de la presencia de las intrusas. "Señoras —les tuvo que decir el encargado con cara de circunstancia y muy profesional él—, discúlpenme, pero me veo en la obligación de rogarles que se vayan". "¿Por qué, si puede saberse?", inquirieron las recién llegadas encendiendo un mentolado. "Pues porque en este hotel no podemos aceptar damas de dudosa reputación". "Uy, chato, no te confundas, a ver cómo te lo explico —retrucó la más guapa de las dos, señalando con la barbilla a las *habitués* que se abanicaban un par de mesas más allá como si la cosa no fuera con ellas—. Nosotras somos putas, las de dudosa reputación son esas".

»... El que esté libre de culpa que tire la primera piedra, ¿no te parece, Encho? Que la guerra fue anteayer como quien dice, aún hay mucha necesidad en este país y cada uno sobrevive como puede. Además, de todo tiene que haber en la viña del Señor y aquí en Madrid, créeme, lo hay y por su orden. Claro que, según sean tus intereses (e imagino que los tuyos son moverte en los ambientes más selectos), conviene saber exactamente dónde ir en cada momento. Pero descuida, ya te iré haciendo una lista de los lugares adecuados según la hora del día. Para el aperitivo, además de los grandes hoteles antes mencionados, también puedes ir al bar Roma, a Mozo o al Aguilucho; almuerzo, pongamos que en Horcher. El dueño es un alemán que cocinaba para Hitler, pero hace la mejor *Apfelstrudel* de este lado del Rin. Por las tardes, y sobre todo si vas con la parienta, lo elegante es pasarte por Embassy; luego, hacia las siete, vuelves al Palace o al Hilton o, si no, te dejas caer por Chicote, donde tendrás un agasajo postinero. A continuación, yo te recomendaría cena en Valentín o en el Club 31, según lo que te apetezca comer, más castellano o más internacional, y para acabar, amigo mío, un flamenquito en el Corral de la Morería o mejor aún en Las Brujas, que son todas guapísimas. Claro que si es fin de semana, mejor una sala de fiestas. Pasapoga, por ejemplo. Y ya que hablamos de fin de semana, ¿qué te parecería hacerte socio de Puerta de Hierro y aprender a montar a caballo o a jugar al golf? También eso te lo puedo arreglar en un periquete, tengo mucha mano. Sin ir más lejos, el otro día (no te doy nombres porque soy muy discreto) conseguí que le dieran bola blanca en cierto club al hijo de tremendo dictador caribeño. Porque tú sabes lo que es que te den bola blanca o bola negra, ¿verdad, Lorenzo? Una pica en Flandes, te lo aseguro, toda una gesta. Casi más difícil que conseguirte, en verano, toldo en la playa de San Sebastián junto al de algún ministro del Generalísimo, pero tú tranquilo, que también eso lo arreglo yo y... ¡oye, tú, Julito, ven aquí, haz el favor! Ponme un poco más de ginebra, que esto más que una *media combinación* parece una virginal enagua...

Lorenzo Pérez se preciaba de tener buen ojo para las personas. Y daba igual que la persona en cuestión hablara por los codos, necesitara a gritos unas medias suelas y trajinara jamón como Carpanta. «En realidad —se dijo filosófico—, es muy fácil acertar. Uno solo tiene que saber discernir si el instrumento que tiene delante y con el que pretende abrir brecha es un fino bisturí o un burdo abrelatas y, sobre todo, no confundir jamás una cosa con otra».

Era obvio que lo que tenía delante se parecía más a lo segundo que a lo primero. «Pero por alguna parte hay que empezar», decidió Encho.

* * *

Lo primero que Juan Pablo Yáñez de Hinojosa hizo por la familia Pérez (previo pago de un sustancial adelanto «por las molestias» y previo pago también de incontables *medias combinaciones, negronis* y *whisky sours,* de boquerones en vinagre, jamón pata negra y hasta patatas San Clemencio) fue encontrarles la casa ideal.

—Mira, Encho, nada de alquilarse un casoplón en Puerta de Hierro ni tampoco en El Viso —había sido su recomendación—. Eso queda para más adelante, cuando hayas logrado introducirte en los ambientes adecuados. Roce, Encho, eso es lo que te hace falta ahora, mucho roce y, para ello, nada como irte a vivir a la más elegante versión del 13 rue del Percebe.

Lorenzo había alzado una ceja interrogante, porque no tenía ni la más remota idea de lo que estaba hablando, pero Yáñez de Hinojosa de inmediato le explicó que aquello de la rue del Percebe era una idea de un tal Francisco Ibáñez («hijo de un íííntimo amigo mío y dibujante de tira cómica por más señas, un muchacho de mucho talento, ahora no lo conoce ni el Tato, pero dará que hablar, ya lo verás»)..., una idea que el jovencísimo dibujante tenía en la cabeza y pensaba desarrollar en breve con ánimo de contar los entresijos más chuscos de la vida española.

—Ay, Encho, no quiero ni pensar todo lo que te queda por aprender de este país, pero vamos por partes —salmodió Yáñez de Hinojosa antes de explicarle que lo que más le convenía a él y a su distinguida familia era alquilar cierto piso señorial que estaba disponible en la parte baja de la Castellana, sito en un edificio con mucha solera, que contaba entre sus propietarios con algo así como el muestrario de lo más selecto y a la vez lo más variado de la sociedad madrileña.

»¿Qué te parece? —inquirió, brazos en jarra y recién bajados los dos del taxi que los había conducido hasta allí—. Aquí lo tienes —señaló, gesticulando con una mano elegantemente desmayada hacia una construcción gris que guardaba un vago parecido con los edificios parisinos del bulevar de Haussmann.

»Seis plantas y seis familias muy distintas. Y ahora escúchame con atención, Encho, porque te voy a explicar quiénes serán tus vecinos. Si empezamos de arriba abajo, en el ático tenemos a los De la Fuente Goyeneche, una gran familia, dieciséis hijos a cual más mono y todos en escalerita desde el mayor de veinte años hasta el pequeño de seis meses a razón de uno por año, incluidos dos pares de gemelos. No, ya sé lo que estás pensando, Encho, pero te equivocas. Tal derroche de fertilidad nada tiene que ver con los premios de natalidad que ha instaurado su excelencia el Generalísimo y de los que tanto se habla, sino más bien con el doctor Ogino, que aquí, en esta España nuestra de cerrado y sacristía, tiene más hijos que las estrellas del cielo o las arenas del desierto. Además, el último premio de natalidad se lo dieron a una pareja con veintitrés churumbeles, de modo que los De la Fuente Goyeneche son, comparativamente, una familia chica aunque con bastantes problemas para llegar a fin de mes, a pesar de que él es arquitecto y de los buenos. Ella, Piluca Caoíz, es una persona excelente y muy organizada, imagínate que aún le queda tiempo para dedicarse a unas cuantas causas benéficas.

—¿Y no trabaja para ayudar al presupuesto familiar? —había preguntado Lorenzo, produciendo en Juan Pablo Yáñez gran estupor.

—¿Trabajar? —repitió, como quien menciona una prohibición bíblica—. ¿*Trabajar*? Por supuesto que no. Piluca Caoíz es una señora, no puede, a quién se le ocurre.

—¿Y cómo se las arreglan entonces?

Juan Pablo se encogió de hombros.

—No me preguntes cómo lo hacen, Encho, lo único que puedo decirte es que esa casa funciona como un reloj suizo. O mejor aún, como un cuartel de infantería, que, no en vano, Piluca es hija de un capitán general y de mando en plaza sabe un rato. Y ahora pasemos al quinto piso. ¿Ves la ventana de allá arriba? Sí, hombre, esa por la que asoma una doncella, a quien Dios proteja, haciendo equilibrios sobre el pretil para limpiar cristales. Ahí vive ella.

—¿Y quién es ella?

—¿Y quién va a ser? El perejil de todas las salsas, la croquetita de todos los cócteles, la aceituna de todos los *martinis*, que, por si no lo sabes, Encho, es un combinado muy elegante que, en Madrid, es preferible tomar en sitios de mucha confianza, en Chicote pongamos por caso, no sea que te den garrafón.

—Cuéntame un poco de ella.

—Pues que no se mueve ni una hoja en la sociedad madrileña sin que lo sepa Pitusa Gacigalupo.

—Entiendo. Supongo que será de esas comadres que están al tanto de todos los noviazgos, de todos los líos de cama, de todos los últimos inconfesables secretos.

—Faltaría más que no lo estuviera, saber es poder, amigo Encho. Pero su especialidad y la razón por la que se ha convertido en toda una institución en Madrid son las fiestas de distintas ganaderías que organiza.

—¿Le da por las reses bravas?

—¡Y tan bravas! Aunque las que ella maneja son menos pastueñas. O dicho en román paladino, su casa es el único lugar de la ciudad en el que puedes encontrarte a gentes del más diverso pelaje, juntas y felizmente revueltas. Aquí una marquesa compartiendo tresillo con Lola Flores, un poco más allá el arzobispo de Toledo de charla con Gitanillo de Triana y, no muy lejos de ahí, un falso gran duque ruso que cambia impresiones con Pilar Primo de Rivera.

—¿Y qué hay que hacer para que a uno le inviten a estas cenas?

—Pagar, como hacen los demás.

—¿Me quieres decir que toda esa gente paga por asistir a las fiestas de la señora Gacigalupo?

—Mira que eres simple, Encho. En Madrid como en Sebastopol o Cochabamba, unos tienen la fama y otros cardan la lana (o la pasta). La habilidad (y te aseguro que habilidad tu futura vecina la tiene por arrobas) está en saber mezclar personas de relieve con otras que desean codearse con ellas de modo que todas saquen provecho de tan... casuales encuentros.

—No me será muy difícil entonces hacerme amigo de la tal Pitusa. Supongo que ella es la persona que tienes pensada para que me abra ciertas puertas.

—Tú lo has dicho, *ciertas* puertas. Pero hay otras que te las va a abrir mejor el siguiente de tus vecinos.

—¿El del piso cuarto?

—El del cuarto lo vamos a dejar de momento porque es el psiquiatra más famoso de la capital y esperemos que ni tú ni tu familia necesitéis de sus servicios. Me refiero al vecino del segundo piso, puesto que tú vas a ocupar el tercero. Se llama don Camilo Alonso Vega y es un militar muy renombrado que tomó parte en la batalla del Ebro. Ramona, su mujer, puede presumir de ser una de las mejores, si no *la* mejor amiga de la mujer de Franco. Por esto, y porque él es un tipo duro como pedernal, dicen que cualquier día lo harán ministro de alguna cartera clave, de Gobernación, por ejemplo.

—¿Y cómo tienes pensado que entablemos relación? En casa de la vecina del quinto, supongo.

—Pues supones muy mal. Los Alonso Vega son el único fracaso conocido de Pitusa. Doña Ramona piensa que es una fresca.

—¿Como las del hotel Castellana Hilton? ¿Y de qué modalidad? De las de moralidad dudosa, imagino.

Juan Pablo no vio oportuno responder a esta pregunta. El tiempo apremiaba (estaba próxima la hora del aperitivo y se encontraban a considerable distancia del hotel Castellana, también de Mozo o del Aguilucho) y aún había que visitar la vivienda. Por eso tomó el brazo de Lorenzo Pérez y juntos traspasaron el elegante umbral.

Minutos más tarde bamboleaban ya en un hermoso ascensor de marquetería con asiento capitoné (de terciopelo rojo bastante deshilachado, por cierto), camino del tercer piso en compañía del portero del edificio. «Vaya, vaya», caviló Lorenzo, ¿qué pasaría si a aquella reliquia de tiempos mejores le daba por pararse entre piso y piso? ¿Quién los rescataría? Eso, suponiendo que la cabina no se descolgara precipitándolos al vacío. Por fortuna, el habitáculo llegó traqueteante a su destino y el portero, que dijo llamarse Fermín, para servirle a Dios y a ustedes, les franqueó la puerta de la vivienda.

Lo primero que sorprendió a Lorenzo del que muy pronto sería su nuevo hogar fue la contradictoria mezcla de olores que percibía. Muchos años de trajinar entre víveres y vituallas y otros tantos de hacerlo entre finados, féretros y crisantemos lo habían convertido en un «nariz» tan virtuoso que bien se lo podrían haber disputado los más exigentes perfumeros de la ciudad de Grasse. Por eso fue capaz de captar, en aquel oscuro y lúgubre vestíbulo señorial, cinco o seis aromas diferentes que hablaban con singular elocuencia. Si lo primero que excitó su pituitaria al entrar fue un tufo a moho y humedad, la siguiente vaharada delataba ciertos olores que posiblemente habían quedado atrapados en los pesados cortinajes o en el entelado de las paredes y que hablaban de la dieta alimenticia de los antiguos inquilinos del lugar. Mucha fritanga fue el diagnóstico de aquella nariz privilegiada. Más pescadilla que merluza, más sardina que salmonete. ¿Y qué era ese otro tufillo que también se adivinaba? Algo de coliflor por no decir berza o, peor aún, horribles coles de Bruselas. Sin embargo, las oscuras paredes desprendían también un par de perfumes más agradables. Un aroma a maderas nobles entreverado con cierta esencia de violetas que Lorenzo atribuyó a un perfume de París más que a flores frescas.

—*Fiat lux!* —estaba diciendo en aquel mismo momento Juan Pablo Yáñez, ¡hágase la luz!, al tiempo que comenzaba a deambular de habitación en habitación descorriendo uno a uno todos los recargados cortinajes—. A ver, ¿qué veo aquí? Mmmm, bueno, no están mal estos herrajes de bronce, tampoco estas puertas de corredera o este parqué de roble en espiga. Con un buen acuchillado seguro que queda como nuevo. ¿Y qué te parecen, Encho, las dimensiones de cada uno de

estos tres salones corridos? Diecisiete... dieciocho... diecinueve... —Los zapatos bicolor de Yáñez midieron más de veinte
metros de punta a punta de las tres estancias—. Regias, sun-
tuosas, ya te lo digo yo —dictaminó el conseguidor—. Veá-
moslas con el detenimiento que se merecen. El comedor es
espléndido, solo necesita una manita de pintura y lo mismo
le ocurre al salón principal. La biblioteca, en cambio..., yo creo
que esta *boiserie* oscura y tan aburrida quedaría mucho mejor
si la lacamos en algún color alegre, en un verde hoja, por
ejemplo. Aunque todo esto ya lo iremos viendo, tú no te preocupes, Encho, tengo el contacto perfecto para que la casa recu-
pere su antiguo esplendor. Soy íííntimo de los Herráiz padre
e hijo, ellos lo decoran todo en Madrid de un tiempo o a esta
parte. Con su ayuda y unas alfombras de los Stuyck puestas
aquí y allá, esto va a parecer el palacio de El Pardo. ¡Qué digo
el palacio de El Pardo! No, no, que aquello es horroroso.
Franco es tan austero, por no decir reseco, que en vez de palacio parece un cuartel y no de los más vistosos. Tu casa tiene
que ir más en la línea de la embajada de Inglaterra o, más
modestamente, la de Luxemburgo. Déjamelo todo a mí.

4

CONOCIENDO LA CIUDAD
[Ina]

Ni Perlita ni Ina participaron en la elección del futuro hogar de los Pérez. El paterfamilias había argumentado que Yáñez de Hinojosa sabía mejor que tres recién llegados lo que más les convenía y todas las costumbres del lugar. Perlita, sin embargo, se resistió un par de días diciendo que, por vecinos muy interesantes que tuviera, el edificio elegido de ninguna manera podía compararse con la casa de balaustrada y palmeras que ella había soñado cuando aún estaban en Potosí. Pese a ello, al final no le quedó más remedio que claudicar ante las razones aducidas por el conseguidor.

—Perlita, querida —le había dicho una tarde que se la llevó a tomar el té a Embassy para vencer sus últimas reticencias—, la vida es un largo aprendizaje —añadió al tiempo que encargaba unos sandwichitos de lechuga, que procedió a engullir con la ayuda de un *negroni*—. Sé divinamente que tú eres una mujer de mundo —continuó, tratando de abstraerse del hecho de que aquella mujer de mundo masticaba con la boca bastante abierta y se le había quedado entre los dientes una impertinente brizna verde—. Una educación exquisita la tuya, qué duda cabe, pero comprenderás que cada país tiene sus particularidades y es esencial conocerlas si uno quiere codearse con lo más granado. Por ejemplo, aquí en España existe un pecado del todo imperdonable.

—¿Cuál? —farfulló Perlita, que ahora se deleitaba con un minúsculo pastelillo de guinda que había procedido a diseccionar con cuchillo y tenedor.

—La ostentación, querida. Los españoles somos un pueblo austero. Tenemos la peor opinión de la gente ostentosa. Tú podrías comprarte el mejor palacete de la Castellana, plantar en él un bosque de palmeras y dejar que corretearan por ahí aves del paraíso y toda una bandada de guacamayos y la gente te haría fu.

—Nunca he visto que la gente haga fu al dinero —comentó juiciosamente Perlita, que, sin embargo, había empezado a mirar a su alrededor y a ver cómo se comportaban las damas de su entorno. Observó el modo en que cogían la tacita de té (muy sobrias ellas, sin levantar el dedo meñique en ningún momento, qué raro), cómo usaban los cubiertos (poco y nada, la verdad. Aquellas señoras se llevaban los pastelillos directamente a la boca con la mano, ¿sería *eso* lo elegante? Ay, Virgen del Socavón, cuánto le quedaba por observar y aprender).

—Tienes más razón que un santo, Perlita —dijo Juan Pablo, arrancándola de sus cavilaciones—. Nadie le hace fu al dinero, pero sí a los nuevos ricos. A los ricachones —matizó para indicar que marcaba distancias entre estos y los Pérez y Pérez—. Obviamente, vosotros sois la antítesis de un rico advenedizo —aseveró sin sonrojo—, y esa es precisamente la razón por la que le he aconsejado a tu marido alquilar vivienda en tan espléndido edificio. Además, querida, se trata de una vecindad muy conveniente para Ina. ¿Cuántos años tiene nuestra jovencita? ¿Dieciséis, diecisiete? Uy, parece incluso mayor, hay que ver lo guapa que está la criatura. Mira, te apuesto lo que quieras a que no tarda nada en hacerse amiga de las niñas De la Fuente Goyeneche, pongamos por caso. Y de otros jóvenes. Chicas y chicos —especificó Yáñez con un guiño—, que de eso también me ocuparé a su debido tiempo.

Perlita no vio oportuno confiarle que, si a Encho y a ella les encantaba la idea de codearse con la crema de la sociedad madrileña, a Ina, en cambio, no. Perlita andaba preocupada por la niña. Era lógico que echara de menos su lejana y querida Potosí. Pero lo que no era ya tan lógico es que no lograra, a pesar de todos los esfuerzos de su madre adoptiva, entusiasmarse con las maravillosas novedades que ofrecía una ciudad como Madrid.

Una vez que Yáñez acabó de solucionar con Encho los trámites que requería el alquiler de la nueva casa, Perlita había solicitado del conseguidor que las acompañase de compras. No solo para que les señalara cuáles eran las tiendas elegantes, sino para otra función que ella consideraba aún más importante. Perlita Rapia de Pérez, que se había criado entre féretros de ébano y económicas cajas de pino, entre carrozas con baldaquino y carretas de tres al cuarto, entre entierros de primera y otros de tercera tirando a cuarta, era muy consciente de los signos externos y de cómo estos clasificaban a la gente de un solo vistazo. Tal vez otra persona, con el ojo menos sensible a dichos pormenores, hubiese tardado meses, incluso lustros, en darse cuenta de lo terriblemente inadecuado que era, por ejemplo, el trusó de viaje que con tanto afán había preparado allá, en Potosí. Es posible, se dijo entonces, que los abrigos de vicuña, uno suyo y otro de la niña, que le habían costado una fortuna (y que ahora le parecían horribles capotes dignos de un soldado ruso), tuvieran, quizá, arreglo con una buena modista. Pero ¿dónde iba su pobre Ina con aquellos zapatos color lechuga que le había mandado hacer a medida con bolsito a juego? Eso por no hablar de la atroz ranita de oro que Encho le había regalado y que la niña no se quitaba de encima porque, según ella, le traía recuerdos de sus juegos infantiles allá en su barrio pobre de los suburbios. ¿Y qué decir de los vestidos de lanilla estampada? Todo terrible, impresentable, completamente demodé, no había más que ver el aire perdonavidas con que la reojeaban ahora mismo esas damas sentadas un par de mesas más allá, para comprender que su vestuario era inadecuado a más no poder.

En una reciente conversación que Yáñez había mantenido con su marido, Perlita recordaba que el conseguidor había mencionado el nombre de dos caballeros, dos indianos acaudalados, igual que su Lorenzo.

«... Sí, Encho, te los voy a presentar en cuanto se acerquen —había dicho Juan Pablo días atrás mientras daba buena cuenta de un julepe, sentados los tres en la esquina más conspicua del bar del hotel Palace para "ver" gente—. El de gafas y poco pelo es Ramón Areces, mientras que el otro, con zapatos bicolor como los míos, se llama Pepín Fernández. Te conviene conocerlos. Ambos crecieron en Cuba, pero ahora se han instalado con gran éxito en Madrid intentando, cada uno por su lado, emular una famosísima tienda de allá a la que llaman El Encanto de La Habana. Sí, Encho —había continuado Yáñez—, a ver cómo te lo explico, se trata de un nuevo tipo de establecimiento, un lugar en el que se vende de todo y de lo mejor, algo así como Harrod's en Londres, o Lord & Taylor en Nueva York. Grandes almacenes, Encho, por ahí va el futuro del comercio y hay que estar ojo avizor. Ramón Areces es dueño de más de dos mil metros en cuatro plantas a un paso de la Puerta del Sol. El Corte Inglés, así se llama su negocio, mientras que el de Pepín Fernández lleva el nombre de Galerías Preciados. Ambos son contraparientes y, a la vez, competidores a muerte. Muchas personas apuestan que será Pepín quien se lleve el gato al agua porque comenzó antes y el que pega primero pega dos veces. Además, él tiene otra ventaja adicional. A doña Carmen Polo le pirra dejarse ver por Galerías Preciados. Las malas lenguas susurran que Pepín se las ha arreglado para hacerla partícipe del negocio. Vete a saber si es verdad, se dicen tantas cosas. Aunque si quieres saber mi opinión, yo le veo mucho más futuro a don Ramón, es un hombre brillantísimo, gran trabajador y mejor estratega.

A continuación, el conseguidor se las había ingeniado para salirles al paso cuando ambos caballeros se dirigían al vestíbulo y se los había presentado a Encho y a ella. A Perlita le había llamado la atención la mirada penetrante del señor Areces y la gran sonrisa de Fernández. Pero lo que ahora le interesaba de ellos no era su posible amistad, sino sus establecimientos.

—... Por supuesto, iremos a El Corte Inglés inmediatamente y también a Galerías Preciados, faltaba más —le había dicho Yáñez de Hinojosa cuando ella le mencionó el asunto aquella tarde en Embassy—. Allí venden de todo y de espléndida calidad. Pero necesitarás además algunas prendas hechas a medida y para eso se me ocurren sitios también muy interesantes. Para ti y también para tu hija, naturalmente, que Ina es ya una señorita y no queremos que desentone.

A partir de aquel día, Perlita e Ina se habían embarcado —siempre en compañía de Juan Pablo y sujetas a sus recomendaciones— en una deliciosa excursión por las casas de costura más selectas de la capital. Deliciosa para Perlita, sí, pero no para Ina. Porque ni cuando visitaron Loewe para sustituir los malhadados zapatos color cotorra por otros sobrios y muy elegantes de piel coñac; ni cuando Yáñez las llevó al taller de Flora Villarreal a ver qué primores estaba elaborando aquella virtuosa de la aguja (que pocos años antes había confeccionado el traje de novia de la duquesa de Alba); y ni siquiera cuando entraron en el sanctasanctórum de la moda —no solo española, sino universal—, el taller de Cristóbal Balenciaga, que, en Madrid, regentaba su hermana, vio Perlita interés alguno en la cara de su hija adoptiva. ¿Qué le pasaba a aquella chica? ¿Por qué no le gustaba nada de lo que le tenía que gustar?

5

Una lluviosa mañana de noviembre
[Beatriz]

«Dios mío, pero si aquí llueve todavía más que en Londres», eso había pensado Beatriz Calanda al aterrizar en Barajas y con grandes dificultades debido al aguacero que asolaba Madrid aquel 9 de noviembre de principios de los setenta. Buena parte del vuelo la había empleado en escribirle una carta a Nicolò. En escribirle, en romper y volver a empezar, pero por fin, al llegar a destino, creía tener una versión más o menos aceptable de lo que quería decirle. «*Amore* —así empezaban aquellas escasas cincuenta líneas de letra grande e infantil—, no conseguirán separarnos. Ni el destino, ni la mala suerte, ni mis padres, ni tampoco ella. ELLA», garrapateó exagerando aún más el tamaño de su letra como solía hacer siempre que mencionaba a la mujer de Nicolò en el diario íntimo al que confiaba todos sus secretos. Jamás se había permitido escribir y menos aún pronunciar las tres sílabas que componían aquel nombre innombrable. Pero sí en cambio, y con frecuencia, su pronombre porque era necesario hacerle saber a ÉL que no pensaba rendirse. Que le daban igual todas las dificultades: que él tuviera treinta y cinco años y ella apenas diecisiete; casado y con dos hijas; o que a ella ahora sus padres, al enterarse de lo suyo, la hubieran desterrado mandándola a Madrid. «... Casi mejor así, *amore*. Lejos el uno del otro y extrañándonos muchísimo te será más fácil hacer lo que me prometiste».

Beatriz tampoco quería escribir otras tres sílabas tan prohibidas como el nombre de *Ella*. Las que configuraban una pa-

45

labra aún más tabú: «Divorcio». Su intuición le decía que no gustaba a los hombres. De hecho, Nicolò solía torcer esa maravillosa sonrisa suya las veces que, sin querer, a ella se le escapaba. Pero no había por qué preocuparse, Beatriz estaba segura de que también eso se arreglaría muy pronto, él se lo había jurado. Todo cambiaría cuando ella cumpliese dieciocho años, solo era cuestión de tener un poco de paciencia. Su padre le había dicho antes de embarcar que en España la mayoría de edad era a los veintiún años. ¡Pero eso no era posible, cómo iba a ser! ¿Qué tipo de país troglodita era aquel? Bah, en el fondo, qué más daba. Daba igual lo que pasara en España, ella tenía pasaporte británico y por tanto no tenían por qué afectarle sus leyes retrógradas. Once meses. Ese era el tiempo que faltaba para su cumpleaños y pensaba contar una a una sus semanas, sus días, sus horas, incluso sus minutos y segundos. En realidad, además de tener paciencia, lo único que tenía que hacer de aquí a esa fecha era bien sencillo. Poner buena cara y sonreír, sonreír siempre para que nadie adivinara sus intenciones. «Pórtate bien». Esas habían sido las dos últimas palabras de Julián, su padre, antes de besarla en la frente como despedida. Con lo que ella lo había querido, para Beatriz no había nadie como su padre. Hasta que cayó del pedestal. Y no fue por lo de Nicolò, sino por algo ocurrido una mañana en el parque meses antes que jamás podría olvidar. Déjalo, Beatriz, no pienses en eso ahora. No hay que lamentar el pasado, sino preparar el futuro y precisamente eso es lo que se disponía a hacer. De ahí que hubiera decidido seguir al pie de la letra la recomendación paterna, portarse bien, tener una conducta ejemplar. Intachable. Para que nadie sospechara que se carteaba a diario con él, que muy pronto, dentro de nada, Nicolò vendría a buscarla, que se escaparían juntos, que serían felices siempre...

El aguacero arreciaba cuando por fin la puerta se abrió y los pasajeros empezaron a descender del avión. Beatriz apretó la carta de Nicolò contra su cuerpo. La había escondido allí, bajo su combinación, doblada en cuatro y dentro del sostén. Le agradaba sentir cómo crujía contra su piel. ¿Cómo serían sus tíos Encho y Perlita? Hasta no hace mucho, aquellos

parientes ricos y lejanos no eran más que una vieja fotografía
que Ina, su madre, guardaba escondida entre las páginas de
la pequeña Biblia de mano que dormía en el último de los cajones de su mesilla. Beatriz recordaba haberla encontrado por
casualidad años atrás cuando curioseaba por ahí en busca de
algún viejo collar con el que jugar «a mayores». No encontró
alhaja alguna, apenas una cadenita de oro y unas perlas ama-
rillentas. Así era su madre. Nunca le habían gustado lo que
llamaba frivolidades innecesarias. Nada que ver con Beatriz,
que, desde pequeña, se inventaba peinados y vestidos estrafalarios que confeccionaba con viejas telas y pañuelos. También le encantaba pintarrajearse y eso resultaba mucho más
fácil. A Ina le disgustaban las frivolidades, pero vivía de ellas.
Era maquilladora y, aunque escaseaban las oportunidades de
trabajo en aquel barrio obrero en el que residían, intentaba
redondear el escuálido sueldo de chófer de su marido siempre que surgía la ocasión. «La nuestra es una vidita —así le
gustaba definirla a Ina—, pero al menos podemos tener la cabeza muy alta. No le debemos nada a nadie».

Con esa premisa había crecido Beatriz y nunca se le ocurrió cuestionarla. Pero, de pronto, aquella foto olvidada en la
que aparecía una pareja de aspecto tan distinto al de sus padres le hizo preguntarse si Ina había conocido alguna vez
otra vida menos angosta. Porque ¿quién podría ser aquel
hombre grueso y grave, sentado en una espléndida butaca de
terciopelo, con un traje claro de verano y una cadena de gruesos eslabones que iba de un bolsillo a otro de su chaleco? Y
luego estaba ella, una mujer de facciones aindiadas y toscas,
pero maravillosamente bien peinada. Con un vestido de lu-
nares sobre el que desentonaba un extraño broche de oro en
forma de rana. Una inspección más meticulosa de la foto le
descubrió que llevaba además varios anillos en los dedos, así
como esclavas en las muñecas, mientras que, a su espalda, se
adivinaba una estancia decorada con todos los enseres que
normalmente proclaman y reiteran dinero, dinero, dinero.
Beatriz, desde entonces, se había propuesto averiguar quiénes eran aquellas personas. Tarea no muy fácil, a menos que
confesara —y no pensaba hacerlo— que había estado revol-

viendo cajones ajenos. Tuvo que esperar su momento, pero al fin, un día, meses más tarde, mientras ayudaba a su madre a hacer la cama, vio la Biblia fuera de su lugar habitual. Se conoce que Ina, tan ordenada siempre, había olvidado guardarla en su sitio tras la lectura puesto que descansaba muy a la vista, sobre la mesilla. Un codazo como al descuido fue todo lo que necesitó para que cayera al suelo y luego, al recogerla, fue fácil fingir que encontraba entre sus páginas la foto secreta.

—¿Quiénes son, mamá?

—Dámela, ¿qué haces? No es nada de tu incumbencia.

Pero Beatriz no pensaba darse por vencida.

—¿Son tus padres? Nunca hablas de tu pasado, de tu infancia, ¿por qué, mamá? ¿Y quiénes son estos señores tan distintos a nosotros? —preguntó mientras señalaba todo lo que tenían a su alrededor. El pequeño y oscuro dormitorio de sus padres en el que se agolpaban, como testigos de una vida llena de estrecheces, muebles baratos y desparejados (una cómoda de madera clara, un armario de nogalina, sillas de enea o de pino, una butaca de flores) y tantos cachivaches que resultaba difícil moverse—. ¿No confías en mí? ¿Por qué no dices nada? ¿Quiénes son?

Ina había cogido con infinito cuidado la foto y luego dijo, más para ella que para su hija, que eran personas a las que había querido mucho.

—¿Y ya no las quieres? ¿Han muerto entonces? —intentó indagar Beatriz, pero la fugaz rendija de confianza que su madre había abierto entre ellas se cerró para siempre.

—Ni una cosa ni otra —zanjó, dando por terminada la conversación, y Beatriz ya no logró que le aclarara más. Su madre era así. Siempre en su mundo, que parecía ser lejano y de difícil acceso.

Intentó más adelante hacer averiguaciones con su padre y el resultado fue aún más desalentador. Ni siquiera la miró al decir:

—No son nadie, y para mí están muertos y enterrados.

Todo esto había ocurrido cuatro años atrás. Pero ahora, de pronto, las cosas eran diferentes. Beatriz había crecido, se había enamorado de un hombre casado, sus padres tenían que hacer algo al respecto lo antes posible. Y de pronto, he aquí que aquella pareja, según papá, muerta y enterrada, resucitaba para volver al mundo de los vivos.

—Está decidido, te irás con ellos.

—¡No pienso moverme de Londres, no podéis obligarme!

—Cómo te atreves, harás lo que se te diga...

La escena que vino a continuación fue terrible: los tres en la cocina y hablando a gritos. Ojalá hubieran estado ahí sus hermanos mayores para apoyarla, pero hacía lo menos tres años que Estela, a la que adoraba, desapareció sin dejar siquiera una nota de despedida, mientras que Gabriel hacía aún más tiempo que no aparecía por casa.

«Dios mío, ¿qué he hecho yo tan terriblemente mal en esta vida para que me vuelva a pasar algo así? ¿Tú también, hija mía?».

Eran las mismas, exactas, palabras que su madre había pronunciado cuando detuvieron a Estelita la primera vez. Luego vendrían otros arrestos por motivos diversos, pero, en aquella ocasión, la habían encontrado desnuda y encadenada a una de las piedras de Stonehenge junto a otros amigos. Había entonces un halo romántico que envolvía a los *hippies*. La mayoría eran rebeldes soñadores que protestaban contra la guerra de Vietnam, que amaban la música y también, y un poco más de la cuenta, la marihuana. Sin embargo, a Estelita siempre le había gustado ir más allá en todo. «LSD, señora, y en cantidades suficientes como para matar a un caballo. Eso es lo que encontramos entre las pertenencias de los tipos que estaban con su hija. Sobre ella no hay cargos esta vez, está limpia, pero tenga cuidado, por ahí se empieza, se lo digo por experiencia».

La profecía se cumplió. Tanto Gabriel como Estela, sus hijos mayores y mellizos (esos que a Ina tanto le recordaban a sus hermanos pequeños allá en Potosí), habían elegido idéntica senda a ninguna parte. Y resultaba que ahora Beatriz, su niña, la pequeña, tan distinta a sus hermanos, la más realista y pragmática de sus hijos, buscaba también su propio camino hacia el desastre.

Aquella mañana en la cocina, Beatriz Calanda vio llorar a sus padres. Y le aterró porque nunca los había visto derramar una lágrima. Ni siquiera a ella. O mejor dicho, sobre todo jamás a ella. Ina era así. Lo más parecido a una demostración de dolor que Beatriz podía recordar fue esa exclamación preguntándose qué había hecho mal para que sus hijos se torcieran tanto. Julián era distinto. Beatriz lo adoraba. O al menos lo había adorado hasta que se lo encontró una mañana en el parque dando de comer a las palomas.

6

DESENCANTO
[Beatriz]

Sucedió cuando Gabriel y Estelita ya habían consumado su deserción y Nicolò aún no había entrado en su vida. Debían de ser más o menos las once de la mañana y Beatriz volvía del colegio por un camino distinto del habitual. Había ido con el resto de chicos y chicas de su clase al British Museum cuando la sorprendió un brutal dolor de muelas. La profesora le dijo que podía regresar sola a casa, al fin y al cabo, vivía a cuatro o cinco manzanas de allá y fue entonces cuando lo vio. Estaba de espaldas a ella, sentado en un banco del parque. Al principio, ni siquiera lo reconoció. Porque ¿cómo iba a ser su padre aquel hombre vencido y desmadejado que alimentaba a las palomas? Decidió salir de dudas y, al acercarse por detrás, la sorprendieron otros detalles de la escena, como la bolsa de papel que descansaba a su derecha, sobre el banco. ¿Era posible que, en vez de ir a trabajar esa mañana, hubiese aprovechado para acercarse al supermercado a comprar algo? Su padre no solía hacer la compra, era siempre Ina la que se ocupaba de esos menesteres. ¿Pero entonces qué hacía allí y a esas horas de la mañana? Como respuesta a su pregunta, Ina vio cómo, después de echar un fugaz vistazo a derecha e izquierda, Julián extraía de la bolsa una botella de whisky barato a la que dio un largo trago.

Echó a correr. No, aquello no había pasado, ella no había visto nada, aquel hombre no era su padre. Él era otra persona muy distinta del guiñapo que acababa de dejar atrás. Julián salía cada mañana camino del trabajo, guapo siempre con su uniforme azul con botones dorados. Hacían incluso un tramo del camino juntos hasta llegar a la puerta del colegio y luego él continuaba un par de bloques más allá hasta la boca del metro. «Adiós, princesa, ¿me das *one for the road*?». Esa era su frase favorita, la que invariablemente repetía en la despedida, mitad en inglés mitad en español. «*One for the road*» significaba un beso para el camino, el que a él aún le quedaba por recorrer hasta la sucursal del Lloyd's Bank en la que prestaba sus servicios desde que vivían en Londres.

De pronto, distintas piezas de un rompecabezas que Beatriz nunca había querido ver comenzaron a alinearse: retazos inconexos de conversaciones oídas al descuido, también discusiones entre sus padres que ella siempre había atribuido a los problemas con Gabriel y Estela, pero que ahora, rescatando de la memoria frases sueltas, parecían hablar de otros problemas, de otros fracasos. Expresiones como «Todo menos que se enteren los caseros, tampoco los vecinos» o «Es fundamental hacer como que no pasa nada, nadie debe saberlo...» podían fácilmente atribuirse a lo sucedido con sus hermanos, aunque ahora, después de haber visto a su padre con una botella de whisky a las once de la mañana, cobraban un significado nuevo. ¿Cuánto tiempo duraba aquella impostura? ¿Desde cuándo Julián se levantaba por las mañanas, se afeitaba y repeinaba tan cuidadosamente como siempre, vestía su uniforme de chófer, sacaba brillo a sus zapatos, salía de casa saludando a los vecinos, caminaba luego hasta la puerta del colegio con su hija y se despedía con un «Adiós, princesa» para a continuación dar media vuelta y sentarse en un banco del parque a alimentar palomas? Y luego estaba la pregunta más difícil de responder para Beatriz. Si todo era una gran mentira y no entraba en casa más dinero que el escaso que su madre conseguía de vez en cuando con su trabajo como maquilladora, ¿de qué vivían?

Otra pieza de aquel puzle desconocido y desolador le recordó entonces cómo, unos meses atrás, habían vivido unos momentos de especial estrechez. Durante ese tiempo, su padre se había mostrado más callado de lo normal. Cierto era que la rutina de caminar juntos hasta el colegio se mantenía inquebrantable. Cierto también que él la seguía llamando su princesa y que el beso *«for the road»* de antes de despedirse era tan —o incluso más— apretado que antes. Pero el cambio de actitud venía luego, por las tardes y sobre todo por las noches. Julián llegaba pasada la hora de cenar mostrándose esquivo y, al darle su beso de buenas noches, Beatriz recordaba haber notado en su aliento un olor nuevo y acre que entonces no había sabido —o no se había atrevido a— identificar.

En su madre, por el contrario, jamás notó cambio alguno. Ni una lágrima, ni una queja, ni una palabra más alta que otra. Durante aquellos meses, en casa se comieron aún más macarrones y alubias enlatadas de lo que ya era costumbre. Pero las estrecheces cesaron un buen día sin que nadie, y mucho menos su madre, explicara por qué.

Una tarde, Ina volvió a casa con una gran pieza de carne para hacer *roast beef,* también con salmón y una caja de bombones de Fortnum & Mason diciendo que se había acabado la mala vida. Sí, esas fueron sus palabras. A su padre no parecía que le hubiera hecho demasiada gracia la súbita abundancia, pero Beatriz recordaba que, al final, había comido más *roast beef* que nadie. A partir de entonces, *algo* cambió en aquella casa. Ni siquiera ahora, que sabía el secreto de su padre, Beatriz podía decir qué, pero otras piezas del rompecabezas le recordaron a continuación cómo Ina había empezado a encerrarse con más frecuencia de la habitual en su habitación, según ella, a leer la Biblia.

Después de encontrar a su padre en el parque, también Beatriz cambió, aunque jamás dijo nada a su madre y mucho menos a él. Padre e hija seguían caminando juntos cada mañana hasta la puerta del colegio donde él se despedía con un «Adiós, princesa» para luego seguir con la misma rutina de engañar ¿a quién? ¿A los vecinos? ¿A los caseros, a los que posiblemente debía meses de alquiler? ¿O simplemente a sí mismo? Beatriz no lo sabía, pero dejó de pronto de importarle porque, más o menos por esas fechas, entró en su vida una nueva pieza del puzle. Una que hacía que el rompecabezas de su existencia cobrara al fin sentido. Se llamaba Nicolò y apareció alumbrando —no, no, la palabra era deslumbrando— una vida, la suya, muy corta y a la vez con demasiadas zonas oscuras.

* * *

—¿Qué haces aquí tan tarde? ¿No deberías estar en casa?

Se le había acercado cuando ya oscurecía y ella remoloneaba por ahí, viendo escaparates, para retrasar el momento de volver a casa. Beatriz nunca había visto un coche como aquel. O para ser exactos, sí, pero solo en las películas. Por eso sabía que se llamaba Porsche Carrera y valía una fortuna. También sabía que no debía de ninguna manera subirse a él, eso también lo había aprendido en las películas. O peor aún, en las páginas de sucesos de los tabloides que hablaban, casi todos los días, de adolescentes desaparecidas, de colegialas violadas, de tipos mayores que engañaban a incautas invitándolas a dar una vuelta con ellos. Pero Nicolò no hizo nada parecido. Ni esa vez ni ninguna de las otras en que volvieron a encontrarse. A Beatriz le gustaba recordar que la primera fue frente a la tienda del paquistaní de dos bloques más abajo de su casa cuando ella iba camino de la farmacia y él salía, casualmente, de comprar cigarrillos. Una semana más tarde coincidieron a las puertas del cine al que había acudido con unas amigas y al cabo de un mes, cuando ya empezaba a hacer calor, junto a la reja exterior de aquel malhadado parque que Beatriz intentaba por todos los medios evitar.

—¿No crees que ya son tantas coincidencias que deberíamos celebrarlas al menos con un helado? ¿Cómo te llamas?

Mucho más adelante, Nicolò le confesaría que de coincidencias, nada. Que se había enamorado de ella el primer día que la vio, pero no quería asustarla y prefirió ir despacio, darle tiempo. También le confesó que estaba casado. Pero no como suelen hacerlo los hombres tramposos, mal y tarde cuando una los descubre, sino desde el primer momento.

—Hace años que mi matrimonio está roto, pero seguimos adelante por las niñas. Tengo dos, son muy pequeñas. Mira.

Entonces le enseñó una foto diciendo que se llamaban Chiara y Diana, y ella comentó que le parecían muy guapas.

A Beatriz le gustaba tanto estar con él. ¿Y por qué no, si lo único que hacían era hablar y pasear? A decir verdad, se convenció, Nicolò era como el hermano que acababa de perder. De niña, Beatriz adoraba a Gabriel, también, o quizá aún más, a Estela. Pero los dos se habían ido alejando y un mal día, simplemente, desaparecieron sin despedirse. ¿Por qué? Esa era otra de las piezas del rompecabezas que Beatriz no lograba encajar. Tal vez, se dijo, la vida consistiera precisamente en eso, en perder a personas que uno quiere, pero en saber sustituirlas a tiempo por otras. ¿Y qué mejor reemplazo que Nicolò? Él solo pedía unas horas cada dos o tres días para estar juntos, nada más.

Con Nicolò volvió al parque en el que un día había encontrado a su padre, pero, a partir de ese momento, aquellos árboles o aquel estanque, aquellos bancos y aquel alboroto de palomas ya no le recordaban desencanto alguno, sino que hablaban de otras cosas. De ratos los dos tumbados en la hierba y charlando mientras veían pasar las nubes; de Nicolò enseñándole a patinar o a jugar al bádminton, de los dos remando en el lago o compartiendo un batido de chocolate con dos pajitas. Camaradas, compinches, cómplices, hermanos, eso es lo que eran. Sus amigas le decían: «¿De verdad que no te ha besado nunca? Mira que tienes dieciséis años y él casi cuarenta, podría ser tu padre».

Y de algún modo, tal vez comenzara a serlo. Porque mientras Julián se dedicaba a alimentar palomas a las once de la mañana, Beatriz aprendió con Nicolò el modo correcto de comer un lenguado de Dover en un restaurante en el que su familia jamás habría soñado con poner un pie siquiera. También a vestirse del modo más favorecedor porque él no solo la llevaba de compras, sino que le indicaba qué elegir y por qué. Más adelante, le enseñó a conducir en su Porsche naranja y a beber champagne a sorbitos, a distinguir un burdeos de un borgoña y tantas otras cosas de un mundo que Beatriz ni siquiera sabía que pudiera existir que al final fue ella la que, una tarde, cuando él detuvo el coche para dejarla a cuatro o cinco manzanas de su casa como era costumbre, lo besó. No en la mejilla o en la frente como él solía hacer, sino en la boca y con lengua, como había visto en las películas y ensayado luego en torpes magreos con chicos tan jóvenes e insignificantes que Beatriz ni siquiera recordaba sus nombres.

Cuando quiso darse cuenta, ya eran amantes. Había sido tan fácil deslizarse por la deliciosa pendiente que lleva de la inocencia al desvarío. Había tanto que vivir, tanto que disfrutar, tanto que aprender...

Él se lo prometió: «Un día, *amore*, estaremos juntos para siempre». Y a esas siete maravillosas palabras se había aferrado Beatriz desde entonces. Los doce meses iniciales, los que iban desde el beso inaugural hasta el día en que su madre lo descubrió todo, fueron perfectos. Nicolò había alquilado un piso no muy lejos de su colegio y allí se encontraban al salir de clase, un territorio secreto en el que todo era posible. Porque aquellos amplios y soleados ciento veinte metros cuadrados (tan distantes y distintos de los también ciento veinte pero oscuros, lúgubres, que compartía con sus padres) no solo habían sido escenario de demoradas tardes de amor. Lo fueron también de otra historia de amor que, esta sí, duraría una vida entera. La de Beatriz Calanda con toda la belleza que —dígase lo que se diga— el dinero sí puede comprar. Por eso, al salir de clase, y aun sabiendo que Nicolò no llegaría hasta una hora más tarde, Beatriz tenía por costumbre correr hacia aquel pisito de la calle New Cavendish para entregarse a algunos placeres previos. Como probarse la maravillosa ropa que él le compraba, vestirse hoy de mujer sofisticada, mañana de chica mala, pasado de Lolita. También ensayar peinados y maquillarse con pinturas que su madre jamás habría podido comprar para su oficio.

Y tuvo que ser vestida de Lolita y maquillada como Lulu, la de *Boom Bang-a-Bang,* esa canción que tanto le gustaba tararear, cuando Ina se la encontró por la calle. A saber qué mal astro regiría aquella tarde porque Beatriz tenía por costumbre no salir jamás del piso de Nicolò con la ropa que él le regalaba. Sin embargo, esa vez, decidió bajar un segundo al Woolworths próximo a comprar un rímel, uno barato para sustituir al caro que ya se le había acabado. Beatriz no la vio. Ni cuando su madre entró tras ella en el establecimiento ni cuando, sin abordarla ni decirle nada, esperó a que acabara su compra para seguirla hasta el portal del piso donde pasaba tantas horas con Nicolò. Solo entonces Ina la cogió por el brazo obligándola a girarse. Beatriz nunca olvidaría la expresión de su madre. Pena, alarma, fracaso y miedo, mucho miedo... todo eso había en sus ojos al preguntar:

—¿Por qué, Beatriz?

Podía haberle contestado que porque no quería ser como sus hermanos y menos aún como su padre. Podía haber añadido que porque tampoco —o mejor dicho sobre todo y de ninguna manera— quería ser como ella. Pero hubiera sido demasiado cruel. Por eso prefirió confesar otra verdad menos amarga. Decirle que no se preocupara, que tenía novio, que iba en serio, que él la quería, que le había prometido que siempre estarían juntos, que se llamaba Nicolò, que era el hombre más atento, más generoso, más bueno, más...

—¿Beatriz? ¿Beatriz Calanda Pérez Rapia?

La mujer que interrumpió sus recuerdos junto a la salida de pasajeros del aeropuerto de Barajas no se parecía demasiado a la que Beatriz recordaba de la foto escondida entre las páginas de una Biblia. Había engordado bastante y esos ojos suyos aindiados y mansos que en su momento llamaron la atención de Beatriz ahora solo contribuían a darle el aspecto de un Buda tan risueño como indolente. Aun así había un dato que hacía inconfundible a Perlita Rapia de Pérez. Bajo el abrigo de astracán, prendido en el hombro izquierdo de su bien cortado traje de chaqueta gris marengo, desentonaba la misma incongruente ranita de oro que lucía en la foto.

—Te hubiera reconocido, niña, entre un millón de viajeros, tienes el mismito aire que mi Ina —dijo con un acento del altiplano que años de pisar salones elegantes no habían logrado difuminar del todo—. Encho y yo te esperábamos desde hace tanto tiempo... ¿Cuántos años tienes ahora? ¿Dieciséis, diecisiete? Como tu madre cuando llegó acá por primera vez con nosotros, qué linda casualidad. Bienvenida a nuestras vidas.

7

Cuatro hermanas
[Beatriz]

Las hijas de Beatriz Calanda no se parecían entre sí. Ni siquiera en el apellido porque —como era de rigor y, pese a todo, la suya era una familia convencional— cada una llevaba el de su correspondiente padre. Tampoco tenían edades similares porque tanto María Tiffany como Alma, Herminia y Gadea habían sido llamadas a este mundo con un fin concreto. Sellar cuatro pactos de amor eterno, bendecir cada uno de aquellos matrimonios sucesivos con un nuevo nacimiento y confirmar así la indubitable evidencia de que Beatriz era una gran madre. La mayor, por tanto, tenía alrededor de cuarenta años; la segunda, treinta y tres; veintiséis la tercera, mientras que la pequeña acababa de cumplir diecisiete. En cuanto a su aspecto físico, el padre de Gadea y actual marido de Beatriz era de la opinión de que las cuatro habían tenido la suerte de heredar todos los rasgos de su madre. Cuando un interlocutor asombrado ante esta afirmación argumentaba que las niñas no se parecían ni entre ellas ni menos aún a Beatriz, Arturo Guerra, que tenía por profesión las finanzas, pero por devoción la gastronomía, puntualizaba que las niñas Calanda tenían los mismos ingredientes que tan deliciosos parecían en su madre solo que, al estar remezclados y vueltos a guisar, el resultado variaba.

—A ver cómo os lo explico —decía él—. ¿Qué se obtiene de mezclar y luego hornear agua, harina y una pizca de sal? El más delicioso de los panes, ¿verdad? Pero, según y cómo se cocinen esos mismos ingredientes, también puede salirte un churro. O un buñuelo de viento. O una mística oblea. O a veces, solo engrudo...

Dicho esto, Arturo Guerra solía añadir que cada una de las chicas tenía, además, sus encantos particulares. De María (recordemos que el nombre de Tiffany había sido expulsado años atrás por la familia a las tinieblas exteriores de las cursilerías olvidadas)... de María, por tanto, Arturo solía destacar su dulzura y su instinto maternal. Ella, por su parte, era consciente de que aquellos eran sus rasgos ganadores y los explotaba al máximo. Por eso, cuando venía de visita a España desde Toronto, donde residía con Malcolm, su marido constructor y sus hijos pequeños Ian y Sean, la suya era el retablo viviente de la familia perfecta. La pareja se llamaba mutuamente papi y mami. O, en su defecto, *«honey»*, epíteto que salpimentaba todos sus diálogos («¿Te has tomado la pastilla para el colesterol, *honey*...?». «Sí, *honey,* ¿y tú le has puesto el gorro a los niños?»). Por lo demás, María no sentía la necesidad de venir a Madrid, salvo lo estrictamente necesario: algunas Navidades cada vez más espaciadas, un par de celebraciones familiares ineludibles o algún latoso e inevitable trámite burocrático. Decía disgustarle la exposición pública a la que estaba sometida la familia Calanda y procuraba dejar claro que ella hacía añares que había abandonado el famoseo, aunque, para ser exactos, habría que precisar que no fue ella quien lo abandonó, sino más bien el famoseo el que la abandonó a ella.

—Cariño, mira que lo siento. —Eso le había dicho la directora de una de las más importantes revistas del sector a Beatriz cuando esta la llamó para pactar una exclusiva en la que su hija mayor tenía pensado mostrar a los lectores su recién redecorada casa en Toronto—. No puedo ofrecerle más de diez mil euros esta vez.

—¡Pero si eso es una miseria! Por la última entrevista que dio para hablar de la ortodoncia de su hijo mayor, le pagasteis veinticinco mil.

—Sí, y no vendimos un colín. Desengáñate, Beatriz. Ella no es como tú. Tú interesas cuando vas al masajista, cuando cambias de peinado o cuando te tomas un helado en el quiosco de la esquina, pero María no. Ahora que si lo que quieres es que hagamos las fotos de su casa contigo enseñándola las dos en plan madre e hija supercómplices y tal, ya es otra cosa. Y otro precio, naturalmente.

Fue así como a María Tiffany empezaron a disgustarle las exclusivas. Si las uvas están verdes, ¿a quién le gustan las uvas? Por eso ahora, cada vez que algún periodista despistado la llamaba para una entrevista, ella suspiraba aburrida explicando que tenía otros intereses.

—Perdona, pero yo prefiero la literatura a la prensa del colorín, a Jane Austen antes que a Karmele Marchante; soy más de *Cumbres borrascosas* que de *Sálvame* —aseguraba inocente—. En esta vida cada uno tiene sus gustos —añadía (con medida cautela, no fueran los periodistas a columbrar que había algún tipo de problema o mal rollo entre su madre y ella, eso nunca)— y los míos van más por la lectura, ¿verdad que sí, *honey*? ¿A que me paso las tardes devorando novelas?

Arturo Guerra, al que le encantaba estudiar todos los fenómenos psicológicos relacionados con la singular personalidad de su mujer, tenía una segunda teoría con respecto a las niñas Calanda. Según él, se producía con ellas un curioso fenómeno psicológico por el que, además de heredar los rasgos femeninos de su madre, cada una parecía haber «heredado» otros masculinos, pero no de sus respectivos padres como sería lo normal, sino de sus padrastros. Así, por ejemplo, a María Tiffany, que era hija de un actor famoso por sus películas románticas de los años setenta, no le gustaba el cine, sino que parecía tener aficiones más similares a las del segundo marido de Beatriz, Darío Robiralta.

Cuando Darío Robiralta entró en la vida de Beatriz y por tanto también en la de la entonces muy pequeña María Tiffany, desbancando a su padre, estaba considerado la mente más preclara del país, el gran novelista de los setenta, el más premiado y aplaudido. Qué inmensa conmoción, cuántos litros por no decir ríos de tinta corrieron al destaparse el clandestino romance que mantenían. ¿Cómo era posible, se preguntaban todos, que un intelectual, un hombre de izquierdas, comprometido con las más nobles causas y reivindicaciones, hubiera podido perder de tal modo la cabeza por un huero personaje de las revistas de cotilleos?

Aparte de los comprensibles ardores de la pasión y de aquello de que el amor tiene razones que la razón ignora, ¿de qué demonios hablarían esos dos fuera de la cama si él era devoto de Marcuse y ella de Madame Coco, él de Adorno y ella solo de Dewi Sukarno? La respuesta a estos y otros misterios estaba, curiosamente, dentro de los libros de Darío Robiralta. Muy pronto, los que jamás habían leído una sola línea de sus escritos (es decir, el 90,9 por ciento de la población) empezaron a interesarse por su obra descubriendo un gran portento. Escondidas entre sesudos monólogos interiores de veinte páginas sin un punto ni un punto y coma, emparedadas en larguísimas disquisiciones filosóficas dignas de Montaigne o Saint-Simon, dormían el sueño de los olvidados y a la espera de que algún lector las descubriera varias escenas eróticas de alto voltaje. Espléndidas y pormenorizadas sodomías, chorreantes felaciones, sublimes besos negros y otras delicias prohibidas en las que nadie había reparado hasta el momento.

Sin embargo, además de que tal descubrimiento pusiera de manifiesto el hecho evidente de que los lectores de tan gran intelectual eran pocos o ninguno, el lúbrico hallazgo sirvió para algo muy meritorio: elevar los índices de lectura en todo el país. No de los libros de Darío Robiralta (lamentablemente el público se conformaba con devorar los extractos *sexys* de su obra que los periódicos entresacaban para informar del fenómeno). Pero sí la lectura de esos mismos periódicos, también de revistas tanto de información general como del *cuore*, que muy pronto empezaron a llamar a la pareja «Nuestros Arthur Miller y Marilyn nacionales». Porque ¿acaso Darío Robiralta, con sus pesadas gafas de concha y esa melena reculante que dejaba al descubierto una frente algo ahuevada pero entretejida de inteligentes arrugas, no era la viva estampa del autor de *Las brujas de Salem*? Y si bien Beatriz Calanda, con su pelo oscuro y ojos tan claros, se parecía a Marilyn como un huevo a una castaña, ¿no era obvio que, en *sex appeal*, poco y nada tenía que envidiar a la inolvidable «tentación que vivía arriba»?

Hasta ese momento, la vida de Beatriz Calanda había tenido un interés mediático moderado. Su primera boda con un actor famoso, su embarazo, el posterior nacimiento de María Tiffany, bautizo, primer diente, fiesta de cumpleaños y otros acontecimientos igualmente noticiables habían hecho crecer la llama de su atractivo pero lentamente. No obstante, a partir de que se destaparan aquellos amores con Darío Robiralta, ya no necesitó echar leña a su cada vez más espléndida hoguera. De ahí en adelante (y hasta que, cinco años más tarde, Beatriz encontrara al tercer «único amor de su vida», pero esa es otra historia), los Arthur Miller y Marilyn nacionales fueron la más feliz de las parejas. Nada más casarse, se mudaron a un piso antiguo de techos altos en la calle Recoletos, a un paso de la Biblioteca Nacional, un lugar que, según los reportajes de la época, «era el nido ideal para una pareja que empieza a vivir su amor a la sombra de cien mil volúmenes de sabiduría». Meses más tarde, nacía la segunda de las niñas Calanda. La llamaron Alma en honor a Mahler, el músico favorito de Darío Robiralta del que Beatriz jamás había oído hablar, pero que, según confesó a la revista que recogió el nacimiento de la niña, la enamoró de tal modo que no dejaba de tararear su sinfonía número 5 mientras preparaba pelargones.

Hacia esas mismas fechas se le despertó también el gusto por la literatura, hecho que quiso compartir con sus seguidores. Por eso, no dudó en dejarse fotografiar junto a la cuna de Alma con un libro en la mano. Que tal libro fuera el *Ulises* se debió a una simple casualidad. Mienten quienes afirman que lo eligió para copiar a Marilyn, a la que un fotógrafo inmortalizó en traje de baño y enfrascada en la lectura de la sublime obra de Joyce. De haberlo sabido, Beatriz jamás hubiera cometido semejante *gaffe*. Con la de libros sesudos que había en su casa. Podría haberse retratado con *Tiempo de silencio* o con *El Jarama*, para dar una nota de intelectualidad más nuestra, más española, más patria. Pero era Joyce el que andaba por ahí. Además, se había dicho Beatriz en el momento de la sesión fotográfica, mejor terminar cuanto antes con aquella entrevista porque Almita berreaba a todo pulmón, como si no fuera partidaria de la literatura.

Y no lo era. Para hacer cierta la teoría de Arturo con respecto a los rasgos de carácter de las niñas Calanda, mientras que María Tiffany se sentaba junto a su padrastro Robiralta a surcar los mares a bordo del *Nautilus* o recalaba con Long John Silver en la isla del tesoro, Alma, desde muy pequeña, demostraría que sus aficiones iban por otro lado. ¿Por cuál? Al principio, Beatriz pensó que se parecía a ella cuando era niña, al menos en los gustos. En el aspecto físico, en cambio, era un calco de Robiralta con la misma frente ovoide, la misma miopía. No se podía decir que Alma fuera una belleza, pero, igual que a Beatriz en su infancia, le encantaba pasar horas ante el espejo probando peinados, inventando disfraces, maquillándose de mil modos distintos. «También yo era feúcha de pequeña. Crecerá y se hará monísima», se había dicho Beatriz mientras la llevaba del oculista al ortodoncista, del ortodoncista a la profesora de ballet y de la profesora de ballet a la nutricionista. El vaticinio nunca se cumplió, pero Alma continuó jugando siempre ante los espejos...

Por su parte, María Tiffany seguía devorando libros, aunque sus gustos degeneraron en la pubertad. Pasó un buen día de las novelas de aventuras a las rosa chicle, de las de Verne y Dumas directamente a las de Danielle Steel y Barbara Cartland, y con ellas se quedó ya para siempre. Por aquellas mismas fechas, Alma, siete años menor que su hermana, empezaba a perfilar qué le gustaba exactamente en la vida. Y a ello contribuyó de modo decisivo la llegada de un nuevo padre. O, mejor dicho, tío, que era como a Beatriz le gustaba que sus hijas llamaran a sus sucesivos papás. Tío Claudio apareció en sus vidas cuando Alma acababa de cumplir ocho años y María Tiffany rozaba ya los quince. ¿Y qué pasó con Darío Robiralta? ¿En qué momento la pareja ideal, los Arthur Miller y Marilyn nacionales pasaron del amor al olvido, de la pasión al divorcio? Según explicaría Beatriz —utilizando para ello la letra de una canción de Rocío Jurado incluida en su álbum *Paloma brava* y muy de moda por aquel entonces—, se les rompió el amor de tanto usarlo. Sobriamente vestida de gris y luciendo aún su alianza de casada, confesó en las entrevistas que le hicieron a tal efecto cómo «se les había roto el amor porque las cosas más bonitas son tan efímeras como las flores...».

La letra parecía digna de la pluma de Darío Robiralta, solo que tan talentosa pluma hacía mucho que no producía nada y, cuando lo hacía, parecía otra. Vacua, tópica, sentenciosa, obvia, irrelevante, así era ahora aquella pluma mítica. Seguía agitándose con energía en algunos medios de comunicación, pero estos eran cada vez menos importantes. Poco a poco, la habían dejado de solicitar los periódicos y semanarios de primera fila para interesarse por ella solo publicaciones menores, o si no, esas que llevan en la portada a señoritas ligeras de ropa. Al principio, a Darío Robiralta no le importó. ¿Acaso no escribían en *Playboy* primeras espadas mundiales como Truman Capote, John Updike o Gabriel García Márquez? Es verdad que las revistas patrias no eran exactamente como la del conejito, pero, como esta, ofrecían, amén de rubias y pelirrojas explosivas, información política y económica de primer orden. Cuando Darío quiso darse cuenta, ya era tarde. Lo que requerían de él no era su opinión sobre Oriente Medio, el desarme nuclear o ni siquiera sobre temas sociales como la emancipación de la mujer o esa nueva pandemia de la que todos hablaban de un tiempo a esta parte y a la que llamaban sida. Lo que les interesaba era que escribiese sobre ellos. O, para ser exactos, sobre ella. ¿Qué le gustaba desayunar a Beatriz Calanda? ¿Pensaban tener otro hijo? ¿Cuál era su plato favorito? ¿Dónde iban a ir de veraneo? ¿Era cierto que tenía un lunar muy *sexy* en la cara interior del muslo?

Más o menos por aquellas fechas, Darío Robiralta empezó a beber. Quién sabe, se dijo entonces, tal vez así recuperara la inspiración. No sería, desde luego, el primer escritor que la buscase en el fondo de una botella. Dostoievski la había encontrado en una de vodka, Verlaine en otra de absenta, Hemingway en las de ron o whisky y el gran Poe en la de cualquier tipo de alcohol, incluso el de quemar.

En ninguno de los muchos álbumes de cuero rojo, esos en los que Beatriz Calanda guardaba los recortes de prensa de toda su vida, venía este titular: «La Paloma Brava alza de nuevo el vuelo». Ni tampoco este otro: «Abandoné a mi marido cuando comenzó a beber». Pero eso fue exactamente lo que había ocurrido. Demasiadas similitudes, demasiados recuerdos, demasiadas simetrías. No hizo falta que se encontrara a Darío, como en efecto ocurrió una mañana, sentado en su viejo sillón de lectura, echado hacia delante, igual que si estuviera dando de comer a las palomas. La decisión de Beatriz hacía tiempo que estaba tomada.

Tal vez por eso, desde meses atrás, había empezado a hacer su vida. Del modo más elegante y casto, claro está, ella era una señora. Por eso, lo que hizo fue, simplemente, apuntarse a clases de sevillanas. Nunca hasta ahora se había interesado por el baile, pero este en concreto hacía furor entonces y amigas suyas se reunían para dar clase en casa de unas u otras cada semana. Y no. No es cierto lo que más tarde se dijo. Ella no le robó el marido a una amiga. Según muy pronto aclararían sus revistas de cabecera para despejar cualquier duda al respecto, Menchu y ella acababan de conocerse. Apenas habían bailado juntas un par de sevillanas, como quien dice. Beatriz se apresuró a hacer saber también a través de los medios que, de no haber sido ella, habría sido cualquier otra. El matrimonio que formaban Menchu y Claudio, aseveró, hacía años que había fracasado y él estaba pidiendo a gritos que alguien lo rescatara de entre los restos del naufragio.

También dijo que era falso que se enamorara de él por «ser vos quien sois». «Claudio es mucho más que un aristócrata —explicó—, es un ser excepcional, un hombre de mundo». Y sí debía de serlo, al menos a juzgar por el «espíritu deportivo» (esas fueron sus propias palabras) con el que se dispuso a hacer frente a la brutal avalancha mediática que se le vino encima al destaparse la noticia. «El conde de Alcaudón deja mujer y cuatro hijos para casarse con Beatriz Calanda». Los ríos de tinta que corrieron esta vez hicieron que los vertidos en el caso de Darío Robiralta parecieran un infeliz arroyuelo.

Además, cuántas tramas y subtramas apasionantes tenía aquel nuevo capítulo de su historia. Para empezar, estaba lo relativo a la antigua y muy distinguida familia Alcaudón. ¿Qué pensaba, por ejemplo, el anciano conde, grande de España, que, con cerca de noventa y cinco años, vivía aún en la propiedad campestre de los Alcaudón, un inexpugnable castillo sitiado ahora por hordas de *paparazzi*? ¿Y su hermana mayor, Herminia, la inteligente de la familia, tan discreta y alérgica a la prensa del corazón (que ella llamaba de la entrepierna) que, cuando veía un fotógrafo, le brotaba urticaria? ¿Y, sobre todo, qué tenía que decir al respecto Menchu Alcaudón, la esposa abandonada? Las televisiones retransmitían cada uno de sus movimientos en tiempo real en busca de alguna respuesta. Pero ella nada dijo. Ni cuando la asediaron a la salida de su trabajo. Ni cuando la abordaron yendo al colegio a recoger a sus hijos; ni siquiera cuando intentaron colarse en el jardín de su casa para recabar información de alguien del servicio. Solo cuando el mayor de sus hijos, un chico de quince años, asustado al encontrar un fotógrafo detrás de un seto, le dio un empujón haciendo que se le cayera la cámara, intervino. Pero fue solo para recoger la cámara del vociferante (que juraba haber sido agredido) y devolvérsela con una sonrisa cansada. «Hay otros por ahí a los que les pirra hablar, pregúnteles a ellos», fue su único comentario.

A la historia de los amores de Beatriz y Claudio le faltó, por tanto, la versión de la mitad de los personajes involucrados. Se sabía con lujo de detalles lo que pensaba Beatriz, pero la familia de Claudio se envolvió en un impenetrable silencio. Aun así, con el tiempo llegaron a conocerse ciertos pormenores significativos. El primero, que Claudio había optado, *noblesse oblige*, por dejarle lo más posible a su exmujer. Lo más posible, que no era mucho, habría que matizar, porque, mientras viviera el viejo conde, las inmensas posesiones de los Alcaudón no eran suyas y su padre siempre había atado corto a sus dos hijos. Por eso, años atrás, tanto Claudio como su hermana mayor no habían tenido más remedio que buscarse alguna fuente alternativa de ingresos. Y la encontraron en algo relacionado con la familia. A Herminia, que había estudiado Arte en Florencia, pero pronto se perfiló como un lince en los negocios, se le ocurrió una idea, muy novedosa en aquella España de los ochenta. Si su padre no les dejaba acceder al patrimonio familiar, seguro que les permitiría sacarle rentabilidad a uno de los productos menos conspicuos de la familia, un tesoro al que hasta ahora nadie había prestado atención. Cierto hongo autóctono que sabía exactamente igual que el mítico *tartufo bianco* que suele alcanzar en el mercado internacional un precio de más de quince mil dólares el kilo. Hasta ese momento, la familia reservaba tal manjar (al que llamaban alcaudito) para sorprender a los invitados a sus cacerías. ¿Pero por qué no seguir el ejemplo de los italianos y extraer de él mucho más beneficio? A Herminia, que había comido mucho *tartufo bianco* (ritualmente racionado como si fuera un diamante culinario) en las diversas fiestas a las que asistía junto a sus amigos los Pucci y los Agnelli, se le ocurrió que, si el producto se adornaba con el escudo de la familia diseñado, por ejemplo, por una Pucci muy creativa en estos menesteres, y si luego se lanzaba una buena campaña de *marketing* internacional con Claudio y Herminia Alcaudón explicando las virtudes de hongo tan extraordinario en plan *lady* y *gentleman farmers*, los dos sentados ante la chimenea del castillo, el éxito estaba asegurado.

Y funcionó. Primero el *Financial Times*, más tarde *The New York Times* y, a partir de ahí siguiendo su estela, *Le Monde, Il Corriere della Sera* y hasta el *Sidney Morning Herald* de Australia, los periódicos más importantes del mundo en sus secciones gastronómicas se hicieron lenguas de las bondades del alcaudito convirtiéndolo en célebre *urbi et orbi*. Esto había ocurrido un par de años atrás y cambió por completo la vida de los hermanos Alcaudón.

«Y resulta que ahora —se lamentó entonces Herminia Alcaudón—, con lo mucho que nos ha costado salir en los medios adecuados y con el cuidado que hemos puesto en tener un perfil alto y a la vez discreto, va el tarambana de Claudio y no se le ocurre nada mejor que convertirse en pasto de la prensa rosa más deplorable».

No, Herminia Alcaudón no se tomó nada bien los amores de su hermano. Nunca había tenido una elevada opinión de sus luces intelectuales, pero ahora le parecían inexistentes. ¿Por qué aquella escandalera tan pública? ¿No era acaso la divisa familiar *qui cum puellis pernoctat excrementatus alboreat* (quien con niños se acuesta, mojado amanece), acuñada más de quinientos años antes, tan clara como premonitoria? ¿De veras pensaba el tontaina de Claudio que podía acabar bien una relación que empezaba con semejante polvareda?

Durante meses, la relación, tanto fraternal como comercial, de los hermanos se enfrió casi por completo. Y si más adelante logró atemperarse, al menos en apariencia, fue gracias al nacimiento de la tercera de las hijas de Beatriz.

Herminita Alcaudón llegó al mundo con dos importantes misiones. Una, el ya habitual refrendo en la familia Calanda de un nuevo amor con una nueva criatura. La segunda era más delicada: facilitar que Claudio lograse reconquistar la estima de su hermana. Al principio funcionó. Herminia era soltera y sin hijos, y le hizo ilusión saber que la niña llevaría su nombre. Lástima que la recién nacida no compartiera su entusiasmo. Cada vez que su tía y madrina la cogía en brazos, Herminita se deshacía en llanto y le hacía pipí encima. Quizá tal pavor se debiera a su aspecto físico, quién sabe. De sus tiempos de estudiante de Bellas Artes, Herminia conservaba un gusto por lo bohemio, por lo estrafalario. Le encantaba ir contracorriente, lo que, en el vestir, se traducía en una predilección por los caftanes a lo Demis Roussos. También por túnicas largas, transparentes y vaporosas cuajadas de collares multicolores de cristal de Murano a tono con los turbantes altísimos, que ella se empeñaba en lucir tanto en invierno como en verano. Si a esto unimos que era más miope que un murciélago, por lo que usaba impertinentes, y que había heredado las medidas —tanto a lo alto como a lo ancho— de su padre, al que en sus buenos tiempos llamaban el Búnker, no era tan de extrañar la reacción de su diminuta tocaya. Lo que sí resultó paradójico fue la actitud de la segunda de las niñas Calanda. Al doctor Espinosa, experto en comportamientos humanos, le faltaban aún varios años para entrar en la vida de Beatriz y sus hijas, pero, de haber estado presente en ese momento, seguro que le habría llamado la atención la reacción de Alma Robiralta. «Imitación paradójica» hubiera sido, quizá, su diagnóstico al ver cómo la niña, desde el mismo día en que conoció a la hermana de su padrastro, decidió convertirse en ella. Alma no solo se disfrazaba estrafalariamente copiando a su tía postiza. También empezó a engordar y hablar como ella, con una voz alta y tonante. A tía Herminia, por su parte, le hacía gracia admiración tan inesperada como indesmayable y, de hecho, Alma fue el único miembro de la familia de su hermano al que sintió dejar de ver cuando, cinco años más tarde, se produjo el cisma.

Todo comenzó pocos días después de que Herminita cumpliera cinco años y el desencadenante fue la muerte del viejo conde. Noventa y nueve años tenía cuando lo arrebató la parca dejando tras de sí un problema sucesorio. Cuando Herminita llegó al mundo con sus dos misiones, llevaba encomendada también una tercera, aún más secreta e inconfesable. Tía Herminia era estrafalaria, bohemia, no tenía hijos y —a pesar de que estaba muy orgullosa de sus apellidos— durante toda su vida había hecho gala de importarle un güito (esas eran sus propias palabras) ser condesa. Sin embargo, sería quizá porque no tenía alta opinión de las luces de Claudio y temía que no supiera hacerse cargo del patrimonio familiar. Sería tal vez porque siempre le pareció deplorable la elección amorosa de su hermano y no le daba la gana de que Beatriz empezara a bordar sus sábanas y toallas con una coronita condal. Sería por lo que fuera, pero lo cierto es que, poco después del funeral, reveló sus planes. Plan número uno: pensaba ejercer el derecho que la ley por fin reconocía a las mujeres y reclamar el título familiar. Plan número dos: de ninguna manera pensaba hacer testamento a favor de Herminita —que con cinco años, cada vez que veía a su madrina, ponía la misma cara de horror que como cuando era bebé e incluso seguía con su desagradable costumbre de hacerle pipí encima—. Y luego estaba el plan número tres, el más doloroso si cabe para su hermano Claudio. Herminia se negaba incluso a darle como premio de consuelo la explotación del alcaudito, por lo que, además de dejarle sin título nobiliario y fortuna, lo dejaba sin su principal medio de vida. Es verdad que, después de seis años de feliz matrimonio con Beatriz, Claudio había descubierto las delicias de las exclusivas, el dulce y continuo flujo de ingresos que se podía obtener con solo dejarse fotografiar haciendo las cosas más banales o cotidianas. Paseando el perro por la calle, jugando al golf con un amigo o, simplemente, comentando a la salida del gimnasio y con sonrisa deportiva que era «el más feliz de los hombres». Pero una cosa era hacer un dinerillo extra con la prensa del colorín y otra muy distinta que ese fuese, de ahí en adelante, su único medio de vida.

A partir de entonces, el carácter de Claudio Alcaudón comenzó a cambiar. Ya no era el hombre bonachón y bromista que estaba siempre de buen humor. Sin trabajo y —a sus cuarenta y ocho años— sin muchas perspectivas de encontrar otra ocupación, vagaba por la casa como un espectro. Se volvió mustio. Al igual que Darío Robiralta, comenzó de pronto a encerrarse en su despacho. Y no, no es cierto que también él se diera a la bebida como llegó a rumorearse, pero, tal como antes había sucedido con Robiralta, Beatriz notó de pronto que, una vez más, a ella se le rompía el amor de tanto usarlo. Y hay que especificar que esto, en el caso de su relación con Claudio, no era solo metáfora.

Beatriz hubiera podido seguir adelante con un Claudio derrotado, mustio y todo lo que aquello significaba de cara a la galería. Pero lo grave no era en qué se había convertido de puertas afuera. Lo terrible fue en qué se convirtió de puertas adentro y, más concretamente, dentro del dormitorio. Claudio siempre había sido muy cariñoso, muy físico, haciendo uso frecuente de eso que algunos aún llamaban el débito conyugal. Existen hombres a los que los quebrantos económicos les produce un quebranto también en áreas más íntimas, una caída a plomo de la libido, una tendencia aterradora al gatillazo. A Claudio Alcaudón le sucedió exactamente lo contrario. Si antes hacían el amor cuatro o cinco veces a la semana, a él le dio por aumentar la dosis a una vez diaria y en ocasiones dos o más. A cada rato y sin que importaran las circunstancias, Beatriz empezó a verse abocada a pasar por lo que Lita (su silenciosa ayudante, su paño de lágrimas y la única persona con la que comentaba sus miserias) no tardó en llamar las Horcas Claudinas. Las tentativas incluían: antes de desayunar, en la siesta, al caer el sol, antes de la cena, después de la cena, a las horas más inesperadas y en las posturas más inverosímiles. Beatriz exigió una tregua, o dicho en román paladino, que la dejara tranquila de una vez para siempre, y él, caballeroso, aceptó. No más sexo si ella no quería. Pero entonces empezó a suceder que por las mañanas, y también varias veces a lo largo de toda la noche, se despertaba con él desnudo y adherido a su espalda a modo de desesperada cataplasma. De nada servía protestar y decirle que aquello más que amor era un coñazo, porque al cabo de un rato, tan pertinaz como antes —y supuestamente dormido—, volvía a las andadas. Jamás la forzó o violentó en modo alguno, pero llegó un momento en que Beatriz deseó por Dios y por todos los santos que sí lo hiciera. Al fin y al cabo, contra una agresión se puede luchar, gritar, negar, mandarlo definitivamente a paseo. ¿Pero cómo se actúa contra alguien que, en realidad, no hace *nada*? Claudio ni siquiera suplicaba ni mendigaba patéticamente como podían hacer otros perdedores de la vida. Él se conformaba con estar ahí, con tenerla cerca y poder mirarla. Tan erecto como resignado.

Por eso y una vez más, a Beatriz Calanda se le rompió el amor y, en esta ocasión, no tanto de uso, sino de pura sobredosis. ¿Pero cómo decir públicamente que pensaba separarse por tercera vez? ¿Cómo presentarlo ante la prensa? ¿Qué iban a pensar todas esas personas que seguían su vida, semana a semana, como una adictiva novela por entregas? Imaginó por un momento los titulares posibles: «Paloma Brava abandona su tercer nido» o «Beatriz Calanda, fiel a su filosofía, prefiere la libertad a un matrimonio que se hunde», rezarían los más benévolos.

Los menos amables directamente dirían: «Claudio Alcaudón pierde en un mismo año título, trabajo y esposa ideal». O peor aún: «La Calanda planta a su marido al saber que ya no va a ser condesa».

No, de ninguna manera, debía evitar a toda costa dar esta impresión. Ella era una señora, una buena persona. ¿Qué iba a pensar la gente? No podía dejar a un marido en las actuales circunstancias. Pero... ¿qué pasaría si no fuera ella quien lo abandonara sino que fuera *él* quien le pusiera de pronto los cuernos? Eso sí que cambiaba por completo el panorama. Además, no era algo tan difícil de organizar, Beatriz sabía exactamente cómo.

Por supuesto, ninguno de los viejos álbumes encuadernados en rojo que con tanto fervor custodiaba Lita, su ayudante, incluían dato alguno que permitiese reconstruir cómo se fraguó tan liberador adulterio. ¿Se considera adulterio volver a frecuentar a la primera mujer de uno? Porque eso es exactamente lo que pasó. De cómo se las arregló Beatriz para que Claudio y Menchu volvieran a verse después de protagonizar divorcio tan sonado, nadie tiene la menor idea. Lo que sí se sabe es que, un buen día, un fotógrafo sorprendió a los exesposos abrazados en una cafetería. De nada sirvió que Claudio jurara y perjurara a Beatriz que solo estaban hablando de los niños y que Menchu, al saber de sus recientes quebrantos económicos, le había dado un fraternal abrazo. Tampoco sirvió de mucho que él convocara una rueda de prensa para «abrir su corazón y contar al mundo que amaba a Beatriz con toda su alma», Paloma Brava hacía rato que había levantado el vuelo. Según le dijo ella a un desolado Claudio, por mucho que lo amara, no podía de ninguna manera soportar una infidelidad; había sido la desilusión más grande de toda su vida. Sí, continuaba queriéndolo, bla, bla, pero no, no podía volver con él. El dolor era demasiado agudo, demasiado desgarrador, adiós para siempre, Claudio, fue bonito mientras duró (o palabras a tal efecto).

Así fue el tercer divorcio de Beatriz Calanda Pérez Rapia. Uno que, de cara a la galería, contaba además con un nada desdeñable ingrediente a su favor: la conmiseración. Los ricos también lloran, hasta las palomas bravas sufren por amor y les ponen los cuernos como a todo hijo de vecino, qué triste pero qué reconfortante a la vez para su legión de fieles.

Ahora tocaba empezar de nuevo, o, como a ella le gustaba explicar en sus entrevistas, reinventarse después de tan tremendo desengaño.

«No busco el amor, solo busco el olvido», declaró cuando lo cierto es que ya tenía otro hombre en el punto de mira. El cuarto y hasta ahora último señor Calanda, el único que había logrado sobrepasar la barrera de los siete años de matrimonio que, hasta ese momento, era el máximo que le habían durado sus anteriores maridos. Diecinueve años llevaban casados. Dos más de los que tenía ahora Gadea, la cuarta y última de sus hijas.

Arturo Guerra entró en la vida de Beatriz haciendo buena su propia profecía. Por eso Herminita, la hija de Claudio Alcaudón, que acababa de cumplir seis años por aquel entonces, enseguida dio señales de tener mucho en común con su recién estrenado padrastro. Desde tan tierna edad, se pudo ver que lo de esta niña eran las sumas, las restas, las cuentas en general. Poseía la misma facilidad para los números que había convertido a Arturo primero en estudiante aventajado, después en economista brillante y ahora en uno de los banqueros más importantes del país. En aquel momento, esta profesión no gozaba ya de esa aura, mitad glamur mitad filibusterismo, que había tenido en los noventa. Con el principio de siglo daba la impresión de que se volvía a los valores clásicos de la banca. Gente discreta que ganaba mucho dinero y huía de los focos mediáticos. ¿Cómo pudo Arturo Guerra evitar achicharrarse en ellos como sus predecesores? Simplemente aprendiendo en cabeza ajena. O, lo que es lo mismo, teniendo muy presente que, tal como le había ocurrido a Darío Robiralta y más tarde a Claudio Alcaudón, los que dan cuartos al pregonero nunca lograrán librarse de él. Si uno y otro habían creído que existían excepciones a la regla y que era posible aparecer un día haciendo declaraciones en una revista sobre un tema que les interesaba profesionalmente y, al día siguiente, negarse a contestar cuando les preguntaban sobre su vida privada, eran unos ingenuos y bien caro habían pagado su error. Por eso Arturo Guerra desde el mismo momento en que decidió abandonar a su mujer de los últimos quince años para unirse a Beatriz, jamás despegó los labios ante un periodista. Ni cuando ella hizo pública la noticia de sus amores, ni cuando se casaron en Viena, precisamente, para evitar a los *paparazzi*, ni cuando Beatriz posó para mostrar al mundo su nuevo hogar. Tampoco cuando nació Gadea y hubo que presentarla a la prensa estaba él.

Gadea. He aquí el nombre del verdadero amor de Arturo Guerra, el más grande de todos. Arturo no había tenido hijos en su matrimonio anterior. Y aunque nunca los había echado de menos, la llegada de la niña fue como el descubrimiento de una nueva fe, una nueva religión. Pasaba horas ante la cuna de la recién nacida. Le gustaba verla dormir, sonreír, respirar. También le gustaba sorprenderse al descubrir en ella rasgos de Beatriz. Pero, sobre todo, le fascinaba detectar gestos de su familia y en concreto de su madre, a quien tanto había querido y cuyo nombre llevaba ahora la niña. Y, durante todas aquellas largas sesiones ante la cuna de Gadea, tranquila, silenciosa, misteriosa, junto a Arturo estaba siempre Herminita Alcaudón. Qué niña extraña. Prefería sentarse a su lado y hacer rompecabezas antes que jugar con su madre o sus hermanas mayores.

Pasaron los primeros meses de vida en común y las niñas Calanda continuaron perfilando y afianzando cada una su personalidad. Por eso, María Tiffany era cada vez más romántica, Alma más bohemia, mientras que Herminita amaba las cifras, los números. ¿Y Gadea cómo sería? Según la cínica y hasta ahora certera observación de Arturo, Gadea debía parecerse más al próximo marido de la bella después de él. Pero continuó pasando el tiempo, cinco, diez, quince años, y al menos hasta el presente no había habido reemplazo. Arturo llegó a convencerse de que toda regla —y también toda profecía— debía de tener su —al menos en este caso— más que deseable excepción. Además, en los muchos años en los que la había visto crecer prestando tanta atención a todo lo que pudiera gustarle o convenirle, también había podido estudiar a fondo la forma de ser de su hija. Gadea era observadora, intuitiva, valiente y, sobre todo, poseía un innato sentido de la justicia. Es cierto que había tenido sus momentos de rebeldía, en especial contra su madre, pero eso fue años atrás, coincidiendo con la pubertad. Ahora que acababa de cumplir diecisiete años, todo aquello parecía absurdo, lejano. Tan lejano como el día en que se le ocurrió escribir con lápiz de labios en el espejo del cuarto de baño de Beatriz. ¿Qué era lo que había garabateado sobre el cristal? Nada. Bobadas, cosas de niños.

Y así fueron pasando las semanas, también los meses felices todos ellos hasta que Arturo Guerra tuvo su primer accidente.

8

MARIQUITA PÉREZ
[Ina]

1951 fue, por lo menos en apariencia, un año tranquilo tanto en España como en el resto del mundo. A principios de año, Franco decidió crear el Ministerio de Información y Turismo y prestar más atención a esta fuente de riqueza mientras que en Barcelona se estrenaba con gran éxito la película *La revoltosa*, con Carmen Sevilla y Tony Leblanc. La primavera trajo la consabida inauguración de un par de pantanos por parte del jefe del Estado y julio vio el nacimiento del sexto gobierno nacional de España con la inclusión de diversas caras nuevas, lo que sorprendió mucho, puesto que los ministros de entonces solían durar lustros en el mismo cargo.

Por otro lado, en el mundo, 1951 aportó dos acontecimientos de signo distinto. Mientras en Alemania Deutsche Grammophon presentaba el primer LP (elepé) de la historia, Estados Unidos inauguraba lo que más adelante se conocería como la caza de brujas. Y lo hizo con la condena a muerte de un matrimonio judío, Julius y Ethel Rosenberg, acusados de alta traición por, supuestamente, espiar a favor de la Unión Soviética. Ambos hechos los recogió la prensa española (en especial el segundo, por la siempre tan mentada conspiración judeomasónica) y lo hizo con lujo de detalles y editoriales varios.

De todas maneras, en ese mismo año, tuvieron lugar otros sucedidos que no encontraron eco alguno en los periódicos patrios, pero que tienen su importancia para esta historia.

Más o menos por esas fechas, los líderes del Partido Comunista de España en el exilio decidieron suspender cierta línea de actuación que ya no rendía los frutos deseados, en concreto, la guerra de guerrillas como estrategia para derrotar a Franco. Tras el arresto y muerte de combatientes en distintos puntos de nuestra geografía y a causa de la dura represión que el régimen estaba ejerciendo en las zonas en las que operaban, se ordenó abandonar esta vía encarnada, sobre todo, en la figura de los maquis. La —según el Partido— dolorosa decisión de dejarlos a su suerte se tomó «para evitar sufrimiento» a la población cercana a los lugares en los que los maquis operaban, puesto que estaban pagando las consecuencias de dichas acciones. Pero la verdadera razón fue que, después de años de tan heroica como inútil resistencia en los bosques y en las montañas, hacía tiempo que los lugareños mostraban poco o nulo interés por las reivindicaciones de aquellos románticos luchadores.

Una vez abandonados los maquis a su suerte, el Partido Comunista inauguró una nueva línea de acción inspirada en la que Lenin había adoptado antes de que estallara la revolución en Rusia: potenciar su presencia en las grandes ciudades aprovechando los resquicios legales que el sistema permitía para comenzar a infiltrarse en todas las organizaciones de masas toleradas por el régimen como gremios o hermandades de Acción Católica, germen de lo que más tarde sería Comisiones Obreras. Así, en 1951 el PSUC, de inspiración comunista, llamó a la huelga en Cataluña y en el País Vasco mientras que en Madrid y en Navarra se produjeron varios paros, con la novedad de que a los obreros empezaron por primera vez a unírseles estudiantes e intelectuales, muchos de ellos pertenecientes a una nueva generación crecida en el franquismo.

De nada de todo esto se hizo eco la prensa. El país vivía aún una posguerra llena de penurias. No era cuestión, según se decía entonces, de diezmar la moral de la buena gente. Optimismo, moralidad, trabajo y progreso, sobre todo mucho progreso, he aquí lo que necesitaban los españoles. ¿Acaso no era lo único importante?

Hacia esas mismas fechas y gracias a los buenos haceres de Juan Pablo Yáñez de Hinojosa, la familia Pérez y Pérez parecía haberse integrado (casi) del todo en la sociedad madrileña. Lorenzo Pérez había logrado abrir nuevas y ventajosas líneas de negocio tanto confesables como inconfesables que lo tenían entretenido y ganando sus buenos duros. Perlita se vestía ahora en las mejores tiendas de todo Madrid y recibía los martes a distinguidas damas a tomar el té y jugar a la canasta en su casa (decorada por los Herráiz, por cierto, y llena de alfombras de Stuyck), mientras que Ina, que había acabado brillantemente la secundaria, estaba empeñada en estudiar Medicina.

—¿Pero para qué, niña? Eso de ir a la universidad no es de señoritas —le decía su madre—. ¿No te das cuenta de que acá las mujeres de buena familia no trabajan? Si lo que quieres es ayudar a los demás, mejor te apuntas, como las niñas de nuestros vecinos los De la Fuente Goyeneche, a llevar enfermos a Lourdes. Eso sí que es caritativo y hermoso.

Hay que ver lo difícil que era aquella muchacha en todo, no había manera de hacer de ella una dama, con la de cosas lindas que había en Madrid, se lamentaba Perlita. Tanto ella como Encho habían querido tentarla con los regalos más caros, los más originales y hasta los más extravagantes, pero todo sin éxito. Su madre la llevaba a las mejores casas de moda donde coincidían en el vestíbulo o a veces en el ascensor con las señoras más conocidas de la ciudad. En una ocasión con Conchita Montes («Buenos días, ¿cómo está usted?»). En otra con Sonsoles Llanzol («¡Oh, oh, buenos díííass, señora marquesa!»). Luego, sin apenas hacerlas esperar, siempre había una señorita divinamente trajeada que las hacía pasar a una salita donde les ofrecían un té o un refrigerio mientras empezaban a desfilar, solo para ellas, varias maniquíes, todas distinguidísimas, luciendo diversas creaciones confeccionadas en telas recién llegadas de París. Perlita señalaba entonces tres o cuatro modelos que le parecían adecuados para su hija. Pasaban a continuación a los probadores y allí Ina se dejaba dócilmente tomar medidas sin decir palabra. Dos o tres semanas más tarde, cuando llegaban al fin a casa los modelos, madre e hija abrían juntas las cajas. Ina entonces hacía todos los comentarios favorables que eran de esperar ante tantas maravillas y agradecía muchísimo a su madre su generosidad. Pero luego y para consternación de Perlita, todas aquellas bellezas quedaban colgadas en el armario tan vírgenes como mártires, porque Ina prefería vestir simples faldas de franela y aburridísimas blusas de popelín.

Lo mismo ocurría con las joyas. Cuántas veces Lorenzo había aparecido por casa con espléndidos paquetes de Aldao, de los Pérez y Fernández o de cualquiera de las joyerías más famosas de Madrid. Y con qué esperanza había visto él cómo su hija abría las cajas para descubrir a veces un collar de perlas, otras una pulsera de oro con dijes o unos pequeños pendientes salpicados de brillantes. Pero todas aquellas maravillas acababan corriendo la misma suerte que las creaciones de París. Después de agradecérselas a su padre y darle un cariñoso beso acompañado de esa sonrisa mitad tímida, mitad llena de determinación que Lorenzo tanto idolatraba, las joyas brillaban por su ausencia. Todas salvo una. La más humilde y antigua, aquel broche de oro en forma de rana que su padre le había regalado antes de salir de Potosí y al que ella tenía cariño porque decía que representaba su vida anterior.

—Mírala, otra vez con ese horrible engendro pinchado en la solapa —rezongaba Perlita— y siempre vestida del modo más aburridamente sencillo, con la de divinuras que tiene en el armario. ¿Qué vamos a hacer con esta chica, Encho?

Lorenzo estaba tan dolido como ella, pero procuraba quitarle importancia.

—Descuida, mujer, ya se le pasará. Solo es cuestión de encontrar el regalo adecuado.

Todo esto sucedía a principios de su estancia en Madrid. Sin embargo, al año siguiente y cuando Ina había cumplido ya los diecisiete, Perlita consiguió al fin que se pusiera un vestuario como Dios manda y que, incluso, empezara a usar la pulsera de dijes y el collarcito de perlas que Encho con tanta ilusión le había regalado. ¿Cómo se obró el milagro? En realidad, no lo había conseguido ella, sino su marido. Y lo hizo con la ayuda de una muñeca.

Claro que la muñeca en cuestión no era una cualquiera, sino la Mariquita Pérez, tan mentada y mítica entonces que tenía incluso su propia tienda en la mejor esquina de la calle Serrano. Ocurrió que un día, al pasar delante de la puerta del local, Ina se había quedado como clavada delante del escaparate. A Perlita, en principio, no le sorprendió. También a ella se le habían puesto ojos de niña de cinco años al ver aquel espectáculo: la doble e inmensa vitrina del establecimiento llena de decenas de bellezas de porcelana y cartón piedra. Las había grandes y no tan grandes, rubias, morenas, pelirrojas, de pelo corto, largo hasta la cintura, con trenzas, con moños. Las había vestidas de noche, de cóctel, en traje de baño y con traje sastre, las había con tutú de ballet, con bata de cola y por haber las había con todos los trajes regionales, hasta el de lagarterana.

—¿Te gustan? —preguntó Yáñez, que, como tantas otras tardes, las acompañaba en su habitual paseo. Son muñecas únicas y tienen una particularidad especial. Además de todas las que ves, se puede encargar una que sea tu copia exacta. Sí, querida, con tu mismo peinado y tu misma ropa, incluso con tus mismas alhajas si lo deseas.

Perlita, a la que, una vez de nuevo en casa, le gustaba siempre comentar con su marido los pormenores de sus paseos, le contó lo sucedido haciendo hincapié en la cara que había puesto Ina ante el escaparate.

—Calle Serrano, 8. Deberías haberla visto, Encho, parecía de nuevo una niña. A punto estuve de ofrecerle comprar una, pero no me atreví, es tan particular y reservada esta hija nuestra. Además, ¿dónde va una muchacha de diecisiete años con una muñeca?

Mes y medio más tarde llegaba a aquella casa la copia exacta de Ina en forma de Mariquita Pérez, con su falda favorita de franela, su austera blusa de popelín y también la copia exacta de aquel broche en forma de ranita que su madre llamaba «engendro».

—... Encho, por Dios, a quién se le ocurre —se escandalizó Perlita—. ¡Una muñeca! Se va a reír de nosotros.

Pero Lorenzo argumentó que era *su* regalo. Que él mismo se lo iba a dar. Que prefería hablar con Ina a solas y que lo haría aquella misma tarde.

* * *

Perlita Rapia de Pérez nunca supo qué se dijeron padre e hija. De haber estado presente, lo más probable es que le hubiera sorprendido no lo que hablaron, sino más bien lo que nunca mencionaron. La relación entre Ina y Encho había sido siempre así, elocuente en sus silencios. Por eso Ina nunca había necesitado que su padre le dijera te quiero. Lo supo desde el primer y ya muy lejano día en que se conocieron ante un féretro, ella con una muñeca de trapo en los brazos, harapientas y muy sucias las dos. Lo supo, como se saben las verdades importantes, cuando callan las palabras y hablan, como en el caso de Lorenzo Pérez, solo los hechos, proclamando, cada día, cada hora, que la amaba hasta tal punto que estaba dispuesto a hacer cualquier cosa por ella. Lo que fuera, todo, incluso lo que no aprobaba o ni siquiera entendía, con tal de que fuera feliz.

La escena ante la Mariquita Pérez se convirtió en la réplica de aquella otra que los había unido para siempre allá en Potosí un día de velatorio e, igual que entonces, hablaron solo los silencios. Por eso, Lorenzo no necesitó decir: «No tengo la menor idea de qué hacer para que vuelvas a sonreír, hija, pero estoy dispuesto a todo, incluso hasta a hacer el ridículo».

E Ina tampoco tuvo que vocalizar lo que estaba pensando: que, en efecto, estaba muy ridículo pero también adorable con aquella muñeca idéntica a ella en los brazos intentando recuperar su cariño, pero que no hacía falta recuperar nada, porque ella siempre lo había querido y le estaba inmensamente agradecida por el amor que le prodigaba cada día. Que no era culpa suya que no le gustara ese mundo de tanto boato y ringorrango al que él y Perlita hacían ímprobos esfuerzos por pertenecer, pero que por él, y también por Perlita, estaba dispuesta a cambiar. Que ahora se daba cuenta de que había sido una ingrata. Que el hecho de que no se encontrara a gusto en aquel ambiente no era razón para no hacer un esfuerzo por ellos, que tanto se desvivían por ofrecerle lo mejor que pudieran tener. Que reconocía que ese no era su mundo, pero que era el mundo que había elegido cuando aceptó ser su hija y que debía por tanto acomodarse a él.

No, nada de esto dijo Ina cuando lo abrazó entreverando sus lágrimas con las de su padre. Tampoco cuando rio prometiéndole que, a partir de ese mismo momento, todo iba a ser distinto. Que ella también estaba dispuesta a hacer lo que fuese por quien la amaba tanto. Y que, si tenía que dejar de ser Ina Pérez para convertirse en Mariquita (que hasta el apellido compartía con aquella muñeca de porcelana y cartón piedra, mira tú qué casualidad) por él, y por el amor que siempre le había profesado, estaba dispuesta a hacerlo.

A partir de ese día, Perlita Rapia de Pérez pudo observar dos portentos. El primero era inesperado. Ver cómo una muchacha de diecisiete años colocaba en sitio preferente en su cuarto —sobre la cama, muy cerca del nuevo aparato de radio en el que le gustaba escuchar jazz y boleros y no muy lejos del coqueto tocador que nunca hasta ahora había usado— aquella muñeca regalo de su padre.

El segundo de los portentos era aún más asombroso. A partir de ese día, Ina empezó a interesarse por acudir a la peluquería y salir de compras. De pronto, y sin que nadie se lo pidiera, acompañaba a su madre en los tés que todos los martes organizaba en la casa e incluso aceptó por primera vez una invitación de Pitusa Gacigalupo. Sí, esa infatigable vecina del quinto que, según decían, organizaba los convites más entretenidos de Madrid a los que asistían invitados de todo pelaje.

Y no solo eso. Ya nunca volvió a mencionar sus deseos de estudiar Medicina. Ahora, pasaba las tardes en su habitación limándose las uñas o escuchando la radio, siempre bajo la atenta y vidriosa mirada de la Mariquita Pérez. Perlita Rapia de Pérez jamás había leído los cuentos de terror de Lovecraft o de Edgar Allan Poe, ni creía en la transmutación de los cuerpos. Pero, desde que Mariquita Pérez entró en aquella casa, le pareció observar que, en vez de que la muñeca imitara a su dueña, era Ina quien imitaba aquel bello cuerpo de porcelana.

—¿Qué vas a hacer hoy, tesoro? —preguntó Perlita una tarde de tantas asomando la cabeza por la puerta y allí estaba su hija, sentada ante el tocador.

—He quedado con unas amigas de clase para ir juntas a merendar a California 47 —fue la respuesta de Ina mientras se pintaba los labios con la misma profesionalidad y esmero que cuando maquillaba cadáveres allá en Potosí.

—Espléndido, espléndido plan —contestó su madre y, antes de cerrar la puerta con un suspiro de alivio, aún le dio tiempo a echar un fervoroso y agradecido vistazo a la Mariquita Pérez, muy sentadita ella sobre la cama.

9

HAY QUE ALTERNAR
[Ina]

—Qué vestido tan divino, es de Basaldúa, ¿verdad? Sí, se nota a la legua. Nada de copias confeccionadas, vete a saber, por qué modistilla de la calle del Pez o algo así. El tuyo es de los buenos, no hay más que verlo. ¿Cómo te llamas? ¿Ina? ¿Ina Pérez? Uy, pero si ya sé quién eres, la que vive dos pisos más abajo, la hija de esos paletos ricachones de Bolivia. Perdona, chica, pero es que yo no tengo pelos en la lengua. No lo puedo evitar, es superior a mí, ¿verdad, Teté...? Teté es mi hermana, ¿sabes? Y acudimos aquí, a casa de tía Pitusa Gacigalupo, siempre que podemos. Mamá y ella son primas. A tía Pitusa no le gusta mucho convidarnos, dice que somos demasiado sinceras, ¿verdad, Teté? Pero no le queda más cáscaras que hacerlo, la familia es la familia, y aquí siempre hay croquetas y canapés buenísimos. Lógico y natural, mi tía es un lince consiguiendo quien le pague sus merendolas, además, qué quieres que te diga, chata, si ella nos hace un favor, también nosotras se lo hacemos a ella. Tía Pitusa necesita gente de nuestra edad y de familia bien para reforzar su Frente de Juventudes. No, chica, no pongas esa cara, no hablo ahora de la Sección Femenina ni de nuestro glorioso Movimiento Nacional, sino de algo un poco más mundano. Así llama mi tía a sus invitados (y sobre todo invitadas, más jóvenes y vistosas), que no solo de viejos ricachones e importantes viven las Pitusas Gacigalupo de este mundo, ¿verdad, Teté? Mira, como eres nueva en esta plaza, voy a explicarte cómo funcionan estas reuniones. Aquí —comenzó diciendo mientras abarcaba con un solo gesto de su largo y escuálido brazo todo lo que se alcanzaba a ver de los salones de Pitusa Gacigalupo (unas paredes color crema de las que colgaban pinturas de santos, de mártires, de querubines vigilados todos ellos desde la vieja chimenea por un retrato de la propia dueña de casa pintado por Sotomayor en el que lucía gran *decolleté*. Y luego estaban los cortinajes de terciopelo púrpura, los muebles remordimiento español, los bargueños oscuros con incrustaciones de nácar, así como un par de alfombras gastadas pero aún señoriales sobre las que reían, se saludaban y sobre todo hablaban sin tregua los más de cien invitados de aquella velada)—... Aquí, y para que lo sepas —retomó, explicando aquella chica—, se pactan matrimonios, se hacen negocios, se conoce a gente de mucha importancia. Pero también pasan otras cosas no menos interesantes. Se ponen cuernos, se vende de estraperlo (¿qué necesitas, dime?, ¿unas medias de nailon, un perfume de París, un pintalabios Revlon... o penicilina, tabaco, whisky, quizá...). En casa de tía Pitusa se fraguan tanto alianzas como crudas venganzas y, según dicen, también se conspira para cambiar ministros, aunque eso, qué quieres que te diga, ya no me lo creo, que el Generalísimo es mucho Generalísimo. Y ahora, mira a tu alrededor, chata. ¿Quién te interesa de toda esta gente que hay por aquí? Tú dime, que yo enseguida te pongo al día y te cuento quién es quién.

Había dicho todo aquello casi sin pararse a tomar aliento antes de añadir que se llamaba Helena Muñagorri y Estévez («Helena con hache, si no te importa, que suena más mundano y chic, aunque a mamá no le gustan nada las extravagancias y menos aún los esnobismos foráneos, ¿verdad, Teté? Según ella, aunque la mona se vista de Helena, Elena se queda. Ja, ja, ja. Ni te imaginas lo ingeniosa que puede llegar a ser mi madre —continuó sin desmayo—, tanto que tía Pitusa no la invita a sus saraos porque dice que no calla ni así la aspen»).

La que no parecía haber heredado los genes maternos era Teté. Ni una palabra había pronunciado hasta el momento. Su hermana en cambio siguió explayándose sobre los invitados que había por ahí (que si aquí Carmen Sevilla, que si allá el ministro Martín Artajo, que si acullá Luis Miguel Dominguín y la Chunga charlando con la duquesa de Alba y con Angelita Pinohermoso...), pero Ina para entonces había preferido desconectar de sus explicaciones y entretenerse en buscar las obvias diferencias que había entre las dos señoritas Muñagorri y Estévez. Observó que Teté tenía unos ojos marrones y mansos y un tanto caídos por los lados como los de un perro sabueso. Por lo demás, era lánguida y muy alta, efecto acentuado por su vestimenta. Se veía que aquel traje había conocido tiempos mejores. Era posible que esa supuesta y denostada modistilla de la calle del Pez, antes mencionada por su hermana, existiera en realidad y fuera la responsable de aquel apaño. El modelo le quedaba corto por detrás y ni el viejo broche antiguo de indudable valor que centelleaba en su hombro derecho, ni los guantes de guipur que sujetaba en una mano como si fueran un trofeo, o mejor aún una reliquia familiar, lograban disipar la idea de que los blasones de la familia Muñagorri y Estévez estaban pidiendo a gritos una manita de pintura. El traje de su hermana parecía de más enjundia. Haciendo honor a su heleno nombre, tenía un hombro sí y otro no y era del más delicado y carísimo encaje. Pero su confección dejaba que desear, delatando la misma autoría anónima de la calle del Pez. Como tela tan sublime y confección tan chapucera no encajaban nada, Ina se dijo que tal vez la mayor de las señoritas Muñagorri y Estévez se hubiera visto en la necesidad de sacrificar uno de los nobles visillos de la casa familiar para hacerse la prenda que ahora lucía.

—... Pero a nosotras, y a ti también si eres espabilada —iba diciendo Helena cuando Ina salió de sus cavilaciones—, a nosotras, chata, lo que nos interesa no son ninguna de estas personas que hay por aquí por muy principales que sean, sino otros invitados. Los pollos —explicó usando una expresión que a Ina, desde que había llegado a España, siempre le había resultado divertida—, los pollos pera, y esos anidan algo más allá, junto a la mesa de comedor, cerca de los huevos encapotados, de las pechuguitas de pollo a la *vilerruá* o de los pinchos de tortilla. Y es que parte de las funciones de un buen partido es saber situarse en la vida y estar siempre en el punto y lugar donde más conviene en cada momento. ¿Verdad, Teté?

»Ven, acerquémonos nosotras hasta allí —añadió, enhebrando su brazo derecho en el de Ina y el izquierdo en el de la hermana—, que en esto del galanteo, al menos en mi experiencia y por mucho que diga mamá que es de frescas insinuarse, si esperas a que Mahoma vaya a la montaña, te quedas para vestir santos. Así que ¡sonrisa Profidén, chicas! Allá vamos.

10

Ascensor
[Ina]

—¡Ah, no, no, de ninguna manera, Ina, que sepas que me niniego en redondo a darle la razón a Lola Flo-Flores!

—¿Cómo dices?

Ina miró al muchacho que tenía delante sin saber muy bien qué actitud tomar. Guardaba un notable parecido con Teté. Era tan lánguido y espigado como ella e incluso tenía sus mismos ojos de perro pachón, pero el misterio se disipó de inmediato cuando Helena lo presentó como su primo Manolo González, «de los González del sur, tú ya me entiendes, de los que no necesitan más apellidos», añadió como si aquello fuera un acertijo. El misterio que tardó un poco más en disiparse, sobre todo para las hermanas Muñagorri, fue a qué se refería su primo Manolo con eso de darle la razón a Lola Flores. Para Ina en cambio esta parte del acertijo era sencilla de resolver.

Porque no era la primera vez que oía aquel elegante tartamudeo ni coincidía con su propietario. Dos, o tal vez tres semanas atrás, cuando aún no se había producido el episodio de la Mariquita Pérez e Ina por tanto no prestaba la menor atención a eso que sus padres llamaban «la sociedad», había coincidido una tarde en el ascensor con él y también con otras dos señoras que subían a merendar a casa de Pitusa Gacigalupo. Cuatro pasajeros en total, lo que, dadas las reducidas dimensiones de tan elegante elevador (en el que un asientito de terciopelo rojo capitoné acaparaba buena parte de la cabina), podía considerarse una multitud. Las visitantes de sexo femenino eran grandes, vistosas, una con el pelo negro y salvaje, la otra castaña y más comedida. En cuanto al ocupante varón, se trataba de un joven que no parecía guardar relación alguna con ellas. Un poco mayor que Ina y trajeado a la inglesa, llevaba un andaluz y reventón clavel en la solapa.

—... *Cusha*, Paca, ¿tú te acuerdas de cuál era el *pizo*? —preguntó a continuación la del pelo oscuro.

—*Shiquilla*, yo diría que el cuarto, pero no sé... Oiga, joven, no irá *usté pa* lo de...

—En efecto, para allá voy y es en el qui-quinto.

—Pues anda que no se bambolea *na* este ascensor *pa* ser de tanto postín.

—No se preocupen, que enseguida llegamos.

Decir esto y quedarse la cabina entre piso y piso fue todo uno.

—Oiga, usted es Lola Flo-Flores, ¿verdad? Ya sé que la ocasión no es la más feliz, pero permítame que me presente, soy Manuel González, sobrino de Pi-Pitusa Gacigalupo, andaluz como ustedes, aunque ahora mismo estoy estudiando aquí en Madrid.

—Pues por mí como si es *usté* Pio Nono, joven. ¡Y no se quede ahí *parao*! ¡Haga algo *pa* salir de aquí, que esto tiene *mu* mala sombra! —dijo la mujer del pelo oscuro, zarandeando la puerta con brío.

Ina no conocía a Lola Flores. Tampoco reconoció a Paquita Rico a pesar de haber visto unos meses atrás *Debla, la Virgen gitana*, pero la situación no se prestaba mucho a consideraciones artísticas. No era la primera vez que se averiaba aquel elegante ascensor. Ina recordaba cómo Fermín, el portero, meses atrás, había tenido que rescatar a una amiga de la señora de don Camilo Alonso Vega. Desde entonces se sabía que la única vía de escape era izar a sus ocupantes a través del techo del ascensor y una vez allí debían arreglárselas para salir por la puerta del piso inmediatamente superior. Aunque —se dijo Ina con bastante aprensión— si Lola Flores seguía meneando la puerta interior del habitáculo de aquel modo, también podía suceder que acabaran en el foso y estrellados contra el suelo.

—*Arsa, Manué*, que *pa* algo eres aquí el único hombre, dale fuerte tú también —arengó la Flores, pasando de los meneos a las patadas—. Alguien habrá que nos oiga, digo yo. Aunque *pa* mí que el portero está durmiendo la mona o pelando la pava por ahí. ¡Fuerte te digo, *Manué*, mira, *ansí*...!

—Pare, señora —se atrevió a decir Ina—, se lo ruego.

—Ni ruegos, ni gaitas, que el que no llora no mama, prenda, apréndetelo *pa* la vida —fue el filosófico consejo de la intérprete de *Pena, penita, pena*.

—Si le ruego que pare un momento —insistió Ina—, es porque me ha parecido oír algo. Escuchen—. En efecto, varios pisos más abajo se oía una voz, la del portero, calcularon todos—. ¡Aquí, Fermín, aquí arriba! —comenzó Ina, y su voz recibió de inmediato sonoros (y melodiosos) refuerzos:

—¡Fermín! —entonaron a coro la Zarzamora y Debla, la Virgen gitana—. ¡Fermíííín!

—No soy Fermín, pero no teman, enseguida me ocupo de que salgan de ahí.

—Shhh, escuchen un momento. —Esta vez era Manolo González el que paraba la oreja para oír mejor—... ¿Antonio, eres tú? Descuiden, señoras —dijo a continuación—, estamos en las me-mejores ma-manos, conozco esa voz de allá abajo, es la de un primo mío.

—¿Otro primo tuyo? ¿Te das cuenta, Paca? —comentó la Lola—. Los ricos están siempre *tos emparentaos* por *toas* partes. El que no es primo es *cuñao*, y el que no es *cuñao* es sobrino o *ahijao*, o a veces, las cuatro cosas juntas. Igualito que nosotros los gitanos, *pa* que luego digan. Anda, *Manué*, grítale fuerte a tu *brotomuchó* que nos saque de una vez, que acá empieza a *hacé* una *caló pa* pelar pollos.

Dicho esto, Lola Flores se sentó en la banquetita de terciopelo rojo y, enarbolando un abanico grande y negro como ala de un cuervo, se puso a agitarlo, lo que produjo en el habitáculo una brisilla muy de agradecer, dadas las circunstancias.

Pero el rescate se retrasaba porque, según confirmó la voz allá arriba (que resultó ser la de Antonio del Monte, primo, en efecto, de Manolo González y que también se dirigía a casa de Pitusa Gacigalupo pero usando las escaleras), Fermín no estaba en su puesto. Según explicó poco después, no había tenido más remedio que abandonar su trabajo y acercarse a una botica cercana porque llevaba toda la mañana con «tremenda flojera, que no sé ni qué me pasa, debe de ser la tensión». Y tan tremenda resultó en efecto la flojera que prácticamente todo el rescate posterior tuvo que correr a cargo de Antonio del Monte, que, para entonces, ya había parlamentado repetidas veces con los ocupantes del ascensor explicándoles que el rescate tendría que hacerse por el techo.

—Jesús, ¡por el techo! —se alarmó Paquita Rico—. ¿Te das cuenta, Lola? No quiero ni pensar lo que va a pasar con mi falda —dijo, señalando la prenda en cuestión, un hermoso modelo de tafetán granate de amplio vuelo.

—Paca, no me seas *agarrá,* que con tal de que nos saquen de esta caja de fósforos, capaz soy de regalarte tres como esa —fue el comentario de la Zarzamora, mientras observaba cómo, al fin, se abrían los cielos, o, lo que es lo mismo, una trampilla central en el techo del ascensor, permitiendo que apareciera la cara de su salvador—. Benditos los ojos, prenda, ya era hora.

Pero Paca ni siquiera se alegró mucho porque seguía con sus reparos.

—... Que no, Lola, que no me refiero a que se me estropee la falda, allá penas —explicó, bajando discretamente la voz porque había caballeros delante—, lo que no quiero es dar el espectáculo. Espectá-culo —especificó, bajando aún más la voz hasta convertirla en un susurro que, sin embargo, llegó nítido a los elegantes oídos de Manolo González.

—Ah, por eso ni se pre-preocupe usted. Se mi-mira para otro lado y ya está.

—Pues yo con tal de salir de acá, dispuesta estoy a mostrarte hasta las intenciones, *Manué.* A ti y al lucero del alba, faltaba más —retrucó la futura e inmortal intérprete de *La Faraona* subiéndose a la banquetita de cojín de terciopelo al tiempo que tendía los brazos al muchacho que la miraba desde el techo del ascensor—. ¿Y tú cómo dices que te llamas, mi *arma?*

—Antonio del Monte.

—Pues tira con fuerza, *pa'rriba*, Antoñito, que allá voy. En cuanto a ti, *Manué*, que no te dé pena ponerme la mano encima.

—¿Encima dó-dónde? —tartamudeó González, más consternado que confundido, porque del comentario anterior de Paquita Rico había deducido que su más difícil misión, mientras Antonio ayudaba a las damas desde arriba y él desde abajo, consistiría en resistir la, por demás, irresistible tentación de mirar entre las faldas de aquellas dos glorias nacionales y de una muchacha tan guapa como Ina.

—¡Aquí, hombre, aquí!

—¿Cómo dice?

—Que pongas la mano aquí, Manolo —especificó la Zarzamora, señalando el punto en el que la espalda pierde su casto nombre—. En *to* el culo, hombre, que ¿cómo quieres que salga si no?... Así, así está mejor, *arsa pa'rriba*, allá vamos.

La izada de la Debla, la Virgen gitana, resultó más recatada. Paca Rico se despojó del cinturón y procedió a sujetar con él su amplia falda de tafetán a la altura de las rodillas para evitar un segundo espectáculo. Aún quedaba el asunto de empujar a la dama desde abajo, pero ella sugirió —y Manolo aceptó, aunque el método era bastante menos eficaz que el utilizado con Lola Flores— que le sujetara ambas piernas a la altura de las rodillas, tiesas y muy juntas, muy castas, y así las mantuvo mientras Antonio la izaba desde el techo.

—Bueno, y ahora te toca a ti —dijo a continuación Manolo González, volviéndose hacia Ina.

—Venga, niña, que *pa* ti esto está *chupao* —la animaban desde arriba sus compañeras de cautiverio. Y, acto seguido, pasaron a hacerle todo tipo de recomendaciones—. No mires *pa* abajo que da yuyu.

—Dos avemarías ayudan mucho.

—Tú déjate hacer, que aquí Antoñito tirará de ti.

A través de la trampilla, Ina podía entrever lo que estaba pasando un par de metros más arriba. Sobre el techo de la cabina y junto a los cables metálicos que sostenían el ascensor, estaba aquel muchacho, Antonio, tendiéndole la mano. Un par de metros aún más arriba, ya en tierra firme y animándola a través de la puerta abierta del piso superior, estaban Lola y Paca junto al portero, atentos los tres al salvamento.

—Un poco a la izquierda —insistía una.

—Que no, que te será más fácil por la derecha —corregía la otra.

Pero Ina no necesitaba indicaciones. Ágil como un gato, utilizó la moldura que rebordeaba el espejo a modo de pescante y en dos impulsos que dejaron pasmado a Manolo González, tanto por su destreza como por lo bonitas que eran sus piernas, estaba ya en brazos de Antonio del Monte sobre el techo del ascensor.

Sin embargo, una vez consumado el rescate y por unos veinte segundos que se le hicieron eternos, tuvo que abrazarse muy fuerte a él porque el ascensor comenzó de pronto a pendular sobre el abismo.

—¡Jesús, María y Pedro, a ver si después de *to* vamos a tener una desgracia! —se santiguó Paquita Rico mientras Lola Flores y el portero se asomaban aún más al foso por si podían ayudar en algo.

—Descuiden, ya la tengo.

—¡Olé la madre que te parió, Antoñito, qué tío más grande! —comentaron las dos amigas cuando vieron que el muchacho, sin soltarla en ningún momento, había logrado estabilizar la cabina.

Un par de minutos más tarde, Ina se reunía con las otras rescatadas fuera de aquel amenazante y oscuro hueco.

—Vaya susto, criatura —la recibió Paquita Rico mientras Lola Flores permanecía ahí de pie, mirándola, inmóvil, muda.

—Has visto lo mismo que he visto yo, ¿verdad, niña?

—¿Cómo dice, señora? No sé a qué se refiere...

—Yo creo que sí que lo sabes, lo has visto...

Ina pensó que Lola Flores se refería al peligro que habían corrido, a la proximidad de la muerte incluso, y así se lo dijo, pero su interlocutora negó haciéndose dos cruces sobre los labios.

—*Na* de eso, muchacha, *na* de muerte, más bien *to* lo contrario. Tú sabes a qué me refiero, vi cómo mirabas su mano.

—¿Pero qué mano? —preguntó Ina, cada vez más confundida.

Como respuesta a su pregunta, Lola Flores la hizo asomarse con ella al hueco del ascensor sobre cuyo techo Antonio acababa de izar ahora al último ocupante de la cabina.

—¿Habla usted de la mano de Manolo? —preguntó Ina, al ver cómo este tendía hacia ellas los brazos para que lo ayudaran a subir del techo del ascensor al rellano de la escalera.

Pero Lola Flores señalaba en otra dirección. Con la cabeza hizo un gesto hacia donde estaba Antonio para decir:

—La suya, niña, *su* mano. Siempre estará ahí *pa* ti y serás *mu* tonta si no la ves. Aunque ya se sabe, no hay más ciego que el que no quiere ver.

—Ay, Lola, no lo puedo creer, tú y tus brujerías precisamente ahora, mi *arma* —la interrumpió la Paca, que junto al portero estaba ayudando a Manolo González a saltar a tierra—. Que vas a asustar a la chiquilla. Déjalas *pa* más luego, ¿quieres?

... Y así, ahogadas en suspiros de alivio, en exclamaciones, en comentarios y en los rezongos de todos los presentes, se habían diluido las enigmáticas palabras de Lola Flores.

También Ina las había olvidado, pero volvió a recordarlas semanas más tarde y en casa de Pitusa Gacigalupo, porque ahí estaba ahora Manolo González junto a sus primas Helena y Teté Muñagorri, tan trajeado como la vez anterior y con un clavel —blanco esta vez— pinchado en la solapa, mientras repetía:

—¡Ah, no, no, de ninguna manera, Ina, que sepas que me ni-niego en redondo a darle la razón a Lola Flo-Flores!

—¿Pero se puede saber de qué demonios estás hablando, Manolo? —intervino Helena—. No habrás estado dándole al brandy más de la cuenta, ¿verdad?

—Como si eso fuera posible. ¿No has visto el mejunje de colegio de ursulinas que tía Pitusa me ha obligado a servirme? «Cap», lo llama ella, venga de fruta y más fruta flotando en media gota de vino blanco.

—La bebida ideal para que sus invitados jóvenes no desbarren como parece que haces tú. ¿Qué dices de Lola Flores? ¿Tiene algo que ver con tu aventura del ascensor? Mamá nos la contó el otro día, corre por todo Madrid, ¿verdad, Teté?

¡Qué emocionante! ¿O sea que resulta que tú también estabas a bordo? —preguntó, volviéndose ahora hacia Ina con renovado interés—. ¿Es verdad entonces que fue el guapísimo Antonio del Monte el que oyó vuestros gritos y os tuvo que salvar? ¡Cuánto me hubiera gustado estar ahí para que me salvase también!

Manolo González aprovechó entonces para relatar a sus primas todos los pormenores de lo vivido adornando —levemente— su papel en la peripecia. Contó cómo, nada más detenerse el ascensor, él se había percatado de la gravedad de la situación, por lo que procedió a tranquilizar a las damas. Acto seguido, y siempre según su versión, con gran riesgo de su integridad física, no tuvo más remedio que trepar como un mandril hasta el techo exterior de la cabina para comprobar la solidez de los cables al tiempo que llamaba la atención de Antonio, que casualmente pasaba por ahí, para que le ayudase en el rescate explicándole, punto por punto, cómo debía proceder para sacarlos de aquella ratonera. Y, volviéndose cada tanto hacia Ina con repetidos «¿Verdad que sí?», «¿A que fue así?», pero sin dar tiempo a que ella pudiera desdecirle, contó también cómo, una vez pergeñado por él todo el plan de rescate, regresó al interior de la cabina, para desde allí organizar —y con gran peligro, puesto que el ascensor se balanceaba de modo infernal sobre el abismo— el salvamento de las señoras.

—... Ya —comentó Helena Muñagorri, que debía de estar bastante acostumbrada a la viva imaginación de su primo—, todo eso está muy bien, pero no has contestado a mi pregunta.

—¿Qué pregunta, Helenita?

—Que a qué viene eso de darle o no darle la razón a Lola Flores.

Ina esperaba como respuesta una nueva y particular reinterpretación de la aventura por parte del primo Manolo, pero esta vez él pareció ceñirse más a los hechos.

—¿Y qué dirás que pa-pasó cuando yo estaba a punto de saltar por fin a tierra? Pues que de pronto veo cómo Lola Flores, poniéndose más b-b-blanca que la Lirio, va y le dice a Ina: «¿Tú-tú también has visto lo que yo he visto, niña?».

Y luego, tras hacerse cruces y más cruces, aclara: «La mano, la ma-mano...».

Manolo explicó entonces a sus primas, que lo miraban cada vez más fascinadas, cómo Lola Flores había añadido, señalando hacia donde estaba Antonio, que su mano siempre estaría ahí para ayudarla.

—... Yo no sé qué otras brujerías le dijo —continuó Manolo—... Bueno, sí lo sé. También agregó algo así como que no hay más ciego que el que no quiere ver. Y yo lo que aña-ñado —tartamudeó elegantemente Manolo González— es que no me da la gana darle la razón a Lola Flo-Flores porque es obvio que lo que la Lola quiso decir realmente fue que Antonio y ella van a hacer buenas migas a cuenta de nuestra compartida aventura ascensoril, que estas peripecias unen mucho. ¡Y eso no es justo en absoluto! Que aquí estoy yo también para asistirla en lo que precise porque... —y en este momento y por primera vez Manolo González se volvió hacia Ina para hablarle directamente a ella— porque me pareces mmo-monísima.

—Suenas como una balada de Jorge Sepúlveda. A ver si todo este larguísimo circunloquio tuyo no tenía más objeto que tirarle los tejos a Ina y decirle que se fije en ti y no en Antonio, que, dicho sea de paso, está como un queso, ¿verdad, Teté? Pues para eso no necesitas hacerte el interesante e invocar a Lola Flores y sus vaticinios. Basta con que, ahora que os habéis reencontrado, la invites a merendar... Aunque si piensas hacerlo —continuó, dando un largo trago a su cap de frutas flotantes—, ya conoces la regla.

—¿Qué regla? —preguntó Ina.

—¿Cuál va a ser, chata? No sé cuánto tiempo llevas en España, pero supongo que te habrás dado cuenta ya de que, en este Madrid nuestro, todo es una pura casualidad. Por eso, uno de estos días, pongamos que el martes o el miércoles de la semana próxima, *casualmente*, Teté, tú y yo quedaremos para hacer unas compras y merendar luego en algún lugar. Y una vez allí, mira tú qué increíble casualidad también, estará pongamos que Manolo González, aquí presente, tomándose una cerveza acompañado, muy casualmente, por otro primo suyo, digamos que...

—¡Oh! —exclamó Teté, y todos se volvieron hacia ella pensando que tal vez se hubiera atragantado con el cap o algo así, no en vano era la primera vez que despegaba los labios en toda la velada—. ¿Y no podría ese segundo acompañante ser, *casualmente*, Antonio del Monte? —suspiró extasiada la pequeña de las Muñagorri—. Hay que ver lo guapérrimo que es, la viva estampa de Gregory Peck. ¿Verdad, Helenita?

11

EL TONTÓDROMO
[Ina]

De ahí en adelante, los caminos de Ina y Antonio iban a cruzarse muchas veces. Pero no ya en el portal ni en la escalera ni por fortuna tampoco en el ascensor del edificio en el que ella vivía, sino en el tontódromo.

—¿Pero qué es eso del tontódromo? —preguntó Ina cuando Helena Muñagorri, tal como había prometido, la llamó el martes siguiente para quedar y mencionó esa palabra.

—Ay, chata, menos mal que Teté y yo hemos entrado en tu vida, porque no sé en qué remoto planeta has vivido hasta ahora. Tú ponte muy guapa y pásanos a buscar con tu mecánico a la una menos cuarto, que del resto nos ocupamos nosotras... ¿Nuestra dirección, dices? No, no hace falta que vengas hasta casa... Mira, ya sé, lo mejor es que nos recojas en Serrano esquina María de Molina, por ejemplo. Sí, sí, en la acera de la embajada francesa... estupendo, fenomenal, eso es, y desde allí ya podemos ir juntas a nuestra base de operaciones...

Según Ina pudo saber muy pronto, «base de operaciones» y «tontódromo» eran términos sinónimos que servían para describir una zona específica del barrio de Salamanca.

—¡Ah, si Serrano levantara la cabeza! El general bonito lo llamaban, ¿sabes? Tío abuelo de mi madre por cierto, un auténtico punto filipino, no dejaba títere con cabeza. Ni en el campo de batalla ni en esa otra batalla aún más campal que es la alcoba —explicó Helena Muñagorri, recreándose en las redondas vocales de la palabra alcoba—. Con lo que a él le gustaban las faldas en vida, seguro que se quedaría rechiflado de saber que la calle que ahora lleva su nombre es el centro del ligoteo, del tonteo por excelencia.

El mecánico (así llamaban las Muñagorri a los chóferes e Ina enseguida se dio cuenta de que aquella era una de las muchas «palabras de la tribu» que debía aprender para no desentonar)... El mecánico, por tanto, de los Pérez y Pérez, después de recoger a las hermanas en el lugar acordado, recibió instrucciones de depositar a las tres amigas un par de calles más arriba, cerca de los Jesuitas.

—... Aquí está muy bien, Eusebio, apárcate a la vuelta de la esquina, en la calle Maldonado —tuteó Helena Muñagorri con el tono, mitad paternalista, mitad señorial de quien está acostumbrada a dar órdenes desde la cuna, aunque hace añares que no tiene a quien darlas—. Ya te buscaremos nosotras en un par de horas cuando acabemos con las compras —añadió, a modo de despedida. A continuación, su hermana y ella echaron un rutinario vistazo al espejito de sus polveras para comprobar que no les brillaba la nariz y, tras cerciorarse también de que tenían rectas las costuras de sus medias de cristal, se aprestaron a comenzar su paseo junto a Ina.

Lo hicieron por la acera de la derecha (la buena, la más cara, según le hizo saber Helena). Y, mientras taconeaban con paso decidido calle arriba, del brazo las tres, la mayor de las Muñagorri aprovechó para poner a su amiga en antecedentes del lugar al que se dirigían.

—Serrano entre la calle Lista y la calle Goya, he aquí el centro del tontódromo —señaló Helena—. Mira bien, porque, desde donde ahora estamos, se divisa toda la pendiente. Detengámonos un minuto para que te explique cuáles son los puntos más interesantes. A babor, como le gusta decir a mi padrino, que es almirante de la armada y navega con más frecuencia de la que su santa mujer imagina por estas procelosas aguas, nos encontraremos la cafetería Manila, seguida de Mozo y El Águila, que están entre Ayala y Hermosilla. En la acera de estribor, en cambio, y subiendo siempre hacia la Puerta de Alcalá, podrás ver el Roma.

—Ya. ¿Y qué venden en esas tiendas? —preguntó Ina.

Helena la miró como su padrino almirante podría mirar al más lelo de sus grumetes.

—Pues venden relaciones, contactos, amores, novios... Y también montaditos de lomo, gambas en gabardina y pinchos morunos. ¿Pero a qué te crees que hemos venido, criatura?

—Hace un momento le dijiste a Eusebio que íbamos de compras. Además, es lo que solemos hacer mi madre y yo cada vez que venimos a la calle Serrano...

—Pues precisamente eso es lo que haremos nosotras también.

—Cada vez entiendo menos —se desesperó Ina.

—Pues es bien sencillo, chata. En este mundo nuestro (como en todos los demás, por otra parte), una cosa es lo que se *dice* que se hace y otra muy distinta lo que se hace en realidad. Nosotras hoy hemos venido a comprar un par de medias en una mercería estupenda que hay a la altura de Ayala, pero lo que haremos de verdad es avistar pollos.

—Ya entiendo, y para eso habrá que visitar los establecimientos que mencionaste antes: Mozo, El Águila, El Corrillo...

—¡De ninguna manera, jamás pondríamos un pie en ninguno de ellos! ¿Verdad, Teté?

Ina miró a Teté buscando ayuda para resolver este nuevo galimatías. Pero la menor de las señoritas de Muñagorri oteaba el horizonte con ojo de vigía pero sin despegar los labios.

—Parece mentira que tenga que explicarte cosas que toda mujer, cuando menos toda mujer de nuestro entorno —remarcó Helena con retintín—, nace sabiendo. A ver cómo te lo digo, guapa. Ni aunque te dé un cólico miserere puedes entrar en ninguno de esos establecimientos. Una vez le pasó a Teté, sabes, le sentaron mal unas porras que nos habíamos tomado en el desayuno y tuvimos que correr como almas que lleva al diablo hasta el primer cuarto de baño visitable. El de casa de tía Mari Nati, que vive esquina Hermosilla y es tremenda arpía. Hace años que no se habla con mamá y quedó extrañadísima de nuestra visita, pero una emergencia es una emergencia y cualquier cosa antes que entrar a un *bar* —

pronunció a continuación como quien escupe de sus labios un palabro que no merece florecer en ellos.

—Claro —se vio en la obligación de comentar Ina—, natural...

—Y tan natural. Por eso nosotras lo que haremos es lo mismo que hacen todas estas —añadió Helena, señalando las anchas aceras por las que circulaban varias chicas de edades parecidas a las de ellas charlando y deteniéndose en diversos escaparates. Ina pudo ver que unas se paraban ante una tienda de guantes, otras delante de una relojería, incluso, y para su asombro, un par de ellas ante una vaquería o una carbonería—. Nosotras haremos otro tanto —continuó Helena—. Nos interesaremos muchísimo por diversos tipos de comercio hasta que nos avisten.

—¿Quién?

—¡Quién va a ser, que todo hay que explicártelo! Los pollos, chata, los pollos que estarán tomando una cerveza desde hace horas esperando a vernos pasar. Entonces —continuó Helena, como si hablara para el mismo grumete lelo de antes— nosotras en ese mismo momento rápidamente nos meteremos en el comercio que tengamos más a mano a comprar un par de pasadores para el pelo, pongamos por caso, o una docena de botones, y nos tiraremos horas eligiéndolos. Cuanto más te gusta el chico en cuestión, más tardas, ¿comprendes? Así él también puede hacerse una idea de cuánto le interesas. Pasado el rato preceptivo, saldremos de la tienda en dirección a otro comercio, momento en que ellos abandonarán el bar e irán a toda mecha hacia Manila, por donde, al cabo de un tiempo prudencial, caeremos nosotras también.

—¿Pero no hemos quedado en que no se podía entrar en ninguno de estos establecimientos ni aunque te estés muriendo de un cólico? —se desesperó Ina, a punto de revocar la promesa hecha a su padre de interesarse por eso que él llamaba «el gran mundo»—. Te juro, Helena, que estoy prestando mucha atención, pero todo esto es chino para mí.

—Bueno, bueno, no se tomó Zamora en una hora —condescendió la mayor de las hermanas Muñagorri, que, en el fondo, disfrutaba de su papel de Pigmalión bastante más de lo que estaba dispuesta a reconocer, y por dos razones: porque tenía una decidida vena didáctica y porque su nueva amiga contaba con un par de activos interesantes: el primero de ellos, Eusebio el mecánico, que a partir de ahora (y ya se ocuparía Helena personalmente de que así fuera) las iba a llevar a Teté y a ella a todas partes en vez de ir, como no tenían más remedio que hacer hasta la fecha, en el coche de San Fernando. El segundo de sus activos era aún más ventajoso. Ina era muy guapa. Y, según había cavilado Helena con admirable pragmatismo, cuando una es solo monilla, es muy útil navegar (como diría su tío el almirante) al socaire de una nao con el mascarón de proa lo más imponente posible.

Por todas estas razones, Helena Muñagorri sonrió tan paciente como magnánima antes de explicar a su amiga que Manila no era un bar, sino una cafetería. Y no una cualquiera, sino una cafetería americana, toda una novedad en Madrid, en la que se podían degustar, igual que si uno estuviera en Nueva York o en Cincinnati, platos combinados, batidos de chocolate, amén de las mejores tortitas con nata de este lado del Atlántico.

—... De modo que ahí sí podemos recalar divinamente nosotras, ¿comprendes, chata? Pero mirad, chicas, ya estamos llegando a la altura de El Águila. ¿Preparadas? ¡Vista a babor!

* * *

Apenas una hora más tarde y después de llevar a cabo todos los rituales, todas las maniobras previas al abordaje que requería el tontódromo, las tres amigas entraban al fin en la cafetería Manila. Y allí, en una mesa pegada al escaparate y a la sombra de las palmeras que formaban el dibujo distintivo de tan afamado local, fumando unos Lucky Strike con aire distraído, ¿quién diríase que estaba?

—¡Pero si son Manolo González y Antonio del Monte! —se sorprendió muchísimo Helena Muñagorri, al tiempo que echaba un último y disimulado vistazo a la costura de sus medias—. Qué casualidad tan increíble, ¿verdad, Teté?

Teté, en ese momento, sintió la irresistible necesidad de sacar su polvera para asegurarse de que no le brillaba la nariz. Pero no. Claro que no. Una señorita como Dios manda jamás se empolva la nariz mientras está de pie. Por eso, y con igual disimulo, se limitó a imitar a su hermana aprovechando el gesto para suspirar por lo bajo y al oído a Ina:

—Míralo, qué te dije, ¿es o no es igualito a Gregory Peck?

12

LOS TIEMPOS ESTÁN CAMBIANDO
[Beatriz]

—... Sí, en efecto, acabo de verla, y tienes toda la razón, Perlita querida, el parecido es sencillamente prodigioso. La misma altura, el mismo cuerpo menudo pero bien formado, y también son iguales los pómulos, los labios y el pelo largo y muy negro. Solo los ojos difieren. Los de Ina eran oscuros y los de Beatriz, tan claros, recuerdan mucho a los de... Pero no. De *él* no vamos a hablar, descuida. Si en más de veinte años jamás hemos mencionado su nombre, no vamos a empezar ahora, ¿verdad, querida? Pásame otra croqueta, quieres, las de esta casa son insuperables.

El hogar en el que vivía ahora el matrimonio Pérez y Pérez no era el mismo que habían compartido con su hija Ina cuando ella era joven, allá a principios de los cincuenta. Al cabo de los años —y en contra del criterio de Juan Pablo Yáñez de Hinojosa, tan puntilloso siempre en todo lo que concernía al buen gusto—, Perlita había visto cumplido al fin aquel viejo sueño suyo de tener una casa con guacamayos y palmeras. O al menos con un guacamayo y una palmera. Según Yáñez de Hinojosa, la palmera, por suerte, había quedado bastante disimulada entre otros árboles más elegantes, como un par de magnolios y un sauce japonés. El guacamayo, en cambio, reinaba insufrible en la terraza de invierno decorada por Casa & Jardín sin que el conseguidor hubiera podido lograr su destierro. Aun así, Yáñez estaba orgulloso de su *opera magna,* que es como a él le gustaba llamar al trabajo realizado con respecto a los Pérez y Pérez a lo largo de veintitantos años. Qué lejos quedaba, se dijo saboreando una deliciosa croqueta de langostinos, aquel primer día en el hotel Ritz en que conoció a Encho mientras apuraban una *media combinación*, brebaje tan imperdonablemente antiguo, tan Arriba España, que él, desde luego, hacía años había eliminado de su dieta a favor del whisky de malta. Del mismo modo que había trocado sus nunca bien remendados zapatos bicolores por mocasines italianos y su único traje tachonado de lamparones por un surtido de ellos, más bien de sport últimamente, pero todos hechos a medida. Incluso aquel bigote suyo, fino y —según su actual forma de pensar— tan lamentablemente franquista, se había metamorfoseado en barba. Y no en una barba cualquiera, sino en una contestataria, aunque más a lo Bee Gees que a lo Che Guevara, para entendernos. *The Times They Are A-Changin'*. «Los tiempos están cambiando» era una de sus frases más recurrentes desde que oyó por primera vez la mítica canción de Bob Dylan. Y, para hacerla suya, había decidido (aunque no hablaba ni papa de inglés) aprendérsela de memoria tanto en la lengua de Shakespeare como en la de Cervantes, sobre todo esa parte que dice: «... admitid que las aguas de vuestro alrededor han crecido, y aceptad que pronto estaréis calados hasta los huesos». Y también esta otra: «... mejor empezad a nadar u os hundiréis como una piedra porque los tiempos están cambiando...».

Sabias palabras y clarísimo su profético mensaje. Porque era obvio que una persona con visión de futuro como era él, debía adelantarse a los cambios que, sin duda, muy pronto alumbrarían ahora que el Caudillo —no, no, perdón, a partir de ahora Franco a secas o, mejor aún, el dictador— se encontraba en precario estado de salud.

—A la vejez, viruelas —eso le había dicho Encho Pérez cuando lo vio aparecer por primera vez con barba tras unas inopinadas vacaciones en Calafell—. No me digas que te has adscrito a eso que ahora llaman la Gauche Divine, Juan Pablo. Pues sábete que ser de izquierdas pero sin dejar de ser burgués queda muy bien más allá del Ebro, pero no sé por qué me da a mí que, aquí en Madrid, la oposición a Franco es más mesetaria, menos *divine* y más *gauche* sin adjetivos. Además, ¿adónde vas así, a tus más de sesenta otoños? ¿A correr delante de los grises, quizá? A ver si, además de partirte una pierna haciendo el cabra, te voy a tener que rescatar de los calabozos de la Dirección General de Seguridad, que ya no estás para estos trotes, mi querido amigo.

Juan Pablo le había dicho que había muchas maneras de luchar contra la oprobiosa dictadura y que no hacía falta tener veinte años para desear cambiar el mundo. Pero lo único que consiguió fue que Lorenzo Pérez meneara la cabeza con un «Quién te ha visto y quién te ve, Yáñez de Hinojosa», mientras inspeccionaba con aún más detenimiento el atuendo de su colaborador para comentar:

—¿Y este traje de pana? A los señoritos metidos a contestatarios como tú parece que ahora les ha dado por imitar a William Faulkner. Un aspecto que, según he podido apreciar, consiste en fumar en pipa y vestirse como lo hacen los ingleses o los señoritos sureños en fin de semana. Mucho *tweed*, mucho chaleco de ante, eso por no mencionar la camisa de viyela y la corbata de lana. Pero este aspecto, me temo, solo le queda bien a Juan Benet, el resto de vosotros parece que vais de caza. Por cierto, de Benet me ha gustado mucho su novela *Una meditación*. Interesantísima esa idea de inventarse un artilugio por el que, mediante un rollo de papel continuo, se impide a sí mismo releer lo escrito con anterioridad para que el texto resultante parezca un puro y desordenado fluir de su privilegiada conciencia. ¿Sabes que en las trescientas cuarenta y cinco páginas de *Una meditación* no hay ni un solo punto y aparte? Deberías leerla ahora que te vistes así...

El conseguidor lamentó por un momento haber sido tan eficaz en su labor de educar, formar y pulir socialmente a Lorenzo Pérez. En estos cerca de treinta años de fructífera simbiosis, Encho lo había sacado de pobre, eso era cierto, pero él le había dado mucho más de lo que había recibido. Y míralo ahora, disertando sobre literatura de vanguardia y dando su opinión sobre cómo ha de vestirse uno. Pero ¿quién le había enseñado todo lo que sabía? ¿Quién le explicó cómo debía hablar y qué decir para no meter la pata? ¿Quién le presentó a las personas adecuadas y le indicó el modo más elegante (y a la vez eficaz) de torcer voluntades, comprar principios, acallar conciencias? ¿Quién demonios le había enseñado incluso a comer con la boca cerrada y a manejar los cubiertos? ¿Y quién, por supuesto, le había adiestrado en el modo de vestir que más conviniera a sus intereses, tanto económicos como sociales? Porque tal vez el hábito no haga al monje, opinaba Yáñez de Hinojosa, pero, aun así, se mandan infinitos mensajes con la ropa que uno lleva y es fundamental saber enviar las señales adecuadas. Por eso, y durante años, Juan Pablo había revelado a su aventajado alumno el sutil lenguaje que hablan las corbatas que uno elige, también las camisas, los trajes, las chaquetas y no digamos los zapatos, tan chivatos siempre, o, peor aún, los calcetines que tienen la mala costumbre de hablar de uno hasta por los codos y casi siempre del modo más desfavorable. «Y mírenlo ahora —se había dicho Yáñez de Hinojosa después de la finta verbal mantenida con Lorenzo Pérez—. Aquí está él utilizando mis propios conocimientos sobre la elocuencia de la ropa para decirme que he cambiado. Bueno ¿y qué? ¿Y qué si ya no pienso como antes? ¿Y qué si resulta que ahora soy más de chaqueta de pana y menos de camisa azul, más de la cara *Al vent* y absolutamente nada de *Cara al sol*? Los tiempos están cambiando y, en este oficio mío, anticiparse a los acontecimientos es vital, que camarón que se duerme, se lo lleva la corriente».

La croqueta de langostinos que Juan Pablo Yáñez de Hinojosa estaba degustando en casa de los Pérez y Pérez había sido la culpable de que el pensamiento se le hubiera dispersado de aquel modo. Pero de inmediato logró embridarlo para que volviera al lugar y a la escena que estaba viviendo en ese momento. La escena consistía en un intercambio de impresiones con Perlita sobre la irrupción en sus vidas de Beatriz Calanda, la hija adolescente de su querida y nunca olvidada Ina. El lugar, la terraza de invierno en la que Perlita y él se habían sentado a tomar el aperitivo bajo la mirada de Mambo, el guacamayo, que ahora se balanceaba en su percha escrutándolo de un modo nada amistoso.

—¿Y cuáles son vuestros planes, querida, con respecto a la

recién llegada? Por lo que he podido entender, si la han mandado a Madrid es para alejarla de un amor inconveniente. Pero, como es lógico, algo tendrá que hacer la criatura durante un destierro, que no parece que vaya a ser corto...

—Para eso precisamente necesitaremos tu ayuda —le había dicho Perlita, sirviéndose, en contra de sus costumbres, que eran más bien moderadas, una segunda (y generosa) copa de jerez—. Lleva tres días en casa y apenas ha salido de su habitación. Se pasa horas escribiendo en su diario. También, y según dice, escribe cartas a sus padres que se empeña en depositar ella misma en el buzón que hay a un par de manzanas de aquí, lo que me hace sospechar que no toda la correspondencia va a la casa paterna. Para mí que se está carteando con ese individuo, pero ¿cómo evitarlo sin que la situación se vuelva aún más tensa de lo que ya es? Pobrecita niña, imagínate que te mandan a un país que no conoces a vivir con unos viejos a los que nunca has visto y en una casa que te es del todo extraña...

—Más que extraña, radicalmente distinta de lo que la muchacha haya podido conocer en su barrio obrero de Londres —puntualizó Yáñez, a quien su recién estrenada vena democrática y libertaria no le impedía ser el esnob que siempre había sido.

—Encho dice —continuó Perlita— que la única manera de que se olvide de ese tipo, de ese tal Nicolò, a quien Dios confunda, es que salga, que se distraiga, que conozca gente. Pero ya sabes lo mal que funcionó esta idea con Ina. Posiblemente madre e hija sean iguales, las dos poco partidarias de socializar.

—O no.

—¿Qué quieres decir?

—Que he tenido oportunidad de ver a Beatriz y en sus ojos hay un destello que me hace pensar que sus gustos van por otro lado.

—Si no te conociera desde hace tantos años, pensaría que te estás haciendo el interesante.

—Pero como me conoces sabes que rara vez me equivoco cuando veo «eso».

—¿Y qué es «eso»?

Yáñez de Hinojosa acarició su nueva barba y luego se encogió levemente de hombros antes de contestar:

—Bah, no sé cómo decirte, las intuiciones son difíciles de traducir en palabras. Supongo que lo que veo en ella unos lo llamarían ambición; otros, deseo; algunos lo llamarían hambre incluso... Yo prefiero llamarlo pragmatismo.

—¡Una niña de diecisiete años, muerta de amor por un hombre casado y pragmática! Ya me contarás tú cómo encaja una cosa con la otra. Además, ¿no dijiste hace un rato que era clavadita a Ina?

Yáñez de Hinojosa se encogió de hombros mucho más significativamente esta vez.

—Yo solo digo lo que veo. Para mí que esta niña es muy parecida a Ina por fuera, pero, por dentro, nada que ver.

—No me querrás decir que se parece a *él* —atajó Perlita. Pero Yáñez se ocupó de descartar de inmediato esa posibilidad.

—Por fortuna para nosotros, y también para ella, creo que tampoco ha salido a su padre. —Perlita suspiró aliviada mientras Yáñez de Hinojosa empezaba a entretejer sus planes—: Mira, lo primero que tenemos que hacer es buscarle una actividad. Ver qué estudios tiene y a qué le gustaría dedicarse. Le falta poco para cumplir dieciocho años, ¿no es así? Esta es más o menos la edad en la que todo el mundo se ve obligado a elegir camino profesional. Posiblemente quiera ir a la universidad, muchas chicas lo hacen ahora; por suerte los tiempos también han cambiado en este sentido.

Perlita dio otro largo sorbo a su copa de jerez. El comentario de Yáñez inevitablemente le había hecho recordar cómo —cuando Ina tenía la misma edad que Beatriz— ella se había empeñado en quitarle de la cabeza la idea de estudiar Medicina y cómo Ina accedió solo por complacerla. Tal vez si la hubiese dejado seguir su vocación, no habría ocurrido todo lo que sucedió después... Tal vez, quién sabe.

—Precisamente por eso, porque no quiero equivocarme de nuevo —dijo como si Yáñez pudiera tener acceso a sus pensamientos—, he preferido llamar a Ina a Londres para que me dijera qué estudios ha cursado hasta el momento la niña y por dónde van sus preferencias. Según su madre, Beatriz es rápida, inteligente y tiene una habilidad extraordinaria para conseguir lo que se propone, pero jamás le han gustado los libros.

—¿Y qué más comentó Ina? Dime otros rasgos de carácter de nuestra recién llegada.

—Bueno, no sé, mencionó también que tiene gran habilidad para hacerse siempre amiga de las personas «mejor situadas», esas fueron sus palabras. Claro que lo dijo con amargura, como te puedes imaginar. Por lo visto, el sinvergüenza ese, el tal Nicolò, no es precisamente pobre.

—En ese caso, ya tengo el lugar perfecto para ella.

—¿Qué lugar?

—¿Te acuerdas del tontódromo?

A Perlita se le humedecieron los ojos recordando de nuevo a su hija. Desde que Beatriz había llegado a la casa, le parecía estar viendo, a cada paso, a Ina cuando tenía su misma edad. Ina vistiéndose para asistir a una de las reuniones en casa de Pitusa Gacigalupo; Ina respondiendo a una llamada de las hermanas Muñagorri; Ina yendo a pasear con sus nuevas amigas por la calle Serrano a pesar de lo poquísimo que siempre le habían gustado aquellos ambientes.

—No me digas que existe aún esa costumbre de las chicas de pasear Serrano arriba, Serrano abajo durante horas sin poder entrar en ningún bar a tomarse ni un triste vaso de agua.

—Uy, ahora no solo entran, sino que se echan un par de *cubalibres* al coleto. Pero el tontódromo del que te hablo es otro. Los tiempos cambian y ahora ya no se trata de una calle, sino de una academia.x

—¿Qué tipo de academia?

—La mejor de Madrid. A la que van las chicas más guapas, las más divertidas.

—Con esa descripción no parece un lugar muy académico que digamos.

—Pues lo es, y al mismo tiempo no lo es. El Florence Nightingale, que así se llama el lugar, tiene fama de ser divertido pero muy estricto en lo que a estudios se refiere.

—¿De qué tipo de estudios estamos hablando?

—De los más adecuados en el caso de Beatriz. Ella habla inglés como una inglesa y español como una española, ¿no es así? Solo con ese dato, ya tiene asegurado ser alumna aventajada del Florence Nightingale. Secretariado internacional, amiga mía, eso es lo que estudian ahora las chicas que no quieren ir a la universidad. Un poco de cultura general, un poco de contabilidad, su buena dosis de taquigrafía y mecanografía y luego está la asignatura más interesante de todas, relaciones públicas.

—Nunca había oído esa expresión, pero suena poco decente, diría yo.

—¡Decentísima, Perlita, te lo aseguro! El futuro va por ahí. Hoy en día todo depende de las relaciones humanas y no sé por qué, pero me da a mí que Beatriz, a pesar de lo mohína que se la ve penando por su Nicolò, es muy buena en ese tipo de relaciones. Mañana mismo me ocupo de traerte los formularios para que vayamos formalizando su inscripción en el Florence Nightingale.

—¿Sin consultarlo con ella previamente? Eso solo puede salir mal —dijo Perlita, recordando pasados fracasos. Pero Yáñez de Hinojosa parecía muy seguro al respecto.

—Tú déjamelo a mí y verás como más pronto que tarde tendremos a Beatriz sonriendo de nuevo. Una cabecita ocupada no tiene tiempo para pensar en lo que no debe. Te apuesto lo que quieras a que, en menos de lo que piensas, apenas se acordará de que existe siquiera ese tal Nicolò.

—Nicolò, Nicolò —coreó Mambo, aleteando como si anunciara un mal presagio. Pero Yáñez de Hinojosa no tenía oídos para guacamayos.

Tampoco los tenía Perlita.

«Sí, seguramente lleva razón Juan Pablo. Lo más urgente ahora es conseguir que la niña tenga la cabeza ocupada en algo, porque —según se dijo Perlita— cuando el diablo está aburrido, con el rabo mata moscas». Y eso, desde luego, había que evitarlo a toda costa.

13

Nicolò, Nicolò
[Beatriz]

Beatriz pensó que ya no le quedaban lágrimas. Las había derramado todas en sus primeros días en casa de los Pérez y Pérez. Qué grande, qué extraño, qué diferente era todo. Y, sin embargo, no podía decir que le desagradase lo que veía a su alrededor. El edificio familiar se alzaba en medio de un extenso parque de árboles a cual más raro, como si los hubieran escogido uno a uno. Estucado en blanco, tenía una amplia y soleada terraza con balaustrada ante la que crecían solo hortensias azules. A Beatriz también le gustaba su dormitorio. La decoración en blanco y burdeos parecía sacada de las páginas de una de esas revistas caras que había en el piso de Nicolò y que a ella le gustaba hojear a la espera de su llegada. También los Pérez, Encho y Perlita, parecían agradables. Era evidente que no sabían qué hacer para que se sintiera en casa. Y luego estaba aquel tipo estrafalario, ¿cómo se llamaba? Máñez, Yáñez o algo así, que estaba empeñado, según él, en facilitarle la vida: «¿Qué necesitas? ¿Qué quieres? Yo me ocupo de todo...».

¿Pero de qué servía eso y mucho más si *él* no estaba?

Nicolò. Le gustaba invocar su nombre, pronunciarlo en voz alta sobre todo, cuando recorría la casa intentando descubrir, cada vez, nuevos rincones. Era algo así como un grito de rebeldía anteponer esas seis letras a todo lo que hacía.

«Nicolò», repitió mientras se colaba en el despacho de Lorenzo Pérez, tratando de averiguar quién era aquel hombre de aspecto algo fiero que le había pedido que lo llamara tío Encho. Su biblioteca, amplia y surtida, hablaba de alguien con inquietudes, de una persona a la que le gusta estar informada. ¿Pero qué decía de él, en cambio, un rifle de grandes dimensiones que colgaba sobre la chimenea? ¿Sería tío Encho un cazador de elefantes o algo así o un traficante de armas quizá? De retazos de conversaciones oídas a sus padres en Londres, creía colegir que los negocios de Pérez y Pérez posiblemente no fueran del todo confesables. Tal vez, se dijo, las muchas fotografías enmarcadas que se alineaban sobre una gran y oscura mesa de nogal pudieran darle alguna pista al respecto. En ellas se veía a Lorenzo Pérez con distintas personalidades.

Observándolas más de cerca, Beatriz pudo reconocer a políticos como Eisenhower o De Gaulle, lo que parecía indicar que tío Encho se movía en esferas altas y respetables. Pero junto a esos marcos, había otros que sugerían todo lo contrario. Como uno que mostraba al dueño de casa junto a un tipo —de gafas oscuras, mandíbula cuadrada y sonrisa siniestra, vestido de verde caqui— que no logró identificar, pero que parecía sacado de un libro de Tintín. A la derecha había un par de marcos adicionales que confundían aún más a Beatriz. Como ese en el que tío Encho y Alfred Hitchcock reían, los dos con las cabezas inclinadas hacia atrás como si estuviesen compartiendo un secreto y graciosísimo chiste ante una humeante tarta de cumpleaños. O la única foto en la que aparecía una mujer. ¿Quién sería? Beatriz no tenía la menor idea de la identidad de esa matrona de rasgos asiáticos vestida con un traje blanco, tieso y ostentoso. «Nicolò», volvió a pronunciar Beatriz en voz alta. Como si invocar aquel nombre amado pudiera ayudarla a descifrar todos los enigmas. Pero el sortilegio no funcionó.

«Nicolò».

Beatriz volvió a repetir su mantra mientras seguía incursionando por ahí. Tenía observado que, hacia las tres de la tarde y más o menos hasta las cinco, la casa entera dormía. Bendita hora de la siesta que en Inglaterra nadie guardaba, pero que ahora le permitía investigar tratando de descubrir qué tipo de lugar era ese que Perlita insistía en que llamase su «nuevo hogar, querida, ya verás cómo te acaba gustando, no te preocupes, tómate tu tiempo». Pero no. De momento, todo le seguía pareciendo extraño, hostil, cuando no decididamente cursi. Como el gabinete de tía Perlita, por ejemplo.

«*Senti, Nicolò, guarda questo, ti prego*», ironizó Beatriz, esta vez en italiano como si quisiera invitarle a que rieran juntos de lo que ahora tenía delante. Ina, su madre, rara vez hablaba de su pasado o de su país de origen, pero Beatriz sabía que tanto ella como Perlita eran bolivianas y aquel gabinete bien que lo atestiguaba. Qué distinta era esta habitación al resto de la casa. En el salón reinaba una elegancia sobria, reposada, de tonos neutros sobre los que brillaban cuadros grandes y coloridos que proclamaban ser de modernos maestros. La decoración de otras estancias era igualmente formal, perfecta. O, para ser exactos, perfectamente impersonal, como si acabara de salir por la puerta el decorador artífice de tanta armonía, y la dueña de casa, una vez desaparecido el artista, no se hubiera atrevido a cambiar de lugar ni un cenicero. Solo había, entre tanta mercenaria perfección, una nota discordante, Mambo, el guacamayo, que residía en la terraza cubierta. Pero Beatriz había preferido no acercarse hasta allí. Era mejor no exponerse a que aquel alborotador la descubriera justo cuando se disponía a inspeccionar el gabinete en el que Perlita pasaba gran parte del día tejiendo, leyendo o haciendo solitarios.

«*Amore, cosa ne pensi di questo?*», «¿Qué te parece esto?», dijo como si Nicolò estuviese junto a ella mientras se situaba en el centro de la habitación observándolo todo, desde las paredes pintadas en azul añil hasta un multicolor surtido de tapetes de ganchillo que adornaba el único sofá de la estancia. Tapetitos verdes y rojos, amarillos y anaranjados, que parecían enormes mariposas revoloteando sobre la loneta malva del sofá en alegre desorden. Una pena que tanta explosión de color tuviera como contrapunto dos cuadros de motivo religioso bastante lúgubres. Una compungida María Magdalena, que no había que ser un experto para comprender que estaba pintada por un aprendiz, y un San Miguel. Quizá en otro ambiente menos abigarrado, aquel arcángel de rizos renacentistas que pisoteaba la cabeza de un demonio de dientes rechinantes quedaría pintoresco. Pero suspendido del techo por un cordón resultaba abrumador. Casi tanto como una Virgen de escayola policromada de cerca de dos metros rodeada de velas votivas que envolvían el gabinete en una luz tan oscilante como mortecina. Y luego estaba aquella mesita baja con pequeños retratos en los que podían verse personas de aspecto tan humilde como aseado. Dos campesinas de gruesas trenzas, una foto de Perlita en su juventud envuelta en un mantón. También había muchas fotos de Ina. Y en todas ellas aparecía muy joven, casi irreconocible, vestida al estilo de su país de origen, lo que hacía pensar que aquel oasis con aires del altiplano debía de ser el único lugar de la casa en el que Perlita se permitía volver a ser quien realmente era.

—¿Qué haces aquí, niña?

Beatriz, de espaldas y de pie en medio de la estancia, se quedó muy quieta y, solo al cabo de unos segundos, se volvió lentamente, como si quisiera demorar el momento de enfrentarse con la persona que la había descubierto. Buscó a toda prisa una excusa plausible: me he perdido, la casa es tan grande, estaba intentando localizar a tía Perlita... Pero no le hizo falta ensayar ninguna de ellas porque Yáñez de Hinojosa le plantó dos besos como si acabara de encontrársela en la calle o en alguna reunión social.

—Querida, qué agradable casualidad, justamente te estaba buscando.

Beatriz lo miró tratando de descifrar los contradictorios mensajes subliminales que enviaba su interlocutor. En Londres, Beatriz había conocido a más de un Yáñez de Hinojosa. Eran amigos franceses e italianos de Nicolò, seguidores o admiradores todos de un tal Enrico Berlinguer, un aristócrata que, por lo visto, había abjurado de su clase años atrás para crear el Partido Comunista Italiano. Aquellos amigos de Nicolò vestían igual que el personaje que tenía delante, incluso se expresaban con idéntico y elitista modo de arrastrar las erres, algo que contrastaba con la sonrisa del recién llegado. ¿Cómo describirla? Tan fraternal, tan igualitaria, tan «somos todos camaradas».

—Buenos días, señor Hinojosa.

—Es *Yáñez* de Hinojosa, pero para ti siempre Juan Pablo. Te confundiste de puerta, ¿verdad? Buscabas a tu tía Perlita en la terraza, pero esta casa es tan grande —dijo, recitando las dos excusas que Beatriz pensaba aducir para justificar su presencia en aquella habitación—. Una equivocación absolutamente comprensible —añadió, tomándola por el brazo con quizá un poco más de firmeza de la que aconseja la cortesía—. Por aquí, querida, acompáñame, ¿quieres?, ven, sentémonos un momento en el despacho de Encho, qué te parece, lo más lejos posible de la terraza de invierno y de esa latosa cacatúa —añadió Yáñez de Hinojosa recordando a Mambo y su costumbre de corear nombres y en especial los más inoportunos—. Tengo algo interesante que contarte.

Fue así, mientras dejaba vagar la vista por segunda vez sobre la biblioteca de tío Encho tratando de desentrañar algún nuevo misterio de los Pérez y Pérez, como Beatriz Calanda oyó hablar por primera vez del Florence Nightingale, el lugar que iba a cambiar su fortuna.

14

EL DÍA DE SU DESGRACIA
[Beatriz]

El día de su desgracia, Arturo Guerra se despertó tarde. A la ducha de su cuarto de baño le dio esa mañana por no funcionar, de modo que tuvo que usar la de Beatriz. Ella dormía aún. Nunca se levantaba antes de las diez. «Ya le daré un beso antes de salir —recuerda haber pensado Arturo—, parece una niña cuando está dormida», y se dirigió rápidamente al baño para no perder tiempo y cerró la puerta. Coño, dijo a continuación, porque, con las prisas, había olvidado coger su bata. Ahora no tendría más remedio que envolverse en una de Beatriz al salir de la ducha, «como Peter Sellers en *La Pantera Rosa*», rio imaginando la escena mientras se despojaba a toda prisa de la única prenda que llevaba encima, su pantalón de pijama. Años atrás, su mujer había mandado retirar todas las bañeras de la casa para instalar duchas. Todas menos la suya porque le gustaba darse de vez en cuando uno de esos baños de espuma, reliquias de tiempos menos proclives a la sequía, y relajarse en agua perfumada con algún aceite esencial. Como había hecho la noche anterior antes de acostarse, por ejemplo. A Arturo le encantaba el perfume de aquel óleo, mezcla de madera y almizcle, que ella usaba, el mismo que percibe ahora al entrar en la bañera.

Hace correr el agua y el vaho consigue que en todo el recinto vuelva a percibirse tan delicioso aroma. Qué agradable sería poderse demorar un poco más ahí, pero es tan tarde. Tenía que ser justo hoy, maldita ley de Murphy, cuando había quedado con unos posibles compradores para un importante paquete de acciones. Hace meses que su banco de inversiones se hunde sin remedio, pero, por fin e *in extremis*, Arturo Guerra ha encontrado unos inversores coreanos, lo que le permitirá abandonar la nave de la manera más digna posible y, con un poco de suerte, salvar algunos muebles. Deprisa, deprisa, no es cuestión de llegar tarde. Arturo se lava la cabeza y luego se enjabona el cuerpo con diligencia antes de aclararse con agua fría, como hace siempre. Alarga la mano hacia la barra en la que espera encontrar una toalla grande y acogedora, ligeramente rugosa, como a él le gusta. Tantea con los ojos cerrados, nada, no la encuentra, los abre, coño, ahora resulta que no hay toalla. Entonces recuerda el baño con aceites de Beatriz la noche anterior, antes de acostarse. Joder, no me digas que voy a tener que salir de aquí, mojado como un pollo, e intentar secarme con la toalla del lavabo, deprisa, deprisa son las mil, se dice mientras gira sobre sí mismo y es en ese momento cuando, maldito aceite esencial, pierde pie, joder, joder, y empieza a caer hacia atrás. Intenta enderezarse en el aire, pero solo consigue perder el poco equilibrio que le quedaba y, después de eso, lo que suena a continuación es un ruido brutal, el de su cabeza contra el bordillo de mármol que rodea la bañera, y allí se queda tendido y desmadejado en el fondo de la tina. Joder, vaya leche, pero estoy bien, no ha sido nada, la prueba es que estoy consciente y menos mal que no se me ha ocurrido echar el pestillo de la puerta, imagínate si no, venga, Arturo, grita, llama a Beatriz...

Arturo Guerra abre la boca para pedir ayuda, pero ni un hilo de voz sale de su garganta. Tranquilo, no es nada, solo el susto, intenta moverte, ¿cómo que no puedes? Respira, respira, ¿ves? Estás bien, no pasa nada, mira, voy a mover la mano derecha, no, no, la izquierda entonces, Dios mío, ¿qué me pasa? Arturo vuelve a abrir la boca, que le obedece dócilmente, pero una vez más es incapaz de emitir sonido. Empieza a sentir frío. Buena señal, se dice, si me hubiera quedado paralítico o algo así no sentiría nada... Respira, Arturo, respira, eso es lo más importante. El ruido al caer ha sido lo suficientemente fuerte como para que lo oiga Beatriz allá fuera, piensa entonces. Por favor, por favor, Bea, ven.

Arturo empieza a rezar a todos los santos y deidades a los que no invoca desde que tenía diez años. A San Ignacio de Loyola, patrón de su colegio, al que con tanta devoción (y éxito) le rezaba antes de los exámenes; a la Virgen del Carmen, de la que su madre era devota; sí, por favor, te lo pido, Virgen santísima, que venga alguien.

¿Qué pasa ahora? Arturo nota de pronto cómo el agua helada de la ducha que ha quedado abierta empieza a llenar la tina. Imposible, se dice, él no ha puesto el tapón, de eso está muy seguro, pero ¿entonces por qué el agua comienza a cubrir su cuerpo? Ese cuerpo muerto que no responde a ninguna orden y, sin embargo, nota cómo se le hiela la piel. ¡Dios mío!, se aterra Arturo, debe de ser él, él mismo, tal vez su talón o alguna otra parte de su cuerpo, lo que está haciendo las veces de tapón. Y el agua que sube. «San Ignacio, por tu inmensa virtud y bondad, por lo mucho que deseas el bien nuestro, intercede ante el Altísimo y solicítale cuanto antes me conceda alivio en este difícil y desesperado problema...». Joder, ¿cómo seguía la oración? No la recuerdo, y el agua que continúa cayendo, siento cómo cubre mis piernas, también mi tronco, gracias a Dios y a todos los santos que estoy boca arriba y no boca abajo porque si no ya me habría ahogado, ¿cómo me puede estar pasando esto a mí? ¿Te imaginas? Ahogado en un palmo de agua, qué muerte estúpida, vamos, Arturo, grita, grita, seguro que ahora puedes, estás consciente, puedes pensar, notas el frío, ¿por qué no consigo hablar entonces? Haz un esfuerzo, por favor, por favor, que alguien me ayude y sí, sí, ahora me parece oír un chasquido, tal vez sea la puerta del baño, Virgen del Carmen, Santísimo Ignacio de Loyola o tú, mamá, que seguro que estás en el cielo, sálvame. ¡Estoy aquí, aquí! Piensa con todas sus fuerzas, como si alguien pudiera leer sus pensamientos. Vamos, quienquiera que sea que acaba de entrar, que mire dentro de la bañera, pero ¿no ve cómo corre el agua de la ducha? Beatriz, por favor, Beatriz, ayúdame, te lo suplico, vida mía, no puedo mover un músculo... Y ahora sí, como un milagro, como una celestial aparición, Arturo entrevé la silueta de su mujer que se dibuja al otro lado de la mampara traslúcida que rodea la bañera, es ella, mi amor, mi vida, sálvame.

La silueta al otro lado de la mampara no se mueve. Pasan varios segundos que parecen siglos. ¿Por qué no abres, mi vida, el agua cubre ya más de la mitad de mi cara, pronto me llegará a la boca, a la nariz, ayúdame, ayúdame, y la puerta de la mampara que no se abre. ¿Y si sabe que estoy aquí y decide no hacer nada? Sería tan condenadamente fácil. Solo tiene que girar sobre sus talones y marcharse. ¿Pero por qué iba a hacer semejante cosa? Es cierto que ya no soy el hombre con el que se casó años atrás. «Qué ironías —le había dicho ella hace apenas unos días, en una de sus, de un tiempo a esta parte, más que frecuentes discusiones—, la gente cree que soy una interesada, que colecciono maridos ricos, y en cambio ya ves, al final me toca siempre manteneros a todos...». También en eso tenía razón Beatriz. Arturo podía haber hecho más por conservar su capital, por no dejarse arrastrar por la crisis del 2008, por luchar, por medrar, por trampear... pero eso hubiera significado mentir, engañar a sus clientes. ¿Y no habían hecho otro tanto sus colegas, no solo en España, también en Francia, en Italia, en Inglaterra o en Estados Unidos? Sí, y tal vez él se hubiese equivocado al no seguir su ejemplo. Pero ¿qué más da todo eso ahora que está tirado en el fondo de una bañera con el agua a punto de taparle para siempre la boca, ahogado en un palmo de agua? Repite, como un mantra, como una atroz letanía: San Ignacio de Loyola y Virgen del Carmen, que Beatriz no dé media vuelta, que abra las puertas de la mampara, por favor, por Dios, vida mía, tú me quieres, a pesar de todo. No me dejes aquí, abre, te lo ruego, te lo suplico. Y sí, por fin parece que la silueta al otro lado del cristal traslúcido se aproxima, abre la puerta y allí está su rostro tan bello, el mismo que Arturo admiró dormido hace menos de media hora, cuando el mundo aún giraba como siempre y él podía moverse y hablar y gritar, y qué guapa está, se dice estúpidamente mientras ve cómo su mujer estira hacia él sus brazos, para ayudarlo. Y es en ese momento cuando ve centellear un extraño brillo en sus ojos. ¿Qué puede ser? Un pensamiento fugaz, una duda, una tentación, ¿pero de qué? De mirar hacia otro lado, tal vez, de no hacer nada, qué fácil, qué endemoniadamente fácil, quién lo iba a saber, accidentes así de estúpidos ocurren con frecuencia. Beatriz, amor mío, vida mía, te lo ruego, no te vayas y no, claro que no, si alguna vez hubo una sombra de duda en aquellos ojos, ha desaparecido ya. Beatriz se inclina hacia él y Arturo entonces se da cuenta de que acaba de llegar también Gadea. «Cielo, ¿tú aquí...? —se sorprende Beatriz. Bueno, bien, menos mal...—. No sé qué le ha pasado a papá, cierra la ducha y ayúdame, algo, alguna parte de su cuerpo debe de estar taponando el desagüe de la bañera, sí, así está mejor, ya comienza a vaciarse, cuidado, Gadea, no lo muevas de donde está, es peligroso, vamos a cubrirlo para que no se quede helado, ve, corre, pide una ambulancia, yo me quedo con él y no, no llores, tesoro, ya pasó todo, unos segundos más y... Pero hemos llegado a tiempo. Avisa a Lita, estará en su despacho, que traiga toallas o mejor una manta, está helado, todo está bien, no pasa nada. Nada».

* * *

Gadea acababa de cumplir diecisiete años cuando todo en su casa cambió de un día para otro. No es solo que la vivienda tuviese que adaptarse a las necesidades de un paralítico, sino que la vida familiar pareció paralizarse también. Edema de médula fue el primer diagnóstico con el que tuvo que enfrentarse su padre. Por lo visto, el golpe contra el reborde exterior de la bañera no había logrado cercenar la médula, pero se produjo un hematoma interno que nunca llegaría a remitir del todo. Aun así, los médicos dijeron que podía considerarse afortunado. En los primeros días llegaron a pensar que tal vez pudiera quedar paralizado de cuello para abajo. No obstante, poco a poco, empezó a recuperar al menos la movilidad de las extremidades superiores. Recuperó también el habla, pero las esperanzas de que volviera a caminar eran, según le explicaron, escasas por no decir nulas. Aun así, Arturo Guerra despertaba cada mañana con la voluntad de desdecir al destino. Su modelo a seguir era Kimmy Rieghsten, un soldado americano de veintitrés años que quedó tetrapléjico en la guerra de Irak. En un vídeo que se hizo viral explicaba en las redes cómo le había salvado de la desesperación plantearse no grandes metas, sino otras muy cercanas. Mostraba, por ejemplo, cómo, con su cuerpo paralizado de cuello para abajo, se empeñaba cada mañana en vestirse solo. Pedía a su madre que dejara la ropa extendida en el suelo junto a él y a continuación se dedicaba a culebrear con su cuerpo inerte hasta que lograba ponerse la camiseta, luego el pantalón... La primera vez tardó cincuenta minutos en vestirse, pero a partir de ese momento se dedicó a competir consigo mismo para bajar a cuarenta y ocho y luego a cuarenta y siete, cuarenta y seis... Arturo no estaba tan impedido como Kimmy, pero eran otros retos igualmente imposibles los que se imponía. El mayor de ellos, aprender a controlar esfínteres, todo menos convertirse en un pelele, en un desecho. Al principio, la casa entera giraba en torno a él. Beatriz decidió volcarse en su marido. En su marido que, aparte de parapléjico, estaba completamente arruinado. Es lo que tocaba hacer y, además, era lo que quedaba bien de cara a la galería. Miremos el lado positivo de tanta desgracia, se dijo, la interminable novela rosa por entregas que, desde hacía años, era su vida, necesitaba nuevos capítulos con los que interesar a sus incondicionales, y tampoco era mala idea del todo convertirse ahora en Florence Nightingale.

Florence Nightingale. Cuántos recuerdos le traía aquel nombre. No el de la universalmente conocida muchacha destinada a revolucionar el mundo de la sanidad, la inventora de la enfermería moderna, la heroína de la guerra de Crimea. Lo que a Beatriz le evocaban aquellas dos palabras era el nombre de la academia en la que la habían matriculado al poco de llegar a Madrid, allá por los años setenta, cuando empezó a convertirse en lo que ahora era. Es decir, cuando pasó de ser una niña de barrio pobre de Londres a ser alguien aquí en Madrid. Beatriz sintió un escalofrío. ¿Qué pasaría si la historia de su vida, ascendente hasta ahora, diera de pronto un giro de ciento ochenta grados de modo que la obligara a recorrer el camino inverso? No sería el primer caso, era una historia muy común, salir de la nada, subir a las alturas solo para después, y como decía Groucho Marx, volver a las más altas cotas de la miseria. Era perfectamente posible, por qué no. A la suerte, al destino o a quienquiera que esté allá arriba al mando de la nave suelen gustarle mucho esta clase de sarcasmos. ¿Qué ocurriría si se viese obligada a abandonar el mundo cómodo, desahogado y brillante en el que había vivido para regresar a las estrecheces de su niñez? Quien ha pasado penurias es capaz de cualquier cosa por no caer de nuevo en ellas. Y más aún cuando asoman las arrugas y una ya no es la que era, se juró a sí misma. Por eso, Beatriz Calanda, con más de sesenta años y un marido impedido y arruinado, decidió de pronto que tocaba asumir un nuevo rol, el antes mencionado de esposa perfecta y ejemplar.

Y lo hizo de forma admirable.

15

MUMMY KNOWS BEST
[Beatriz]

«La nueva vida de Beatriz Calanda», rezaba el titular de la revista que tuvo la suerte de recoger en exclusiva la noticia. Debajo había dos subtítulos. Uno decía: «Ni mi familia ni yo nos rendimos nunca». El otro: «Mis hijas son mi mayor apoyo, estamos unidas como una piña».

Pero, sin duda, lo más interesante de aquel reportaje, diez páginas a todo color, eran las fotos y los muchos y secretos mensajes que en ellas podía descifrar un observador atento. María Tiffany no estaba presente ese día. La mayor de las niñas Calanda continuaba prefiriendo su doméstica vida en Toronto a salir en las revistas. Por eso, Beatriz tuvo que explicar que, aunque viajaba a Madrid con frecuencia, en aquella ocasión no había podido acompañarla, como era su deseo, porque coincidía con el comienzo del colegio de los niños. El resto de sus hijas estaban ahí, apoyándola, fotografiándose con ella y muy favorecidas además, aunque, eso sí, «fiel cada una a su personal e intransferible estilo», según se explicitaba en uno de los pies de foto del reportaje. Alma vestía una larga túnica talar de rombos que le confería un aire de enorme arlequín. Alma Robiralta no podía ser más opuesta al aspecto elegante y reposado que había hecho famosa a la autora de sus días. A sus treinta y cinco años, era la creativa de la familia. Según explicaba Beatriz en el reportaje, su talento era «completamente multidisciplinar»: en los últimos tiempos, había abrazado primero el arte conceptual, después la músi-

124

ca sefardí, más adelante la poesía erótica, luego los haikus, el cine, el teatro, el diseño de modas, de joyas, la cocina, «... y ahora acaba de introducirse en el apasionante mundo del ikebana y se le da fenomenal», apostilló Beatriz a continuación sin aclarar qué había pasado con el resto de sus muchas y multidisciplinares tentativas.

Por suerte, al ser un reportaje pactado para hablar sobre el lamentable accidente de su padrastro, el periodista que recogía toda aquella información no le preguntó por su vida amorosa. De haberlo hecho, Alma no habría tenido más remedio que inventarse una nueva mentira. La última vez había contado que estaba iniciando un romance con un japonés solista de fagot; en otra anterior, que tenía un novio sirio, cuyo nombre no podía revelar por prudencia; meses atrás aseguró que acababa de romper con un bailarín cubano quince años más joven al que conoció en un avión... cualquier embuste por increíble que fuera antes de confesar la verdad: que su único amor se llamaba María Emilia y no era estrafalaria ni famosa y menos aún rica, sino que trabajaba de maestra de primaria en una escuela. Algún día tendría que hacerlo público, pero no ahora. Alma encontraba siempre una excusa para retrasar el momento de la verdad y, desde luego, la actual era de peso. No podía hacerle algo así a su madre, que lo estaba pasando tan mal con el accidente de Arturo. Recordaba aún la cara que había puesto cuando por fin logró reunir coraje para hablarle de María Emilia. Nunca la había visto tan mortalmente pálida, desencajada. Pero enseguida hizo como que no lo había oído y jamás se volvió a mencionar el tema. Mami era así cuando algo no le gustaba o no le convenía, lo borraba. Aquí no pasa nada, todo está fenomenal, mi hija no es lesbiana, lo que no se ve no existe... Y por inverosímil que pueda parecer, el truco funcionaba. Por eso Alma estaba ahora ahí, posando junto a ella y su único y escuálido acto de rebeldía era aquella túnica de arlequín que mami encontraba deplorable porque le recordaba demasiado a su excuñada, de infausta memoria.

«... Sí, Alma acaba de montar su propia empresa de ornamento floral y le va de cine». Eso había dicho mami en el reportaje antes de redondear sus comentarios con un: «Estoy muy orgullosa de ella. Pero no de sus logros como artista, sino de lo que es aún mucho más importante, de cómo es por dentro. Alma es ese tipo de persona capaz de dejarse cortar un brazo por ti».

Ahí sí que decía la verdad. Precisamente eso es lo que Alma había hecho. Cortarse un brazo por ella. O, lo que es lo mismo, continuar con la farsa de que era la soltera irredenta de la familia, la que coleccionaba novios tan extravagantes como inexistentes, la que —en contra del ejemplo materno, y mira tú qué raro— no se casa, no se empareja, no se enamora.

Muy atento tenía que ser un observador para descubrir en la foto de Beatriz Calanda y sus tres hijas indicio alguno de este secreto. Pero había un par de detalles que lo delataban. Como, por ejemplo, el modo en que Alma intentaba cubrir con su túnica de arlequín las manos de su madre mientras esta se lo impedía con un sutil pero firme modo de sujetarle el brazo, mitad súplica, mitad orden.

«¿Y qué puede decirnos de la tercera de sus hijas?», había preguntado a continuación el entrevistador, hablando ahora de Herminia Alcaudón. Los labios de Beatriz dibujaron entonces la misma maternal sonrisa de orgullo de antes para decir que si Alma era la artista de la familia, Herminia era la materia gris. «Su cabeza está llena de números —explicó—. Así ha sido desde niña. Figúrate que con solo ocho años ganó un concurso intercolegial de cálculo rápido. Y eso no fue más que el principio. Después de acabar brillantemente su bachillerato de Ciencias, hizo Físicas y se licenció con matrícula de honor. Un cerebrito, esta hija mía. Con decir que es capaz de calcularte así, de cabeza, una raíz cuadrada de cinco cifras... ¡Y todo eso con una madre como yo para la que las matemáticas son chino mandarín, qué digo chino, sánscrito!», rio Beatriz, a la que siempre le gustaba añadir a sus aseveraciones un toque humano y divertido de autoburla.

Todo lo que había dicho sobre Herminia era rigurosamente cierto. Nadie podría decir que Beatriz Calanda mintiera. Aunque la verdad tiene muchas caras y esta es otra de ellas:

Herminia Alcaudón —que desde niña hizo cierta aquella teoría de Arturo Guerra según la cual cada una de las hijas de su mujer acababa teniendo rasgos de carácter en común con el padrastro con el que se criaba— compartía con Arturo una pasmosa facilidad para los números. Tanta que al terminar con honores la carrera, hizo un cálculo. ¿Cuánto podía llegar a ganar como licenciada en Físicas? A menos que fichara por el Instituto Max Planck, y aun en ese caso, un sueldo mensual de tres ceros, a todo andar. ¿Y cuánto podía embolsarse si, en vez de madrugar cada mañana para acudir a un oscuro laboratorio, se dedicaba a poner en práctica uno de los más famosos axiomas de Arquímedes, ese que reza «dadme una palanca y moveré el mundo»? Columbró a continuación que, para hacerlo con éxito, lo único importante era saber identificar la palanca adecuada teniendo en cuenta que estas variaban con los tiempos. Herminia Alcaudón se dijo entonces que no había que ser Arquímedes, Pitágoras y ni siquiera Epi o Blas de *Barrio Sésamo,* para deducir que, en tiempos mercenarios como los nuestros, en los que el mundo entero es un gran zoco o mercado, la palanca que lo mueve todo tiene un nombre: publicidad.

A continuación, Herminia Alcaudón dedicó unos cuantos días a hacer una minuciosa labor de campo previa para ajustar sus posibilidades al mercado. Se fijó primero en otros conocidos que se dedicaban a rentabilizar su condición de tales viviendo de su imagen. Exactores, excantantes o toreros, por ejemplo, que se habían dado cuenta de que ganaban bastante más dinero hablando de sí mismos en las revistas y platós de televisión que subiéndose a un escenario o jugándose la vida ante un toro. De esta observación dedujo que un famoso vale más por lo que es —o mejor dicho, ha sido— que por lo que hace. De modo que «Cría fama y échate a dormir» debía de ser otro axioma tan inexorable como el antes mencionado retazo de sabiduría del viejo Arquímedes.

En su caso particular, la notoriedad la tenía desde la cuna, de modo que ni siquiera necesitaría molestarse en criarla. Una vez anotado este dato, decidió estudiar a continuación y más de cerca el caso de ciertos especímenes que, cuando ya no los contrataban en lo suyo, optaban por apuntarse a un *reality*. Esto de los *realities*, calibró, tenía sus interesantes ventajas. Porque daba igual que uno fuera peluquero que no peina, cantante que no canta, escritor que no escribe o directora de orquesta que no dirige, todos encontraban en este tipo de programas su particular sinecura. Cierto era que primero había que sobrevivir un par de meses en alguna isla desierta asando lagartijas. O encerrarse en un *Gran Hermano Vip* donde no quedaba más remedio que hacer *edredoning* con algún otro individuo o individua perfectamente atroz fingiéndole amores y ardores. Pero qué eran esas y otras inevitables bajezas si uno después lograba retornar al mundo de los vivos. O, lo que es lo mismo, pasar de la condición de cadáver mediático a recuperar la condición de «personaje», lo que le permitiría volver a hacer hucha, al menos durante un tiempo.

Herminia Alcaudón continuó con sus minuciosos cálculos y se dijo entonces que todo era cuestión de calibrar bien los activos de uno y saber cuál podía ser su nicho de mercado. Y en su caso, el nicho no tenía por qué ser uno, sino varios, porque, como también tabuló Herminia, su personalidad, lejos de ser monolítica, era poliédrica puesto que, si por el lado materno era hija de Beatriz Calanda, por el paterno pertenecía a una familia llena de blasones, lo que también tiene su más que explotable glamur. Y luego estaba su faceta de «licenciada en Físicas», que, según la geometría más elemental, la convertía en un tetraedro. Es cierto que hubiera sido preferible tener otra faceta adicional. Un aspecto atractivo o como mínimo interesante, lo que la hubiera convertido de tetraedro en un regio pentaedro. Pero, como mami solía decir, no se puede tener todo en la vida. Una lástima realmente, porque, si su hermana Alma pecaba por exceso tanto en altura como en volumen, ella lo hacía por todo lo contrario, era menuda como un soplo y ligera como un pajarito. Por una de esas ironías que gustan al destino, Herminia Alcaudón hacía honor a su apellido. O al ave de la que derivaba su nombre. Porque, al igual que la hembra del *Lanius collurio* o alcaudón común, tenía el cuello corto, la cabeza rojiza y el pico —en su caso la nariz— ganchuda.

De todos modos, según se dijo también, incluso la falta de belleza puede sumar, multiplicar e incluso crear interesantes derivadas, si uno tiene una calculadora por cerebro. De ahí que Herminia se hubiera puesto en marcha para sacarle el máximo partido a las antes mencionadas facetas de su personalidad. Y funcionó. Como hija de Beatriz Calanda, de inmediato le ofrecieron la posibilidad de anunciar cualquier producto destinado a la mujer que no necesitara publicitarse con una cara bonita. Lo suyo no eran cremas faciales ni champús prodigiosos de esos que requieren piel de porcelana o melena a lo Rapunzel. Pero sí pudo, y con mucho éxito, anunciar compresas para la pérdida de orina, ambientadores, limpiadores de horno y hasta maquinillas de afeitar para las piernas femeninas. Como miembro que era de la familia Alcaudón, le propusieron, y aceptó de mil amores, publicitar cierto aceite de oliva elegantísimo que lo mismo servía para aderezar una ensalada que para sumergirse con él en un baño de espuma. Casi simultáneamente —y con mucho despliegue mediático— la ficharon para lanzar un hongo autóctono de Cáceres, competidor del célebre alcaudito, que ella se dedicó a recomendar desde todos los mupis y vallas del país, solo por fastidiar a su tía y madrina, la ingrata condesa de Alcaudón, que la había borrado de su testamento.

Los dos lados restantes de su tetraédrica personalidad también llegaron a darle pingües beneficios. Su faceta de niña prodigio sirvió para una campaña auspiciada por una marca de refresco que animaba a las niñas a amar las matemáticas, mientras que su condición de licenciada en Físicas fue, quizá, la más rentable de todas, porque era un cajón de sastre que lo mismo servía para anunciar un ordenador que una *vaporetta*, un cortacésped que un crecepelo.

Durante un tiempo, el balance contable de Herminia presentó asientos sustanciosos. Pero tantas y tan variadas eran sus apariciones publicitarias que un mal día se produjo una burbuja financiera, un giro copernicano, un desplome de cien a cero y de cero al cero absoluto, una auténtica catástrofe cuántica. O dicho en román paladino, lo que ocurrió fue que se produjo una saturación de Herminia Alcaudón, una lamentable sobredosis. Herminia Alcaudón en vallas publicitarias, en *banners*, en las publicaciones más variopintas, en la tele, en la radio, en las redes y hasta en la sopa, hasta tal punto que, de pronto y de la noche a la mañana, acabó convirtiéndose en cadáver publicitario, en un penoso zombi marquetiniano.

Todo esto había ocurrido un par de años atrás. Y tan mal estaban sus finanzas en la actualidad que Herminia Alcaudón había tenido que volver al hogar materno. Beatriz, feliz, por supuesto, a ella siempre le había gustado tener a su alrededor una gran familia, esa que no tuvo de niña cuando sus hermanos, Gabriel y sobre todo Estela, se marcharon un día sin despedirse siquiera. Pero, para Herminia, fue un fracaso. O, en su caso, un doloroso, bochornoso e imperdonable error de cálculo. Tal vez por eso, y a partir de entonces, había vuelto a refugiarse en los números. O en la numerología, que, según ella, era casi lo mismo porque ¿no se supone que (más o menos) la inventó Pitágoras? Al fin y al cabo, fue el genio de Samos quien descubrió y luego desarrolló la relación que existe entre los planetas y su vibración numérica a la que él llamó «Música de las esferas», explicando que el universo está interconectado del modo más sorprendente y extraordinario. Hasta tal punto que —y esto era ya una interpretación muy posterior, pero seguro que hubiese contado también con las bendiciones de Pitágoras—, valiéndose de los números, las personas no solo pueden prever su futuro, sino también descifrar cómo son el resto de sus congéneres.

A eso se dedicaba Herminia Alcaudón de un tiempo a esta parte. A encerrarse en su habitación de niña —la misma que había abandonado años atrás cuando llegó a tener más dinero del que podía contar— y a hacer números. Para que estos le desvelaran de quién podía fiarse y de quién no y también —o tal vez habría que decir sobre todo— para que le indicaran cómo y dónde encontrar el hombre de su vida. En realidad, sería más afinado decir encontrar al *próximo* hombre de su vida, porque Herminia, como Beatriz, pensaba que una mujer no está completa si no tiene un hombre al lado. Por ello, se lamentaba, era una pena que no tuviese tanta suerte como su madre en cuestiones amorosas. Y no. Los números de momento no le habían desvelado cuál podía ser la piedra filosofal en esta materia. Pero Herminia no se rendía. Al contrario, continuaba haciendo intrincados algoritmos destinados a descubrir por qué su madre no tenía más que batir pestañas para producir suspiros mientras que el aletear de las suyas solo cosechaba bostezos.

Herminia Alcaudón era realista. Sabía de sobra que no poseía la belleza de su madre. Pero, aun así, había por ahí otras hijas de famosas mucho más feas que ella que gozaban de un éxito amatorio nada desdeñable. (A Herminia se le venían a la mente la cara de dos o tres verdaderamente horrendas con novios monísimos). ¿Cuál era entonces la razón de su fracaso? De nuevo hizo una hoja de cálculo para comprender dónde podía radicar el problema. Anotó los hombres de los que se había enamorado sin ser correspondida y trató de encontrar entre ellos su mínimo común denominador. Uno era un jinete separado de una rica heredera griega; otro, un profesor universitario experto en bioquímica; el tercero, un chef con una estrella Michelin; el cuarto, un aventurero émulo de Cousteau; el quinto, un extenista; el sexto, un miembro del partido podemita... y así hasta llegar al décimo, que era un primo suyo sin oficio conocido pero con un buen apellido y ojos castigadores.

En principio, aquella parecía una decena variopinta sin nada en común. Pero un par de cálculos infinitesimales más le descubrieron lo que ella hasta el momento no había visto, pero que para cualquier hijo de vecino era claro y cristalino. Los diez compartían dos atributos. A saber, eran guapos y tenían éxito. Y (esto no se lo reveló la numerología, sino una dolorosa punzada) cabía dentro de lo posible que hombres de estas características buscaran chicas con sus mismas cualidades o incluso superiores.

Desde ese día Herminia Alcaudón decidió que era necesario recalcular ruta. El mundo estaba lleno de *otro* tipo de hombres igualmente interesantes y solo era cuestión de girar unos grados el periscopio y pescar en otros caladeros.

En esas estaba cuando le tocó posar junto a su madre y hermanas para aquel reportaje que Beatriz había organizado con el fin de explicar cómo tenía pensado encarar la vida tras el terrible accidente de su marido.

«... Y Herminia está siendo para mí un apoyo fundamental —confesó mami al entrevistador—. Desde que ha vuelto a vivir en casa, toda la intendencia doméstica funciona como un reloj. Es tan ordenada, tan previsora, tan *programada*. Ven, tesoro —le sonrió—, ahora nos toca hacernos una foto tú y yo solas».

Su madre se había sentado en uno de los dos sillones de cuero que flanqueaban la chimenea. «Tú aquí», indicó, señalando un reposabrazos en el que Herminia obedientemente se posó como un pequeño, menudo y sonriente alcaudón. Una escena encantadora y familiar. Madre e hija vestidas de modo parecido, las dos de blanco y negro compartiendo confidencias mientras el fotógrafo giraba a su alrededor tratando de captar todos los detalles de tan cómplice situación. Beatriz alisa ahora la falda plisada que la estilista ha elegido para Herminia, una que la hace parecer aún más pequeña de lo que es, tanto que decide esponjarse para estar a la altura de su madre, pero también porque resulta que el ayudante del fotógrafo la mira de una manera... «Vamos, Herminia —se dice—, no te hagas ilusiones, te mira porque no tiene más remedio, porque es su trabajo, porque le pagan por esto...».

Pero no. El guiño que acaba de hacerle parece indicar algo más. Lo mismo que ese roce como al descuido que Hamid (porque ese es su nombre, así lo ha llamado hace un rato el fotógrafo) ha buscado al acercársele ahora para medirle la luz de la cara.

Herminia desvía por un momento la vista del objetivo de la cámara para observar sus ojos, que son verdes, con largas pestañas, tan negras que parecen azuladas. Igual que la media barba que tiene aquel hombre, deliciosamente perfumada además, como ha podido percibir al aproximarse él una segunda vez. «Voy a volver a medir la luz», dice y sonríe, lo que permite descubrir entonces un pequeño fallo cosmético. A Hamid le faltan dos premolares. Pero qué más da, piensa Herminia volviendo a mirarle ya sin disimulo. Como tampoco importa que se llame Hamid y que apenas hable español.

«¿De dónde habrá salido este bellezón en bruto?», se pregunta. Chema, el fotógrafo, al que conoce de ocasiones anteriores, cambia mucho de ayudantes y tiene fama de ser poco generoso con sus colaboradores. Mejor así, se dice Herminia mientras que los engranajes de su cabeza se ponen en marcha haciendo nuevos y veloces cálculos. Mucho mejor así, repite, porque, si los hombres que le han interesado hasta el momento tenían como mínimo común denominador ser guapos y exitosos, ¿a cuál de estos dos elementos de la ecuación no está dispuesta a renunciar de ninguna manera? Y Herminia se responde a sí misma que está clarísimo que al primero.

Muy bien entonces, perfecto. Y Herminia, sin dejar de sonreír a la cámara, se dice que no puede esperar a llegar cuanto antes a su habitación y calcular la relación que sin duda existe entre su planeta y el de Hamid, y ver cómo armonizan sus esferas cósmicas. ¿Y qué pensará su madre cuando se entere de que su próximo novio va a ser un ayudante de fotógrafo, inmigrante y posiblemente sin papeles?

—Vamos, tesoro —oye que le dice Beatriz en ese mismo momento—. No te me despistes que ya estamos acabando con las fotos. Venga. Más recta la espalda y alta la cabeza. La cabeza *siempre* alta, tesoro —añade regalándole una de esas famosas sonrisas suyas, que lo mismo sirven para derretir icebergs que para helar la sangre.

Y Herminia, como tantas otras veces a lo largo de su vida, se dice que mami es capaz de leer hasta sus más ocultos pensamientos. ¿Cómo demonios lo hace?

* * *

La menor de las niñas Calanda se encuentra en ese momento un poco más allá, cerca de la puerta. Siempre le han aburrido las sesiones de fotos. Una lástima, piensa mami, porque de sus cuatro hijas es, con diferencia, la que más interés despierta. «Cariño, Gadea tiene mucho potencial, pero no sé por qué me da a mí que nos va a costar hacer carrera de ella». Eso le había dicho años atrás la directora de la revista para la que ahora están posando. Gadea era, por aquel entonces, esa adolescente rebelde y con un furioso acné a la que Beatriz había llevado al doctor Espinosa porque escribía tonterías en los espejos. Pero después inició una interesante metamorfosis que la convertiría en lo que ahora es. A punto de cumplir dieciocho años, Gadea no se parece a su madre. Según Arturo Guerra, había heredado de su abuela paterna no solo su nombre de pila, sino también su aspecto y así parecía corroborarlo cierta foto que él conservaba en su mesilla como un tesoro. En ella podía verse a una muchacha rubia y de ojos marrones, una combinación cromática que no queda del todo bien en las novelas románticas, pero que, en la vida real, da bellezas extraordinarias. En aquel retrato, la madre de Arturo posaba con él en brazos y parecía aún más joven que su nieta en la actualidad. «¿Por qué viste de negro?», había preguntado Gadea un día ya lejano mientras sus dedos de niña contorneaban aquel viejo y humilde marco de latón labrado. Uno que desentonaba por completo con el resto de la decoración del dormitorio de sus padres, sobria, minimalista, en tonos grises y blancos, rota solo tanta monotonía cromática por la presencia de flores frescas, a veces hortensias, otras campánulas o narcisos, pero siempre azules. «... Porque con diecisiete años se quedó viuda —le había contestado entonces su padre—. A tu abuelo lo mataron antes de que yo naciera. Tanto se querían que ella a partir de ese momento ya no se vistió de ningún otro color».

A Gadea le había parecido muy romántica aquella historia, así como el término «hijo póstumo», que su padre utilizó a continuación para describir cómo había sido su infancia, difícil pero feliz, según dijo, mientras Gadea se los imaginaba sobreviviendo a todo tipo de infortunios y penalidades durante la Guerra Civil. La vida de la abuela que indesmayablemente sonreía desde su vieja foto había tenido sin embargo menos de épica pero igual de tragedia. No, el abuelo Arturo no había muerto en ninguna guerra o batalla, como Gadea románticamente llegó a fantasear antes de que su padre terminara el relato. Lo atropelló un tranvía apenas unos meses después de que se casaran cuando se dirigía a la panadería del barrio pobre en la que trabajaba. Una vez nacido el bebé, la abuela Gadea había tenido que renunciar a él durante años dejándolo en el campo al cuidado de unas tías mientras ella se empleaba como criada en una casa de la capital. «Verdaderamente no sé por qué tu padre te cuenta estas cosas —le había dicho Beatriz cuando Gadea trató de comentar con su madre detalles de aquella vieja historia—. ¿A quién le interesa saber que tu abuela fue criada y tu abuelo panadero? Los secretos familiares son exactamente eso, secretos».

«Sobre todo los tuyos, mamá. En tu mesilla también hay una foto de tus padres, pero apenas hablas de ellos. Ya sé que murieron hace tiempo. ¿Pero por qué no me cuentas su historia igual que hace papá? Me encantaría saber algo más. ¿Cómo eran? ¿Cuáles eran sus gustos?». Todo esto pensó entonces Gadea, pero no dijo nada porque, para entonces, ya no era la adolescente arisca y rebelde que fue cuando con catorce o quince años la llevaron al doctor Espinosa. Por otro lado, al igual que sus hermanas mayores, Gadea hacía tiempo que había tenido oportunidad de descubrir la inexorabilidad de cierta frase con la que su madre zanjaba cualquier cambio de impresiones. «No discutas, tesoro», repetía, sin perder en ningún momento la sonrisa. Y luego en inglés y con su impecable (y muy deliberadamente cincelado) acento de clase alta, solía añadir: «*Mummy knows best*», mamá sabe siempre qué es mejor...

De todas formas, a pesar de aceptar la validez de frase tan inapelable, eso no había evitado que Gadea, a falta de información sobre su familia materna, se esforzara por averiguar el resto de la historia de aquella otra abuela de la que había heredado el nombre. Por eso sabía que, después de trabajar años como criada, consiguió reunir cierto dinero que le permitió no solo traer a su hijo a vivir con ella, sino montar una pequeña casa de comidas cerca del barrio de Tetuán. Allí, en Casa Gadea, como llamaron al establecimiento, Arturo se las había arreglado para trabajar y estudiar, lo que le abrió las puertas de la universidad donde logró licenciarse con un premio nacional de fin de carrera.

A partir de ahí, la biografía de Arturo Guerra empezaba a ser más «digna de ser contada», según los cánones de Beatriz

Calanda. Por eso, a mami le encantaba confesar en las entrevistas que concedía que su marido «se había abierto camino él solo» (esas eran sus medidas palabras) hasta llegar, con apenas cuarenta y pocos años, a presidente de un banco. Toda una proeza.

—¿... Y cómo afronta ahora este nuevo e incierto capítulo de su vida? —acababa de preguntarle el entrevistador a Beatriz mientras Chema, el fotógrafo, y Hamid, su ayudante, orbitan alrededor de ella tratando de captar cada gesto, cada mirada, cada sonrisa.

—Con fuerza, con mucha fuerza —había respondido Beatriz antes de explicar cuál era la situación de su marido tras el accidente—. Al principio pensábamos que se moría, de modo que dan igual las infinitas dificultades que ahora tengamos que superar. Todo me parece un regalo comparado con la posibilidad de perderlo.

—Tengo entendido que los médicos les dijeron al principio que podía quedar tetrapléjico, paralizado del cuello para abajo —recalcó innecesariamente el entrevistador—, y que, por suerte, no ha sido así, que ha recuperado la movilidad de los brazos. ¿Cuándo cree que podrá volver a trabajar? Para un hombre de tanto éxito profesional, debe de ser duro estar en casa sin hacer nada.

Gadea giró para mirar a su madre. ¿Qué iba a responder? La verdad no, obviamente. «La verdad no interesa a nadie», eso era lo que solía decirles mami siempre a ella y a sus hermanas. ¿Además, cómo confesar que Arturo Guerra nunca volvería a trabajar? Y no precisamente a causa de su caída. No lo haría porque un golpe tan duro para mami como su accidente fue descubrir que su marido estaba completamente arruinado. Y mucho menos podría confesarle al entrevistador otro temor aún más profundo y sobre el que jamás decía nada, pero que Gadea había aprendido a leer en sus ojos. El miedo al paso del tiempo, a la vejez, a las arrugas, al tictac del reloj, que se empeñaba en recordarle con aterradora machaconería que se iba haciendo mayor, «vieja», horrible palabra que mami evitaba pronunciar porque, según ella, lo que no se menciona no existe, desaparece, abracadabra. ¿Qué pasaría cuando su sonrisa derretidora de icebergs perdiera su eficacia? ¿Cuando ya no interesaran sus andanzas, sus confesiones, sus escándalos? Beatriz había intentado poner sus esperanzas en sus hijas. Para que tomaran el relevo, para que continuaran con la saga familiar. Para que la suya fuera —salvando todas las distancias, naturalmente— como la familia de las Kardashian. Es verdad que aquella era una colección de cursis horteras, culonas y grotescas, pero generaba millones de dólares porque habían sabido interesar a la gente, primero por una hermana, luego por otra, después por la madre y por supuesto también por el padre, Bruce Jenner, que había tenido la sensacional idea de pasar de ser campeón olímpico de decatlón a convertirse en la sexy Caitlyn Jenner, tan oronda pechugona como sus hijas, a ver quién supera eso. No es que Beatriz pretendiera que su familia hiciese nada ni remotamente parecido, claro que no, todavía hay clases, pero era una lástima que ni María Tiffany ni Alma ni tampoco Herminia dieran el más mínimo juego mediático. ¿Y Gadea?

Beatriz mira ahora a su hija menor. Qué guapa es y qué joven. Tiene la misma edad que ella cuando llegó a Madrid por primera vez y comenzó a labrar, o, para ser más precisos, a cincelar con paciencia y pericia de orfebre su destino. ¿Sabría Gadea hacer lo mismo? Lo tendría tan fácil. Tenía los dones necesarios para seguir sus pasos, pero siempre ha habido algo inexpugnable en esa chica. Beatriz se lo ha preguntado muchas veces al doctor Espinosa. ¿Qué le pasa a Gadea, Eduardo? ¿Por qué no es como sus hermanas? Beatriz no llega a comprender. A pesar de la edad que tienen, ni María Tiffany, ni Alma ni Herminia han roto jamás el cordón umbilical que las une a ella. Jamás han cuestionado su autoridad, su «Mummy knows best»; en cambio esta chica...

—Ven, cielo, ahora nos toca a nosotras sacarnos una foto juntas. Mira, sentémonos aquí, cerca de la ventana. ¿Te acuerdas de cuando eras pequeña y te pasabas horas mirando hacia la calle, esperando a que yo regresara a casa para correr escaleras abajo y darme mil besos? Así es, mi niña —dice ahora mami a su entrevistador mientras acaricia el pelo de Gadea, largo, rubio, tan distinto al suyo—. De todas mis hijas, es la que más se parece a mí, ¿verdad, tesoro? La niña de mamá. Con permiso de tus hermanas —añade mientras dedica a Alma y Herminia esa sonrisa suya vencedora en mil batallas.

Gadea, por su parte, ni siquiera ha oído lo que Beatriz acaba de decir. Es otro sonido más tenue, también más apremiante, el que llama su atención. Uno nuevo en aquella casa, pero que, desde hace unos meses, ha pasado a ser triste rutina. El chirrido de la silla de ruedas de su padre sobre el parqué. Sí, es él. Papá, que aborrece las fotos, la prensa, las cámaras. Papá, que nunca se ha dejado fotografiar y menos ahora, que no quiere que nadie vea en qué se ha convertido: en un lastre, un estorbo, en poco más que un fantasma. Pero, entonces, ¿por qué se le oye tan cerca? Debe de estar en la habitación contigua, esperando. ¿Necesitará algo? ¿Me estará buscando?

—Una foto más y ya está, cielo —reclama Beatriz con suavidad—. Venga, no pongas esa cara, que enseguida terminamos. Y vosotras, niñas, sí, tú, Alma, y tú también, Herminia, poneos aquí, la última foto tiene que ser de las cuatro juntas. Vamos, quiero una sonrisa bien grande. Estupendo, fenomenal. Esperad, esperad un momento, déjame que te recoloque este mechón que te tapa demasiado la cara. Así está mejor. Hay que cuidar los detalles, niñas, no se puede dejar nada librado al azar, *Mummy knows best.*

16

MANILA
[Ina]

Ina se detuvo ante el escaparate de la cafetería Manila. Allá, al fondo de la sala, la esperaba Antonio del Monte como otras tardes, pero ella no entró. El sol, al filtrarse entre las falsas ramas de las palmeras que forman el nombre del establecimiento rotuladas sobre el cristal, acaba de jugarle una mala pasada, devolverla por un momento al día en que llegó hasta allí por primera vez en compañía de las hermanas Muñagorri. ¿Cuánto tiempo había pasado? Dos largos años ya desde que, imitando a sus amigas y tras comprobar que las costuras de sus medias estaban bien rectas, empujara la pesada puerta giratoria de bronce que la separaba del exterior.

Por un momento a Ina se le ocurre una absurda fantasía. Tal vez, esa misma puerta, al girar al revés, consiga echar atrás el tiempo y devolverla a su vida de veinticuatro meses atrás. Pero no. Ningún conjuro hace retroceder el tiempo. Ninguno, sin embargo los rayos del sol que bailotean sobre el escaparate de la cafetería se empeñaron de pronto en engañarla mostrándole diversas escenas vividas en aquel lugar. Como las muchas y demoradas horas pasadas en compañía de Antonio del Monte. Al principio, con Teté Muñagorri por carabina, pero seis o siete meses más tarde, ya solos los dos como novios, como enamorados. Hasta llegar a ese punto, Antonio y ella habían seguido todos los rituales que la decencia recomendaba para estos casos. Fue en aquella primera tarde inaugural en Manila cuando Helena Muñagorri le propuso a su primo Manolo González, y también a Antonio, quedar, los cinco, para ir al teatro o al cine de vez en cuando, los últimos viernes de mes por ser los pases de más éxito. Cinco películas y una pieza teatral había tardado Antonio en cogerle la mano. Durante la primera de ellas, *Los intereses creados*, ni siquiera se sentaron cerca. Helena se las había ingeniado para emparedar a Antonio entre Manolo y su hermana Teté: «... Uy, que mira quién está allí, tía Mari Nati, Cotilla Diplomada, a ver qué va a pensar. Venga, Teté, siéntate tú al lado de Antonio. De ti no va a sospechar nada, descuida...». Un mes más tarde, cuando en el Palacio de la Música proyectaban *Eva al desnudo,* fue ella, Helena, quien ocupó la butaca contigua a la de Antonio: «... Que me han dicho que esta es una película de mucho sentimiento y seguro que acabo llorando a mares. ¿Verdad que no te importará dejarme tu pañuelo?». Cuatro semanas después, con *Solo ante el peligro,* Antonio se había rebelado diciendo que pensaba sentarse donde le diera la gana. Pero quiso la mala suerte que Manolo González tuviera ese día tremendo catarro y no pudiera venir: «... De modo que hoy, en vez de sentarnos chico-chica, no tendrás más remedio que ponerte tú, Antonio, allá al fondo, protegiendo a Teté de los avances de su vecino de butaca, que ya sabes lo tímida que es y hay cada sátiro suelto por ahí...». Con *Breve encuentro*, de David Lean, por fin había logrado sentarse junto a Ina, pero ¿cómo iba a cogerle la mano en su primera película juntos? Con *Ser o no ser* estuvo más dubitativo que Hamlet, pero al final no se atrevió a dar el paso, de modo que tuvo que ser con *Perdición,* de Billy Wilder, y casi seis meses después del primer encuentro, cuando por fin sus dedos, inciertos, tenaces, se trenzaron con los de Ina.

Ina se retira instintivamente ahora del escaparate de la cafetería Manila ante el que se ha detenido. Los rayos del sol que rebotan sobre el cristal obligándola a achinar los ojos le recuerdan acto seguido que ni ella ni Antonio del Monte habían visto premonición alguna en el título de la película que inauguró su noviazgo. ¿Por qué habrían de verla si lo que *Perdición* trajo a sus vidas fue el comienzo de una perfecta comedia romántica? Y a ella decidió entregarse porque, según decían todos, Antonio era el novio ideal.

Que se pareciese tanto a Gregory Peck, como repetidamente suspiraba Teté, no era ni siquiera la más evidente de sus virtudes. Antonio del Monte era cabal, estudioso, buen hijo y mejor amigo.

—Chica, no sé qué demonios ha podido ver en ti, pero yo que tú me andaba con ojo —sonrió Helena Muñagorri cuando Ina le contó que Antonio le había pedido relaciones formales—. Mejor vete con *siete* ojos, que hay por ahí mucha lagarta dispuesta a marcarse un penalti.

—¿Qué penalti? —preguntó Ina, distraída, lo que hizo que Helena Muñagorri suspirara, ojos en blanco, antes de contestar.

—Chata, que llevas ya tiempo más que suficiente en este Madrid de nuestras miserias como para hacer semejante pregunta. ¿Qué penalti va a ser? No uno de Zarra, como te puedes figurar, sino de cualquier espabilada con agallas y buena puntería. Se trata de una jugada de riesgo, qué duda cabe, pero suele tener su más que codiciado premio.

Helena Muñagorri pasó a continuación a enumerar seis o siete señoritas de la mejor sociedad que habían marcado espléndidos penaltis.

—... Como Conchita, que ahora es marquesa y va de santa; o María Dolores, que acaba de convertir en imprevisto abuelo al embajador de Francia. Y luego están Sagrario y María José y Lucía y tantas otras que, como ellas, se han jugado su suerte a cara o cruz y han ganado. No sería la primera vez, créeme, que a un caramelito tan apetecible como Antonio le salga una antigua novia y/o amiga, tú ya me entiendes, que, con la ayuda de unos cuantos whiskies y unas lagrimitas de cocodrilo, consigue llevárselo al catre, en recuerdo de viejos tiempos. Y luego, al cabo de unas semanas, resulta que, oh, Dios mío, mi honor mancillado, mira, papá, qué afrenta, qué desdoro, han abusado de mí y vaya situación porque aquí nos conocemos todos, todos estamos más o menos emparentados de un modo u otro en esta Sodoma y Gomorra que es la sociedad madrileña...

—¿Pero no me habías dicho siempre —atajó Ina— que eso que llamáis «la sociedad» es exactamente todo lo contrario? Te lo he oído decir mil veces, Helena, según tú es devota, pacata, estrecha, de comunión diaria.

—Como si fuera incompatible una cosa con la otra —se encogió de hombros Helena Muñagorri—, que parece que has nacido ayer, chica. De toda la vida ha sido así y ahora, en tiempos del Caudillo por la gracia de Dios, más que nunca. Y eso, a pesar de que su excelencia el sexto mandamiento como que lo mancilla poco, digamos. Sus tratos con Pedro Botero van por otro lado. Pero, en lo que respecta al resto de nosotros, en cambio... se cubre uno con el manto de la respetabilidad, de la decencia y de la beatería y después, hala, a hacer cada uno de su capa un sayo.

Helena siguió especificando en qué consistía el método del penalti, tan habitual, según dijo entre sus amigas. Explicó que, en un círculo endogámico como la clase alta, el honor y las vinculaciones familiares hacían que los desli ces de los jóvenes acabaran, casi siempre y para bien de todos, en la vicaría.

—Porque dime tú, ¿cómo va a tolerar el padre de Antonio (que es tío carnal de mi madre, por cierto) que su hijo deshonre, qué te digo yo, a la hija de una cuñada suya, a la de un primo segundo o a mí misma, te pongo por hipotético caso? Imposible, imposible desde todo punto.

Y tantas especificaciones dio Helena Muñagorri respecto a los imperceptibles pero inquebrantables lazos que unían a lo que ella llamó «las familias» que Ina tuvo la impresión de que su amiga no solo teorizaba sobre el método del penalti, sino que tal vez hubiese ensayado —o estuviese a punto de ensayar— un tiro a tal efecto.

De ser así, la pelota debió de desviarse a córner en el último momento porque el noviazgo de Ina y Antonio continuó sin contratiempos. Y lo hizo respetando todas las cadencias, todas las reglas del juego entonces imperantes. Por eso, apenas unas semanas después de declararle su amor, Antonio había solicitado hablar con Lorenzo Pérez y Pérez para pedir la mano de su hija adoptiva, que le fue concedida con todos los parabienes. Pero la que más feliz se mostró con el noviazgo fue Perlita. Sobre todo, después de que Yáñez de Hinojosa la pusiera al tanto del pedigrí de su futuro yerno.

—De lo mejor de lo mejor, Perlita querida, de los Del Monte de toda la vida, parientes de los Muñagorri, de Pitusa Gacigalupo y de media España. Pepe del Monte es un abogado de renombre y el chico oposita a notarías, un partidazo.

—Tampoco hubiera estado mal para mi Ina alguien con título, un aristócrata —fantaseó Perlita, pero Yáñez de Hinojosa la contradijo pragmático.

—Eso está muy bien y queda muy decorativo poder bordar las sábanas y toallas del ajuar nupcial con una coronita. Pero seamos prácticos, querida. Hay por ahí demasiado conde y marqués más pobres que ratas de sacristía y lo único que buscan es dar un braguetazo. Los tiempos cambian y ahora, más que la aristocracia, lo que se lleva es la meritocracia. Un ingeniero de caminos, canales y puertos, un registrador de la propiedad, un notario como Antonio del Monte...

—Un *futuro* notario, querrás decir, y futuro no muy próximo. Por lo que yo sé, los jóvenes se tiran lustros preparando oposiciones.

—¡Miel sobre hojuelas, Perlita, mucho mejor! Así a la niña le da tiempo a asentarse en su nueva situación. Que no sé por qué me da a mí que no lo está del todo.

—¿Por qué dices eso? —preguntó Perlita, alarmada de pensar que, tal vez, Juan Pablo tuviera la misma intuición que ella. Una que le decía que Ina seguía sin sentirse a gusto en el mundo que los Pérez tanto habían deseado para ella. A pesar de su amistad con las muy elegantes (y perfectamente arruinadas) señoritas de Muñagorri; a pesar de que, desde la promesa que le había hecho a su padrastro, Ina iba a todas las fiestas, a todas las meriendas, a todas las reuniones sociales a las que la invitaban; a pesar también, mucho se temía Perlita, de la entrada en su vida de Antonio, un muchacho que, no había más que verlo, claramente la adoraba.

«... Y guapo a rabiar. ¿Qué más puede desear una chica?», intentaba convencerse Perlita Rapia de Pérez. ¿Que a lo mejor ha de esperar un par de años a que él saque sus oposiciones?

Bueno, eso era lo normal, lo decoroso y ya se ocuparía ella de que la espera fuese lo más agradable posible fomentando esa buena y burguesa costumbre que en España llamaban «entrar en casa».

Por eso, desde que la pareja formalizó relaciones, Angelita, la cocinera de los Pérez y Pérez, había visto incrementado su ritmo de trabajo. Ahora, aparte del ya preceptivo té de señoras de los martes en los que Perlita juntaba a varias amigas para charlar y jugar canasta; también de los casi diarios almuerzos de negocios que Lorenzo organizaba a domicilio para agasajar clientes y de las no menos habituales cenas de matrimonios destinadas a mantener vivo y ardiente el sagrado fuego de las relaciones sociales, de la cocina de Angelita deberían salir de ahí en adelante y a diario nuevos y cautivantes manjares. Piononos y pestiños, tartas y pastelillos; también *muffins* ingleses y no menos ingleses sandwichitos de lechuga. «... Que sí, niña, que por el estómago se llega al corazón de un hombre, eso lo sabe todo el mundo», porfiaba Perlita cuando Ina le decía que no era necesario complicarse tanto. Que Antonio y ella podían merendar por ahí en una cafetería o, si no, tomarse en casa cualquier cosa, unas galletas y un café con leche, por ejemplo.

—¡Galletas y café con leche! ¿Pero qué clase de agasajo es ese, criatura? Que cuando un novio «entra en casa», entra también en la intimidad de uno y va a ver cómo vivimos y nos desenvolvemos. ¿Qué tiene de malo presentar nuestra mejor cara, nuestros deseos de ser (como en efecto somos) iguales a ellos, Ina?

Ina concluyó que debía de tener razón su madre y ella estar equivocada. Porque para todo parecía existir un protocolo y había que ceñirse a él, por absurdo que pareciera. Antonio, por su parte, lo único que pedía era poder estar juntos. Que fuera unos días en la cafetería Manila y otros en casa de los Pérez poco importaba.

—Tranquila, yo sé esperar, sé que un día me querrás como yo a ti, Ina. Bueno, tanto como yo va a ser difícil —reía a continuación y cogía uno de los sándwiches de lechuga especialidad de Perlita que Ina sabía que no le gustaban demasiado y lo saboreaba como un manjar—. Las cosas de palacio van despacio, dale tiempo al tiempo...

Ina había llegado a pensar que Antonio era capaz de leer pensamientos ajenos. Los de Perlita eran sencillos de interpretar, solo deseaba agradar ofreciéndole lo que pensaba debía gustarle y él se lo agradecía fingiendo que así era. Los suyos, los de Ina, por el contrario, eran más intrincados. Confusos era la palabra. A decir verdad, ni siquiera ella era capaz de comprenderlos. ¿Por qué Antonio daba a entender que no lo quería? ¿Qué le hacía pensar eso? No era verdad en absoluto. Ina estaba segurísima de que sí lo amaba porque ¿acaso no se le había desbocado el corazón la primera vez que le cogió la mano? ¿Y en el primer y torpe beso que ella le devolvió, apretando mucho sus labios contra los de él tal como había visto hacer en las películas, no tembló también de pies a cabeza? Y luego estaba la prueba del nueve, según Ina: la cálida, la extraordinaria sensación que la envolvía al sentirse amada, protegida entre sus brazos.

—Confía en mí —le decía él—. Lo que siento por ti es para siempre. Para *siempre* —había recalcado con aquella sonrisa suya que bajo ninguna circunstancia se desdibujaba—. Lo que voy a decirte ahora quiero que lo recuerdes pase lo que pase: si me necesitas, silba.

Fue aquella frase, tomada de *Tener y no tener,* otra de las muchas películas que vieron juntos, la que más la había unido a Antonio. Un hombre fiable, un hombre que protege, alguien que siempre está cuando se le necesita. Responsable, guapo, *adecuado.* ¿Qué más podía desear?

No, Ina no se entendía a sí misma. No llegaba a comprender por qué, algunas noches, cada vez con más frecuencia, despertaba bañada en sudor, con los ojos desorbitados y pensando en él. En *Él,* cuyo nombre evitaba mencionar siquiera. Para que no envenenara sus sueños, para que no atormentara sus vigilias condenándola a dar vueltas y revueltas en la cama sin poder arrancarse de las entendederas aquellos ojos tan claros. Casi transparentes, del color del hielo.

Tenía que olvidarlos. Ella no era una mujer libre, ya no. Acababa de comprometerse con Antonio y él la adoraba. ¡Y ella también! Además y al fin y al cabo, lo del otro no era más que un espejismo, un sueño tan loco como irreal.

El sol que rebota ahora en el escaparate de la cafetería Manila la vuelve a traicionar reflejando sobre su luna una escena muy distinta a las anteriores. Una con un actor diferente en el papel protagonista. E Ina se esfuerza por recrearla, por darle forma, pero solo para matarla bien muerta y de una vez por todas. ¿Quién decía aquello de que la mejor manera de vencer a la tentación es sucumbir a ella? ¿Bernard Shaw? ¿Oscar Wilde? ¿Proust tal vez? Qué más daba ahora, lo importante era que tenía razón. Para vencer la tentación hay que caer en ella y para matar a un fantasma primero hay que invocarlo. Por eso, Ina deja que, como si fuera la pantalla de uno de esos cines que con tanta asiduidad frecuenta con Antonio, sobre el escaparate de la cafetería Manila se proyecte ahora la película que la atormenta. ¿Cuál sería su título? En realidad, alguien se le había adelantado ya en Hollywood rodando una historia casi idéntica a la que ella estaba viviendo y la había llamado *El fantasma y la señora Muir*. En ella, Joseph Mankiewicz cuenta el caso de una mujer que se enamora del cuadro de un aventurero que cuelga en una pared, del retrato de un fantasma, de un ser que no existe.

Igual que le ocurrió a ella con aquel hombre.

—¿Quién es? —le había preguntado a la dueña de la casa en la que sus ojos se cruzaron por primera vez con esos otros, tan claros.

Pero un momento. Primero, como en toda buena película, habrá que describir el lugar y el instante en que se desarrolla la escena. Decir, por ejemplo, que, semanas atrás, Ina había acompañado a su madre adoptiva en un viaje muy deseado por ella y pospuesto una y otra vez. La primera y única visita que Perlita realizó al pueblo natal de su marido.

* * *

Desde su llegada a España, Perlita tenía una ilusión que nunca se cumplía. Viajar con Encho a la localidad que lo vio nacer, ver dónde había comenzado a labrarse su fortuna.

—¿Para qué? —remoloneaba él—. ¿Qué se te ha perdido en Ciempozuelos?

Y luego, cuando su mujer argumentaba que todos los indianos que, como él, volvían a su patria, tarde o temprano acababan construyéndose una casa en su lugar de origen para que sus paisanos vieran cuánto habían prosperado, Encho solía encogerse de hombros y luego recurrir a una frase de Tolstoi. Esa que dice que el criminal vuelve siempre al lugar del crimen, pero un hombre sensato jamás debe volver a un lugar en el que fue feliz.

—... Que cuando no te desilusiona, resulta que levanta innecesarias envidias, o te cuesta dinero. O disgustos. O las cuatro cosas a la vez. Además, ¿a quién quieres visitar ahí? No tengo más que una hermana vieja y cascarrabias, nunca nos hemos entendido demasiado bien Esther y yo.

—Solo quiero ver cómo es el pueblo en el que naciste, ver dónde jugabas de niño —porfiaba Perlita—. Por lo demás, se trata de tu hermana, de tu propia sangre.

Encho dijo que la sangre vieja suele generar problemas nuevos, pero lo único que consiguió con sus argumentos fue una componenda. Él no pensaba ir, pero tampoco se oponía a que Perlita cumpliera su capricho. Si tantos deseos tenía de conocer Ciempozuelos que viajara hasta allí con Yáñez de Hinojosa y con Ina.

—Esther tiene muchos defectos, pero es hospitalaria. Seguro que os recibirá bien —dijo para zanjar la cuestión.

No se equivocaba. Esther Pérez (a la que previamente había llamado Perlita por teléfono para anunciar su visita), después de unos segundos de titubeo, les había franqueado la entrada. Tal vez ella ya intuía lo que iba a ocurrir —llegó a pensar Ina más adelante—. Pero no, qué idea tan absurda. ¿Cómo podría tía Esther ni nadie imaginar que a ella, a Ina, le iba a suceder algo tan irracional, tan completamente absurdo? A decir verdad, si se fijó en aquella oscura foto que había sobre un aparador, fue, en principio, por puro aburrimiento. A Ina le había gustado la idea de acompañar a Perlita y a Yáñez de Hinojosa en su visita a Ciempozuelos. También la explicación, entre histórica y turística, que Yáñez les hizo del lugar durante el trayecto hasta allí. El conseguidor les había hablado de la cercanía de la villa con la capital, de su historia, de su geografía. Y no olvidó señalar que Ciempozuelos era conocido en toda España por albergar un famoso y al mismo tiempo tétrico sanatorio mental. «Dicen las malas lenguas mil veces desmentidas que sopla por estos parajes cierto viento que nubla la razón. Pero, curiosamente —añadió Yáñez con aire de misterio—, afecta solo a los visitantes, no a los lugareños».

Esa y otras anécdotas les había relatado antes de llamar a la puerta de la hermana de Encho, e Ina —una vez sentada en la oscura y humilde cocina de la casa en la que había nacido su padrastro— empezó a pensar que tal vez fuera verdad eso del viento que nubla las entendederas, porque, mientras Perlita charlaba intentando tender puentes con su cuñada y esta asentía tan amable como distante a sus comentarios, mientras Yáñez de Hinojosa hacía revolotear de vez en cuando y con poco disimulo su pañuelo perfumado de lavanda para conjurar los efluvios mitad agrios, mitad rancios, que se escapaban de la cocina de tía Esther, Ina no se fijaba siquiera en los viejos y oscuros muebles entre los que seguramente había jugado su padrastro cuando era niño. Tampoco en el aspecto de su anfitriona, enjuta, enlutada y asombrosamente parecida a Encho, sino que los ojos se le escapaban una y otra vez hasta el retrato de un hombre, poco más que un muchacho, vestido de modo tan humilde como austero. Sus labios eran quizá algo gruesos y su mandíbula más cuadrada de lo que aconsejan los cánones, pero esto y mucho más lo conjuraban unos ojos claros y extraordinarios que, burlones, parecían mirarla directamente a ella.

Aquel día no ocurrió nada más. La visita acabó tal como había empezado, fría y algo forzada, y las cuñadas se despidieron prometiendo verse pronto sabiendo ambas que no sería así.

—¿Quién es? —se había atrevido a preguntar Ina en el último momento, señalando la foto. Tía Esther dibujó entonces una sonrisa que Ina no supo cómo clasificar.

—Un maqui —dijo—. Su nombre es Julián Calanda y es mi hijo. —Y luego, mirando a Perlita, añadió—: Ya ves, algunos en la familia no tienen tanta suerte como otros...

No fue hasta que el coche en el que viajaron a Ciempozuelos enfilaba ya el último tramo de carretera y se avistaba Madrid, cuando Ina preguntó a Yáñez de Hinojosa qué era un
maqui, lo que hizo que el conseguidor, que cabeceaba aburrido a su lado, se espabilara de pronto, como si el tema le interesara (o le irritara) especialmente.

—¿Un maqui, dices? Pues qué va a ser, un bandido, un forajido, un asesino las más de las veces.

Yáñez de Hinojosa explicó entonces lo que muchos en
aquellos años sabían, aunque preferían ignorar. Que a pesar
del manto de silencio que el régimen había procurado tender
sobre ellos tras el fin de la guerra, existían aún guerrilleros
antifascistas que resistían en distintos puntos de la geografía
española, sobre todo en lugares remotos e inaccesibles.

—Tontos útiles y románticos —se explayó Hinojosa—,
que aún no se han enterado de que estamos en 1951 y que sus
señoritos los prefieren bien muertos.

—¿Qué señoritos?

—¿Quién va a ser, niña? El camarada Carrillo y, sobre todo,
el camarada Stalin. Hace lo menos tres años que Moscú dio la
orden de desmantelar las guerrillas comunistas en España y
optar por células clandestinas que trabajen en las ciudades
y no en el monte como los maquis. Algunos obedecieron, pero
otros optaron por continuar con su lucha. Por eso Carrillo decidió darles la puntilla delatándolos a la Guardia Civil, de
modo que, a día de hoy, casi todos han sido abatidos o muertos. Aun así, quedan unos cuantos bobos idealistas por ahí
que todavía resisten escondidos en las montañas, durmiendo
al relente, comiendo lo que pillan o ayudados por los campesi-
nos del lugar que se apiadan de ellos. Pero cada vez son menos
los que se arriesgan a auxiliarlos. El Generalísimo no es precisamente clemente con los cómplices ni con los encubridores.

—Pobre Esther —intervino Perlita—. Me pregunto si Encho está al tanto de lo de su sobrino.

—Ya conoces a Encho, suele saber bastante más de lo que
uno imagina...

Perlita y Yáñez de Hinojosa empezaron a hablar entonces
de los hermanos Pérez. De Encho y de Esther y de la posibi-

lidad de que durante todos estos años existiera entre ellos una relación, una que ni Yáñez ni ella conocieran, pero Ina ya no los escuchaba. Lo único en lo que podía pensar era en él, en Julián Calanda, y en esos ojos claros que, desde aquel día, se instalaron en sus sueños sin que pudiera desalojarlos nunca. No lo había logrado ni cuando, para intentar expulsarlos de su cabeza, al llegar a casa y sin éxito, se había afanado en buscar, en periódicos y en libros de historia, alguna información respecto a los maquis y sus andanzas. Tampoco cuando, tras preguntarle a su padrastro por su sobrino, él le dijo que no volviera a mencionar nunca a esa persona, que para él hacía años que estaba muerta. Ni siquiera cuando descubrió que, sin ser consciente de ello, iba por la calle buscando, debajo de cada sombrero masculino y de cada humilde gorra de fieltro, unos ojos de color del hielo sabiendo de sobra que no podían estar en Madrid. Porque los maquis rehuían las ciudades, según le había dicho Yáñez de Hinojosa, y más aún la capital, de modo que ese hombre cuyo nombre intentaba no pronunciar no se cruzaría en su camino. Y sin embargo...

Y sin embargo, ahora que Ina se separa al fin del escaparate de la cafetería Manila ante la que se ha detenido tanto rato, el último sol de la tarde incidiendo sobre su luna vuelve a jugarle una última y mala pasada. Durante todo este tiempo, Ina ha observado, o bien lo que su imaginación proyecta sobre el cristal como en una pantalla de cine, o bien a través del escaparate, lo que ocurre dentro del establecimiento donde Antonio la espera. Esta vez, en cambio, la acristalada superficie hace las veces de retrovisor, para mostrar lo que está pasando detrás de ella, a sus espaldas. Y lo que ve es la silueta de un hombre joven y unos ojos demasiado parecidos a esos que tanto la atormentan.

17

MARISOL SANZ
[Beatriz]

Tenía que haberse confundido, no podía ser. Daba la impresión de que aquella chica, la más guapa, la más popular de la clase, le guiñaba un ojo. Pero no, imposible. Acababan de entrar en el aula tras el recreo, venía a continuación examen de inglés y Beatriz Calanda se había dirigido a la esquina más apartada, la misma en la que se refugiaba cada día. O mejor dicho, a donde la habían relegado sus compañeras de clase en el Florence Nightingale, Secretariado Internacional de Idiomas, la academia a la que tío Encho y Perlita la apuntaron por consejo de Yáñez de Hinojosa pocas semanas después de su llegada a Madrid.

Beatriz Calanda arrimó bien la silla a su pupitre, preparó lápices, gomas y rotuladores y se dispuso a esperar el comienzo del examen, fingiendo que no prestaba atención a las demás. Esa había sido su rutina desde el principio de curso, su única y no demasiado eficaz estrategia.

Desde el primer día, sus condiscípulas se las habían arreglado para dejar claro que no era, y nunca sería, «una de nosotras». A Beatriz aún se le coloreaban las mejillas recordando cómo había sido su llegada a la academia meses atrás. En mala hora se le ocurrió ponerse el trajecito de chaqueta beis y marrón que su madre le comprara en Marks & Spencer en vísperas de su viaje a Madrid. «... Que sí, tesoro, que tío Encho tiene muchas amistades importantes, hay que ir preparada...», eso le había dicho Ina mientras hacían juntas la maleta.

Pacata, pueblerina, desubicada. Así se había sentido Beatriz entre tantos suéteres Shetland de vivos colores (rosa, azul, malva, verde agua) acompañados de pantalones, unos de franela, otros de micropana, tan favorecedores todos como los que vestían las chicas. Algunas preferían usar falda. Varias de ellas, *kilt*, una prenda que a Beatriz jamás en la vida se le hubiera ocurrido ponerse. Desde su mentalidad de niña de barrio obrero londinense, solo llevaba falda escocesa la reina Isabel cuando visitaba Balmoral. O si no, algunas profesoras de su colegio tan viejas como rancias. En Madrid, por lo que se veía, era moda entre las niñas de cierta clase que solían usarla —una vez lejos de los censurantes ojos maternos y paternos— enrollándose la cinturilla varios centímetros para que parecieran minis. Otras prendas que abundaban y que llamaron la atención de Beatriz fueron unos mocasines que las chicas llamaban «castellanos» y que se llevaban a juego con unos bolsos diminutos adornados con borlas de cuero. De todos modos, la vestimenta no era lo único y ni siquiera lo más importante que la diferenciaba de sus compañeras de academia. Beatriz llegó a pensar que quizá existiera algo así como un olor, una emanación, un misterioso efluvio que solo ellas eran capaces de percibir y que les permitía identificar al vuelo y luego clasificar a las personas. Así debía de ser, a juzgar por cómo aquellas chicas, poco más que unas niñas, venteaban el aire levantando la nariz cada vez que se dirigían a ella.

«... Así que de Londres, ¿eh? Quién lo diría». —Sonreían antes de consultar sus relojes que, esa temporada, eran de la marca Old England enormes, con números romanos y correas, a veces de charol, otras de serpiente, siempre de colores. «Chica, perdona, hay que ver lo tarde que se me ha hecho». Y luego se alejaban para no volver a dirigirle la palabra en todo el día; apenas un «Hola», si se cruzaban por el pasillo, todo lo más un rutinario «Buenas tardes». Hasta hoy. Hasta esta mañana en la que nada menos que Marisol Sanz acababa de guiñarle un ojo. Y no solo eso, ahora parecía estar ladeando la cabeza como quien dice «Ven, siéntate aquí en este pupitre, a mi lado».

Beatriz no sabe qué hacer. Tal vez el gesto amistoso ni siquiera sea para ella, sino para otra chica que esté detrás, fuera de su campo de visión. Gira la cabeza, pero no hay nadie. Natural, ¿quién va a haber alrededor de una apestada? Beatriz sabe que hace ya tiempo que se ha corrido la voz de quién es ella. La extraña «sobrina» de unos nuevos ricos, unos tal Pérez y Pérez, que viven en una ostentosa casa con palmeras y guacamayos. Según las nunca escritas reglas de la sociedad, quien nace lechón muere cochino y aunque la mona se vista de seda, ya sabemos cómo queda, así que los Pérez y Pérez jamás llegarán a ser «de los nuestros». Y, quién sabe por qué misteriosa ósmosis, esta noción de quién es intruso y quién no la captan hasta los niños. También, y con más razón, las adolescentes de suéter Shetland y falda escocesa. La misma idéntica indumentaria, por cierto, que Beatriz lleva esta mañana, para no desentonar ya nunca, nunca más entre sus compañeras.

Marisol Sanz, en cambio, viste un pichi rojo muy corto. Pero, en ella, desentonar no es un problema, al contrario, es un modo —calcula Beatriz— de reforzar su condición de jefa de la manada. Marisol puede ponerse lo que quiera. Incluso daría igual que apareciera mañana con aquel horrible traje de chaqueta beis y marrón que Beatriz llevó en su primer día de clase. Seguro que al cabo de una semana habría conseguido ponerlo de moda en todo el Florence Nightingale. Porque Marisol Sanz reúne tres circunstancias personales imbatibles. La primera es su aspecto físico, la segunda y tercera tienen que ver con sus apellidos. Rubia y de ojos azules, se parece mucho a la otra Marisol más famosa de España, la de *Ha llegado un ángel*. Y da igual que una y otra sean de nacimiento castañas tirando a morenas, la Camomila Intea obra milagros, aunque Beatriz, que no lleva el suficiente tiempo en España como para conocer las virtudes de tal producto, piensa que poco y nada cambiaría si Marisol tuviese el pelo de cualquier otro color. Hay bellezas así, que lo resisten todo. En cuanto a los apellidos, tal vez «Sanz» no diga nada a personas de otro tiempo y lugar. Pero, en la España de principios o mediados de los setenta, todo el mundo conocía a Leopoldo

Sanz López, uno de los varios «López» que coincidían en el poder y artífices del plan de estabilización del año cincuenta y nueve. Según decían, él y López Rodó habían logrado convencer al jefe del Estado de la necesidad de modernizar la economía, por lo que, en la actualidad, Leopoldo era una de las voces más respetadas del gobierno y de las pocas que escuchaba el ya envejecido y debilitado Francisco Franco.

El segundo apellido de Marisol era aún más interesante. Los Mejía eran una familia de pocos caudales pero muchos blasones, a la que la madre de Marisol añadió otro atractivo. Maritina Mejía había sido y aún era la guapa oficial de su generación. De ella se decía que tenía un amante por cada cuenta del rosario de su muy devoto marido, que pertenecía a una Santa Obra. Tal vez ni siquiera fuese cierto el dato, pero en aquel Madrid de cerrado y sacristía, en el que, no obstante, todo estaba aceptado según y quién lo practicase, se admiraba a las mujeres libres y desenvueltas siempre que cumplieran dos requisitos: ser alguien y cuidar las formas. Y los dos preceptos los cumplía admirablemente Maritina Mejía, que, a su vez, ahora estaba, según se decía también, preparando el camino a Marisol para que tomara un día su relevo en lo que a admiración general se refiere.

«Un camino que ya no va a ser como el mío, cielo. Los tiempos cambian y las chicas de ahora necesitan tener otras facultades distintas a las nuestras. Para empezar, estudios. Piensa qué carrera te gustaría hacer». Eso le había dicho a su hija y se llevó un serio disgusto cuando Marisol dijo que ninguna. Que Filosofía y Letras le parecía una pérdida de tiempo y Derecho o Historia del Arte la aburrían mortalmente, lo que dejaba abierta una única posibilidad, ya que sus notas de bachillerato no eran brillantes. «Idiomas, niña, eso nunca está de más», dijo entonces Leopoldo, su padre, lamentando a continuación que, en el elegante colegio al que había asistido su hija, hubieran prestado tan poca atención al estudio del francés y no digamos del inglés, que, en el caso de Marisol, era casi inexistente.

Nada de esto —ni las mediocres notas ni tampoco la falta de idiomas— había sido impedimento para que la aceptaran en el Florence Nightingale. Bastó con una llamada de Leopoldo Sanz. Pero ahora llegaba el momento de la verdad, el primer examen del trimestre, el que decidiría en qué grupo estaría cada alumna de ahí en adelante, en el de las avanzadas o en el de las torpes. Y esa y no otra era la explicación de aquel guiño de Marisol Sanz que tanto sorprendió a Beatriz. «Ven, Bea, siéntate a mi lado, ¿quieres?».

Y cómo no iba a querer. Por supuesto que sí, y lo hizo encantada, incluso a pesar de lo que sucedería minutos más tarde una vez comenzado el examen.

Beatriz, que había estudiado toda su vida en Inglaterra, apenas podía creer lo que estaba viendo. Allá, copiar en un examen era el peor de los pecados laicos. A nadie se le ocurría tampoco pedir ese tipo de ayuda a una compañera, estaba mal visto. Y menos aún se le ocurriría a nadie ser tan descarada como ahora mismo estaba siendo Marisol Sanz con el cuerpo inclinado hacia el pupitre de Beatriz, tanto que esta, al principio y en un gesto inconsciente, se protegió tapando su hoja de examen con el antebrazo. Pero entonces una ojeada hacia la profesora que vigilaba la prueba y el modo, entre deliberado y negligente, en que esta miraba para otro lado, la convencieron de que en España las cosas se hacían de otra forma. Allí estaba Marisol, la chica de la que todas querían ser amiga pidiéndole un favor. ¿Iba a negárselo? Beatriz retiró poco a poco el antebrazo y luego acercó el folio con las respuestas hacia donde estaba su nueva amiga sin sospechar que el puente que acababa de tender con ese gesto la llevaría muy lejos.

18

Canciones para antes
de que todo cambie
[Beatriz]

—... Sí, mi querido amigo, misión más que cumplida. Esta medallita, con tu permiso, me la voy a colgar. ¿Qué te dije, Encho? ¿Era o no era el Florence Nightingale el lugar ideal para nuestra pequeña Beatriz? Mírala, aquí la tienes, en la sección «Ecos de Sociedad» del *Hola* y del *Miss*. Y esta puesta de largo en la que la han fotografiado no es más que la primera de otras muchas, te lo aseguro. Tampoco se puede decir que tenga mal ojo para las amistades la criatura, íntima amiga de la hija de la mano derecha de Franco, nada menos.

—Hay que ver cuántas palabras ajenas a tu nueva y libertaria personalidad en un solo párrafo —bromeó Lorenzo Pérez mientras observaba cómo el camarero servía una segunda copa de calvados a su viejo socio y amigo—: «Puesta de largo», «ecos de sociedad», «buen ojo para las amistades», «mano derecha de Franco...». ¿No habíamos quedado en que ahora tú eras más de *Al vent* que de *Cara al sol*? ¿Más del Che y nada del Caudillo?

—Claro que sí —se ofendió Yáñez de Hinojosa—. Pero ¿qué tendrá que ver el culo con las témporas? A ver si te crees que cuando se acabe el régimen y el dictador esté, por fin, criando malvas, desaparecerán las clases sociales. Todo seguirá exactamente igual que ahora. *Plus ça change, plus c'est la même chose*, querido Encho, que, por si no lo sabes, en lengua gabacha quiere decir que cuanto más cambia todo, más se parece a lo anterior. Por cierto, ahora que hablamos de lenguas, ¿no te parece interesante y un signo de nuestro tiempo lo que ha propiciado que Beatriz haga amistades? La vieja España que hasta ayer hacía gala de chapurrear (y muy mal) apenas un poco de francés se rinde ahora ante alguien que habla inglés como una inglesa. Esta particularidad de nuestra niña le ha abierto y le seguirá abriendo puertas muy interesantes, no te quepa duda. Por eso digo que ha sido una idea magnífica enviarla al Florence Nightingale. Seguro que nos lo agradecerá en el futuro. Al fin y al cabo, compartiendo pupitre es como se hacen los amigos para toda la vida. Además, como «*The Times They Are A-Changing*» —pronunció Yáñez de Hinojosa con su mejor entonación de Chamberí—, nada da tanto la impresión de que uno pertenece al gran mundo como hablar el idioma de Shakespeare sin acento de la meseta, de modo que, aunque solo sea por eso, ya tenemos a nuestra niña inmejorablemente situada.

—Yo no estoy tan seguro. ¿Quién te dice que no acabará pasando lo mismo que ocurrió con su madre? —apuntó Encho, sin poder evitar una punzada de dolor como siempre que hablaba de Ina—. Le dimos todo lo que podíamos ofrecer, pero ella prefirió otro camino, otras compañías.

—Eso no va a ocurrir. Beatriz es la antítesis de Ina. ¿No has visto cómo se comporta? En menos de dos meses ha cambiado su forma de vestir, de hablar, de moverse, hasta de manejar los cubiertos. Y menos mal porque sus modales eran bastante *appalling* —pronunció el conseguidor masacrando una vez más la lengua de Milton—. Esta es de las que aprenden rápido y les gusta la buena vida, acuérdate de lo que te digo.

—Sí... —caviló Encho—, precisamente por eso fue por lo que la mandaron a España, para alejarla de aquel tipo, el tal Nicolò, que no era pobre precisamente. ¿Pero qué te hace pensar que lo ha olvidado, que no sigue en contacto con ese individuo, que no se marchará un día con él sin despedirse siquiera? —«Como hizo Ina», iba a añadir, pero se contuvo. Evitó como siempre vocalizar aquellas tres letras que aún tanto le dolían—. No sabemos nada de esta niña, Beatriz es un misterio para mí.

—Para mí, en cambio es un libro abierto. Mírala —continuó Yáñez de Hinojosa, volviendo a abrir aquel ejemplar de la revista *Miss*, que hojeó con destreza de asiduo hasta encontrar lo que buscaba—. Aquí la tienes, las fotos son de la fiesta de la que antes te hablaba y mira lo que dice el texto: «La puesta de largo de Fulanita de tal, bla, bla ha sido de las más sonadas del año, bla, bla, pero sobre todo ha servido para destacar a dos nuevas bellezas de nuestra mejor sociedad, la señorita Marisol Sanz y su amiga Beatriz Calada». Sí, ya sé lo que vas a decir, Encho, que se han equivocado al escribir su apellido, pero aquí y ahora te hago una apuesta. No a mucho tardar, el nombre de Beatriz Calanda será un fijo de este tipo de publicaciones y estará en boca de todos, tú hazme caso a mí y no te preocupes. Nuestra niña está encantada con su nueva situación y, siendo así, descuida que desde luego no va a aparecer por aquí el tal Nicolò para hundirle la vida.

* * *

Yáñez de Hinojosa se descubriría, a no poco andar, como gran profeta para algunas cosas y para otras no tanto. La primera de sus predicciones no tardó en cumplirse. A aquella foto en las páginas de ecos de sociedad, la seguirían muchas más. En la España de los setenta, de cuya santa siesta empezaban a despertarla versos de poeta, se bailaba mucho. No solo en las puestas de largo, que a Beatriz pronto empezaron a parecerle demasiado formales y aburridas, sino también en las *boîtes* de moda a las que, ahora que por fin había cumplido dieciocho, podía acceder con todas las bendiciones. No es que no las frecuentara anteriormente. Perlita y Encho, con tal de verla contenta, la dejaban salir aun sin haber cumplido la edad reglamentaria, pero una cosa era tener que estar en casa a las diez como mandaban las costumbres de la época y otra muy distinta poder hacerlo ahora a las doce o incluso las dos o las tres de la madrugada.

—Chica, qué quieres que te diga, yo no he notado tanto el cambio del horario infantil al de mayores «con tres rombos».
—Eso había comentado su amiga Marisol cuando Beatriz le

dijo que por fin tenía permiso para volver a casa tarde—. ¿Conoces esa canción de Serrat, *Poco antes de que den las diez*? No, claro que no, querida After Eight —así la había apodado su amiga hacía poco y entre risas—, siempre se me olvida lo gringa que eres. Tú no vivías aquí cuando se puso de moda hace unos años y no tienes ni idea de qué va, pero te aseguro que yo la practico, y ni te imaginas cuánto.

—¿Cómo se practica una canción?

—En este caso, al pie de la letra. Vamos, que parece que Serrat está cantando lo que es mi vida de un tiempo a esta parte...

Estaban en casa de los Sanz, como tantas otras tardes, en teoría estudiando los enciclopedistas del siglo XVIII, pero Marisol había encontrado la excusa perfecta para cambiar a Diderot por Serrat y a Voltaire por la guitarra que sus padres le habían regalado las pasadas Navidades.

—Escucha y aprende.

Entonces su amiga, que tenía una voz profunda muy similar a la de su tocaya más famosa, que ya para entonces había dejado de ser Marisol para llamarse Pepa Flores, comenzó a desgranar las primeras estrofas de aquella canción.

Y así continuó Marisol hasta relatar la historia de una niña que vive tórridas tardes de amor, pero siempre estaba en casa antes de que den las diez.

—¿No te escandalizas, After Eight? —preguntó, riendo, al terminar la canción y al tiempo que con su Zippo encendía el primer Ducados de la tarde—. Si le llego a contar esto a cualquiera de mis otras amigas, seguro que se desmaya o me excomulga, pero tú me entiendes, ¿verdad que sí? A fin de cuentas, en Londres sois mucho más «Sodoma y Gomorra», como diría mi padre, que nosotros aquí. La diferencia es que tú, posiblemente, cuando vivías allá no tenías que hacer tanto paripé, fingir que te había invitado una amiga a su casa, jurar que habías perdido el autobús, contar mil trolas como tengo que hacer yo. Pero no te creas, los paripés y los escaqueos también tienen su encanto. ¡Hay que ver la de cosas interesantes que puede hacer una *Poco antes de que den las diez*! Y a la hora de la siesta, ni te cuento.

Fue entonces cuando Beatriz, confidencia por confidencia, decidió contarle lo que a nadie había confiado desde que estaba en España. Le habló de Nicolò, de sus siestas, de sus amores y de cómo su madre la había descubierto en Woolworths y luego seguido hasta el apartamento que él había alquilado para sus encuentros. Le confió también que se escribían cada semana y que Nicolò le había prometido venir a verla lo antes posible.

—Pronto me dirá cuándo y cuento, uno a uno, los días. Quién sabe, con un poco de suerte en un par de meses... juntos para siempre. ¿Te he dicho ya que está casado? Sí, ya sé lo que me vas a decir, pero en mi caso, no es problema. Aunque ninguno de los dos somos ingleses, tenemos pasaporte británico y allí hay divorcio, no como aquí, que todo es hasta que la muerte os separe...

Confidencia por confidencia también y mientras rasgueaba la guitarra como si quisiera ponerle música a sus confesiones o tal vez solo para neutralizar el sonido de sus palabras y evitar que llegaran a oídos indiscretos, Marisol le habló de Ignacio.

—... También está casado, ya ves, hasta en eso nos parecemos, After Eight. Pero contrariamente a lo que tú crees, aquí en España tampoco los matrimonios son para toda la vida.

—¿Ah, no?

Marisol, que había abandonado por un momento el rasgueo, se encogió de hombros como si le diera pereza dedicar tiempo a una explicación que, de no ser su amiga una extranjera, no habría sido necesaria.

—Mira, verás, como le gusta decir a nuestro querido ministro de Información y Turismo: *Spain is different.* Para que te hagas una idea, aquí hacemos lo mismo que en cualquier otro país, solo que a nuestra manera. A ver cómo te lo explico... Lo mejor será que te cuente un caso real y de alguien cercano a mí. Mi tío Eduardo es (o mejor dicho era) el más resignado de los maridos. Casado con mi tía Conchita (que es un plomo derretido), se contentaba con tener alguna que otra aventurilla de esas que ayudan a sobrellevar el yugo conyugal. Sin embargo, un buen día pasó lo que tenía que pasar y se enamoró de alguien que era todo lo contra-

rio de su legítima: alegre, simpática, guapa, jovencísima...
y la mejor amiga de Teresita, su hija menor. Como te puedes figurar, en Madrid no se hablaba de otra cosa; le llamaron de todo: sátiro, asaltacunas, monstruo. ¿Y qué hizo mi tío? Lo que se suele hacer en estos casos para lavar una mancha. Vicaría, chata, he aquí el mejor detergente de toda mácula. Consultó con un abogado especialista en nulidades matrimoniales que se mueve muy bien en el Tribunal de la Rota y ahora, previo pago de una no tan módica suma y después de una nueva boda también por la Santa Madre Iglesia, *ego te absolvo*, mi tío Eduardo y mi nueva tía Lourdes están esperando su primer bebé y todo es paz y armonía. Como si él no tuviese cinco hijos más, un par de ellos mayores que su señora. Como si no los hubieran puesto a escurrir durante meses negándoles incluso el saludo. Pero ya ves, las bendiciones eclesiásticas lo solucionan todo de modo que tampoco aquí en España hay mal matrimonio que cien años dure. Lo mismo, por cierto, que va a pasar con el de Ignacio, ya lo verás.

—¿Cómo puedes estar tan segura?

—Pues porque él me lo ha prometido y está loco por mí. Me lo ha dicho mil veces y de todas las maneras posibles, «*Paraules d'amor*».

—¿Cómo dices? No te entiendo...

—Es catalán, After Eight. *Palabras de amor* es otra canción estupenda de Serrat y a Ignacio le gusta decir que es nuestra canción, porque habla de que cuando uno tiene quince años solo utiliza en el amor palabras sencillas, obvias.

—¿Pero no me habías dicho que él está casado?

—Y lo está, tonta. La que tenía quince años cuando empezó todo era yo.

—Ya, y supongo que él más del doble.

—Nos llevamos veintidós años para ser exactos. Pero según él, le hice (y le sigo haciendo) sentir como si volviera a los quince. ¿Es o no es bonito?

—Apuesto a que a tus padres no se lo parece.

—No saben nada, como comprenderás, pero pronto tendrán que enterarse. Ignacio dejará a su santa, hablará luego con ellos y nos casaremos. Todo es muy sencillo. Solo será cuestión de dar una campanada lo más sonada posible. Cuanto más ruido, cuanta más escandalera, más se empeña la familia en ayudarte a que todo se santifique. ¿Comprendes?

—Siempre y cuando, y como tú dices, él deje a su santa... Pero seguro que sí y lo mismo tendrá que ocurrir con Nicolò —añadió Beatriz, cruzando los dedos para conjurar una mínima duda que acababa de pasarle por la cabeza. Pero qué bobada, no había que preocuparse, todo iba a salir bien. En su caso y también en el de Marisol. Las dos tenían un mismo y maravilloso secreto, a las dos les habían dedicado las más hermosas palabras de amor...

—¿Cómo se decía eso en catalán? ¿*Paralulas*? ¿*Paraules* de amor? Cántala una vez más, Marisol, me gustaría aprenderme la letra.

Entonces Marisol enseñó a Beatriz la canción que tanto significaba para Ignacio y para ella.

Y, como si en vez de dieciocho años tuvieran los mismos quince que los protagonistas de los que hablaba Serrat, el rasgueo de la guitarra, acompañado del humo del Ducados de Marisol que comenzaba a difuminar sus apuntes sobre Voltaire, Diderot y el imperio de la razón, les dijo que sí, que todo era posible. Todo. Historias de amor, sueños de poetas, tal como cantaba Serrat.

19

LA CAÍDA
[Beatriz]

—¿... Cómo, no te has enterado? Vaya, vaya. ¿Pero no erais íntimas amigas Marisol y tú? No, no creo que venga a clase hoy, y tampoco creo que se atreva a volver por aquí en lo que queda de curso. Sí, ya ves, quién nos lo iba a decir, con lo que ella era, la más guapa, la más lista, la más sensacional. Pero claro, qué quieres que te diga, se veía venir, su madre es otro putón desorejado. ¡Uy! ¿He dicho putón? Perdona, chica, a lo mejor en tu casa, esa con palmeras y loro de colores, sois muy finos y no decís tacos. Pero, para que te vayas orientando, que todavía te queda mucho que aprender, aquí en Madrid los soltamos las niñas del Sagrado Corazón, las marquesas y hasta las infantas, que son muy castizas ellas y muy mal habladas. Además, tampoco estoy revelando nada que no sepa todo quisque: que a tu amiga la han pillado *in fraganti* con un tipo de la edad de su padre. Claro que si te pones a analizar, no tiene nada de raro, de casta le viene al galgo. Supongo que sabes cómo llamaban a Marisol cuando vino a este mundo: la niña Seis Padrenuestros. Como Leopoldo Sanz es tan meapilas y su mujer tenía (y tiene) tantos... festejantes, digamos, a saber cuál de ellos es el verdadero padre de la criatura. Pero, bueno, mejor me callo, que ya suena la campana y por ahí viene miss Rains. Hoy toca examen de verbos en inglés. ¿Verdad que no te importa soplarme, guapa? Anda, qué más te da, te has quedado sin amiga y quién sabe, a lo mejor, si te portas muy bien, uno de estos días podrás hacer plan con nosotras

—dijo, señalando a otras chicas que también se aprestaban a sentarse lo más cerca posible de ella en el examen—. Hoy por mí y mañana, ya veremos.

Beatriz se quedó anonadada. ¿Qué podía haber pasado? Le hubiera gustado hablar unos minutos más con aquellas chicas, que le facilitaran más detalles de lo sucedido aunque fueran tan mal intencionados como los que acababa de oír. A lo mejor se trataba de un terrible malentendido. Ayer mismo había hablado con Marisol por teléfono a las cinco y todo parecía estar bien. Ni siquiera le dijo que pensase ver a Ignacio Escudero más tarde. ¿Habría ido por fin él a visitar a su padre para decirle que estaba enamorado de su hija y que quería casarse con ella? Sí, igual que había hecho el tío Eduardo felizmente casado ahora con la tal Lourdes, que debía de tener más o menos la edad de Marisol. No había otro modo de hacer las cosas en un país en el que no existe el divorcio. Mejor una vez escarlata que ciento amarillo: Va el enamorado y se arma de coraje, habla con la familia de la chica para explicarle que está loco por ella. Se monta algo de escandalera pero ya está, porque como dice, no Serrat, sino ese cursilísimo pero tan acertado bolero de Los Panchos que según Marisol también le gustaba mucho a Ignacio:

Si tú me dices ven, lo dejo todo,

Y sí, así debió de suceder. A pesar de que ese «todo cambiará» implicaría un considerable quebranto económico para Ignacio. «Que la que tiene la pasta es ella», he aquí otra de las confesiones de Marisol a Beatriz apenas un par de días atrás. «Su suegro hizo tremendo fortunón durante la guerra y posguerra con la chatarra. Pero qué más da todo eso, a mí no me importa nada ser pobre», había añadido su amiga con ojos soñadores. «¿Y a él?», se había atrevido a preguntar Beatriz, pero enseguida rectificó, porque ¿cómo iba a importarle a Ignacio si la quería tanto que estaba dispuesto a hacer verdad su bolero de Los Panchos? No hay dinero que valga cuando el amor es verdadero.

Seguro que no ha habido problema de ningún tipo, continuó convenciéndose Beatriz. Ignacio debió de hablar ayer con su futuro suegro para revelarle sus intenciones. Ahora, por tanto, tocaba ser en la familia un poco cautos, esperar, incluso quitarse de en medio, al menos una temporada, se dijo Beatriz, por eso Marisol no ha ido hoy a clase. Ese era el modo de hacer las cosas de esa gente tan sofisticada. Todo, incluso el adulterio, tenía su protocolo. Seguramente Marisol se habría ido con su madre de viaje por ahí, a París o Roma, quién sabe. ¿Pero entonces por qué no le había dicho nada a ella? ¿No era su mejor amiga? Y si todo había ido bien, ¿por qué la que sí sabía lo ocurrido era esa chica que se le había acercado para presumir de lo enterada que estaba? Elvira Ruiz Castañón siempre había alardeado de ser la más antigua de las amigas de Marisol. Por lo visto, fueron juntas al colegio y juntas se habían inscrito en el Florence Nightingale, pero, desde que llegó Beatriz, se trataban cada vez menos. Celos, envidia, y de la más verde, era lo que había inspirado sus palabras de antes. Pero, aun así, ¿cómo se había atrevido a tanto? «Putón», «la niña Seis Padrenuestros», nadie había hablado jamás de Marisol en esos términos hasta ahora. Beatriz no sabía mucho de comportamientos humanos, pero sí que hay, en todos los grupos sociales, gente intocable, personas que están por encima del bien y del mal y con las que jamás se puede meter uno a menos que *algo* muy significativo hubiese cambiado en su consideración pública. ¿Pero qué podía ser?

* * *

—¿... Y qué va a ser, criatura? Ni más ni menos que lo que suele ocurrir casi siempre en estos casos. Que llegado el momento de la lidia, el manso cobardea en tablas y opta por volverse él solito a corrales. Pasa incluso con las mejores ganaderías. Desde que a una de las nietas de Franco le dio por lanzarse al ruedo con un viejo morlaco de quinientos kilos y tuvo que intervenir el príncipe Juan Carlos para echar un capote antes de que el daño fuera irreparable, parece que a las chicas de tu edad les ha dado por las reses, es decir, por las pichas bravas. Con lo peligrosas que son.

Beatriz no entendía nada de toros ni de capotes, pero no le resultó difícil comprender lo que acababa de inferir Yáñez de Hinojosa. Se hablaba mucho por aquel entonces, y no precisamente en voz baja, de cierta historia que tenía por protagonistas a una nieta del Caudillo menor de edad y a cierto príncipe primo de don Juan Carlos, cuarentón y casado. Parece ser que el marqués de Villaverde, al enterarse, había manifestado la intención de partirle la cara al señor aquel, pero Franco intervino para propiciar una solución más a la gallega. Habló con don Juan Carlos y le sugirió que aconsejara a su primo tomar lo antes posible unas largas vacaciones con su legítima en algún lugar remoto... ¿Habría ocurrido algo parecido con Marisol e Ignacio Escudero? ¿Los habría descubierto el padre de ella o solo algún lenguaraz que estuviera propalando la historia por ahí? ¿Y exactamente qué quería decir Yáñez de Hinojosa con eso de que el toro había vuelto a corrales? La metáfora parecía bastante evidente. Beatriz, sin embargo, decidió fingir ignorancia. Hace tiempo que se había dado cuenta de las ventajas de ser extranjera en su propio país. La gente se explayaba más con ella, incluso acababa confesándole detalles de las historias que, de otro modo, hubieran permanecido ocultos. Y así ella, con el mismo aire de ignorante inocencia, podía preguntar pormenores que normalmente nadie se atreve a solicitar so pena de parecer simple o desinformado. Según parecía, ilustrarla en esto y aquello gustaba mucho a sus interlocutores, sobre todo si eran hombres, encantados de tener a alguien con quien desplegar su vena pigmaliónica.

—¿Volverse a corrales? —repitió por tanto Beatriz, lo que tuvo como consecuencia inmediata que Yáñez procediera a cruzar y descruzar sus piernas enfundadas aquella mañana en elegante cheviot antes de explicar:

—Sí, niña, a corrales, a chiqueros o, dicho en román paladino, de nuevo a casa con mamá.

—¿Con... mamá? —preguntó Beatriz, esta vez sí genuinamente asombrada.

—Con su santa, con su señora. ¿Pero tú conoces a Bebelita Bustillo?

—De nada.

—Si la conocieras, no preguntarías estas cosas, menuda es. Aparte de ser madre de cinco adolescentes ya bastante creciditos, pero que marchan por la vida más rectos que una vela, es también la mamá gallina de Ignacio Escudero. La que le dice cada mañana qué camisa y qué corbata ha de usar, la que le pone la pasta de dientes en el cepillo, eso por no hablar de la otra pasta. La que le pone papá Bustillo de Hermanos Bustillo, S. A., cada mes en el banco para sus gastos personales. Que Genaro Bustillo será un tipo hecho a sí mismo que apenas sabe leer ni escribir, pero de caraduras entiende un rato, de ahí que el dinero se lo administre a su yerno en dosis homeopáticas. ¿Has oído hablar de la homeopatía, querida? ¿Y de la distribución de la riqueza según sus principios orgánicos? Es un tema mucho más interesante que los líos de cuernos y faldas de esta sociedad retrógrada y anquilosada del maldito tardofranquismo —añadió Yáñez de Hinojosa, encendiendo un negro y muy «mayo del sesenta y ocho» Gitanes Bleu.

Beatriz era demasiado joven y demasiado poco española como para descifrar ciertas particularidades de la libertaria y recién adquirida personalidad de su interlocutor. Días atrás, tío Encho, al que le encantaba tomar el pelo a su viejo amigo y colaborador, al ver que intentaba embarcarse en una disquisición de corte similar, le había dicho: «Anda, Juan Pablo, ahórrame la soflama, ¿quieres? Que tú mucho Sartre y Marcuse, mucho cigarro francés sin filtro, pero, parafraseando uno de los eslóganes de tu querido mayo del sesenta y ocho: bajo los adoquines de tu recién fabricada personalidad antiburguesa, se explaya tu esnobismo de siempre».

Beatriz no alcanzaba a captar estos y otros matices de la *aggiornata* personalidad de Yáñez de Hinojosa, pero lo que sí sabía era que, cuando empezaba con una de sus prédicas, lo mejor era reconducirlo lo más rápido posible a la conversación que estaban teniendo antes de que se fuera, sin remedio, por los cerros de Úbeda.

—... Y sí, claro, tienes toda la razón. La distribución de la riqueza según los principios orgánicos de la homeopatía es apasionante, pero ¿qué tiene eso que ver con el dinero de la familia Bustillo? —preguntó, poniendo tal cara de inocente perplejidad que logró accionar en Yáñez uno de sus mecanismos mentales más viejos, el gusto por practicar su obra de misericordia (laica, por supuesto) favorita: enseñar al ignorante.

—Pues todo, criatura, tiene todo que ver. Resulta que Genaro Bustillo hace ya años que aprendió que a su yerno había que atarlo corto. Porque para que lo sepas: tu amiga Marisol no es la primera de su lista ni mucho menos. Ya le dio una ventolera parecida diez años atrás y a punto estuvo de fugarse con otra chica, incluso un poco más joven que tu amiga. El muy tonto pensó que, como se había casado con una mujer rica y, en este país (y hasta que nosotros los demócratas lo cambiemos todo de arriba abajo) el dinero de ella era suyo por ser su marido, podría disponer de él como le diera la gana. No sabía con quién se las gastaba. Pronto iba a descubrir este Romeo de vía estrecha que Genaro lo tenía todo organizado de tal modo que no había manera humana de que accediese a su fortuna. Es más, que no le quedaba otra que volver, rabo entre piernas, al hogar conyugal, porque muy pronto se dio cuenta de que hace un frío que pela fuera de él y en la indigencia. De ahí que no me extrañe nada que, con tu amiga Marisol, haya pasado lo que ha pasado.

—¿Y qué ha pasado?

Yáñez de Hinojosa encendió un nuevo Gitanes y, gesticulando de modo que el humo dibujara arabescos azulados a su alrededor, comenzó a desgranar la historia que todos en Madrid parecían saber, excepto Beatriz.

—... Un número, querida, un numerazo del quince, no sé cómo tu pobre amiga volverá a salir a la calle después de semejante campanada. Aunque, vete a saber, a lo mejor dentro de un par de meses nadie se acuerda de su patinazo y aquí no ha pasado nada. ¿Qué te apuestas a que del *affaire* de la nietísima con el príncipe cuarentón no se vuelve a hablar en dos o tres semanas? Manto de silencio, santa *omertà*, así ocurre con ciertos asuntos. Otros, en cambio, dan comidilla por los siglos de los siglos. Que la vida es así de rara. A unos se les perdona todo mientras que a otros no se les pasa ni esto —escenificó Yáñez de Hinojosa con un elocuente gesto de sus dedos pulgar e índice—... y esos pobres, mucho me temo, cavan para siempre su fosa. En este caso, desde luego, no sería para menos, demasiado pública la escandalera, demasiados testigos, también.

—¿Pero me puedes decir qué ha ocurrido? —suplicó Beatriz.

—Imagínate la escena: estaba Ignacio Escudero el domingo pasado junto a su santa en la cafetería de Puerta de Hierro, tan tranquilos los dos después de un partido de golf, tomándose una Coca-Cola con uno de sus hijos mayores, cuando de pronto va y se le acerca por detrás Leopoldo Sanz, que le dice entre dientes: «Sígueme, que tengo que hablar contigo». Y algo debía de maliciarse el Tenorio porque se levantó como un resorte, pero no sin antes indicar a su mujer que se llevara al chico a casa. Y allá que se fueron Leopoldo y él detrás del cuarto de palos, bastante lejos pero no lo suficiente porque más de uno los vio gesticular y hablar a gritos. De modo que de pronto (y esto lo sé de primera mano por un amigo que pasaba por ahí camino del *tee* de 9 y al que, como comprenderás, le faltó tiempo para contárselo a medio mundo), de pronto como digo, ve cómo Leopoldo Sanz, que es muy bajito, va, coge impulso, se pone de puntillas y le arrea brutal puñetazo en el plexo solar a Ignacio (que le saca lo menos tres cabezas de altura) y lo deja boqueando como un besugo. Y la situación habría sido como para troncharse si no fuera por las ráfagas de conversación que llegaban hasta los azorados testigos, entre ellos, mi amigo. «Cómo has podido, con una menor además, apenas una niña, so cabrón, te creía mi amigo y te has valido de nuestra amistad para esto, pero ya me encargaré de que te cueste caro, te lo juro». Y vaya si le va a costar. Este no vuelve a levantar cabeza en la vida, te lo digo yo.

Beatriz se imaginó que Yáñez iba a relatar a continuación cómo habían denunciado y posiblemente detenido a Ignacio por delitos con una menor, pero una vez más su interlocutor la sorprendió explicando que no había pasado nada de todo eso «porque, aquí entre nosotros, las cosas se manejan de otro modo —dijo—, y desde luego, el que la hace la paga, pero no con la policía de por medio».

—... Que todo es un poco más complejo, niña —continuó—. Tú habrás oído decir, supongo, que en España el adulterio es delito muy grave y que la gente va a la cárcel por él, pero, a la hora de la verdad, las únicas que la pisan son las mujeres infieles, rara vez los hombres. Además, hasta 1963, es decir, hasta antes de ayer como quien dice, según el código penal, un marido que sorprendiera a su legítima en flagrante adulterio y la matase para salvaguardar su honor quedaba impune. Ahora ya no es así, pero te aseguro que quien tiene dinero no tiene problemas. En cuanto a relaciones sexuales con una menor, no es delito, a menos que la muchacha no sobrepase la edad de consentimiento, que en España es de las más bajas de Europa, trece añitos. Partimos de la base de que tu amiga Marisol consentía, ¿verdad?

Beatriz asintió tristemente.

—A ella no la mandarán a la cárcel, ¿verdad?

—Claro que no, criatura, qué ideas se te ocurren. Aquí no le van a poner grilletes a nadie, descuida. Pero la *buena* sociedad —parodió Yáñez, para que quedara bien claro que él no se sentía parte de ese decadente grupo social— tiene sus propios mecanismos a la hora de administrar castigos.

—¿Como cuáles?

Yáñez se encogió de hombros mientras el humo de un nuevo Gitanes lo envolvía en otra nube, aún más azulada que la anterior.

—Uf, no sé, son tantos... En lo que a Ignacio se refiere y teniendo en cuenta quién es Leopoldo Sanz, me temo que la broma le va a salir cara. Aunque, por suerte para él, al menos su modo de vida no se resentirá, tal como ocurriría en otros casos. Nuestro querido Ignacio no es más que un empleado (ilustrado, pero currito al fin y al cabo) de su suegro en su próspero negocio de chatarra, y eso no va a cambiar. Claro que Genaro a partir de ahora lo tendrá atado por los cataplines —escenificó Yáñez con justiciera satisfacción—. Pero siempre será mejor que la suerte que correría si fuera, qué te digo yo, abogado, ingeniero, catedrático o cualquier otra profesión (y son muchas) que dependa directa o indirectamente de estar a bien con el poder. Aun así, no le arriendo la ganancia. Genaro es mucho Genaro, y ya me veo a nuestro finísimo y elegantísimo Ignacio Escudero recogiendo chatarra con una carretilla. En cuanto a Bebelita, su señora, ¿conoces la frase de Milton de *El paraíso perdido*? «No existe en la creación animal más peligroso que una mujer despechada», de modo que tú descuida, a partir de ahora, nuestro querido Casanova tendrá su particular averno a domicilio.

—¿Y Marisol?

—Para las niñas que sufren este tipo de... traspiés, digamos, las posibilidades son variadas. A veces las mandan a estudiar fuera hasta que escampe la tormenta. Pero otras (y esto demostraría que Leopoldo Sanz es tan todopoderoso como dicen) la familia opta por el Método Póker.

—¿Y eso en qué consiste?

—¿En qué va a ser? En poner cara de póker, en fingir que aquí no pasa absolutamente nada.

—No veo cómo puede funcionar después de todo lo que me has contado.

—Pues funciona de perlas. Sobre todo, en el caso de alguien tan temido como Leopoldo Sanz López. Mira, mañana mismo (esta táctica es conveniente aplicarla lo más pronto posible, antes de que a la gente le dé tiempo de pasar de la campanada y la sorpresa a la mofa y befa), mañana mismo Leopoldo habrá de coger del brazo a su mujer y a su hija, y los tres en sus mejores galas presentarse, qué te digo yo, en el Teatro Real, pongamos por caso, o cualquier otro lugar bien público y muy frecuentado. Una vez allí e impasible el ademán, la familia habrá de situarse en el punto más visible con la cabeza bien alta. Y entonces, poco a poco, tímidamente al principio pero luego cada vez más, con el devoto fervor que concita cualquier ministro del *Generalísimo* —subrayó Yáñez para dejar bien claro que el epíteto iba con su retintín correspondiente—, la gente empezará a acercarse a saludar. Porque siempre hay por ahí un pelota que abre el cortejo y, a partir de entonces, todos le siguen. El mimetismo funciona que es una gloria en este tipo de asuntos y nadie quiere, como tú comprenderás, desaprovechar la ocasión de hacerle un favor a un poderoso en apuros. Una vez superado este no muy agradable rito de pasaje, abracadabra, alakazam (y todos los conjuros mágicos que te puedas imaginar porque parece cosa de brujos), de ahí en adelante ya podrá Leopoldo Sanz y su familia salir a la calle sin el más mínimo reparo. ¿Así de simple, dirás tú? Sí, querida, así de simple y así de eficaz. El método no falla. Haces como si la cosa no fuera contigo, te pones de perfil y redención asegurada porque, como dice Camilo José Cela (aunque la frase no es suya, sino que es un latinajo que él le pirateó a Aulo Persio), en España, el que resiste gana. Sobre todo si eres alguien de peso, habría que añadir. Pero si no lo eres, también es muy útil, de modo que yo te recomiendo que te apuntes el dato, tal vez te sirva algún día...

—Ojalá sea la solución del póker la que elijan —deseó Beatriz al tiempo que tomaba nota mental de la recomendación de Yáñez de Hinojosa—. No me gustaría que optaran por la otra alternativa que has mencionado, me daría mucha pena que mandaran a Marisol a estudiar fuera, es mi única amiga.

—Claro que queda aún una tercera solución que es, sin duda, la mejor de todas las posibles, la que redime y entierra cualquier escandalera.

—¿Cuál?

—El casorio, querida, y cuanto antes se anuncien los esponsales, tanto mejor.

—Esa solución queda descartada. ¿Con quién se iba a casar Marisol si, por lo que me acabas de decir, Ignacio no está dispuesto a anular su matrimonio con la tal Bebelita y en España no hay divorcio? —argumentó Beatriz mientras pensaba secretamente en Nicolò y daba gracias a los cielos de que, en su caso, sí existía esa posibilidad y su novio estaba decidido a usarla.

Yáñez de Hinojosa alisó con parsimonia las perneras de su pantalón y procedió a encender su enésimo Gitanes *bleu* antes de contestar:

—Querida, cuando se trata de chicas muy jóvenes y guapas, siempre hay un roto para un descosido. O, lo que es lo mismo, algún voluntario dispuesto a casarse contigo. Más aún si, como en este caso, eres la hija de alguien influyente. ¿Te ha hablado alguna vez Marisol de Santiago Lins?

—Nunca.

—Qué raro, ¿no os lo contáis todo vosotras?

—Por supuesto que sí —se defendió Beatriz.

—Pues parece entonces que Marisol se reserva ciertas cosillas. Claro que tampoco me sorprende mucho, uno no suele hablar de sus descartes.

—Tampoco sé qué quieres decir con eso de los descartes.

Pues es bien sencillo. Todas las chicas guapas, posiblemente tú misma ahora o si no seguro que más adelante, tenéis un cartucho en la recámara. Un rendido adorador al que no le importa, si vienen mal dadas, recoger los platos rotos con tal de obtener tu mano. Y en el caso de Marisol, su «tiro de reserva» es uno de libro. Lo que quiero decir es que tiene todos los atributos que suelen tener los cartuchos que uno se guarda por si las moscas. Solterón, veinte o veinticinco años mayor que ella, diplomático en un puesto fuera de España, lo que también es muy útil para que Marisol ponga tierra de por medio durante una temporadita, culto y con bastante buena pinta. ¿Qué más se puede pedir?

—A lo mejor es un raro, un tío complicado —contribuyó Beatriz, que, en compañía de Nicolò y allá en Londres, había conocido a un par de individuos mayores que encajaban con la descripción del tal Santiago Lins.

—No, que yo sepa, y en este Madrid nuestro todo se sabe, así que, en ese sentido, puedes estar tranquila.

—¿Qué crees tú que va a pasar a partir de ahora? ¿Debería llamar a Marisol y decirle cuánto siento lo ocurrido, asegurarle que puede contar conmigo y que por qué no me paso un día de estos por su casa para que hablemos?

—¡Ni se te ocurra! Lo mejor que puedes hacer por ella ahora mismo es, cuando vuelvas el lunes al Florence Nightingale, poner la misma cara de póker de la que antes te he hablado. Con un poco de suerte y en menos tiempo del que piensas, la familia Sanz habrá superado ya su particular semana de pasión y habrá tenido, por tanto, oportunidad de resucitar socialmente con la inestimable ayuda de unos cuantos interesados samaritanos que estarán encantados de ayudar a un poderoso en apuros como Leopoldo Sanz. A ver ¿a cuántos estamos hoy?, ¿a 10 de noviembre? ¿Qué te apuestas a que, pasados unos días, esa tal Elvira y todas las otras lengüilargas que tan poco caritativamente te hablaron de Marisol tendrán ya algún otro cotilleo más fresco al que hincarle el diente? Pasan tantas cosas en Madrid. Otras, en cambio, más serias e infinitamente más necesarias, no acaban de pasar nunca —comentó Yáñez de Hinojosa. Y esta vez no tuvo que aclararle a Beatriz a qué se refería porque en aquellos días de noviembre de 1975 todo el mundo sabía bien de qué estaba hablando.

20

20 N
[Beatriz]

También esta segunda profecía de Yáñez de Hinojosa se cumplió. Un par de semanas más tarde, en el Florence Nightingale nadie hablaba de Marisol Sanz y su fracasada aventura amorosa. Pero no porque hubiera surgido otro escándalo que lo tapara, sino porque el país entero estaba pendiente de otros rumores, de lo que se contaba en los mentideros, también, y sobre todo, de los telediarios y de los partes de Radio Nacional de España. Hasta tal punto era imprescindible estar informado que más de uno se acostumbró a llevar encima un pequeño aparato de radio.

—... Pensaba que ir con la oreja pegada al transistor era más propio de hinchas de fútbol que de progres —comentó Lorenzo Pérez, al entrar en el cuarto de estar en el que reinaba Mambo el guacamayo y encontrar a Yáñez de Hinojosa y a Perlita pendientes del último comunicado del equipo médico habitual—. Aunque yo que tú no cantaba aún victoria, Juan Pablo. El viejo es duro de pelar. Del verano a esta parte ha resucitado lo menos tres veces. La última y más asombrosa, la de septiembre. No soy lo que se dice devoto del personaje, pero lo que nadie le puede negar es que los tiene bien puestos. Mira que firmar cinco sentencias de muerte y ejecutarlas cuando le lamen ya los pies las llamas del infierno...

Lorenzo Pérez nunca había sido muy partidario de Francisco Franco. Ni de él ni de ningún otro político, nacional o internacional. «El dinero no tiene divisa» era su consigna.

Pero precisamente tal filosofía —y también el hecho de no haber dejado nunca de sentirse un extranjero en su propio país pese a los años que llevaba en él— le permitía ser lo que nadie en España era, un observador desapasionado a la hora de juzgar al agonizante jefe del Estado. Lorenzo ni lo amaba ni lo odiaba. Solo miraba lo que ocurría a su alrededor con el entomológico interés de quien disfruta (y se asombra) estudiando conductas humanas.

—Encho, te lo ruego —atajó Perlita, que esos días se veía obligada a intervenir a diario para evitar innecesarias fricciones entre los dos viejos amigos. En su opinión, a su marido le gustaba demasiado provocar al conseguidor y el tema del fusilamiento de tres miembros del FRAP y dos de ETA un par de semanas atrás era uno especialmente sensible. La noticia había causado enorme conmoción en el mundo entero. Dignatarios de diversas potencias occidentales, así como el mismísimo Pablo VI habían telefoneado a Franco solicitando sin éxito clemencia para los condenados. Otro tema que enzarzaba a Yáñez con Encho era el ostracismo internacional en el que había sumido a España al negarse a conmutar dichas penas. Olof Palme, primer ministro sueco, se había lanzado a la calle con una hucha recabando ayuda «para la libertad de los españoles», mientras que varios países decidieron llamar a consulta a sus embajadores. El presidente de México, por su parte, encabezó una moción destinada a expulsar a España de Naciones Unidas. Pero sin duda el tema más controvertido entre los dos amigos era la enorme manifestación convocada por Franco semanas después de los hechos para un baño de multitudes ante el Palacio Real. «¡Españoles! —dijo al asomarse al balcón flanqueado por el gobierno en pleno vestido de gala, así como por unos muy circunspectos príncipes Juan Carlos y Sofía—. Todo lo que en España y Europa se ha armado estos días —aseguró, agitando una diminuta mano en la que hacía estragos el Parkinson y la debilidad extrema— obedece a una conspiración masónico-izquierdista, en contubernio con la subversión comunista-terrorista que, si a nosotros nos honra, a ellos los envilece».

Más de un millón de gargantas, según se decía, dieron réplica a estas palabras con vítores y gritos de «¡Al paredón!

¡Al paredón!», como apoyo a la medida del gobierno de ejecutar a los reos. Lorenzo Pérez, que no aprobaba los gritos ni mucho menos la pena de muerte, se limitó no obstante a señalar a Yáñez dos circunstancias a tener en cuenta. La evidencia de que el moribundo Franco parecía haber renacido después de aquella muestra de fervor popular y el alarmante dato de que don Juan Carlos no hubiera tenido más remedio que refrendar con su presencia en el balcón hechos tan luctuosos.

—¿Y qué demonios querías que hiciera su alteza? —preguntó Yáñez de Hinojosa, que en los últimos meses había hecho una segunda transición en su forma de pensar, esta vez, de libertario de mayo francés a monárquico liberal de toda la vida—. No le quedaba otra que hacer de tripas corazón y estar ahí.

—Pudo haber excusado su presencia diciendo que tenía la rubeola, por ejemplo —ironizó Encho—. Desde que Leopoldo Sanz López la contrajo justo el día en que el Consejo de Ministros tenía que rubricar las cinco sentencias de muerte, está muy de moda la rubeola.

Beatriz Calanda, que en ese momento se entretenía hojeando una revista mientras los mayores hablaban de política, levantó la vista al oír mencionar al padre de Marisol.

—¿El señor Sanz está enfermo, tío Encho?

Y tío Encho, al que le gustaba mucho que la niña comenzara por fin a interesarse por temas de actualidad y a participar en las conversaciones familiares, se esmeró en explicarle la última hablilla que corría por Madrid con respecto a los Sanz López. Una que no tenía que ver con su amiga Marisol y su mal de amores, pero sí con la habilidad de Leopoldo de salir indemne de todas las situaciones, incluso las más espinosas.

—... Sí, mi niña, comprendo perfectamente que te preocupe todo lo que tiene que ver con Marisol —comentó Encho, haciendo a continuación una pequeña pausa en la charla mientras se acercaba al carrito de bebidas a servirse un jerez. El tiempo suficiente para que Beatriz se preguntara una vez más qué habría sido de su gran amiga. Varias veces había llamado a su casa preguntando por ella, solo para recibir la misma respuesta: «Lo siento, la señorita está de viaje. No, no sabemos cuándo vuelve. Sí, con mucho gusto le daremos su recado al regreso. No, lamento no poder decirle nada más al respecto...».

Tampoco en el Florence Nightingale había conseguido recabar información alguna. Ni Elvira y ni las otras chicas que tanto se habían burlado de lo ocurrido con Ignacio Escudero sabían nada de Marisol y ni siquiera parecían interesadas ya en lo que, apenas un par de semanas atrás, había sido el más comentado de los escándalos. Qué extraño era todo, se dijo Beatriz, en aquella sociedad madrileña desconocida para ella. ¿Cómo alguien podía pasar de estar en boca de medio Madrid a desaparecer de la noche a la mañana de las conversaciones? ¿Tan súbito silencio indicaba, tal vez, que había surtido efecto la estrategia a la que había hecho mención Yáñez de Hinojosa? ¿Habrían utilizado los López Sanz el tan eficaz Método Póker para recuperar su consideración social? ¿O quizá la amnesia general tenía más que ver con el tercero de los métodos explicados por Yáñez? ¿Cómo lo había llamado él? ¿El cartucho de repuesto? ¿Una bala en la recámara? Sí, según Yáñez, ese era el sistema perfecto a la hora de borrar los pecados de cintura para abajo. Pero, en caso de que fuera cierto, ¿por qué su amiga jamás le había hablado de ningún «repuesto»? Marisol, tan inteligente, tan libre, distinta de las otras chicas del Florence Nightingale. Marisol, a la que no le importaban nada las viejas formas, los prejuicios, las normas, las habladurías... ¿Qué habían hecho de ella, en qué la habían convertido? Era imposible que hubiese aceptado semejante componenda. ¿O sí? Posiblemente tío Encho no podría ayudarla a responder a estas preguntas, pero quizá pudiera despejar otras incógnitas. Lo mejor era escuchar lo que tenía que decir sobre Leopoldo Sanz López y su... ¿rubeola?

—Sí, mi niña, eso he dicho. Supongo que sabes, más o menos, lo que está pasando en España en estos momentos, qué fuerzas se están moviendo, de dónde venimos y adónde, presuntamente, se supone que nos dirigiremos de ahora en adelante, si todo sigue su curso, ¿verdad?

Beatriz apenas sabía de política. Al llegar a Madrid, intentó ponerse al día, pero pronto descubrió que no resultaba fácil informarse. Sabía, por ejemplo, que en España se publicaban revistas que, utilizando el ingenio y el doble lenguaje, lograban burlar la censura reinante y explicar, entre líneas, la actualidad. Pero, al ser tan joven y encima una recién llegada, le faltaban claves para poder comprender lo que en esas publicaciones se infería, de modo que no logró extraer demasiada información de allí.

Los diarios parecían interesarse más por las noticias internacionales que por las nacionales, mientras que los telediarios y el *Nodo* se ocupaban solo de informar de grandes proezas. De la botadura de algún enorme navío, de los millones de turistas que habían visitado el país, de cosechas extraordinarias o de la inauguración de alguna obra civil por parte del Caudillo (o de Paco Rana como, según había oído contar, lo bautizó el ingenio popular debido a su predilección por pantanos, embalses y represas). Por eso, Beatriz decidió poner cara de interrogación ante la pregunta de Lorenzo Pérez. Confiaba en que, tal como ocurría siempre con sus interlocutores, tío Encho se explayara facilitándole detalles de los que, de haber estado dirigiéndose a otra persona, habría dado por sabidos.

—... Lo que conviene no perder de vista —dijo tío Encho, haciéndole ver que pensaba ir directo al punto que a ella más le interesaba— es que se avecina un gran cambio. Franco sobrevivirá unas semanas, unos meses quizá, puesto que alguno intentará alargar su vida lo más posible, pero vivimos un fin de ciclo. Y esa y no otra es la razón por la que Leopoldo Sanz contrajo en septiembre una tan oportuna rubeola. Hay que ir tomando posiciones con vistas al futuro.

—No entiendo...

—Pues es muy sencillo, querida —intervino Yáñez de Hinojosa—. Lo que tu tío trata de decir es que Leopoldo Sanz ha hecho lo que yo, modestamente, llevo haciendo desde hace años, prepararse para los nuevos tiempos. Claro que, en su caso, la metamorfosis tiene sus dificultades. ¿Cómo se reinventa un ministro de Franco para hacer creer a todo el mundo que es demócrata de toda la vida? Para empezar, y como él ha tenido el buen tino de hacer: evitando estampar su firma en cinco sentencias de muerte.

—¿Quieres decir que el padre de Marisol se fingió enfermo el día en que el Consejo de Ministros aprobó las ejecuciones?

—Así es, y me pareció muy hábil por su parte. Cuando el príncipe se convierta en rey, necesitará rodearse de personas con hojas de servicios limpias de polvo y paja.

—Eso es casi imposible —opinó Perlita—. Después de cerca de cuarenta años de régimen, ¿de dónde va a sacar gente así? Nos guste o no, todos hemos sido franquistas en mayor o menor medida.

—Por eso no te preocupes, ya verás qué rápido se pasa en este país de camisa vieja a chaqueta nueva...

—¿Nueva y de *tweed*? —intervino tío Encho, que una vez más no pudo resistir la tentación de tomarle el pelo al conseguidor.

Juan Pablo ni se inmutó, acababa de embarcarse en uno de sus temas favoritos, vaticinar lo que, según él, iba a ocurrir una vez muerto el dictador.

—Sí, mis queridas —continuó, dirigiéndose tanto a Perlita como a Beatriz, que le parecían sus oyentes más propicias—. Si Franco muere en este mes de noviembre, en febrero no quedará en todo el espectro político ni un solo franquista. Bueno, sí, pongamos que uno. Carlos Arias Navarro, que ha sabido utilizar la enfermedad de «el Caudillo» —entrecomilló con redoblado retintín Yáñez—, y también la predilección que doña Carmen siente por él, para convertirse en su hombre de confianza. Pero quitando a Arias y cuatro más, te aseguro que, en cuanto lo entierren en el Valle de los Caídos (con toda pompa, eso sí), habrá en España más demócratas de toda la vida por metro cuadrado de los que podamos contar. Y Sanz López será no uno, sino *el* más destacado de todos ellos.

—¿Y no será eso muy difícil de creer? Al fin y al cabo, lleva años en el gobierno —aventuró a preguntar Beatriz.

—He ahí donde le viene de perlas su flamante yerno. Ah, cómo, ¿que no lo sabes? Qué cabeza la mía, niña, hace días que tenía intención de mostrarte esto. Pero como todos andamos tan pendientes del transistor últimamente —explicitó Yáñez de Hinojosa, mirando con una mezcla de ironía y humor a su viejo amigo Encho mientras extraía del bolsillo interior de su chaqueta un cuidadosamente doblado recorte de periódico—. Tu amiga Marisol se ha casado en Buenos Aires.

Beatriz se quedó estupefacta. No acertaba a decir nada. Estiró la mano para coger el recorte que le ofrecía el conseguidor, pero tío Encho se le adelantó.

—Vaya, Juan Pablo, ¿cuándo se ha publicado esto? Así se explican muchas cosas.

—Y más que se explicarán en los próximos días. Los acontecimientos se suceden a velocidad de vértigo de un tiempo a esta pare. Tanto que la noticia casi pasa del todo inadvertida. Ni siquiera nos hubiéramos enterado, de no ser por el cronista social del *ABC*. Es un águila, no se le escapa un casorio, por muy lejos que tenga lugar.

—¿Por qué Buenos Aires? —preguntó Perlita.

—Porque Santiago Lins es cónsul en esa ciudad. Claro que, en cuanto muera Franco, volverá, puedes estar segura. Su familia veraneaba todos los años en Estoril y allí se hizo muy amigo del príncipe; luego, cuando a don Juan Carlos lo mandaron a estudiar a España, el padre de Lins se ocupó mucho de él.

—Tanto o más que Cotoner, eso dicen.

Los tres amigos continuaron cambiando pormenores, pero Beatriz ya no los escuchaba, estaba demasiado confusa. No sabía qué era Estoril y menos aún quiénes eran Cotoner o Lins, ya fueran padre o hijo. Se le ocurrió pensar que tal vez la reseña del *ABC* fuera más explícita. El recorte había quedado sobre la mesa junto al aperitivo una vez que Encho le echó un vistazo. Constaba de apenas una docena de líneas y decía así:

La semana pasada se celebró en la ciudad de Buenos Aires el enlace matrimonial de la señorita Marisol Sanz López y Mejía, bellísima hija del excelentísimo señor Leopoldo Sanz López, ministro de este gobierno, con el excelentísimo señor Santiago Lins y Mata-

mala, cónsul de España en dicha capital. La ceremonia, que se cele-
bró en la intimidad familiar por expreso deseo de los contrayentes,
fue seguida por un espléndido lunch, ofrecido por el embajador de
España, al que asistieron destacadas personalidades de la sociedad
bonaerense. Pese al carácter íntimo del acontecimiento, la gentil
desposada lució un modelo de seda salvaje y velo de encaje valen-
cienne, perteneciente a su distinguida familia materna, que es todo
un referente de elegancia en nuestra sociedad. La feliz pareja, des-
pués de un largo viaje de novios que los llevará a conocer diversos
lugares de Asia y el lejano Oriente, fijará su residencia en Argenti-
na, aunque no se descarta que viaje a nuestro país en breve para
visitar a sus muchas amistades y allegados. Según ha podido saber
también este cronista, la discreta ceremonia religiosa contó con la
bendición de su santidad el papa Pablo VI así como la felicitación
expresa de su alteza real el príncipe de España, amigo de infancia
de don Santiago Lins.

El corazón de Beatriz se aceleró aún más. ¡Marisol sola en la
otra punta del mundo casada a los diecisiete años con un
hombre mucho mayor que ella y muy «conveniente» para los
intereses de su padre! Sin importarle a nadie lo que ella pudiese sentir ni desear, poco más que una componenda, una
transacción. Tenía que ponerse en contacto con ella, saber
cómo estaba, cómo se sentía, escribirle una larga carta. Por lo
menos, ahora sabía adónde dirigirla, al consulado de España,
Buenos Aires, Argentina. ¿Sería verdad que iban a venir a
pronto a Madrid, tal como sugería el recorte del *ABC*? Si,
como decían tío Encho y Yáñez de Hinojosa, su nuevo marido era tan amigo del príncipe, tal vez la muerte de Franco y
la ascensión al trono de don Juan Carlos lograse acelerar el
viaje.

A partir de aquel momento, Beatriz Calanda se sumó a las
innumerables personas de toda edad y condición que por
aquel entonces vivían pendientes de las noticias y de los transistores. También de los partes médicos que se facilitaban dos
veces por día. El último de ellos rezaba así:

Desde el anterior parte, la evolución de su excelencia el Genera-
lísimo continúa empeorando. Han aparecido trastornos en la con-

ducción intraventricular e hipotensión arterial. Esto se une al cuadro anterior en el que cabe destacar úlceras digestivas agudas con hemorragias masivas reiteradas, peritonitis, tromboflebitis y bronconeumonía. Estado crítico.

Firmado: el equipo médico habitual.

En Madrid, a 19 de noviembre de 1975

21

LA VIDA (NO) SIGUE IGUAL
[Beatriz]

Beatriz nunca supo si Marisol llegó a recibir alguna de las cartas que le escribió al consulado de Buenos Aires. Cuando volvieron a verse, no hablaron de eso. Habían cambiado tantas cosas. Fue dos o tres meses más tarde, reinaba ya Juan Carlos I y la palabra que más se repetía ahora era precisamente esa: cambio. Quizá por eso no le sorprendió el nuevo aspecto de su amiga. Marisol la había llamado un par de días atrás, como si nada hubiera pasado. «... Sí, qué te parece, llevo aquí un par de semanas, pero entre Santi y la familia, ya te imaginarás, no he tenido ni un minuto. ¿Qué tal merendar una tarde de estas en Embassy?».

Ya el lugar elegido por Marisol debería haberla preparado para lo que iba a encontrar. «Demasiadas marquesas y duquesas por metro cuadrado». Esa había sido la opinión de su amiga sobre el local un año atrás. Sin embargo, ahora, Marisol apenas desentonaba del resto de clientas, que a esa hora de la tarde saboreaban tartaletas de frambuesa y sándwiches regados con *lapsang souchong*.

—... Aquí, aquí estoy, qué alegría verte —saludó Marisol desde lejos. Y luego, tras los dos besos de rigor que envolvieron a Beatriz en la vaharada de un perfume nuevo y desconocido para ella, su amiga procedió a encender un Muratti Ambassador con un Cartier de laca china—. Un regalo de Santi —pareció justificarse—, no le gustaban demasiado ni mis viejos Zippos ni mis Ducados de antes. Sigo prefiriendo el negro, pero al final, qué quieres que te diga, a todo se acostumbra una —añadió, tamborileando con uñas largas y rojas sobre la cajetilla—. Toma, prueba uno.

Beatriz no se atrevió a confesar que no le gustaban y aceptó. Era lo que se hacía en aquella época, fumar rubio como una chimenea. O negro y como una usina, en caso de ser más de izquierdas. Daba la impresión de que, desde la muerte de Franco, con todo lo que uno hacía mandaba mensajes políticos. Con la ropa, con la música que escuchaba, con las películas que veía y, cómo no, con el tabaco. Beatriz incluso había aprendido a distinguir y clasificar a las personas solo por el humo de sus cigarrillos.

—Le he pedido a Santi que me recoja hacia las ocho, así nos da tiempo a ponernos al día —continuó Marisol—. ¿Qué tal por el Florence Nightingale? ¿Quién se te pega ahora como una almeja para que le soples en el examen de *english verbs*? La vida sigue igual por allí, supongo: unas que vienen y otras que se van; unas que ríen, otras llorarán...

Beatriz empezó entonces a contarle las últimas novedades del lugar en el que se habían conocido. Poco a poco fue desgranando noticias tan previsibles como poco originales porque, en efecto, y a pesar de que soplaban vientos de cambio en todo el país, en el Florence Nightingale, la vida parecía cumplir la profecía de Julio Iglesias. Por eso, y porque lo que contaba no requería demasiada concentración por su parte, a Beatriz no le fue difícil, mientras hablaba, prestar atención a otros pormenores del nuevo aspecto de su amiga, a su pelo, a su maquillaje, a su forma de vestir. ¿En qué nunca explicitado código de conducta, en qué inefable libro de protocolo y/o buenas maneras vendría escrito que, cuando una se casa, debe empezar a vestirse como su madre? Beatriz había tenido oportunidad de observar un fenómeno similar en otra de sus compañeras del Florence Nightingale. Como Blanca Sufrategui, una chica un par de años mayor que el resto de sus condiscípulas, que había dejado los estudios a mitad de curso para casarse. Beatriz se la encontró en la cola de un cine un par de meses más tarde y le había llamado la atención la ropa que llevaba. No solo porque era demasiado premamá según todos los cálculos, incluso los más bienintencionados, sino por otros detalles. Como el poco favorecedor pichi de cuadros que vestía o ese pelo suyo cardado y tieso de peluquería. El aspecto de Marisol no se parecía al de Blanca Sufrategui, pero era igualmente aseñorado. Traje de chaqueta bicolor de Elio Berhanyer, medias claras casi blancas y zapato de tacón alto y cuadrado. Precisamente uno de ellos oscilaba ahora arriba y abajo delatando una inquietud que desentonaba con el modo aplomado en que hablaba su amiga.

—... Sí, guapa, Santi ya no sabe qué hacer para verme contenta. No es que yo no lo esté, al contrario, estoy feliz de la vida, como te puedes imaginar. Tener al lado un señor que te adora, que está pendiente de todo y al que le pareces la última Coca-Cola del desierto y un perfecto cruce entre Grace Kelly y Margot Fontaine, ¿qué más se puede pedir? ¿Y tú qué tal? Supongo que te habrás quitado ya de la cabeza al cabronazo de Nicolò. Los gilipollas como él solo traen problemas.

«Al menos en lo que al lenguaje se refiere, sigue siendo la misma de siempre», intentó tranquilizarse Beatriz, pero solo para recordar a continuación lo dicho un par de meses atrás y con su correspondiente retintín por Elvira Ruiz de Castañón. Eso de que en Madrid las niñas bien hablan muy mal.

—O mucho me equivoco —iba diciendo Marisol en ese momento— o todavía andas colgada de bobos romanticismos. Santi, que es graciosísimo cuando se lo propone, dice que uno de los peores enemigos de la sociedad occidental es Walt Disney por hacernos creer en cuentos de hadas y todas esas gilipolleces. Porque dime tú: ¿a quién de más de doce años se le ocurre pensar que el mundo está lleno de príncipes azules que triscan por ahí en busca de doncellas dormidas a las que han de despertar con un besito para ser felices y comer perdices?

El humo de su Muratti dibujaba pragmáticas volutas en el aire de Embassy, pero el balanceo irrefrenable del zapato de Marisol Sanz parecía contradecir todas sus palabras. Aun así, continuó hablando.

—Nos instalaremos de nuevo en España a principios de verano. Santi piensa que puede ser mucho más útil aquí que en el extranjero. Empezarán a pasar muchas cosas en este país y conviene estar cerca. Me da pena dejar Buenos Aires, tengo montones de amigas, pero también me hace ilusión que el bebé sea madrileño.

Lo dijo así, tan de pasada que Beatriz tardó en reaccionar.

—¡Pero... pero qué buena noticia! Cuánto me alegro, estarás encantada.

—Por supuesto —asintió, y fue la única vez en toda la tarde que el pie chivato no osciló contradiciéndola—. Estamos felices, nacerá en junio. Pero hasta entonces, ¡queda tanto por hacer, por organizar! Por eso hemos venido a pasar unos días. Santi tiene varias citas importantes y luego está el problema del piso. Santi tiene uno estupendo en la calle Fortuny, pero lo alquiló al irse a Buenos Aires y ahora habrá que hablar con los inquilinos, rescindir el contrato y luego ponernos de acuerdo con un tío mío que es arquitecto para que nos haga un proyecto de reforma. Santi dice que hay que organizarlo todo para que vayan empezando con la obra cuanto antes. Así, cuando lleguemos nosotros en abril, solo quedará ocuparse de la decoración. Tendrá que ser bastante clásica, es lo que a Santi le gusta, pero ya me ha dicho que en la habitación del bebé me da carta blanca. ¿Cómo crees que me quedará mejor? ¿En un *chintz*? ¿En una *toile de Jouy*? Supongo que dependerá de si es niño o niña, pero podré decorarla exactamente como yo quiera. ¡Soy tan feliz!

Beatriz miró de nuevo el zapato de Marisol para ver qué hacía y no le sorprendió comprobar que había vuelto a las andadas. Y ya no paró en todo el rato que permanecieron juntas. Ni cuando su antigua compañera de pupitre le contó el largo fin de semana que había pasado en el campo en casa de un matrimonio amigo de Santi.

—... Ni te imaginas qué pareja tan encantadora, nadie diría que los dos tienen casi treinta años más que yo. Él se pasó el domingo entero contando chistes de Lepe uno detrás de otro. Su mujer y yo nos partimos de risa...

El zapato tampoco dejó de pendular cuando le aseguró que después de «los acontecimientos que tú ya sabes y de los que no pienso hablar», la relación con sus padres era ahora inmejorable.

187

—... Papá está orgulloso de mí, dice que he madurado muchísimo en Buenos Aires...

—¿Y ella qué dice?, aventuró a preguntar Beatriz sabiendo que la madre de Marisol tenía fama de ser una mujer muy libre.

—Uf, mamá está cambiadísima. Ni te imaginas. No sé qué le puede haber pasado, habla poco y está como apagada, será la edad, a lo mejor, la menopausia. Figúrate que el otro día me dijo que debería descansar más, intentar no fumar y trasnochar menos por el bebé. «Ay, mamá —le dije—, eso son cuentos de viejas. ¿No has visto las fotos de bebés aún en el vientre materno que publicó hace poco la revista *Life* y que causaron sensación en todo el mundo? ¿No sabes que está estudiado que la placenta es como un filtro que protege al niño de todo? Él médico no me ha hecho ninguna recomendación de ese tipo. Además, todas mis amigas fuman».

Como para afianzar su convicción, Marisol Sanz encendió un segundo Muratti y ofreció el paquete a Beatriz. Pero ella esta vez declinó seguir su ejemplo. Apenas reconocía a su gran amiga. ¿Cómo era posible cambiar tanto en tan poco tiempo? ¿Se creería realmente todo lo que acababa de decir o era solo una forma de intentar convencerse de ideas que no eran suyas sino de otros?

Se despidieron con la promesa de volverse a ver en cuanto Marisol regresara a España a mediados de primavera.

—... Para esas fechas estaré como un zepelín, pero podríamos quedar para elegir juntas la habitación del bebé. ¿Qué te parece? —dijo y, al abrazarla para despedirse, Marisol la cogió del antebrazo apretándoselo una, dos, hasta tres veces. Beatriz tuvo la impresión de que intentaba transmitirle algo con una deliberada y desesperada señal de morse. Pero al separarse, la cara de su amiga, sonriente, segura de sí, parecía desmentir por completo semejante idea— ... Y te advierto que también me voy a ocupar de buscarte un pollo que te convenga —añadió, utilizando una expresión que jamás antes se le hubiera ocurrido usar—. Te llamaré nada más llegar. Hay alguien que quiero que conozcas.

* * *

No le escribió ni una línea durante los meses que estuvo fuera y Beatriz se alegró. No habría sabido qué decirle a aquella nueva Marisol a la que apenas reconocía. Por eso, le sorprendió bastante recibir su llamada un caluroso día de mayo.

—Hola, After Eight —saludó, volviendo a utilizar esta vez la expresión con la que solía llamarla cuando compartían pupitre en el Florence Nightingale—. ¿Qué tal si almorzamos mañana en Tataglia? ¿Te va bien a las tres? Por cierto, ¿te acuerdas de lo que te dije cuando nos despedimos la última vez? Llevo todos estos meses haciéndote de Celestina y tengo el tío perfecto para ti... No, no digas nada, ni pienso aceptar un no por respuesta. Soy bruja y sé que con Pedro vas a tener algo importante. ¿... Que quién es, dices? ¿De veras que no has oído hablar de Pedro? Debes de ser la única, After Eight.

Sí que había oído hablar de él. Imposible no hacerlo. Porque otra de las particularidades que Beatriz había observado sobre eso que su tía Perlita llamaba «la buena sociedad» estaba directamente relacionada con los nombres. Había gente que, de tan sonada y mentada, carecía de apellidos. O no era necesario mencionarlos cuando se refería uno a él o a ella. Se hablaba de Natacha, se hablaba de Marisa, se hablaba de Carmen a secas. Y daba igual que hubiera más de una Natacha, infinidad de Cármenes, seis o siete Marisas. Cuando se mencionaba solo el nombre de pila, no hacía falta preguntar de quién se trataba. Es lo que ocurría con Pedro, pero Beatriz prefirió como siempre fingir ignorancia. Además, los datos que le habían llegado sobre él no le resultaban demasiado atractivos. Cuarenta y muchos años y aún soltero, asiduo de *boîtes*. Apenas unos días atrás una amiga se lo había señalado en el Mau Mau con la devoción que suscitaba siempre aquella extraña ausencia de apellidos. «El hombre de más éxito de Madrid —dijo—. Ha salido con Monica Vitti y, este verano, una francesa se tomó todo un bote de pastillas por él». Beatriz lo había mirado con más detenimiento para intentar descifrar qué era lo que podía causar tanta fascinación. Pero ni su pelo engominado hacia atrás, ni la chaqueta de terciopelo negro que vestía esa noche, ni menos aún el Montecristo que fumaba le resultaron atractivos. Sin embargo, en ese mismo momento, Pedro A Secas (de este modo comenzó a llamarlo para sus adentros) giró la cabeza para mirarla y su sonrisa le llamó la atención. Era ¿cómo decirlo? Excluyente, sí, esa era la palabra. Tenía la rara virtud de hacer creer que se iluminaba solo para ella, como si no existiera nada ni nadie más en kilómetros a la redonda, como si el resto del mundo se desenfocara por completo hasta pasar a la irrelevancia. Fueron solo unos segundos. Diez o doce tal vez. Al cabo de ese tiempo, aquel hombre dejó de sonreír en su dirección y todo volvió a ser como antes.

—¿Has visto cómo te ha mirado? —comentó su amiga, pero Beatriz había logrado librarse ya de sensación tan fulgurante como evanescente.

—Bah —dijo—. No sé qué pueden ver en él, no lo comprendo.

Y esa seguía siendo su opinión respecto a Pedro A Secas cuando Marisol Sanz le habló de él. Por eso prefirió decirle que solo habían coincidido una noche y no se había fijado demasiado.

—... Pues es evidente que él en ti, sí. —Marisol sonrió—. Y, según me contó, tampoco era la primera vez que te veía. Su hermano tiene su oficina cerca del Florence Nightingale y más de una vez te ha visto salir de clase y piensa que eres guapísima. ¿No te parece emocionante, After Eight? Un tío mayor, guapo, por el que todas matan y muy amigo de Santi, además.

Marisol continuó hablando con tanta ilusión de los planes que podrían volver a hacer juntas, de lo feliz que la haría que congeniaran Pedro y ella, que Beatriz no se atrevió a contradecirla y dijo que sí, que fenomenal, que estaría encantada de salir una noche con él. En el fondo, carecía de importancia. Cenarían un día los cuatro, si tanto significaba para Marisol. A decir verdad, daba igual. Todo le daba igual de unas semanas a esta parte porque Nicolò le había escrito. Decía que pronto vendría a Madrid, que necesitaba verla, y eso solo podía ser para algo muy bueno. No pensaba contarle nada a Marisol de momento. Ya hablaría con ella cuando pudiera darle noticias más concretas, decirle, por ejemplo, que Nicolò se había separado por fin de su mujer y que se iban a casar.

«Quince días más y todo habrá cambiado», se dijo evocando esa palabra, «cambio», que en aquella época era como un mantra. Poco más de dos semanas y su vida sería otra.

—Sí —añadió magnánima girándose hacia su amiga al tiempo que le dedicaba una gran sonrisa—, dile a tu amigo Pedro que me parece bien cenar un día los cuatro. ¿Qué tal el viernes?

22

Oposiciones

[Ina]

No te vuelvas, Ina, no lo hagas. Empuja la puerta y entra de una vez por todas, hace rato que Antonio te espera y se va a enfadar. Bueno, no. Él nunca se enfada, pero seguro que está preocupado preguntándose a qué se debe tanto retraso. Y ¿cómo decirle que has llegado puntual, pero que llevas más de quince minutos imaginando sonseras sobre el cristal de la cafetería Manila? Quimeras, disparates, chiquilladas como pensar que *él* está ahí, detrás de ti, mirándote. Qué absurdo porque *él* —el dueño de ese nombre que tú tienes, al menos, la sensatez de no pronunciar nunca— no vive en Madrid, sino vete a saber en qué lejano paraje de qué remoto monte: un forajido, un huido de la justicia que, además, ni siquiera sabe que existes. Por eso, lo que sientes no es más que otra fantasía de tu imaginación. No hay nadie a tu espalda mirándote, y esos ojos claros que te ha parecido entrever reflejados en el cristal solo son un espejismo. Basta, pues. Entra ya, Antonio te espera y tendrás que disculparte. Por cierto, ¿qué demonios le vas a decir?

«No sé, improvisaré sobre la marcha», se dice Ina mientras se abre paso entre las mesas atestadas de clientes que, a esa hora de la tarde, empezaban ya a cambiar las comandas de tortitas con nata y sirope por otras de pinchos de tortilla y vermús.

—... Perdóname, Antonio, no sabes lo que me ha pasado, no te lo vas a creer. Alguien ha detenido el autobús cuando venía para aquí y, de pronto, resulta que se han subido dos personas, un chico y una chica, que comenzaron a repartir octavillas. «¡Libertad para los presos políticos! ¡Muera el dictador! ¡Obreros y estudiantes construiremos juntos la nueva España!», cosas así gritaban. Apenas he podido ver sus caras porque tan rápido como habían llegado, se apearon echando a correr calle arriba. Entonces me di cuenta de que tenía seis o siete octavillas entre las manos. Pensé en guardar un par para enseñártelas luego, pero al final me dio miedo. Llevaban unas siglas, ASU, y luego podía leerse un poco más abajo, Asociación Socialista Universitaria...

Ina relató todo aquello del tirón sin cambiar una coma de lo que, apenas unos días antes, le había contado Angelita, la cocinera de casa de los Pérez, que le sucedió en el 14, el autobús que ella solía tomar en sus tardes libres. Angelita también le había dicho que, según se rumoreaba por ahí, obreros y estudiantes estaban uniendo fuerzas para realizar acciones de ese tipo. Rápidas, pacíficas, difíciles de frustrar por la policía puesto que, después de repartir sus escritas reivindicaciones, los jóvenes se diluían entre los viandantes sin que los pudieran detener.

—Qué susto te habrás llevado —fue el comentario de Antonio—. Y menos mal que no había alguien de la secreta a bordo del autobús. Podrían haberte detenido creyendo que tenías algo que ver con ellos. Hace un par de semanas, a un compañero de facultad de mi hermano, lo bajaron de un tranvía, se lo llevaron a la Dirección General de Seguridad para interrogarlo y no lo soltaron hasta dos días más tarde. Son tiempos complicados, Ina...

En ningún momento le preguntó lo que ella más temía, que desde cuándo usaba el transporte público. Antonio, obviamente, sabía que, cuando a él le resultaba imposible recogerla en casa para venir juntos a Manila, Perlita insistía en que la llevara hasta allí el mecánico, «... que ya sabemos que Madrid es una ciudad tranquila, pero se acerca el invierno, niña, anochece ya muy pronto, y ese rato hasta que salen a vigilar los serenos siempre me da un poco de respeto».

Si a Antonio le llamó la atención el supuesto cambio de costumbres de Ina y su recién estrenada predilección por el autobús, nada dijo. La besó muy formal en la mejilla, aunque luego dejó que uno de sus dedos recorriera furtivamente el trayecto de su sien hasta su boca demorándose allí unos segundos.

—Ven, siéntate, estás helada, será el susto, te voy a pedir un vermú. No, no me digas que no. Ya sé que las señoritas... decentes —enfatizó riendo— no toman vermús a estas horas, pero te sentará bien.

Por segunda vez, Antonio le acarició la cara ignorando la mirada de áspid de dos damas que, a su izquierda, mojaban bizcotelas en chocolate. «A saber adónde vamos a parar —dijo una lo suficientemente alto para que todos la oyeran—, dentro de poco la gente se dará besos de tornillo en público. ¿No te parece atroz, Marijose?», y no fue hasta que los novios se vieron con un vermú y un whisky con agua delante, que Antonio se decidió a darle la noticia.

—La buena noticia —precisó— es que hay una convocatoria dentro de quince días, Ina, y he decidido presentarme al examen.

Ella tardó unos segundos en comprender. Sabía que su novio llevaba casi dos años preparando oposiciones a notarías, pero, según él, le faltaban aún muchos temas por estudiar. ¿Por qué había decidido examinarse? ¿No era demasiado pronto? ¿Qué pasaba si lo suspendían? ¿No comprometía sus posibilidades futuras presentándose prematuramente? Todo esto le preguntó preocupada.

—En absoluto —la tranquilizó él—. Muchos opositores lo hacen. Si tienes suerte y te tocan temas que ya has estudiado, apruebas, y miel sobre hojuelas. Y si no la tienes, te sirve de ensayo, aprendes cómo funciona el tribunal y le pierdes miedo. ¿Te imaginas que las saco, Ina? Se acabarían entonces tanta cafetería Manila y tanta espera y podríamos casarnos en junio o julio.

Ina se había sentido orgullosa de su forma de actuar hasta ese momento. Orgullosa de cómo había logrado entrar en Manila sin voltear la cabeza ni una sola vez para comprobar si la miraban o no aquellos ojos claros. También del aplomo con el que había relatado a Antonio su excusa por llegar tarde.

Grandísima mentira la que le había contado, pero muy verosímil, también muy eficaz. ¿Por qué se le había ocurrido precisamente aquella patraña cuyos protagonistas eran estudiantes y obreros contrarios al régimen? ¿Estaba relacionado con *él* y con todo lo que ella había logrado averiguar sobre los maquis desde que fueron a visitar a la tía Esther a Ciempozuelos? ¿O, simplemente, tenía en la cabeza lo sucedido con Angelita la cocinera y fue lo primero que se le vino a la memoria? Ina también se sentía orgullosa de no haber dejado, en ningún momento, desde que entró en el local, que la vista se le escapara hacia las cristaleras que los separaban del exterior con la loca esperanza de ver si *él* se había asomado para mirar dentro buscándola con esos extraños ojos suyos del color del hielo. Y tuvo que ser entonces, en el mismo momento en que Antonio hablaba de la posibilidad de casarse en verano, cuando lo que tanto había temido (y a la vez deseado) comenzó a convertirse en realidad. Así lo anunció en un principio un viento helado proveniente de la puerta que acababa de abrirse a escasos metros de donde ellos dos estaban.

—... Claro que tendremos que hablar antes con tus padres y también con los míos. Los preparativos de una boda llevan su tiempo y habrá que acelerarlos al máximo. Pero estoy seguro... —iba diciendo Antonio cuando a Ina se le paró el corazón— de que podremos convencerlos sin problemas, ¿qué te parece?

Era él, no había duda. De tanto soñarlo, Ina conocía cada línea, cada ángulo, cada curva de aquel rostro curtido y enjuto que ahora miraba a un lado y otro del local, igual que si estuviera buscándola.

«Julián», se dijo, pronunciando, por primera vez y en voz inaudible, el nombre que tantas veces había jurado que jamás saldría de sus labios. Y, de inmediato, tuvo que llevarse el vaso de vermú a los labios. Para ahogar en él esas seis letras que la abrasaban por dentro.

Antonio continuaba hablando. De fechas, de planes, de sueños y ella estaba ahí, a su lado, inmóvil, asintiendo a todo, pero sin entender siquiera qué decía. Tal vez hablara del lugar que convenía elegir para el convite, o del número de personas a invitar, o de cuánto le gustaría que el viaje de novios incluyera una visita a Estambul. Pero lo único que ella podía oír eran los pasos de Julián, también el roce de su tosco abrigo mientras se abría camino entre las mesas, a escasos centímetros de donde ellos estaban. Antonio mencionó a continuación el repertorio de aromas extraordinarios que, según decían, podía apreciarse en el Gran Bazar, pero para Ina el único perfume que existía en el mundo era el que había quedado flotando en el aire tras *él*. Un entrevero de hierba, madera y lluvia que hablaba de su vida en las montañas, de su amor por la libertad y los espacios abiertos. Pero, siendo así, ¿qué hacía en la ciudad? ¿Habría decidido, como otros maquis, empujado por la necesidad, según aseguraban los datos que Ina había logrado reunir al respecto, cambiar su lucha contra la dictadura en el monte por otra igualmente clandestina pero ahora urbana? Y de ser así, ¿cómo se le ocurría visitar un local tan conspicuo como aquel? ¿No era exponerse mucho e innecesariamente, además? «Lo ha hecho por mí —se dijo entonces—. Me reconoció en la calle y ha entrado solo por volver a verme. Vamos, Ina —se recriminó con dureza—. Ya estás desbarrando de nuevo, qué estúpido delirio el tuyo. Nada de lo que dices tiene sentido, él ni siquiera sabe que existes».

¿O sí?

Ina vio entonces cómo Julián se dirigía al cerillero, que estaba apenas un par de metros más allá, y le pedía dos cigarrillos rubios sueltos. Claro. Esa y no otra era la razón de su visita a Manila, comprar tabaco, nada más. Vaya fantasía la suya pensar otra cosa. Le vio revolver en los bolsillos de su gastado abrigo. Extrajo unas monedas, dio las gracias al cerillero y luego se giró para volver por donde había venido. Se acercaba ya, iba a pasar justo al lado de ellos. Antonio continuaba hablando de proyectos, acababa de cogerle la mano y de depositar en ella un beso para nuevo escándalo de las damas trasegadoras de bizcotelas. Pero nada de esto vio Ina. Solo una silueta oscura y cómo, al pasar, el ruedo del abrigo de aquel hombre rozó su pierna derecha.

Entonces Ina supo que, durante los cerca de veinte días que faltaban para el examen de notarías de su novio, mientras Antonio estudiaba sin poder levantar los ojos de sus apuntes de derecho procesal, del código penal o del fuero de los españoles, ella, cada tarde, se las arreglaría para venir a merendar a la cafetería Manila. Daba igual con quién. Con las hermanas Muñagorri, con Yáñez de Hinojosa, con Perlita, o incluso sola, si hacía falta. Aunque llamara la atención. Aunque las engullidoras de bizcotelas la tomaran por lo que la iban a tomar, qué más daba. Lo único realmente importante era, a partir de ahora, tentar al destino para que le regalase, una vez más, solo una, por favor, por favor, la posibilidad de ver de nuevo aquellos ojos transparentes.

23

CARNE-VALE
[Ina]

Y el destino se dejó tentar. Pero no en la cafetería Manila, sino que fue a buscarla a su propia casa.

Sucedió una tarde. Ina regresaba temprano después de desencontrarse con las hermanas Muñagorri, con las que había quedado para ver una película en el Rex. Se equivocó de cine, no sabía qué hacer, decidió volver a casa y allí, en la misma puerta del ascensor, estaba Perlita despidiéndose de Julián. El corazón se le desbocó de tal modo que pensó que iba a delatarla, a chivarle al mundo entero que los vientos de Ciempozuelos, esos que según Yáñez de Hinojosa trastornaban a los visitantes, se ensañaban de nuevo con ella, y de qué modo.

—¿Qué hace él aquí? —acertó a preguntar Ina una vez que Julián desapareció tras las puertas del ascensor, no sin antes dedicarle una mirada y una sonrisa.

Perlita se llevó un dedo a los labios...

—Shhh, niña, tenemos que hablar —fue lo único que dijo. Miró inquieta a su alrededor y luego, tomándola por el brazo, la condujo hasta el interior de la casa—. Ven, sígueme.

A Ina se le hizo eterno el trayecto que separaba la puerta principal del único lugar de la casa en el que —resistiendo las directrices de Yáñez de Hinojosa sobre lo que era chic en materia de decoración de interiores— aún podían verse los orígenes andinos de Perlita. Y fue allí, bajo la talla de tamaño natural de la Virgen del Socavón rodeada de querubines que se había traído con ella desde Potosí y de la que era devota, donde Perlita comenzó a hablar.

—Mira, mi sol, a ver cómo te digo esto. Tú más que nadie sabes lo poco que me gusta llevarle la contraria a tu padre. Pero Nuestra Señora aquí presente —continuó, echando una mirada a la enorme talla— no me dejará mentir si digo que, en lo que a hombres se refiere, a veces una tiene que tirar por la calle de en medio. Encho es un pedazo de pan, pero también terco como siete mulas en según qué cosas. ¿Recuerdas lo imposible que fue convencerle para que nos llevara a conocer su pueblo natal a pesar de que está aquí, a tiro de piedra? Al final tuvimos que ir tú y yo con Yáñez porque no hubo manera de que nos acompañara. Nunca entendí sus razones para negarse a volver a Ciempozuelos. Y menos aún cuando conocí a su hermana. Esther no puede ser más agradable. Agradable y muy desafortunada, ya tuviste oportunidad de comprobarlo tú misma cuando fuimos a su casa. Es lógico, no te parece, que, desde entonces, yo haya hecho lo posible por ayudarla. A ella y también a Julián, que es su único hijo. Por cierto, niña —añadió Perlita mirándola como si, de pronto, se hubiera dado cuenta de que algo no encajaba del todo—, ¿cómo supiste que era él hace unos minutos?

Ina creyó prudente decir que no tenía la menor idea de quién era, pero que le había parecido ver en él cierto aire de familia.

—Su barbilla, sí, es igualita a la de tía Esther —aventuró, cruzando los dedos para que aquello colara y, por suerte, Perlita pareció estar de acuerdo.

—Pobre Esther. ¡Si supiera lo que me dijo su hermano cuando, a nuestro regreso a Madrid, le conté los detalles de la visita! Tuvimos tremenda discusión y acabó prohibiéndome cualquier contacto con ella. «¿Por qué, Encho?», pregunté. Pero, por más que porfié y reporfié, no conseguí de él una explicación razonable. «Es una intuición —le dio por decir al muy empecinado—. Una corazonada, y ya sabes que a mí las corazonadas no me fallan, me ha ido estupendamente en la vida fiándome de ellas». En eso insistió, como si aquella fuera la más inapelable de las razones. Es verdad que tu padre siempre se ha dejado guiar por sus pálpitos, pero una cosa es tenerlos en los negocios y otra muy distinta no fiarse de su propia familia, ¿no crees? Así mismo se lo dije, pero cuando se pone borrico, no hay ni modo. «Los quiero lejos de nosotros —sentenció—. Sé que nos van a traer problemas». ¿Pero qué problemas le puede traer su propia familia, una, que, por lo que yo sé, jamás le ha pedido nada?

»Después de esta primera conversación, intenté razonar con él en otras muchas ocasiones. Insistí en que la caridad bien entendida empieza por casa y que qué mal puede hacerse ayudando a una hermana viuda y a un sobrino que tan poca suerte ha tenido en la vida. Sí, niña, porque Encho sabe de sobra (y bien que me he cuidado yo de informarle para que esté al tanto de todos los pormenores) que el pobre Juliancito eligió hacer la guerra en el bando perdedor y ahora todo son miserias. Pensé que mi argumento lo convencería. A fin de cuentas, tu padre se fue de España precisamente huyendo de esa cruel guerra y sus penurias, pero todo fue inútil. Continuó porfiando en lo mismo de antes hasta que me cansé y decidí que, a partir de ese momento, iba a hacer las cosas a mi manera. Porque bastante ha sufrido ya tu tía y qué culpa tiene la desdichada. También Julián me parece un buen muchacho.

»Por eso te voy a pedir un favor muy grande, Ina. No le digas nada a tu padre de esta visita. Tía Esther me llamó días atrás para avisarme de que Julián estaba en Madrid y yo me brindé a ayudarle. Son muchos los maquis como él que están bajando de las montañas a las ciudades en busca de algún medio de subsistencia. Nadie los quiere. Ni los comunistas, para los que se han convertido en un estorbo. Ni mucho menos el régimen, que los prefiere aislados en el monte o, mejor, muertos. Comprenderás que, siendo así, algo tenía que hacer yo. Somos familia. En cuanto a tu padre, qué quieres que te diga, niña, ojos que no ven, corazón que no siente, no tiene por qué enterarse. La última vez que vio a su sobrino era un rorro en mantillas. No reconocería a Julián aunque trabajase en esta misma casa, de modo que ¿qué mal puedo hacer a nadie echándole una mano para que se abra camino en Madrid?

—¿Y cómo piensas hacerlo?

—Consiguiéndole un trabajo, como es natural, un medio de vida.

—No debe de ser fácil —argumentó Ina—, ¿quién va a contratar a un indocumentado, un fuera de la ley?

—Precisamente otra persona que también lo esté —retrucó Perlita con un brillo entre pícaro y malicioso.

—¿Te refieres a que lo emplee un delincuente o algo así? —se asombró Ina.

—Tú misma lo has dicho, niña, algo así.

Perlita explicó a continuación que Julián había venido a verla un par de días atrás. Y en esa conversación le contó más o menos cómo había sido su vida hasta el presente.

—... Resulta que con trece años, figúrate, y ya en los últimos meses de la guerra, se alistó en las filas republicanas deseoso de evitar su derrota. Me explicó después cómo una vez acabada la contienda y, al ver lo que ocurría con los perdedores, que volvían a su lugar de origen solo para caer víctimas de las delaciones de vecinos dispuestos a hacer méritos con los vencedores, él optó por seguir luchando. Un idealista, un soñador, apenas un niño —explicó Perlita—. Nunca entenderé la fascinación que para los hombres tiene eso que llaman ardor guerrero, pero supongo que el deseo de épica explica muchas cosas. El caso es que, poco después, estalló la guerra en Europa y Julián decidió que ahora más que nunca había que seguir luchando contra el fascismo. Fueron muchos los milicianos que, como él, cruzaron la frontera con Francia para incorporarse a la Resistencia. Cuatro años estuvo combatiendo allí contra los alemanes. Luego, cometió el error de su vida. Al ver que su causa ganaba la guerra al fascismo, pensó que también podría derrotarlo aquí y volvió a España convertido en un maqui. Pero antes, y esta vez por fortuna para él, en los cuatro años que estuvo en Francia, pudo formarse y aprender cosas. No solo a hablar idiomas y bandeárselas en las circunstancias más adversas, sino también otra habilidad que me será muy útil a la hora de encontrarle un trabajo.

—¡No me digas que aprendió cocina francesa y lo vas a colocar de chef en casa de alguna de tus amigas elegantes!

—No habría sido mala idea. Según me ha dicho él, prepara una deliciosa bullabesa, pero resulta que le gustan más los motores y las llaves inglesas.

—¿Mecánico entonces?

—Sí, pero no de los que reparan vehículos, sino de los que los conducen.

—Ahora, supongo, es cuando me vas a explicar a qué te referías antes con eso de que piensas buscarle colocación con un... ¿delincuente?

—Y de los peores —rio Perlita, una vez más encantada de tener entre asombrada y escandalizada a su hija adoptiva—. ¿Has oído hablar de cierto caballero húngaro de nombre barón de Shriveca?

—Nunca.

—Se ve, niña, que hace tiempo que no frecuentas a nuestra querida vecina Pitusa Gacigalupo y sus coloridos cócteles.

En efecto, así era. A Antonio le interesaban casi menos que a ella las reuniones de tan infatigable anfitriona y hacía lo menos dos meses que no subían al quinto piso. Aun así, Ina solía coincidir casi a diario en el ascensor con muchos de sus invitados. Una tarde, con Antonio Ordóñez y su novia, la guapísima Carmen Dominguín; al día siguiente con Cayetana Alba, más tarde con Pepe Solís, la sonrisa del régimen, o con Alfonso Paso, el autor teatral. También con Edgar Neville. O con Alberto Closas. O si no, con Diego de Araciel, un misterioso vidente que se hacía llamar marqués.

—... Pues el barón de Shriveca tiene ciertos puntos en común con De Araciel, solo que es más enigmático y, sobre todo, muchísimo más rico —explicó Perlita—. Desde hace meses se ha convertido en el benefactor, o mejor dicho, financiador en la sombra de Pitusa Gacigalupo.

—¿Qué quieres decir exactamente con «financiador»?

—Ay, Ina, a veces pienso que tu poca afición por el mundo, sus pompas y sus obras te impide ver las cosas como son exponiéndote a sufrir un día de estos Dios sabe qué batacazo. ¿Qué crees tú que es un financiador? En las relaciones entre hombres y mujeres hay muchas formas de colaboración monetaria, digamos. La más habitual es el matrimonio, en el que ambos aportan algo: uno, caudales y el otro, prestancia o relumbrón, pongamos por caso. Pero existen varios tipos de relaciones igualmente útiles y algunas ni siquiera requieren pasar por la vicaría. Tampoco por la cama. Y en estas, Pitusa es maestra. Todo es un toma y daca —continuó explicando Perlita con convicción—. ¿Quién es Pitusa? Una dama con poco dinero pero inmejorables conexiones. ¿Y quién es el barón de Shriveca? Nadie lo sabe. ¿Pero qué más da que sea más falso que un duro de hojalata y que de aristócrata húngaro tenga lo que yo de arzobispo de Toledo? Lo único importante a estos efectos es que necesita abrirse camino en la sociedad madrileña y cuenta con mucho dinero.

—¿Y cómo vas a convencerle para que contrate a Julián si apenas lo conoces?

—No tengo intención de convencerle de nada. Él ya tiene su propio conductor. Y por su aspecto debe de ser un farsante igual que él. No me sorprendería que fuera más bien su socio Dios sabe en qué negocios...

—¡Cada vez entiendo menos, Perlita!

—Pues es bien sencillo, mi niña. Lo que he hecho es convencer a Pitusa Gacigalupo de que la que necesita un mecánico de confianza es *ella*. Porque ¿quién, le argumenté el otro día, va a llevar a casa a uno (tú ya sabes cuál) de tus invitados más ilustres cuando sean las tres de la mañana y no hay manera de que abandone el brandy Soberano? ¿Y cuando necesites mandar recado urgente a otro igualmente conocido para que no aparezca por tu casa hoy en compañía de la niña de sus ojos porque su legítima está apalancada en el saloncito gris devorando piononos? ¿Y cuando necesites echarle una mano a ese ministro perteneciente a una santa obra de Dios que desea enviarle un sobre a cierta dama pero no se atreve a hacerlo con su coche oficial? Sí, son tantos los servicios que

Pitusa podrá ofrecer de ahora en adelante a sus invitados —continuó diciendo Perlita— que enseguida me compró la idea.

—¡No te creía tan... imaginativa! —se asombró Ina al descubrir una faceta de Perlita que jamás hubiera sospechado.

—Ay, niña —suspiró ella, echando otra mirada cómplice a la Virgen del Socavón y sus querubines—, si es cierto como dicen que el camino del infierno está empedrado de buenas intenciones, parece de cajón suponer que, en justa reciprocidad, el que lleva al paraíso lo esté de subterfugios, de mil trampas y martingalas. Todo sea por una buena causa, ¿no te parece?

* * *

—*Arsa*, criatura, tú otra *ve*... Ina, ese era tu nombre, ¿*verdá*? Sí, ya me acuerdo. Espero que a este *cashivashe* no le dé por quedarse entre *pizo* y *pizo* como aquella tarde, tú ya sabes. Claro que en esta *ocazión* tampoco me iba a importar tanto, dada la compañía.

Todo esto dijo Lola Flores, echando un nada disimulado vistazo al tercer ocupante del ascensor, que esta vez no era otro que Julián Calanda.

—Mírenlo, más guapo que un San Luis, así como está ahora vestido de almirante —remató la Faraona con admiración.

—De mecánico, más bien, señora —se azoró Julián, que, después de años en el monte, no conseguía acostumbrarse a las reacciones femeninas que provocaba su aspecto. Y menos aún a los piropos retrecheros de desinhibidas glorias nacionales. Ina, a su lado, no pudo por menos que sonreír al tiempo que se le aceleraba el corazón. En un par de ocasiones había cruzado miradas y «buenos días» con Julián en el portal o en la escalera desde que trabajaba para Pitusa Gacigalupo. Es decir, desde hacía un par de semanas, pero era la primera vez que coincidían en el ascensor. Quién sabe, tal vez a partir de ahora, y con la excusa de comentar las palabras de Lola Flores, pudiera departir con él unos minutos la próxima vez que se encontraran. Con eso se conformaba. ¿Porque a qué otra cosa podía aspirar alguien como ella, atenta siempre a hacer «lo debido», «lo que se espera de uno»? Dicho esto, el azar, el destino, o quién sabe si la Virgen del Socavón, parecían haberle regalado de pronto, y sin que ella lo pidiera, dos semanas de inesperado carnaval. «O de carne-vale», como humorísticamente había denominado Antonio del Monte a los quince días que aún faltaban para su examen a notarías. «Un tiempo de desparrame antes de que llegue Cuaresma. No es que yo piense que estas dos semanas, en las que estaré estudiando más que nunca, tú las vayas a dedicar a la vida alegre, pero te vendrá bien tener un tiempo para ti, Ina, para ver a tus amigas, para hacer todo lo que te apetezca. Eres demasiado formal, mi amor, demasiado seria, haces siempre lo que debes hacer».

¡Demasiado seria y formal! ¡Hacer siempre lo que debía! Qué hubiera pensado Antonio si pudiese verla ahora, en el mismo ascensor en el que ellos se habían conocido dos años atrás y deseando con todas sus fuerzas que se rompiera de nuevo, pero solo para poder estar un rato más cerca de *él*. Para respirar el mismo aire que Julián, para sentir de nuevo aquel olor a madera y tierra mojada que parecía acompañarle siempre a todas partes. Qué extrañas simetrías tiene la vida, se dijo Ina: otra vez ella, otra vez Lola Flores metida en aquel habitáculo. ¿Y qué era lo que la intérprete de *Pena, penita, pena* le había dicho la vez anterior? Algo así como que ella era bruja y que había «visto» la mano de Antonio siempre a su alcance o palabras a tal efecto.

Ina se giró entonces hacia la Lola. A lo mejor, siguiendo con las simetrías, también le decía algo hoy. Algo sobre Julián, pero la Flores no debía de tener el día profético. Tampoco hizo alusión a lo que le había vaticinado la vez anterior. Quizá la gente que tiene este tipo de intuiciones las olvida pasado el momento, se dijo Ina. O tal vez, y esto es lo más probable, todo fueran pamplinas y ni siquiera fuese cierta su supuesta visión de aquel día.

—Zí, mi *arma* —iba diciendo la Lola cuando Ina dejó atrás sus cavilaciones—, aquí donde nos ves, ya nos conocemos este *mushasho* y yo. Y estaba igual de guapo y pinturero el día de autos, y mira que tiene mérito, dado el guirigay.

—¿Cómo dice usted?

—¿Ah, es que no os enterasteis en la casa? Pero *zi* lo raro es que no saliera publicado hasta en el *ABC*, menuda *noshe*.

—No sé si es prudente, señora... —comenzó cautamente Julián, pero Lola Flores ya había cogido carrerilla.

—Anda, anda, pero *zi* esta niña es *vesina* del edificio y no hay más que ver que es la discreción *encarná*. ¿*Verdá*, prenda? Anda, *Juliá*, cuéntale cómo tuviste que intervenir para que «X» no se suicidara el otro día en el cuarto de baño de visitas de nuestra querida Pitusa Gacigalupo al ver a «Y» entrar del brazo nada menos que de «W».

La Faraona contó entonces una historia de amores contrariados en la que «X» era el más famoso bailarín español de todos los tiempos; «Y», un modisto de renombre internacional que acababa de abrir casa de costura en Madrid frente a la que hacían cola todas las señoras elegantes, mientras que «W» era un prometedor y jovencísimo diplomático que, según se rumoreaba, había llamado la atención de Laureano López Rodó por su don de lenguas.

—... y aquí este *mushasho* tuvo que ocuparse de echar abajo la puerta tras la que «X» amenazaba con cumplir su fatal *anunzio* y lo hizo tan bien y tan *zigilozo* que no se enteró ni el Tato, ¿*verdá, mi arma*? Figúrate que yo estaba una miaja más allá charlando con monseñor Morcillo y con Nati Mistral, y ni ella, que es más lista que los ratones *coloraos*, se percató de lo *zuzeío*. Yo *zí*, porque soy medio bruja, y *enzeguía* me di cuenta de qué se *cozía*. Bueno, porque soy bruja y también porque había ido al guardarropas a buscar un segundo paquete de Kent que guardo siempre en el *bolzillo* del abrigo al amparo de gorrones. Y fue entonces cuando vi cómo Pitusa con *musha* mano izquierda se las arreglaba para que «X» e «Y» parlamentaran en el cuarto de la *plansha*. Y allí estaban los dos tortolillos reconciliándose entre sábanas, toallas, bodoques y *filtirés* y llorando a mares. Hay que ver la de cosas que *pazan* a diario en *eza caza*. Menos mal que Pitusa lo tiene a *usté*, joven —dictaminó esa gloria nacional mirando a Julián—. Supongo que luego tuvo que llevar a los recién *reconciliaos* cada uno a su *caza*. También, y por *separao*, naturalmente, al prometedor diplomático *cauzante* del ataque de cuernos, ¿*verdá*? Bueno, prendas mías, que ya estamos llegando —concluyó la Faraona, dando por terminada la conversación al ver que arribaban al quinto piso—. ¿Bajas tú *tambié* aquí? —preguntó mirando a Julián—. Venga, *paza* tú delante —añadió, aprovechando el momento para recolocarse sin disimulo la faja—. Es una *tranquilidá* saber que, si una de estas noches, se me va un poco la mano con el anís, serás tú quien me lleve a casa. —A continuación, se volvió hacia Ina para despedirse—: Adiós, niña, hasta más ver.

Julián, al salir, le dedicó una mínima —e Ina creyó intuir que también cómplice— sonrisa que, de nuevo, le hizo pensar que, después de aquel viaje en ascensor, la próxima vez que coincidieran en el portal quizá pudieran decirse algo más que buenos días.

Pero no fue así. Cuando volvieron a encontrarse, él la saludó con la misma respetuosa distancia de siempre.

—Buenos días, señorita... *Ina* —añadió al cabo de unos segundos y a ella, maldita timidez, el alentador hecho de que Julián hubiera sumado al saludo su nombre de pila no le pareció asidero suficiente para entablar conversación.

Además, ¿de qué iba a hablarle? ¿Del tiempo? ¿De su trabajo, tal vez? Dada la naturaleza de este, no era probable que se explayase sobre cómo se las arreglaba para rescatar a bailarines de fama universal de las garras de la muerte o cómo servía de correveidile de amores prohibidos nacidos al abrigo de los siempre mal iluminados salones de Pitusa Gacigalupo. Por otro lado, Ina tampoco podía confesarle que sabía quién era él y que incluso había visitado su casa de Ciempozuelos. Le había prometido a Perlita silencio total en todo lo relacionado con Julián y con tía Esther.

Qué difícil y qué insalvables eran las convenciones sociales, esas a las que no lograba acostumbrarse, a pesar de haber tenido que convivir con ellas a diario los últimos años. Hablar de naderías, ocultar siempre lo que uno piensa, lo que desea y, por supuesto y por encima de todo, lo que siente...

Estaba segura de que a Julián, que había vivido tantos años lejos de estas jamás explicitadas tiranías, le resultaban igualmente ridículas. Aunque era evidente que a partir de ahora tampoco él podría ignorarlas. Le había costado mucho conseguir un empleo del que su tío, a pesar de cruzarse con él casi a diario en el portal, no sabía absolutamente nada y desde luego no sería prudente hacer peligrar su puesto saltándose esa norma por todos aceptada de que los criados no deben dirigirse a los señores, a menos que estos les hablen antes.

Fueron pasando los días. Ina llegó a convencerse incluso de que era mejor que no se hablasen. Se acercaba ya el fin de su «carne-vale». Unos días más y llegaría el momento del examen. Antonio sacaría sus oposiciones con excelentes notas y, tal como estaba previsto, a partir de entonces, comenzarían los preparativos para una boda que debía celebrarse a principios de verano. ¿Para qué complicarse la vida pensando en alguien a quien ni siquiera conocía? Alguien que pertenecía a un mundo que su padre había luchado mucho por abandonar. ¿Sería esa la razón por la que no quería saber nada de su sobrino? Aquella parecía la explicación más plausible, no había que darle más vueltas.

Ina decidió dejar de pensar en Julián. No era la primera vez que lo lograba. Desde que vio su foto en casa de tía Esther y hasta que tuvo la mala suerte de encontrárselo en la cafetería Manila semanas atrás, durante cinco largos meses había conseguido desterrarlo (casi) por completo de sus pensamientos. ¿Por qué no iba a ser capaz de hacerlo ahora? Lo único que debía procurar era no coincidir con él y, de ahí en adelante, rechazar todas las invitaciones que, indesmayablemente, seguía enviándole Pitusa Gacigalupo para que asistiera a sus cócteles. Pero sobre todo debía procurar esquivarle en la calle, en el portal y más aún en el ascensor. Quien quita la ocasión quita el peligro.

Una vez desterrada aquella tonta quimera, su vida se volvió más tranquila, más aburrida también. Ina empezó entonces a contar los días que faltaban para volver a ver a Antonio y se sorprendió al comprobar cuánto lo echaba de menos. Sus únicos planes consistían en hablar por teléfono con su novio —siempre de tres a tres y veinte, Antonio era metódico en todo—, en salir de compras con Perlita o en merendar de vez en cuando con las hermanas Muñagorri. Y tuvo que ser una de aquellas tardes, maldito destino, cuando faltaban apenas unos días para el examen a notarías, cuando volvió a coincidir con Julián Calanda.

24

DOS INTOCABLES
(Y OTROS DOS MÁS QUE NO LO SON TANTO)
[Ina]

Ina empujaba la puerta acristalada de la cafetería California 47 charlando con Helena y Teté Muñagorri cuando lo vio. Allí estaba, sentado al fondo, en compañía de otros tres jóvenes. De inmediato, volvió la cara hacia el lado contrario, pero aun así le dio tiempo a observar ciertos detalles de sus acompañantes. Reparó primero en la diferencia entre él y dos de sus compañeros de mesa. Julián vestía un traje de calle gris, barato y demasiado pequeño para su tamaño, y eso, junto a su piel curtida por mil soles y sus manos grandes y encallecidas, lo convertían en un visitante demasiado conspicuo en un ambiente como aquel. Solo sus ojos, claros, parecían desdecir sus orígenes y también ellos se desviaron confusos al ver entrar a Ina. El joven que tenía a su derecha daba la impresión de ser un par de años mayor que Julián y se desenvolvía con la soltura de quien domina el terreno. Fuerte y de mandíbula cuadrada, llevaba pantalones de franela gris y un jersey del mismo color, que no había que acercarse mucho para adivinar que era del cachemir más caro. Una camisa azul pálido y un pañuelo estampado al cuello completaban un atuendo que Yáñez de Hinojosa, de haber estado ahí, habría calificado sin duda de estudiadamente bohemio. Al tercer ocupante de la mesa, Yáñez posiblemente lo hubiera descrito como mitad existencialista francés, mitad *gentleman farmer*. Así lo proclamaban un jersey de cuello vuelto marengo, pantalones de *tweed* y zapatos de ante. Al cuarto comensal no lo pudo estudiar en aquel primer y rápido vistazo. Pero algo en la postura de su cuerpo la hizo arriesgarse a mirar por segunda vez. Comprobó entonces que debía de ser muy alto porque su figura se desparramaba sobre la silla en la que estaba sentado y lo hacía de un modo indolente, casi provocador. Algo así como un «aquí estoy yo», que contrastaba con su vestimenta: un traje negro, demasiado grande y lleno de brillos que hablaba de estrecheces y penurias; una camisa sin cuello y un pantalón con bolsas y arrugas que competía en elocuencia con el de Julián. Ina temió que tan notorias diferencias entre los cuatro merecieran algún comentario sarcástico por parte de las hermanas Muñagorri, pero no sucedió nada parecido por lo que le dio tiempo a observar más datos de los dos primeros desconocidos. Como que las gruesas gafas con montura de carey del que estaba al lado de Julián no lograban ocultar unos ojos negros y perspicaces. En cuanto al otro, el del pañuelo al cuello, justamente ahora estaba mirando en dirección a las hermanas Muñagorri como si estuviera a punto de saludarlas. E Ina, al verlo, se dijo que, por su pelo rojo y su cara cuajada de pecas en la que bailaban unas cejas, inquisitivas y casi transparentes, debía de ser un extranjero.

Para dirigirse a la única mesa que quedaba libre, allá al fondo, las tres amigas habían de pasar justo por delante de la de Julián. Ina miró al frente para no tener que decir buenas tardes, mientras que Teté se volvió a corresponder al saludo que antes había iniciado el muchacho pelirrojo, lo que tuvo como inmediata consecuencia que Helena le regalara un nada discreto pellizco de monja.

—¿Estás tonta o qué, Teté? Sigue para delante.

Al final, las dos pasaron muy dignas ante la mesa de los amigos, pero como si no existieran y no fue hasta después, cuando ya se habían instalado cerca de la ventana y tenían delante tres batidos de vainilla y sus correspondientes tortitas con nata, cuando Ina se atrevió a preguntar a Helena quiénes eran esos dos a los que no se podía saludar.

—Descastados, peor aún, directamente intocables —pronunció la mayor de las Muñagorri mientras bañaba sus torti-

tas en una mezcla a partes iguales de sirope de arce y chocolate—. Ya te imaginas, supongo, a qué me refiero.

—Pues no tengo ni la menor idea —respondió Ina temien-
do que su amiga se embarcara en un largo circunloquio ex-
plicativo antes de desvelar a qué se refería con aquellos dos
adjetivos. Ojalá que no.

Pero Helena Muñagorri no sería Helena Muñagorri si hubiese desaprovechado la ocasión de demostrar que ella era
muy leída y *escribida* (aunque sus lecturas se limitaran a las
Selecciones del Reader's Digest).

—Ay, chata, deberías salir más con nosotras para estar al
día. Pero, claro, como tienes novio —añadió, enfatizando mucho la primera «o» de esa palabra que hacía tanto deseaba ver
asociada a su persona sin que, de momento, la colección de
velas votivas que alumbraban a sus santos de cabecera hubiera surtido el efecto codiciado—. ¿Tan acaparada te tiene tu Antonio que no te enteras de lo que pasa a tu alrededor? —continuó—. Aunque de esto, en concreto, mal podrías enterarte
porque es algo que comentamos en voz baja entre nosotros y
luego hacemos como que no pasa nada. Además, tú no eres de
aquí y por tanto ni siquiera eres capaz de imaginar lo que pueden llegar a sufrir las familias... —esta vez Helena Muñagorri
puso el énfasis en la primera «i» de familias como para acen-
tuar el hecho de que los Pérez y Pérez no pertenecían a ninguna de ellas—... cuando nos suceden cosas tan lamentables.

La mayor de las Muñagorri explicó entonces lo que, de un
tiempo a esta parte, se contaba en todos los mentideros con
inquietante insistencia. Que algunos estudiantes, «sobre
todo los del Liceo Francés, que siempre han sido muy pijos
pero muy rojos», especificó, se habían propuesto refundar un
antiguo movimiento estudiantil republicano, el FUE.

—¿Tú sabes lo que es un intocable según el diccionario?
¿Y un descastado? —preguntó a continuación, retomando la
idea anterior. Y, antes de que Ina dijera ni sí ni no, ya estaba
Helena Muñagorri llevándosela metafóricamente de viaje a
la India para hablar del complejo sistema de castas que allí
rige—. Aunque no te creas que en España es muy distinto,
chata. Aquí, menos Shiva y menos Vishnú, pero al final en

todas partes cuecen habas... Las castas, ya sean hindúes o nuestras, jamás se mezclan ni se relacionan entre sí, precisamente esa es su esencia, aunque luego están los que voluntariamente eligen descastarse —continuó explicando—, y esos se convierten para nosotros en intocables, así que lo que hacemos es, como dicen en la India, «evitar incluso que su sombra nos roce».

—Total —simplificó Ina—, todo eso tan enrevesado, paseo por la India incluido, es para decirme que aquellos dos chicos que hay allí han fundado un sindicato estudiantil y por tanto no se les debe saludar.

—Exacto. Y eso que Quique Entrambasaguas —prosiguió Helena, señalando con la barbilla en dirección a donde ellos estaban— me gustaba a rabiar en una época. Ni te imaginas lo bien que baila los agarrados. Pero bueno, como dice mi tía Mari Nati (aunque sospecho que la frase no es suya, sino que la habrá oído en alguna conferencia de Ortega y Gasset, de esas que a él tanto le gusta salpimentar con sentencias de sus amigos toreros), lo que no *pue* ser no *pue* ser y además es imposible. Tuve que olvidarme de Quique Entrambasaguas en cuanto supe en qué andaba.

—¿Y en qué andaba?

—Ay, chica, que ya te he dicho que este tipo de cosas se saben pero no se hablan, aunque, como tú estás tan fuera de todo, supongo que no pasará nada porque te cuente lo que es un secreto a voces. ¿Has oído hablar de Jorge Semprún?

—No, nunca.

—Pues ese es el modelo que intentan imitar estos dos —explicó la barbilla de Helena, señalando una vez más hacia la mesa de los chicos—. Ser rojo como Semprún tiene su aureola y, en el caso de Jorge, de casta le viene al galgo, además. Figúrate que su madre, una Maura, por más señas, fue la primera en enarbolar la bandera republicana cuando cayó la monarquía. La familia al completo se exilió durante la guerra, de modo que Jorge estudió en Francia, en La Sorbona para ser más precisos, y allí, qué quieres que te diga, que se te pegue el comunismo queda hasta bien. Al fin y al cabo, los franceses siempre han practicado con mucho estilo eso de tener el corazón a la izquierda y la billetera en la derecha y jamás confunden una cosa con la otra. Pero aquí en España, ¿qué sentido tiene hacerte rojo? Con lo bien que vivimos comparado con el horror que debió de ser la República en la que ni pan había, ya me dirás tú: ¿qué pintan Quique Entrambasaguas o mi primo Javi Santa Eulalia jugando a comunistas?

—¿Otro de tus primos? —inquirió Ina, maravillándose una vez más de la infinita endogamia de eso que Helena Muñagorri llamaba «las familias»—. Parece irlandés tu primo.

—O escocés, ya no me acuerdo de cuál es el origen, viene de muy atrás, pero es muy tozuda esa sangre. Hay muchos pelirrojos entre nosotros. Lo son los Aguirre y los Figueroa y los Sartorius y los Espinosa de los Monteros y, por supuesto, los Santa Eulalia.

—¿Santa Eulalia es su apellido?

—Su título. Tío Perico murió en la guerra, así que Javi a los catorce años ya era marqués de Santa Eulalia. Me pregunto si lo sabrán sus camaradas del Partido. Aunque estoy segura de que sí. Serán muy troskos o muy estalinistas todos ellos, pero les rechiflan los aristócratas, fíjate el pisto que se dan con Bakunin, que era príncipe y anarquista, o con Jorge Semprún sin ir más lejos. Y ahora supongo que también se lo darán con mi querido primo Francisco Javier Ruiz de Mendoza y Muñagorri, antes Javi Santa Eulalia y ahora Paco Ruiz, que, me apuesto la cabeza, es su *nom de guerre*. Siempre conviene tener uno, sabes, supongo que para no desentonar con los *mataos* con los que se junta. Como esos dos —volvió a señalar Helena con la barbilla, solo que esta vez en dirección a Julián y al cuarto ocupante de la mesa.

—Pues el *matao* de la izquierda no puede ser más guapo —intervino Teté, que, según su costumbre, apenas había despegado los labios aunque asentía (más por rutina que por convicción) a todo lo que decía su hermana.

—A saber quiénes serán el de los ojos claros y el otro tipo, el de la camisa sin cuello, y qué estarán tramando los cuatro. Nada bueno, ¿verdad, Teté? —preguntó Helena a su silenciosa hermana sin esperar que contestara. Aunque esta vez sí lo hizo.

—Para mí que el guapo es un maqui —dijo y una corriente helada recorrió la espalda de Ina. ¿Por qué habría dicho aquello? Teté no tenía manera alguna de saber quién era Julián. ¿Tanto lo delataba su aspecto? Qué imprudente por su parte venir a un lugar tan público como aquel. Sin embargo, las próximas palabras de Helena Muñagorri demostraron que no había razón para alarmarse.

—¿Tú estás tonta o qué, Teté? ¿Qué va a estar haciendo un maqui en California 47? No le hagas caso, Ina, el problema es que la pobre todavía cree en cuentos de hadas.

—¿Quieres decir que le gusta demasiado la literatura? —preguntó Ina, intentando sacar la conversación del terreno de lo real y llevarla al de la ficción, siempre más inofensivo.

—Bueno, si puede llamarse literatura a las *Historias en el Retiro*, que tienen paralizada a media España, supongo que sí.

Ina sabía bien a qué se refería. A menudo, buscando música en el dial de su radio, se había topado con la radionovela de más éxito del momento. Además, *Historias en el Retiro*, de Guillermo Sautier Casaseca, inundaba cada tarde el hueco del patio trasero de su casa sintonizada en todas las radios y en los transistores de los pisos vecinos. Aun así, Ina prefirió hacerse de nuevas. De este modo, comprendería mejor a qué exactamente se refería Helena.

—Chica, yo no sé si eres extraterrestre o te lo haces. Sautier Casaseca es un portento, ¿verdad, Teté? Es marino mercante de profesión, pero un buen día se dio cuenta de que podía ganar muchísimo más dinero con los seriales que con la mar. Sí, chata —prosiguió Helena—, el secreto de su éxito es sencillo, verás: *Historias en el Retiro* ocurren, como no podía ser de otro modo, en el parque del mismo nombre, al abrigo de sus castaños, junto a sus quioscos de horchata o de su Casa de Fieras. Y lo que él hace no es otra cosa que recrear, cada semana, el cuento de la *Cenicienta* en sus infinitas variantes. Así, una semana la historia va de una gitanilla monísima que toca el organillo cerca de la Puerta de Alcalá y de la que se prenda un señorito crápula que acaba reformándose por sus amores. La semana siguiente, la gitanilla se convierte pongamos que en una niñera de cofia encañonada que pasea a un bebé en su cochecito y el conde crápula es ahora un bizarro marqués que casi choca con ambos probando su velocípedo. Y después tenemos la historia de una vendedora de agua de cebada con un gran duque ruso; y la de una zapaterita con un indiano, o la de la cigarrera con un marajá... Y como Perrault era un genio e inventó una historia que se puede replicar hasta la náusea sin que se note demasiado y Sautier Casaseca es muy cuco y se sabe todas las martingalas del oficio, resulta que un día se le ocurrió hacer que a la Cenicienta le creciera barba y convertirla en...

Aquí Helena Muñagorri hizo una pequeña pausa dramática para dejar que fuera su hermana quien rellenara los puntos suspensivos.

—¡... En el más atractivo maqui que te puedas imaginar! —completó puntualmente Teté—. Y que acaba casándose con una rica heredera americana a la que conoció en la Casa de Fieras.

—¿Pero qué hacía un maqui en el Retiro? ¿No se supone que viven en las montañas? Además, yo pensaba que ni siquiera existían los maquis —intervino Ina, intentando tirar un poco más de la lengua a las hermanas Muñagorri—. En España *no* hay maquis, ¿me equivoco?

—Claro que no. Y en la radionovela, como no podía ser de otro modo, la palabra maquis jamás se menciona. Sautier Casaseca, al hablar de Sebastián, su protagonista, dice de él que es «un romántico extraviado» o todo lo más «alguien que se ha forjado en el monte...». Pero eso solo hace aún mucho más apasionante el serial porque te obliga a estar todo el tiempo leyendo entre líneas, ¿comprendes? Imaginando cosas...

—Que sí, rica —continuó la mayor de las Muñagorri, tomando el relevo de su hermana—. Todo esto es para decirte que, cuando lees algo en un periódico o en una revista o vas al teatro o escuchas un tonto serial, siempre tienes que estar dándole al magín. Para saber lo que *no* se dice pero sí se dice, para enterarte de los cotilleos patrios, de las historias que se callan, sobre todo las más jugosas. La censura es un gran invento. No veas cómo estimula la imaginación y aviva el seso, te haces cada película tú misma mucho más escandalosa que las del cine. Ni te imaginas las que me monto yo solita, verde que te quiero verde... —rio antes de volver al tema del serial radiofónico, al «extraviado» y a Julián y sus amigos, que seguían allá lejos, enfrascados en su conversación y sin hacer caso de nada de lo que ocurría a su alrededor.

—¿Pero de qué rayos estarán hablando esos cuatro? —se interesó Teté, que andaba de lo más parlanchina esa tarde—. De nada bueno, no hay más que verlos.

—No estoy de acuerdo. Si tuvieran algo que ocultar —intervino Ina, pensando que era un argumento inapelable—, no vendrían a un sitio tan público.

—Ahí es donde te equivocas de medio a medio, chata —retomó la mayor de las Muñagorri—. ¿Qué mejor lugar para ocultarse que a la vista de todos? Eso bien lo sabe Jorge.

—¿Qué Jorge?

—Semprún, rica. ¿Quién va a ser? De hecho, es una de sus estrategias más eficaces y no veas cómo funciona. Figúrate que el otro día nos lo encontramos Teté y yo. Estaba con Javier Pradera (que es otro niño bien metido a rojo). Iban con un amigo catalán que creo que se llama Juan Goytisolo o algo así. ¿Y dónde crees que se habían citado? ¿En una tasca allá por Tetuán? ¿En una cervecería recóndita del Madrid de los Austrias? ¿En algún piso franco de barrio obrero? No, señor, en la cafetería grande y en chaflán que hay en Gran Vía, justo al lado del cine Capitol. ¿Te lo puedes creer? Allí estaba, el hombre más buscado de España con un jersey rojo además, por si había alguna duda —ironizó Helena— de que iba de incógnito, tomándose unos nada proletarios *camparis* con sus camaradas a media mañana. ¿Verdad, Teté?

Teté no dijo nada esta vez e Ina se tranquilizó pensando qué extrañas eran las cosas en ese Madrid que aún no acababa de comprender del todo. Tal vez tuviera razón Helena. Quizá no hubiera motivo para inquietarse porque Julián estuviese allí, puesto que el lugar más conspicuo es siempre el mejor de los escondites. Y, sin embargo, había otros detalles que le gustaría averiguar para quedarse tranquila. Por ejemplo, ¿cómo había entablado relación Julián con sus compañeros de mesa? ¿Y quién era el cuarto de los comensales, ese que vestía de modo similar a Julián? ¿Otro maqui como él? ¿Alguien del Partido quizá? Según le había contado Yáñez de Hinojosa, los maquis al llegar a las grandes ciudades intentaban ponerse en contacto con células antifranquistas, pero solo para descubrir que los consideraban un estorbo. Porque —siempre según el conseguidor— bastantes problemas tenía la llamada Oposición Sindical Obrera como para ocuparse de unos guerrilleros que no aportaban ya nada a la causa. ¿Y los estudiantes? Por lo que había entendido a las hermanas Muñagorri, existía un movimiento estudiantil al que empezaban a apuntarse algunos hijos del bando vencedor. ¿Tendrían ellos más compasión con esos a los que hasta los seriales de la radio llamaban «románticos extraviados»? ¿Y si así era, cómo había entrado Julián en contacto con los otros dos ocupantes de la mesa? ¿Dónde los había conocido? ¿Cumpliendo alguno de sus poco convencionales cometidos como chófer de Pitusa Gacigalupo?

En todo caso, y sea como fuere, a Ina la tranquilizó esa teoría de que estar en el lugar más conspicuo lo protegía de la temida Brigada Político-Social, que, según otro secreto a voces, era la encargada de reprimir cualquier movimiento de oposición a Franco. Y tampoco era ningún secreto que el régimen se mostraba implacable con los disidentes. Más que implacable, inmisericorde.

—... Nada, chica, nada en absoluto. Eso es lo que les puede ocurrir a Javier y Quique, por muchos líos en los que se metan —iba diciendo Helena Muñagorri cuando Ina volvió a prestar atención a la conversación general—. Si se hubieran ido a conspirar a un antro de los bajos fondos, sí que habrían llamado la atención con sus suéteres de cachemir y su pañuelo al cuello a lo Albert Camus. Pero aquí, en plena calle Goya, entre todos los protegemos.

Aun así, Ina no estaba del todo convencida y prefirió hacer una pregunta de abogado del diablo para cerciorarse de que tampoco Julián corría peligro.

—Hay algo que no entiendo —comentó—. Si para vosotros Javier y Enrique se han convertido en intocables, si no los saludáis y, según dijisteis antes, evitáis que incluso os rocen sus sombras, ¿no es más que probable que alguien los delate? No digo vosotras, al fin y al cabo, no dejan de ser familia, pero sí puede denunciarlos quizá una de las personas que hay por aquí, cualquiera de ellas. Se apuntaría un tanto, ¿no?

Helena miró a Ina como si esta acabara de tomar tierra después de un viaje astral mucho más largo del que antes le había atribuido y su pajita de refresco dio un último y sonoro sorbo a lo que le quedaba de batido de vainilla.

—Aterriza, chata —dijo—. Aunque no los saludemos, aunque no les hablemos, aunque sean intocables, son de los nuestros, no te olvides. Otra cosa es lo que pueda pasar con el guapo de los ojos claros o con el tipo mal encarado del traje oscuro. El comisario Conesa de la secreta tiene ojos en todas partes y el manto que protege a nuestros intocables no es tan largo como para cubrir también las vergüenzas de los extraviados de otro pelaje —pronunció, poniendo esta vez el acento en la segunda «a» de la palabra—... extraviaaados de otro pelaje, por muy románticos que sean, ¿verdad, Teté?

25

52'05 GRADOS
[Beatriz]

Arturo Guerra había aprendido a ver la vida desde un nuevo ángulo. El punto de vista que se adquiere cuando observa uno la realidad desde una silla de ruedas. Interesante realmente, tal vez algún día se dedicara a escribir sobre aquellos 52'05 grados (ese era su cálculo) de diferencia entre ver las cosas de arriba abajo como hacía antes, o hacerlo ahora de abajo arriba, unas coordenadas que permitían apreciar detalles en los que nunca había reparado. Desde su actual punto de mira, y con el tiempo por castigo, Arturo Guerra decidió un día estudiar a los miembros de su familia buscando descubrir nuevos enfoques, ángulos, encuadres. Tomemos, por ejemplo, se dijo, el caso de las niñas. Él siempre las había llamado así. Eran tan pequeñas cuando entraron a formar parte de su vida. Desde entonces, y a pesar de los años transcurridos, solo dos se habían independizado, y una de ellas ni siquiera podía decirse que lo hubiera hecho del todo. Arturo, que era hombre metódico, empezó su observación por la mayor de las niñas. María Tiffany llevaba años casada y viviendo fuera de España, por eso él no había podido, de momento, estudiarla desde su nuevo observatorio. Sin embargo, en pocas semanas tendría su oportunidad. Ella había anunciado que pasaría Navidad en Madrid con su marido Malcolm, así como con sus hijos de nombres tan gringos, tan deliberadamente intraducibles (Ian y Sean) que Arturo los consideraba un síntoma más de que la mayor de las niñas Calanda hacía tiempo que había decidido romper amarras con la familia, y en especial con su madre.

Pero ni Ian ni Sean ni tampoco la inminente visita de Tiffany debían desviarle de los pensamientos con los que planeaba entretenerse y hacer tiempo hasta que en el reloj sonaran las doce. Mediodía, la hora del fisio, la hora del potro de tortura. Esa en la que Jose Mari —ochenta y nueve kilos de bondad y excelentes intenciones— empezaría a manipular, tan voluntariosa como inútilmente, cada músculo de su cuerpo, sobre todo los inertes. «Venga, Arturo, ánimo, que esto esta *chupao*, si te aplicas un poco, en nada estaremos corriendo la San Silvestre». Y él se dejaba engañar, para qué llevarle la contraria. Para qué explicarle que desde los 52'05 grados de su silla de ruedas la realidad canta *La Traviata* y se entera uno de todo: de los resultados de las últimas pruebas, por ejemplo, esas que habían realizado los médicos y que Beatriz intentó ocultarle solo para delatarse más adelante mientras hablaba con Jose Mari. «Tú haz lo que puedas, no te voy a pedir milagros. El médico dice que hasta aquí hemos llegado...». Arturo pensó por un momento que el hecho de que la conversación de Beatriz con el fisio hubiera tenido lugar justo en el momento en que él, siempre puntual, se dirigía a la habitación en la que hacía sus ejercicios y que, por tanto, estaba lo suficientemente cerca como para oírles, no era algo casual. Pero de inmediato desterró la idea. ¿Cómo podía pensar semejante cosa de Beatriz? Con lo irreprochable que era con él. Siempre solícita, paciente, preocupada por todo lo que le concernía, incluso cuando no había nadie delante. *También* cuando no había nadie delante. «Como si estuviese representando un papel», se había dicho entonces Arturo. O, mejor aún, como si fuera una suerte de ensayo general de algo, no sabía bien qué, que habría de producirse más adelante... Pero qué disparate, se recriminaba a continuación, Beatriz es perfecta, siempre lo había sido, no hay duda posible. En realidad, esa era precisamente la palabra que mejor la definía desde que se conocieron. «Con Beatriz se rompió el molde», le había dicho ayer mismo el doctor Espinosa. No es que a él le gustase aquel tipo que parecía haberse vuelto parte del decorado de la casa desde hacía unos meses. «Cielo, no pongas esa cara, ni te imaginas lo mucho que me ayuda tener a Eduardo cerca». Algo así había argumentado Beatriz cuando él se sorprendió de que, un día más, lo hubiera invitado a almorzar. «Se podría decir que somos viejos amigos. Es tan inteligente, tan lleno de sentido común que... ¿sabes lo que te digo? —añadió, achinando los ojos de un modo encantador como si la idea se le hubiera ocurrido justo en ese momento—. Te vendría de cine hablar tú también con él. ¿Qué te parece, cielo? Esta situación no está siendo fácil para ninguno de nosotros, y no digamos para ti».

«Esta situación», «lo que pasó», «aquello», esos eran solo tres modos de nombrar lo innombrable: su accidente y todo lo que este entrañaba: los Dodotis que se veía obligado a usar desde entonces, su decadencia y también, o mejor dicho sobre todo, su impotencia. ¿De eso quería Beatriz que hablase con el doctor Espinosa? Se negó, pero no pudo evitar que el tipo continuara allí. Con su cara de caballo flaco, con sus ojos caídos y esa papada suya que oscilaba como un badajo cada vez que peroraba sobre todas esas cosas que, según decía Beatriz, tanto bien le hacía comentar con él.

Los 52'05 grados desde los que Arturo Guerra observaba la realidad le sugirieron de pronto algo inquietante. Si bien era cierto que el tipo aquel tenía cara de caballo y papada, al aspecto del doctor Espinosa no le faltaba distinción. Según y cómo, recordaba a un personaje de El Greco, uno de *El entierro del conde de Orgaz*, para ser precisos. Tenía su misma languidez distinguida, su misma oblonga y algo lúgubre figura. ¿Habría entre él y Beatriz algo que sobrepasara la mera relación profesional? Beatriz siempre había sido monógama sucesiva. Como había escrito alguna vez uno de esos periodistas del corazón —y él le había repetido humorísticamente a pesar de que a ella no le hacía demasiada gracia—, la carrera amorosa de su mujer se parecía mucho al modo en que Tarzán se mueve por la selva, sin soltar nunca la liana anterior hasta que aparezca otra más grande y más fuerte. ¿Estaría pensando sustituirlo en breve como había hecho con sus otros tres maridos?

Otra vez estaba pensando disparates. Esto de ver la vida desde una silla de ruedas tal vez lo estuviese convirtiendo en clarividente en lo que a ciertas actitudes humanas se refiere, pero también le hacía imaginar muchas imbecilidades. Beatriz jamás se fijaría en un oscuro psiquiatra como el doctor Espinosa. «No, no hay nada entre ellos, de eso puedes estar segurísimo», se convenció mientras decidía volver a sus anteriores cavilaciones sobre las niñas Calanda.

Arturo Guerra mira entonces su reloj, las once y cuarto. Tiempo más que suficiente para reflexionar sobre Alma, luego un poco sobre Herminia y más tarde sobre su propia hija, Gadea, antes de que llegue Jose Mari, el fisio. Perfecto. A él no le gusta dejar las cosas a medias, empecemos por tanto por Alma. ¿Qué era lo que aquellos 52'05 grados de clarividencia le decían con respecto a la segunda de las niñas Calanda?

Arturo siempre había sentido debilidad por Alma, desde el primer momento, desde el día mismo en que comenzó a convivir con ella. Tal vez porque ya entonces tuvo la sensación —reconfirmada luego a medida que se iba haciendo mayor— de que Alma Robiralta se parecía mucho a cierta descripción que aparece en *Las flores del mal,* en concreto, en esos versos iniciales en los que Beaudelaire se compara con un albatros reseñando lo majestuosa que esta ave es en el aire y lo fea y grotesca que se vuelve cuando aterriza:

> ... *Cuán torpe y débil se vuelve*
> *el otrora hermoso, tan feo y cómico,*
> *el poeta se parece a ese príncipe de las nubes*
> *que frecuenta la tempestad y se ríe del arquero,*
> *pero, exiliado en tierra y en medio de los abucheos,*
> *son sus alas de gigante las que le impiden caminar.*

Así era Alma. Con sus vestidos estrafalarios, su pelo alborotado y sus pies enormes, tan patosa y al mismo tiempo tan esencialmente buena y sensible que sus alas de gigante le impedían caminar. Arturo recordaba aún una escena ocurrida poco antes de «aquello», es decir, de su accidente. Volvía él del aeropuerto a casa después de un viaje, unas obras en la autopista lo obligaron a desviarse y se metió sin advertirlo en un pueblo próximo a Barajas. Llovía y no debió de ser el único en errar el camino porque el atasco se convirtió muy pronto en monumental. Llevaba lo menos dos semáforos en verde, pero sin avanzar un centímetro, cuando las vio. Cruzaban por el paso de peatones abrazadas y riendo guarecidas bajo un único impermeable rojo. «Dos que se quieren», fue lo primero que pensó aun antes de reparar en sus caras. La primera de ellas no le dijo nada. Una chica corriente, pensó, ni guapa ni fea, treinta y pocos años, con una falda de cuadros. Pero la falda de la segunda era inconfundible. Nadie más que Alma se hubiera puesto aquel atuendo en pleno mes de enero. Un vestido largo de algodón cuajado de diminutas flores anegadas por el barro y la lluvia y el pelo empapado asomando a hilachas bajo un viejo sombrero. Nada de esto parecía preocupar a Alma. Lo único que le importaba era proteger a su amiga y a un perrito que llevaba en brazos, para que no se mojasen, para que no cogieran frío. ¿Quién podía ser su acompañante y qué hacía su hijastra en aquel lugar? El semáforo se puso en verde y Arturo comenzó a bajar la ventanilla para ofrecerse a llevarlas.

—¡Alma, Alma!

Ella no le oyó pero la otra chica sí y su expresión le disuadió de seguir intentándolo. La sonrisa que hasta ese momento le iluminaba la cara se volvió una mueca y luego giró su cuerpo como si quisiera, con ese compartido impermeable rojo, proteger, y no solo de las inclemencias del tiempo, a Alma. Los coches empezaron a circular por fin. Arturo se dijo entonces que, una vez en casa, le sacaría a Alma el tema del atasco y la lluvia para preguntar qué hacía allí, en aquel barrio y a esas horas, pero no lo hizo. No era asunto suyo. Tampoco se lo comentó a Beatriz. Su mujer tenía la paciencia corta cuando se trataba de la segunda de sus hijas. Nunca le había hecho demasiada gracia lo que ella solía llamar «las ocurrencias de Almita», socorrido cajón de sastre en el que cabía todo, desde una falda larga de algodón en pleno mes de enero hasta el hecho de que Alma no hubiese tenido, hasta el momento, nada que se le pareciera ni remotamente a un novio, ni un ligue, ni un tonteo, algo incomprensible para su madre dado su currículum sentimental. Poco después, sucedió «aquello» y Arturo olvidó esa tarde de lluvia. Solo ahora, que la inminente llegada de la Navidad y su recién descubierta perspectiva de 52'05 grados le habían hecho cavilar sobre los miembros de su familia, recordó aquel compartido impermeable rojo. Si era verdad lo que él intuía —y desde luego no había que ser Sigmund Freud para interpretar lo que vio—, ¿por qué tanto secreto? Desde luego, en el caso de Alma, con un padre escritor y liberal, y una madre que se había casado cuatro veces, difícilmente se podría decir que temiera ser víctima de trasnochados prejuicios. Alma estrafalaria, Alma inteligente, bohemia y con un corazón que volaba tan alto como un albatros, ¿por qué no volaba entonces hacia donde ella quería?, ¿qué —o quién— podía impedírselo?

Por asociación de ideas, Arturo pensó en otras personas, en otros misterios tan inexplicables como el de su hijastra. Artistas, cantantes, actores y sobre todo deportistas pertenecientes todos a grupos sociales tanto o más desprejuiciados que el de su hijastra, pero que tampoco salían del armario. En el mundo del fútbol, por ejemplo, apenas había gays. ¿Por qué? ¿Por qué todos preferían el silencio? Arturo no conocía la respuesta en el caso de los demás, pero sí en el de Alma. En el suyo, era evidente que la respuesta estaba relacionada con el largo —o quizá mucho más corto de lo que pudiera parecer— cordón umbilical que unía a las niñas Calanda con su madre. No podía decirse que la culpa fuera de nadie. Simplemente hay cordones así, tan invisibles como imposibles de romper. «Almita se dejaría cortar un brazo por mí», había declarado Beatriz entre bromas y veras en su última entrevista. Cuánta verdad (y también cuánto sufrimiento) había detrás de esa afirmación. En la imagen de familia ideal que Beatriz había ido cincelando con precisión de artista a lo largo de tantos años de confidencias a las revistas, ciertas inclinaciones, simplemente, no encajaban.

Arturo Guerra, en medio del salón familiar y a la espera de que llegue el fisio, con la intención de estimular sus músculos muertos, se dice entonces que para otra cosa no servirá estar en silla de ruedas. Pero sí para poder hablar claro y decir lo que otros callan. Por eso se promete que, antes de que llegue Navidad y se reúnan todos, hablará con Alma. ¿Y qué le va a decir? Tal vez le mencione un impermeable rojo y una falda de cuadros, le recuerde una tarde de lluvia y la suerte que ha tenido de encontrar alguien al fin con quien compartir esta y otras muchas tardes. O quizá, usando sus prerrogativas de enfermo y lisiado (algo bueno tenía que tener aquello, ¿no?), le diga lo que todos callan. Que los cordones umbilicales que no se cortan a tiempo tienen la mala costumbre de acabar enrollándosele a uno al cuello, de modo que, cuanto más te mueves, más posibilidades tienes de ahogarte con él.

Mira de nuevo su reloj, las doce menos cuarto. Si se da prisa en sus meditaciones, podrá dedicar más de siete minutos a pensar en cada una de las otras dos niñas Calanda que aún le quedan por estudiar desde su silla de ruedas. El tiempo dedicado a Herminia Alcaudón no necesita ser muy extenso. Basta con que sea como ella misma: preciso como una raíz cuadrada, rápido como un cálculo mental, evidente como una suma simple. Herminia siempre le ha producido una extraña ternura. Ella sí se había atrevido a cercenar su cordón umbilical y marcharse a vivir por su cuenta. ¿Pero de qué le había servido? Ahora estaba de nuevo con ellos intentando descifrar qué había hecho mal y en qué parte de su perfectamente calculada ecuación se había equivocado. A Arturo le gustaría decirle que en ninguna, pero que la vida, más que una ecuación, es una ruleta y, por tanto, un artilugio matemático y caprichoso a la vez. Uno de reglas tan simples que cualquiera puede jugar, pero en el que solo algunos afortunados aciertan plenos. Al resto de los simples mortales la suerte les regala únicamente premios de segunda categoría: a unos, quizá una línea; a otros, una columna; a la mayoría, apenas un color, par o impar, por lo que es más seguro —y realista— jugar solo a una de estas combinaciones menores. «Sobre todo en el amor, Herminia —le gustaría decirle—. ¿En qué estás ahora?». Días atrás, después de que Beatriz y sus hijas posaran en la biblioteca para su última entrevista, él había creído descubrir en Herminia un cambio. Se la veía más contenta desde entonces, menos ensimismada y enclaustrada en su habitación. ¿Tendría su cambio de humor algo que ver con aquel fotómetro?

—Perdona, Arturo —eso le había dicho Herminia después de llamar a la puerta y entrar en la biblioteca en la que a él le gustaba refugiarse siempre que podía con sus libros—, no queríamos molestarte, será solo un segundo. Hamid se dejó aquí ayer uno de sus fotómetros y ha venido a buscarlo.

Arturo reparó en aquel «queríamos», también en el modo en que Herminia pronunció la «H» de Hamid con un acento foráneo o, al menos, igual que alguien que quisiera poner mucho esmero en su correcta pronunciación. Eran detalles insignificantes. Otra persona no les habría dedicado ni un pensamiento. Pero los 52'05 grados servían para resaltar este tipo de minucias.

—¿Te refieres a esto? Lo encontré debajo de mi periódico.

—«Curioso lugar», iba a añadir, pero se contuvo. En su lugar, se dedicó a estudiar al dueño del fotómetro que acababa de asomar también por la puerta y se mantenía en un segundo plano. Arturo se dijo entonces que si el mundo siguiera rigiéndose por una cierta lógica (algo que él ponía cada vez más en duda), muy pronto el tal Hamid, en vez de estar sujetando fotómetros, estaría delante de ellos y con todos los honores. Era muy infrecuente encontrar un hombre de sus características y no hacía falta ser un cazatalentos para darse cuenta del potencial de aquel muchacho. ¿Dónde había visto Arturo unas facciones comparables a estas? Ah, sí, él rara vez olvidaba una cara. Jeremy Meeks, el preso más guapo del mundo, así lo había bautizado la prensa norteamericana. Mulato, rapado, metro ochenta y dos, recién salido de prisión después de una condena por robo, convertido ahora en modelo de fama internacional. Otros datos reseñables eran unos ojos celestes y una lágrima tatuada debajo del ojo izquierdo. Su hermoso torso también estaba alfombrado de ellos. «En la cárcel me preocupé de trabajar al máximo mi cuerpo —había explicado a la prensa—. Cada mañana hacía cientos de flexiones. Ahora mi agente me lo agradece, las fotos son mucho más vistosas así».

Sí. La cárcel tal vez no sirva para modelar conciencias, pero modela divinamente los cuerpos. ¿Habría tenido Hamid un «gimnasio» similar al de Meeks? Vamos, Arturo, no seas mal pensado, se había dicho al entregar el fotómetro a su dueño y, mientras lo hacía, intentó dar respuesta a esta y a otras preguntas rebuscando en el fondo de aquellos ojos turquesa. Sin embargo, solo encontró un charco oscuro.

—Ven, Hamid, ¿te apetece tomar algo caliente? Hace tanto frío afuera. En estas fechas mamá tiene siempre en la cocina sidra caliente con canela. ¿Nos tomamos un vaso? Gracias, Arturo, ya te dejamos tranquilo, te veo luego —le sonrió Herminia.

Y se marcharon, pero no sin que antes Hamid se despidiera de él con un fuerte apretón de manos y «Gracias, señor Guerra, feliz Navidad».

Un tipo que sabe ser atento, qué duda cabe. De esos que conocen la importancia de aprender rápidamente el nombre de sus interlocutores. Tenía además una sonrisa espectacular. Lástima que le faltaran dos premolares bastante visibles. Su agente, si lo tuviera, debería poner remedio a ese feo defecto.

«Y ojalá no sea el único que tiene», se dice ahora Arturo Guerra recordando al nuevo amigo de Herminia y su visita semanas atrás.

A Arturo le gustaría dedicar unos minutos más a pensar en ella. Dar repaso a otras intuiciones relacionadas con Herminia que ha tenido últimamente. Pero, de ser así, no tendría tiempo de pensar en Gadea antes de que el reloj diera las doce, y le gustaba tanto hacerlo. ¿Qué estará haciendo ahora su pequeña? Seguramente estudiando. Gadea acababa de matricularse en primero de Medicina y Arturo se preguntó de dónde podía venirle esa vocación. Según Beatriz, Ina, su madre, también quiso ser médico en su juventud. No lo consiguió y tuvo que contentarse con volver, al cabo de los años, a ser lo mismo que había sido de niña, maquilladora de muertos. A Arturo le había sorprendido mucho aquella confesión. Beatriz no hablaba de su familia. Aun así a veces, sobre todo cuando algo la impacientaba o contrariaba, abría sin querer lo que Arturo aprendió a llamar inesperados pasadizos hacia tiempos anteriores. Beatriz era un prodigio de contención, rara vez bajaba la guardia en nada, pero en ocasiones, una palaba, un suceso lograban activar cierta extraña comunicación con el pasado y entonces decía cosas como aquella.

—¿A qué te refieres con que tu madre fue maquilladora de muertos, cielo? ¿No me habías dicho que se educó en los mejores colegios de Madrid? ¿Por qué hablas tan poco de tus padres? Estoy seguro de que a las niñas les gustaría saber algo más de Ina y también de Julián.

Pero Beatriz había achinado los ojos de ese modo encantador suyo para asegurar que no. Que todo lo que había dicho antes eran bobadas. Que su madre jamás quiso estudiar Medicina y menos aún había sido maquilladora de vivos o de muertos, vaya ocurrencia. Que la vocación de Gadea se debería seguramente a otra causa, a saber cuál. Y así, a falta de mejor explicación, Beatriz cerró aquella ínfima rendija que conectaba con el pasado, adiós confidencias.

—Que quieras ser médico me parece fenomenal, cielo, es una profesión estupenda, tu padre y yo estamos encantados —había añadido ella con un beso y un revolverle cariñosamente el flequillo, que era tanto como decir: no vamos a hablar más de este asunto. Tampoco Gadea había intentado hacer más averiguaciones. Hacía tiempo que se había dado cuenta de que aquel no era el camino para conocer el pasado de su madre. Mejor recurrir a otras fuentes. Como los álbumes encuadernados en cuero rojo en los que se guardaban todos aquellos recortes de prensa antiguos que Lita atesoraba como si fueran parte también de su vida.

Lita. Qué extraño personaje. Cuando Arturo y Beatriz se conocieron, ya era la ayudante perfecta, una pieza indispensable en la casa. ¿Dónde se conocieron su mujer y ella? Arturo solo sabía que su relación comenzó en Londres. Una vieja y no muy afortunada compañera del colegio, quizá, aunque Lita parecía mayor que Beatriz. Ella se ocupaba de todo. No solo de llevar la agenda de Beatriz de la manera más celosa y diligente, sino también de que la casa funcionara como un reloj. Por lo demás, Lita no existía. Comía con ellos en la mesa a diario y se llevaba bien con todos, pero tenía la rara virtud de estar sin estar. Siempre a sus cosas, fiable, infalible. «No sé qué haría sin ella», solía decir Beatriz y esos eran los únicos momentos en los que a la ayudante se le iluminaban los ojos. Unos casi tan claros como los de Beatriz, pero que hace tiempo naufragaron entre pliegues de grasa. Porque Lita era gorda, aunque se movía con una agilidad inverosímil que siempre había sorprendido a Arturo. Otra de sus virtudes era su lealtad, adoraba a Beatriz, también a las niñas Calanda, pero sobre todo a Gadea. Su niña pequeña, como ella la llamaba, y, aunque solo fuera por eso, Arturo le perdonaba sus rarezas. Sus silencios y esa forma burocrática de hablar al resto de los mortales, incluido él. ¿Qué necesitas, Arturo? ¿Todo en orden? ¿En qué puedo ayudarte?

Otro dato curioso era lo mucho que empezaba a parecerse a Beatriz. En feo, en grueso, pero el parecido existía. O ella lo fabricaba. Incluso había llegado una tarde con el mismo corte de pelo que Beatriz. Arturo se lo había comentado a su mujer, pero ella le dio una explicación simple y a la vez plausible. «Déjala, cielo, ¿no ves que Lita no tiene vida propia? La vive a través de los demás».

Arturo vuelve a mirar el reloj. Seis minutos más y Jose Mari llamará al timbre, es exasperantemente puntual. Qué tonta distracción la suya, mira que dedicar tiempo a pensar en la pobre Lita. ¿Dónde estaba? Ah, sí, en la vocación de Gadea por la medicina. Arturo se dice entonces que es posible que lo de su hija no tenga nada que ver con abuela Ina ni con ninguna herencia genética, sino, precisamente, con esta silla de ruedas en la que está sentado. Gadea nunca le ha dicho que pueda ser la razón, pero él está seguro de que es así. Si en el caso del resto de las niñas Calanda es evidente que existe un cordón umbilical que las une a su madre, Arturo siente que entre Gadea y él existe un vínculo similar. Uno que siempre ha estado ahí, pero que, desde su accidente, parece haber creado nuevos y aún más sólidos lazos. Y no, se dice, no es nada bueno que así sea. Tal vez para él pueda ser una bendición que Gadea haya trenzado ese nudo, pero su deber es destrenzarlo cuanto antes. No es justo, ni deseable y ni siquiera sano. Ha de dejarla libre, que vuele alto, donde ella quiera, no atada a un padre enfermo y a un cuerpo inerte, ya ha visto —y demasiado cerca además— lo que ocurre cuando uno se empeña en perpetuar ciertos lazos. «Venga, Gad —piensa decirle—. Ya está bien, no quiero ver cómo te pasas todas las mañanas estudiando y luego todas las tardes haciéndole compañía a papá. Estoy estupendamente y muy ocupado. ¿Ves? Dentro de unos minutos llegará Jose Mari, que se dedicará a torturarme un rato (risas). Luego, almorzaré con tu madre y por la tarde me espera *Crimen y castigo*. Sí, ya sé lo que vas a decir, que el viejo Dostoievski no es precisamente la alegría de la huerta y Raskólnikov, un malvado, un cenizo y un triste. Pero siempre he tenido una asignatura pendiente con los dos.

«Anda, anda —piensa añadir cuando su hija le diga que le entristece que hable de "aquello"—. "Aquello" me pasó a mí y no a ti, cielo, y el peor regalo que me puedes hacer es estar triste o quedarte en casa a hacerme compañía. Vive por mí, Gadea».

Vive por mí. Eso es lo que quiere que haga. Que ría, que baile, que corra, que ame, que goce, que haga todo lo que él ya nunca podrá hacer. «Como Lita, que vive a través de Beatriz», se dice de pronto y sin saber por qué. Bueno, en realidad sí lo sabe, es algo que salta a la vista, un fenómeno bastante común, por otra parte. Son muchas las personas que viven vicariamente la vida de otros.

—¿... Arturo? Perdona, Arturo, me parece que te has quedado dormido. Jose Mari está aquí y te espera en el lugar habitual —le dice Lita—. ¿Quieres que te lleve hasta él? Lo digo porque acabo de mandar encerar los suelos y no me gustaría que resbalaras. Las ruedas de esta silla son traicioneras. Bueno, no siempre lo son. Solo a veces. Por cierto, el doctor Espinosa ha llamado para decir que viene a almorzar. ¿Te parece bien si abrimos una botella de vino nueva para él? ¿Marqués de Riscal tinto, quizá? Es su favorito.

26

Recuerdos para preparar un adiós
[Ina]

Ina mira a su alrededor y tarda varios segundos en darse cuenta de dónde está. Tal vez sea un error, solo un engaño de aquella luz tan mortecina. ¿Cuánto tiempo ha pasado? Apenas un par de horas, pero el mundo no es el mismo. ¿Le gustaría echar atrás el tiempo? ¿Hacer que sean de nuevo las cinco, o mejor aún las cuatro, o las tres de la tarde? Echa un vistazo a su alrededor antes de contestar. Hay algunos objetos, como el retorcido cable del que cuelga un único y desangelado foco, que aconsejan decir sí, que gritan que las agujas del reloj le harían un enorme favor si la devolvieran, digamos que a las tres. A las tres y dos minutos para ser exactos, porque en ese preciso instante, Antonio estaría diciéndole por teléfono:

—... No, mi sol, no es nada de cuidado, solo un catarrazo de aúpa, pero no te preocupes, no va a impedir que me presente al examen el jueves. Una lata tener fiebre, pero hace que te eche de menos aún más y, si antes contaba los días, ahora cuento los minutos para volverte a ver. ¿Te das cuenta, amor? Menos de una semana y toda esta inacabable espera habrá terminado. Se me han hecho eternos los días sin ti.

Para ella, en cambio, habían sido tan cortos. Cortas las horas, cortos cada uno de los minutos de aquellos quince días que se agolpaban ahora en su memoria turnándose para decir: «¡Mírame!», «¡Recuérdame!», «¡A mí!», «¡No, mejor a mí!»... Ina no sabe por cuál de todos comenzar. Pasa velozmente sobre los primeros: el recuerdo de aquel día en el ascensor con Julián y Lola Flores. También aquel otro, cuando ella y las hermanas Muñagorri lo vieron con sus amigos en California 47. Prefiere detenerse en un recuerdo posterior, el tercero de sus encuentros con Julián, en el garaje del edificio en el que ella vivía y en el que él trabajaba para Pitusa Gacigalupo.

«Hola. ¿Qué tal te va? ¿Mucho trabajo estos días?». Apenas eran una decena de palabras, pero llevaba días midiéndolas y ensayándolas antes de hacerse la encontradiza con él. Y curiosamente, y para su sorpresa, a partir de ese día ya no habían necesitado nunca más recurrir a ningún tonto preámbulo porque las conversaciones cada vez se convirtieron en menos formales hasta propiciar que él pronunciara las únicas palabras que ella llevaba semanas deseando escuchar: «¿Te gustaría que diéramos una vuelta? La señora Gacigalupo nunca usa el coche a estas horas y hace tan buena tarde».

«¡Mírame!», dice ahora el recuerdo del primer beso. Ese que se dieron, no aquella tarde, pero sí la siguiente, mientras Julián conducía bulevar de Velázquez abajo y a Ina se le cayó un guante bajo el asiento. Él aprovechó un semáforo en rojo para inclinarse a buscarlo, ella hizo otro tanto y al encontrarse allí abajo, sus labios decidieron encontrarse también.

«¡Mírame ahora a mí!», grita a continuación el segundo de los besos, el que se dieron en el cine Capitol un par de días más tarde. Y allí estaban Julián y ella en «la fila de los mancos», como llamaban entonces a la última de todas. La fila de aquellos que iban al cine a las cuatro de la tarde, pero no a ver a Humphrey Bogart y a Lauren Bacall precisamente. Tampoco a Grace Kelly y a Clark Gable ni a averiguar qué significaba la palabra «Mogambo», porque en la fila de los mancos se exploraban otros territorios. Ina descubrió entonces, y para su sorpresa, que nunca antes la habían besado. Porque qué poco tenían que ver los besos que hasta ahora había recibido con ese dulce abandono, con aquella sensación trémula según la cual todo lo que tuviese lugar más allá de unos labios indistinguibles de los suyos ni siquiera existía.

Y de ahí sus recuerdos, tan exhibicionistas ellos, vuelven a gritar «¡Mírame!». Esta vez para llevarla de la fila de los mancos hasta el lugar en el que se encuentra ahora mismo, el cuartito helado que Julián ocupa en el segundo sótano, junto a los trasteros. Y qué más da que el camastro esté húmedo o que hasta sus oídos llegue cierto chillido tan cercano como repugnante que hace sospechar la presencia de otro, o mejor dicho otras ocupantes de aquel cuartucho. Para Ina la palabra «ratas» no tiene sentido alguno, o no lo ha tenido mientras sus cuerpos se unían amándose en silencio para que nadie en la casa pudiera oírles. El recuerdo de aquellas caricias, de aquellas ternuras, no es como los otros. Ina acaba de descubrir que no se parece en nada a esos recuerdos exhibicionistas que tanto le han gritado «¡Mírame! ¡Recuérdame!». Tal vez, porque el cuerpo dormido y desnudo de Julián está aún ahí, atando y desatando su piel alrededor de la suya, y eso hace que se comporten de un modo diferente. Y, sin embargo, será quizá la humedad de aquel camastro, será tal vez el chillido inopinado de una rata. O será más bien otro come-come de dientes aún más afilados y de nombre Culpa lo que no la deja pensar con perspectiva. Vamos, Ina, no tienes más remedio que poner en orden tus ideas. Y es preferible hacerlo ahora mientras tienes cerca el calor de su cuerpo.

¡Aquí estoy! No, mejor dicho, ¡aquí estamos!

Son dos recuerdos los que se le aparecen ahora, muy juntos, e Ina se vuelve hacia el primero de ellos. Por eso puede ver las manos de Julián extendidas sobre la mesa de la pequeña y oscura cervecería en la que solían encontrarse algunas tardes cuando necesitaban hablar y como alternativa a la «fila de los mancos». Él entonces y sin más preámbulo le había dicho:

—Vayámonos, Ina. Da igual a dónde, lejos, a cualquier parte. ¿Qué tipo de vida nos espera aquí en Madrid? Siempre escondidos, siempre con miedo. Tu padrastro, mi querido tío materno —sonrió con añadida amargura—, jamás me aceptará, no es de los que cambian de parecer. En cuanto a ti, ¿cuáles son tus alternativas? ¿Casarte con alguien que te adora, pero al que no amas? El tiempo corre en tu contra. Tu novio sacará sus oposiciones dentro de nada, vuestras familias comenzarán con preparativos de boda y tú ya no te atreverás a detenerlos. Vámonos, mañana mismo, hay otra vida fuera de aquí. Empecemos juntos, Ina. ¿No dices siempre que la vida que llevas en Madrid jamás te ha gustado? Ahora es el momento.

Eso le decía Julián algunas tardes. Otras, sobre todo cuando Ina sabía que venía de reunirse con Esteban, argumentaba todo lo contrario. Esteban. Así se llamaba el cuarto de los amigos con quienes estaba Julián aquella tarde en la cafetería California 47. Ina entonces casi no se había fijado en él y ahora se arrepentía. «Cuanto menos sepas de Esteban, mejor», le había explicado Julián después de decirle que era alguien que le había ayudado en sus primeros y difíciles días en Madrid. Eso era lo más que había conseguido que le contara de su amigo, lo que sugería que el tal Esteban debía de formar parte de ese mundo clandestino del que se oía hablar de vez en cuando, pero que era tan invisible, tan evanescente, que su existencia jamás incidía en la vida diaria de la ciudad. Solo en contadas ocasiones aparecían noticias como esta:

> Detenida una banda de forajidos que pretendía sabotear la línea férrea. En el brillante servicio de la Brigada Social, resultó herido leve un agente y muertos todos los criminales.

Reseñas, siempre escuetas, que parecían inferir que bajo la calma chicha de aquellos tiempos de posguerra se agitaban corrientes submarinas que hablaban de descontento social, de lucha de clases.

Aun así, tras la lectura de esta u otras noticias similares (que nunca ocupaban un lugar destacado en los periódicos), las mansas aguas de la cotidianidad volvían a imponerse y la vida del país continuaba su curso para contento de todos. No así de Ina, que, cuando oía de boca de Julián aquel nombre, Esteban, sabía que poco después él cambiaba de actitud y pasaba de rogarle que escaparan juntos a dolerse diciendo cómo era posible que hubiese malgastado doce años de su vida en el monte para nada. Que tanta lucha no podía convertirse ahora en estéril y que era su deber perseverar, porque, según Esteban, el fin del régimen estaba más cerca que nunca y había que ayudar a que se produjera.

A Ina no le gustaba Esteban. Y no por sus ideas, sino porque creía que su amistad no beneficiaba a Julián. La mejor prueba era que, cuando no lo veía, volvía a ser el de siempre. A ser realista y poner en duda que el régimen fuera tan vulnerable como sostenía Esteban. Además, la vida diaria parecía indicar que su amigo se equivocaba. Tal vez no hubiera libertades, pero en España se empezaba a vivir mejor y la gente lo único que quería era trabajar, no meterse en líos. El espantajo de la Guerra Civil estaba demasiado cerca aún como para que la mayoría deseara reavivar viejos fantasmas.

Ina no tenía la intención de despertar a fantasma alguno, pero debía tomar una decisión. Seguir como hasta ahora, viéndose con Julián a escondidas, mintiéndole a todo el mundo, y en especial a Antonio, era insostenible. Pero existía otra razón adicional para aceptar la propuesta de Julián y marcharse con él mañana mismo: alejarle de la influencia de Esteban que a saber por qué se preocupaba tanto por Julián...

A Ina se le helaba el alma solo de pensar que ese hombre pudiese arrastrarle a participar en alguna acción armada, a hacer algo irreversible. Por eso, lo que acababa de suceder hoy en aquel pequeño cuartito cercano a los trasteros, su primera tarde de amor con Julián, se convirtió para ella en un punto de no retorno. Porque entregarse a un hombre, se dijo a continuación, no consiste en darle tu cuerpo, tenía que ser la primera de otras entregas más profundas, duraderas.

Julián, dormido, se volvió y la abrazó en sueños y entonces Ina supo que ya no había marcha atrás para ella. Daba igual lo que chirriara el camastro húmedo o lo que chillaran las invisibles e inmundas huéspedes de aquel cuartucho, moviendo sus bigotes o meneando sus rosadas colas bajo el entarimado del suelo. Ina ya sabía lo que iba a hacer. No quería comprometer los últimos días de estudios de Antonio ni el posible resultado de su examen rompiendo ahora su compromiso con él. Pero, hacia finales de semana, es decir, en cuanto lo aprobara y con su triunfo aún reciente para ayudarle a amortiguar el efecto de lo que tenía que confesar, le diría que necesitaban hablar. «Podrías mandarle una carta explicándole todo y así te ahorras el mal rato», pensó por un momento, pero el cuerpo tibio de Julián abrazado al suyo le hizo descartar tan tentador atajo. No. No tenía derecho a añadir al dolor de la despedida la pequeña infamia de no dar la cara ante alguien cuya única falta había sido quererla demasiado.

Apenas unos días más y sería libre. Libre de la doble vida y del engaño a Antonio. Después, le quedaba aún decidir cómo les iba a contar a Perlita y Encho lo sucedido, pero eso —concluyó con una sonrisa mientras se aferraba aún más a Julián para que el calor de su cuerpo la ayudara a disipar cualquier rezagado jirón de duda que pudiera quedarle...—, eso, como decían en una película que había visto no hace mucho desde la fila de los mancos, ya lo pensaré mañana.

27

UNA VARA DE NARDOS
[Ina]

No había querido quedar con Antonio en Manila, demasiados recuerdos, demasiadas tardes juntos. Tampoco en California 47. A saber quién podía aparecer por ahí, una de las hermanas Muñagorri, o peor aún, el tal Esteban en busca de Quique Entrambasaguas o de Javier Santa Eulalia. Por eso le había pedido verse en Embassy, un local más propio de señoras de la edad de Perlita o de amigos de Yáñez de Hinojosa. Al entrar, Ina se decantó por una mesa cercana a la puerta, parapetada tras el joven rey Leka de Albania y su metro noventa y cinco de humanidad, que saboreaba en aquel momento un whisky junto a dos individuos con los que charlaba en inglés. Por suerte para ella, la conversación parecía lo suficientemente intensa como para que ninguno de los tres se interesara por lo que se decía en la mesa de al lado. Echó un vistazo en derredor. Había por ahí otras caras conocidas pero, por fortuna, nadie a quien tuviera que saludar con algo más que una tímida y lejana inclinación de cabeza. Las amigas de Perlita ya la conocían: «Una chica extraña la hija de los Pérez —solían decir de ella—, demasiado apocada». Mejor así. Ahora, se dijo con una sonrisa, gracias al ataque a las buenas costumbres que pensaba perpetrar al pedir una *media combinación* cuando eran apenas las cinco de la tarde, podrían criticarla por exactamente todo lo contrario.

—Largo de ginebra y cortita de vermú —especificó a Goyo, el camarero que la atendió y al que conocía de otras tardes junto a Perlita o Yáñez de Hinojosa y que ahora alzaba una única y escandalizada ceja—. Y tráigame también dos sándwiches de lechuga —añadió, sabiendo que no pensaba catarlos.

Era preferible que nada interfiriera con el efecto de la copa que había pedido y de la que necesitaba beber al menos media docena de sorbos antes de que llegara Antonio para darse coraje. Traía ensayado lo que pensaba decirle. Incluso había repetido su discurso seis o siete veces ante el espejo de su cuarto para comprobar cómo sonaba, pero ni tanta preparación ni tampoco la ginebra salpicada de vermú surtieron el esperado efecto cuando por fin lo tuvo delante.

—Cielo, perdona los cinco minutos de retraso, había una vendedora de nardos en la esquina de Ayala con Serrano y no he podido resistirme. Resultó que después de comprárselos, va ella y se empeña en que quería leerme la mano y decirme la buenaventura. Le aseguré que ya tenía toda la buenaventura del mundo y que llegaba tarde. Dame un beso, o mejor dos, Dios mío, Ina, pero si estás helada...

Parecía tan feliz, tan lleno de planes después de aprobar su examen con las mejores notas, que a Ina se le hizo un nudo en la garganta.

—... Te das cuenta, mi sol, ahora por fin podemos empezar a planearlo todo. He hablado con mi madre, que enseguida telefoneó a la tuya, y las dos están de acuerdo en que no hay ningún problema en que adelantemos la fecha de la boda tal como siempre quisimos hacer. También creo que deberíamos empezar a buscar piso, uno más grande del que teníamos pensado en un principio. Mira, esta mañana he subrayado en los anuncios por palabras de *ABC* un par de posibilidades que me parecen interesantes.

Ina puso su mano sobre los labios de Antonio. Temblaba de pies a cabeza y prefirió soltar cuanto antes y de carrerilla el discurso que traía preparado. No entraba en sus planes hablarle de Julián. Pero su nombre acabó escapándosele. Era como si aquellas seis letras tan amadas tuvieran voluntad propia y quisieran dejar de ser secretas, clandestinas. A partir de ahí, se lo contó todo. Bueno, todo no porque, según caviló también ese día, la verdad se parece demasiado a esos venenos que en pequeñas dosis resultan terapéuticos, pero, en grandes, matan. Le contó por tanto a Antonio que Julián era sobrino de Lorenzo y que ella nunca pensó que se pudiera amar a alguien en contra de sus propios deseos, pero que exactamente eso es lo que le había ocurrido. Añadió a continuación que había luchado...

—... contra ese amor con todas mis fuerzas, ni te imaginas cuánto y durante cuánto tiempo, Antonio. No solo por el respeto que te debo, sino también y sobre todo por lo mucho que te quiero.

Entonces fue él quien le cubrió suavemente los labios con sus dedos. Para que callara, para que no dijera nada más, para puntualizar que, de todo lo que le había afirmado hasta el momento, esa era la única mentira.

—Siempre supe, Ina, que no me amabas, al menos no como yo a ti. Pero pensé que con el tiempo aprenderías a quererme. Y estoy seguro de que lo hubieras conseguido de no ser por... —La voz se le quebró, pero continuó hablando.

Le pidió entonces que no se preocupara, que siempre había sabido el riesgo que corría amándola tanto, que era doloroso para él, pero que le agradecía que hubiese sido sincera. Cualquier otra persona habría puesto a saber qué excusa estúpida o desaparecido después de mandar una carta llena de embustes y buenas palabras, es lo habitual en estos casos. La verdad duele, pero lo que más duele es el engaño.

Al llegar, Antonio había pedido un café, pero ahora le hizo señas al camarero para que le trajera una *media combinación* como la de Ina.

—... Sabe a rayos ese brebaje, pero vale para una despedida —sonrió—. ¿Qué piensas hacer ahora? ¿Cuáles son tus planes?

Hasta ese momento, Ina no le había contado detalles de la situación de Julián, pero él se los fue sonsacando poco a poco. Por eso, acabó hablándole de su pasado en el monte, de cómo, al llegar a Madrid, Perlita, a espaldas de Encho, le había encontrado un empleo y le explicó también las funciones que Julián desempeñaba en casa de Pitusa Gacigalupo. Le habló a continuación de sus amistades, de Quique Entrambasaguas, de Javier Santa Eulalia, de Esteban y de cómo ella esperaba que entre unos y otros le ayudaran a regularizar su situación y obtener papeles.

Él la escuchó sin intervenir, bebiendo a pequeños sorbos su *media combinación*. Los nardos a su lado tenían un aroma tan intenso que Ina tuvo que apartarse de ellos mientras terminaba su relato.

—... Así que ya ves. Esa es toda la verdad. No sé qué será de mi vida de ahora en adelante, pero, como diría Yáñez de Hinojosa de estar aquí y en términos no elogiosos precisamente, he elegido hacer realidad el último y muy exitoso serial radiofónico de Sautier Casaseca: *Contigo pan y cebolla*.

—Cuidado, Ina.

—Sí —aceptó ella—. Ya sé que ni una cosa ni la otra suelen asegurar la felicidad.

—No. Lo que me preocupa no es eso. Escúchame bien.

Tal vez Antonio dijera algo a continuación, pero, en aquel mismo momento, uno de los acompañantes de Leka de Albania hizo un sonido gutural y cayó violentamente de bruces sobre la mesa.

—¡Ayúdenme, por favor! —gritó el joven monarca en un español perfecto que delataba muchos años de exilio mientras el tercer ocupante de la mesa parecía precipitarse en ayuda del primero. A pesar de la confusión, a Ina le dio tiempo de reparar en el aspecto de aquellos dos hombres. El accidentado era un caballero de aire distinguido. El otro era fuerte, con el pelo al rape y vestía un traje gris, tan ceñido y marcial que recordaba un uniforme militar. El primero logró alzar la cabeza, pero solo para llevarse una mano a la garganta como si intentara expulsar algo que le impedía respirar.

—¡Un médico! ¡Un médico!

No parecía haber ninguno en la sala, pero una mujer joven ofreció su ayuda.

—Fui enfermera en la guerra —dijo mientras el desdichado boqueaba, agonizante.

Ina vivió toda la escena como una extraña pesadilla mientras el hombre aquel se contorsionaba echando espuma por la boca sin que la enfermera pudiera hacer nada por él.

—Debe de haberse atragantado con algo —decían unos.

—No, no es posible, miren, solo hay copas sobre la mesa, no estaban tomando nada sólido.

—Tal vez llevaba algo consigo, una píldora, una medicina...

—O un veneno. Ya sabes lo que, según cuentan, pasaba aquí, precisamente en Embassy durante la guerra.

—Ande, ande, que ha visto usted demasiadas películas de espías. ¿Qué agentes secretos va a haber en Madrid ahora que Hitler lleva cerca de diez años cocinándose en el infierno?

Cuando más adelante Ina recordara los sucesos de aquella tarde, dos iban a ser los datos que con más rapidez acudirían a su memoria. El primero, cómo aquel desdichado, antes de caer muerto, ensayó unos agónicos pasos hacia ella, los ojos fuera de sus órbitas, la boca llena de espumarajos mientras el tipo de traje gris intentaba detenerle alargando hacia él una mano. Pero, para sorpresa de Ina y según pudo apreciar, no exactamente para ayudarle, sino para, aprovechando la confusión, introducir algo en el bolsillo superior de su chaqueta. El segundo e imborrable recuerdo de la tarde estaba relacionado con Antonio y con las palabras que él le diría casi una hora más tarde, después de que llegara la policía y se procediera al levantamiento del cadáver.

—Ya pasó todo, Ina —dijo cuando por fin pudieron abandonar el local.

—Qué terrible —acertó a decir ella—. Cómo la vida puede cambiar en pocos minutos... ¿Quiénes eran esos hombres y qué es exactamente lo que ha pasado? Nos enteraremos, ¿tú crees?

Antonio la ayudó a ponerse el abrigo.

—Sospecho que se trata de esa clase de noticias que nunca sale en los periódicos.

—¿Viste lo que el tipo ese le metió al pobre infeliz en el bolsillo?

—No, Ina, y tú tampoco...

Ella lo miró.

—¿Qué quieres decir?

—Que aquí en Madrid, como en cualquier parte, por otro lado, existen dos mundos. El que se ve —dijo, abarcando con su brazo todo el recinto de Embassy, sus mesas con manteles de lino recién planchados, con sus tartaletas de frambuesa y sus sándwiches de lechuga—. Y el que nadie ve (o prefiere no ver) —continuó señalando vagamente hacia la puerta por la que había desaparecido el cadáver de aquel desdichado—. No es fácil. Nada en esta vida lo es, pero menos aún para aquellos que optan por salirse del camino trillado. Por eso, solo te voy a pedir un favor, Ina.

—¿Que tenga cuidado? —se adelantó ella.

—Sí —sonrió él tristemente mientras terminaba de abrocharse el abrigo—. Pero también otro adicional. Una vez te dije, cuando acabábamos de conocernos y fuimos a ver aquella película, *Tener y no tener,* que cuando me necesitaras no tenías más que silbar.

Ina miró los nardos que habían quedado olvidados sobre la mesa y se le saltaron las lágrimas al decir:

—No me lo merezco...

—Tonterías. Has sido muy valiente contándome la verdad. Además, uno no elige a quién ama y a quién no, ¿recuerdas? Tú misma lo dijiste hace un rato, y yo, ya ves, tampoco puedo evitar quererte.

A continuación, se empeñó en acompañarla hasta su casa e hicieron el camino en silencio. Al llegar a la puerta del edificio de los Pérez, le dijo adiós y a punto estaba de marcharse cuando volvió sobre sus pasos para darle un beso en la mejilla.

—Silba, no lo olvides.

28

MY WAY
[Beatriz]

Gitanillo's no empezaba a estar animado antes de las dos o tres de la mañana. En el Madrid de los setenta, hasta llegar a ese divertido local —en el que uno podía encontrarse a Ira de Fürstenberg bailando con el marqués de Cubas o a Yeyo Llagostera y al resto de Los Choris contando chistes hasta el amanecer— hacían falta otras estaciones previas. A veces, una parada rápida en Roseta's a ver a quién ve uno; otras, una copita en Richelieu o Mazarino, todo eso para hacer tiempo hasta más o menos las once, que es cuando ya hay que ir pensando en cenar algo. Y, a partir de ahí, las opciones son muchas, pero pongamos que hoy toca Madrid de los Austrias. En ese caso puede uno elegir entre *fetuccini* Alfredo en La Tratoría de la Plaza de la Paja o unos huevos estrellados en Lucio, donde no hace falta reservar porque siempre guardan un par de mesas para clientes especiales.

Y quién más especial esta noche que Santiago Lins y su jovencísima mujer, Marisol Sanz.

—También don Pedro y la compañía, cuánto bueno por aquí —saluda ahora Lucio impecable con su chaquetilla blanca y corbata de Hermès (azul con estribos en esta ocasión)—. Sois cuatro, ¿verdad? Pasad, pasad, ya tengo preparada vuestra mesa. ¿Y esta señorita no querrá darme su abrigo? Hace calor aquí.

Beatriz duda. Qué torpe haberse puesto aquel vestido tan corto. Pedro no ha parado de mirarle las piernas en todo el rato que han estado en Roseta's tomándose ella un virginal *san francisco* (mejor ser comedida con las copas en una primera cita), él un Chivas con hielo. Tampoco ha estado muy acertada en la elección del resto de su atuendo. Además del minivestido negro, no se le ha ocurrido mejor idea que ponerse sus recién estrenadas botas mosqueras de charol rojo, oh, Dios mío, error garrafal, máxime cuando el aspecto de su amiga Marisol es tan rancio o más incluso que la última vez que se vieron en Embassy. Pero, claro, la pobre qué va a hacer si está embarazadísima. Tanto que a lo mejor se pone de parto esta misma noche. Ojalá, se dice Beatriz. Qué bendición sería. De este modo, ella se ahorraría todo lo que va a pasar de ahora en adelante que es, desde luego, bastante previsible. Primero, cena aquí en Lucio: un poco de jamón y huevos estrellados al centro de la mesa para empezar y luego pongamos que angulas de primero, todo esto mientras se habla de los temas del día: que si no sé qué pensar de Adolfo Suárez, que si es demasiado joven para ser presidente de gobierno en un momento tan delicado como este, pero tiempos nuevos reclaman caras nuevas... ¡Pero qué dices de caras nuevas, si Adolfo ha sido ministro secretario general del Movimiento y llevaba camisa azul hasta antes de ayer...!

Y de ahí a la carne fileteada como segundo plato mientras cambian de tema. Tal vez hablen un rato del Real Madrid. O no, ya sé, seguro que habrá que comentar algo de Ira de Fürstenberg y cómo acaba de apuntarse a la moda del destape haciendo una película «... con Alfredo Landa, cómo te quedas: una princesa y en bolas, cosas veredes». Y a continuación un poco más de charla política: «... Sí, que ya vale de friboludeces», comentará tal vez Santiago Lins, a quien, después de cinco años en Buenos Aires, le encanta utilizar expresiones porteñas. También hablarán sin duda del último rumor. «¿... Pero no te has enterado? Después del regreso de Carrillo a España con peluca rubia incluida, se dice que pronto aterrizarán por aquí la Pasionaria y el Campesino...». Y, como la conversación de los retornados da mucho juego, seguro que, para entonces, estarán a punto de pedir el postre («¿Isla flotante, señoritas...?»).

245

Llegados a este punto y sin apenas cambios en el guion que ella había imaginado, Beatriz Calanda consulta con disimulo su reloj: solo la una menos cuarto. Por qué habrá accedido a cenar con este Pedro, si en realidad no tenía ningunas ganas de salir de casa. Pero bueno, se dice, ya estamos aquí, así que sonríe, Beatriz, queda mucha noche por delante.

Mira a Marisol, pero no parece que el bebé anuncie su llegada, de modo que nada la salvará de otras dos o tres horas en compañía de Pedro, al que Beatriz ha apodado A Secas porque ya se sabe que hay personas así, tan mentadas que basta con su nombre de pila para que todo el mundo sepa de quién se habla. Y lo que va a ocurrir cuando lleguen los cuatro a Gitanillo's también se lo puede imaginar. Muchos «Hola, qué tal», hasta llegar a la mesa que tienen reservada, que será, seguro, la mejor de todas.

Y una vez allí, los camareros, sin mediar pregunta, les traerán a Pedro y Santiago sus botellas de whisky, con sus nombres escritos con rotulador en la etiqueta porque son clientes habituales. «¿Y la señorita qué va a tomar? ¿Un *san francisco*? ¿Un *Virgin Mary*?» Beatriz siente la tentación de poner fin a la ley seca que ella misma se ha marcado. ¿Qué tal si pido algo que choque muchísimo a Pedro A Secas, un *peppermint frappé*, por ejemplo, que tiene una fama pésima porque, según dicen, es la bebida preferida de las chicas de la Costa Fleming? Vaya susto se llevaría, pero no, ya bastantes mensajes ambiguos estoy mandando con el minivestido negro y las botas rojas, y él, mientras tanto, tan señor, tan en su papel de maduro sensacional, con su chaqueta de terciopelo y su peinado a la gomina del que escapan en la nuca unos caracolillos entrecanos que a todas (desde luego no a ella) las vuelve locas.

Un momento. ¿Pero por qué está siendo tan crítica con su anfitrión? Pedro está haciendo lo imposible por ser encantador. Aparte de que los ojos se le escapan de vez en cuando hacia sus muslos (ay, Alfredo Landa), la forma de tratarla no puede ser más correcta. ¿Estará intentando quedar bien con Marisol por ser la organizadora de aquel encuentro a cuatro? ¿O será que realmente se interesa por ella desde que la vio a la salida del Florence Nightingale? Aunque existe también una tercera posibilidad. Tal vez tantas atenciones se deban, simplemente, a que es un maestro del ligue, un profesional en esto de representar el rol de caballero educadísimo hasta que ellas pierden la cabeza y acaban tomándose un tubo de pastillas por él, como esa pobre chica que le habían contado. Muy terrible, sí, pero este es el modo en el que suele labrarse la fama de los *playboys* y, a partir de ahí, se los adora aún más. Pero, bueno, se dice Beatriz, en realidad da exactamente igual cuál sea la razón por la que Pedro A Secas estaba tan empeñado en conocerla porque a ella no le interesan ni él ni sus muchas conquistas. ¿Cómo le va a interesar si lo único en lo que piensa desde hace semanas es en lo que ocurrirá dentro de cuántas horas, dieciocho o veinte, todo lo más?

«Mañana llega Nicolò», se dice y vuelve a mirar el reloj. Las dos y media. Cuanto antes pase la velada, antes llegará el día.

—¿Bailamos? —le pregunta Pedro y ella tiene que hacer un verdadero esfuerzo para volver a tierra, para dejar de pensar en Nicolò.

—Perdona, ¿qué me decías? Estaba distraída.

Gitanillo's tiene un sistema propio para hacer que clientes acorten distancias y tiene mucho que ver con el orden en que suenan los distintos tipos de música. Por eso la noche suele calentar motores con *Sex Machine*, de James Brown. Después no es raro que toquen *La tierra de las mil danzas*, de Wilson Pickett y, a partir de ahí, rumbitas a cargo de Los Chichos, un poco de Jackson Five e incluso de batucada, hasta que, de pronto, las luces comienzan a languidecer mientras destella esa bola formada por miles de espejuelos que hay en todas las *boîtes* y empieza a sonar *My Way*.

My Way, el himno de los amores obvios, la coartada de todos los romances, en especial los convencionales. Pedro apaga el Muratti Ambassador que está fumando y señala con una sonrisa hacia la pista:

—¿Vamos?

Marisol, mientras tanto, le hace gestos de complicidad desde donde está sentada con su gran bombo de ocho meses y medio, pulgares arriba y luego junta índice con índice como indicando pareja...

«Mañana no tendré más remedio que llamarla para contarle la verdad —piensa Beatriz—, para que deje de hacer de Celestina».

And now the end is near.
And go I face the final curtain.

Es verdad lo que dice Sinatra. «El final está cerca» porque Nicolò llega mañana, aleluya, y también es verdad que ella «está frente al telón final». Viene a verla después de tantos meses de repetidas promesas. Por fin podrán hablar, planear cómo y cuándo estar juntos para siempre.

Sinatra dice ahora algo así como que él va a ser muy claro y expondrá su caso, del que está muy seguro, y Beatriz tiene la sensación de que es Nicolò quien habla a través de sus palabras.

I'll say it clear
I'll state my case...

Mientras tanto, Pedro ha comenzado abrazándola por el talle, pero muy suave, nada de achuchones intempestivos, todo muy comedido, y Beatriz lo agradece porque así podrá bajar la guardia mientras recuerda su última conversación, ayer mismo con Nicolò. Ella lo había llamado a su oficina en Londres. A él no le gusta que lo haga. Dice que su secretaria es una cotilla, pero bueno, no ha tenido más remedio que telefonear, necesitaba preguntarle a qué hora llega su avión para ir a recogerlo al aeropuerto. «Tengo coche, *amore* —le había dicho sin poder evitar un puntito de orgullo—. No es tan espectacular como el tuyo, pero tampoco está mal. Me lo regalaron por mi cumpleaños. Un Mini rojo con techo blanco, tío Encho y Perlita son muy generosos conmigo. Ya los conocerás».

Él había estado adorable. Hablaron casi veinte minutos y Nicolò le explicó que se las había arreglado para viajar a

Madrid con la coartada de acompañar a unos inversores italianos, que pensaba en ella a todas horas, que la quería tanto... «Y no, tesoro, no hace falta que vengas a Barajas, ya sabes cómo son estos viajes de negocios, vuelo con los Minelli y sus respectivas mujeres. Sí, *amore*, unos tipos de Milán, y claro, no tendré más remedio que ocuparme de ellos un poco. Pero no te preocupes. Encontraré tiempo para nosotros, verte es para mí lo más importante. Verte, y besarte y perderme contigo. ¿Cómo está ese lunar lindísimo que tienes cerquita de la cadera, me lo has cuidado bien?».

Beatriz no recordaba que hubiesen hablado nunca de un lunar en esa zona, tal vez se confundiera con otro un poco más arriba o un poco más abajo, pero qué más daba, faltaban horas para descubrir juntos ese y otros muchos territorios inexplorados aún en el cuerpo del otro.

Y ahora Sinatra canta:

> *Regrets, I've had a few*
> *But then again, too few to mention.*

«Arrepentimientos he tenido unos pocos, pero realmente demasiado pocos como para mencionarlos...». De eso va la letra. ¿Pero qué está haciendo ahora Pedro? «Coño —se dice Beatriz, que ya hace unos meses ha empezado a pensar, tacos incluidos, en español—. No me digas que ha decidido aplicarme una táctica de "aproximación suave": primero te cojo pero solo por la cintura, sin apretar, dejo que te vayas confiando, relajando, y luego, poco a poco y según lo que dicte la letra de la canción, me acerco más...».

> *Hice lo que tenía que hacer...*
> *y llegaré hasta el final...*

Beatriz pone la mano en el hombro de Pedro A Secas a modo de parachoques, «Atrás, tío, no sigas por ahí». Por supuesto, no verbaliza estas palabras, pero a buen entendedor... Y menos mal que Pedro debe de ser cazador paciente porque de inmediato se aparta solo que, oh, Dios mío, no me digas que ahora toca susurro melódico, y sí porque, a unos prudentes veinte centímetros de su oreja, empieza a tararear (y nada mal por cierto) las próximas estrofas de *My Way*.

> *He vivido una vida plena.*
> *Viajé por todas y cada una de las autopistas,*
> *y las conozco todas, a mi manera.*

Bueno, parece que la letra de esta canción sirve lo mismo para un roto que para un descosido, para que parezca que le habla Nicolò y también para que lo haga Pedro A Secas, porque lo que acaba de decir Sinatra resulta que le encaja a los dos. En fin, supongo que eso pasa siempre con la buena música, a cada uno le dice lo que quiere oír, pero no nos desviemos de lo importante. Ella necesita toda su atención para volver a pensar en Nicolò. Para recordar el resto de la conversación telefónica de ayer en la que él le dijo que iba a estar muy ocupado con reuniones, con citas, con cenas, pero que lo único que le importaba era encontrar tiempo para verse, para volver a vivir aquellas tardes juntos en el apartamento cerca de Woolworths, cuando él la esperaba ya en la cama y ella se dejaba desvestir, primero la camisa, luego la corbata con los colores de su colegio, más tarde la falda de tablas, los calcetines rojos y todo lo demás hasta quedar tan desnuda como él. A veces el ritual era a la inversa y entonces era ella la que llegaba temprano y él se la encontraba bellísima y dormida entre las sábanas, ¿te acuerdas, *amore*? Y cómo no se iba a acordar, le dijo, si era uno de sus sueños más recurrentes. De todo esto hablaron por teléfono y luego ella preguntó:

—¿En qué hotel estarás, amor?... ¿Cómo que no lo sabes aún?

Y él había soltado esa maravillosa risa suya tan contagiosa antes de decir:

—No, no tengo ni idea, *amore*. Invitan los Minelli, pero comprenderás que sea donde sea, con tanto socio y compañero de trabajo cerca, será un incordio vernos allí. Tú descuida, ya tengo pensado reservar otra habitación en un hotel cerca de tu casa para amarnos como a ti y a mí nos gusta...

«Joder, joder, aquí viene de nuevo Pedro A Secas —se dice entonces Beatriz cada vez más incómoda—. ¿Pues no le ha dado ahora por susurrarme la traducción de la próxima estrofa de *My Way*, como si yo no supiera inglés?».

Planeé cada ruta,
cada cuidadoso paso a lo largo del camino,
y más, mucho más que todo eso, lo hice a mi manera.

Beatriz decide dejar de pensar en Nicolò. Al menos durante unos minutos porque a ver si este señor, con Sinatra por cómplice, se va a hacer ilusiones y no estoy yo ahora mismo como para fijarme en *playboys*, por muy sensacionales que todo el mundo diga que sean, de modo que mejor decirle:

—Oye, Pedro, perdona, ya sé que aún no son las tres, pero resulta que hoy no estoy para mucha más trasnochada, tengo la cabeza en otras cosas. Desde luego, tú no puedes ser más encantador, un cielo, de verdad, y me chifla Gitanillo's, pero no puedo parar de pesar en...

—¿En qué, guapísima? Espero que no sea en un novio italiano que tengas por ahí.

Beatriz se alarma. Beatriz abre ojos como platos, que su acompañante por suerte no puede ver porque siguen bailando. ¿Por qué habrá dicho eso? ¿Qué puede saber él? Pero las siguientes palabras de Pedro la tranquilizan.

—Es un clásico —explica él—. A las niñas como tú las mandan a aprender idiomas, inglés a Londres o francés a París, o alemán a Frankfurt, y da igual a dónde vayan, porque lo que todas acaban aprendiendo es italiano. Y es que siempre hay por ahí un compañero de pupitre de Milán o de Roma o de Civitavecchia con ojos lánguidos que se parece a Gianni Morandi. Todo tan romántico, tan «*ti amo da morire*», pero ten cuidado, guapísima, porque los italianos son todos unos conquistadores de tres al cuarto.

«Conquistador de tres al cuarto serás tú, Pedro A Secas —se enoja Beatriz—. Tú y tu chaqueta de terciopelo negro, y tus caracolillos en la nuca, y tu susurrar *My Way*». Pero no es eso lo que dice sino:

—... Sí, supongo que tienes razón, pero de momento no me he topado con ningún italiano que me cante *ti amo da morire*. En realidad, si te digo que tengo la cabeza en otra cosa es por algo también relacionado con los idiomas pero mucho más aburrido: al llegar a casa, y no importa la hora que sea, me tocará repasar los verbos irregulares en francés si no quiero que me cateen.

—No me digas que eso es lo que te preocupa. Mañana en un ratito, camino de la academia, te los estudias, tú eres muy inteligente.

—Sí, pero esta chica tan inteligente es la tercera vez seguida que catea Francés —miente Beatriz—, y si no aprueba ahora la van a castigar tres meses sin salir. ¿Te das cuenta? —añade, poniendo ahora cara de circunstancias—. En todo un trimestre no nos podríamos ver, una pena...

—Más que una pena —responde él—. Necesito volver a verte.

—Y Beatriz se da cuenta de que ha dado con la excusa perfecta. En aquel Madrid de los setenta los castigos paternos se cumplían a rajatabla, y ante tal eventualidad, Pedro prefiere llevarla a casa a que repase un rato sus verbos y mañana pueda aprobar ese examen.

—Perdona, Santi —dice Pedro a su amigo Lins mientras deja un billete de quinientas pesetas sobre la mesa como espléndida propina para los camareros—. Y tú también, Marisol —añade acercándosele para despedirse con dos besos—. Nos vamos ya, Beatriz tiene que estudiar.

—¿Estudiar? —repite Marisol, sorprendida de oír una palabra que hace tiempo que ha dejado de pertenecer a su vocabulario—. ¿Estudiar qué?

—Examen de Francés, tú ya sabes —le dice Beatriz, fuera del campo de visión de los dos hombres y haciéndole señas de «mañana te llamo y te explico»—. No tengo más remedio o me suspenden —añade esta vez para Santiago Lins, que la mira asombrado sin entender nada. O entiende muy poco hasta que su amigo se acerca para decirle al oído:

—Gracias por presentarme a este cañonazo, no te preocupes, todo va muy bien entre nosotros.

Y mientras tanto Sinatra insiste. «*I´ll do it May Way*».

29

BUBULINA
[Beatriz]

Beatriz no puede dejar de mirarle. Tantas veces ha soñado con este momento que le parece mentira. Y quizá lo sea. Tal vez, quién sabe, como los malos hechizos, si hace un movimiento en falso, o dice algo que no debe, Nicolò se desvanecerá sin remedio. Pero hay que ver las bobadas que se le ocurren, él está aquí, tendiendo hacia ella sus manos exactamente igual que Pedro A Secas hizo la noche anterior cuando la sacó a bailar *My Way*. Solo que, en vez de en Gitanillo's, se encuentra ahora en el restaurante Alduccio y allá, mesa por medio, el que está es Nicolò. Beatriz lleva sus botas de charol rojo y un vestido mini aún más corto que la víspera, pero el resto del mundo se ha metamorfoseado por completo en pocas horas. Acaban de terminar de cenar y, en vez de un aburrido *san francisco* de frutas, lo que tiene delante ahora es un *gin-tonic* de Beefeater.

—Qué guapa estás, todos te miran, no puedo estar más celoso, ¿cómo he podido pasar tanto tiempo lejos de ti, mi Bubulina?

Nunca antes la había llamado así y Beatriz no sabe qué quería decir aquello, pero suena romántico. A pesar de la negativa de Nicolò, intentó recogerlo en el aeropuerto. Pero hubo un malentendido con los horarios, él llegó en un vuelo dos horas antes y la llamó ya desde el hotel.

—... Pero he logrado librarme de los Minelli, al menos por esta noche. ¿Cenamos? ¿Conoces un restorán italiano que está delante del estadio Bernabéu?... Sí, sí, justamente ese, Alduccio, me lo han recomendado unos amigos... ¿A las diez y media, dices? ¿Pero tan tarde cenáis en este país, *amore*...? Bueno, qué le vamos a hacer, contaré cada minuto hasta entonces.

Beatriz se había ofrecido para recogerle en su hotel e ir juntos, pero él dijo que no tenía más remedio que tomar una copa con los Minelli antes de cenar.

—... Así nos los quitamos de encima del modo más elegante posible, tesoro. ¿Se te ocurre algún lugar que les pueda recomendar para que se tomen algo por ahí, algún restorán de comida madrileña?

Beatriz mencionó Lucio. Le pareció una divertida sincronía mandar a esos tal Minelli a probar los mismos huevos estrellados que ella había tomado la víspera. Además, quién sabe, a lo mejor coincidían con Pedro, que, por lo poco que sabía de él, parecía ser hombre de gustos y costumbres rutinarias. Todo lo contrario que Nicolò, tan divertido, tan sorprendente siempre.

—¿Y esa barba? —preguntó al ver su nuevo aspecto. No estaba segura de que le gustara del todo, le hacía parecer mayor.

—Es que soy mayor, Bubulina, no te olvides, demasiado viejo para ti —añadió, seguramente para tomarle el pelo, o para que ella le diera mil besos ahí mismo como hizo sin importarle el modo en que todos la miraban.

—Bueno, bueno, deja algo para luego —rio Nicolò.

Y a Beatriz le pareció un preludio de lo que iba a ocurrir en cuanto terminaran los *gin-tonics*: él la llevaría a su hotel, y luego, una vez allí, deberían tener un poco de cuidado para que nadie los viera subir a las habitaciones. Un reparo necesario, pero no por los famosos Minelli, que seguramente a esa hora estarían durmiendo ya, «... sino porque aquí en España piden el libro de familia en recepción —le explicó a Nicolò—. ¿No te parece increíble?».

—Me parece muy bien —respondió él—. En Palermo, que es de donde yo vengo, hacemos lo mismo. Nos gusta cuidar el honor y las buenas costumbres. Anda, ven, empecemos desde ya a recuperar las buenas costumbres, las nuestras, me refiero. —Volvió a reír—. ¿Dónde está tu coche, tesoro?

Se besaron todo el camino hasta llegar al lugar en el que Beatriz había aparcado. La cabeza le daba vueltas después de los *gin-tonics* y debía de notársele bastante porque:

—Ay, mi Bubulina —la abrazó él—. Creo que será mejor que conduzca yo, ¿no crees?

Tomaron Concha Espina arriba, Nicolò al volante, y ella, mientras tanto, robando a cada rato su mano de la palanca de cambios para ponerla en su rodilla, luego en su muslo, aún un poco más arriba de sus altas botas rojas. Mientras, el interior del Mini Morris no tardó en llenarse del perfume que habitualmente usaba Nicolò di Valsi: Eau Sauvage, el preferido de casi todos los hombres en aquel entonces, entre ellos y por cierto, Pedro A Secas. Pero qué distinto, qué maravillosamente otro parecía ese aroma entreverado ahora con la barba rojiza de Nicolò. Tanto que Beatriz inclinó su cabeza para refugiarse lo más cerca posible de ella, aspirar su perfume, como antes, tantas veces en el pasado.

Las primeras casas de la colonia de El Viso se recortaban ya contra el cielo estrellado y Beatriz nunca llegó a saber si fue ella o tal vez él quien giró el volante obligando al coche a enfilar hacia un pequeño callejón que encontraron a su derecha. Uno sin salida iluminado por un par de mortecinas farolas que apenas lograban dibujar un amarillento semicírculo a su alrededor.

Segundos después estaba ya entre sus brazos, pero no sin antes reparar en que el suyo no era el único vehículo aparcado allí. Otros cuatro faros apagados hablaban de iguales caricias, de iguales urgencias. Beatriz cruzó los dedos para que el sereno de la zona estuviera lejos en su ronda. Pero luego recordó que, salvo excepciones, los vigilantes de barrios recoletos como aquel tenían fama de manga ancha cuando se trataba de amores impacientes como los de ellos. Ojalá, se dijo, no les tocara una desagradable excepción a la regla, porque los dedos de Nicolò se abrían paso ya entre sus altas botas de charol trepando más arriba. Los suyos, mientras, acababan de salir victoriosos en desigual combate con los botones del pantalón de Nicolò, tan elegantes ellos, tan italianos (pero donde esté una buena cremallera...), al tiempo que su lengua decidía sumarse al festín —«Así, así, así, Bubulina, cuánto tiempo esperando este momento, un poco más abajo...»—, y qué convenientes son los fragores y sobre todo los calores del amor, que enseguida se encargaron de empañar los cristales para preservar la privacidad del encuentro... «Te quiero tanto, amor, haría cualquier cosa por ti... un poco más, más, por favor...».

Y el tiempo pasa y, si el sereno anda por ahí fuera, seguro que es de los comprensivos y qué suerte que así sea, porque a quién le gusta un aquí te pillo, aquí te mato y luego arranco y me olvido, que esto no ha sido más que un calentón. Nada que ver con el modo de proceder de Nicolò, que, después de todas las excursiones imaginables entrando y saliendo por debajo de su falda, descansa ahora jadeante entre sus brazos. Y la estrecha tiernamente justo antes de encender un cigarrillo y ofrecerle una calada: «Te quiero, Bubulina, no puedo vivir sin ti...». Y luego hablan de tantas cosas. Pero en especial del pasado. De sus tardes de amor, del modo en que se conocieron y de cuánto tiempo estuvo él acudiendo a la puerta del colegio a recogerla, sin tocarle ni un dedo, sin un beso siquiera, tan respetuoso, igual que ahora, que le jura que no puede vivir sin ella mientras enciende un segundo Muratti, la misma marca que fuman Marisol y también Pedro, hay modas que traspasan fronteras...

—Pero se nos está haciendo un poco tarde, *amore*, será mejor empezar a ponernos en marcha. ¿Qué hora será? Santa Madonna, las dos de la mañana... Todo es tardísimo en este país, no sé cómo podéis hilvanar una noche y otra sin dormir apenas. ¿Nos vamos?

Beatriz dijo que sí, que por supuesto, al tiempo que se disponía a salir del coche para ponerse al volante.

—Al fin y al cabo, el *gin-tonic* ya lo tengo por los tobillos —rio—, no creo que vaya a ir haciendo peligrosas eses camino de tu hotel.

Pero Nicolò dijo que no, que era él el que la iba a acompañar a su casa y luego tomaría un taxi.

—Cómo crees que voy a dejar que andes sola por la ciudad a estas horas, de ninguna manera, otro beso, Bubulina, y ahora devuélveme mi mano, ¿quieres?, la necesito para cambiar las marchas —sonrió mientras le daba un beso, otro más, esta vez en el cuello—. ¿Por dónde se va a tu casa, *amore*? En cuanto deje atrás este par de calles y tome por la primera avenida grande tú me guías, ¿quieres?

Se despidieron en la puerta de casa de Beatriz. El sereno de su calle no era complaciente como los de El Viso, de modo que optaron por un beso rápido y un simple hasta mañana.

—¿A qué hora nos podremos ver?

—No sé, mejor te llamo yo.

—Está bien. Dime más o menos a qué hora para que esté pendiente del teléfono y pueda coger la llamada. No quiero que tío Encho o Perlita sepan...

—¿Que está por aquí el malvado siciliano por el que tus padres te mandaron al exilio? Si me coge el teléfono uno de tus tíos puedo decir que soy tu profesor de *verbs irréguliers*. Me sale muy bien el acento del Midi.

Beatriz le había hablado en Alduccio de la tonta mentira que le contó a Pedro la víspera en Gitanillo's para volver a casa pronto y se habían reído mucho los dos.

—*Très bien, monsieur* Dupond. ¿A qué hora debo esperar su llamada?

—Por la mañana tengo reuniones, después me temo que tendré que almorzar con los Minelli, así que calculo que puedo estar de vuelta en el hotel a las cinco y te llamo desde allí. Y ahora, sabiendo cuánto te quiero, duerme bien, mi niña —concluyó robándole un último beso justo cuando Mariño, el sereno de la manzana, se anunciaba ya haciendo sonar su chuzo de madera contra los barrotes de una reja cercana.

* * *

Al día siguiente, Beatriz decidió no esperar a que la llamara Nicolò. Se le había ocurrido un plan mejor. La idea se la dio la cajetilla vacía de Muratti Ambassador que él dejó olvidada la víspera entre los asientos de su coche. O, para ser exactos, algo que había adosada a ella, unas cerillas del Palace. Así que ese era el hotel en el que se hospedaba. «Perfecto —se dijo Beatriz—. En ese caso, ya sé lo que voy a hacer», y arrancó rumbo al Florence Nightingale como hacía cada mañana.

Miró el reloj del salpicadero. Dios mío, casi las ocho y media; una vez más llegaría tarde a clase. «Normal. —Suspiró mientras conectaba el radiocasete—. Llevo dos noches acostándome a las cuatro de la mañana y levantándome tres horas más tarde. Seguro que me quedo frita en la clase de *verbs irréguliers*», se dijo. Pero tampoco le importó demasiado. Contrariamente a lo que le había dicho a Pedro, sus notas en Francés eran excelentes.

> *Eran los días del arcoíris,*
> *se iba el invierno,*
> *volvía el buen tiempo...*

Aquella canción de Nicola di Bari la acompañaba cada mañana en el trayecto hasta el Florence Nightingale y, sobre su música, que tanto le recordaba a él, empezó a trazar su plan. Nicolò decía siempre que le encantaba su capacidad para sorprenderle, para hacer cosas imprevisibles. ¿Qué tal si, sabiendo que iba a estar de vuelta en su hotel a las cinco, ella se le anticipaba? Sí, igual que en Londres cuando se veían en el apartamento cerca de su colegio y ella lo esperaba en la cama y desnuda.

> *Brillaban tus ojos de luna y estrellas,*
> *sentías una mano rozando tu piel...*

Ya ves lo que pasa cuando estás enamorada; todas las canciones hablan de ti. «Es así de cursi y así de cierto», se dijo riendo. El otro día, Frank Sinatra en Gitanillo's le había hecho ver que se acababan sus temores y que se encontraba frente a *«the final curtain»*, el «telón final». Y ahora era aquel tocayo de Nicolò el que contaba la historia de una adolescente que se acuesta niña y se levanta mujer. ¿Y no era exactamente esa su historia con él? Claro que sí. En lo único en lo que no estaba de acuerdo con Nicola di Bari era en la última estrofa de su canción, esa en la que se pone moralista sermoneando que, en realidad, una niña solo madura cuando llega el tiempo de hacerlo sin darse cuenta de que esa búsqueda a destiempo del amor le impide vivir una de las etapas más bonitas de su vida. Tonterías. Tenía más razón Sinatra cuando cantaba que se acercaba para ella el final de la función. Mucho más bella como imagen, más cierta también. Ahora, lo único que necesitaba para completar la metáfora era repetir una escena simétrica a la de sus muchos encuentros allá en Londres.

Beatriz bosteza. Está tan cansada. Cansada y feliz. Apenas seis o siete horas y podrá quedarse dormida entre sus brazos. Por eso se dice que, durante toda la clase de francés, mientras sus compañeras conjugan el verbo *être* y se rompen la cabeza con las excepciones del *passé simple*, ella irá perfilando su plan. El modo en que iba a entrar al Palace, por ejemplo, o cómo se las ingeniará para burlar al conserje y llegar arriba, a las habitaciones. ¿Cómo demonios conseguirá colarse en la de Nicolò y esperarle allí? La respuesta a esa pregunta también la tiene Nicola di Bari, que ha recomenzado de nuevo su canción:

> *Te has convertido en más fuerte y segura,*
> *porque ya has iniciado la aventura...*

«Es verdad —se dice Beatriz—. Comenzada está desde hace tiempo y ahora lo único que falta es vivirla».

30

HABITACIÓN 513
[Beatriz]

—¿La habitación del señor Di Valsi, por favor?

—¿Quién lo busca?

—Traigo una carta para él, pero tengo orden de entregarla en mano. Me está esperando.

—Muy bien, señorita. Aguarde un momento, por favor.

A las cuatro y media de la tarde, Beatriz Calanda había encontrado aparcamiento a media manzana del Palace (qué buen presagio) y, ya una vez en el *hall*, logró también abrirse paso entre un nutrido grupo de asistentes a quién sabe qué congreso, que se arremolinaba por ahí a la espera de su equipaje. Qué suerte, se dijo, que aquella mañana hubiera decidido ponerse falda. Una recatada, que le daba además un aire mucho más serio y formal que los pantalones de pana que habitualmente llevaba al Florence Nightingale. De este modo, podía pasar perfectamente por una secretaria, por una eficaz asistente. Así lo debió de interpretar el conserje al que se había dirigido, porque de inmediato le facilitó la información que buscaba.

—Es la 513, señorita. —Y luego, con el teléfono ya en la mano—: ¿A quién tengo que anunciar?

Beatriz no había previsto este contratiempo, pero enseguida se le ocurrió el modo de solucionarlo.

—Mi nombre es... —comenzó, y a continuación se detuvo en mitad de la frase con un—: Ah, pero mire quién está allí, ¡si es el propio señor Di Valsi! Sí, allá arriba, ¿no lo ve usted?

Sí, hombre, junto al arranque de la escalera... Muchas gracias por su ayuda —añadió, regalándole la mejor de sus sonrisas—. ¡Señor Di Valsi, señor Di Valsi!

Nicolò no estaba junto al arranque de la escalera ni en ninguna otra parte del hotel, pero quién se iba a dar cuenta en la marea de gente que se arremolinaba en el *hall*. La idea de Beatriz era dirigirse a la famosa rotonda del Palace y pedir allí una Coca-Cola mientras decidía cuál podía ser la mejor manera de acceder a las habitaciones. En un establecimiento tan caro, posiblemente hubiera ascensoristas, y estos eran famosos por su buen olfato a la hora de detectar intrusos y sobre todo intrusas de las que a veces revolotean por los hoteles de lujo. Pero si los ascensores presentaban dificultades, ¿qué le impedía subir andando? Seguro que aquella escalera que había un poco más allá daba directamente a las habitaciones.

Encontró el primer piso desierto, también el segundo. En el tercero vio un carrito de la limpieza delante de una de las puertas. Qué tarde hacen las habitaciones en este hotel, pensó, pero enseguida añadió que en esta ocasión podía ser una ventaja, porque, si en el quinto piso encontraba también algún miembro del equipo de limpieza retrasado en sus tareas, ya tenía el mejor medio para acceder a la habitación de Nicolò. «Por favor, por favor, que sí lo haya», rezó, y sus santos favoritos debían de estar de buen humor aquel día porque lo primero que vio al llegar al rellano fue a una camarera. Apenas de unos quince o dieciséis años, empujaba un carro rebosante de sábanas, de toallas, de plumeros y bayetas, tan pesado que las ruedas acababan de quedársele atascadas en el caminero que revestía el pasillo.

—¿Te ayudo? —se ofreció sonriente Beatriz mientras unía sus esfuerzos a los de aquella chica hasta que juntas (y con no poca dificultad) lograron liberar el carro—. Ya está. Hay que ver lo que pesa este cacharro —sonrió, y luego, siempre en el mismo tono cordial—: Tú eres María, ¿verdad? Te recuerdo del otro día y qué suerte encontrarte ahora. Soy de la 513 y me he dejado la llave dentro. ¿Te importaría abrirme?

«La fortuna ayuda a los audaces», se dice ahora Beatriz repitiendo mentalmente una frase de Virgilio, que figuraba en la tapa de su libro de literatura y de cuya veracidad no estaba del todo convencida, pero que, si se comprobaba esta vez, pensaba convertir en toda una declaración de principios. Y sí, a la fortuna debían de gustarle los audaces —o los caraduras—, porque la camarera respondió que no, que María era su compañera, que ella era Conchi, para servirla, y que le abriría la puerta, faltaría más. Ya está. ¿Necesita alguna otra cosa, señorita?

* * *

Las dos habitaciones de Nicolò, porque se trataba de una suite, tenían las cortinas echadas y Beatriz decidió mantenerlas así. Las lámparas que había por ahí, sobre todo las de las mesillas de noche, daban una luz (casi) tan mortecina como las de las farolas del callejón en el que habían hecho el amor apenas unas horas atrás. «En los hoteles caros parece que nadie lee un libro —reflexionó—, no se ve tres en un burro». Pero bueno, no era su intención dedicarse a la literatura en este momento. Miró su reloj, las cinco menos cuarto. Perfecto. Tenía quince deliciosos minutos en los que disfrutar del placer anticipatorio de prepararse para él.

Pensó por un momento en darse un baño o tal vez, mejor aún, esperarle allí, con la bañera llena de espuma. Pero no, la idea era que el encuentro de hoy recordara en lo posible sus furtivas tardes londinenses, de modo que la espera habría de ser en la cama y como a él le gustaba. Comenzó a quitarse la ropa. A su derecha había un gran espejo y se gustó al mirarse en él mientras se desnudaba. Llevaba menos de un año en Madrid, pero su cuerpo no era el mismo que Nicolò había abrazado en aquel pisito cerca de Woolworths. Se había vuelto menos rectilíneo, de contornos más suaves y acogedores. Abrió la cama. Las sábanas le parecieron heladas y sintió un escalofrío que la obligó a ovillarse. La luz de la mesilla estaba encendida. ¿Qué era mejor, dejarla así para que él la viera nada más entrar por la puerta, o apagarla? Olían a espliego aquellas sábanas que ahora empezaban a caldearse con su cuerpo. «Dios mío —se dijo—, tengo que hacer un esfuerzo, me estoy quedando dormida, no me extraña, con tanto sueño atrasado, tantas noches durmiendo poco... pero, por favor, no. Necesito estar despierta cuando él llegue, necesito ver su cara cuando...».

Lo próximo que Beatriz recuerda es una voz que dice: «¡Puta, puta, grandísima *fliglia di puttana*!», y luego una silueta recortada contra el dintel que grita en italiano, aunque pronto pasa a un español con un incongruente acento mexicano para añadir:

—¿Y se puede saber qué haces acá, hija de la chingada?

Beatriz piensa por un momento que es un sueño, solo una tonta pesadilla, claro, se ha quedado dormida, estaba tan cansada, pero es ahora una garra de largas uñas rojas la que se cierra sobre el embozo de sus sábanas para arrancárselas de un golpe y dejarla desnuda, vulnerable, ridícula.

—¿No me has oído? Contesta, so zorra, ¿quién eres? Aunque, en realidad, no hace falta que me digas nada, ya lo sé: eres Bubulina.

—¿Bubulina? —repite estúpidamente Beatriz recordando el nuevo y cariñoso apodo que tantas veces usó Nicolò la víspera mientras se amaban.

—Sí, cómo te parece, ahora resulta que todas ustedes son Bubulina. ¿Qué te contó ese grandísimo hijo de mala madre? ¿Que te llamaba así porque tenía una abuela griega a la que adoraba y era tan linda como tú? ¿Que le fascina Kazantzakis y adora bailar *sirtaki*? Ya te voy a explicar yo, *m'hija*, el porqué de tu nuevo nombre —dice ahora aquella mujer que Beatriz mira aterrada mientras trata vanamente de cubrir su desnudez. Pero las usurpadoras manos de uñas rojas no solo la han despojado de las sábanas, sino también de todas las almohadas que había en la cama, por eso no le queda más remedio que taparse torpemente con sus manos doblándose sobre sí misma, lo que la hace sentir aún más ridícula e indefensa. Beatriz intenta levantarse, huir, salir de allí, pero la mano de uñas rojas la vuelve a empujar sobre la cama.

—Ni se te ocurra moverte, siempre he querido hacer esto y te ha tocado a ti, Lupita, escucha porque me vas a oír.

Las uñas rojas pertenecen a una mujer alta, grande y fuerte como una valquiria, solo que esta es morena. Debe de tener unos cincuenta y pocos años y viste (pantalón príncipe de gales, suéter de cachemir oscuro y collar de perlas a la caja) con esa elegancia en apariencia impremeditada de quien jamás ha tenido que mirar el precio de ni una sola de sus prendas.

—... Yo te voy a decir por qué te llama así —retoma ahora la valquiria del cachemir gris—. Economía verbal, ¿entendiste? No, qué vas a entender tú si a lo mejor no has hecho ni la preparatoria, a él siempre le han gustado las niñitas, cuanto más chicas y tontas, mejor. Lo que quiero decir, mi reina, es que el pinche cabrón se ahorra así meter la pata. Adriana, Gigliolla, Brigitte, Gretien, Marie Chantal, ¿quién más anda ahorita en cartel? Ah, sí, Sheila, Bárbara y Ana Luisa... Mejor no confundirse mientras uno susurra al oído linduras así que todas son «mi Bubulina». Por cierto, ¿tú cuál de todas ellas eres? ¿... Cómo? —continuó aquella mujer terrible—. No me digas que ninguna de las que acabo de mencionar... Pero si esas son las últimas que tiene en catálogo. Tú debes de ser entonces de antigua temporada...

A estas alturas de la conversación, Beatriz al menos ha conseguido esconder en parte su desnudez detrás de un ridículamente pequeño almohadón decorativo que logró sobrevivir al expolio de las uñas rojas. Y es así, aferrada a aquel diminuto salvavidas, que escucha el resto de lo que tiene que decir la mujer de Nicolò.

—... Tú te preguntarás, Bubulina —continúa mientras se sienta en el borde de la cama y enciende (sí, ella también, más que una moda parece una plaga) un Muratti Ambassador—... Tú te preguntarás por qué después de Adriana, Gigliolla, Brigitte y todo el resto de putas, no he mandado a ese pendejo a la chingada. Pues porque no me da la gana, cómo te parece, porque a Nicolò lo he comprado y es mío. A ver, tontita mía. ¿Quién crees que era él antes de que yo apareciera en su vida? Nadie, no más un pariente pobre de mi familia allá en

Palermo, un güey con muchas ambiciones pero más rústico que los abrojos. Es *mi* criatura y me vale madres, ¿comprendes? Cuando le eché el ojo, yo tenía casi cuarenta años y él veinte. Él era guapo como un dios y yo, bueno, ya me ves, no creo que vaya a ganar Miss Mundo este año. «María Pía es la horma de mi zapato», eso le dijo tu cuate Nicolò a mi tío Gian Carlo el día del casorio. Debe de ser la única verdad que ha dicho el muy *figlio di puttana* en toda su vida. Y sí, soy la horma de su zapato (¿quién le iba a aguantar lo que le aguanto yo?), pero da la casualidad de que también él es la horma del mío. ¿Quieres que te diga por qué? Pues porque el güey era justo lo que yo buscaba después de Vittorio. Mi riquísimo y cabroncísimo primer marido, bonita mía —aclaró María Pía mientras soplaba con deliberación echándole todo el humo en la cara—. Nacido en México, pero de papá siciliano lleno de pesos ganados no quieras saber cómo y con un sueño por cumplir: que un hijo suyo volviese a la tierra de la que salió más pobre que una rata para casarse con una Lampedusa.

—¿Lampedusa? —se atrevió a preguntar Beatriz, que, para entonces, temblaba casi tanto de frío como de angustia.

—Supongo que nuestro común hijo de puta te habrá platicado alguna vez de esta familia de la que él apenas es un parientucho tan lejano como misérrimo. Le fascina ir contando por ahí que somos descendientes del famoso autor de *El gatopardo*, y sí lo somos, pero, bueno —continuó, soplando un poco más de humo en dirección a Beatriz—, no nos vayamos por los cerros de Palermo. Ahoritita mismo te estaba platicando de otro carajazo. De Vittorio, mi primer marido, que, aparte de enseñarme español, me dio otra lección interesante que te vendrá bien saber. Que, en la sagrada institución del matrimonio, el que manda es el que tiene la cartera. También tuvo la impagable delicadeza de caerse por las escaleras de la ancestral casa de mi familia (lindísimamente remozada gracias a su más que considerable fortuna oaxaqueña) y partirse la crisma, *ciao*, Vittorio, *grazie mille*.

»A partir de ese momento fui yo la que tenía tanto los blasones como los pesos mexicanos. ¿Y qué crees que hice en cuantito me saqué el luto? Bingo para la señorita: comprarme un marido a mi medida. Ya tenía desde hace tiempo a Nicolò, mi guapérrimo pariente pobre, en la mira telescópica y lo único que tuve que hacer fue disparar. Bang, magnífico trofeo para encima de la chimenea de la casa que nos compramos en Londres con la plata de Vittorio. Una casa lindísima, ni te imaginas cuánto, en la que nacieron nuestras dos hijas, a las que Nicolò adora porque será un marido pésimo, pero es un papá perfecto, te lo aseguro. Un tipo familiar —sonrió María Pía— y deberías tomar nota de este dato porque explica muchas cosas.

»¿Conoces el proverbio alemán *"Blut ist dicker als Wasser"*? No, qué vas a conocer, si no eres más que una niña y no de muchas luces —continuó aquella valquiria inmisericorde, que parecía estar disfrutando enormemente con lo que contaba—. La sangre es más fuerte que cualquier otra cosa, quiere decir más o menos. Pero, híjole, no estoy aquí para darte una clase de literatura —añadió la mujer de Nicolò encendiendo un segundo Muratti con la colilla del anterior—, sino para hacerte ver que ni tú ni ninguna otra pinche Bubulina se va a quedar con *mi* marido. Primero, mi reina, porque no tiene ni un peso, y segundo, porque los hombres son como los cachorritos malos, si los amarras con una correa lo suficientemente larga y tiras de ella solo lo indispensable (pero *bien* fuerte), vuelven ellos solitos a la perrera. Y tercero, porque según en qué parte del mundo, y Sicilia es una de ellas, la sangre tira más que dos tetas, querida hija de la chingada, así que más vale que te vayas tapando las tuyas antes de que agarres una pulmonía triple —concluyó mientras le echaba (como un rico epulón a un perro muerto de hambre y frío) una de las almohadas que antes le había arrebatado.

»Ándale, vístete de una vez y pon tus *piesitos* en polvorosa. Ah, y si por un momento crees que va a llegar él ahorita y vamos a tener acá tremenda escena de telenovela mexicana, gritos, llantos y *balasera*, también estás muy equivocada. No sé qué te prometió para esta tarde, pero ten por seguro que te habrá llamado ya a tu casa para dejar mensaje de que no puede verte. A las siete nos reunimos con los Minelli para ir al teatro de la Zarzuela, él mismo compró los boletos hace un rato. ¡Oh! ¿Así que tampoco sabías que los Minelli son nuestros cuñados y no unos socios de trabajo, como seguramente te dijo? Tze, tze —chasqueó la lengua María Pía en tono (casi) genuinamente apologético—. Mira tú qué lástima, Lupita linda. Y ahora ándale no más y sal de aquí cagando rancheras no sea que avise a recepción de que, al llegar a mi recámara, me he encontrado en la cama a una puta que, seguramente, se equivocó de hotel...

31

LA CARA B
[Ina]

La primavera llegó tardía aquel año. Contrariando el dicho popular, marzo ventoso y abril lluvioso no consiguieron convertir a mayo en florido y hermoso, sino más bien en triste y helado. Por eso Ina y Julián se sorprendieron tanto al descubrir que hacia el día 15, y contraviniendo todos los vaticinios del entonces célebre calendario zaragozano, la situación meteorológica cambió por completo y San Isidro no trajo sus consabidas lluvias, sino una gloriosa mañana de sol que invitaba a todo menos a quedarse en casa.

—Se me ocurre un plan —le dijo Julián cuando Ina, aprovechando que era fiesta, corrió a encontrarse con él en el cuartito junto a los trasteros que le servía de dormitorio. Lo encontró aún a medio vestir, tan guapo con el pelo revuelto y ojos soñadores—. ¿Qué te parecería conocer a la compañera de Esteban? Hace tiempo que Tania me ha pedido que organice un plan a cuatro y hoy es el día ideal para no despertar sospechas.

Ina dudó. Sabía que Tania era un miembro más de eso que Julián llamaba «mi cara B». La expresión la había tomado de ese nuevo invento musical del que había abundantes ejemplares en casa de Pitusa Gacigalupo. Decenas de *long plays*, unos de Nat King Cole, otros de Ella Fitzgerald o de Pepe Iglesias, el Zorro, que Julián se dedicaba a limpiar y guardar en sus fundas a la mañana siguiente de las veladas que, infatigablemente, seguía celebrando su jefa a diario. Según le había explicado Julián a Ina, los *long plays* tenían una cara A con títulos fáciles y pegadizos para complacer oídos poco exigentes y reservaban las piezas más talentosas y complejas para el reverso.

—¿Yo formo parte de tu cara B? —le había preguntado Ina, y él:

—Eres la parte más maravillosa de todas mis caras posibles. Pero ya sabes a qué me refiero con «mi cara B».

Claro que lo sabía, y al mismo tiempo, ignoraba todos sus detalles. Sabía que Julián seguía reuniéndose cada semana con su camarada Esteban Puig, también entrevistándose de vez en cuando con Quique Entrambasaguas y Javier Santa Eulalia, pero no tenía la menor idea de qué hacían en aquellas reuniones.

—¿Y por qué quiere Tania conocerme? También ella pertenece a vuestro... grupo, ¿verdad? Tal vez prefiera que las cosas sigan como hasta ahora.

—Mujer, qué cosas tienes. ¿Por qué no iba a querer conocerte? Además, hoy es San Isidro Labrador y nadie se imaginará que dos peligrosos sujetos tan poco dados a santos y a misas —rio con ganas— como Esteban y yo vayan a llevar a sus novias a la pradera. ¿Te gusta el algodón de azúcar? ¿Y los coches de choque? ¿Y qué me dices de la noria? Espero que no sufras de vértigo, mi amor.

Vértigo. Precisamente esa había sido su sensación más recurrente desde la tarde en que rompió con Antonio. Si alguna vez llegó a pensar que sincerarse con él significaría no tener que decir más mentiras, pronto descubrió lo equivocada que estaba. A partir de ese momento, no le quedó más remedio que redoblar los embustes. El primero de todos, la razón que adujo para cancelar la boda.

«¿Que no estás preparada para el matrimonio? Nunca hemos oído una excusa tan poco creíble», dictaminaron Helena y Teté Muñagorri y, a partir de ahí, la empezaron a mirar de modo distinto, como si intentaran descubrir en ella algún oscuro e inconfesable secreto. Esquivar a las hermanas resultó relativamente sencillo, simplemente se fue alejando de ellas. Pero no podía hacer lo mismo con sus padres adoptivos ni tampoco con Yáñez de Hinojosa. «... Vaya, vaya, parece que la niña no se conforma con un notario y pica más alto», fue la particular interpretación del conseguidor. Yáñez era de los que tienden a confundir las motivaciones ajenas con las propias y en este caso a Ina le pareció una bendición que así fuera. Que creyese lo que le diera la gana y que incluso comenzara —como se apresuró a hacer— a buscarle «... otro candidato, Perlita, querida, cuanto antes nos pongamos manos a la obra, mejor. Las chicas que rompen su compromiso en el último momento levantan ni te quiero contar cuántas sospechas. A ver si la gente va a pensar que ha sido Antonio el que la ha plantado como una lechuga, pero al ser todo un caballero, le ha proporcionado la posibilidad de decir que la decisión fue de ella. No sería la primera vez que pasa algo así, y ni te imaginas la de chicas estupendísimas que se quedan para vestir santos por eso...».

Al que no consiguió engañar fue a Encho. «A ti te pasa algo más, niña. ¿Por qué no me lo cuentas? Mira que una carga, un gran peso, sea lo que sea, se lleva mejor entre dos».

Ina tuvo que morderse el labio para no confesarlo todo ahí mismo. Algún día no tendría más remedio que hacerlo, pero mejor más adelante. Encho seguía sin saber que el correveidile y chófer de Pitusa Gacigalupo con el que se cruzaba casi todas las mañanas era su propio sobrino e Ina temía su reacción cuando se enterase de que tanto Perlita como ella habían contrariado su voluntad. Por eso, era preferible esperar a que Julián tuviese otro trabajo, uno más estable, y eso requería papeles en regla.

¿Pero cómo iba a tener sus documentos en regla si era un prófugo, un forajido según la terminología de la época? Julián sostenía que todo apuntaba a que las cosas estaban empezando a cambiar y que el régimen comenzaba a perder el control de la juventud. Según él, no había más que ver lo que estaba ocurriendo en las universidades más importantes del país. Si antes los estudiantes mostraban un apoyo ilimitado a la figura de Franco, ahora empezaba a atisbarse una tímida oposición. Una que tenía como novedad no proceder de las fuerzas del Partido Comunista en el exilio. Tampoco de la tan mentada conjura judeo-masónica, sino de una nueva generación de ciudadanos que había crecido bajo el régimen y que ahora comenzaba a organizarse contra el gobierno sin que importara el bando en que hubieran militado ellos mismos o sus padres durante la Guerra Civil. «El alumbrar de un tiempo nuevo, Ina, el comienzo de las esperanzas para tantos como yo». Eso decía Julián, pero ella era menos optimista. Pasaban los días, ellos continuaban viéndose tan clandestinamente como antes de que rompiera su compromiso con Antonio y nada de lo que Ina percibía a su alrededor hacía presagiar que estuviera a punto de producirse cambio alguno.

—Bueno, ¿qué me dices? ¿Nos vamos esta tarde a la verbena?

Una vez más tendría que mentir en casa, pero en esta ocasión iba a ser fácil. Siempre podía decir que la habían llamado las hermanas Muñagorri para ir a las fiestas del santo. Por fortuna, Yáñez de Hinojosa (que de inmediato hubiera dicho que aquella invitación no podía ser cierta, que a las muy finolis señoritas de Muñagorri se las vería mucho antes bailando el cancán en el Moulin Rouge que en la pradera de San Isidro) estaba fuera de la ciudad. Encho y Perlita se mostraron encantados con la idea. Les preocupaba ver que, desde su ruptura con Antonio, su hija apenas pisaba la calle. Pasaba las horas muertas encerrada en su cuarto. O si no, se dedicaba a vagar por el edificio como alma en pena. Qué extraña actitud la suya. Según le contó Perlita a Encho, Angelita la cocinera se la había encontrado ya un par de veces en lugares tan inverosímiles como la zona de los trasteros o haciendo no se sabe qué en el garaje.

Si ellos supieran. Tendrían que saberlo algún día (no muy lejano, se prometió Ina). Pero de momento, no había más remedio que continuar con las mentiras.

* * *

—¿De veras, niña, que vas a ir vestida así a la verbena? —se asombró Perlita al ver el atuendo elegido por su hijastra: una vieja falda de lanilla demasiado larga para como se llevaba esa temporada y una rebeca oscura con su jersey a juego—. Solo te falta una boina para parecer una miliciana —bromeó mientras la despedía en el zaguán con un beso—. Por cierto: si te acuerdas, tráeme dos perras chicas en pastillas de leche de burra. Son estupendas para el estómago y seguro que las venden en la pradera.

A Julián también le había sorprendido su aspecto cuando se encontraron a dos manzanas del edificio en el que ambos vivían como solían hacer siempre para despistar.

—¿Te has vestido de Ninotchka, amor? A ver si te crees que las chicas de la cara B van por ahí disfrazadas de Greta Garbo en versión Ernst Lubitsch, espera a conocer a Tania.

Tania, la novia de Esteban, no iba vestida de Ninotchka, pero Ina adivinó que era ella antes incluso de que se abriera paso entre la multitud que en ese momento se daba cita en la pradera.

—Encantada, chica, por fin estos siesos me han hecho caso —la saludó, plantándole de entrada un par de, por aquel entonces, nada habituales y fraternales besos.

Debía de estar rozando la treintena, aunque nadie lo hubiera dicho a juzgar por sus ojos infantiles, su pelo rojizo y revuelto o esa voz medio atiplada en la que se adivinaba algo así como un ya casi perdido deje andaluz. Solo los labios delataban su edad. No cuando reían porque en ese caso eran tanto o más juveniles que el resto de sus rasgos. Pero sí cuando se mostraba seria. Entonces —y se diría que a su pesar— las comisuras se daban por vencidas y caían delatando una hasta ese momento bien disimulada amargura o pena. El resto de su aire, en cambio, era tan despreocupado como ella: una falda que alguna vez debió de ser gris y ahora solo era parda, una blusa azul lavada tantas veces que blanqueaba en las costuras y, como incongruente estrambote, un mantón de Manila de largos flecos que manejaba con inesperado donaire.

—... Se lo he pedido *prestao* a una vecina. A la guerra como a la guerra y a la verbena como a la verbena. ¿No te parece? Anda —añadió, enhebrando su brazo en el de Ina—. Deja que estos dos se pongan al día hablando de sus cosas. Tú y yo vamos a dar un garbeo por la pradera, a ver qué hay por ahí.

Ina miró a Julián sin saber qué responder y luego fijó su atención en Esteban. Era la primera vez que coincidía con él después de aquella tarde en California 47. De entonces, recordaba pocos detalles de su aspecto físico. Solo que era extremadamente alto y huesudo con una nariz recta y larga y una de esas barbas cerradas que, por más que se apuren a navaja, dejan siempre una azulada sombra. También recordaba haberse fijado en la ocasión anterior que, como muchos otros hombres de esos años difíciles, llevaba el bolsillo superior de su chaqueta en el lado derecho y no en el izquierdo del pecho, lo que delataba que su traje había sido vuelto del revés por algún apañado sastre para darle una segunda vida. Pero esa tarde vestía unos pantalones que debieron conocer tiempos mejores, alpargatas y una camisa tan gastada como la de Tania, pero con bastante más imperiosa necesidad de jabón que la de su compañera.

—Hola, cómo estás —saludó con un desganado apretón de manos al que acompañó de una mirada escrutadora, como si intentara extraer tantas conclusiones de la apariencia de Ina como ella de la de él.

—Anda, anda, que ya veo a estos dos con ganas de pegar la hebra. Hay que ver, ¡pero si no descansáis ni en las fiestas de guardar! —los regañó Tania—. Id a planear la revolución, que nosotras mejor nos vamos a tomar una horchata.

Ina se alarmó. Había palabras que era preferible no mencionar ni siquiera en broma. Pero en boca de Tania todo sonaba ligero, intrascendente.

—¿Qué te ha contado de nosotros ese novio tan guapo que tienes? —inquirió mientras comenzaban a abrirse paso entre la muchedumbre. Los flecos de su mantón oscilaban, derecha, izquierda, con mucho garbo—. ¿Que somos peligrosos conspiradores? ¿Que nos conocimos los tres en Francia hace años y que luego, al bajar Julián del monte y llegar a Madrid, Esteban y yo lo ocultamos en nuestra casa hasta que consiguió el empleo que ahora tiene? ¿También que trabajamos de sol a sol en una fábrica de cartonaje, pero que la mayor parte del sueldo lo dedicamos a nuestra *otra* actividad, esa que es mejor no mencionar porque las paredes oyen?

—Julián jamás habla de eso. No me ha contado nada, Tania.

—Puri, ese es mi verdadero nombre. No muy adecuado para una miliciana como podrás ver. A Esteban le pasa lo mismo. Se llama Pío y de apellido Del Rey, así que figúrate. Vaya nombres para unos forajidos, ¿no? Más parecemos falangistas o miembros de Acción Católica.

Ina volvió a alarmarse. En la pradera no había paredes indiscretas como las que describía Tania, pero sí multitud de personas de toda edad y condición que se arremolinaban ante los puestos de churros, o la barraca del tiro al blanco y, en especial y en ese momento, ante el de la tómbola: ¡una muñeca para la señorita! Eh, vosotras, las guapas, sí, tú, la del mantón y también su amiga la del aire *asombrao*, acercaos a probar suerte. ¡A ver si os toca nuestro premio gordo, la olla exprés de importación!

—¿No es peligroso dar tu nombre real? Pensé que nadie lo conocía.

—Ay, criatura, para mí que has leído demasiadas novelas. Pero más de Arsenio Lupin que de Arturo Barea. En realidad, en eso que llaman «la clandestinidad», todo es bastante más normal de lo que imaginas.

—Yo no me imagino nada, casi prefiero continuar tan ignorante como hasta ahora.

—Tranquila, que no te voy a confesar ninguno de nuestros terribles crímenes —rio ella nuevamente— y tampoco creo que te saque de tu ignorancia saber que me llamo Puri y que el nombre de Tania lo tomé prestado de una novelita olvidada de Máximo Gorki. Si quieres que te diga la verdad, lo uso más por romanticismo que por otra cosa. En realidad, los nombres supuestos solo sirven para los comunicados con otras células.

—¿Y qué es una célula?

Para entonces se habían hecho ya con un par de horchatas y sentado a la sombra de una acacia a degustarlas. Desde donde estaban, se dominaba toda la pradera, velada aquí y allá por el humo de churros y buñuelos. Tania también decidió contribuir a la bruma general encendiendo un Bisonte mientras explicaba todo lo que Ina jamás se había atrevido a preguntarle a Julián.

—Descuida, que no te estoy revelando nada que no sea más que conocido. Nuestro *modus operandi* está en los libros, incluso en las noticias de los periódicos, siempre que sepas leer entre líneas. ¿Que qué es una célula? Nada más que un sistema de compartimentos estancos que nos permite defendernos de la policía. Su funcionamiento es sencillo. Cada célula está formada por cinco o seis personas, todo lo más. El responsable de la célula conoce a su vez al responsable de otra célula similar, pero los miembros de una y otra no se conocen entre sí, de modo que, si alguien cae en manos de la policía, solo puede delatar a sus cinco compañeros, nunca al resto, de modo que el chivatazo no puede ir muy lejos.

—¿Y hay muchos chivatos?

—Teniendo en cuenta que se nos considera peligrosos comunistas y que Roberto Conesa y sus acólitos de la Brigada Político-Social se jactan de dominar el arte de hacer el «submarino» y otros métodos igualmente convincentes para provocar delaciones, es preferible no esperar heroicidades de nadie. Cuanto menos sepas, menos puedes cantar.

—Dios mío, Tania, ¿a las mujeres también las someten a cosas así?

—Los de la Secreta no hacen distingos, hombres, mujeres, qué más da. Son muy igualitarios ellos. Una vez que entras en ese edificio, en apariencia tan inofensivo, que hay en la Puerta del Sol, y ante el que tanta gente se da cita para recibir el año nuevo, tienes suerte si sales solo con un tímpano reventado y unos cuantos dientes menos. ¿No has oído lo que dicen por ahí? Ay, reloj de Gobernación, que por fuera das la hora y por dentro la extremaunción.

—¿Por qué decidiste meterte en esto?

Las comisuras de los labios de Tania cayeron por primera vez, dibujando ese rictus de dolor que Ina había creído intuir cuando se conocieron. Ina pensó que debía de haber tocado un punto especialmente doloroso para ella y lo único que se le ocurrió para reconducir la conversación fue preguntar—: ¿Lo hiciste por Esteban?

—No te cae bien, ¿verdad?

—No sé. Es la segunda vez que lo veo. Parece... ¿cómo decirlo? Demasiado seco, áspero, sí, tal vez sea solo eso, y lo estoy juzgando por meras apariencias. Pero no es a mí a quien tiene que gustarle, sino a ti.

Su nueva amiga se encogió de hombros.

—Él es así, pero no podemos vivir el uno sin el otro. Lo conocí en un momento en que mi vida no valía nada y Esteban... Pero no —se interrumpió de pronto Tania, apagando su Bisonte y poniéndose en pie de un salto—... Nada de tristuras. ¿A qué hemos venido a la verbena, niña? ¿A hablar de la revolución pendiente, del cabronazo del policía Conesa y de mi atribulada vida antes de conocer a Esteban? Para eso no viene uno a la pradera. Este mantón *alfombrao* está pidiendo a gritos que lo meneen por ahí. ¿Sabes bailar el chotis? No, claro, se me olvida todo el rato que no eres de aquí. Anda, vamos a buscar a nuestros hombres. ¡Ni te imaginas lo bien que baila *Una morena y una rubia* mi Esteban, ese feroz guerrillero!

El resto del tiempo que Julián y ella compartieron con Tania y Esteban en la pradera, Ina lo dedicó a hacerse preguntas. Y dio igual que, en aquel momento, se encontraran los cuatro probando suerte en la tómbola o acodados en la húmeda barra de algún quiosco de bebidas tomando unas cañas, porque en su cabeza se agolpaban multitud de incógnitas para las que no tenía respuesta. ¿En qué consistirían las actividades clandestinas de sus acompañantes? Las veces que había intentado tirarle de la lengua a Julián solo había cosechado estruendosos silencios y ahora que, gracias a Tania, en apariencia tan abierta, tan dicharachera, había logrado obtener algo más de información, resulta que la puerta de las confidencias se había cerrado tan rápido como parecía haberse abierto. ¿Por qué? ¿Era fingida la personalidad franca y burbujeante de su nueva amiga, o solo una impostura por su parte? En realidad, ¿con quién había estado departiendo hace un rato? ¿Con Puri la de la eterna sonrisa y el mantón de Manila? ¿O con Tania, la que había tomado su nombre de Máximo Gorki y a la que delataba aquel rictus de amargura que ella, Ina, había provocado sin darse cuenta? ¿Y Esteban Puig? Es verdad que no sentía demasiada simpatía por él. Había algo en su forma de mirar, en la sombra de su barba nunca apurada del todo, que le producía escalofríos. Y, sin embargo, se dijo, al verlo ahora abrazado a Tania mientras bailaban, tan alto y desgarbado, con el cuerpo inclinado sobre ella como si quisiera protegerla de quién sabe qué peligros e inclemencias, no podía por menos que despertar su ternura.

«Qué difícil es juzgar a nadie —continuó diciéndose—. A diferencia de las novelas en las que uno sabe enseguida quiénes son buenos o malos, en la vida te equivocas todo el tiempo. Y, cuando crees saber cómo es una persona por un dato, un rictus, una sonrisa —concluyó—, resulta que otro dato, otro rictus y otra sonrisa te hacen pensar lo contrario...».

Ina mira ahora a Julián. Parece feliz junto a los camaradas.

—Venga, amor —dice él, cogiéndola por los hombros—, vamos a probar suerte en el tiro al blanco. Anda, dispara tú... Bueno, vale, lo haré yo, si tú no quieres. ¿Apunto para que nos toque el oso de peluche de allá arriba o mejor una caja de mantecados?

Fue solo entonces, al ver a Julián con los ojos chispeantes y aquella vieja escopeta de perdigones apuntando al oso de peluche, cuando recordó de dónde venían ellos tres y cuáles habían sido —y tal vez eran aún— sus nunca confesadas actividades. E Ina sintió que una corriente helada le recorría la espalda.

—... Anda, niña, ¿a qué viene esa cara tan seria? —la regañó Tania, interrumpiendo sus cavilaciones—. Julián nos ha dicho que andabas buscando caramelos de leche de burra para tu madre y mira, mi Esteban te ha *comprao* dos perras chicas para que se los lleves. Anda, cielo, dáselos, a ver si cambia esa cara de funeral. ¡Que es San Isidro, criatura, y aún nos falta montar en la noria! Venga, aprovechemos ahora que casi no hay cola. Y dile a tu Julián que te abrace bien fuerte cuando estéis en lo más alto, no veas el vértigo que da mirar *pabajo*...

* * *

Aquella tarde de verbena fue el primero de otros muchos encuentros. A veces quedaban los cuatro para unos vinos o para pasear por el Retiro. Otras, eran Tania y ella las que se citaban para hacer compras o compartir un café. Las tiendas que frecuentaba con su nueva amiga eran muy diferentes a las que podrían gustar a las hermanas Muñagorri y el café ni siquiera merecía tal nombre porque era achicoria clareada con leche, pero a Ina le encantaban aquellos planes sencillos. Incluso llegó a acostumbrarse a las rarezas de Esteban. Es cierto que le seguían inquietando sus silencios, su barba azulada, su aire mal encarado, pero estos y otros detalles se le olvidaban cuando lo veía junto a Tania. Era evidente que se adoraban. Hasta sus ojos, tan huidizos, parecían amansarse cuando la miraba. Y luego estaba ese modo suyo de protegerla que se manifestaba en cada uno de sus gestos. En cómo le abrochaba los botones del abrigo hasta bien arriba para que no se acatarrara, en el modo en que escuchaba sus opiniones cual si fueran santa palabra, o cómo esperaba a ver su reacción antes de tomar una decisión. Tania pronto se convirtió en la amiga que Ina siempre había deseado. La leal, la incondicional, la que sabe lo que quieres o necesitas. Es cierto que no volvieron a hablar de lo que Tania llamaba «la clandestinidad» y Julián denominaba su «cara B», pero compartían otras confidencias. Como la preocupación de Ina por cómo y cuándo hablarles a sus padres de Julián, por ejemplo.

—Está *chupao* —opinó Tania, una tarde sentadas las dos en un banco del Retiro—, eso se arregla con un cómplice.

—¿Un cómplice?

—Sí, chica, un *monró*.

—¿Y eso qué es?

—Es una preciosa palabra en caló que lo resume todo: colega, compinche, amigo, cómplice...

—¿Y dónde encuentro yo a ese *monró* del que hablas?

—Pues es bien sencillo, en tu propia casa: tú lo que necesitas es camelarte primero a Perlita.

Ina tampoco había oído antes eso de «camelar» y así se lo dijo a su amiga, pero Tania no tenía ganas de perder tiempo explicando sus raíces andaluzas ni su predilección por las expresiones gitanas. Al menos no aquella tarde. Le parecía más urgente ayudar a Ina con sus incertidumbres.

—... Sí, chiquilla, confesarse con alguien es la mejor manera de convertir a ese alguien en un aliado. ¿No me dijiste que fue Perlita la que consiguió a Julián empleo? ¿Y que lo hizo porque ella le tiene mucha ley a todo lo que tiene que ver con la familia, con la sangre? Pues, por esa misma razón, seguro que te ayudará a ablandar a tu padre.

—Siempre ha dicho que no quiere saber nada de su sobrino, según él la sangre solo trae problemas, veo difícil que cambie de opinión.

—No si tú estás por medio.

—¿Qué quieres decirme con eso?

—Lo mismo que me has contado tantas veces. Que tu padre solo tiene un único punto débil en su vida, y ese eres tú. Aun así, siempre es mejor tener a alguien que allane los caminos, que te lo ponga en suerte, como dicen los taurinos. Habla con Perlita, entre las dos conseguiréis hacerle cambiar de opinión. Estás a un tris de conseguir tu objetivo, te lo digo yo.

Tan convencida parecía su amiga que Ina se dijo que no perdía nada por intentarlo y comenzó a trazar su plan. Incluso había elegido el momento perfecto para confesarse con Perlita. Lo mejor, se dijo, sería aprovechar ese rato después de almorzar en que Encho se retiraba a sus cosas y Perlita y ella se quedaban charlando en su salita o gabinete decorado con motivos bolivianos. Y, para evitar cualquier otra interrupción inesperada, Ina optó por una tarde en concreto. La de un jueves, que era cuando Yáñez de Hinojosa venía a almorzar. Después del café, Encho y el conseguidor solían encerrarse a despachar asuntos y rara vez salían de allí antes de las cinco o incluso las seis de la tarde. Tiempo más que suficiente para ganar a Perlita para su causa. Incluso había ensayado lo que iba a decirle. Tenía pensado mencionar a su nueva amiga Tania, contarle lo sensata que era y cuánto la había ayudado en estos meses. Y, ya metida en harina, ¿por qué no ir un poco más allá y confiarle también que Tania y su novio Esteban eran gente sencilla, trabajadora pero llena de ideales y que estaban luchando por cambiar tantas cosas? Es cierto que Perlita llevaba mucho tiempo viviendo en el mundo encopetado en el que se movían desde que llegaron a Madrid, pero sus orígenes eran otros. Había conocido a muchas personas parecidas a sus nuevos amigos, sabía de sus penurias, de sus afanes, de sus sueños de cambio.

Llegó por fin el día elegido. Durante buena parte del almuerzo, Ina se dedicó a repetir mentalmente todo lo que pensaba confesarle a Perlita en cuanto Encho y Yáñez de Hinojosa se retiraran y no prestaba demasiada atención a la conversación general. O para ser más exactos, no se la prestaba en absoluto hasta que uno de los nombres que formaba parte de su bien ensayado discurso apareció de pronto en boca de Yáñez de Hinojosa.

—... Sí, un tipo con nombre de guerra, Esteban Puig, pero que en realidad se llama Pío del Rey. ¿Qué tal como nombre para un facineroso? —Eso iba diciendo Yáñez de Hinojosa cuando a Ina se le heló la sangre.

—Perdona, Juan Pablo —acertó a decir, pensando que tal vez no había oído bien—. ¿Puedes repetir lo que has dicho? Estaba distraída.

—Querida mía, desde que plantaste al pobre Antonio como una escarola, distraída es tu estado natural. Pero veo que he conseguido atrapar tu atención. Supongo que a ti también te fascinan las noticias que salen en *El Caso*.

—¿*El Caso*? —repitió, tratando de ganar tiempo. Necesitaba desesperadamente evitar que le temblaran las manos, los labios. Optó por dejar sobre el plato la cuchara con sopa que acababa de llevarse a la boca y se irguió intentando que su voz sonara lo más intrascendente posible al añadir—: Ah, sí, ahí es donde se publican todas esas historias de robos, de asesinatos, de crímenes sin resolver...

Esto iba enumerando Ina mientras rezaba para que aquello no estuviera relacionado con Tania, y menos aún con Julián, por favor, por favor, Dios mío...

—Ya me parecía que hasta una chica más dada a los libros que a las gacetillas leería también *El Caso* —rio Yáñez de Hinojosa—. Todos mis amigos (aunque jamás lo confesarían) lo compran a escondidas. Sí, Encho, no pongas esa cara de asombro, se publican cosas tan mortalmente aburridas en el resto de los semanarios gráficos: que si la cosecha de centeno ha sido espectacular este año; que si una ama de casa que ha ganado quince mil pesetas en un concurso radiofónico sobre los ríos de España ha decidido donar la totalidad del premio a un asilo de ancianos; que si coros y danzas de la Sección Femenina va a dar muy pronto un recital en Aranjuez... que se agradece tener al menos una pequeña (y jugosa, por no decir sangrienta) distracción. Controlada y muy medida, naturalmente. Por eso los censores y otros guardianes de nuestra integridad moral lo tienen muy claro. Manga ancha para *El Caso*, sí, pero hasta cierto punto. De ahí que le permiten publicar únicamente un crimen por semana. Conviene ser mesurado en todo, ¿no te parece, Encho?

—Nunca he visto una de esas publicaciones. ¿De qué tipo de historias estamos hablando?

—Uy, de todo tipo. Las hay apasionantes, como el crimen del baúl, que tuvo por triste protagonista a un actor famosísimo al que encontraron hace poco hecho cachitos en un enorme cesto de mimbre en el que guardaba su ropa de escena. O sorprendentes, como «El misterio de la mano cortada», o directamente atroces como la cajita con un par de ojos infantiles y azules que apareció la semana pasada en Correos. Pero *El Caso* es también la publicación que con más atención debe uno leer si desea enterarse de lo que pasa en el submundo.

—¿En qué submundo? —se interesó esta vez Perlita.

—¿Y cuál va a ser, querida? El de los opositores al Caudillo. El de esos forajidos que quieren destruir la paz que nos ha costado tanta sangre alcanzar.

—Y ese Pío del Rey —se atrevió a preguntar Ina—, ¿qué ha hecho?

—La noticia solo se hace eco de su detención. No da detalles de sus actividades criminales. Cuanto menos se conozcan, mejor, no hay que mermar la moral de la inmensa mayoría de ciudadanos que cumplen con la ley. No sé qué habrá hecho el tal Pío del Rey, pero me lo imagino, porque el *modus operandi* de este tipo de indeseables es siempre el mismo, son muy poco originales. Habrá intentado, infructuosamente por supuesto, sabotear una línea de metro, o pretendería tirar una botella llena de gasolina ante la embajada de alguno de los países de los que gallardamente ha votado a favor de la inclusión de España en los organismos internacionales; o tal vez solo lo hayan pillado repartiendo propaganda subversiva, soliviantando a la buena gente que lo único que quiere es trabajar y llevar un digno jornal a su casa. Pero qué más da lo que hiciera, el caso es que lo han pillado, la razón no importa.

—¿Cómo que qué más da y que la razón no importa? —era Perlita la que se sorprendía ahora—. No creo, me parece a mí, que sea lo mismo sabotear una línea de metro que repartir unas cuantas octavillas.

—Perlita, querida —retrucó el conseguidor, esforzándose en demostrar que hacía gala de una santa (y bastante paternalista) paciencia—. Soy el primer y más ferviente admirador de tu muy cristiana compasión y misericordia. Pero te aseguro que este fulano no merece ni una cosa ni otra. Vivimos tiempos duros en los que es mejor prevenir que curar. ¿Qué quieres? ¿Que volvamos al caos y al horror que nos llevó a la guerra? Todo menos eso.

—Supongo que lo que pretendes decir es que el fin justifica los medios —atajó Ina, pero si el conseguidor detectó el punto crítico que latía bajo aquellas palabras, prefirió tomarlas como una aceptación de su propia tesis.

—En efecto, Ina, muy bien visto por tu parte. Palo y tentetieso. España es diferente y el Caudillo es quien mejor ha sabido comprender nuestra particular idiosincrasia. Por eso tener una vida próspera, agradable y sin ningún problema en este país es sencillísimo: no te metas con el régimen y el régimen no se meterá contigo. ¿Es eso tan difícil de comprender?

—¿Qué le va a pasar a ese hombre?

—Nada que no se merezca, descuida. Por suerte, además, y para tranquilidad de todos los ciudadanos de bien, los tipos como él, acaban cantando *La Parrala*, de modo que, como las cerezas, esta feliz detención lleva a otra y esa a otra y así hasta que los cojan a todos, que lo más importante es preservar los años de paz que disfrutamos. ¿Te importa pasarme la salsa Perrins, querida? Estos huevos encapotados no pueden estar más deliciosos —cortó Yáñez de Hinojosa, que no parecía estar muy dispuesto a continuar discutiendo de política con Perlita ni menos aún con Ina—. Hay que ver lo bien que se come en esta casa —añadió, dándole unas palmaditas en la mano a su anfitriona y para dar por zanjada la cuestión—. ¿Qué pensáis hacer Ina y tú después de comer? ¿Hablar de vuestras cosas, dar tal vez una vuelta por ahí? Hace una tarde espléndida...

Ina ahora sabía lo que *no* iba a hacer aquella tarde. Quedaba descartada por completo su bien ensayada conversación con Perlita. ¿Cómo decirle a su madre que el hombre con el que deseaba pasar el resto de su vida era amigo de aquel forajido, de aquel canalla, según expresión de Yáñez de Hinojosa, que acababan de atrapar? ¿Cómo y por qué se habría producido su detención? ¿Traería *El Caso* algunos detalles más de los que ella pudiera extraer información suplementaria? En cuanto se levantaran de la mesa, su intención era bajar al quiosco de la esquina y hacerse con un ejemplar. Dios mío, ¿qué iba a ser de Esteban Puig de ahí en adelante? ¿Y de Tania? ¿Y de Julián? ¿Evitaría ese sistema de células con el que ellos funcionaban que la detención de Esteban supusiera la caída también del resto? ¿O tendría razón Yáñez de Hinojosa en su terrible comparación con las cerezas?

El reloj de la salita en la que se habían sentado a tomar el café una vez acabado el postre dio en ese momento las cuatro y, sobre cada una de sus campanadas, Ina creyó oír a Tania diciendo eso de: «Ay, reloj de Gobernación, que por fuera das la hora y por dentro la extremaunción».

32

NAVIDAD, DULCE NAVIDAD
[Beatriz]

—A ver, niños, Ian, Sean, un poco de tranquilidad, por favor, ya basta de subirse a todos los sillones. Y tú, Tiffan... María, quiero decir, ¿puedes ocuparte de que se laven las manos y la cara? ¡Míralos, se han puesto hasta arriba de mayonesa, qué monos! ¿... Y de dónde ha salido este perrito tan simpático...? ¿Tuyo, querida? ¿Cuál era tu nombre? Claro, claro, María Emilia, ya lo decía yo, lo tenía en la punta de la lengua. Perdóname, y tú también, Almita, tesoro, son demasiadas novedades para un solo día. ¡Feliz Navidad a todos!

«Un genio», se dice Arturo, que la observa a cierta distancia. Hace rato que ha aparcado su silla de ruedas junto a la ventana. Desde allí, la cara de Beatriz, así como las del resto de la familia quedan bien iluminadas, mientras la suya, a contraluz, permanece en penumbra, la situación ideal para observar y aprender. Ay, mañana del 25 de diciembre, cuando uno ha sobrevivido ya a la Nochebuena, pero le falta aún una segunda sobredosis de amor familiar, el almuerzo de Navidad.

—¿Estás bien, Arturo ? ¿No prefieres que te acerque un poco más a donde está la... acción? —pregunta ahora Lita, como siempre midiendo bien sus palabras.

—No, gracias, estoy bien aquí, estupendamente.

—Tal vez te pueda traer alguna bebida, un refresco, un zumo quizá, una agua tónica... El médico ha dicho...

—Sé muy bien lo que ha dicho el médico. Nada de alcohol, nada de dulces, nada de grasa, nada de nada. Según él, todo es veneno mortal para mí. Pero es Navidad, Lita, y no solo no pienso perdonar ese famoso postre de chocolate tuyo que siempre nos haces por estas fechas, sino que ahora mismo me voy a tomar un jerez. ¿Me puedes traer una copa, por favor? Oye, y que no sea un dedal como el que me trajiste ayer, un día es un día.

«Un genio», vuelve a decirse Arturo con respecto a su mujer mientras Lita se aleja. Siempre ha admirado la mano izquierda de Beatriz para manejar todo tipo de situaciones, pero su actuación de anoche durante la cena de Nochebuena, sencillamente, había sido de Oscar. De varias estatuillas: Oscar a la mejor puesta en escena y a los efectos especiales, Oscar al mejor vestuario, al mejor maquillaje (tal vez la palabra más atinada sea camuflaje), y por fin, Oscar con ovación de gala a la mejor actriz protagonista, qué memorable interpretación la suya.

—Gracias, Lita —dice mientras ella le sirve su jerez—. Venga, un poco más, un día es un día —añade, y no es hasta que la asistente, elegantemente adornada para la ocasión con un colorido chal que en tiempos fue de Beatriz, agrega un chorrito más y se aleja tan silenciosamente como ha llegado, cuando Arturo Guerra comienza a hacer recuento de las tan merecidas estatuillas de las que, según él, Beatriz se había hecho acreedora la víspera.

El premio a la mejor puesta en escena era más que evidente. No había faltado detalle para que la velada fuera memorable. De la decoración podía decirse que era alegre pero sin estridencias, nada de espumillón, nada de peces en el río ni de lucecillas multicolores compradas en un chino. Tanto el salón como el comedor resplandecían tenuemente iluminados por cientos de velas oscilantes e incandescentes, que casi había que tocar para comprobar que no eran de verdad («Qué detalle, mami, estás en todo...». «Sí, cielo, no sabes lo que me ha costado encontrarlas. Pero tenían que ser esas y no otras —había explicado Beatriz a María Tiffany—, no queremos más lamentables accidentes, sobre todo habiendo niños en casa, ¿verdad?»).

A continuación, Oscar a los mejores efectos especiales de la noche. Como cuando, ya todos en la mesa, Ian y Sean

abrieron los ojos como platos al ver, sobre la pared del comedor, deslizarse la oscura pero inconfundible silueta de Papá
Noel. Una que nadie sabía de dónde pudo emerger, pero que
trepó pared arriba hasta llegar al techo y luego caminó por él
hacia la puerta del cuarto de estar en el extremo opuesto de
la habitación. Una vez allí, aquella espectral sombra había
atravesado, nadie sabe cómo, la hoja de madera filtrándose
hacia la habitación contigua, donde, una vez acabada la cena,
aparecieron multitud de regalos, todos magníficamente en-
vueltos, lo menos tres para cada miembro de la familia.

En cuanto a los dos siguientes Oscar, premio al mejor vestuario y premio al mejor maquillaje, su palmarés tampoco
admitía discusión. Beatriz seguía siendo imbatible en la primera categoría y, en lo que respecta a la segunda, la sonrisa
de acero inoxidable que se había pintado antes de salir a escena no perdió un ápice de su lustre en toda la noche. Quedaba la estatuilla más importante de todas, la de mejor actriz
principal, y Arturo se la concedió «por su extraordinaria actuación en el posmoderno *remake* de *Adivina quién viene a cenar esta noche*», una interpretación tan perfecta que habría hecho palidecer a la mismísima Katharine Hepburn.

Que la Navidad es ese incómodo momento del año en el
que personas del más diverso e incompatible pelaje se ven
obligadas a soportarse como buenamente pueden no es ninguna novedad. Pero sí lo era en el caso de los Guerra-Calan-
da. Hasta el momento, el invitado más ajeno al núcleo familiar en asistir a estas veladas había sido siempre el marido de
María Tiffany, que no hablaba —ni hacía esfuerzo por aprender— una palabra de español. Este año, en cambio, Malcolm
Meryweather parecía un pariente de toda la vida comparado
con las dos nuevas incorporaciones a la familia:

—... Hamid, el ayudante de fotografía por un lado, y luego... ¿Cómo se llama la amiga de Alma, cielo? —había preguntado Beatriz a Arturo, mirándolo a través del espejo frente
al que solía maquillarse y un rato antes de que todos llegaran
para asistir a la cena de Nochebuena—. Ya sé que me lo has
dicho lo menos tres veces, ¿Esther? ¿Eulalia? ¿Emilia, quizá?
Es un nombre que no se me queda, no sé por qué.

Arturo podría haberle dicho que él sí sabía por qué. Explicarle que «María Emilia» no es un nombre raro. Que lo inhabitual era tener que atribuírselo a la pareja de su hija Alma. De ahí que incluso le resultara mucho más sencillo recordar el nombre de otro convidado de la noche, también nuevo en esta plaza, el del novio de Herminia. A pesar de que Hamid era lo menos diez años menor que su hija, a pesar de que fuese un inmigrante y posiblemente ilegal (Beatriz ni siquiera se había atrevido a inquirir sobre ese punto), a pesar también de que le atemorizara esa sonrisa suya tan inquietante. Sí. Esta o cualquier otra particularidad que pudiera tener aquel muchacho era más fácil de aceptar que un simple nombre: María Emilia.

Invitar a la novia de Alma había sido idea suya, de Arturo, y se sentía orgulloso de lo que consideraba un triunfo difícil. Agridulce además, porque, para que Beatriz accediera, él tuvo que aceptar que convidaran también al doctor Espinosa. «Me ayudará mucho tenerlo cerca, cielo, imagínate mi panorama: una hija lesbiana y otra liada con vete a saber qué tipo de individuo... no me es fácil hacerme a la idea, lo intento, pero...». Se le habían llenado los ojos de lágrimas y Arturo maniobró con su silla para acercarse y poder abrazarla. Amaba mucho más a esta Beatriz vulnerable que a la otra que a ella tanto le gustaba interpretar. La segura, la incombustible, la que sabía siempre qué era mejor hacer en cada momento, también la que tenía por costumbre obviar todo lo que no le gustaba: lo que uno no quiere ver desaparece, deja de existir, abracadabra.

Beatriz se refugió primero en sus brazos y luego, poco a poco, se dejó deslizar hasta reclinar la cabeza sobre las rodillas de Arturo. Así permanecieron un rato. Él, muy erguido en su silla, el fuerte de los dos, como en los buenos tiempos, como cuando no era un lisiado, un estorbo.

—¿Por qué mi familia no puede ser como otras, como las normales, me refiero?

—Vamos, amor —le dijo mientras dibujaba con sus dedos el contorno de los pómulos y luego los labios de su mujer—. No existen las familias normales, ninguna lo es y, al mismo tiempo, todas lo son, mira a tu alrededor y te darás cuenta. Anda, termina de arreglarte —añadió, besándola suavemente—. Llaman al timbre. Ya empiezan a llegar. Me adelantaré a darles la bienvenida. Tómate tu tiempo.

Cuando Beatriz bajó media hora más tarde, el Oscar al mejor maquillaje brillaba en todo su esplendor. En lugar de los ojos llorosos que Arturo había besado, había ahora un par de pupilas chispeantes que iban de uno a otro de los recién llegados haciéndoles sentir como en casa.

—Hola, Hamid, cuánto me alegro de que hayas podido venir. Claro que me acuerdo de ti, cómo no me voy a acordar. Buenísimas las fotos que hicimos con Chema y contigo hace un par de meses. Herminia salía especialmente guapa y ahora entiendo por qué —añadió, regalándole su famosa sonrisa derretidora de témpanos que aquella noche lo era más que nunca: una sonrisa de deshielo, de licuación, de fin de la guerra fría, aunque Hamid, a juzgar por su atuendo, parecía haberse vestido más para la confrontación que para el armisticio.

Pero tampoco era cuestión de arredrarse por eso, venga, sonriamos un poco más, es Nochebuena.

—... Me encanta la chilaba blanca que te has puesto para celebrar las fiestas con nosotros. Es una belleza. ¿Verdad, Arturo? ¿A que Hamid está espectacular? ¿... Y esas babuchas? Fascinantes, pero hace tanto frío en la calle que tendrás helados los pies. Anda, tesoro —había añadido, volviéndose hacia Herminia para iluminarla a su vez con otra sonrisa indeleble—, acerca a tu chico a la chimenea para que entre en calor. ¿Te traigo una copa, Hamid? ¿Qué te gustaría? ¿Champagne, ¿Vino blanco? ¿Una ginebra con tónica? Ah... ¿Alcohol ni tocar? ¿Cosa del demonio y de infieles, dices...? Claro, claro, lo entiendo divinamente, cada uno tiene sus costumbres. Ahora mismo me ocupo de que te traigan una Coca-Cola.

Pero la actuación, a juicio de Arturo, más estelar, la que le habría arrebatado el Oscar a la Hepburn, era otra.

—... Querida, qué ganas tenía de conocerte, Alma me ha hablado tanto de ti. No, por supuesto que no me importa que hayas traído a tu perrito, adoro los animales, ¿verdad que sí, Arturo? Mira qué mono es, un verdadero juguete, ¿cómo se llama? ¿Toy? El nombre perfecto para un bichón maltés... Ian, Sean, ¿qué os parece Toy, a que es ideal? Mucho cuidado, no le deis nada de comer, aún es un cachorrito... Me habéis escuchado bien, verdad, nada es *na-da*, que se puede atragantar. ¿No es cierto, María Esther...? Perdona, *María Emilia* quería decir, no me lo tengas en cuenta, te lo ruego. Es que... la hija de una íntima amiga mía se llama Esther y como resulta que te pareces un poco a ella, por eso me confundo... Oye, Alma, ¿por qué no presentas a María Emilia al resto de la familia...? Bienvenida a casa, y... ¡No, no, Toy! Los flecos de la alfombra no se muerden, caca, caca...

En efecto. *Adivina quién viene a cenar esta noche* con Beatriz en el papel principal había sido un gran éxito la víspera. Arturo, desde su observatorio cerca de la ventana, recuerda cómo en ningún momento de la velada había decaído la concordia, el espíritu navideño. Ni cuando Ian y Sean, aburridos, empezaron a untar mayonesa sobre el mantel de las grandes ocasiones; ni cuando Beatriz, a pesar de sus muchos esfuerzos, solo logró arrancar de María Emilia un par de tímidos (o tal vez más que tímidos fueran desconfiados) monosílabos. Tampoco decayó —aunque cerca estuvo— cuando Hamid argumentó que no le parecía bien que las mujeres en Arabia Saudita pudieran sacarse el carné de conducir. Si el novio de Herminia quería decir cosas deliberadamente chocantes, que lo hiciera, nada iba a arruinarle a Beatriz la noche. Por su parte, tanto Arturo como Gadea intentaron contribuir al ambiente de concordia. Ella, ocupándose de que Ian y Sean (y Toy) no hicieran más estropicios. Él, hablando con Alma.

—Dale tiempo, no es fácil para tu madre todo esto.

—Tampoco lo es para mí. En realidad, todo lo que dice y hace es mentira, ya la conoces.

—Estás siendo muy injusta, hace lo que puede.

—Lo único que pido es que nos deje tranquilas, que no nos juzgue. No era necesario escenificar el numerito de la familia feliz. No lo somos.

—Alma, por favor.

Aun así, tan ímprobos, tan indesmayables habían sido a lo largo la noche los esfuerzos de Beatriz por complacer a todos y, en especial, a las parejas de sus hijas, que, al final, tanto Alma como Herminia se habían acercado a su madre a darle las gracias. El resto de los presentes no tardó en hacer otro tanto y, para sorpresa de Arturo, Hamid acabó encantado hablando de fotografía con Beatriz. Ella era así. Capaz de caminar sobre las aguas, en especial, las más turbulentas. ¿Pero qué pasaría hoy en la comida de Navidad? Arturo, desde su rincón junto a la ventana, observa ahora cómo van llegando los mismos protagonistas de la noche anterior para el segundo acto de *Navidades perfectas*. Y cada uno empieza ya a representar su papel. Allí está Tiffany, madre y esposa ideal, ocupándose de que Ian y Sean no se atiborren de croquetas, que son fatales para la obesidad infantil. También dándole en todo momento la mano a Malcolm, consultándole cada decisión, para demostrar que son un matrimonio modelo. «... Y duradero, además. No como los tuyos, mami, que ya vas por el cuarto, y a saber», parece decir el modo en que ahora recoloca un mechón de pelo de su marido antes de preguntar: «... Malcolm, *honey*, ¿quieres más *foie*? Mira, te voy a preparar otra tostadita».

Un poco más allá, y muy juntas, se han sentado Alma y María Emilia. Sus atuendos tienen la simetría de quienes comparten algo más que armario. Dos blusas de flores, una en rojo, la otra en burdeos, dos faldas largas de seda que se entreveran hasta confundirse mientras que, alternativamente en brazos, ahora de Alma, ahora de María Emilia, Toy parece encantado de beneficiarse de las caricias de una y otra. Y tantas y tan íntimamente minuciosas son las muestras de amor que le prodigan al perrito que Arturo no puede por menos que pensar que lo que las dos amigas hacen es ensayar sobre aquel cuerpecillo peludo las ternezas y zalemas que esperan prodigarse en cuanto estén a solas.

Hamid las mira. Arturo se pregunta qué estará pensando. ¿Será tan intransigente y fundamentalista como aparenta? ¿O es solo un papel a representar frente a la familia de su novia? Quién sabe, tal vez la actuación de Beatriz de ayer en *Adivina quién viene a cenar esta noche* no sea la única que amerite un Oscar. Al fin y al cabo, es bastante habitual que, cuando alguien de otra cultura se siente escrutado o cuestionado, sobreactúe recalcando su idiosincrasia. Ojalá se trate solo de eso y Hamid no sea lo que con tanto ahínco intenta aparentar. Al menos hoy, repara Arturo, no viene de chilaba, sino que se ha puesto una camisa negra cerrada de arriba abajo con decenas de botoncitos diminutos que le dan el aire de un distinguido hindú de clase alta educado en Oxford o Yale.

Arturo recuerda ahora lo agradable y perfectamente «occidental» que se había mostrado el día en que se conocieron y lo compara con el Hamid de ayer. ¿Cuál de los dos era el verdadero? ¿El que entonces se había dirigido a él con un modo de hablar tan mundano? ¿O el que la víspera los miraba a todos desde lo más alto de su chilaba?

Arturo decide olvidar a Hamid por un momento y observar ahora a los más jóvenes de la casa. Ian y Sean le parecen intercambiables. No son gemelos, pero como si lo fueran. Siete años uno, diez el otro. Los mismos ojos algo vacunos, también el mismo modo de pasar de una actividad frenética saltando en los sofás y luego embadurnándolos con mayonesa a tirarse horas en ese mismo condecorado sofá exterminando marcianos en sus tablets. Por suerte, Gadea parece haberlos rescatado por el momento de sus mundos virtuales para llevárselos al jardín a tomar el aire. Su niña Gadea. A Arturo le gustaría dedicar unos minutos a reflexionar sobre su hija y sobre su forma de estar siempre al quite de todas las situaciones, pero una sombra se lo impide. La que acaba de dibujarse bajo el dintel de la puerta que separa el vestíbulo del salón. Ahí está de nuevo aquel tipo. Pensaba que se había librado de él. Pensaba que, al menos hoy, día de Navidad, no tendría que ver su figura enjuta, su perfil filoso de personaje de El Greco. Que no hubiera mencionado su presencia al hacer recuento de lo ocurrido ayer no quería decir que el doctor Espinosa no hubiese estado ahí la víspera y menos aún pasase inadvertido. Al contrario. Mientras Beatriz hacía todos los méritos posibles para ganar sus Oscar, el doctor le había servido de infatigable réplica. No solo haciendo resaltar cada uno de los detalles que Beatriz había preparado para la celebración (sensacional la decoración, buenísima la cena, etcétera), sino apostillando lo que ella hacía o decía para ganar la confianza de María Emilia y Hamid. Bueno, había cavilado Arturo con resignación, supongo que para eso sirve un psiquiatra, para engrasar los raíles de la comunicación, para facilitar las relaciones familiares. Incluso estaba dispuesto a reconocer que sí había servido de ayuda en ese sentido. Aunque solo fuera porque la presencia de otro invitado ajeno a la familia propiciaba que los recién incorporados a ella no se sintieran tan fuera de lugar. Muy bien, doctor Espinosa, misión cumplida y gracias por sus servicios de ayer. ¿Pero qué demonios hacía otra vez aquí? ¿Era realmente necesario invitarlo también hoy?

—¡Buenos días, buenos días! —saludó Eduardo Espinosa, frotándose las manos del mismo y navideñamente enfático modo con el que lo hubiera hecho *mister* Scrooge—. Hace un frío que pela. ¿Alguien ha pensado en que Ian y Sean se van a quedar como dos sorbetes allá fuera en el jardín? Pero, bueno, todo sea por el *mens sana, in corpore insepulto*. Ja, ja, ja... Ah, Lita, querida, tú siempre ahí, cuando más se te necesita, qué bien te queda ese pañuelo de colorines, ¡así me gusta, fuera austeridad, que estamos en fiestas! ¿Te importaría traerme un whisky? No, mejor que sea un vodka, pega más con estas temperaturas siberianas, ja, ja, ja. —Lita no era precisamente pródiga en sonrisas, pero Arturo no sabía por qué el doctor Espinosa siempre lograba arrancarle alguna—. Hay que ver lo desconsiderado que soy —añadió él a continuación—. Tú aquí ocupándote de todos y yo pidiéndote vodkas. Venga, te acompaño a la cocina y así, de paso, veo qué delicias habéis previsto Beatriz y tú para el almuerzo... ¿Ah, así que crema senegalesa de primero y después pularda rellena? Espléndido, espléndido, no se me ocurre nada que pueda gustarme más. Bueno, sí, ese postre tuyo con el que nos regalas cada año. Nunca he probado un tronco de Navidad tan bueno... Mato por él. ¿Tú no, Arturo?

Arturo decidió respirar hondo y no decir nada. Su médico —obviamente no Espinosa, sino el especialista que lo trataba desde que tuvo el accidente— hubiese estado orgulloso de su temple. Insistía mucho en que evitara, por todos los medios, las confrontaciones. Estar en silla de ruedas aumenta la sensación de impotencia, eso le había dicho el neurólogo, y que la única manera de neutralizarla es no caer en provocaciones. ¿Sería esa la intención de Espinosa, provocarle? Difícil de saber. A veces parecía que sí. Otras, en cambio, aquel individuo se mostraba encantador, cómplice incluso, como ayer cuando, cada vez que veía su copa vacía, se las ingeniaba para rellenársela a espaldas de Beatriz y también de Lita.

—¿Qué te parece si tú y yo nos tomamos hoy un *vodka tonic*? —ofrece ahora Espinosa, recién llegado de la cocina y con dos vasos en la mano—. Le he dicho a Lita que era para María Emilia —añade, guiñándole un ojo tan cómplice como el de ayer. Sin embargo, Beatriz, que acaba de aparecer a su espalda sin que él pueda verla, le arrebata el más lleno de ellos al vuelo.

—Justo lo que yo necesitaba para arrancar el día, gracias, Eduardo, eres un sol. ¿Listos para la última entrega de *Navidades en familia*? —suspira al tiempo que los envuelve a los dos en una de sus incomparables sonrisas—... Y tú, cielo, gracias por estar siempre el primero para darles la bienvenida. ¿Han llegado ya todos?

—Sí, no falta nadie —responde Espinosa mientras Arturo piensa: «En ese caso: luz, cámara, acción».

33

CHOCOLATE
[Beatriz]

Los dos primeros platos de la comida navideña se desarrollaron sin incidentes y con todos los actores representando, con gran talento, sus respectivos papeles. María Tiffany o Malcolm Meryweather estuvieron tan convincentes como siempre en su interpretación *Honey, I love you*, mientras Ian y Sean bordaron su particular versión de *Cuánto me aburro lejos de Matrix*. Hamid, para alegría de Herminia (y de todos los demás, incluido Arturo), modificó su enfurruñado papel de *En tierra de infieles* de la víspera, por uno tan inesperado como bienvenido: el del exótico pero a la vez educadísimo Yul Brynner en *El rey y yo*. En cuanto a Alma y María Emilia, a Arturo le encantó comprobar lo relajadas y felices que parecían junto a su perrito en *La familia y uno más*.

Lita acababa de entrar ahora con su postre, un enorme y navideño tronco de chocolate flambeado y espectacularmente en llamas, y Arturo detuvo por un momento todas sus observaciones para pensar en ella. No era algo que hiciese con frecuencia. Lita, la ayudante perfecta, siempre en su lugar, tan silenciosa, tenía la virtud de confundirse con el paisaje, de estar sin estar. Pero, en esta ocasión, a Arturo le pareció descubrir un brillo diferente en su mirada. Sus ojos eran casi tan azules como los de Beatriz, solo que más pequeños, más apagados también. Salvo hoy. O eso creyó apreciar desde lejos mientras depositaba sobre la mesa el tan esperado postre.

—¿No estaréis tramando algo, verdad, queridos trastos? —sonrió Beatriz dirigiéndose a sus nietos—. Os veo peligrosamente callados. Venid, me vais a ayudar a cortar y repartir el postre.

—Yo lo haré —se ofreció Lita, siempre solícita. Pero Beatriz negó con un cariñoso vaivén de la mano—. Anda, déjales a ellos, ya van siendo mayores. Siéntate y descansa un rato, que la primera porción va a ser para ti. ¿Merece o no merece un aplauso Lita por esta maravilla?

La familia entera se unió al reconocimiento, y Alma y Gadea se acercaron a darle un beso mientras el resto fotografiaba la escena con sus móviles. Lita los miraba a todos. Sus ojos volvieron a brillar, esta vez de emoción.

—¿No quieres que al menos le acerque los platos a Arturo y al doctor Espinosa?

—Claro que no, no hace falta, tengo a mis ayudantes, ¿verdad, niños?

Beatriz esperó a que se apagaran las llamas del flambeado antes de comenzar a servir al tiempo que daba instrucciones a los niños para que supieran a quién iba destinada cada porción.

—... Y esta con doble ración de nata para Lita, sí, cielo, que sé cuánto te gusta y un día es un día, mañana volvemos todos a la lechuguita y las judías verdes, te lo prometo. ¿Y tú, María Emilia? Te voy a servir poco para que lo pruebes primero. Lita no solo lo flambea con aguardiente, sino que le pone *amaretto* a la masa y queda de morir. ¿No me crees? Pregúntale al doctor Espinosa. Él dice que este postre es adictivo, ¿verdad, Eduardo? A lo mejor tú, Hamid, prefieres otra cosa, con tanto licor no creo que tu religión te permita... ¿Dos rebanadas bien grandes, dices? Mira que eres malo, ayer me asustaste con eso de que para ti el alcohol es cosa del demonio, ¡bienvenido al mundo de los pecadores!

Así había ido Beatriz ocupándose de distribuir el tronco de Navidad mientras Ian y Sean entregaban a cada uno su plato. Arturo no esperaba que le tocase nada en el reparto. Todos los ingredientes de aquel postre tan celebrado eran veneno según el médico y Beatriz se ocupaba escrupulosamente de que se cumplieran sus recomendaciones. Por eso le sorprendió oírle decir:

—Y ahora, cielo, los niños y yo tenemos una sorpresa para ti. ¿De quién es esta porción que hemos dejado para el final, la más especial de todas?

—¡Para el abuelo! —se adelantó Sean, como si estuviera respondiendo a una lección recién aprendida.

—Se la llevo yo —atajó su hermano.

—¡No, yo!

—¡Me toca a mí, te digo!

«Qué típico de Beatriz —se dijo entonces Arturo con una media sonrisa—. No sé cómo lo hace, pero no solo ha logrado sacar a estos niños del aburrimiento crónico que padecen, sino que ahora se pelean por ver quién es mejor camarero».

—Dame, lo llevo yo, que tú eres pequeño y se te va a caer.

—¿Pequeño yo? Ahora verás.

Y comenzó el forcejeo.

—Venga, niños —intervino su madre, tratando de poner paz—, no hace falta pelearse por algo así...

—¡Ya basta! Venid aquí. —Esta vez era Beatriz la que se alarmaba al ver que el postre de su marido amenazaba con acabar en el suelo.

Lita se puso de pie y fue hacia ellos.

—Ni uno ni otro. Dádmelo a mí. Yo se lo llevaré a Arturo.

Demasiado tarde. Sean acababa de pegarle un empujón a Ian, Ian intentó guardar el equilibrio, pero trastabilló y rodaron los dos bajo la mesa mientras el plato se estrellaba contra el suelo.

—¡Mirad lo que habéis hecho! Perdona, mamá, yo me ocupo de recogerlo todo —se ofreció María Tiffany.

—¡Ni se te ocurra tocar nada! —le gritó Beatriz, pero de inmediato recuperó su habitual mesura para añadir—: Déjalo, cielo, Lita se ocupará de todo, son cosas que pasan, nada de cuidado. Venid, será mejor que pasemos al cuarto de estar. Ya están allí los cafés, ¿verdad, Lita? Gracias, querida, no sé qué haría sin ti.

* * *

Cuando más adelante Arturo reflexionara sobre lo sucedido minutos después, tendría siempre dificultades en saber qué parte de sus recuerdos correspondían a vivencias reales y cuáles eran elaboraciones posteriores, fruto de comentarios oídos aquí o allá, también de intuiciones o, tal vez, de sospechas. Recordaba perfectamente que había abandonado el comedor detrás de María Tiffany con el doctor Espinosa, tan amable como innecesariamente empujándole la silla.

—No te molestes, puedo solo —había insistido, tratando de disuadirlo.

—Claro que puedes solo, pero tenemos que tener en cuenta —había añadido Espinosa, recurriendo a ese «nos» condescendiente que la gente utiliza al hablar con enfermos (¿Estamos bien? ¿Tenemos frío?) o como en esta ocasión—: Tenemos que tener en cuenta, Arturo, que es necesario evitar que nos llevemos con las ruedas de la silla restos de chocolate de ese maravilloso postre de Navidad. Una pena realmente que no lo hayas podido probar, pero se me está ocurriendo algo... —continuó, guiñándole un ojo como quien dice: tú descuida, que como soy tan bueno, tan cómplice tuyo, dentro de un rato, cuando nadie me vea, voy a la cocina y te traigo un trozo a escondidas.

Qué tipo irritante, se había dicho Arturo. Por lo visto, no era suficiente con estar en la casa a todas horas que ahora necesitaba alardear de que se movía por ella como si fuera suya.

—Gracias, pero ya no tengo ganas de postre, y, si no te importa, déjame aquí.

—¿Aquí otra vez? ¿Delante de la ventana, lejos de la familia? ¿No prefieres mejor allí, junto a la chimenea con tus hijas?

La mirada que regaló Arturo al psiquiatra debió de ser muy elocuente porque se alejó sin más comentario.

—¿Estás bien, papá? —Era Gadea quien se acercó a continuación—. ¿Te traigo un café?

—No, tesoro —recuerda Arturo haberle dicho—. Si quieres hacer algo por mí y por la tranquilidad general, ocúpate de Sean e Ian. ¿Por qué no te los llevas de nuevo al jardín antes de que tu madre y María Tiffany empiecen a tener eso que los antropólogos llaman una pequeña lucha territorial por ver quién debe mandar sobre los jóvenes de la manada? —rio.

¿Y qué más había pasado hasta que, cerca de media hora más tarde y para desconcierto de todos, Toy, el perrito de María Emilia, apareciera muerto bajo la mesa del comedor? Ahí es donde Arturo no sabe discernir si lo que ahora considera recuerdos ocurrieron realmente o solo son suposiciones suyas elaboradas con posterioridad. ¿Era verdad que él hubiese mirado a Hamid y que le pareciera que estaba más nervioso de lo normal? ¿Y que Alma observase a su madre con aprensión y reserva después del episodio del postre? ¿Y sucedió realmente que Beatriz y el doctor Espinosa pasaran bastante más rato de lo que la cortesía aconseja parlamentando junto a la puerta del vestíbulo, o solo eran ideas suyas? Lo que Arturo sí recuerda con claridad es haber visto al perrito de María Emilia colarse por la puerta entreabierta del comedor, donde, presumiblemente, Lita estaría intentando limpiar el chocolate de la alfombra. También recuerda como al cabo de media hora, más o menos, Lita había entrado en la habitación gritando: «¡Se muere, Dios mío, se muere!».

A partir de ese momento, la información sobre lo ocurrido aquella tarde de Navidad Arturo la había recibido casi toda de segunda mano porque los demás se precipitaron hacia el comedor mucho más rápido de lo que él podía moverse con su silla de ruedas. ¿Qué pasó entonces allí dentro? Seguramente, alguien habría hecho lo imposible por reanimar al perrito. Es más que probable, por ejemplo, que María Emilia, al ver la boca embadurnada en chocolate de Toy, hubiese intentado hacerle vomitar metiéndole dos dedos en la diminuta garganta, pero sin éxito. Quizá a continuación, el ubicuo doctor Espinosa la habría apartado suavemente ofreciéndose para sustituirla en su empeño. Lo que sí sabe Arturo con seguridad es que, al cabo de unos minutos que se le hicieron eternos, habían ido volviendo al cuarto de estar uno tras otro todos los presentes, a cual más apesadumbrado. El tándem María Tiffany y Malcolm Meryweather los primeros, meneando la cabeza y agradeciendo que los niños no hubiesen estado ahí cuando sobrevino la muerte, pobre criatura. Y tras ellos Hamid con unas —al menos para Arturo— nada previsibles lágrimas en los ojos. «Qué lástima, Herminia, ¿has visto cómo se le han quedado los ojitos? Completamente vueltos del revés, es terrible...».

Y a continuación Beatriz llorando del brazo de Espinosa: «Gracias, Eduardo, ya sé que has hecho lo posible, cosas que pasan, quién podía prever algo así».

—Nadie, querida, y tampoco es culpa de nadie. Chocolate y alcohol son veneno para un perrito tan pequeño.

Después había intervenido María Emilia, pero sus palabras formaban parte de esa porción de la realidad que Arturo no lograba recordar del todo. ¿Qué había dicho la novia de Alma y dueña del perrito? Solo consiguió entender una parte porque hablaba entre sollozos. Había dicho algo así como:

—No lo creo, doctor, a él le encantaba el chocolate, tiene que haber sido otra cosa.

—¡Sí! —intervino entonces y muy atropellada Lita—. Los flecos, los flecos de la alfombra. Se atragantó con ellos, los cachorros lo mordisquean todo, no fue el chocolate.

—¿Qué flecos? Aquí no veo flecos por ninguna parte —comenzó María Emilia, pero Alma la interrumpió suavemente al tiempo que intentaba tranquilizar también a Lita, que parecía cada vez más nerviosa.

—No te preocupes. Nadie piensa ni por un momento que pueda ser por culpa tuya ni tampoco del postre. Estaba buenísimo, ha sido solo mala suerte.

Mala suerte. Ese fue el veredicto general y nadie dudó al respecto. Tampoco Arturo, por lo menos no hasta que tuvo aquel primer sueño. Uno disparatado, inconexo, absurdo como todos, pero del que despertó bañado en sudor y con la sensación de que se ahogaba.

—¿Estás bien? Me has asustado, gritabas en sueños.

—Perdona, cielo, no es nada —le había dicho a Beatriz—. Vuélvete a dormir, todo está bien.

Y, sin embargo, jirones de aquel sueño parecían indicar lo contrario. Arturo intentó atraparlos mientras en su cabeza se entreveraban frases y escenas del almuerzo de Navidad.

—¿... De quién es esta porción que hemos dejado para el final, la más especial de todas? —decía Beatriz mientras el doctor Espinosa retrucaba:

—Mato por este postre. ¿Tú no, Arturo?

—¡Yo se lo llevo! —gritaba Sean.

—¡No, yo!

—¡Me toca a mí, te digo!

Y los dos hermanos rodaban por el suelo bajo la mirada de Lita.

—¡No toquéis nada! —ordenaba a continuación Beatriz, y de aquí en adelante las imágenes de su pesadilla comenzaban a girar de nuevo dentro de su cabeza para que Arturo viera la boca del bichón maltés embadurnada en negro chocolate, ¿o sería tal vez de sangre? No, no, no había habido sangre aquella tarde, solo un perrito demasiado dulcero. «Veneno puro para un animal tan pequeño», había dicho el doctor Espinosa mientras María Emilia entre lágrimas negaba: «... No, imposible, a Toy le encantaba el chocolate, tiene que haber sido otra cosa».

—Otra cosa —decía Hamid.

—Otra cosa —coreaba Herminia.

¿Pero qué otra cosa podía ser si todos habían comido el mismo postre?

—¿... De quién es esta porción que hemos dejado para el final? —repetía de nuevo Beatriz.

¿Era posible que todos comieran del mismo pastel pero solo muriera un perrito demasiado goloso?

—Los flecos de la alfombra —argüía Lita, pero solo ella había visto aquellos flecos en su boca, nadie más...—. Se ahogó, se atragantó. Yo les juro que...

Y el doctor Espinosa, que reía, y Lita lo miraba y Beatriz los iluminaba a los dos con su sonrisa extraordinaria.

Había más imágenes que se sucedían en su cabeza, pero eran tan disparatadas e inconexas que Arturo optó por desterrarlas. Qué absurdo hacer caso de un sueño. Tenía que olvidarlo y volverse a dormir, buscar con su cuerpo el cuerpo de Beatriz y adormecerse en él. Dio orden a sus músculos de que lo hicieran, pero no le obedecieron. Aun así, segundos más tarde estaban uno en brazos del otro porque fue ella, Beatriz, quien se acercó a él para besarle.

«Qué estúpido soy, ¿cómo se me puede ocurrir tal sarta de disparates?», se dijo antes de dormirse del todo.

34

COSAS DE MUJERES
[Beatriz]

En el Madrid de los setenta, uno no era nadie si no conocía La Boîte. Nadie de más de treinta y cinco años, habría que especificar, porque, por aquel entonces, la gente más joven prefería divertirse en Tartufo, Cerebro o Carrusel, los artistas en Bocaccio u Oliver, los polivalentes en Gitanillo's o Mau Mau, mientras que los amantes del flamenco se dejaban caer por Vanity pero nunca antes de las dos o las tres. La Boîte, en cambio, era cosa de viejos. O así se lo pareció a Beatriz.

Era la tercera vez que salía con Pedro A Secas desde «aquello», que es como ella comenzó a llamar a lo sucedido en el Palace con María Pía di Lampedusa. Porque fue por aquel entonces cuando descubrió que lo que se omite o solo se menciona con pronombres se difumina, se desdibuja y parece que ya no duele tanto. Olvidar, en cambio, era una quimera. Ningún eufemismo ni aséptico pronombre demostrativo lograría borrar jamás lo ocurrido aquella tarde con la mujer de Nicolò. Tampoco conjurar el ominoso silencio en que se sumió, a partir de ese momento, el teléfono de su dormitorio, al que miraba durante horas esperando, deseando, suplicando que sonase y fuera él. ¿Para decirle qué? Daba igual, cualquier descomunal mentira, cualquier excusa estúpida, todo menos que ese maldito aparato perseverara en mudez tan mortuoria. No, olvidar no era posible, pero dejar de pensar sí. Y la mejor forma de hacerlo era archivar «aquello» en el más oscuro pliegue de su memoria y luego virar, cambiar de rumbo, buscar otros horizontes en lo que a amores se refiere.

Por eso estaba allí. En aquella *boîte* de paredes adamascadas bajo la protección (¿o tal vez habría que decir advocación?) de cuatro descomunales cariátides mulatas desnudas de cintura para arriba que sujetaban la bóveda del local mientras Beatriz miraba a su alrededor tratando de descubrir entre los presentes alguna cara conocida. Y la primera en la que reparó —qué alegría, qué suerte que esté aquí— fue en la de Marisol Sanz, sentada un par de mesas más allá con su marido y más guapa que nunca.

Hacía tiempo que no se veían. La última vez había sido más o menos tres meses después de «aquello». (No, no, ¿en qué hemos quedado, Beatriz? Olvido, omisión, amnesia, lo que no se piensa no existe, ni existió jamás, por tanto vuelve a empezar la frase)... Digo que hace más de tres meses que no veo a Marisol, los mismos que tiene ahora su bebé. Santiago Lins III, monísimo y un verdadero santo, que no hacía más que comer y dormir, pero que aun así había tenido a su madre alejada de las amigas y de las salidas nocturnas durante todo ese tiempo. Beatriz la había ido a visitar justo después del nacimiento, incluso merendaron juntas un par de veces. Y había encontrado a Marisol en esa fase maternal en la que el universo entero orbita alrededor de pañales, biberones, bodoques y *filtirés*, con varios kilos de más y presumiendo incluso de sus nuevas redondeces. Por eso le había sorprendido tanto ver ahora a una nueva Marisol. Una mucho más parecida a la que conociera años atrás en el Florence Nightingale.

—Hola, After Eight, ¿qué haces aquí y con este muermo? —eso le dijo al oído cuando ellos se acercaron a saludar y mientras señalaba con muy poco disimulo hacia Pedro. Luego, sin esperar respuesta, volvió a recurrir al mote que le había puesto en tiempos más felices, para añadir—: Ay, After Eight, pensaba llamarte mañana y mira tú por dónde apareces hoy que ni caída del cielo. Pero no me extraña nada, de un tiempo a esta parte he dejado de creer en las casualidades. ¿Te importa que te la robe un rato? —continuó en voz ahora más alta y dirigida a Pedro—. Nos vamos al cuarto de baño. A empolvarnos la nariz, cosas de chicas, ya sabes.

Y se la llevó poco menos que en volandas, pero deteniéndose aquí y allá para saludar a diversas personas con las que coincidieron en su camino.

. —Hola, Perico, ¿cómo estás? ¡... Natacha, guapísima! Dale un beso a tu hermana Isabel, hace añares que no la veo... Alfonso, Marisa, os llamo la semana que viene para cenar un día... ¡Oye, Tristán! Ni se te ocurra largarte para Bocaccio, so crápula, sin que antes bailemos *Satisfaction* tú y yo, me lo prometiste...

—¿Pero se puede saber qué te pasa? —preguntó Beatriz cuando por fin llegaron al cuarto de baño—. Parece que te has tomado siete Coca-Colas o un par de Centraminas de aquellas que nos chutábamos antes de los exámenes. ¿Y me quieres explicar a qué viene que ahora llames muermo a Pedro? Te recuerdo que me lo presentaste tú.

—¡No puedo creer que estés saliendo con él! ¿Cuántas veces te ha traído ya a este cementerio de elefantes que es La Boîte? Y no me digas que habéis pasado a la fase dos o, dicho en román paladino, el asedio a Fort Apache. Sí, guapa, que Pedro es como el gran jefe indio Cochise, él solo se dedica a coleccionar chorreantes cabelleras femeninas.

—No tienes ni idea de lo que dices. He salido varias veces con él y nunca se ha pasado de la raya. De hecho, no puede ser más paciente y adorable conmigo. Además, tú misma dijiste que era perfecto para mí. ¿O no?

—Olvida todo lo que dije, After Eight, los tiempos cambian. ¿Un poco de colorete? —ofreció mientras comenzaba a perfilar sus labios con una barra tono rosa palo, muy de moda entonces.

—En tu caso y por lo que veo, cambian muchísimo —rio Beatriz, aceptando el colorete pero no el pintalabios y así, a través del espejo ante el que estaban las dos, pudo observar más detalles del nuevo aspecto de su amiga.

Debía de haber perdido cerca de quince kilos desde el parto y en su forma de vestir se apreciaban también varias diferencias. No tan drásticas como en su físico, que parecía haber recobrado el aire aniñado de antes de casarse, pero también notables. Así, donde meses atrás reinaban trajes de chaqueta con collar de perlas, había ahora una falda roja de Courrèges con jersey de canalé a juego; las medias de cristal habían dejado paso a otras oscuras de encaje mientras que unas botas negras de charol parecían haber desterrado para siempre los feos zapatos de punta redonda y tacón robusto que Beatriz recordaba de ocasiones anteriores.

—¿Se puede saber qué te está pasando? Pareces otra.

—Otra no, Beatriz, la misma de antes —dijo, llamándola por primera y única vez por su nombre y a ella le pareció detectar una nota de amargura en sus palabras. Pero fue solo un segundo. Enseguida recuperó el tono liviano de antes para decir—: No pasa nada y, si pasa, se le saluda, así que no te preocupes por mí, After Eight, estoy fenomenal, nunca he estado mejor. Se acabaron las puerperales, la cuarentena, también, y con ellas se acabó el hacer buena letra. Adoro a mi bebé y haría cualquier cosa por él, pero precisamente por eso la vida continúa y debo vivirla, aunque sea de otro modo al que tenía previsto.

—¿A qué te refieres?

—A nada que no le haya pasado antes a millones, a trillones de mujeres cuando un buen día descubren que las han engañado como a gilipollas.

—¿Quieres decir que Santiago tiene otra? No lo creo en absoluto, él te adora, siempre ha estado enamorado de ti.

—Del que está enamorado es de mi padre, no de mí.

—No digas disparates.

—Ay, After Eight, qué panoli eres, casi tanto como yo hasta que caí del guindo. ¿Cómo pude ser tan idiota, tan estúpidamente ciega de no darme cuenta de lo que estaba pasando?

—¿Y qué estaba pasando?

—La historia más vieja del mundo. Una puta compraventa, la mía para más datos. ¿Te acuerdas de cuando mi padre descubrió el rollo que tuve con «ese»? —explicó Marisol, que debía de ser de la misma escuela de Beatriz en cuanto a la omisión de nombres dolorosos—. Sí, el cabronazo aquel que, cuando se destapó lo nuestro, volvió con el rabo entre las piernas con su señora, todo por la pasta. ¿Y recuerdas cuando tú llamabas a casa y resulta que yo estaba desaparecida del mapa?

—Sí, claro, pero no me sorprendió. Cuando pasa algo así, lo mejor es quitarse de en medio.

—Querrás decir *quitárseme de encima*. Hay que ser muy preciso en el uso de los verbos, After Eight. ¿No era eso lo que tanto nos machacaba nuestra profe de Lengua? Pues resulta que es la puta verdad, son tan cabrones los verbos que cambian el sentido de todo —rio con amargura—. Resumiendo y para hacerte el cuento corto, eso es lo que hizo mi querido padre conmigo: quitarse de encima un problema. ¿Que la niña está en boca de media España porque se lio con un casado? Busquemos sustituto a toda leche. Y no tuvo que buscar muy lejos, no, porque ahí, bien a mano, estaba Santiago Lins, amigo suyo, veinte años mayor que la pecadora y, al menos supuestamente, enamorado de ella desde que llevaba calcetines. El viejo, el providencial, el pintiparado «cartucho de repuesto», con el que sueñan todos los padres de hijas descarriadas. Ya está: casamos a la niña por la vía exprés, su marido (que además vive al otro lado del Atlántico en ese momento, mira tú qué conveniente) se la lleva bien lejos hasta que la gente se olvide. Y luego, pasado un tiempo y santificada por el matrimonio, vuelve y aquí no ha pasado nada.

—Estás siendo injusta con él, tu padre solo quería...

—Lo que quería —la interrumpió Marisol— era usarme como puta ficha de ajedrez en el tablero de la partida que juegan los que piensan como él y también como Santi. Te voy a decir lo que pensó y, a lo mejor, quién sabe si incluso fue tan cínico como para decírselo a Santi: si te haces cargo de la reina blanca (o mejor dicho, el peón negro y gilipollas que es mi hija), yo me ocuparé de abrirte ciertas puertas a las que de momento no tienes acceso. Tú, por tu parte, cuando se configure el nuevo tablero en el que se jugarán las partidas ahora que la oprobiosa dictadura deja paso por fin a la democracia, me facilitarás que siga moviéndome por él como lo hacía antes. Yo gano y tú ganas.

—No digas eso, Santiago siempre ha estado enamorado de ti, no hay más que verlo.

—Ya. Eso pensaba yo antes de caerme del caballo camino de Damasco.

—¿Qué quieres decir? ¿Qué tiene que ver San Pablo en esto?

—San Pablo nada, pero Damasco mucho. Ahí es donde estábamos Santi y yo cuando sumé dos más dos y me di cuenta de todo.

—Qué lugar tan raro. ¿Qué hacías en Siria?

—Lo mismo que he hecho desde que me casé, acompañar a mi marido a todas partes. Podría haberme caído del puto burro en Basilea cuando fuimos a una aburridísima reunión de ricachones que desean invertir en España. O en Saint-Martin-le-Beau, adonde Santi viaja a cada rato para entrevistarse con un tal Josep Tarradellas, que, según él, jugará un papel importante en Cataluña en años venideros. O en Bilbao, o en Argel, adonde también vuela una semana sí y otra también, aunque no sé bien a qué... Pero, como te digo, sucedió en Damasco. Y de pura chiripa, la verdad. Él pensaba que me había ido de visita turística por la ciudad, pero resulta que me quedé dormida en la terraza de la habitación. Cuando desperté, lo oí todo.

—¿Qué oíste?

Beatriz y Marisol habían estado solas en el cuarto de baño hasta ese momento. Pero entraron entonces dos chicas riendo y fumando. Marisol no detuvo su relato, pero a Beatriz le pareció que su amiga recortaba sus explicaciones, las hacía más sucintas. Comenzó por decir que había sorprendido una conversación telefónica entre su marido y su padre. Que supo que era él porque, varias veces y contrariado, Santiago había repetido el nombre de su suegro añadiendo que tal cosa no era lo acordado «nada que ver con lo que pactamos ya sabes cuándo. No hace falta que te recuerde, Leopoldo, que lo nuestro fue un acuerdo entre caballeros».

—En ese momento —continuó relatando Marisol—, no le di importancia a lo que oía. Pero, de ahí en adelante, actitudes, detalles y conversaciones que hasta entonces me habían parecido irrelevantes empezaron a cobrar otro sentido.

—¿Como qué? —preguntó Beatriz, pero las explicaciones de su amiga se volvieron cada vez más crípticas ahora que había oídos indiscretos cerca.

—Digamos que me di cuenta de que los dos tenían mucho que ofrecerse mutuamente. A él —añadió, señalando hacia la puerta de un modo que Beatriz interpretó que hablaba de su marido—, aparte de otras «compensaciones», le dieron por el casorio un buen pastón para recoser nuestra honra familiar, bastante más de lo que te puedas imaginar. Además, mi querido padre, por su parte, no solo se quitó un problema, sino que adquirió un yerno que empezaba a pintar mucho más que él en según qué círculos. En cuanto a Santi, encima del dinero, se llevó a la niña. Dios mío —Marisol bajó la voz hasta convertirla casi en inaudible—, pero si ni siquiera había cumplido los dieciocho... la niña —continuó ahora en voz bastante más alta y sin importarle ya quién pudiera oírla—. La tonta del bote que tanto le gustaba y que nunca le hizo ni puto caso. Hasta ese momento, habría que decir, porque después de todo lo que me había pasado, monísima, ideal y vestida de Elio o de Pertegaz, me convertí en lo que todos esperaban de mí. «Hay que ver —le decían a Santi sus amigos a cada rato—, lo bien que queda tu mujer la pongas donde la pongas». Como si fuera un florero, ¿te das cuenta?, un puto jarrón chino. Miradla, añadían, la chica perfecta, sonriente siempre, siempre contenta, la alegría del hogar, la anfitriona ideal de tus amigos y, más aún, de tus no-tan-amigos. Guapa a rabiar, con mucho mundo y entregada a ti en cuerpo y alma. ¿Qué más se puede pedir? Ah, sí, que sea fértil y buena paridora, y mira tú por dónde que hasta eso lo ha hecho bien: un varón, un primogénito como Dios manda y además, ahora que ha sido madre, decían también, incluso se ha echado encima unos kilitos, muy conveniente, muy *decente*, porque ¿para qué va a querer estar delgada si ya ha pillado marido?

»Pero se acabó —concluyó Marisol Sanz y había lágrimas en sus ojos—. Esposa amantísima, madre paridora, cocinera Cordon Bleu y malabarista china capaz de mantener en el aire y al mismo tiempo un montón de pelotitas, se va a tomar unas vacaciones. Lo tengo decidido, a partir de *ya* toca viraje y cambio de rumbo».

A Beatriz le sorprendió oír de labios de su amiga la misma expresión que ella había usado para describir su momento actual. Pero prefirió no decir nada, las dos chicas que habían entrado hace un rato en el cuarto de baño parecían más interesadas en su propia conversación que en la ajena, pero las confidencias de Marisol se volvían cada vez más indiscretas, íntimas. Además, seguro que Santiago y Pedro se estarían preguntando qué hacían tanto rato en el cuarto de baño. «¿Te das cuenta? —habrían comentado con toda seguridad—. Las chicas nunca pueden ir a hacer pis solas. ¿Qué demonios estarán haciendo?». Y después de suspirar con varonil paciencia, tal vez añadieran: «Nada, ya sabes, cosas de mujeres».

35

LA ETERNA NOCHE MADRILEÑA
[Beatriz]

Al volver a la sala, cada una regresó con su pareja. Hablaron de sentarse los cuatro juntos, pero era tal el gentío que llenaba La Boîte que no hubo manera de unir mesas. Mejor así, se dijo Beatriz, desde donde estaba podía observar sin disimulo a Marisol y su marido. Le pareció que Santi también había cambiado bastante desde la última vez. ¿Pero en qué consistía la diferencia? Solo en minucias, pero significativas. Como en el pelo levemente más ralo y despeinado que antes, por ejemplo, o en unos ojos expectantes pero cansados. También había cierta diferencia en el modo en que ahora pasaba un brazo protector por encima de los hombros de Marisol sin dejar de fumar. Ausente, sí, esa era quizá la palabra que mejor lo definía. Todo en él parecía (casi) igual que antes, pero daba la impresión de que su interés estaba en otro lugar, muy lejos de allí.

Llegó el momento de las canciones lentas y Pedro le propuso bailar. Beatriz habría preferido decir que no. Porque ¿qué pasaría si Marisol tenía razón y hoy era el día que su acompañante había elegido para comenzar el asalto? Lo que ella antes le había dicho a su amiga en defensa de Pedro A Secas era cierto. En los varios días que llevaban saliendo, él no podía haberse mostrado más atento, respetuoso. Si hubo algún conato de acercamiento, fue solo verbal. «Eres diferente, Beatriz —eso le había dicho—. Te veo tan niña, tan inocente, no hay más que ver tus ojos para saber que eres un libro en blanco en el que todo está por escribir».

Un libro en blanco... todo por escribir... Beatriz había reído tan amarga como secretamente al escuchar aquello. Si él supiera. Pero no lo sabría nunca. Porque otra cosa que Beatriz había aprendido desde «aquello» es que la verdad es una virtud muy sobrevalorada. ¿Quién quiere realmente conocer la verdad, o al menos *ciertas* verdades? ¿De qué serviría confesarle a Pedro A Secas que ese libro que él creía en blanco estaba ya pintarrajeado de arriba abajo y no con tinta, sino más bien con sangre? Beatriz había leído hace poco un artículo curioso. Decía que en Italia —una vez más Italia, Dios mío— había médicos que se dedicaban a realizar prodigiosos zurcidos. A recoser y dejar como nuevos los hímenes de chicas malas que necesitaban llegar vírgenes al matrimonio. Sin necesidad de pasar por quirófano, se había dicho después de leer aquello, también ella podía recoser metafóricamente el suyo. Era tan fácil, bastaba con mentir y decir lo que otros desean escuchar. Porque, aunque nadie se atreve a reconocerlo, la gente prefiere que le mientan en según qué cosas, y entonces, ¿por qué desilusionarla? Que Pedro siguiera leyendo lo que él quisiera en sus ojos, ya se ocuparía ella de que expresaran, y con todo convencimiento, lo que él esperaba encontrar allí.

Pero ¿y si todas las atenciones que hasta entonces le había prodigado Pedro A Secas, todas sus bonitas palabras fueran igual de falsas que la inocencia que él creía leer en sus ojos? ¿Y si no eran más que preparativos tácticos para lanzarse a la conquista de Fort Apache? Ella no estaba segura, más bien todo lo contrario, de que quisiese ser conquistada, ni por Pedro ni por nadie. «Aquello» estaba aún demasiado reciente.

Aun así, también era verdad que últimamente había descubierto, y para su sorpresa, que le gustaba la compañía de Pedro. También le gustaba, y por qué no decirlo, lo que significaba salir con él, la cara de envidia con que la miraban las mujeres, o la de respetuosa admiración que ponían los hombres al verla de su brazo. «Ese hombre te *conviene*», le había dicho Marisol. No la nueva y desencantada Marisol con la que había hablado minutos antes en el cuarto de baño, sino la otra. La pragmática, la sensata, la que descubrió y de la manera más dolorosa posible cómo es el mundo y aprendió a jugar su juego, no porque le gustase, sino porque es lo más conveniente que uno puede hacer, adaptarse. Exactamente el tipo de mujer que ella, Beatriz, ha decidido ser después de «aquello». Porque —después de darse una vuelta por «el lado salvaje de la vida», como decía esa nueva canción de Lou Reed, que de un tiempo a esta parte todos tarareaban— se había dado cuenta de que el mundo está lleno de trampas y agujeros negros en cuanto uno se sale del camino trillado. Mejor ir por autopista y con un buen acompañante al lado. ¿Pero lo sería Pedro y le gustaría a ella ese camino y ese copiloto? Beatriz se dice ahora que la mejor forma de empezar a averiguarlo es salir a bailar. Además, con la complicidad que dan las canciones lentas, también podría aprovechar para preguntarle a Pedro ciertos datos que le interesa indagar sobre el marido de Marisol. Tal vez así llegue a comprender un poco mejor qué está pasando con su amiga y mira —se dice ahora— no lo puedo creer, pero si tocan *Walk on the Wild Side, Caminar por el lado salvaje,* qué extraña casualidad y «... sí, Pedro, bailemos, me encanta esta canción. Para oírla, no para practicarla», ríe al tiempo que le dedica esa mirada de libro abierto y aún por escribir que a él le gusta.

—¿Te importa si te interrogo un poco? —comienza diciéndole.

Y si Pedro al oírla espera que las preguntas sean sobre él, desde luego disimula muy bien porque en ningún momento parece desilusionado cuando Beatriz le pide que le explique a qué se dedica Santiago Lins. Al contrario, se diría que hasta parece agradecer tener un tema ajeno a ellos dos con el que iniciar el baile. Desde luego, piensa Beatriz, en caso de que sea un cazador piel roja calibrando el mejor modo de asaltar Fort Apache, debe de ser un estratega muy paciente y refinado porque mientras Lou Reed canta «*du, du, du, du, du, du*», él responde a sus preguntas sobre Santiago Lins y lo hace con todo detalle.

—... Fontanero de la Moncloa. A eso es a lo que se dedica el marido de tu amiga.

Beatriz sabe qué es un fontanero de la Moncloa, ha oído hablar de ellos en más de una ocasión, sobre todo, en las inacabables conversaciones sobre política que, de un tiempo a esta parte, mantienen Perlita y Yáñez de Hinojosa. Podría asentir sin más, pero necesita detalles precisos, así que prefiere hacerse de nuevas.

—¿Qué es exactamente un fontanero de la Moncloa? —pregunta con su mejor cara de libro en blanco.

—Desde luego, no uno que desatasca retretes y suelda tuberías picadas —sonríe Pedro—, aunque no te creas, a los de la Moncloa también les toca visitar cloacas y taponar no pocas vías de agua. Por lo general, se trata de funcionarios, de asesores del presidente de gobierno, muy jóvenes, pero con mano izquierda y a ser posible muy larga, que se dedican a facilitar acuerdos que más tarde se acaban firmando con luz y taquígrafos. Pero tienen otros cometidos adicionales, como hablar con la prensa, siempre *off the record*, por supuesto, para hacer circular noticias o, según y cómo, también *noticias,* tú ya me entiendes, que al gobierno le interesa que filtren. Así que un fontanero pasa mensajes, achica agua, desatasca tuberías, en resumen, allana los caminos de su señor.

—¿A todo eso se dedica Santiago Lins?

Lou Reed acababa de terminar su paseo por el lado salvaje. Sonaba ahora la muy romántica *Rain & Tears* de Demis Roussos y a Beatriz le pareció por un momento que su compañero de baile aprovechaba para estrechar, levemente, el cerco en torno a su talle. Pero debió de ser una falsa apreciación porque su voz sonaba perfectamente neutra al decir:

—Bueno, tal vez en el caso de Lins, el título de fontanero le quede un poco chico. Él es demasiado amigo del rey como para ocuparse solo de desatascar tuberías. Digamos mejor que va de la Zarzuela a la Moncloa y viceversa y se mueve con soltura en ambos lados acercando posiciones.

—Yo pensaba que el rey y Suárez se entendían de maravilla.

—Y así es, al menos por el momento. Pero a veces puede surgir una disparidad de criterio en algún tema sensible y alguien tiene que hacer de puente. Y luego existen los puentes de *otra* índole. Los que se necesitan tender con la oposición, con los sindicatos, con los vascos, con los catalanes y también, sospecho, con otras fuerzas menos confesables. Muñidor, sí, ese sería el término que mejor define el cometido de Lins. Mediador, mensajero, facilitador y, si nos queremos poner un poco menos finos, mamporrero de ciertos acuerdos políticos, tan difíciles como necesarios. Pero, bueno, dejémoslo en muñidor —añadió Pedro, acercando su cara unos milímetros más a la de Beatriz. Fue solo unos segundos. Enseguida volvió a alejarla para decir con una sonrisa tranquila—: Alguien muy necesario en tiempos como estos, Beatriz, en los que tanto la Corona como el gobierno no tienen más remedio que hacer encaje de bolillos todos los días y a todas horas. ¿Y quién más útil que alguien de la confianza de don Juan Carlos pero al mismo tiempo con muy buenas relaciones a izquierda y a derecha para tejer, trenzar, urdir en la sombra y acercar posiciones? A la Moncloa y a la Zarzuela les viene de perlas tener a alguien, discreto y sin afán de protagonismo, que sepa templar gaitas con Fraga Iribarne y, a renglón seguido, fumarse un Cohiba con Felipe González o media docena de Peter Stuyvesant con Carrillo, si hace falta. Un trabajo apasionante el suyo, lo veremos algún día en los libros de Historia, pero tendrá que pasar mucho tiempo para eso. Cuando se escriba lo que *de verdad* ocurrió en esto que ahora empiezan a llamar la Transición.

Después de *Rain & Tears* comenzó a sonar *El vals de las mariposas* de Danny Daniel y Donna Hightower, y Pedro A Secas debió de pensar que era una cursilada imperdonable acercarse ni un centímetro más mientras durase aquel dueto. Por eso sus próximos comentarios sonaron aún más asépticos.

—... Pero todo tiene sus costes —continuó diciendo—. Hay otra faceta de su vida en la que, desde luego, no le arriendo la ganancia a Santiago Lins. ¿No te ha chocado su aspecto?

—Lo he visto un poco desmejorado, es verdad...

—Se ha echado diez años encima de un tiempo a esta parte. Es lo que tiene llevar el mismo ritmo de vida que el presidente Suárez: alimentarse a base de tortilla francesa e infinitos cafés, dormir mal y poco... y luego está el problema de tener que estar siempre de guardia.

—¿De guardia? —repitió Beatriz mientras intentaba alejar de su nariz el cuello de su pareja de baile, que olía a la misma colonia que solía usar Nicol... —(«¡No, no pronuncies ese nombre, Beatriz, censura, olvido! Pero ¡qué conjura es esta que a todos los tíos les ha dado de pronto por el Eau Sauvage! Oh, no, no es posible, me parece que me empieza a gustar un poquito este hombre, ¿será solo el agua de colonia?»).

—... Sí, de guardia, como si fuera un médico o como la funeraria —rio Pedro de buen humor—. Fíjate lo que pasó el otro día. Coincidí con él en un desayuno de trabajo y quedamos luego para cenar juntos. Bien, pues tanto durante el desayuno como luego en la cena y más tarde en Mau Mau, donde acabamos tomando una copa, tuvo que levantarse de la mesa no sé cuántas veces porque a cada rato lo llamaban por teléfono. Y, después de la última de las mil llamadas, no le quedó más remedio que salir escopeteado para la Moncloa. Yo no sé qué hora sería, pero ni un minuto antes de las tres de la madrugada, te lo aseguro. Por supuesto, me ofrecí a acompañar a su mujer hasta su casa. «Vete tranquilo —le dije—, yo me ocupo de Marisol», y me lo agradeció mucho. Sobre todo, porque ahora que estamos en la muy freudiana fase de matar al padre (léase Franco) y del estreñimiento hemos pasado a la diarrea, resulta que hay mucho buitre suelto.

—¿A qué tipo de buitre te refieres?

—Uf, de todo plumaje; buitres políticos, buitres económicos, sociales, aprovechados de todo tipo, pero en este caso de los que hablo es de los que planean sobre las casadas que andan por ahí solas.

—¡Marisol no está sola! —la defendió Beatriz, aunque, de pronto, la conversación mantenida minutos antes en el cuarto de baño empezó a tomar un nuevo no del todo tranquilizador sentido.

—Claro que no, siento que hayas entendido eso. Solo quería decir que los tiempos están cambiando, Beatriz.

El vals de las mariposas se redimió dando paso a una de las canciones favoritas de Beatriz. Una que, a diferencia de tantas, incluida *Rain & Tears* y *Walk on the Wild Side*, no le recordaba a Nic... a «aquello». Porque otra de las cosas de las que se había dado cuenta era de la importancia de buscar adecuados sustitutos para esa pléyade de fantasmas en forma de canciones, sabores, olores y sensaciones que recuerdan a quien tan desesperadamente uno necesita olvidar. Y el mejor antídoto contra tan dolorosos espantajos era criar y alimentar nuevos e inofensivos fantasmas como la canción que ahora comenzaba a sonar, *Le métèque.*

Por eso, al conjuro de la voz de Georges Moustaki, «*de juif errant, de pâtre grec*», Beatriz notó cómo su cuerpo, casi sin pedirle permiso, se aproximaba unos milímetros más al de Pedro. («¿De verdad te empieza a gustar este hombre? ¿Estás segura? ¿No será el Eau Sauvage, otro estúpido fantasma, el que te confunde? Dios mío, qué inexplicable es todo. ¿Es posible que el inconsciente sea tan estúpido que haga que uno se sienta atraído por alguien solo porque huele igual que otra persona? No, no, a mí no me interesa nada Pedro A Secas»).

Continuaba cantando Moustaki y Pedro comenzó a tararearle al oído en francés con un acento más que aceptable, *sexy* incluso, pero a Beatriz no le dio tiempo a hacer consideraciones sobre ese punto, porque alguien acababa de acercársele por detrás y luego le puso una mano en el hombro. Era Marisol con un Muratti recién encendido entre los dedos y una sonrisa entre divertida y asombrada.

—Perdonad, pareja, no se me ocurriría interrumpir este momento encantador ni pediros auxilio si no fuera una emergencia. A mi marido el deber lo llama y ha tenido que salir zumbando a taponar no sé qué importantísima vía de agua y/o salvar a la patria. Pero la noche no ha hecho más que empezar y yo no tengo sueño. ¿Aceptaríais en vuestra mesa a una pobre refugiada?

* * *

Media hora más tarde estaban los tres camino de Bocaccio.

Había sido idea de Marisol cambiar de escenario y pasar un rato por aquel local del que todos hablaban últimamente.

—... Te va a encantar, After Eight, no sé por qué Pedro, aquí presente, se empeña en traerte a este lugar tan coñazo —protestó abarcando con un gesto el recinto de La Boîte—. ¡Míralas, pero si hasta las cariátides que sujetan la bóveda bostezan tanto de aburrimiento que un día va a haber un derrumbe! En Bocaccio, por el contrario, nunca sabes qué puede pasar ni con quién te vas a encontrar. Políticos insomnes, escritores en ciernes o ya consagrados, vividores, artistas, mucho periodista de todo tipo, pero sobre todo mucho actor, mucho cómico. ¿Has oído hablar de Raúl del Pozo? ¿Y de Enrique Curiel y Nacho Camuñas, jacobino el primero y más de derechas el segundo, pero de caerte de espaldas de guapos los dos? ¿Y qué me dices de Fernán Gómez, que alguna vez se deja ver por allí con Emma Cohen, que es una niña pija de Barcelona que se ha cambiado el apellido solo para fastidiar a su santa familia? Y, con un poco de suerte, a lo mejor hoy han hecho novillos de su antro favorito, el pub Dickens, y nos encontramos con García Hortelano, por ejemplo, o con Juan Benet, acompañados de alguna joven promesa literaria, Molina Foix, tal vez Eduardo Chamorro o José María Guelbenzu. No, no. Mejor Javier Marías, que es el más guapo de todos. ¿Sabes que el joven Marías es un fenómeno haciendo volteretas, volatines y hasta el pino puente en el más literal y circense sentido de la palabra? No, qué vas a saber tú, After Eight, si estás pez en la noche madrileña. *Noches*, habría que decir, porque son muchas y todas diferentes según donde vayas, ¿verdad, Pedro?

—¿Estás segura de que tu marido no prefiere que te lleve directamente a casa como una niña buena? —había preguntado él, medio en serio medio en broma, pero Marisol aventó sus reparos junto con el humo de su Muratti.

—Anda, no me seas carroza, que me recuerdas demasiado a mi queridísimo padre. ¿No te has enterado de que se acabó la era glacial y que han muerto todos los dinosaurios empezando por el Caudillo? Adiós Pleistoceno, hola siglo XX.

Beatriz miró en ese momento a su alrededor y la afirmación de Marisol le pareció si no aventurada, al menos prematura. A juzgar por cómo la escrutaban desde las mesas cercanas, había por ahí aún mucho diplodocus y braquiosaurio, que no parecían haberse enterado de la llegada del deshielo. Pero sobre todo lo que había eran decenas de tiranosaurias y temibles psittacosaurias que miraban de reojo a Marisol con tanta censura como envidia.

—Otros defectos tendrá Santi, pero desde luego no es un fósil. Como todos estos que veo por aquí, que ni siquiera se dan cuenta de que están muertos —rio ella, envolviendo en el humo de su cigarrillo a buena parte de la concurrencia—. Así que no te preocupes, porque tenemos todas sus bendiciones. Me pidió especialmente que te dijera que no dejemos de divertirnos por él. Pelín difícil, sin embargo, en este cementerio de mastodontes que es La Boîte. En cualquier momento periclitamos Bea y yo, pero de puro aburrimiento. Y tú no querrás que ella se aburra mortalmente contigo, ¿verdad, Pedro? Anda, llévanos a Bocaccio. Aunque... si no te apetece, descuida, se lo puedo pedir a otro amigo de Santi que ande por ahí. He visto a un par de ellos a los que no creo que les importe demasiado acompañarnos. Ventajas del fin de la era glacial. ¿Verdad, After Eight? Sean diplodocus o no, no les queda más remedio a todos que fingirse superliberales del mismo modo que juran ser demócratas de toda la vida...

A Beatriz le había sorprendido que Pedro aceptara el envite. A pesar de lo que decía Marisol, al menos de momento, libertad era un término que se mencionaba mucho, pero se practicaba poco y nada. Sea como fuere, Beatriz se dijo que era una gran suerte que su amiga se hubiera unido a ellos. Georges Moustaki y el Eau Sauvage amenazaban con convertirse en una combinación letal cuando Marisol interrumpió su baile con Pedro. Cambiar de local, dejar atrás las cariátides mulatas de La Boîte y ver otro tipo de gente, posiblemente todo eso la ayudaría a aclarar ideas.

—Sí, por favor, Pedro, a mí también me encantaría conocer Bocaccio.

Pedro, que por un lado deseaba quedar bien con Santiago Lins ocupándose de su mujer, pero por otro hubiera estado mucho más feliz a solas con Beatriz, se resistió un poco más recurriendo al humor:

—No tenéis piedad, este brontosaurio es veinte años más viejo que vosotras y mañana tiene que madrugar y...

—Anda, anda, no te hagas de rogar —lo interrumpió Marisol—, que a tu reputación de Casanova le va a venir de cine que te vean con nosotras en un lugar nuevo. No sé por qué, pero pareces menos *playboy* últimamente.

—Es que lo estoy dejando. Es justamente lo que intentaba decirle a Beatriz hace un rato, yo ya no...

Tampoco esta vez Marisol le dejó terminar. Ella misma hizo señas al camarero para que trajera la cuenta y minutos más tarde estaban los tres camino de la calle Marqués de la Ensenada.

—Vosotras sois de las que no aceptan un no por respuesta, ¿verdad?

—Ni te imaginas hasta qué punto, ¿cierto, After Eight?

36

Delirio
[Beatriz]

«¿Dónde estoy? ¿De quién es esta mano? ¿Y este abrazo del que no logro deshacerme? Dios mío, ¿qué cama es esta y cómo he llegado hasta aquí? Piensa, Beatriz, piensa. ¿Qué ha pasado? Haz memoria...».

Se esfuerza en recordar pero lo único que consigue es, como en un espejo roto en mil pedazos, distinguir fragmentos y escenas inconexas de lo sucedido la víspera. Y en el primero de esos fragmentos se ve ahora entrando en Bocaccio del brazo de su amiga, riendo las dos.

—... Anda, no me digas que esto es así —le dice asombrada a Marisol al comprobar que, al menos en lo que a decoración se refiere, Bocaccio se parece bastante a La Boîte. Y, de existir diferencias, sin duda serían favorables a La Boîte porque, si en aquella había enormes esclavas negras policromadas que hacían las veces de columnas y luego kilómetros de terciopelo rojo por todas partes, recubriendo butacas, techos, paredes e incluso buena parte de los baños, igual de púrpura y polvoriento es el tapizado de Bocaccio. ¿Y qué decir de esas banquetas *art déco* y de esos globos de luz esmerilados que apenas alumbran pero que (misteriosamente y hasta que uno descubría la presencia de luces ultravioletas escondidas en alguna parte) hacen brillar los ojos de los presentes como búhos en la noche?

Aquí acababa ese primer fragmento de recuerdo, por lo que Beatriz debe recurrir a un nuevo trozo de esa enorme luna rota en la que se ha convertido su memoria para ver, en una segunda escena, a Marisol, a Pedro y a ella misma sentados en una especie de tribuna inclinada que había en la primera planta del local, cada cual con un *gin fizz* delante mientras su amiga desgrana nombres de gente de la que Beatriz jamás ha oído hablar:

—Mira, esa de ahí es Victoria Vera. ¿No te parece monísima? Tiene a media España escandalizada y a la otra media rendida a sus pies por un desnudo que hace en el teatro, todo muy artístico y por exigencias del guion, naturalmente. Y aquel de allá, el de la larguísima bufanda blanca, es Paco Umbral... No, mira que eres tonta, After Eight, no es que esté con pulmonía, él no se quita la bufanda ni cuando sopla el simún y las cigarras mueren achicharradas, eso lo sabe todo el mundo. ¡Cuidado! Al lado izquierdo de la barra ni se te ocurra acercarte, allí reina un periodista de cuyo vetusto nombre no quiero acordarme y que te mete mano fijo, se cree que tiene derecho de pernada. A ver, a ver, quién más veo por ahí... ¿No habrá venido el joven Marías? Vaya, qué disgusto, no lo veo por ninguna parte. Mala suerte, pero para guapos tampoco están mal Juan Diego, Gerardo Viada o Enrique Curiel. Podemos hacer un *casting.* ¿A ti cuál te gusta más?

Y es tal la retahíla de nombres dispares que Marisol menciona a continuación (José Luis Coll y Balbín, por aquí; Ramón Buenaventura, Eduardo Chamorro o Manolo Rodríguez Rivero, Fernando Rodríguez Lafuente y Juan Cruz, por allá, y luego Enrique Mújica y Raúl del Pozo, Alberto Oliveras, Juancho Armas Marcelo, Charo López y María Asquerino, gran sacerdotisa del lugar...) que Beatriz no logra retener ninguno. Aunque tampoco importa demasiado porque el próximo fragmento de aquel espejo roto que es ahora su memoria se ve alterado por una sensación entre gélida y húmeda que le recorre la espalda. «Perdona, qué torpe soy, ha sido sin querer...», y ahora ve a Marisol que se acerca a comprobar qué ha pasado con un: «Qué putada, After Eight, te acaban de bautizar, claro que no me extraña. Con el gentío que hay aquí esta noche, lo normal es que te tiren no una, sino veinte copas encima. Aunque míralo por este lado, podría haber sido peor. Al menos es vodka y no deja mancha, imagínate si llega a ser un *destornillador* de naranja o whiskazo con Coca-Cola. Ven, te acompaño al cuarto de baño, esto lo arreglamos en dos minutos».

En el próximo fragmento de su memoria puede ver ahora al autor del desaguisado, y a Pedro recriminándole su torpeza. «Oiga, a ver si mira por dónde va...».

Y ya en la siguiente pieza de aquel galimatías de recuerdos inconexos aparece él, el dueño del vodka con tónica. Alto, con ese aire entre desvalido y soñador de ciertos hombres que hace que las mujeres quieran inmediatamente protegerlos. Pero Beatriz no se fija demasiado en esa particularidad porque ha quedado atrapada por el color de sus ojos. Dios mío, tan claros y transparentes, iguales a los de...

Y no, no se refiere a los de Nicolò, que son negros, sino a los de otra persona cuyo nombre Beatriz también evita pronunciar. Uno cuyo recuerdo duele tanto o más que el de Nicolò porque, cada vez que piensa en él, en Julián, su padre, se le aparece tal como lo vio el día en que lo encontró a media mañana sentado en un banco del parque alimentando palomas. ¿Por qué nunca había logrado perdonarle? ¿Por qué era tan dura con él? ¿En realidad, qué culpa tenía de haber perdido su trabajo y por qué le dolía tanto ese recuerdo? Beatriz conoce, de su época escolar en Londres, una frase de Oscar Wilde que daba respuesta a estas preguntas. «Los hijos empiezan adorando a sus padres, más adelante, los juzgan y raras veces los perdonan». Y sí, debía de tener razón el viejo Wilde, porque ¿cómo se perdona la desilusión, la cobardía y sobre todo la mentira? Ella lo había intentado, cuánto lo había intentado. Desde que llegó a Madrid, escribía a su padre cada sábado sin faltar uno. Pero lo hacía del mismo modo en que podía memorizar los verbos irregulares en francés o atender otras obligaciones ineludibles. Y sin embargo muy pronto no tendría más remedio que volver a verlo. Tío Encho decía que una chica no debe estar tanto tiempo lejos de sus padres, de modo que le había sacado billete para viajar a Londres en julio, al acabar las clases, para que pasara allí unas semanas. Por suerte, faltaban meses para ese reencuentro con su padre, pero ahí estaban esos ojos tan iguales a los de él para estremecerla y complicarle la vida. Intentó no mirar, olvidar a ese hombre, a pesar de que había estado muy amable, tanto que incluso les mandó una botella de champagne con una nota. «De parte de Miguel Rico, con mil disculpas», así decía.

—¿Dónde está Marisol? —pregunta ahora Pedro en el próximo de sus recuerdos—. Mírala, está allí, abajo, bailando sola —se contesta él mismo—. Parece que tu amiga anda un poco desatada últimamente, pero casi se lo agradezco. Necesito hablar contigo, Beatriz.

Sus recuerdos fragmentados se hacen cada vez más confusos de ahí en adelante. Será la resaca del champagne entreverado con los cuatro (¿o tal vez cinco?) *gin fizz* que lleva encima; será el maldito dolor de cabeza que la atormenta desde que se despertó, sin saber dónde está, o será, quién sabe, el recuerdo de aquellos ojos tan claros. Pero lo cierto es que todo lo que ella consigue recordar son añicos de una realidad confusa. Y el primero de ellos le trae la voz de Pedro, que dice:

—He pensado mucho, Beatriz, hasta tomar una decisión y tú eres parte de ella. —¿Y qué es lo que añade a continuación? Algo así como—: Mira, verás, pronto cumpliré cuarenta y cinco años y he conocido a muchas mujeres, demasiadas tal vez. La mayoría son como tu amiga Marisol, niñas guapas, mimadas y caprichosas que piensan demasiado en sí mismas, y yo busco otra cosa.

—¿Buscas un libro en blanco? —había preguntado Beatriz, dando un largo sorbo a su copa para intentar no mirar hacia la derecha porque allí está ese hombre, Miguel Rico, que la mira a su vez.

—Exactamente —asiente Pedro—. Pero no soy tan vanidoso como para decir que aspiro a escribirlo yo. Lo escribiremos juntos, Beatriz.

—¿Y si mi libro no fuera tan... blanco como tú crees?

—Cielo, conozco a las mujeres. Tú no eres como ellas, lo veo en tus ojos.

Y Beatriz no tiene más remedio que servirse una tercera copa de champagne, no, mejor aún, pedir otro *gin fizz*, porque ¿qué puede decir a eso?

—No, tú no me conoces, yo... —comienza a decir, pero allí, a lo lejos, está su amiga Marisol, siendo el blanco de todas las miradas. La niña mala, la fresca, la malcasada. ¿Y quién se va a tomar la molestia de averiguar por qué se comporta como se comporta? Las mujeres decentes no se auto-invitan a Bocaccio, ni bailan solas. Si están tristes o se sienten traicionadas, se aguantan, la procesión ha de ir por dentro, sufridora en casa y con la pata quebrada. Porque es posible que se haya acabado la edad glacial del franquismo como antes dijo Marisol, pero faltan aún varias centurias para que mueran todos los dinosaurios. Y sí, está muy bien que las palabras del momento sean libertad, apertura, destape, pero una cosa es lo que se dice y otra lo que se hace. Pero, sobre todo, más importante aún es *quién* lo hace. Es muy posible que Marisol Sanz pueda comportarse como mejor le parezca porque a las niñas mal de familia bien se les permite todo. Pero ella no es Marisol, ni tiene sus apellidos.

—... Yo sé muy bien quién eres y *qué* eres —está diciendo ahora Pedro en el próximo fragmento de sus recuerdos que giran, mutan y se reconfiguran, como piezas de un caleidoscopio—. Eres justo lo que yo llevo tanto tiempo buscando —había añadido Pedro, y Beatriz no tuvo más remedio que dar otro gran sorbo a su *gin fizz,* no solo porque Miguel Rico seguía mirándola con esos ojos iguales a los de su padre que tanto la perturbaban, sino porque en ese momento comprendió exactamente qué quería decirle Pedro. Sí, porque puede que él se equivocara al creerla un libro en blanco, pero no en darse cuenta de lo sola, herida y sin rumbo que está después de «aquello». Quién sabe, tal vez ese instinto cazador que Marisol le atribuía le sirviera, como sirve también a ciertos animales, para oler a distancia a una pieza que está herida. Algunos de ellos la buscan para darse un festín, pero otros, los menos, lo hacen para protegerla. ¿Cuál de los dos será Pedro? Beatriz cree intuir que de los segundos. Así parece indicarlo el modo en que él la mira, alarga hacia ella su mano sin atreverse a tocarla, prudente, paciente... Pero, oh, Dios mío, otra vez aquellos ojos claros interfieren en sus cavilaciones logrando emborronar ahora para siempre el caleidoscopio de sus recuerdos.

¿Qué demonios había pasado anoche a partir de ese momento? ¿Quién ganó la partida trayéndola hasta esta habitación a oscuras en la que ahora se encuentra con la cabeza que no para de darle vueltas? ¿Ante quién se había rendido ella al final? ¿Ante unos ojos claros que la llamaban desde lejos o ante esa mano tendida que se ofrece a protegerla por siempre de los lobos?

Beatriz, en cama desconocida y con un brutal dolor de cabeza, desconoce la respuesta. Piensa, Beatriz, piensa. ¿Qué has hecho? ¿Qué ha pasado? ¿Otra vez te has dejado arrastrar por tu corazón en lugar de por tu cabeza? Tonta, estúpida, no aprendiste, y con sangre, además, que el corazón, esa víscera que todo el mundo tanto venera, se equivoca sin parar y tiene pésimo gusto muchas veces. No hay más que mirar atrás y consultar el currículum sentimental de cualquiera para darse cuenta: se enamora uno de cada gilipollas, de cada hijo de puta. Como Nicolò, se dice ahora, sin recurrir a ningún tonto pronombre y luego se obliga a repetir, como un antídoto, como un contraveneno, cada una de sus tres sílabas Ni-Co-Lò... y grábatelas bien, Beatriz, tatúatelas en la memoria porque quien olvida sus errores está condenado a repetirlos.

Estira un brazo y tantea en la oscuridad. ¿Con quién te has encamado, tonta? ¿Con unos ojos que no son más que un espejismo y bastante freudiano, además, o con la persona que ayer te dijo que quería tener contigo una relación seria?

Beatriz, en la oscuridad, deja ahora que sus dedos recorran el cuerpo que duerme a su lado intentando descifrar a quién pertenece. Unos brazos largos, un cuello fuerte, podría ser de cualquiera de los dos, tanto de Pedro como de Miguel Rico. Debe investigar un poco más allá y es entonces cuando topa con su pelo y en concreto con unos rizos en la nuca. Es él, entonces, Pedro A Secas. ¿Y si todo lo que le ha dicho es un engaño? ¿Y si tenía razón Marisol cuando le aseguró que lo más probable es que todo lo que le dijo no tenía más finalidad que tomar Fort Apache y acabar exactamente donde ahora están, en su cama? Tonta, imbécil, aparte de ilusa eres completamente gilipollas. Con el pasado sentimental que tiene. ¿Ya no te acuerdas de todo lo que contaron de él y de sus conquistas? A quién se le ocurre empiltrarse con un hombre así.

—Todo lo que hablamos ayer, Beatriz —dice ahora la voz de Pedro A Secas y no en sus confusos y desordenados recuerdos de antes sino aquí y ahora, muy cerca de sus labios y abrazándola con fuerza—, es verdad. Quiero casarme contigo, por favor, dime que tú también.

Un rayo de luz más madrugador que los demás, el primero que ha logrado burlar la impenetrable celosía del dormitorio de Pedro, ilumina ahora su rostro. Dios mío, si al menos su cabeza parase por un momento de dar vueltas, si no le doliese tanto. Necesita tiempo para pensar, para poner en orden sus ideas, todo es demasiado precipitado, confuso.

—No tienes que contestarme ahora, Beatriz, tómate tu tiempo. El que necesites —dice él y la abraza—. No tengo prisa. Si he esperado cuarenta y cinco años para encontrarte, puedo esperar también hasta que estés bien segura.

Beatriz se siente aliviada. Ha sido una estupidez meterse en la cama con un tío tan poco después de Nicolò y con tantos fantasmas en la cabeza, pero no ha pasado nada irreparable. Puede seguir saliendo con Pedro, ir despacio, ver si de verdad le gusta, si le «conviene», esa palabra antipática y tan poco romántica, pero que existe y suele jugar un papel importante en la vida de todos, incluso de los que más reniegan de ella. Y sí, eso es lo que va a hacer. Ver cómo se desarrollan los acontecimientos, y que sea el tiempo el que decida.

Entonces, una sensación helada recorre su cuerpo. Coño, coño, no puede ser porque el segundo de los rayos de sol escapados de la celosía acaba de traerle el recuerdo de algo en lo que no había pensado hasta ahora. La píldora, ese maravilloso invento que hace libres a las mujeres, en especial a las que, como ella, no son exactamente un libro en blanco. La había dejado de tomar después del episodio del Palace. ¿Para qué seguir si Nicolò ya no estaba en su vida y no había nadie más en ella? «Joder, no me habré quedado embarazada, ¿verdad? No, descuida —la reconforta un mucho más cálido y optimista rayo de sol que sustituye al anterior—. En una única noche y en una sola vez, es imposible, esas cosas *no* pasan. Sería el colmo de la mala suerte...».

37

FORAJIDOS
[Ina]

Allí estaba. Negro sobre blanco, el relato de lo ocurrido con
Pío del Rey, alias Esteban Puig, aunque apenas ocupaba dos
medias columnas en página par de *El Caso*. Muy poco si se
compara con el despliegue de información que el semanario
hacía de otras noticias más suculentas. Como el envenena-
miento lento y deliberado de tres niños a manos de Piedad,
su hermana de trece años. «Daban mucha guerra», rezaba el
titular. O esa otra historia que se acompañaba a la foto de dos
gemelas muy emperifolladas bajo la que podía leerse: «La
muerte tiene nombre de mujer: Toñi y Pepi, las estrangulado-
ras de ancianos actúan de nuevo, esta vez en Cuenca». En
cambio, la noticia de la detención de Esteban no venía acompañada de foto y estaba escrita en letra pequeña y apretada.
O eso le pareció a Ina, que tuvo que leerla dos veces para entender bien que:

> En la tarde del jueves, y tras una brillante operación capitanea-
> da por el agente Roberto Conesa, la Brigada Político-Social ha con-
> seguido detener en Madrid al antes mencionado forajido, autor de
> varios sabotajes y robos a mano armada perpetrados en la capital,
> que han dejado como víctimas al menos a dos personas de la clase
> productora. Como es sabido, la CNT, bajo la dirección de la nefasta
> Federica Montseny y otros elementos cómodamente instalados en
> París o en Toulouse, organiza y financia a grupos para que se
> infiltren en ciudades como Madrid o Barcelona con el fin de come-
> ter robos, asesinatos y actos terroristas. A uno de estos grupos de

«gangsters» *de la política pertenece Pío del Rey alias Esteban Puig, que procedió a autolesionarse tirándose por unas escaleras cuando era conducido a dependencias de la policía en la Puerta del Sol para proceder a su interrogatorio. En el domicilio del interfecto —domicilio que compartía en concubinato con una mujer conocida por el nombre de Tania, que no ha sido localizada hasta el momento—, se encontraron palmarias evidencias de las actividades delictivas de la pareja. Dos cuchillos de cocina de grandes dimensiones, máquinas de escribir, aparatos ciclostil, tinta, papel y material subversivo, así como cables y alambres que apuntan a la fabricación de artefactos explosivos.*

La reseña acababa en este punto sin dar datos, ni sobre la suerte corrida por Esteban tras su detención ni tampoco sobre el paradero de Tania. Aun así, dos noticias de corte similar que figuraban en otras páginas de *El Caso* sirvieron para trenzar un nudo en la garganta de Ina, anticipando cuál podía ser la suerte de sus amigos de ahora en adelante. La primera reseña y bajo el epígrafe «Banda de atracadores en el banquillo» se hacía eco de que:

... en la Escuela de la Prisión Celular se celebró el 15 de los corrientes un consejo de guerra para ver y fallar el juicio sumarísimo instruido contra tres miembros de una célula y autores de múltiples delitos. La banda, que según parece tiene ramificaciones que actúan en Barcelona y otras capitales, cumplía, según confesión de uno de los reos, misiones encomendadas por la masonería internacional y los enemigos de España. Una vez finalizado el hábil interrogatorio de los acusados por parte de los fiscales, declararon los testigos de cargo. Uno de ellos, informante de la policía y valientemente infiltrado en la banda delincuencial, fue quien propició la detención de los acusados, así como el suministro de pruebas en su contra, que habrían de resultar abrumadoras. Por ende, el ministerio fiscal en su informe, apreciando varios delitos incursos en la ley de seguridad del Estado: insulto a la fuerza armada, tenencia de armas y atraco a mano armada, solicitó la pena de muerte para la totalidad de los acusados.

La segunda noticia estaba ilustrada con la foto de una extraña silla con una abrazadera sobre el respaldo a modo de círculo o halo. Consignaba que Mauricio Domingo Ibars, más conocido como «el verdugo bueno», había dado una vez más prueba de su extraordinaria pericia la semana anterior llevando a cabo en menos de diez minutos el ajusticiamiento por garrote vil de Aniceto García, asesino confeso detenido gracias a los buenos haceres del policía Conesa. «Como recordarán nuestros lectores —rezaba el texto a continuación—, la muerte por este procedimiento consiste en fijar la cabeza del reo mediante un collar de hierro atravesado a la altura de la nunca por un tornillo coronado por una bola de hierro que, al girar, produce una lesión que rompe la cervical del sujeto aconteciendo un coma cerebral y una muerte instantánea. Aunque no siempre es tan instantánea. Como una vez más recordarán nuestros lectores más asiduos, en el reciente caso del forajido Manuel López, alias el Tato, el cuello del reo era tan recio que tardó veinticinco minutos en fallecer una vez introducido el artilugio en su cuello. Cuentan que Manuel López murió entre gritos, blasfemias e...».

Ina sintió que se le nublaba la vista y no pudo continuar con la lectura. Aparte del horror de lo que podía pasar de ahí en adelante con Esteban y Tania, eran demasiadas las incógnitas que se le planteaban y para las que no se le ocurría modo de hallar respuesta. ¿Cómo cayó él en manos de la policía? ¿Habría sido traicionado por alguno de los suyos, quizá un confidente de la Brigada Político-Social tal como les había ocurrido a esos otros hombres condenados ahora a muerte tras juicio sumarísimo?

En la noticia sobre Esteban se informaba de que lo habían llevado a la tan temida Dirección General de Seguridad para interrogarle. Según *El Caso*, Esteban Puig se había «autolesionado» camino de la Puerta del Sol. Malherido como estaba y sometido a saber a qué otras presiones, ¿habría delatado al resto de sus compañeros? Ina se dijo a continuación que, conociendo a Esteban, posiblemente hubiera resistido cualquier dolor por terrible que fuera antes que denunciar a Tania. ¿Pero y a Julián? «No se le pueden pedir heroicidades a nadie», eso le había dicho también Tania antes de explicarle cómo funcionaban en su organización las células, verdaderos compartimientos estancos para prevenir chivatazos. ¿Se habrían evitado en esta ocasión?

Ina hubiera dado cualquier cosa por poder correr ahora mismo hacia el cuartito que ocupaba Julián junto a los trasteros, abrazarse a él, asegurarse de que estaba vivo y planear juntos qué hacer de ahí en adelante, pero estaba paralizada por el miedo. Además, lo más probable era que ni siquiera lograse dar con él, no estaba nunca en casa a esas horas de la tarde. Se encontraría haciendo recados para Pitusa Gacigalupo o, si estaba libre, tal vez hubiese aprovechado para verse con sus camaradas. Otro torbellino de preguntas a cual más aterradora se apoderó de sus entendederas. ¿Sería verdad lo que reseñaba *El Caso* y tanto Esteban como Tania —y posiblemente también Julián— estaban involucrados en delitos comunes, robos, atracos...? Ina quería creer que no. Pero, aun así, era obvio que de alguna parte tenían que sacar el dinero necesario para llevar a cabo su labor de propaganda y esos supuestos sabotajes destinados a desestabilizar el régimen. También era posible que en alguna de estas... acciones, como ellos las llamaban, se hubieran visto afectados o incluso heridos viandantes, gente que pasaba por ahí.

Ina espantó este último pensamiento con un tan involuntario como desesperado vaivén de la mano.

—¿Estás bien, niña? Anda, deja de devorar ese sangriento pasquín, que vas a tener pesadillas esta noche. Hay que ver las cosas que leen las chicas de hoy en día.

—Déjala, Perlita, vive demasiado entre algodones esta hija vuestra, le viene bien enterarse un poco de qué va el mundo real.

Ina alzó la vista sorprendida. Había olvidado por completo dónde estaba, en la salita de estar, merendando con su madre y con Yáñez de Hinojosa.

—¿Has oído hablar de Roberto Conesa, Juan Pablo? —preguntó, porque acababa de decidir que, antes de correr sin rumbo en busca de Julián o de Tania por todo Madrid, era preferible averiguar algo más sobre ese misterioso personaje que aparecía con tanta frecuencia en las noticias luctuosas—. ¿Lo conoces? ¿Es amigo tuyo?

El conseguidor, que siempre se proclamaba ííííntimo de todo el mundo, se removió en su silla.

—No, exactamente. Aunque tampoco me importaría serlo —añadió, después de una calculada pausa, como si hubiera estado sopesando los pros y los contras de asimilar su nombre al del agente Conesa—. Es un servidor de la ley, un hombre valiente que hace años y con gran riesgo personal logró infiltrarse en el clandestino Partido Comunista.

—¿Un delator?

—Un *informante*, niña, que es cosa bien distinta. ¿Cómo crees que se puede luchar contra esos malnacidos si no es con sus mismas armas? Ya sabes lo que hemos comentado más de una vez, el fin justifica los medios, pero —añadió al ver *El Caso* sobre el regazo de Ina y abierto por la página en la que hablaban de Esteban— no me digas que sigues dándole vueltas a la detención de ese tal Pío del Rey del que hablamos hace un rato, en el almuerzo. Tampoco es para tanto. Leyendo entre líneas la noticia se ve que no es más que un *matao*. No es como si hubiera caído un pez gordo, aunque sabiendo que Conesa está detrás de la operación, no me extrañaría que, tras este pececillo sin importancia, se produzca una verdadera pesca milagrosa...

Ina no lograba contener el temblor de sus manos, de su voz, de sus labios, tenía que escapar de ahí cuanto antes, saber qué estaba pasando, encontrar a Tania, a Julián. ¿Pero dónde y, sobre todo, cómo? De Tania ni siquiera tenía el teléfono. Era ella quien llamaba siempre para quedar. En cuanto a Julián, tal vez pudiera preguntarle a Fermín el portero si lo había visto. No, mejor aún, tal vez pudiese encontrar algo en su habitación que le diese una pista; tenía una llave, él se la había dado para sus encuentros.

—Jesús, Jesús, definitivamente voy a tener que prohibirte que leas ese pasquín —se alarmó su madre adoptiva—. Tienes los labios lívidos, muchacha. Anda, ¿por qué no le echas un vistazo al *Diez Minutos*, que es mucho más entretenido? Trae unas fotos estupendas de la princesa Margarita con un nuevo galán. No sé por qué me da a mí que esa chica no se parece en nada a su hermana la reina Isabel, tan serena, tan señora ella. La otra en cambio... para mí que hará correr ríos de tinta cualquier día de estos.

* * *

Ina llegó sin aliento a la puerta del habitáculo que ocupaba Julián junto a los trasteros. Ya ni recordaba qué excusa le había dado a Perlita y a Yáñez para salir de casa precipitadamente, pero de ahí se había dirigido, en primer lugar, a la portería en busca de Fermín para preguntarle si había visto «al chófer de Pitusa Gacigalupo en todo el día».

—¿A Julián, señorita? —redundó Fermín, encogiéndose interrogativamente de hombros, antes de añadir que no comprendía qué pasaba hoy y por qué todo el mundo se interesaba por él.

—¿Quién se interesa?

—Primero Florinda, la cocinera de doña Pitusa, luego Cosme, su contable, al que tenía que llevarle unos papeles y nunca apareció por la oficina y por fin la propia señora Gacigalupo, alarmada. Eso fue ya hacia las tres de la tarde, porque, por lo visto, al principio no le llamó la atención su ausencia. Ya sabe usted en qué consisten las tareas de Julián para doña Pitusa. Cuando no tiene que acompañar a su casa a un conde al que se le ha ido la mano con el brandy, resulta que ha de rastrear por cielo, mar y tierra uno de los pendientes de coral de no sé qué dama, que luego aparece tres días más tarde en algún hotel de mala nota... Pero cuando llegó la tarde y no sabía nada de él, la señora me preguntó si lo había visto y le dije lo mismo que le digo a usted, lo mismito que le dije también a esa otra persona que vino por aquí.

—¿A quién se refiere? —acertó a preguntar Ina, sin que se le alterase la voz, pero aterrada de que pudiera ser la policía.

El portero volvió a encogerse de hombros, esta vez de un modo que indicaba ignorancia.

—Ni idea, señorita. Era una mujer, un poco mayor que usted, sencilla y aseada, con algo de acento andaluz, diría yo. Me preguntó si podía dejar una nota al Julián. Fui a mi garita a buscarle el lápiz y papel que me solicitó para escribirla, pero al volver ya había desaparecido.

«Tania —se dijo Ina—, seguro que era ella». ¿Pero por qué se habría marchado de aquel modo?, se preguntó, pero acto seguido barajó otra posibilidad: ¿y si no se había marchado...? Quién sabe, tal vez pedirle prestado lápiz y papel al portero no fuese más que una estratagema para adentrarse en el edificio sin ser vista y llegar hasta la habitación de Julián. ¿Pero a qué? ¿A dejarle de verdad una nota? ¿O tal vez para buscar algo allí dentro?

—Gracias, Fermín. Si viene por aquí el chófer de doña Pitusa, dígale que a mi madre le gustaría hablar con él. Tiene muy buena mano con las plantas y ella quiere cambiar de tiesto unas flores de la terraza.

Decir que Perlita quería ver a Julián era la consigna que normalmente usaban entre ellos para comunicarse a través de Fermín y hacer que él la llamase con urgencia. Ni en sus sueños más fantasiosos podría el portero imaginar que la señorita del tercero y el chófer del quinto tuvieran algo. Hasta el momento, y a pesar de que Fermín se interesaba y no poco por la vida ajena, habían conseguido mantenerlo en la inopia e Ina se alegró más que nunca de haber sido tan precavidos. Nadie podía relacionarla con Julián y eso era fundamental, sobre todo ahora si las cosas llegaban a complicarse.

—Voy a bajar al trastero —añadió Ina—... Y no, no necesito ayuda, gracias, Fermín. Si alguien de casa pregunta por mí, di que he salido, ¿quieres? Estoy preparando una sorpresa a mi madre y necesito unos cacharros que guardamos allí —sonrió, regalándole un guiño cómplice—. Ya te contaré qué cara pone.

«Mentiras, mentiras y más mentiras —pensó camino de la habitación de Julián—. Pero te viene bien estar entrenada —añadió a continuación—, a saber a quién tendrás que mentir de aquí en adelante...».

Y allí estaba ahora. Frente a la puerta de la habitación de Julián. Antes de abrir estiró la mano para acariciar con la punta de los dedos su tosca madera. Cuánto amor y cuántos sueños y planes habían tejido juntos tras ella. ¿Qué encontraría dentro esta vez? Quizá una carta de despedida. Algo así como un «Me voy, no quiero involucrarte en esto. Es demasiado peligroso. Por eso te he mantenido siempre lejos de nuestras actividades, olvídame, aunque yo nunca podré olvidarte». Sí, esa era una posibilidad, pero otra era no encontrar nada, ni siquiera un adiós, apenas una habitación desnuda y abandonada apresuradamente con solo un par de perchas huérfanas en el armario. Pero existía una tercera opción, y era que el cuarto estuviera como siempre, igual que si su propietario fuese a volver en cualquier momento. Y ese era el peor de los escenarios posibles, según Ina, porque significaría que Julián ignoraba la suerte corrida por sus amigos y estaba expuesto a que lo detuvieran en cualquier momento. Giró la llave en la cerradura y entró. Estaba tan oscuro que le costó dar con el interruptor y, cuando por fin lo encontró, se confirmaron sus peores presagios. Todo estaba tal como lo había dejado él al salir a trabajar aquella mañana. La cama hecha, la habitación recogida y muy ordenada, mientras que en el minúsculo cuarto de baño podían verse una camisa y un par de calcetines húmedos aún. Todo tan normal y rutinariamente doméstico, se dijo, pero si hasta una mata de geranio que había por allí tenía la tierra mojada, como si la hubieran regado un par de horas antes. Sobre la única mesita y con el mismo orden pulcro del resto de la habitación vio una novela del Oeste de Marcial Lafuente Estefanía. Y luego, en otra pila aparte, propaganda de una academia de taquimecanografía, así como información sobre un par de cursos impartidos por la Falange y un manual práctico de fontanería, mientras que debajo de la cama asomaban un par de pesas de gimnasia de gran tamaño. Ina se quedó sorprendida, porque todo aquello era muy ajeno a Julián y completamente distinto a lo que había visto en su habitación en visitas anteriores. ¿Por qué guardaría aquellos folletos, unas pesas y esa novela alejada de sus gustos? ¿Tenía tal vez Julián unos intereses diferentes a los que ella creía hasta ese momento? ¿O no sería más bien una deliberada puesta en escena, una especie de perfecto decorado colocado allí a sabiendas de que alguien, presumiblemente la policía, pronto le haría una visita inesperada y de este modo le complicaba un poco las pesquisas? Ina sonrió. Qué hábil por parte de Julián, qué buen ardid, solo que así también le dificultaba la búsqueda a ella. Necesitaba desesperadamente saber de él, también de Tania, cerciorarse de que se encontraban bien, averiguar cuáles podrían ser sus planes de ahí en adelante, intentar ayudarles, pero no tenía la menor idea de por dónde empezar. Había albergado la esperanza de encontrar entre sus pertenencias algo, si no una carta, sí quizá un número de teléfono o alguna dirección garabateada por ahí.

«Pero qué tonta eres —se reprochó—. ¿Cómo se te ocurre que pudiera dejar algo parecido? Ni que fuera imbécil, sabiendo que estaba en el punto de mira de la policía».

Ina continuó su búsqueda por los cajones, luego los estantes y hojeando todos aquellos extraños folletos, pero no encontró nada. Nada salvo un viejo billete de lotería olvidado entre las páginas del manual de fontanería. Algo tanto o aún más ajeno a las costumbres de Julián que el resto de enseres, de modo que lo miró con especial asombro. Y allí, escrito al dorso y con su letra, podían leerse tres palabras: «Bobo y pequeño».

¿Qué podía ser aquello? Tal vez se tratase de un mensaje cifrado, algo que para la policía no significase nada, pero que sí llamaría la atención de Ina. Bobo y pequeño... No era la primera vez que se topaba con esas tres palabras. Tenía la impresión de haberlas oído con anterioridad y no hace mucho, pero ¿a quién? ¿A Yáñez de Hinojosa? ¿A las hermanas Muñagorri? ¿Simplemente por la calle tal vez?

Guardó el billete de lotería en un bolsillo y se esmeró en dejar todo tal como estaba. De este modo, si la policía llegaba hasta allí, ni siquiera encontraría aquella minúscula piedra de Pulgarcito que, Ina estaba ahora convencida, Julián le había dejado para marcar el camino hasta él.

Salió de la habitación y se dirigió rápidamente a la escalera de servicio para subir por ella hasta su casa sin que nadie la viera. Fue entonces cuando oyó voces. El hueco de la escalera las amplificaba de tal modo que llegaban nítidas a sus oídos.

—... No, no ha venido hoy a trabajar —decía Fermín el portero—. Nadie lo ha visto en todo el día.

—¿Vive en el edificio? —inquirió una voz desconocida.

Fermín debía de estar dudando qué responder porque otra voz más autoritaria le apremió.

—¿No ha entendido usted? El compañero le ha preguntado si pernocta aquí.

Ina no necesitó oír nada más. Se encontraba a la altura del segundo piso, el de don Camilo Alonso Vega, un general de Franco, nada menos, pero había una puerta que conectaba la escalera de servicio con la principal y no dudó en atravesarla para subir a toda prisa los dos tramos de escalones que aún le faltaban hasta llegar a casa. De dos en dos los subió y no se detuvo hasta topar cara a cara con Encho, que salía en ese momento.

—¿Pero de dónde vienes, criatura? ¡Parece que has visto un fantasma!

—Hay dos hombres abajo, no sé quiénes son —acertó a decirle sin aliento—. Me han dado miedo.

Encho movió paternalmente la cabeza.

—Ay, niña mía, empiezo a ver cuánta razón tiene tu madre. Deberías dejar de leer *El Caso* y demás zarandajas. Te estás volviendo demasiado impresionable de un tiempo a esta parte. Anda, ven, hace tiempo que no charlamos un rato tú y yo. ¿Seguro que no te pasa nada, Ina? ¿Hay algo que quieras contarme?

38

BOBO Y PEQUEÑO
[Ina]

Bobo y pequeño, bobo y pequeño, bobo y pequeño... Ina repetía aquello como una invocación, como un sortilegio, como un ¡ábrete sésamo! que pudiera hacerle recordar dónde había oído antes tal expresión. La memoria, misteriosamente selectiva siempre, tan suya para sus cosas, le había hecho descartar que fuera de labios de Yáñez de Hinojosa o de las hermanas Muñagorri, tampoco le sonaba habérsela oído a Angelita o a Fermín. La radio podría ser, se dijo. Quizá fuera algo que hubiese oído anunciar en la pausa comercial de alguno de sus programas de música favoritos. Como el negrito del África tropical que cultivando cantaba la canción del Cola-Cao, el sopicaldo de Gallina Blanca o el jabón Lagarto, que lava más blanco. Pero ella no solía prestar atención a los anuncios, al contrario, por lo general cambiaba el dial. ¿Y si se lo preguntaba a alguien, a cualquiera de la casa? Mejor no dejar pista alguna que pudiera, ni remotamente, relacionarla con Julián o Tania. «¡Ya sé!», concluyó al fin, sorprendida de que no se le hubiera ocurrido antes. Lo más probable era que «bobo y pequeño» fuese algo que figurase en la guía de teléfonos. Una marca de ropa infantil, por ejemplo, o una juguetería, aunque bien pensado, ¿a qué comerciante relacionado con el mundo infantil se le hubiese ocurrido elegir semejante nombre? A un juguetero o a un mercero seguro que no, pero sí al dueño de una tasca, por ejemplo, al de un restorán también, o de una charcutería o incluso de una tienda de disfraces. Ina corrió hasta la salita de estar. Allí estaban Encho revisando su correspondencia y Perlita enfrascada en la lectura de la revista *Garbo*.

—¿Buscabas algo, niña?

—Solo la guía de teléfonos.

—Una lectura mucho más instructiva que *El Caso* —bromeó Encho, mirándola por encima de sus gafas de miope.

—Sí, necesito comprobar la dirección de un nuevo cine que me han dicho que ha abierto cerca de los Roxy. He quedado ahí con las hermanas Muñagorri esta tarde —mintió una vez más Ina— y no sé cómo llegar.

—Muy bien, cielo, pero será mejor que te lleve el mecánico —apuntó Perlita—, ya sabes que no me gusta que vayas sola por la calle.

Ina cogió la guía y empezó a hojear diestramente hasta llegar a la letra B.

«... Boada, Alberto; Boada, Claudio... Bobadilla, Jorge; Bobadilla, Marcos...», y sí, después de «Bobio, Aureliano» y «Bobio», Virtudes viuda de», allí estaba y bien destacado además «Bobo y Pequeño. Tejidos y Novedades», calle Atocha, número 12. Por supuesto no tenía la menor intención de que el mecánico la llevase hasta el establecimiento, pero bien podía pedirle que la dejara en la Puerta del Sol y caminar luego un par de manzanas. Consultó su reloj. Eran las diez de la mañana del día después de encontrar en la habitación de Julián aquel billete de lotería con un nombre escrito en el reverso. Aún no sabía ni cómo había logrado superar la noche. Bueno, sí lo sabía, con la radio puesta y atenta a los partes de noticias de Radio Nacional de España, por si daban cuenta de la detención de Julián o de Tania. Por fin, hacia las seis de la madrugada, y cuando rayaba el alba, cayó rendida con la certeza de que, al menos de momento, ambos se encontraban a salvo.

—Tienes mala cara, Ina. ¿Has dormido poco? —preguntó Encho, que parecía tener un sexto sentido para todo lo que atañese al gran amor de su vida.

—No he dormido mucho —reconoció, contenta de, por una vez, no tener que mentir a su padre—. Me quedé oyendo la radio hasta las tantas.

—Ah —se alegró él—. Entonces ya me imagino qué. *Teatro del aire,* ¿verdad, mi sol? Son espléndidas las versiones radiofónicas que hacen de los clásicos. Hace unos meses me quedé hasta el alba oyendo *Ana Karenina.*

—Sí, papá, a mí también me encantan. Pero en esta ocasión no era exactamente el *Teatro del aire* lo que me quitó el sueño, sino un programa de casos policiales —añadió, para ceñirse en lo posible a la verdad.

—Ay, criatura, ¡otra vez a vueltas con esas truculencias! —intervino Perlita—. ¿A qué hora es tu cita con las Muñagorri?

—Luego, por la tarde, mamá, pero ahora estaba pensando acercarme a De Diego en la Puerta del Sol a comprar un abanico.

—¿Un abanico en el mes de enero? —comenzó su madre, pero Encho intervino para cambiar de tercio.

—Déjala, mujer, le vendrá bien darse una vuelta. Ve tranquila, cielo, pero no olvides que hoy almorzamos temprano. Para una vez que no viene Yáñez de Hinojosa aprovecharemos para no comer a las tres y media o las cuatro. Hay que ver qué horarios tiene este hombre, y no hay manera de que los cambie. Para él, el aperitivo es sacrosanto. En su opinión, los mejores contactos y negocios se hacen a la hora del copetín. ¿Os acordáis de la primera vez que lo vimos en el Ritz con su traje lleno de lamparones y los zapatos agujereados? Quién te ha visto y quién te ve, Yáñez de Hinojosa —rio Encho, benevolente.

Ina consultó de nuevo su reloj: casi las once. Hubiera preferido no tener límite de tiempo para sus pesquisas, pero, bueno, dos o tres horas tampoco estaban mal. Fue a su habitación a cambiarse y se despojó del bonito vestido de flores que llevaba puesto. Eligió una anodina falda de mezclilla, una blusa blanca y una rebeca burdeos. Y para completar el atuendo, su abrigo menos llamativo, así como una boina que Tania le había regalado, similar a las que ella solía usar. Se miró al espejo y sonrió. Si alguna vez la policía indagaba en Bobo y Pequeño preguntando si alguien se había interesado por el paradero de Tania, la descripción que harían de ella no guardaría parecido alguno con su aspecto habitual.

* * *

El establecimiento resultó estar situado en la achaflanada planta baja de un imponente edificio de los años veinte. Bobo y Pequeño parecía un negocio próspero y remozado, pero, por encima del cartel anunciador, se alzaban cinco o seis pisos más en precario estado. En alguno de sus muros, sobre todo en el que daba al oeste, aún podían verse vestigios de metralla e incluso disparos, tristes cicatrices de una guerra demasiado omnipresente. Tal vez fuera allí, caviló Ina, tras alguna de las oscuras y deterioradas ventanas, donde vivieran sus amigos. ¿Pero por dónde empezar la búsqueda? De Tania —es decir, de Puri— ni siquiera conocía el nombre completo. El de Esteban sí, estaba en todos los periódicos, pero por eso mismo no pensaba preguntar por él. Mientras ordenaba sus ideas, decidió echar un vistazo primero a los escaparates, era la mejor manera de saber qué vendía el establecimiento.

Bobo y Pequeño. Tejidos y Novedades exhibía en sus escaparates dos tipos de mercancía. La parte «tejidos» consistía en popelines, panas, rasos, sedas, rayones, terciopelos y algodones varios artísticamente desplegados para que los clientes pudieran apreciar su calidad. Pero había también ropa de trabajo como mandilones, monos, batas de boatiné, uniformes de doncella o cocinera, amén de delantales con puntillas de lo más variadas. La parte «novedades» englobaba desde muñecas de artesanía hasta medias de importación, así como peinetas, guantes, adornos, sombreros y, mira tú por dónde, también abanicos. «Por lo menos una mentira que se va a convertir en verdad —se dijo Ina, recordando la excusa que había puesto para salir de casa—. Ese verde con borla roja que está en primera fila le va a encantar a Perlita y, de paso, a ver qué averiguo en Bobo y Pequeño».

Nada en absoluto. Eso fue lo que logró averiguar. Los dependientes no pudieron ser más amables e Ina salió del establecimiento con una mantilla negra que no necesitaba, tres o cuatro peinetas que ni siquiera eran de su color de pelo y el antes mencionado abanico verde para Perlita. Pero ni la pregunta directa de si conocían a Puri ni la indirecta de si había por ahí cerca una fábrica de cartonajes donde ella sabía que trabajaban sus amigos dieron resultado. Tampoco tuvo más suerte en la portería de las viviendas de los pisos superiores del edificio, a los que se accedía por una puerta lateral.

—¿Es usted el portero? —le había preguntado a un hombre que encontró en el exterior pintando (manchurreando sería quizá el verbo más atinado) de verde una vieja jaula de metal. Vestía del modo más peculiar. Una camisola de anchas rayas grises y negras y sobre la cabeza llevaba lo que tenía todo el aspecto de ser un embudo de latón. Se quedó mirándola como si no hubiera entendido la pregunta y, al cabo de un rato, gangoseó que no, que la portera era su hermana y que tuviera mucho cuidado, que menuda era la Encarna.

—¿Dónde está? Necesito hablar con ella.

Esta vez el hombre agitó una mano como quien indica que algo está muy caliente.

—Uy, uy, uy, ni se le ocurra. Está fregando la escalera y no vea cómo se pone si pisan cuando está mojado.

Ina agradeció el consejo y decidió aguardar unos minutos antes de entrar en el zaguán, pero no los suficientes para el gusto de la Encarna, que derramó sobre ella una catarata de improperios.

—¡Salga *pafuera*, haga el favor! ¡Hay que ver, ya no hay respeto, ni decencia, ni *na* de *na*!

—Perdone, señora, yo solo quería una información.

—Como si una estuviera *pa* eso —rezongó.

Su aspecto también era poco común. No tanto por la vestimenta, que consistía en una bata de felpa y pantuflas a cuadros, sino por los pantalones masculinos que dejaba entrever bajo la bata y el cigarrillo húmedo y amarillento que colgaba de sus labios. Si a esto sumamos una voz ronca y cazallosa, y una envergadura considerable, la Encarna tenía todo el aire de un viejo y resabiado sargento con mucho mando en plaza.

—A ver, ¿a quién busca usted?

Ina dudó unos segundos sin decidirse si debía preguntar por su amiga usando el nombre falso o el verdadero. Optó finalmente por el falso, lo que tuvo como consecuencia que la mujer se encolerizara más todavía.

—¡Así que tú eres una de ellos! —la tuteó con desprecio—. Pues más te vale salir ahumando antes de que avise a la pareja de Secretas que pasaron por aquí ayer mismo. Mira que se lo dije a los señores agentes cuando vinieron preguntando por la Tania solo para descubrir que la pájara había ahuecado el ala. Que Madrid está lleno de rojos, eso les dije. Que son como las ratas, oigan, los hay a cientos, ¡a miles! Solo que no los ves porque se esconden y *mu* bien. Pero están por *toos laos*, eso *mesmo* les dije. Y ellos venga a insistir: que dónde está, que a dónde se ha ido, pero qué quieren que sepa yo, les insistí, si no soy más que una pobre portera que bastante tiene con ser viuda y con un hermano medio imbécil a su cargo. Que no quiero líos, agentes, que yo no sé *na*... Y resulta que ahora vienes tú —continuó la mujer, mirándola brazos en jarra, pero sin soltar el palo de la fregona con la que había estado limpiando—. Pues no voy a tener más cáscaras que llamar a los de la Secreta porque es mi obligación. ¡Sí, mi obligación de buena ciudadana! —gritaba más para el hueco de la escalera por donde sin duda ascendían sus palabras bien nítidas que para la propia Ina—. De modo que más vale que te vayas de aquí echando mistos, ¿me has oído bien? ¡Y tú qué miras, gandul! —añadió a continuación, al ver aparecer por la puerta a su hermano con la brocha de pintura en la mano—. ¡Llévate a esta de aquí, cagando melodías! —tronó, al tiempo que los amenazaba con la fregona chorreante.

—Venga, señorita, no se apure, yo la acompaño —farfulló el hermano cogiéndola por el brazo y no la soltó hasta estar a distancia prudencial del edificio de Bobo y Pequeño. Solo entonces, al doblar una esquina y tras enderezar el embudo que llevaba sobre la cabeza, dijo—: Por favor, señorita, no se lo tenga en cuenta, se lo ruego. —Y la miraba. Pero no con los ojos extraviados de antes, sino con una expresión inesperadamente cuerda—. Los ánimos andan revueltos últimamente en esta casa, uno siempre se altera cuando viene la policía. Sobre todo mi hermana que es... Bueno, da igual lo que sea, lo mejor es que se vaya usted ahora mismo.

A continuación, volvió a su cara la misma expresión boba de antes mientras le cogía ambas manos y se las sacudía como si pretendiera iniciar con ella algún tipo de infantil baile.

Y en efecto eso hizo haciéndola girar y girar para asombro de los viandantes.

—¡Achipén, achipén, sentadita me quedé! —canturreó mientras la obligaba a agacharse como si ahora tocase jugar al corro de la patata—... «comeremos ensalada, lo que comen los señores, naranjitas y limones». Y luego sin rematar la estrofa y sin mirar atrás salió corriendo y la dejó en medio de la acera tan mareada como confusa.

—¿Está usted bien? ¿No le ha hecho nada? Hay que ver la pobre Encarna la cruz que tiene con ese hermano suyo.

Fue solo entonces, al ponerse de pie y comprobar que el tipo del embudo había desaparecido («Estoy bien, muchas gracias, no, no, de veras, no ha sido nada»), cuando Ina sintió algo pegajoso en su mano. Una bola de papel manchada de pintura verde. Una extraña prudencia le dictó que era preferible guardársela en el bolsillo mientras los viandantes volvían a sus prisas, a sus recados, a sus afanes.

* * *

«Empieza a parecerse mucho a un juego. ¿Cómo se llamaba? El pañuelo escondido (¿o era quizá el tesoro escondido?, no recuerdo bien). Ese en el que alguien va dejando pistas a otro de su mismo equipo de modo que la primera lleva a la siguiente y esta a otra, hasta dar con el tesoro», sonrió Ina, sentada ahora delante de un chocolate a la taza y una napolitana de crema, ambas sin catar, porque lo último en lo que podía pensar en ese momento era en comer. Por fortuna, La Mallorquina, en la Puerta del Sol, era uno de esos establecimientos en los que no llamaba la atención una mujer sola en una mesa. Aun así, Ina había decidido situarse entre una ruidosa familia que devoraba merengues y una solitaria dama que oteaba por la ventana como si llevase años o más bien siglos aguardando la llegada de alguien. Solo entonces, y segura de que nadie la estaba mirando, desplegó el papel que le había dado el hermano de la portera. Y allí, arrugado y entre manchurrones de pintura verde, estaba lo que ella interpretó como la segunda pista en su particular juego con el destino. Si en la pista anterior encontrada en la habitación de Julián figuraban tres palabras, «Bobo y pequeño», en esta eran cinco y decían así: «Mademoiselle de París», y luego, a renglón seguido y entre paréntesis, escrito con letra más pequeña podía leerse: «(*Monsieur* Al'Pedrete)».

Ina sonrió. Esta vez no iba a necesitar hacer pesquisa alguna, ni siquiera consultar la guía de teléfonos, porque sabía perfectamente qué se ocultaba tras aquellas cinco palabras.

Perlita, a la que le gustaba estar al día de las últimas novedades, en especial las foráneas, había llegado a casa un par de semanas atrás con un extraño peinado.

—¿De verdad que no te gusta, Encho? ¡Pero si es lo último de París! Peinado a lo Joséphine Baker, lo llaman.

—Pues si así lo llaman, muy último grito no puede ser —había opinado Encho—. La Baker llenaba los teatros antes de las dos grandes guerras y todo el mundo habla aún de su *danse sauvage* vestida solo con un cinturón de plátanos maduros, pero ha llovido un rato desde entonces. Además, a ti no te queda bien ese pelo negro retinto pegado al cráneo como lamido por una vaca.

Perlita, que tampoco estaba del todo convencida con la novedad parisina que anidaba en su cabeza, empezó a decir que tal vez se había equivocado de peluquero, pero Yáñez de Hinojosa (que era quien había recomendado la visita al nuevo y recién estrenado salón Mademoiselle de París) intervino diciendo que no, que de ninguna manera, que Encho no entendía nada de nada y que *monsieur* Al'Pedrete era ni más ni menos que alumno aventajado de las hermanas Carita.

—Son dos muchachas del Valle de Arán que huyendo de la guerra se instalaron en Francia. Y un par de años después y para tu información ya eran las reinas de la peluquería parisina por cuyo salón del Faubourg Saint-Honoré pasan a diario princesas, duquesas y un par de reinas en el exilio, así como todas las ricas herederas americanas instaladas en la capital sin olvidar la Begum Yvette, que no deja que nadie le toque un pelo salvo las dos talentosas hermanas.

»Su secreto —continuó explicando Yáñez— fue inventar un concepto nuevo en el mundo de la peluquería que ellas llamaron "belleza global". Resumiendo y para que lo entiendas, Perlita querida, cuando vayas por el Faubourg primero te recibirán con una copa de champagne y luego, al ver que eres una clienta distinguida, porque eso se ve de inmediato —añadió Yáñez, aprovechando para zalamear a su principal *modus vivendi*—, lo más probable es que te pasen directamente al sanctasanctórum en el que atienden a las famosas que prefieren pasar inadvertidas. Y una vez allí, te darán para que estudies el menú de sus muchos y espléndidos servicios de belleza global, porque Mary y Rosy Carita han sido las primeras en el mundo en ofrecer, en un mismo salón, todos los tratamientos que te puedas imaginar: milagros capilares, otros estéticos, masajes de mil tipos distintos, cremas que obran portentos y atenciones sin fin. "Cada mujer es un mundo", ese es su lema, de modo que para que lo sepas, Encho: jamás salen de su establecimiento dos clientas con la misma *coiffure* o peinado.

—Pues se ve que en su sucursal madrileña la técnica no anda muy perfeccionada. A mí más que a Joséphine Baker, Perlita con ese pelo me recuerda a un niño malo —apuntó Encho, señalando afablemente la nuca afeitada de su mujer mientras el conseguidor ponía ojos en blanco pidiendo paciencia a las alturas.

—¡Qué sabrás tú, Encho, de modas de París! El corte que le han hecho a Perlita se llama *à la garçonne* e hizo furor allá por los locos años veinte. Como su propio nombre indica, consiste en dar a la mujer un aire de muchacho, de bellísimo efebo, y hay muchas variantes: con el pelo más corto, menos corto, con onda a un lado, con onda al otro lado, con gomina, sin gomina... Ahora *monsieur* Al'Pedrete está intentando introducirlo en Madrid, de ahí que haya decidido estrenarse con Perlita, que tiene un cráneo perfecto, digno de Nefertiti, no hay más que verla. Un gran artista, *monsieur* Al'Pedrete —suspiró Yáñez—, el mejor de los escultores capilares patrios, el rey de las tijeras, el emperador del corte a navaja. No le hagas ni caso, querida, estás espléndida. Jamás hay que pedir opinión a los maridos sobre un corte de pelo.

Aun así, Perlita había preferido resistir la tentación de ponerse de nuevo en manos de *monsieur* Al'Pedrete y su pelo no se parecía ya (y por fortuna para ella porque le quedaba como a un Santo Cristo dos Smith & Wesson) al de Joséphine Baker ni a ninguna otra diosa de entreguerras. Pero, gracias a este sucedido, Ina recordaba bien el nombre del afamado peluquero e incluso la dirección del Mademoiselle de París, a un paso, por cierto, de la calle Serrano.

Ina dio un único y pensativo mordisco a su napolitana. La angustia de no saber dónde se encontraba Julián no era del todo incompatible con la sensación de curiosidad y de deportivo reto que le producía intentar descubrir el próximo eslabón de aquel enigma. Ahora lo único que debía hacer era regresar a casa, almorzar con sus padres hablando de pájaros y flores y luego, una vez que ellos se retiraran a descansar como todas las tardes, llamar para pedir hora en el Mademoiselle de París. ¿Conseguiría cita para ese mismo día? Era la peluquería más solicitada del momento. Bueno, tampoco perdía nada por intentarlo.

39

LAVAR Y MARCAR
[Ina]

Mademoiselle de París se encontraba en la confluencia de Serrano con Jorge Juan, pero tenía entrada por esta última calle. Una muy vistosa porque sus dos escaparates, famosos en todo Madrid por su originalidad y elegante osadía, se redecoraban cada mes. En esta ocasión, y tal como pudo comprobar Ina, la inspiración iba de safari, de modo que varias pieles de leopardo y otras de cebra o de ocelote traídas de lejanas tierras compartían espacio con lanzas tutsis y una enorme y feroz máscara masái.

—*Bon jour, mademoiselle, soyez la bienvenue.* ¿Cuál es su nombre? Veamos... déjeme que consulte la agenda... Ah, sí, ya veo que tiene hora a las cuatro. Es su primera visita a nuestro establecimiento, ¿verdad?

Quien así hablaba parecía una maniquí recién aterrizada de París, ataviada con una impecable bata rosa y dueña de unas larguísimas pestañas que se abatieron, muy suaves, al decir:

—Como se estrena usted hoy con nosotros, permítame explicarle un poco. Esta de aquí —comenzó mientras señalaba un recinto espacioso por el que iban y venían una miríada de señoritas, algunas con bata rosa, otras con bata azul, atendiendo a diversas clientas— es nuestra zona de peluquería. En ella podrá ponerse en manos de los más talentosos estilistas. No solo *monsieur* Al'Pedrete, que es nuestra estrella, sino también *monsieur* Jesús Ángel, *madame* Encarnita o *monsieur* Fefo. Claro que, si lo desea, podemos ofrecerle además otros muchos servicios interesantes: maquillaje, masajes de diversos tipos, limpieza de cutis, depilación a la cera, confección y venta de pelucas y postizos y, obviamente, *manucure* y *pédicure* —pronunció en un envidiable francés.

Ina suspiró. Iba a tener que emplear muchas horas si quería —y sin levantar sospechas— encontrar algún rastro de Tania en Mademoiselle de París, así que optó por decir:

—Lo quiero todo.

—¿... Cómo todo? —se asombró la recepcionista.

—Sí, quiero peluquería, masaje, limpieza de cutis, maquillaje, me probaré un par de pelucas y también necesito *manucure* y *pédicure* —pronunció mientras se decía que cuantos más servicios contratara, con más empleados del establecimiento e incluso clientas podría hablar, ampliando sus posibilidades de encontrar alguna pista de Tania.

—Magnífico, *mademoiselle*, belleza global, ese es precisamente nuestro lema. ¿Por dónde quiere empezar?

Ina miró a su alrededor.

—Da igual por dónde —dijo, pero enseguida rectificó pensando que, si lo que pretendía era comenzar a extraer información, lo ideal sería estrenarse con alguien lo más joven e inexperto posible. Alguien con quien no le importase meter la pata. Como por ejemplo esa muchacha de poco más de quince años que en aquel mismo momento pasaba por ahí llevando en difícil equilibrio una pila de toallas y peinadores—. ¿Ella de qué se ocupa?

—¿Quién, Adelita? —preguntó la recepcionista abatiendo de nuevo sus celestiales (y ahora bastante asombradas) pestañas—. Es solo una aprendiza, pensaba mandarla ahora mismo al cuarto de las pelucas a pasar la escoba.

—¡Magnífico! Justo lo que yo quería, echar un vistazo a los postizos.

—¡Pero eso hay que hacerlo con *monsieur* Al'Pedrete! Es él personalmente quien toma las medidas de las señoras y en este momento está peinando a *madame* Garrigues y Díaz Cañabate.

—Perfecto —retrucó Ina, tomando del brazo a la muy sorprendida aprendiza—. Veo que no le falta nada para terminar. Dígale a *monsieur* Al'Pedrete que, mientras tanto, Adelita y yo lo esperaremos en el cuarto de pelucas —añadió, al tiempo que se admiraba de su recién descubierto descaro y del buen resultado que daba. Aunque posiblemente tampoco había tanta razón para admirarse. En Mademoiselle de París debían de estar acostumbrados a toda clase de excentricidades y caprichos por parte de las clientas y las clientas (sobre todo las que están dispuestas a pagar por los muchos tratamientos que ofrece la casa) siempre tienen razón. De ahí que Ina se dijera que lo único que debía hacer de ahora en adelante era comportarse como lo hubiera hecho su amiga Helena Muñagorri, con su forma de tutear a todo el mundo, y, sobre todo, con la forma de usar los verbos siempre en imperativo: ¡Oye! ¡Venga! ¡Mira! Y lo cierto es que se divirtió mucho imitándola.

»Hala, Adelita, vámonos para el cuarto de las pelucas. Y tú, chata —añadió, mirando esta vez a la recepcionista—. Dile a *monsieur* que no se preocupe en absoluto. Que atienda tranquilo a la señora de Garrigues y Díaz Cañabate, que lo espero allí, no hay ninguna prisa. Tengo todo el tiempo del mundo.

Adelita resultó ser una buena fuente de información, aunque solo fuera por descarte. No, no conocía a ninguna Puri. Ninguna empleada se llamaba así «y entre las señoras no suele haber Puris», especificó después de decir que llevaba trabajando en Mademoiselle de París desde los trece años; «así que conozco bien la clientela», había añadido después de pasar concienzudamente la escoba por todos los recovecos de aquel habitáculo repleto de pelucas y postizos. Ina observó que los había rubios, morenos y pelirrojos, los había ceniza, platino, caoba y hasta gris perla; unos eran cortos, otros largos, con trenzas y con tirabuzones, lisos o con rizos y cada uno descansaba sobre una cabeza de guata en cuya base podía verse el nombre de las clientas. Eran tantos y con apellidos tan rimbombantes que Ina hizo un inevitable paralelismo entre tal derroche de información con las dificultades de la búsqueda en la que se había embarcado sin más datos que un simple nombre de pila. Porque si Adelita no conocía a ninguna Puri, tampoco conocía a Tania alguna, de modo que a partir de ahora debería utilizar otro método de averiguación. Lo único positivo era que *monsieur* Al'Pedrete se había olvidado de ella. O al menos no aparecía de momento por el cuarto de las pelucas, lo que permitió a Ina extraer de Adelita datos, esta vez, sobre las chicas que trabajaban en el Mademoiselle de París.

—Somos veinte en total entre aprendizas, oficialas y peluqueras —comenzó explicando su informante—. Luego, están los cuatro maestros, nuestras estrellas, pero me parece que sus nombres ya se los mencionó Jannine, la recepcionista. ¿Qué quiere exactamente usted saber, señorita?

¿Cómo contestar esta pregunta —se dijo Ina—, si ni siquiera ella sabía lo que buscaba? Era peor que encontrar una aguja en un pajar. Y así siguió siéndolo durante buena parte de la tarde mientras Ina pasaba de uno a otro tratamiento de los muchos que ofrecía el Mademoiselle de París.

—En cinco minutos la vendrán a buscar para su *manucure*. *Monsieur* Al'Pedrete continúa ocupado, pero la atenderá en cuanto sea posible —le aseguraron.

Sin embargo, se hizo la *manucure*, luego la *pédicure*, más tarde la depilación de cejas y *monsieur* Al'Pedrete seguía muy ocupado. Pronto serían las siete, la hora de cierre y, para entonces, Ina ya había decidido que la resolución del enigma solo podía tenerla *monsieur* Al'Pedrete en persona. ¿Quién si no? Al fin y al cabo, su nombre figuraba en la nota manuscrita que la había llevado hasta allí. Tan segura estaba de que solo *monsieur* tenía la respuesta que, al entrar en la cabina de masaje, el último de los servicios de belleza global al que le quedaba por someterse, ni siquiera reparó en la esteticista vestida de rosa que le daba las buenas tardes. Tenía otras cosas en qué pensar, de modo que se tumbó en la camilla sin mediar palabra. Las luces de la cabina estaban atenuadas y la señorita aquella se movía como un gato en la sombra. Ina cerró los ojos. Ni siquiera pensaba intentar tirarle de la lengua. Había fracasado ya con tantas de sus compañeras que lo único que quería era terminar cuanto antes su masaje facial. *Monsieur* Al'Pedrete no tendría más remedio que atenderla al fin, era prácticamente la única clienta que quedaba en el recinto. No estaba dispuesta a esperar mucho más; si no venía al finalizar el tratamiento, pensaba recurrir a los modos imperativos de Helena Muñagorri para decirle a la recepcionista: «Mira, chata, dile a tu jefe que estoy cansada de esperar, que venga ahora mismo».

En ese momento, la esteticista que la estaba atendiendo le pidió que cerrase los ojos, que se relajase y algo más debió de añadir, pero Ina ni siquiera llegó a entender qué le decía porque así, tal como estaba ahora, con los ojos cerrados mientras la desmaquillaban, era como si quien le hablase fuera su amiga Tania. Aquella mujer tenía su misma voz, su misma forma de construir las frases e incluso un lejano deje andaluz. Ina abrió los ojos alarmada. La chica acababa de encender un potente foco sobre la camilla para examinarle la piel y el hechizo se desvaneció. No, no era ella. La esteticista (Macarena, así se llamaba, lo llevaba bordado sobre su bata rosa) no se parecía en nada a Tania. Era lo menos seis o siete años mayor que su amiga, baja y de complexión robusta.

—Cierre los ojos, por favor, señorita; necesito limpiar el cutis antes del masaje.

Ina obedeció. «Tan obsesionada estoy por dar con Tania —se dijo mientras se dejaba tratar— que incluso creo oír su voz, tengo que relajarme».

Pero entonces Macarena volvió a hablar para explicar ahora el tratamiento que pensaba hacerle y de nuevo Ina creyó estar ante su amiga. La voz, la entonación, las palabras que usaba, incluso la forma de expresarlas eran idénticas, inconfundibles. Quizá fueran paisanas. Ina apenas sabía nada del pasado de su amiga, solo que era de Camas, cerca de Sevilla, y que había venido con su familia a vivir a Madrid cuando tenía diez años.

¿Y si fueran hermanas? Tania había hablado alguna vez de que tenía una bastante mayor que ella, pero eso era todo lo que Ina recordaba, ni nombre, ni oficio, ni ningún otro dato que pudiera ayudar a identificarla.

—¿Y tú de dónde eres? —decidió preguntar—. No pareces de aquí.

Pero Macarena, que hasta entonces se había mostrado locuaz, titubeó y luego optó por cambiar de tema:

—Veo que la señorita tiene la piel muy seca. Creo que vamos a hacer una ligera exfoliación antes de hidratar.

Ina estaba acostumbrada a este tipo de evasivas. Desde su llegada a Madrid, le había llamado la atención comprobar cómo personas que minutos antes se mostraban abiertas y dicharacheras se retraían ante ciertas preguntas. Incluso lo había comentado con Perlita una vez que vivieron una situación similar con Florita, una de las sombrereras más famosas de la capital. Según Florita, ella había vivido en Londres del treinta y seis al treinta y nueve, pero por el modo en que esquivaba algunas preguntas con diversas excusas daba la impresión de que no decía toda la verdad, incluso la comunicación cordial que mantenían hasta ese momento se resintió. Perlita entonces le había dicho a Ina que no había que tenérselo en cuenta, que la guerra estaba demasiado presente en la vida de todos y que la única forma de olvidar ciertas cosas era esquivarlas, mentir incluso, sobre todo cuando uno ha pertenecido al bando de los perdedores.

Sería por eso o por lo que fuere, pero el caso es que había en las conversaciones de entonces terrenos vedados, zonas opacas o directamente oscuras que se manifestaban a la hora de sortear preguntas tan banales como de dónde eres o dónde está tu familia. Muy bien, se dijo Ina, en ese caso, era preferible dar un par de rodeos, hablar un rato de vaguedades, recurrir a circunloquios, todos los que fueran necesarios, pero necesitaba saber más sobre aquella chica.

—Oye, chata —comenzó adoptando su mejor aire mundano a lo Helena Muñagorri—. ¿Y qué tal es trabajar en Mademoiselle de París? Me imagino que una gozada, personalmente me chifla todo lo relacionado con la belleza.

Y esta conversación pareció agradar bastante más a Macarena porque no tuvo inconveniente en explicar que sí, que estaba encantada, que había tenido mucha suerte, que desde muy pequeña supo que su vocación era trabajar en un salón.

—Pero nunca imaginé que sería en uno tan estupendo como este —añadió con no poco orgullo—. Y nunca lo hubiese logrado —continuó, masajeándole el cuello con mano experta— si no nos hubiéramos venido hace unos años a vivir a Madrid.

—¿Quiénes?

—Mi familia y yo.

—¿Y cuántos sois de familia?

Macarena tardó unos segundos en contestar, pero al final dijo:

—Somos cuatro. Mis padres y una hermana bastante más pequeña que yo.

A Ina se le aceleró el pulso, pero aún necesitaba más datos.

—... Supongo que eras muy joven cuando llegaste aquí y te habrá costado adaptarte, al menos al principio. A mí me pasó lo mismo cuando mis padres me trajeron de Potosí. Todo se me hacía un mundo. Otras costumbres, otros amigos, otros afectos... La vida en la gran ciudad era tan distinta a todo lo que yo había conocido hasta ese momento. Imagino que tú también echarías de menos tu pueblo, allá ¿en...?

Ina dejó deliberadamente inconclusa la frase para que Macarena rellenara los puntos suspensivos, a ser posible con un nombre, «Camas», pero ella no cayó en la trampa. Ina tanteó entonces por otras vías. Intentó sacar el tema de su evidente deje andaluz, pero no surtió efecto. Preguntó luego si era sevillana, ¿cordobesa?, ¿malagueña?, ¿tal vez granadina? con igual poca fortuna. Fue solo cuando de pronto se le ocurrió hablar de lo mucho que le gustaban los toros, de lo aficionada que era y de cuánto admiraba a Curro Romero (el mejor de todos, qué grande es, maestro entre los maestros, el faraón de...), cuando consiguió que aquella mujer dijera la palabra mágica.

—¡... Ah, Camas! El pueblo más bonito de España. Ahora todo el mundo cree conocerlo gracias a Curro, pero hay mucho más que ver, se lo digo yo, que soy de allí, ni se imagina usted, señorita.

«Ya está, ya está, es ella, son hermanas, tienen que serlo, pero ahora viene lo más difícil», se dijo Ina. Era evidente que Macarena no quería hablar de su pasado, pero ¿por qué? Aun suponiendo que se debiese a su pertenencia al bando perdedor en la guerra, saltaba a la vista que no podía tener más de catorce o quince años cuando acabó la contienda. ¿Qué le preocupaba entonces? ¿Qué temía? ¿Cuál podía ser su punto oscuro, su talón de Aquiles? «Tania —concluyó Ina—. Tania es su razón para callar. Su miedo no tiene que ver con el pasado, sino con el presente. Posiblemente lo que intenta evitar es que se la relacione con su hermana. Y si es así, ¿cómo demonios hago para que me hable de su paradero? Si se lo pregunto directamente, me mentirá y ahí habrá acabado la conversación».

Ina apretó con fuerza los ojos, debía pensar a toda prisa. Estaban llegando al final del tratamiento. Lo más probable era que el tal *monsieur* Al'Pedrete se presentara de un momento a otro. Justo ahora que ya no lo necesitaba para nada. Lo único que le importaba era encontrar la manera de que Macarena le dijese dónde estaba su hermana. ¿Le habría pedido Tania que la ocultase cuando supo que la buscaba la policía? Eso explicaba aún mejor sus reticencias. Pero ¿cómo vencerlas? «Piensa, Ina, piensa. ¿Cuál será la mejor manera? ¿Rogar? ¿Suplicar? ¿Amenazar tal vez? No, ya sé. La mejor manera de sonsacar a alguien es no hacer preguntas ni indagar, sino hacerle creer que ya estoy al tanto de su secreto. Decirle que sé que son hermanas, que sé también (y ojalá sea cierto, por favor, por favor, que lo sea) que conoce el paradero de Tania y que me va a llevar hasta ella».

Ina se incorporó en la camilla, tragó saliva y miró directamente a los ojos de Macarena para decir:

—Tania me lo ha contado todo. Somos amigas desde hace años y siempre me dijo que, si alguna vez pasaba algo, que te buscara, que tú me llevarías hasta ella. Necesito verla cuanto antes.

Macarena, blanca como la cal, comenzó a balbucear.

—Yo no sé nada, no conozco a ninguna Tania, no sé de qué me habla, usted se confunde... —Pero de pronto y para sorpresa de Ina cambió de estrategia, también de expresión. Se limpió las manos aún grasientas de crema en el mandil que llevaba sobre su impoluta bata rosa y girando sobre sus talones se dirigió hacia la puerta—. Escúchame bien —dijo, pasando de pronto a un tuteo bisbiseante al tiempo que echaba el pestillo con doble vuelta—. ¿Quién demonios te crees que eres para hablarme así? No, si en realidad no hace falta que digas nada, me lo imagino perfectamente. Eres una de «ellos».

—No, te equivocas, yo soy... —comenzó Ina, pero su interlocutora no la dejó terminar.

—Ni sé ni me importa un carajo quién puedas ser. Lo único que te digo es que te largues cuanto antes y ni se te ocurra volver por aquí. ¿Qué tengo yo que ver con vuestras cosas, con vuestras torpezas? Mira que se lo dije a la Puri no una, sino mil veces: tonta, más que tonta, eres una ilusa sin remedio. Ni idea tienes de dónde te estás metiendo. ¿No te ha bastado con lo que le pasó a papá y a tío Juan que quieres acabar como ellos? La guerra se perdió y ya no hay nada que nosotros podamos hacer. O sí. En realidad, le dije, es sencillísimo no tener problemas en este país, ganarse bien la vida, criar una familia, prosperar, hacerse rico, incluso. ¿Por qué no puedes hacer como yo? Se sitúa una en la realidad, se piensa en lo que es y no en lo que pudo ser, se atornillan bien los pies en la tierra y ya está. Paz y trabajo, paz y progreso, no te metes con el régimen y el régimen no se mete contigo. Es así de fácil y así de cierto. Pero no. Ella tuvo que seguir soñando como una necia y luego, para colmo, enamorarse de ese sinvergüenza, de ese malnacido, para arruinar su vida.

Ina tuvo la impresión de que todo lo que decía Macarena formaba parte de un bien construido guion. Uno que, probablemente, había repetido en otras ocasiones, pero ¿con qué propósito? ¿Para convencerse ella misma? ¿Para convencer a los demás de que no tenía nada que ver con las actividades de su hermana ni mucho menos con las de Esteban? ¿O tal vez solo para proteger a Tania fingiendo que estaban distanciadas cuando en verdad no era así?

—No sé —decidió responderle Ina, tanteando el terreno—. Tal vez tengas razón y Tania se haya equivocado y mucho, pero no es momento de reproches. Necesito hablar con ella cuanto antes. ¿Dónde está?

—¿Cómo me has encontrado? —preguntó Macarena, eludiendo la pregunta—. No creo ni por un momento que Puri te haya hablado de mí. Mi hermana es una idealista, una ilusa, una romántica sin remedio, pero no una mentirosa. Me juró que jamás hablaría de mí a sus camaradas y estoy segura de que lo ha cumplido.

—Tienes razón, ella no me dijo nada. Fui a buscarla a su casa en la calle Atocha. Pregunté por ella, la portera no quiso ayudarme, pero por suerte su hermano...

—¡No me digas que ese gandul te dio mi nombre y te dijo dónde trabajaba!

—Es un pobre disminuido mental.

—¡Ja! —rio amargamente Macarena—. Y tú, que eres tan lista, te lo has creído. Anda, dime, ¿de qué iba vestido esta vez el Evaristo? ¿De Pompoff y Thedy? ¿Del Hombre de Hojalata en el Mago de Oz con un embudo en la cabeza? Anda que... ¿A quién creerá que engaña con esas gilipolleces? Desde luego, a mí no. ¿Y la Encarna qué te pareció? Viendo lo panoli que eres, la Inmaculada Concepción, supongo.

—Un poco rara sí que es —reconoció Ina, recordando el aspecto de la portera.

—¿Un *poco*? A esos dos solo les falta llevar sobre el pecho un cartel que diga: «Soy un rojo vestido de Caperucita» o «Me cansé de ser un topo y ahora voy de camuflaje».

—¿Qué es un topo?

Macarena suspiró. Había sacado del bolsillo de su bata rosa un ajado paquete de tabaco americano. Sin ofrecer, encendió un pitillo y expulsó el humo antes de contestar entre cansada y condescendiente.

—Siendo como eres clienta de Mademoiselle de París, es fácil imaginar en qué nube rosa vives tú. Pero, aun así, imagino que sabrás que tras la guerra muchas personas se han visto obligadas a vivir escondidas, ocultas durante años.

—Sí, claro, te refieres a los maquis, supongo.

—Pues supones muy mal. Un maqui al menos tiene la suerte de estar en contacto con la naturaleza y sentirse libre. Un topo, en cambio, es alguien que desde que acabó la guerra ha vivido oculto por miedo a represalias ayudado y encubierto por familiares que se exponen a su misma suerte en caso de que lo descubran. Vete a saber cuántos habrá ahora mismo en Madrid viviendo como prisioneros en un habitáculo secreto de dos por dos al que se accede por una trampilla en el techo o tras el falso fondo de un armario o alacena.

—¿El Evaristo es un topo?

Tampoco esta vez Macarena respondió a su pregunta, sino que interrogó a su vez:

—¿Qué te dijo la Encarna cuando fuiste preguntando por mi hermana? Apuesto que te hizo toda la comedia de la portera cumplidora de su deber deseosa de colaborar con la autoridad. La firme, la inflexible, la que no le tiembla el pulso cuando hay que delatar a un vecino.

—Sí, y también me dio a entender que fue ella la que alertó a la policía. Pero Evaristo intentó ayudarme, es distinto a su hermana.

—Ni son hermanos ni son distintos.

—¿Cómo dices?

Macarena se encogió de hombros como si se dispusiese a explicar algo muy obvio.

—Bah, los pormenores me los contó Tania, aunque el grueso de su historia ya me la imaginaba yo, lo llevan escrito en la cara. De hermanos nada, son marido y mujer. El Evaristo sabía que vendrían por él una vez acabada la guerra, así que desapareció en los primeros y confusos días después de que cayera Madrid. Aunque no se fue muy lejos. La Encarna lo escondió durante años hasta que, cuando todos se habían olvidado de él, reapareció un buen un día convertido en el hermano tonto recién llegado del pueblo.

—Qué terrible vivir así —comentó Ina—. ¿Tú crees que si Encarna delató a Tania a la policía, lo hizo para desviar la atención de su marido? Tu hermana decía siempre que a la gente no se le pueden pedir heroicidades, que cada uno sobrevive como puede —añadió Ina, recordando con un escalofrío a Esteban. Y se dijo que tal vez para entonces ya habrían conseguido de él una confesión, unos cuantos nombres, el de Julián entre ellos. No se pueden pedir heroicidades a nadie...

—Bah, no sé, ni me importa lo que le haya podido decirle la Encarna a la policía —respondió Macarena—. Lo único que sé es lo que pienso decir yo cuando me pregunten. Que es lo mismo que te digo ahora a ti, guapa —añadió, apagando su cigarrillo en un bote vacío de Crème Sublime—. Que no tengo ni zorra idea de dónde está mi hermana. Para mí murió cuando se unió a ese hombre. Muerta y *enterrá* —especificó recuperando por un momento su casi perdido acento sevillano—. ¿Me has comprendido, bonita? Muerta y *enterrá* —repitió antes de agregar—: Y esto vale también para esa «otra» persona por la que realmente te interesas. Sí, no te hagas la mosquita muerta. Tanta preocupación por la Puri está muy bien, pero hay alguien que te preocupa más aún. ¿Quién es? ¿Tu novio? ¿Tu amante? ¿Que cómo puedo saberlo, dices? Ja —rio Macarena con una carcajada que podía ser lo mismo irónica que adolorida—. No olvides a qué me dedico. Mi oficio son las caras. Caras felices, angustiadas, caras que esperan, que desesperan, caras que odian y caras que aman, me las conozco todas. ¿Qué, te creías que me chupo el dedo? Llevo trabajando tu cara más de media hora y puedo leer en ella como en un libro abierto. Por eso solo te voy a decir una cosa más. Lo más probable es que él, quienquiera que sea, haya corrido o esté a punto de correr la misma suerte que Puri. La vida es así. El que con niños se acuesta amanece meado... O muerto —concluyó aquella mujer, poniéndose en pie y yendo hacia la puerta para descorrer el cerrojo—. Y ahora, señorita —ironizó al devolverle el tratamiento de usted que antes le había retirado—, con esto termina su masaje facial, espero que haya sido de su agrado. Quédese aquí un momento. Voy a avisar a *mesié* Al'Pedrete. No creo que tarde mucho. Mientras tanto, ¿puedo ofrecerle una copita de champagne para endulzar la espera? Gentileza de Mademoiselle de París, naturalmente.

40

EMBASSY OTRA VEZ
[Beatriz]

—¿Que estás *qué*? Repite eso, que me parece que no he oído bien. ¿Embarazada? —deletreó Marisol Sanz, moviendo los labios, pero sin emitir sonido alguno—. ¿Te has vuelto loca? ¿Pero no estabas tomando la píldora como hace todo quisque en estos tiempos? No se te habrá pasado por la cabeza confiar en el Ogino ni en el «Por una vez no pasa nada», ¿verdad? Ay, After Eight, no lo puedo creer. ¡Ahora que Santi y yo estamos casi a punto de separarnos vas tú y... —Otra vez vocalizó la palabra maldita en mortal silencio, esta vez en forma de verbo—. ¡Pero si ya tenía pensados un montón de planes para nosotras, de nuevo juntas y libres.

Beatriz empezó a pensar que tal vez no había sido buena idea contarle aquello a su amiga. ¿Pero en quién más podía confiar? Llevaba quince días de retraso en la regla, ella era como un reloj, y estaba asustada. Miró a su alrededor. Por una de esas simetrías que gustan al destino, estaban sentadas en la misma mesa y en la misma postura que aquella lejana tarde en Embassy cuando Marisol regresó de Buenos Aires, embarazada y llena de planes para su nueva vida. ¿Cuánto tiempo había pasado desde entonces? No llegaba a dos años y la escena parecía la réplica de la anterior, solo que vista en un espejo y por tanto invertida. Ahora era ella, Beatriz, la que vestía traje de chaqueta de Elio, medias de cristal casi blancas y zapato de tacón cuadrado, mientras que Marisol, con su vestido largo de flores, sus botas vaqueras y su pelo rubio largo y suelto sobre la espalda podría haber pasado perfectamente por la guapa de los The Mamas & the Papas. Beatriz cepilló con cuidado un par de migas de chocolate que amenazaban la falda de su traje de chaqueta. ¿Qué pensaría Nicolò si pudiera verla ahora? «Tesoro, empiezas a parecerte peligrosamente a una dama del Ejército de Salvación, qué mosca te ha picado». Bah, qué más da lo que él pudiese pensar, ya no dolía tanto recordarle. Incluso en ocasiones se forzaba a hacerlo. Se había dado cuenta de que a algunos fantasmas, en vez de esquivarlos, es preferible exterminarlos por sobredosis, invocarlos a cada rato hasta que dejan de importarte. Además, en el fondo, le estaba agradecida. Si no fuera por Nicolò, nunca se habría fijado en Pedro. «Hace falta —se convenció— pasar por un canalla para apreciar otro tipo de amores».

—¿Se lo has dicho ya a Pedro? —preguntó Marisol.

—No. Quiero estar segura primero. ¿Cómo crees que reaccionará?

—Mira, chica, ante todo, seamos prácticas. Conozco un sitio en el que te hacen la prueba de la rana sin demasiadas preguntas, empecemos por ahí. En cuanto a Pedro, seguro que estará encantado. Se habla siempre del reloj biológico de las mujeres, pero el de los tíos es igual o aún más coñazo. Cuando piensan que ha llegado el momento de perpetuarse y tener hijos, de pronto hasta el más *playboy* se vuelve gilipollas. Cupido empieza a tocar la lira y el tipo cae como un pichón.

—Qué cosas dices...

Marisol se encogió de hombros antes de encender un Ducados.

—Pura observación sociológica. Pedro muere por tus huesos, no hay más que verlo. Lo único malo de todo esto es que luego, cuando ya se han perpetuado y tienen en casa a su linda mujercita veinte años más joven, otra vez vuelven a los entretenimientos que *realmente* los ponen cachondos: el poder, la pasta.

—Hablas por ti —retrucó dolida su amiga.

—No, Beatriz —continuó Marisol, llamándola esta vez por su nombre y poniéndose inusualmente seria—. No hablo por mí, sino por ti, para evitar que cometas el mismo error que yo.

—¿Casarte a toda prisa para tapar un escándalo?

—Por si no lo recuerdas, no me casé, me casaron. Pero también es cierto que yo permití que lo hicieran. Dejé que otros decidieran mi vida. Porque me había enamorado de alguien y el cabrón me abandonó; porque estaba en boca de todos; porque ahí, muy cerca, al alcance de la mano, tan fácil, tan conveniente, resulta que había otra persona que decía quererme, a pesar de mis errores. Alguien protector, responsable, mayor. Y es tan fácil dejarse querer, Beatriz, ni te imaginas cuánto. Además, funciona. Al menos durante un tiempo. Hasta que te das cuenta de que has vendido tu vida. No vendas la tuya, aún estás a tiempo.

—¡Pero si yo quiero a Pedro!

—¿Como querías a Nicolò?

—Esa persona ya no existe.

—Existe tanto que te ha hecho enamorarte de su antítesis y te ha convertido en otra persona. Mírate —continuó, recorriendo con sus dedos de uñas muy cortas la manga del trajecito de Elio de su amiga—. ¿A qué te recuerda esta escena? Refléjate en mi espejo y no te equivoques como yo, vive primero y cásate después. —A sus ojos asomó una única e inoportuna lágrima, pero ella la borró de un manotazo—. Que nadie decida tu vida por ti, After Eight, la felicidad no es una componenda ni un buen apaño. Tratarás de hacer «lo adecuado», lo que esperan de ti, y todos te aplaudirán, pero solo a la larga sabrás lo caro que se paga.

—Tampoco tan caro, al menos no en tu caso. ¿No decías que Santi y tú estabais pensando en separaros? Si te equivocas, cambias de rumbo y empiezas de nuevo en otro lado, ya no es un drama ni un desdoro como antes.

—¿Lo dices por los supuestos vientos de libertad que soplan sobre esta España mía, esta España nuestra? Olvídate, de momento todo es de boquilla. Muchas tías en cueros en el cine o en el teatro, mucho «mi cuerpo es mío» y mucho Susana Estrada enseñando tetas para que a Tierno Galván, impasible el ademán, se le pongan los ojos como dos huevos duros, pero aquí sigue sin haber divorcio y una separada es una puta o, peor aún, solo una paria.

—¿Y eso quieres ser tú separándote? ¿Una paria?

—Una mujer libre, After Eight, es lo que voy a ser dentro de muy poco. Por cierto, ¿te ha invitado mi querida prima a su boda el fin de semana próximo en Santander?

El cambio de conversación había sido tan brusco que cogió a Beatriz desprevenida.

—¿Cómo dices?

—Que si vienes a la boda de Sonsoles la semana que viene. Va un grupo de gente distinta a la que vemos habitualmente, y tanto a ti como a mí nos vendrá bien para cambiar de aires. Se me ocurre que si Pedro no está invitado, podríamos viajar juntas.

—Sí que lo está, creo que Sonsoles es sobrina segunda suya o algo así.

—Claro —aceptó Marisol, alzando una mano para pedir la cuenta, lo que produjo el alegre tintineo de media docena de esclavas que adornaban su brazo—. Se me olvida siempre que en este Madrid nuestro estamos todos emparentados por algún lado. ¿Nos vamos, After Eight? ¿Quieres que te acerque a tu casa? Hasta que deje de ser la señora de Lins tengo chófer y con escolta, además.

Enfilaron hacia la puerta sin prestar demasiada atención a cómo las miraban desde otras mesas.

—... Es la mujer de Lins, qué te parece, ahora le da por lo *hippie*. ¿Te has fijado qué greñas? ¿Y qué me dices del vestido tiñoso que lleva? Pobre hombre, no se merece lo que le ha tocado en suerte.

—¿Y la otra quién es?

—Ni idea, pero mucho más recatada, dónde va a parar. Aunque pelín cursi, ¿no? Para mí que debajo del trajecito de Berhanyer asoma aún el pelo de la dehesa.

—¿Qué? —volvió a preguntar Marisol, una vez atravesada la marea de cotillas y sin que tan amables comentarios llegaran a sus oídos—. ¿Te dejo en casa? —añadió señalando hacia el Dodge Dart que la esperaba al otro lado de la calle. Además del chófer, otros dos hombres salieron de un 1430 aparcado detrás.

—¿Por qué llevas escolta?

—¿No lees la prensa, After Eight? La ETA nos ha declarado la guerra. Los que creían que con la llegada de la democracia ellos iban a deponer las armas y acabar con sus actividades se equivocaron de medio a medio. Las cosas no han hecho más que empeorar. Si antes de la muerte de Franco mataban a dieciséis o dieciocho personas al año, solo en lo que va de este llevan ya más de ochenta. Se dice que están cambiando de estrategia. Si antes sus víctimas eran pobres guardias civiles o militares con la intención de provocar cuanto más ruido de sables, mejor, ahora han abierto el abanico. El gobierno ha tenido un chivatazo de que piensan ir a por políticos, incluso a por gente de la calle.

—Qué terrible. Entonces estáis amenazados tanto Santiago como tú.

Marisol echó para atrás un largo y liso mechón de pelo que el viento le había llevado hasta la cara antes de decir:

—No más que ese señor, o que aquel taxista de allí o que esa niña que ahora cruza la calle. Cuando te toca, te toca. Está muy bien tomar precauciones, pero ¿qué sabe nadie? Mientras, hay que vivir. ¿No crees? Prométeme por tanto que no tomarás ninguna decisión hasta que volvamos de Santander. A lo mejor ni siquiera estás embarazada.

—Sí lo estoy, esas cosas se saben. No me hace falta la prueba de la rana.

—Mejor salir de dudas y de eso me voy a ocupar mañana mismo. Antes de que viajemos ya tendrás el resultado y esperemos que tu rana para entonces siga vivita y coleando. Pero aunque no lo esté, prométeme que pensarás en lo que te he dicho.

—No hay nada que pensar, quiero a Pedro.

—Ay, After Eight, mira que eres cabezota, pero ya te convenceré yo en Santander, tendremos mucho tiempo para charlar. ¿Quieres que te recoja también el viernes para ir juntas al aeropuerto? Ah, no, se me olvidaba, querrás ir con *tu* Pedro. Yo iré sola, como siempre. Santi está demasiado ocupado salvando a la patria de sus muchos problemas.

* * *

Beatriz recibió el informe de la farmacia el mismo día en que debían viajar a Santander, pero decidió no decir nada a nadie. Ni una palabra a Perlita ni a Encho, pero tampoco a Marisol. ¿Para qué? ¿Para que siguiera insistiéndole en que fuera libre? ¿Cómo iba a ser libre si estaba embarazada? Lo más probable era que Marisol, al saberlo, insistiera en que tampoco aquello era algo irreversible. Que había métodos, que había lugares en los que ese tipo de problemas se solucionaban. ¿Pero qué lugares eran aquellos? ¿Algún antro sórdido en el que practicaban abortos en pésimas condiciones con la amenaza encima de acabar desangrada, cuando no muerta? Y luego estaba la solución del British Airways de los jueves. Beatriz la había oído nombrar no pocas veces. La llamaban así porque el último vuelo de los jueves era el preferido de madres con adolescentes (o no tan adolescentes) de aire tan compungido como angelical, que llegaban a Londres con un serio problema y regresaban a Madrid el lunes siguiente con un peso de menos e incluso alguna comprilla de Harrods como útil coartada. Pero Beatriz no podía recurrir a ninguna de estas soluciones. ¿De dónde iba a sacar el dinero? Solo contaba con la asignación semanal que le daban sus tíos. Una muy generosa, pero en ningún caso suficiente para costearse un aborto. Es cierto que podía haberles dicho a Encho y Perlita que deseaba visitar a sus padres en Londres. Al fin y al cabo, había un viaje previsto para el verano y solo se trataría de adelantarlo unos meses. Pero una vez allí tendría que inventarse alguna ausencia completamente inverosímil para desaparecer un par de días y luego, ¿a quién recurriría para que la ayudara en un trance así?

En realidad, ni por un momento había contemplado ninguna de estas lúgubres opciones. No había razón para hacerlo. Se había dado cuenta de que estar embarazada no hacía más que reconfirmarla en su propósito de seguir adelante con Pedro. Ahora estaba más segura que nunca, Pedro la adoraba y ella lo quería también. Y daba igual lo que dijera Marisol, su vida no tenía por qué ser simétrica a la de su amiga. A Marisol la habían obligado a casarse sus padres, pero a ella nadie la obligaba, ni siquiera el recuerdo de «aquello», Nicolò era agua pasada.

Beatriz, sola en su habitación, se desnudó para ponerse el pijama. Estaba decidido. Mañana mismo, camino de la boda, hablaría con Pedro. ¿No dicen siempre que de una boda sale otra boda? Sonrió al pensar lo feliz que le haría la noticia. Se detuvo un momento en estudiar su cuerpo ante el espejo. Un hijo, alguien de su misma sangre. Como Gabriel, como Estela, sus hermanos a los que había querido tanto de niña pero que un día desaparecieron sin despedirse. ¿Dónde estarían ahora? Nadie había vuelto a saber de ellos, eran ya tantos los afectos que había ido dejando por el camino. Pero bueno, como decía siempre Marisol, la vida es así y sirve de poco quejarse. Muy pronto, dentro de su cuerpo empezaría a crecer un nuevo amor, uno no comparable a ningún otro. Y lo iba a querer tanto... No en vano era ese diminuto ser que germinaba dentro de ella quien pautaba el camino a seguir: una vida estable, segura junto a alguien que la quería y la protegería siempre. ¿Y aquellos ojos azules que un día se cruzaron con los suyos en Bocaccio y que tanto se parecían a los de su padre? Bah, quién se acordaba de ellos, no eran más que un tonto espejismo freudiano, una piedra de toque para empezar a construir lo que ella había perdido y deseaba tanto recuperar: una familia. «Ya verás lo felices que vamos a ser los tres, chiquitín —le dijo a través del espejo, acariciando el lugar de su cuerpo en el que empezaba a crecer aquella aún minúscula esperanza—. Te vamos a querer tanto papá y yo, espera y verás».

41

EL VUELO
[Beatriz]

—¿Pero dónde demonios te habías metido, After Eight? A
este paso perdemos el avión. ¡A tu novio a punto está de darle una apoplejía, con lo puntual que es!

Pedro y Beatriz habían llegado con mucha antelación al
aeropuerto. Marisol lo hizo con el tiempo justo de sacar la
tarjeta de embarque, pero ahora era ella, Beatriz, la que corría
peligro de quedarse en tierra.

—Por favor, vete tú por delante, no tardo ni un minuto.
Me acabo de dar cuenta de que me he dejado la billetera en el
quiosco de periódicos, ¡qué desastre!

Marisol fue hacia la puerta de embarque mientras Beatriz
corría en dirección opuesta rezando a todos los santos para
que su cartera siguiera aún allí, que no se la hubiese llevado
algún amigo de lo ajeno. «Tranquila, me da tiempo, no pasa
nada». Miró hacia atrás. A lo lejos podía ver a Marisol y a Pedro,
los últimos de la cola, por suerte tenían aún por delante lo
menos una quincena de personas, una veintena incluso. Llegó hasta el quiosco, preguntó al encargado, rebuscaron juntos aquí y allá, pero la billetera no aparecía. «¡Qué tonta soy!»,
se lamentó. Si no se hubiese detenido con la idea de darle una
sorpresa a Pedro comprándole *Triunfo,* la revista de actualidad política que a él le gustaba, nada de esto estaría pasando.

—¿Tampoco usted ha visto por aquí una billetera? —le
preguntó a otro de los encargados—. Dios mío, ¿y ahora qué
hago? Era todo el dinero que tenía para el viaje.

Beatriz giró, decidida ya a marcharse con las manos vacías, qué mala, pero qué pésima suerte, cuando de pronto oyó la explosión. Para ser exactos, no la oyó, sino que la sintió en su cuerpo, en su estómago, en su cabeza, en sus oídos, que parecían a punto de estallar. Y luego todo se volvió silencio. Durante unos eternos segundos nada pareció moverse. Levantó la cabeza. Una columna de humo negro se alzaba entre ella y el lugar en el que había visto a Pedro y a Marisol por última vez. El silencio de los primeros segundos dio paso entonces a multitud de sonidos, chirridos, chillidos, estruendos, gritos histéricos.

«¿Qué ha sido eso?». «¡... Mi hija! ¿Dónde está mi hija?». «Atrás, atrás, no se acerque...». «¡Dios mío! ¡No veo nada!». Beatriz quería correr hacia aquella columna de humo tras la que habían desaparecido Marisol y Pedro, vocear sus nombres, averiguar qué podía haberles pasado, pero todo lo que ocurría a su alrededor iba a cámara lenta. Lento el único hilillo de sangre negra que manaba del oído de la mujer desmadejada junto a una columna, lentos los movimientos de aquel hombre que intentaba ocultarse bajo una mesa. Beatriz se dijo que debía ir en su ayuda, abrirse paso a contracorriente de todas esas personas que huían tratando de ponerse a salvo. Otras, en cambio, como la mujer que había gritado «dónde está mi hija» corrían hacia la explosión... «Señora, no se acerque, señora, espere...».

Beatriz aprovechó la confusión para avanzar. Conocía el punto exacto en que estaban sus amigos, pero el humo era tan denso que apenas lograba ver más allá de un par de metros. Tropezó con un bulto y cayó. Era el cuerpo de una niña, no tendría más de diez años. Beatriz ni siquiera se atrevió a tocarla por temor a descubrir que estaba muerta. Tanteó a su alrededor. Si por lo menos se disipase aquel humo que la cegaba, que se le atoraba en la garganta impidiéndole gritar, llamarles: «¡Pedro! ¡Marisol!».

Continuó a cuatro patas. No podían estar muy lejos, un poco a la derecha tal vez, había más cuerpos por ahí o trozos de ellos, Beatriz llegó a bendecir aquella humareda que le impedía ver con claridad.

Al primero que encontró fue a él. Estaba bocarriba, con los ojos abiertos y la miraba. «Pedro, Pedro, dime que estás bien, dime que puedes oírme —lo zarandeó estúpidamente—, por favor, por favor». No sangraba ni presentaba herida alguna, apenas un mínimo corte en la frente, y sin embargo, sus ojos la miraban tan fijo... «Que alguien me ayude, Dios mío, ayúdenme, por favor, está bien, él está muy bien, no le pasa nada, no está muerto, no puede estarlo, vamos a tener un hijo, sí, tú y yo, mi amor, un bebé, nuestro niño, no me dejes...».

El humo que comenzaba por fin a disiparse le permitió ver entonces que el cadáver de Pedro llevaba aún sobre su brazo izquierdo la chaqueta de lana que ella le había pedido que le guardase mientras iba al quiosco. Una de sus mangas cogida entre sus manos se mantenía incongruentemente blanca, virginal.

¿Y Marisol? Tal vez ella se hubiese salvado. Sí, quizá después de que los hubiera visto juntos en la cola apenas un minuto antes de la explosión, se hubiese alejado de allí un poco. Para encender un pitillo, para mirar por la ventana, apenas un par de metros más allá del epicentro del horror y estaría a salvo. «¡Allí está! —gritó Beatriz al descubrirla detrás de un mostrador—. Gracias, Dios mío», seguramente la gruesa madera la había protegido de la deflagración.

Beatriz se acerca. Sus ojos azules están tan abiertos como los de Pedro, pero... ¡está viva! «Gracias, Señor, al menos ella se ha salvado». Coge con infinito cuidado la cabeza de su amiga para acunarla en su regazo. «Tranquila, descansa, enseguida vendrá ayuda, mientras tanto me quedaré contigo, cierra los ojos». Pero los ojos de Marisol se han vuelto casi tan fijos como los de Pedro. Aun así, todavía le quedan fuerzas para sonreír. «Abrázame, por favor, no me dejes, mis piernas, un peso...».

Beatriz mira entonces hacia allá. Un trozo de madera, tal vez una pieza del techo cubre la parte inferior del cuerpo de su amiga.

—Es solo un tablón, ni siquiera uno muy grande, lo quitaré para que estés más cómoda. —Y así lo hace, pero solo para descubrir que debajo no están las extremidades de su amiga, sino un amasijo de carne cercenada a la altura de los muslos. Beatriz ahoga un grito al tiempo que voltea la cabeza, todo menos que Marisol lea en sus ojos la verdad—. Ya está, cielo, te he quitado ese tablón que te molestaba... Así estás mejor, no pasa nada, ¿ves? Déjame que te coja de nuevo la cabeza para que estés más cómoda, esperaremos juntas.

—¿Esperar a qué? Estoy muerta, ¿verdad?

—Claro que no, tonta, ¿no ves que estamos hablando?

Marisol vuelve a intentar otro amago de sonrisa.

—Quería hacer tantas cosas, After Eight, solo tengo veintidós años, me queda tanto por hacer...

—Y lo harás —le asegura Beatriz—. Te llevarán a un hospital, te pondrás bien.

—Mientes muy mal, After Eight, me muero, uno sabe siempre esas cosas. ¿No fue eso lo que dijiste a propósito de la prueba de la rana? Qué lejos queda todo ahora, ¿verdad? Mi hijo, tan pequeño... ¿Me he equivocado mucho, tú crees? Yo solo quería vivir.

—... Oiga, haga el favor, apártese, está usted entorpeciendo nuestra labor, quite, quite, déjeme ver. ¡Eh, vosotros! Mirad qué más heridos hay por allí. No, a esta nada, déjala, está muerta. O como si lo estuviera, coño, ¿no ves que la han *cortao* en dos?

—Y tú, chica, ven conmigo —le dice ahora a Beatriz otra voz algo menos cruel que el resto de las que oye a su alrededor. Policía, bomberos, batas blancas... parece como si hubieran llegado todos a un tiempo. Pero Beatriz no quiere dejar a Marisol allí—. Anda, levántate, ya no se puede hacer nada por ella, se nos va. ¡Pero si tú también estás herida! —exclama ahora el guardia civil que la ha ayudado a ponerse en pie. Beatriz comienza a incorporarse y por un momento loco piensa que le ha ocurrido lo mismo que a Marisol, que era capaz de sentir sus piernas aun cuando aquel madero se las había cortado de cuajo—. Sangras mucho, ¿seguro que puedes andar?

Beatriz se mira. Tal vez la sangre no sea suya, sino la de Marisol, aún tibia. En efecto, tiene la falda empapada, pero es otro torrente pegajoso el que llama su atención, uno que le corre muslos abajo, pasa sus rodillas, sus tobillos y se encharca en sus zapatos de tacón cuadrado, esos que compró hace unos días porque le gustaban a Pedro y que tan bien combinaban con sus trajes de chaqueta de Elio Berhanyer.

—El niño, mi bebé —dice ahora Beatriz mientras las lágrimas, las mismas que hasta ahora se había tragado para que no pudiera verlas Marisol, comienzan a trazar surcos en su cara tiznada de humo y sangre.

Un miembro del equipo sanitario la abraza.

—¿Había un bebé contigo? No te preocupes, lo encontraremos.

Un dolor brutal que le atraviesa el vientre como una cuchillada la obliga a doblarse sobre sí misma, sangra más que nunca...

—¡Que se la lleven ya, no hay manera de cortar la hemorragia! Venga, chica, túmbate en el suelo hasta que traigan la camilla, tranquila, mira, aquí estarás bien.

Beatriz obedece. Tan cerca está del cuerpo de Marisol que aún puede ver su pelo largo que asoma, rubio, infantil, bajo ese pañuelo sucio con el que alguien ha cubierto su vidriosa y aún azul mirada.

42

LOS CHORIS
[Beatriz]

—No diréis que no ha sido una idea espléndida, queridas mías, justo lo que necesitaban mis entumecidos huesos. Realmente no hay nada como Marbella fuera de temporada y, si es en el Marbella Club, ya ni te cuento. ¿Qué os parece? A juzgar por el número de condes, barones y príncipes germánicos que abrevan por aquí, cualquiera diría que nos encontramos *chez* los Thurn und Taxis o en casa de algún Hannover. Claro que aquí en Málaga hace bastante mejor clima y no tiene uno que consumir tanto *sauerkraut*, veneno puro para mi úlcera.

Encho, Perlita e incluso Yáñez de Hinojosa ya no sabían qué hacer para que Beatriz olvidara el atentado de Barajas. Durante las dos primeras semanas, apenas habían conseguido arrancarle media docena de palabras. Primero en el Ruber, donde le dijeron que había perdido el bebé que esperaba, y luego en la consulta de un especialista en shock postraumático muy célebre que recomendó el conseguidor, Beatriz había mantenido un impenetrable silencio. ¿Qué querían que contara? ¿Cómo Pedro murió antes de que pudiera auxiliarle y Marisol se desangró en sus brazos? Ahora sabía cómo la vida puede cambiar (o desaparecer) en apenas un par de minutos, ahora sabía también que estaba de nuevo tan sola como cuando había llegado a Madrid. ¿A quién podía recurrir? ¿A sus amigas del Florence Nightingale? No tenía ninguna. Perlita y Encho intentaban de todas las maneras posibles que se sintiera mejor, pero de momento sin éxito. Por eso

Beatriz tampoco había puesto demasiadas esperanzas en aquella escapada a Marbella. En realidad, la estadía parecía estar cortada más a medida de Yáñez de Hinojosa que de ella, no podía interesarle menos toda esa gente mayor que veía por ahí, en el comedor, o abajo en la playa.

—¡Pero bueno! Mira quién anda allí devorando huevos revueltos con beicon, que me aspen si no es Yeyo Llagostera. ¿Qué hará despierto a horas tan tempranas? Su vida se parece más a la de los vampiros que a la de los simples mortales —comentó Yáñez de Hinojosa una mañana mientras desayunaban los tres.

—¿Y quién es ese Yeyo Llagostera? —inquirió Perlita, sin levantar la vista de la tostada que estaba untando.

—Ah, querida, un personaje muy interesante, la sal de la vida marbellí, el perejil de todas las salsas, el jefe de Los Choris.

—¿Choris?

—Sí, así se hace llamar ese grupo de alegres camaradas. Resulta que Jorge Morán, uno de ellos, que tiene una memoria pésima para los nombres, llama «chori» a todo el mundo para simplificar, y de ahí les viene el mote. Son cuatro amigos, a cual más simpático. Más tiesos que la mojama la mayoría de ellos, pero hete aquí que hoy están en el carnaval de Río, mañana en la isla Mustique o de safari por África cuando no tomándose infinitos *bellinis* en el Harry's Bar de Venecia.

—Pues ya me explicarás ese misterio —intervino Perlita, que había decidido tirarle de la lengua al conseguidor, pensando que así, y con un poco de suerte, tal vez la niña sonriera con las pintorescas historias que tanto le gustaba contar.

—La explicación al misterio está en Yeyo. Él es hijo del dueño de uno de los laboratorios más importantes del país y la persona más generosa que conozco. Corre con los gastos de todos. Y no solo con los de sus tres amigos, también con los de quienquiera que se apunte en ese momento. Viajes, flamenco, fiestas... los saraos que organiza no se acaban nunca porque, según él mismo dice, después de una noche de farra, qué mejor que amanecer en la playa con una guitarrita. Y ya que estamos metidos en jarana montamos un flamenco que dura hasta el *gin-tonic* de mediodía, a continuación viene la paellita del almuerzo, un rato de sobremesa jugando back-gammon, para desengrasar, luego te lías con los cócteles de la tarde-noche y, cuando te quieres dar cuenta, es la hora de la cena y vuelta a empezar...

—Qué extenuante. ¿Quién se apunta a eso?

—Dirás mejor quién no se apunta. Desde Sean Connery y Omar Shariff a Mel Ferrer o Cristina Onassis... Y luego están los Lapique, los Borbón, Pitita Ridruejo y su marido, amén de toreros, cantaores y todos los artistas que te puedas imaginar. Gente de lo más variada, podría decirse incluso que cada uno tiene su Chori tutelar.

—Explícame eso.

—Pues Jorge Morán, por ejemplo, que es hijo de uno de los actores de *Bienvenido, mister Marshall,* aporta amigos del mundo del cine; a Luis Ortiz le da más por la aristocracia centroeuropea, sobre todo ahora que sale con Gunilla von Bismarck, mientras que Antonio Arribas, que fue especialista de escenas arriesgadas en el cine hasta que se fastidió una pierna, cultiva más el mundo del flamenco.

—¿No te gustaría conocerlos, Beatriz? —preguntó inocentemente Perlita.

—Sí, venga —se sumó el conseguidor—. Ahora mismo llamo a Yeyo. Mira, podríamos organizar...

Fue tal la cara de desolación que puso Beatriz que Perlita se echó para atrás.

—Déjala, Juan Pablo, otro día, mejor. La niña necesita tiempo. ¿Qué vas a hacer hoy, mi sol?

Beatriz no tenía más planes que nadar, pasear o sentarse por ahí con un libro, y así se lo dijo a Perlita. Prefería estar sola. Sin embargo, al cruzarse con Yeyo Llagostera en el comedor, no pudo evitar una mirada en aquella dirección y reparar en lo sonriente que se mostraba al dar los buenos días a Yáñez de Hinojosa. («Qué, de amanecida supongo», saludó el conseguidor, y Yeyo con una carcajada: «... Ya ves, reponiendo fuerzas con un poco de beicon en vena, que la vida es dura»). Finas líneas alrededor de sus párpados hablaban de frecuentes carcajadas mientras que sus ojos, muy vivos, brillaban como carbones encendidos. Una persona agradable, pensó Beatriz, pero de inmediato lo olvidó. No lograba tener más pensamientos que los que giraban en torno a Marisol y a Pedro. Incluso más alrededor de Pedro que de Marisol porque otro de los dolorosos descubrimientos de aquellos días fue darse cuenta de que el vacío que le había dejado el que iba a ser el padre de su hijo, en vez de decrecer, se hacía más grande. Debía de ser cierto eso que dicen de que uno solo se da cuenta de lo que tiene cuando lo pierde, porque ella no paraba de imaginar cómo sería ahora su vida si él no hubiera muerto y cómo, en este mismo momento, estaría creciendo dentro de su cuerpo aquel hijo que también le había arrebatado la suerte. ¿A quién se hubiese parecido? ¿A Pedro? ¿A ella? Quizá, quién sabe, a sus abuelos, a Ina, o mejor aún a Julián con sus ojos transparentes. Sus padres. Hacía meses que la correspondencia que mantenía con ellos se había vuelto más espaciada. Incluso después del atentado apenas la habían llamado en un par de ocasiones para preguntar cómo estaba. Y siempre Ina, nunca Julián. Según su madre, él le mandaba mil besos, pero no podía ponerse en ese momento. Estaba claro que también ellos comenzaban a olvidarla. ¿Por qué todas las personas a las que más quería acababan abandonándola de un modo u otro?

Beatriz pasó el día sola. Perlita y el conseguidor estaban empeñados en ir a almorzar a Puerto Banús, pero ella prefirió quedarse en el hotel, le dolía la cabeza. La nostalgia es mala compañera de cama y no la había dejado pegar ojo la noche anterior.

Hacia las doce del mediodía dio un paseo, comió sola en su habitación y luego intentó leer un rato, pero debió de quedarse dormida porque cuando despertó eran cerca de las cinco. Tenía que espabilar, levantarse cuanto antes, esta noche la esperaba otra madrugada en blanco y llena de fantasmas.

Pensó en llamar a Perlita por teléfono, decirle que iba a bajar un rato a la playa a darse un chapuzón y despejarse, pero no hizo falta, porque junto a su teléfono encontró una nota.

Cielo, no te he querido despertar. Acompañaré a Juan Pablo al pueblo, quiere darse una vuelta por la parte antigua de Marbella. Si te parece, quedamos a las diez directamente en el comedor para cenar. Te he comprado un regalito en Puerto Banús que creo te gustará. Descansa y nos vemos luego.

Tu tía que te quiere.

P.

Perlita, siempre prudente, siempre respetuosa. Beatriz se sintió de pronto culpable. Estaba siendo muy injusta con ella, también con Yáñez y por supuesto con tío Encho. Ninguno de los tres la había abandonado. Al contrario, intentaban ayudarla en todo aunque no siempre acertaran. «Cuando vuelvan, hablaré con Perlita —resolvió—. Le diré que voy a hacer un esfuerzo de ahora en adelante, también les diré cuánto agradezco lo que hacen por mí».

Miró de nuevo el reloj, casi las seis. Perfecto. Tenía cuatro largas horas por delante, tiempo suficiente para bajar, dar otro paseo y luego nadar un rato. El agua estaría muy fría, era el mes de abril, pero era justo lo que ella necesitaba en aquel momento. Se puso un traje de baño entero, más cómodo que un bikini para hacer largos. Se ató un pareo alrededor de la cintura y descalza salió al pasillo. Apenas había recorrido un par de metros cuando una voz a su espalda la convirtió en estatua de sal.

—¿... Y dónde crees que estaba la muy hija de puta? En nuestra mismita recámara y tal como la trajo al mundo su pinche madre.

«No puede ser, no puede ser. Dios mío, ella no, no aquí, no ahora, por favor...».

Pero la voz de valquiria de María Pía di Lampedusa no era de esas que uno confunde u olvida.

—... Claro que desde entonces lo tengo más manso que un corderito pascual, pero no sé cuánto le va a durar el julepe, ya sabes lo que dicen, mi reina: la cabra tira siempre al monte.

—¿Y está acá contigo? —preguntó otra voz igualmente femenina y mexicana.

—Se ha quedado en Londres, pero porfía mucho con que quiere venir a pasar conmigo el fin de semana. Ya veré si le doy licencia al cabrón.

—Mira que eres mala, María Pía, dale chance de que venga al pobre güey.

—Híjole, no sé, no creo. Se me ocurre una idea...

Beatriz echó a correr, no quería oír nada más. Solo escapar, huir, llegar a la playa, zambullirse en el mar cuanto antes, hacer que las olas heladas la envolvieran llevándose con ellas todo lo que acababa de escuchar.

Atravesó el jardín, la zona de la piscina y se dirigió a la orilla. Pero una vez allí se detuvo. Había demasiadas personas alrededor y ella necesitaba estar sola. Miró a derecha e izquierda. ¿Cuál de los lados de la playa estaría más desierto? Tenía que haber alguna zona sin gente, era temporada baja. Hacia la derecha y según les había informado (cómo no) Yáñez de Hinojosa, la primera casa era propiedad de Mel Ferrer, el exmarido de Audrey Hepburn, luego venía la de Rothschild y algo más allá la de la duquesa de Alba. Hacia la izquierda estaba la de los Bismarck, a continuación venían los Thyssen; pero a partir de ahí, y siempre según el conseguidor, se extendía una franja inhabitada de nombre Los Verdiales, seguro que por allí no se encontraba con nadie.

Comenzó a andar en esa dirección. Y con cierta dificultad, porque iba descalza y la arena no era precisamente fina y dorada, como uno podría imaginar en lugar tan elegante, sino áspera y llena de piedras. Pero qué más daba, esa era la más ínfima de sus preocupaciones en aquel momento. Pasó por delante de casa de los descendientes del Canciller de Hierro, luego de la de los del Barón de Acero y lo hizo tratando de evitar que los nombres de Nicolò y María Pía di Lampedusa se unieran a la cohorte de dolorosos recuerdos que ya poblaba su memoria. Para espantarlos se le ocurrió recurrir a un truco infantil. Contar cada paso que daba: uno, dos, tres... y descubrió que era eficaz... veinte, veintiuno, veintidós... cada zancada la alejaba, al menos en cierta medida, de todo aquello que deseaba olvidar. Caía la tarde, las sombras se alargaban como si quisieran envolverla, protegerla..., doscientos pasos, doscientos uno, doscientos tres... La arena se fue volviendo aún más pedregosa. Acababa de entrar en la zona deshabitada de la que le había hablado Yáñez, refrescaba ya y no tenía más que su pareo para protegerse. Se detuvo. No sabía qué hacer. ¿Regresar? No, era demasiado pronto, necesitaba dejar atrás el Marbella Club, vivir durante un rato la ficción de que todo lo que ocurría allí no tenía nada que ver con ella. Quedaban aún dos largos días para volver a Madrid. Cuarenta y ocho interminables horas en las que se iba a ver obligada a esquivar por todos los medios y a todas horas a María Pía di Lampedusa. Eso si no tenía la desgracia de que apareciera por ahí el propio Nicolò. Aunque aquel peligro no parecía tan probable. A juzgar por lo que había dicho su mujer, de venir, llegaría el fin de semana, y para entonces ella estaría ya de nuevo en Madrid, a salvo, al menos de ese fantasma.

Oyó de pronto un lamento. Algo así como un largo y ronco quejido. Uno que encajaba tan bien con su estado de ánimo que Beatriz llegó a pensar que era solo producto de su imaginación. Continuó contando pasos. Mil setecientos sesenta y uno, mil setecientos sesenta y dos... Su idea era llegar hasta unos matojos que crecían unos cien metros más adelante y luego dar la vuelta. Otra vez ese gemido, tan real. Entonces se dio cuenta de que provenía de detrás de las matas que ella pretendía alcanzar y sintió curiosidad, porque había una inexplicable musicalidad en aquel quejido, que comenzó a crecer hasta convertirse en cante. Cuando quiso darse cuenta, ya era tarde. Al atravesar los matojos se encontró en una zona despejada y allí, de espaldas a ella, vio a diez o doce personas sentadas en la arena atentas a algo que pasaba unos metros más allá. Ocupando unas sillas de enea y con el sol que lanzaba destellos a sus espaldas había dos hombres. Uno era castaño claro (¿o sería más bien pelirrojo? La luz del crepúsculo hacía de las suyas sobre su melena abundante y alborotada). El otro tenía el pelo largo y ralo y de su guitarra brotaba un sonido tan celestial que Beatriz se detuvo fascinada.

—¡Shhh! —indicó alguien, volviéndose para mirarla—. Venga, siéntate. Sí, aquí mismo, ¿no ves que ya se arrancan?

Comenzó entonces la música y ni siquiera el sol quiso perderse el espectáculo. Parecía haberse quedado suspendido sobre la línea del horizonte mientras aquellos dos hombres hacían de la pena, arte. El *tocaor* de pelo ralo conseguía arrancar a su guitarra notas inverosímiles mientras la voz del otro se deslizaba sobre ellas como un funambulista tan loco como virtuoso sin caerse nunca del alambre. Soleares, seguiriyas, tangos y fandangos se fueron sucediendo hasta que el sol por fin se resignó a dar paso a la noche, que llegó cuajada de estrellas que titilaban igualmente asombradas.

* * *

—... No me lo puedo creer. ¡Pero qué me estás contando! ¿Estás segura? ¿Seguro que eran ellos? Aunque, bien pensado, quiénes iban a ser si no, no hay nadie como esos dos —se extasió Yáñez de Hinojosa cuando Beatriz, que llegó tarde a cenar, les explicó la razón de su retraso.

Perlita y el conseguidor habían oído sus explicaciones cada uno con un *bullshot* en la mano. Una bebida bastante más adecuada para matar la resaca matutina que para arrancar la noche. Pero la moda es la moda, así que Yáñez se había empeñado en encargar aquel brebaje, tres cuartos de consomé frío, un cuarto de Stolichnaya salpicado de salsa Perrins. Allí estaban ahora, Perlita bebiendo aquello a pequeños y reticentes sorbos mientras que a Juan Pablo, a medida que Beatriz desgranaba su historia, le dio por añadir tabasco al suyo, tal vez para estar a tono con anécdota tan sabrosa.

—¿Te das cuenta, Perlita? Por la mañana nos encontramos con él en el desayuno y por la tarde Beatriz cae justo en uno de sus saraos. ¡Y con esos dos grandísimos magos, con esos dos dioses del arte tocando y cantando a la luz de la luna!

—¿Pero de quién demonios hablamos? No entiendo nada de lo que ha contado la niña —se desesperó Perlita.

—Como que lo ha contado fatal —opinó Yáñez, que era de los que siempre piensan que pueden relatar los sucedidos mucho mejor que sus propios protagonistas—. Mira, yo te explicaré lo que ha pasado. ¿Te acuerdas de lo que te dije esta mañana sobre Yeyo Llagostera?

—¿El de Los Choris? ¿Ese que lo mismo invita a veinte amigos a un safari que organiza fiestas que duran toda una semana?

—El mismísimo, y en una de esas fiestas sin fin resulta que ha ido a caer nuestra niña. Imagínate la escena: sol que declina, un rasgueo de guitarra y allí están Yeyo y sus amigos en una playa desierta deleitándose con Camarón.

—Comprendo —comentó juiciosamente Perlita, pero eso más que un flamenco parece una mariscada.

—Pues entiendes poquísimo, Perlita mía, claro que tampoco es de extrañar. Por el momento, pocos saben quién es José Monge, ese monstruo del cante al que llaman Camarón de la Isla, pero dale tiempo al tiempo.

—Pues no sé si llegará muy lejos con ese nombre.

—¿Lejos? —se impacientó Yáñez de Hinojosa—. ¿Lejos dices? A no mucho andar será famoso, *urbi et orbi*, te lo digo yo. En cuanto al mote, lo llaman así porque es flacucho y blanco como una gamba y además tiene el pelo cobrizo, ¿verdad, Beatriz?

—Pelirrojo, diría yo. O así parecía al sol de la tarde.

—¿Y el otro? —se interesó Perlita—. ¿El guitarrista tiene también un mote raro?

—Lo raro en Paco de Lucía no es su nombre, sino la forma tan poco ortodoxa que tiene de tocar la guitarra. Cuando comenzó de chaval, los puristas se reían de él porque resulta que la sujeta con una pierna cruzada sobre otra, toda una herejía en un arte en el que las tradiciones son sagradas. Ahora cualquiera le tose, empieza a ser leyenda.

—¿Y el resto de los presentes quiénes eran?

—Sí —abundó el conseguidor, sumándose a la pregunta de Perlita—. Cuenta, niña, seguro que con esos dos portentos, el resto de los invitados eran todos conocidos.

—Bueno, no sé —comenzó Beatriz—. Estaban Los Choris, que no paraban de contar chistes, muy simpáticos los cuatro. Luego había dos mujeres, madre e hija. El nombre de la hija no lo recuerdo, pero el de la madre sí, Linda, sí, eso es, Linda Christian.

El conseguidor casi se atraganta con su *bullshot*.

—¡Híjole! —exclamó, fingiendo un acento mexicano que logró que a Beatriz (que aún temía encontrarse con María Pía di Lampedusa en cualquier pasillo) le recorriera la espalda una corriente helada—. Mi chicana favorita, supongo que ya sabéis a quién me refiero.

Tanto Beatriz como Perlita pusieron cara de interrogación.

—Bueno, pues a Linda el mundo del cine la conoce por ser la primera chica Bond. O mejor aún, por ser la viuda de Tyrone Power y la madre de Taryn y Romina Power. Pero yo —añadió Juan Pablo con un suspiro reverencial— siempre la recordaré por su beso de la muerte. —Cara aún más perpleja por parte de sus interlocutoras y el conseguidor por supuesto se mostró encantado de poder sacarlas de su ignorancia—. Ah, queridas mías, es una de las historias más románticas que se recuerdan. Resulta que allá por 1957 el marqués de Portago, aristócrata, *playboy* y célebre corredor de coches, estaba a punto de ganar la peligrosa carrera de la Mille Miglia cuando, sin importarle malgastar unos preciosos minutos, detuvo el coche en mitad de una recta para darle un apasionado beso a su amor del momento, Linda Christian, que seguía la carrera entre el público. Poco después, apenas a diez minutos de la línea de llegada, el Ferrari que conducía a doscientos cuarenta kilómetros por hora derrapó, él salió despedido y perdió la vida contra el asfalto.

—¡Cónchales! —fue el comentario de Perlita—. Viuda y además dama de la muerte. Si yo fuera hombre, no me acercaría a esa señora ni con el escapulario del Perpetuo Socorro.

—Pues no parece que Yeyo sea muy supersticioso —retrucó Yáñez—. Son medio novios, según tengo entendido. ¿Quién más había en la playa, niña?

—Nadie más. Bueno, sí, a medida que se hacía de noche y cuando ya me iba, comenzó a llegar más gente. Uno de los que vi fue...

Aquí Beatriz se detuvo porque mencionar el nombre del siguiente invitado era reabrir la herida que tanto necesitaba restañar. A fin de cuentas, la última vez que había visto a Miguel Rico, estaba con Pedro y Marisol. Fue aquella noche en Bocaccio, que no conseguía olvidar. Omitió por tanto su nombre, pero Yáñez de Hinojosa debía de ser brujo porque fue él quien completó la frase que ella dejó inconclusa.

—... Uno de los que viste fue a Miguel Rico.

—¿Cómo puedes saberlo?

—Querida, lo llevas escrito en la cara.

Beatriz lo miró tan alarmada que el conseguidor se echó a reír.

—Ay, alma de cántaro, ¡que te estoy tomando el pelo! De momento no sé leer caras ni tampoco mientes, pero sé sumar dos más dos. Después de desayunar vi a Rico con Yeyo en la terraza y hablaron de quedar luego. Ese también va a dar que hablar muy pronto, ya lo veréis.

—¿Otro cantaor? —se interesó Perlita.

—Actor. Aún no es muy conocido, pero ya veréis como dentro de unos meses no pueda dar un paso por la calle sin que lo atufen las fans. ¿Habéis oído hablar de la serie que ponen en la tele *La saga de los Rius?*

Beatriz negó con la cabeza, pero su tía, que sí había visto varios capítulos, habló maravillas de la ambientación, de la trama, de los personajes, de los protagonistas...

—¡Pero si ya sé quién es! —continuó Perlita—. Se acaba de incorporar al elenco hace unas semanas. Un joven muy bien parecido con los ojos tan claros que parecen transparentes, llama muchísimo la atención. Sin ir más lejos, el otro día, en nuestra partida de canasta de los martes, todas mis amigas comentaban que...

Perlita debió de haber hablado más y con mucho ditirambo de *La saga de los Rius* y de lo llamativos que eran los ojos de Miguel Rico y lo mona que era su *partenaire*, pero, para entonces, Beatriz había desconectado ya de la conversación general. Sufrir dos pérdidas tan dolorosas como las suyas tenía por lo menos, se dijo, esa agridulce prerrogativa. A nadie iba a sorprender que perseverara en el silencio. Mejor así. De este modo, mientras ellos hablaban de Mariona Rebull y del resto de los personajes de tan interesante saga, ella podía dedicarse a poner en orden sus ideas. También a recordar otras escenas vividas en la playa, unas que no tenía intención de compartir con Perlita y menos con Yáñez de Hinojosa. Porque a saber qué hubiese dicho el conseguidor si llega a enterarse de que Yeyo Llagostera la había convidado a otra de sus interminables fiestas y que ella había declinado la invitación. «A ver, niña, ¿hasta cuándo piensas refocilarte en la tristeza?, hay que mirar hacia delante, nada de encerrarte en tu concha o ir para atrás como los cangrejos». Algo así le habría comentado antes de tomar cartas en el asunto: llamar al propio Yeyo, decir que ella había cambiado de opinión, que estaría encantada de ir a su fiesta y, de paso, autoinvitarse él. Y menos aún pensaba contarle a Juan Pablo otra escena posterior y cómo, poco después de que ella dijera que debía volver al hotel, Miguel Rico, tras deshacerse de dos suecas clónicas bastante pegajosas, se ofreció a acompañarla. «Que es tarde y está muy oscuro. ¿Cómo piensas regresar? Andando y por la playa, ni se te ocurra. ¡Pero si no tienes zapatos y estás temblando de frío! Anda, ponte mi chaqueta, yo te llevo».

De nada había servido protestar. Minutos más tarde y ante la mirada no precisamente amistosa de las suecas clónicas, se encontró en el coche de Miguel Rico, camino del hotel. «¿Puedo verte mañana? —preguntó al llegar y ella había negado con la cabeza—. No me digas —perseveró él— que vas a desaparecer como aquella noche en Bocaccio sin darme tu teléfono. Aunque esta vez no me va a importar demasiado, vivimos en el mismo hotel». Rio mientras la luna teñía de azul sus ojos transparentes.

Al final había aceptado tomarse un café con él hacia las cinco. Después de todo, se dijo, merendar con alguien no era lo mismo que aturdirse en una fiesta hasta las tantas, rodeada de un montón de desconocidos. Además, Miguel Rico había llegado a conocer, aunque fuera brevemente, a Pedro y también a Marisol, era por tanto una mínima conexión con ellos, con su recuerdo. Tampoco esto pensaba contarle a Juan Pablo. Con esa manera suya de organizar la vida de todo el mundo, capaz era de telefonear a Miguel, ponerle al tanto —por supuesto, con sus más tristes detalles— de la historia con

Pedro y pedirle que le «hiciera el amor», lo que, en la terminología decimonónica de Yáñez de Hinojosa a pesar de sus últimos *aggiornamenti*, no significaba que se la llevase a la cama, sino, simplemente, que le hiciera la corte «para animarla un poco». Esa era su receta contra la tristeza. Y ella no necesitaba que nadie le hiciera la corte y menos aún el amor. Solo quería alguien con quien hablar un rato, recordar de algún modo que hubo un tiempo en que amó y fue correspondida.

* * *

Al día siguiente, hacia las tres y media de la tarde, sonó el teléfono. «Seguro que es Miguel», se dijo mientras se envolvía en una toalla. Acababa de subir a cambiarse después de un chapuzón en la zona más apartada de la playa. A pesar de compartir hotel, no había coincidido con él en ningún momento. Beatriz se las había arreglado para desayunar sola en su habitación y luego convenció a Perlita para ir de compras a Marbella, todo menos tropezar con la mujer de Nicolò, ese era su objetivo primordial.

El teléfono sonó dos veces más. «Ya voy, ya voy», y tan segura estaba de que era Miguel que medio pronunció su nombre, antes de ser interrumpida por la apremiante voz de Yáñez de Hinojosa.

—¿Pero se puede saber dónde estabas? ¿Está Perlita contigo? Llevo toda la tarde intentando localizaros.

Beatriz comenzó a explicarle lo que habían hecho hasta ese momento y cómo acababa de dejar a tía Perlita en el vestíbulo del hotel comprando unas postales, pero Yáñez volvió a interrumpir con un:

—Vale, vale, pues termina de vestirte y estate abajo con las maletas hechas y cerradas, salimos para el aeropuerto en media hora, yo me ocupo de localizar a tu tía.

—Pero ¿por qué? ¿Qué ha pasado? Me estás asustando, Juan Pablo.

No fue el conseguidor quien le dio la noticia, sino Perlita. Al bajar con las maletas, ya estaba ahí y se adelantó para abrazarla.

—... Mi pobre niña. Pero no te preocupes, siempre nos tendrás a tío Encho y a mí para todo lo que precises.

Entonces le contó que Ina, su madre, había llamado desde Londres para desvelar la larga y dura enfermedad sufrida por su padre a lo largo de estos dos años.

—... Tantos silencios —se lamentó Perlita—, tantas palabras nunca dichas... ¿Por qué no confió en nosotros? Podríamos haberla ayudado en todo y ahora es tarde.

—Ha muerto, ¿verdad?

Su tía asintió en silencio.

Igual que cuando era niña, igual que la mañana en que encontró a Julián, sentado en el banco de un parque alimentando palomas, Beatriz sintió cómo las piezas de un puzle hasta ahora incomprensible se alineaban de un modo distinto, revelador. Pensó entonces en las cartas que Julián solía escribirle al comienzo de su estadía en Madrid. Hasta este momento, ni siquiera le había dado importancia a un detalle que de pronto cobraba un significado nuevo. Su caligrafía, la bella letra de su padre, y cómo esta se había ido deformando, carta tras carta, hasta volverse casi ilegible. En una de ellas, le mencionaba que tenía algo de artrosis y Beatriz se había dicho que eso lo explicaba todo. O casi todo, porque después sus cartas, simplemente, dejaron de llegar. Ina, en cambio, le escribía con la misma regularidad de siempre e incluso telefoneaba un par de veces al mes. Pero cuando Beatriz pedía hablar con su padre, la respuesta era evasiva: acaba de salir, no está en casa en este momento «pero te manda mil besos, cielo». Poco después, también las llamadas empezaron a escasear, hasta tal punto que, tras la muerte de Pedro, solo había hablado con Ina en dos ocasiones mientras que su padre seguía mandándole «mil besos».

—Apenas tenía sesenta y pocos años —acertó a decir—. ¿Sabes cómo fue...?

—Lo ignoro —reconoció Perlita—, ni siquiera sabíamos que estuviera enfermo. Encho nos espera en Barajas, te ha sacado billete en el último vuelo de la noche a Londres. Ojalá todo fuera más fácil, pero no hay vuelto directo desde aquí. ¿Este es tu equipaje? Habrá que darse mucha prisa, nuestro avión sale en un par de horas y hay un buen trecho hasta el aeropuerto de Málaga.

Juan Pablo las esperaba ya en el taxi y Beatriz, llorando, se subió a él. Ni siquiera se acordó de dejar una nota explicativa para Miguel Rico con el conserje. Pero aunque la hubiese escrito, no habría tenido más remedio que desistir en el último momento: en el *lobby*, acodada en el mostrador, envuelta en un vaporoso caftán malva y dando órdenes con su voz de valquiria, estaba María Pía di Lampedusa.

—... Si llama mi marido, páseme inmediatamente la llamada al *beach*, ¿me oyó? Y a ver si andan con más ojo que ayer. No sé cuánto tiempo lo tuvieron al teléfono hasta que vino a avisarme el botones. Ya va a ver cuando informe de esto al príncipe de Hohenlohe, su jefe, es cuatísimo mío...

43

SOSPECHA
[Gadea]

Años después de que Lita la sorprendiera escribiendo tonterías en los espejos del cuarto de baño, Gadea comenzó de nuevo a desconfiar de su madre. Y todo por lo ocurrido después del almuerzo de Navidad cuando encontraron muerto a aquel perrito de nombre Toy. La familia parecía haber descartado el hecho como un triste episodio, un accidente, pero ella tenía la impresión de que algo no encajaba. Era una intuición, solo un presentimiento, pero no podía evitar darle vueltas a lo sucedido. Tal vez, se dijo al fin, fueran ideas suyas propiciadas por las nuevas circunstancias. Muchas cosas parecían haber cambiado en la casa desde que sus hermanas decidieron por fin independizarse. Un par de semanas atrás, Alma y Herminia se habían ido a vivir con sus respectivas parejas y la primera en volar fue Herminia. Según su propia expresión, no había necesitado hacer más que un par de cálculos infinitesimales para darse cuenta de que Hamid era el Hombre de su Vida, dicho así, con «H» y «V» mayúsculas.

—¿Estás segura, cielo? —había comentado Beatriz cuando ella le comunicó sus planes—. Tú que lo calculas todo, ¿has calculado ya de qué vais a vivir?

Pero Herminia soslayó el comentario diciendo que a Hamid acababa de contratarlo una agencia de modelos internacional, que iba a ganar un pastón y que había prometido tenerla como una reina. «O como una odalisca, sería más propio decir en nuestro caso. Ya ves, mami, estoy a punto de convertirme en mujer florero», añadió.

Mami la había mirado como ella miraba, a través de uno de esos silencios suyos que hablaban hasta por los codos. Y, si Herminia no hubiera estado tan pendiente de la bellísima y oscura mano de Hamid que en ese instante y bajo la mesa incursionaba por sus magros (y ya no tan jóvenes) muslitos de pollo, tal vez hubiese interpretado el silencio materno como lo había interpretado Gadea. «Tesoro, descuida, tú nunca vas a ser una mujer florero —decía aquel elocuente mutis—. Todavía no he logrado descifrar qué busca Hamid en ti, pero mucho me temo que no es tu cuerpo serrano exactamente».

No. Herminia no estaba en ese momento como para decodificar ni este ni ningún otro maternal mensaje que pusiera en duda las intenciones de Hamid. Por eso, a Gadea ni siquiera se le pasó por la cabeza comentarle sus dudas sobre lo sucedido en Navidad. Tampoco podía hablarlas con María Tiffany, no solo porque la mayor de sus hermanas vivía a miles de kilómetros en Toronto, sino porque, habiendo más de veinte años de diferencia entre ellas, su relación nunca había sido estrecha. Solo le quedaba Alma. Con ella sí se podía hablar de todo. ¿Pero qué argumentos usar? ¿Decirle que era muy raro que todos hubieran consumido el mismo postre que el perrito sin caer enfermos? ¿Que la porción que lo mató era la destinada a su padre y que Beatriz, siempre tan cuidadosa en todo lo concerniente a la estricta dieta de su marido, le había servido la tajada más generosa de todas diciendo que era especial para él? Las relaciones entre Alma y Beatriz no atravesaban su mejor momento desde que mami supo de la existencia de María Emilia y Gadea prefería no añadir más leña a esa ya de por sí crepitante hoguera.

Quizá pudiera hablar con Lita. Lita era una más de la familia y la quería mucho. O al menos la había querido hasta que los años y su eterna función de hacer de poli malo de Beatriz («No, la señora Calanda no puede aceptar esas condiciones económicas... no, ya sé que ella le ha dicho que sí, pero yo soy su representante y no vamos a poder complacerle, otra vez será») la habían convertido en lo que ahora era, la silenciosa, la hermética, la perfecta coartada de mami, a la que adoraba. ¿Cómo iba a comentarle sus temores? Además no le podía hacer eso a Lita. El postre de chocolate era obra suya. Gadea recordaba su angustia de aquel día al pensar que alguien pudiera culparla del accidente... «No fue el chocolate, mirad los flecos arrancados de la alfombra, los perritos lo mordisquean todo, no es mi culpa...».

Y, por fin, estaba el detalle más indescifrable de todos los que barajaba hasta ahora, la forma de actuar de su madre aquella tarde y el modo en que la había visto apartarse del grupo para hablar a solas y en voz baja con el doctor Espinosa. Lo mismo que había hecho, recordó Gadea, en cuanto se produjo el accidente de Arturo, telefonear a ese tipo mientras llegaba la ambulancia.

Al recordar ahora la escena, de pronto le vino a la memoria otro dato, apenas una mirada. La que creyó sorprender en la cara de su madre segundos antes de abrir la mampara de la bañera tras la que Arturo se debatía entre la vida y la muerte. «Unos segundos más y»... recuerda Gadea haberle oído decir a su madre. Una frase perfectamente adecuada a las circunstancias, pero que, después de lo ocurrido el día de Navidad, parecía cobrar otro sentido. Tonterías, paparruchas, se dijo, intentando descartar temores, me hará bien hablar con Alma, seguro que ella me ayuda a olvidar todo esto. Mañana la llamo.

Pero por segunda vez tuvo que desechar la idea. A lo peor, lo que conseguía era justo lo contrario. Alma acababa de instalarse con María Emilia a un chalecito en el pueblo de Barajas. Le había costado años tomar su decisión. Mami —con sus dos tácticas (casi) infalibles: no darse por enterada y/o guardar estruendosos silencios— había evitado durante meses que diera el paso de marcharse con su novia. Y a punto estuvo de conseguir que no lo hiciera, porque Alma era así, lo último que deseaba era darle un disgusto a su madre y hubiera acabado sacrificándose si no llega a intervenir Arturo. Había sido él quien poco menos que la obligó a irse de casa. Si no, posiblemente todavía estaría aquí, haciendo mil equilibrios para no disgustar a Beatriz y al mismo tiempo tratando de no perder para siempre al amor de su vida. ¿Cómo iba a llamarla ahora para contarle lo que no era más que una intuición sin fundamento? Solo lograría confundir a Alma sin solucionar sus dudas.

Mucho menos aún, podía hablarlo con su padre. Seguro que se pondría del lado de mami, siempre lo hacía: «Pero qué disparates se te ocurren, cielo. Qué imaginación la tuya. No pasó nada raro aquel día, te lo digo yo». Algo así le habría asegurado él, pero Gadea tenía la impresión (sí, una vez más una suposición, solo una conjetura, pero una que la atormentaba aún más que el resto) de que también su padre temía algo. ¿Exactamente qué? No había manera de averiguarlo, ciertas cosas, las más importantes, jamás se hablan. Además, bastante tenía él con estar condenado de por vida a una silla de ruedas. Debía de ser terrible depender de los demás para todo. «Haré yo entonces lo que él no puede hacer —decidió Gadea—. Seré sus manos, su cerebro, sus ojos. Buscaré lo que él no puede buscar, despejaré las dudas que tal vez tenga y no se atreva a comentar con nadie, ni siquiera conmigo».

Fue así como Gadea trazó su plan. Uno que, para no ser descubierto, necesitaba encajar lo más posible con su vida diaria. Estar en primero de Medicina requiere horas de estudio, pero precisamente esa, se dijo, podía ser su mejor pantalla. ¿Quién iba a saber que, cuando no había nadie en casa, en vez de estar en su cuarto memorizando el nombre de tendones, músculos y huesos, ella se dedicaba a otras exploraciones que poco tenían que ver con la anatomía? Y el primer objetivo que se fijó fue encontrar aquellos viejos álbumes de recortes de prensa en los que se recogía la vida pasada de Beatriz y que Lita recopilaba y custodiaba como si fuera también la suya. ¿Dónde podían estar? Tal vez la habitación de Lita pudiese darle alguna pista. «A ver cómo me las arreglo —se dijo— para entrar ahí. No va a ser fácil, ella jamás olvida echar el pestillo».

No tuvo necesidad de entrar allí ni tampoco de revolver en la pequeña oficina en la que ella trabajaba, porque una oportuna gotera se iba a ocupar de desvelarle el lugar en el que estaban guardados. Sucedió que la bañera del cuarto de baño de su madre, la misma en la que Arturo sufrió el accidente, debía de tener una fuga porque un día, mientras estudiaba, Gadea empezó a oír un mínimo aunque inconfundible goteo. Al principio no le hizo caso, pero acabó convirtiéndose en tan molesto y contumaz que decidió averiguar de dónde procedía. Era media mañana y la casa estaba semidesierta a esas horas. Beatriz tenía un viaje a Barcelona y no volvería hasta la noche, mientras que Lita había salido a unos recados. El que sí estaba era Arturo; también Jose Mari, el fisio, ayudándole con sus ejercicios, pero Gadea no vio la necesidad de interrumpirlos, mejor averiguar primero qué pasaba. El pertinaz plic-plic la fue guiando hasta la habitación que estaba justo debajo del baño de Beatriz, que resultó ser el cuarto de armarios en el que ella había jugado de niña muchas veces. Entró y, en efecto, estaba claro que el goteo provenía del techo, en concreto, de detrás de la puerta de un altillo en el que Gadea no había reparado nunca durante sus juegos infantiles por estar demasiado elevado.

No iba a ser fácil llegar hasta allí. Lo intentó con una silla, pero no alcanzaba. Tuvo que traer una escalera de la cocina y, por fin, en difícil equilibrio, logró abrir la puerta. La mancha de humedad era enorme. El techo rezumaba agua amenazando con mojar en cualquier momento las seis o siete cajas de cartón de grandes dimensiones que había justo debajo.

Incluso antes de abrirlas, Gadea supo qué guardaban. «Qué extrañas son algunas casualidades —pensó mientras extraía de la caja más próxima uno de esos álbumes de recortes que pocos días antes se había propuesto buscar—. El agua del cuarto de baño que dejó a papá en silla de ruedas también me ha traído hasta aquí».

Gadea no sabía cómo proceder, pero al final decidió que lo mejor, por el momento, era volver a cerrar las cajas y dejarlo todo como lo había encontrado para telefonear luego a Lita, que aún no había regresado de la calle, y contarle lo de la avería.

—... No, no tengo ni idea de sobre qué estará goteando —mintió—, pero date prisa, por favor. Y sí, no te preocupes, mientras llegas cerraré la llave de paso. ¿Te parece que también llame al fontanero de urgencias? Pásame el número, yo me ocupo y así ganamos tiempo...

* * *

Prefirió esperar un par de días hasta que la avería estuviese reparada y todos en la casa olvidaran el asunto de la gotera, y solo entonces Gadea volvió al cuarto de los armarios cruzando los dedos para que a Lita no se le hubiese ocurrido cambiar los álbumes de escondrijo. Y por fortuna allí estaban, igual que días atrás. Entonces pudo comprobar que eran lo menos cuatro decenas y estaban rotulados por años. El más reciente databa de pocos meses atrás (se ve que Lita estaba al día con sus recortes), mientras que el más antiguo coincidía con la fecha de la primera boda de Beatriz, a finales de los setenta.

Gadea decidió empezar por este último. Recogía no solo multitud de fotos de «El enlace matrimonial de Miguel Rico, el actor del momento, con una bella y misteriosa señorita», sino también recortes de varias entrevistas realizadas en días previos a la boda. En una, y bajo el título «¿Quién es ella?», la revista *Miss* hacía una semblanza de la que pronto sería «la esposa del hombre más deseado de España en estos momentos». Gadea sabía poco del padre de Tiffany. En casa jamás se hablaba de él, como tampoco se hablaba de los otros maridos de Beatriz o de episodios de los primeros años de mami en Madrid («Cielo, estamos hablando del Pleistoceno, ya ni me acuerdo, ¿qué importa todo eso? Jamás reviso los viejos álbumes que a Lita tanto le fascinan. Agua pasada no mueve molino». Aquellos eran los comentarios habituales de Beatriz cuando le sacaba algún tema relacionado con su juventud.

Lo único que logró con esta actitud fue avivar la imaginación de Gadea, pero lo poco que había averiguado de Miguel Rico hasta ese momento era lo que venía en la Wikipedia. Según se decía allí, Rico fue uno de los artistas de más renombre en España en los años setenta y ochenta, no solo como actor, sino también como lo que las revistas de entonces llamaban un *latin lover*. Siempre según Wikipedia, Rico decidió probar suerte también al otro lado del Atlántico y se mudó a Los Ángeles, «con idea de convertirse en la nueva sensación latina entre los actores de habla hispana», precisaba la enciclopedia virtual. La conquista de las Américas (que, por cierto, coincidió con «su sonado divorcio de Beatriz Calanda cuando ella se enamoró del mundialmente famoso escritor Darío Robiralta», así rezaba admirativamente el texto) empezó bien, pero acabó en desastre. Tras rodar un primer y bastante prometedor *western* con Farrah Fawcett Majors (en el que hacía no de *latin lover,* sino más bien de cuate mexicano), llegó el fracaso. Desde entonces, Miguel Rico se había convertido en actor de telenovelas de serie B y, en el presente, tras seis o siete operaciones de estética poco afortunadas que lo habían convertido en un clon de Mickey Rourke, sobrevivía haciendo cameos en Televisa o en Caracol Televisión, algo que, por cierto, disgustaba especialmente a Tiffany.

Este último par de datos Gadea los conocía no por Wikipedia, ni tampoco por su hermana —que había heredado de mami la costumbre de creer que lo que no se menciona no existe, desaparece, abracadabra—, sino por Lita. Era la memoria viva de la familia. Lita estaba al tanto de todos los secretos. En especial, los que tenían que ver con los tres exmaridos de mami, pero, como a ella misma le gustaba afirmar: «Soy una tumba». Resultaba imposible sacarle información. Muy de vez en cuando, nadie sabe por qué, y sin que viniera a cuento, dejaba caer algún dato tan inconexo como revelador que obligaba a Gadea a recurrir de nuevo a Wikipedia para saber de qué demonios estaba hablando. Así era Lita, hermética e imprevisible, hasta cuando daba información.

Sin embargo, no era de Miguel Rico, tampoco de ninguno de los otros dos exmaridos de quien Gadea buscaba datos. Lo que realmente la intrigaba era el pasado de Beatriz, su infancia, su adolescencia más de cincuenta años atrás, toda esa prehistoria, según ella olvidada, y de la que tan poco le gustaba hablar, pero que, curiosamente, estaba representada en las dos únicas fotos que mami guardaba sobre su mesilla. En una, podía verse a Ina y Julián Calanda, a los que Gadea no había llegado a conocer, mientras que la otra instantánea tenía como única protagonista a Beatriz de niña. La primera foto nunca había despertado la curiosidad de Gadea. En muchas entrevistas, la última de ellas solo unas semanas atrás, Beatriz había dejado que se reprodujera precisamente ese retrato de sus padres en el que se los veía muy jóvenes y guapos con el Big Ben al fondo. Pertenecía por tanto a la parte conocida de la vida de mami, igual que otros dos personajes de los que también había fotos en la casa y de los que Gadea había oído hablar mucho y con cariño, tío Encho y tía Perlita, muertos décadas antes de que ella naciera. Era la segunda de las fotos que mami guardaba en su mesilla la que llamaba su atención. Y no solo porque a Beatriz no le gustaba mencionarla, sino porque era distinta de las demás. Ordinaria, borrosa, y se notaba que estaba recortada a la altura de los hombros como si se hubiese querido excluir de la instantánea a otra persona que había a la derecha de Beatriz y de la que solo podía verse un codo. ¿O sería más bien que la mutilación tenía como finalidad evitar que se viera la ropa que su madre llevaba en la foto, tal vez porque el atuendo no concordaba con la infancia supuestamente rica y opulenta a la que ella hacía siempre somera (y muy adornada) mención en sus entrevistas? Gadea había intentado recabar información sobre esta última instantánea preguntando a Arturo, pero su padre tampoco parecía tener la respuesta.

Continuó ojeando recortes de prensa. Tal vez en aquel reportaje de la revista *Miss* que acababa de encontrar con título tan prometedor como «¿Quién es ella?» pudiera encontrar algo distinto, alguna pista. Pero al terminar de leerlo, descubrió que solo recogía la versión «oficial» que Beatriz siempre había contado de sus comienzos en todas sus entrevistas: que su familia era muy adinerada y linajuda blablablá, que hasta llegar a Madrid había vivido con sus padres en Londres, donde Julián Calanda era banquero blablablá; que con diecisiete años la habían mandado a estudiar a España, instalándose en casa de sus queridos tíos Encho y Perlita, muy cariñosos y multimillonarios; que poco después, recién salida del colegio, como quien dice, había conocido a su primer y único novio, Miguel Rico, y el flechazo fue tal que se casó tres meses más tarde... «Esa es toda la verdad sobre mí», acababa diciendo Beatriz en aquel recorte de la revista *Miss* como si, ya entonces, cuarenta y tantos años atrás, dominase el arte de hablar de sí misma de la manera más convincente y a la vez ventajosa. «Cualquier otra versión de mi infancia y adolescencia que circule por ahí —acababa asegurando mami en aquel reportaje— no hay que tenerla en cuenta, se trata de puras especulaciones».

¿A qué especulaciones podía referirse? El resto de las entrevistas que contenía el más antiguo de los álbumes recogía solo repeticiones exactas de aquel primer reportaje, incluida la parte en la que Beatriz alertaba de que no había que hacer caso a «otras versiones». Gadea desistía ya de encontrar algo que no fuera la historia oficial de la vida de su madre cuando de pronto, al pasar las páginas del álbum, le llamó la atención un recorte lleno de tachaduras seguidas de anotaciones al margen hechas con tinta roja, como si una mano severa y superior hubiese querido censurar y corregir los errores de un alumno novato.

Leyó primero las correcciones. Decía cosas como: «¡No! Aquí es mejor hacer mención solo a la fortuna de Encho y Perlita, nada de hablar de ti y de mí, eso bórralo». Y luego poco más adelante: «¡Muy mal! Lo del pasado de papá hay que olvidarlo para siempre».

Gadea sonrió. Por fin parecía haber dado con algo distinto. Ahora solo necesitaba descifrar qué decía el texto censurado. ¿Pero cómo? Desde luego no podía hacerlo allí, en ese cuarto de armarios, con tan poca luz y expuesta a que, en cualquier momento, entrara alguien —Lita lo más probable— y la encontrase husmeando. Lo mejor, se dijo, era desprender ese viejo artículo de la página del álbum en la que estaba pegado, metérselo en el bolsillo e intentar descifrarlo más tarde, en la soledad de su habitación y devolverlo a su sitio mañana temprano.

Comenzó a despegar una esquina, pero el papel de periódico era tan viejo que amenazaba con rasgarse. ¿Y si se llevaba la página completa? Nada más fácil, el álbum era de anillas. Separó la página que le interesaba, pero entonces se le ocurrió que sería muy útil llevarse también otras adyacentes, de este modo podría cotejar las diferencias entre lo dicho en la entrevista censurada con otras de fecha similar. Eligió dos o tres. En concreto, las páginas en las que figuraban todas las entrevistas con fecha anterior a la boda con Miguel Rico. Las separó del álbum y volvió a dejar el resto tal como lo había encontrado. Las páginas tenían un tamaño considerable y eran de cartulina rígida, imposible doblarlas o guardarlas en un bolsillo. Calculó entonces que la mejor manera de sacarlas de allí era esconderlas entre su blusa y la chaqueta de lana que llevaba puesta. Si se la abotonaba bien de arriba abajo, nadie notaría nada, además daba igual, no había nadie a esas horas por la casa. Eran las cuatro y media, su padre descansaba, Beatriz una vez más estaba de viaje. ¿Y Lita? Bueno, Lita seguro que estaba en su oficina ocupadísima con alguna diligencia de mami.

Gadea salió al pasillo. Tal como había previsto, lo encontró desierto. Atravesó el vestíbulo, recorrió toda la planta baja hasta llegar al arranque de la escalera y justo allí, de pie ante al umbral de la puerta que daba al *office* y la cocina, estaba él.

—Gadeíta, tesoro, qué susto me has dado. ¿Qué haces aquí a estas horas?

—Lo mismo podría decirte yo a ti —retrucó Gadea, cruzando los brazos sobre el pecho para proteger su botín y preguntándose qué demonios haría el doctor Espinosa en casa ajena y en ausencia de Beatriz.

—Ya ves, yo siempre al pie del cañón, sobre todo cuando tu madre me necesita —fue su explicación—. Me pidió que le echase un vistazo a unos análisis de tu padre antes de la visita que van a hacer mañana al neurólogo, pero resulta que me los dejé olvidados ayer cuando vine a almorzar. Menos mal que conozco todos los terribles secretos de esta familia —rio, haciendo pendular su papada—, todos ellos, incluida la maceta del jardín bajo la que escondéis la llave de la puerta principal. ¿Qué tal van esos estudios de Medicina, querida? Cualquier cosa que necesites de un colega, ya sabes dónde me tienes —concluyó, antes de guiñarle un ojo y desaparecer por la puerta de servicio.

Qué tipo irritante. De un tiempo a esta parte, el doctor Espinosa se había convertido en invitado casi diario. Había semanas en que almorzaba hasta tres o cuatro días con ellos. «Para ayudar a tu madre, naturalmente —eso le gustaba decir—. No solo como profesional, también, y sobre todo — concluía satisfecho—, como un gran amigo. No es una etapa de la vida fácil para ella, compréndelo. Entre la desgracia de tu padre y la marcha de tus hermanas —y aquí el doctor Espinosa hizo un más que esperable hiato—... con sus novios y novias... En fin, lo que quiero decir es que pronto, cuando avances algo más en tus estudios, también tú podrás ayudarla como hago yo. Pero mientras tanto, aquí estoy, es tan frágil».

Su madre era todo menos frágil y Gadea nunca había entendido por qué se apoyaba en aquel tipo. ¿Para qué tenía que enseñarle los análisis de su padre? Espinosa no era traumatólogo ni neurólogo, sino psiquiatra. También lo había invitado al almuerzo de Navidad y ahí estuvo él comportándose como si fuera un miembro más de la familia, tanto que fue el primero en llegar y en tomar las decisiones cuando se descubrió la muerte del perrito. Hasta en la sopa siempre. ¿Por qué? ¿Simplemente porque era un oficioso que necesitaba hacerse el imprescindible en todo momento? ¿O existía además otra razón que a ella ahora mismo se le escapaba?

Estos y otros muchos interrogantes le hubiese gustado poder comentarlos con alguien, pero una vez más estaba sola. «Será mejor que suba a mi cuarto y continúe buscando respuestas, no aquí, en el presente, sino en el pasado». Y minutos después ya estaba en su habitación, con todos los recortes viejos extendidos sobre su mesa de estudio. Los leyó uno a uno con atención, pero no encontró nada nuevo. Sus esperanzas estaban ahora únicamente en esa entrevista tachada y casi ilegible que había encontrado. ¿Por qué habría decidido conservarla su madre si no le gustaba su contenido? Aunque quizá no fuera ella quien la guardara, sino Lita. ¿Serían suyas las tachaduras, las correcciones? Por supuesto que no, se dijo, Lita jamás se atrevería a tocar y menos aún a corregir nada de Beatriz.

Leer lo borrado iba a resultar bastante más arduo de lo que Gadea podía suponer. Al principio, solo logró descifrar palabras sueltas: «volver», «imposibilidad», «sorpresa». Las fue apuntando en un papel aparte mientras, con la ayuda de un flexo, intentaba captar al trasluz qué decía bajo las correcciones en rojo. El párrafo inicial no parecía aportar nada nuevo, al menos no en sus primeras líneas: «Viviste en Londres hasta los diecisiete años, ¿verdad?», preguntaba el entrevistador, a lo que Beatriz respondía lo de siempre, que sus padres eran españoles pero que se habían mudado a Londres. «¿Por qué?», se interesaba el entrevistador, y aquí sí, y por fin, venían un par de datos distintos a los que figuraban en el resto de entrevistas: «Mis hermanos mayores y yo nunca hemos sabido la razón, pero creo que papá arrastraba problemas de índole político. Errores, digamos».

Gadea releyó aquellas escasas tres líneas con suma atención. «Mis hermanos mayores y yo...». ¿Qué hermanos? Ella siempre había dado por sentado que su madre era hija única. ¿Y cuántos podían ser? ¿Dos, tres, más quizá? Sean los que fueren, ¿por qué ocultarlos? Qué absurdo misterio. En cuanto a los problemas de índole político del abuelo, ¿a qué podía referirse? La corrección en rojo que figuraba al margen (escrita en mayúsculas, de modo que era difícil saber a quién podía pertenecer la caligrafía) rezaba escuetamente así: «Esto no, ¡bórralo! Y lo de los hermanos también, no aporta nada».

Intentó seguir leyendo, pero el papel en que estaba escrito el artículo era tan quebradizo que Gadea temía que pudiese rasgarse antes de que lograra arrancarle más secretos. Y, sin embargo, debía hacerlo. Tal vez en las siguientes líneas estuviese la respuesta a tantas preguntas.

44

DE NUEVO JUNTOS
[Ina]

—Dios mío, Ina, ¿qué haces aquí? ¿Cómo me has encontrado? Ven, pasa, cuidado con la ropa tendida, está aún mojada. ... No, de verdad, estoy bien, es solo un poco de tos, nada de cuidado, hace tanto frío aquí. Ya ves, esto no es el Palace precisamente —rio Tania antes de abrazarla—. Ay, esta hermana mía —comentó, una vez que Ina le explicó que llevaba días siguiendo a Macarena a escondidas hasta que, sin ella saberlo, la había conducido hasta allí—. Espera a que se entere de cómo has dado conmigo. ¡Con lo precavida que es!

Ina le rogó que no le dijese nada. ¿Qué importaba que hubiera tenido que seguir a Macarena a su salida de Mademoiselle de París varias tardes hasta dar con aquel escondrijo?

—... Y el trabajo que me ha costado —explicó—. Se nota que tu hermana es muy observadora y toma mil precauciones, la prueba está en que ha conseguido despistar a la policía hasta ahora. Claro que ella (que ya me he dado cuenta de que aprovecha todos los escaparates para cerciorarse de que nadie la sigue) esperaría ver como perseguidor a un tipo con una gabardina o algo así, nunca un mantón de manila como este —rio Ina, al mostrar a su amiga el disfraz que había utilizado para pasar inadvertida—. Mañana es San Isidro y no era cuestión de desaprovechar tan oportuno camuflaje, ¿no crees? Las calles están llenas de chulapas y manolas. ¿Recuerdas el año pasado? Fue justo por estas fechas cuando nos conocimos, cómo pasa el tiempo...

Las dos amigas rieron, no solo recordando cómo se habían conocido, sino también con las explicaciones de Ina sobre cómo había logrado localizarla. Le contó primero sus pesquisas en Bobo y Pequeño, habló después de los muchos tratamientos de belleza, *manucure* y *pédicure* que hubo de hacerse en la peluquería de *monsieur* Al'Pedrete hasta dar con Macarena. Pero sobre todo se explayó explicando cómo había descubierto que Macarena era su hermana solo por la voz.

—Hablando sois idénticas, pero en el resto no os parecéis en nada. Ni en el aspecto, ni en la forma de ser, ni menos aún en las ideas políticas, ni te imaginas las cosas tan duras que dijo.

—No se lo tengas en cuenta. A nuestro padre lo mataron los nacionales, pero ella eligió otro camino diferente al mío. Ha preferido pasar página, olvidar, no buscarse problemas... A fin de cuentas, y como ella dice siempre, tener una vida tranquila es muy fácil: si no te metes con el régimen, el régimen tampoco se mete contigo.

—Es lo mismo que dice Yáñez de Hinojosa...

—Y mucha más gente además de ellos. Pero ¿quién puede culpar a mi hermana por pensar así? Las posguerras son duras y cada uno sobrevive como puede. Macarena dice que no entiende que siga con lo que ella llama estúpidos romanticismos políticos. Pero ya ves, me ayuda pese a todo. Paga esto —indicó, señalando las cuatro esquinas de aquel habitáculo húmedo y oscuro—. Es justo lo que yo buscaba, cuanto más apartado y anodino sea el escondrijo, más seguro. También trae comida cada tres o cuatro días y lo que es más importante: está al habla con un conocido suyo que tiene contactos y, según le ha dicho, nos puede ayudar a salir del país.

—¿Has sabido algo de Esteban desde que lo detuvieron?

—Solo sé que, por duros que hayan sido los interrogatorios, no nos ha delatado. En caso contrario, ya tendríamos aquí a la Secreta. Pero ¿cuánto más aguantará sin dar como mínimo un nombre? No se le puede...

—No se le puede pedir heroicidades a nadie —atajó Ina, completando la frase.

—Exacto, y si no es Esteban, otro será el que acabe confesando. Esto se acabó, Ina.

Fue solo entonces cuando Ina se atrevió a preguntar dónde estaba Julián.

—Ya estabas tardando —bromeó su amiga—. Espérame aquí, voy a avisarle, no conviene que te vean en el patio.

Minutos después se abrazaban. A través de sus muchas lágrimas, Ina pudo observar cuánto había cambiado en tan pocos días. Estaba desaliñado, con barba, pero, sobre todo, parecía que un enorme peso se hubiera instalado sobre sus hombros hundiéndolos contra su pecho.

—Mi vida, tenía tanto miedo de no volverte a ver —dijo Ina y él se irguió, recomponiéndose.

—No te preocupes, todo se arreglará...

—Por supuesto que sí —enfatizó ella, a pesar de saber que era mentira. ¿Qué futuro podía esperarle cuando Esteban u otro de los suyos lo delatara? Como una vez había dicho Yáñez de Hinojosa, en este tipo de actividades clandestinas al caer uno, caen todos, solo era cuestión de tiempo. Además, Ina ni siquiera sabía en qué consistían esas «actividades» que habían llevado a Tania y a Julián a la situación en la que ahora se encontraban. ¿Por qué los buscaban? ¿Solo por repartir propaganda clandestina o estaban involucrados en alguna de esas acciones de las que hablaban los periódicos? ¿Sabotajes y pequeños robos para financiar sus acciones futuras...? Incluso era posible que hubieran cometido algún otro delito, a veces en los atentados morían inocentes... Julián siempre había evitado hablarle de cuál era la naturaleza de sus actividades. A estas alturas, Ina prefería seguir ignorándola.

—Te lo pido por favor, Ina, vete, no quiero verte aquí. De ninguna manera quiero que puedan relacionarte con nosotros —le rogó Julián.

—No pienso dejarte, nunca lo haré.

—Sé razonable —intervino Tania—. No hay nada que puedas hacer por nosotros. Debemos marcharnos de aquí cuanto antes, cruzar la frontera, llegar a Francia y luego ya veremos. Pasados algunos meses, Julián podrá escribirte y entonces...

—¿Y entonces qué? —se rebeló Ina—. ¿Crees que pienso resignarme o convertirme en una de esas mujeres tristes para las que su vida se reduce a soñar y esperar la llegada del cartero durante años hasta que o bien te olvide, o bien (y en mi caso es lo más probable) me haga vieja sin poderte olvidar? De ninguna manera.

—Lo harás, Ina, es lo más sensato. De todos modos, es tan poco lo que sabes de mí...

Ina notó que la sombra de una nueva sospecha se interponía entre los dos. ¿A qué podía referirse Julián? ¿Qué era lo que ella ignoraba? Sea lo que fuere, se dijo, daba igual, lo quería tanto, no podía perderlo ahora.

—Nunca te dejaré. Y a ti tampoco, Tania. Basta de esta conversación que no conduce a nada —enfatizó, descartando de una vez y para siempre todas sus dudas—. Hay mucho por hacer. Lo primero y más importante es ver cómo salir del país y para eso tengo a la persona perfecta. Se llama Yáñez de Hinojosa y su especialidad es conseguir imposibles.

—¡Ni se te ocurra hablar con él! —se alarmó Julián—. No tardaría ni diez minutos en entregarnos. Los Yáñez de Hinojosa de este mundo están siempre del lado de los ganadores, da igual quiénes sean.

—¿En quién habéis pensado entonces?

—Siempre podemos contar con el Partido, con los camaradas, no nos abandonarán a nuestra suerte, así nos lo han dicho. Además, Macarena está al habla con un individuo que nos puede ayudar a llegar a Francia y, por lo visto, tiene contactos en la policía.

—¿Y es de fiar?

—No sé, pero le gusta mucho el dinero —intervino Tania.

—¿Y de dónde lo vais a sacar? —preguntó Ina, dejando que la vista recorriera las sucias paredes que los rodeaban.

—Bueno, mi hermana tiene unos ahorrillos. No es mucho, pero es lo que hay.

—Se me ocurre algo mejor. No sé por qué me da a mí —sonrió Ina, mirando primero a Tania y luego a Julián— que tres o cuatro alhajas de las que tengo guardadas por fin van a salir de sus estuches. Y no, no os preocupéis, en casa ni siquiera notarán su falta, jamás las uso, mis padres saben que no soy muy de joyas. Dadme unos días para venderlas y asunto arreglado. Y ahora —concluyó Ina—, esperadme aquí, enseguida vuelvo. Hay algo menos importante pero también muy necesario que quiero hacer por vosotros. Hace un frío de muerte aquí y al llegar, recuerdo haber visto una carbonería justo en la esquina, apuesto a que venden braseros y quién sabe si incluso infiernillos. Ah, y ya que bajo a la calle, creo que me pasaré también por una farmacia, a ver qué encuentro para esa tos tuya, Tania. No, por favor, no digas nada, y tú tampoco, Julián. A partir de ahora soy una más de vuestro grupo. Ni te imaginas de lo que soy capaz por ti, vida mía.

* * *

Un collar de oro con su pulsera a juego que dormitaban desde hace años en el fondo del joyero fueron los primeros en encontrar su camino hacia el Monte de Piedad. A Ina le dio pena deprenderse de ellos, eran los primeros dos regalos que Encho le había hecho nada más llegar a Madrid. «Solo es un empeño, puedo rescatarlos más adelante, nadie se dará cuenta de que faltan —se dijo, intentando acallar su mala conciencia—. En todo caso no es lo importante ahora». Lo más urgente era lograr que sus amigos llegasen a Francia. Según le había explicado Julián la víspera, ni siquiera podían esperar amparo del Partido de ahí en adelante, los camaradas se habían desentendido de ellos. Con la Secreta pisándoles los talones, tanto Tania como él eran ahora «piezas marcadas» y por tanto un peligro para la organización. «Es la segunda vez que se desentienden —le confesó Julián esa tarde y con amargura—. La primera fue al bajar del monte. Suerte tuve entonces de que no me vendieran directamente a la policía tal como hicieron con otros maquis. Este segundo abandono es aún más duro. Tonto yo de creer en sus promesas».

Aquella fue la única vez que Ina vio llorar a Julián. Gruesas y silenciosas lágrimas corrían por sus mejillas acompañando esta primera y única confesión sobre sus compañeros de partido, pero enseguida y con rabia las enjugó con la manga de su chaqueta diciendo que de nada servía lamentarse. Que dentro de la organización había personas extraordinarias, necesitaba creer que así era para seguir pensando que sus sueños de libertad y sus afanes no habían sido del todo en vano.

Sin embargo, a medida que pasaban los días, resultaba cada vez más difícil mantener viva la fe y no digamos la esperanza, hasta que una y otra se esfumaron una tarde en que, pálida y desencajada, Macarena llegó hasta el lugar en que vivían. Ina no estaba con ellos en ese momento, pero Tania la llamó desde un teléfono público poco después para contar lo ocurrido.

—Otra traición, Ina. El tipo aquel, ¿te acuerdas? Sí, el que le dijo a mi hermana que podía ayudarnos a cruzar la frontera. Según le prometió todo estaba preparado. Nos procurarían transporte de confianza para llegar a Fuenterrabía y, una vez allí, alguien nos vendría a recoger en un coche para indicarnos el lugar más seguro por donde cruzar a Francia a pie. Luego, una vez al otro lado, y siempre según él, gente del Partido se haría cargo de nosotros. Pero, desde que Macarena le entregó el dinero que nos diste, no ha podido contactar telefónicamente con él, es como si se lo hubiese tragado la tierra. Desesperada, decidió presentarse en la cervecería donde solían quedar. Allí le dijeron que no lo habían visto últimamente, que antes iba todas las tardes a jugar a las cartas, pero un buen día desapareció. También le dijeron que había otras personas que, como ella, lo andaban buscando.

—¡Dios mío! Recuerdo que me contaste que le había asegurado a Macarena que tenía contactos en la policía. ¿Crees que nos ha delatado?

—No me extrañaría. Pero, por fortuna, no sabe dónde vivimos. Macarena se cuidó de facilitarle dato alguno cuando le entregó el dinero. Pero el fulano ese puede haberla seguido tal como hiciste tú. Tenemos que largarnos cuanto antes. ¿Pero cómo? Las estaciones de tren y las de autobuses son el enclave favorito de policías de paisano y, después de lo ocurrido, ya no me fío de nadie. Ina, si tú pudieras...

En ese momento un largo y estridente pitido sustituyó a la voz de Tania al otro lado del hilo y se interrumpió la llamada. «Tranquila, espera —trató de convencerse Ina—, no pasa nada, ya sabemos cómo funcionan los teléfonos. O a lo mejor se le ha acabado la ficha, volverá a llamar pasados unos minutos». Pero Tania no volvió a llamar pasados unos minutos ni tampoco en toda la mañana. El corazón de Ina latía cada vez más desbocado. ¿Qué hacer ahora? ¿A quién recurrir? ¿En quién confiar? A sus padres adoptivos no podía contarles nada de todo esto. ¿Qué iban a decir si llegaban a enterarse de que no solo se había enamorado de Julián a pesar de todas las advertencias de Encho, sino que para facilitar su huida había empeñado parte de las joyas que con tanto cariño le habían regalado? La de un maqui, la de un miembro de una organización clandestina, la de uno de esos «forajidos» de los que hablaban los periódicos con quién sabe qué delitos sobre su conciencia.

Descartada esta opción, existía la posibilidad de hablar con Yáñez de Hinojosa. Al conseguidor le encantaba solucionar problemas, cuanto más intrincados, mejor. Pero tenía razón Julián, Juan Pablo sabía muy bien qué bando elegir y era siempre el de los ganadores. Ina no tenía más amigos, bueno, sí, las hermanas Muñagorri, pero aun suponiendo que quisieran, y eso ya era mucho suponer, ¿qué podían hacer ellas por Julián y Tania? Su familia, a pesar de lo que presumía, pasaba todo tipo de estrecheces y no tenían nada que se pareciera a un vehículo propio.

Esa era la idea que Ina tenía en la cabeza: después de la traición del tipo aquel y teniendo en cuenta que la policía parecía tener ojos en todas partes, lo único seguro, se dijo, era viajar en un coche particular. ¿Quién iba a buscar a dos «forajidos» en un haiga? Sonrió ante la osadía de su plan. Huir en un vehículo cuanto más caro, mejor. Ahora quedaba lo difícil: hacerse con uno. Dinero tenía, podía empeñar otra joya para pagarlo. ¿Pero cómo hacerlo sin despertar sospechas? Jamás se lo alquilarían a una mujer menor de los veintitrés años que marcaba la ley para la mayoría de edad. Tenía que pedir ayuda, ¿pero a quién? No se le ocurría nadie, conocía a tan poca gente.

¡Manolo González!, pensó de pronto. Sí, aquel primo de las Muñagorri con el que se había quedado encerrada en el ascensor. Hacía tiempo que no se veían, pero siempre le había demostrado simpatía. Tal vez pudiera, sin él saberlo, por supuesto, orientarla sobre cómo hacerse con un automóvil. Hablaba hasta por los codos y no resultaría demasiado difícil tirarle de la lengua y luego contarle algún cuento chino de por qué necesitaba alquilar un coche. ¿Que quería darle una sorpresa a Perlita llevándola al santuario del Cerro de los Ángeles? ¿Que deseaba impresionar a Helena Muñagorri con un coche propio? Bah, eso ya lo pensaría por el camino. Ahora lo más urgente era encontrar cuanto antes a Manolo González e Ina sabía exactamente dónde. ¿Y dónde iba a ser? En el lugar en el que está todo el mundo a estas horas. Sonrió de nuevo consultando su reloj: en el tontódromo, tomando el aperitivo, bendita endogamia madrileña.

* * *

—... Cha-chata, pero qué sorpresón, nada menos que tú po-por aquí. Ven, siéntate con nosotros. ¡Vamos, tíos! Hacedle sitio y dejadme que os la presente. ¿Qué me decís? ¿Es o no una p-preciosura? ¿Nunca os he contado cómo nos quedamos encerrados esta belleza y yo en un ascensor con Lola Flo-Flores y Paquita Rico...? Vale, va-vale —tartamudeó elegantemente Manolo González—. Ya sé que me repito más que el gazpacho, pero esta vez os voy a contar la historia con una de sus protagonistas principales delante: resulta que iba yo una tarde a casa de mi tía Pi-Pitusa Gacigalupo cuando... ¡Coño, Chema! ¿Se puede saber qué estás haciendo? Aleja ahora mismo esa zarpa de la rodilla de mi Ina, que te estoy viendo. ¿Qué vas a tomar, reina mora? ¡Un vermú do-doble para la señorita!

Cuando Ina quiso darse cuenta, se había metido en la jaula de las fieras. O, lo que es lo mismo, en la zona más concurrida del bar El Corrillo, en Serrano, casi esquina con Marqués de Villamagna, a la caída de la tarde. Después de caminar arriba y abajo toda la calle Serrano espiando a través de los escaparates de distintos establecimientos como Mozo o El Águila y, por fin, cuando ya desesperaba de encontrarle, descubrió a Manolo González sentado con seis o siete amigos en el antes mencionado lugar, entró sin más demora. Ni se acordaba, en ese momento, de lo que tantas veces le habían advertido las hermanas Muñagorri, eso de que a los bares una señorita no debía entrar sola: «Ni siquiera para ir al baño, así estés a punto de periclitar de un cólico miserere, no sea que te tomen por lo que no eres». Esas o similares habían sido las palabras de Helena Muñagorri, e Ina empezaba a comprender por qué: no había más que ver el modo en que la estaban tratando Manuel y sus amigotes desde que tuvo la osadía de sentarse a su mesa:

—Anda, guapa, ¿cómo te llamas? Ven, arrímate un poco, que conmigo te lo vas a pasar mejor que con Manolo, que es un *agarrao*. Mira que ofrecerte un triste vermú... ¡A ver, Rosendo!, un *martini* para la señorita. ¿Lo tomas con aceituna o con guinda? Tráeselo con guinda, Rosendo, es como le gusta a las pilinguis de Chicote, ja, ja, ja, ja, ja.

Ina, en un principio, había tratado de capear las acometidas de aquel grupo de borrachuzos lanzando desesperadas miradas de auxilio a Manolo González. Pero pronto se dio cuenta de que él era el primero en tirarle los tejos de la manera más burda.

—S-sabía que un día vendrías a bu-buscarme. Mucho has tardado, chata, pero mírala, aquí esta, ha venido ella solita. Para que aprendáis, amigos míos, con ciertas damas —subrayó con retintín— lo único que tienes que hacer es se-sentarte en El Corrillo a tomarte un par de whiskies porque caer, caen, solo es cuestión de tiempo. Oye, José Antonio, ¿no te pasó a ti lo mismo, con aquella rubia tetuda de provincias? ¿Cómo se llamaba? Amparito, sí, Amparito, menuda pieza, ve-venga a hacerse la estrecha y luego... ¿No os ha contado nunca lo que pasó con ella? Anda, José Antonio, ilustra aquí a la concurrencia. Y tú, guapa, escucha también. A lo mejor aprendes algo.

Ina no esperó a que el tal José Antonio comenzara a desgranar su historia. Se puso de pie intentando abrirse paso entre Manolo González y él —«Dejadme, por favor, dejadme salir»—, pero, al hacerlo, derramó el contenido de un par de copas sobre el mantel. «¡Oye, rica, dónde vas con tantas prisas! ¿Se te han corrido las medias o qué?». Rio uno mientras que otro, al que le había caído medio vaso del vermú encima de los pantalones, lanzó un juramento. «¡Joder, mira cómo me has puesto! Vaya elementa, Manolo. ¿Se puede saber de dónde sacas estas amigas?».

Cuando por fin logró salir del local aún la perseguía el sonido de sus voces. Atravesó a todo correr la calle Serrano. Oscurecía ya y sus lágrimas, entreveradas con los neones rojos, verdes y amarillos de los establecimientos, destellaban deslumbrándola. Estaba a punto de llegar a la confluencia de Serrano con Ayala y se disponía a cruzar casi sin mirar, total pasaba un coche cada muerte de obispo, cuando sintió que una mano la cogía por el brazo obligándola a volver a la acera.

—¡Dónde vas!

Dios mío, otra voz tuteadora, imperativa y masculina. Tal vez Manolo o alguno de sus amigotes beodos la hubiese seguido hasta allí para reírse un poco más de ella. Ni siquiera se atrevía a girar y ver quién era cuando la voz a su espalda cambió por completo de tono:

—Por amor del cielo, Ina, ¿cómo cruzas así, no has visto ese taxi? Te ha pasado raspando, podría haberte matado. ¿Estás bien, te ocurre algo?

Era Antonio del Monte, que la miraba preocupado.

—Estás temblando —dijo—. Ven, será mejor que te sientes un momento. Aquí mismo, justo a la vuelta hay un café. Te vendrá bien un poco de coñac.

Ina lo miró alarmada. No quería contarle a su antiguo novio lo que le acababa de suceder, precisamente por entrar en un bar. Pero él algo debió de leer en sus ojos.

—Y quien dice una copa de coñac, dice una tila —rio divertido—. Pierde cuidado, en el café Florita entran hasta las catequistas del Sagrado Corazón a tomarse un vino dulce o incluso un fino, si se tercia. Te acompaño, no quiero dejarte sola.

Ina recordaría ya para siempre aquella copa de brandy Soberano. No por su sabor, que le pareció áspero y penetrante, sino porque había algo mágico en esa corriente cálida que de inmediato comenzó a inundar sus arterias, a apoderarse de todo su cuerpo hasta sentar reales en su cabeza y ensancharle las entendederas, afinando sus palabras, de modo tal que pudo seleccionar las más precisas y convincentes con que elaborar su discurso. ¿Qué había dicho? Una vez disipado el efecto del brandy, Ina no lograría reconstruir sus palabras pero sí su sentido. Sabía por tanto que le había relatado a Antonio lo ocurrido en las últimas semanas, comenzando por la detención de Esteban, el modo en que Julián había optado por desaparecer y cómo ella, después de días de búsqueda, logró dar al fin con su paradero. Le habló de Tania, también de su hermana y de cómo aquel tipo había engañado a Macarena quedándose con el dinero que había exigido para ayudarles a cruzar la frontera. Llegado este punto, y sin entrar en, para ella, dolorosos pormenores sobre dónde había logrado obtener el dinero que les habían estafado, terminó explicando cómo, al llegar a la conclusión de que la forma más indetectable de alcanzar la frontera con Francia era alquilar un coche, algo que ella por sí misma no podía hacer, y obviamente Julián tampoco, se le había ocurrido buscar a Manolo González entrando sin pensar en El Corrillo, donde lo encontró rodeado de amigotes.

—... Muy angustiada debías de estar para que se te ocurriera semejante idea —sonrió preocupado Antonio—. Dime una cosa: ¿en ningún momento pensaste en Lola Flores?

—¿Lola Flores? —repitió Ina sin comprender—. ¿Cómo va a ayudarme ella?

—Ya lo hizo en su momento. ¿Recuerdas lo que dijo el día del ascensor?

Ina dio otro sorbo a su brandy Soberano. Claro que lo recordaba. La Faraona se había empeñado en echarle la buenaventura y luego, con mucho misterio, había mencionado la mano de Antonio, y cómo esta estaría siempre ahí para lo que necesitase. Es verdad, eso le había asegurado. Pero ¿cómo iba a pedirle a Antonio precisamente a él, que salvara a Julián? ¿A un fugado de la justicia, convertirlo en cómplice de un delincuente con quién sabe qué (desde luego ella siempre había preferido la ignorancia) crimen sobre su conciencia? No debía, no podía pedirle semejante cosa.

Y, sin embargo, lo hizo. Sin preámbulos, sin paños calientes, no le quedaba otra, era la única persona que podía ayudar a que Julián saliera del país. Peor aún, no solo a él y a Tania, sino también a ella, a Ina.

En efecto. Llevaba días madurando la idea. Porque, si al principio su intención fue, únicamente, lograr que Julián se pusiera a salvo abandonando España junto con Tania, poco a poco se dio cuenta de que su marcha significaba perderlo para siempre.

—Y yo me iré con él, Antonio —dijo, bajando los ojos para no tener que mirarse en los de su antiguo novio—. Nos marcharemos juntos.

—¿Estás segura de que eso es lo que quieres, Ina? Desaparecer, así, sin decir nada, comenzar una vida incierta, sin dinero, sin amigos, lejos de tu familia y de todos los que te quieren.

Esta vez Ina sí se atrevió a elevar los ojos para decir:

—Sé que me arrepentiré toda la vida si no lo hago.

—¿Y tus padres? Son ya mayores y no viven más que para ti.

No dijo nada. ¿Qué podía decir?

Ahora fue él quien apuró su copa de coñac y lo hizo hasta el fondo. Tampoco dijo nada. No hacía falta. Ina sabía lo dolorosa que estaba siendo para él esta conversación, pero también sabía, lo supo siempre, que Antonio no le negaría nada.

45

VOLVER
[Beatriz - Ina]

... Volver, con la frente marchita,
las nieves del tiempo platearon mi sien.

Tal vez no fuera casual que, en el radiocasete de su madre,
ese que ahora puede verse sobre la encimera de la cocina entre el Omo y el Fairy Liquid, suene ahora mismo *Volver*. A Ina
siempre le había gustado Gardel. A Beatriz por el contrario
los tangos le daban risa, tan patéticos, tan melodramáticos.
Así se lo había reprochado a su madre muchas veces mientras una lavaba y otra secaba los platos después de la cena.
Y sin embargo ahora, al verse de nuevo en casa después de
tanto tiempo, no podía imaginar otra banda sonora más adecuada para ese momento.

... que es un soplo la vida,
que veinte años no es nada...

No habían pasado veinte años, pero parecían más incluso, y
desde luego las nieves del tiempo se habían instalado en las
sienes de su madre plateándolas sin misericordia.

Por supuesto, nada de esto le dijo cuando, tras abrir la
puerta de la cocina con su propia llave, la abrazó en silencio.
Ina, en cambio, se había mostrado algo más locuaz.

—Mi niña... tu padre estaba tan orgulloso de ti. Pasa, no te
quedes ahí, que hay corriente. Me temo que encontrarás la

casa muy cambiada, no he tenido tiempo de ocuparme demasiado de ella últimamente. Papá decía siempre que...

—Me gustaría darle un último beso, mamá. ¿Dónde está?

La sombra de un redoblado dolor nubló los ojos de Ina.

—En nuestra habitación, en el mismo lugar en el que murió en mis brazos. Le he puesto su traje azul, ¿sabes? Era el que más le gustaba, también lo he afeitado para que esté guapo, ven.

Había más gente en la casa. Unas diez o doce personas se apiñaban en el pequeño y desangelado salón-comedor tomando limonada y mordisqueando sándwiches. A Beatriz no le sorprendió. Esa era la costumbre, al menos en el barrio del sur de Londres en el que había vivido tantos años, ofrecer un refrigerio a los que se acercaran a dar el pésame. No se preguntó quiénes podían ser, tampoco reparó en sus caras, sino que siguió a su madre en silencio hasta la alcoba. Y allí, no en un féretro, sino aún sobre la cama, con su traje favorito bien planchado, zapatos marrones y una corbata color mostaza, estaba Julián. Qué empequeñecido le pareció. Las muñecas y el cuello asomaban flacos y casi como si flotaran dentro de una camisa que se le había quedado grande. Estaba muy repeinado con una raya trazada diestramente en el lado izquierdo y, al acercarse a besarlo, se dio cuenta de que estaba maquillado. Beatriz recordó entonces que a Perlita una vez, hace ya tiempo, se le había escapado un comentario sobre cuál era el oficio de Ina antes de que Encho y ella la adoptaran, solo ahora se daba cuenta de lo que significaba ser una maquilladora de muertos. Con cuánto amor, con cuánta pericia había redibujado la cara de su marido, tratando de difuminar los peores estragos de la enfermedad. Casi lo había conseguido. Julián tenía una expresión serena, incluso una medio sonrisa, igual que si estuviese dormido y fuera a despertar de un momento a otro para decirle: «¿Me das un beso, princesa?». Y luego, en inglés y con ese acento suyo mesetario que el tiempo nunca había logrado borrar del todo, seguro que hubiese añadido: *«Please, darling, one for the road»*.

One for the road. Un beso para el camino, para el largo camino hacia el más allá, para dejar atrás y por siempre la vida de estrecheces y penurias que había sido la suya. Una de la que Beatriz sabía tan poco, nada en realidad, especialmente de la parte que tenía que ver con su juventud allá en España. ¿Por qué, papá? ¿Por qué mamá y tú nunca hablabais de lo ocurrido antes de llegar aquí? ¿A qué tanto silencio? Todo esto y más quiso decirle, pero la lengua se le había pegado al paladar y se negaba a dar forma a sus palabras. Por fin, al cabo de unos segundos que se hicieron eternos, logró volverse hacia Ina para decir:

—Ni siquiera me dijiste que estaba enfermo... ¿Por qué no me llamaste antes?

—Fue su decisión, cielo. Dijo que prefería que no lo supieras. Creo que quería evitar que tuvieses que verlo como aquella mañana en el parque.

Ella sintió una punzada, mezcla de dolor y remordimiento, al recordar la escena: las palomas revoloteando alrededor de algunas migajas y su padre derrotado sobre un banco y junto a una botella vacía.

—¿Y cómo lo sabes tú, mamá? ¿Te lo contó? ¿Cuándo? ¿Qué te dijo? Ni siquiera sabía que me hubiera visto.

—Son tantas las cosas que no sabes, hija...

—En eso llevas razón, esta casa siempre ha estado llena de silencios —dijo Beatriz casi en un susurro y luego con rabia—: ¿Qué quieres decir con que él no quería que yo lo supiera? ¿No saber qué? Mírate, mamá, mírale a él, mira a tu alrededor. Ni una foto, ni un recuerdo. ¿Qué es lo que había que olvidar a toda costa? Tampoco a Encho y Perlita les gusta hablar de vuestro pasado. Pero en su caso lo comprendo, te fuiste un día sin decirles ni adiós, te viniste con papá a empezar una nueva vida aquí. ¿Qué es lo que querías, qué es lo que queríais olvidar a toda costa?

—Son cosas de tu padre, Beatriz. Es su secreto, no el mío.

—¡Ya no! Él está muerto y yo necesito saber, entender.

—Te ha dejado una carta. Unas líneas que escribió para ti cuando supo que se moría sin remedio. También otras para tus hermanos, pero supongo que esas nunca llegarán a su destino...

—¿Dónde está mi carta? Quiero verla.

—Te la daré, pero ahora no, Beatriz, te lo ruego, déjame estar unos minutos más con él, despedirme. Y tú deberías hacer lo mismo, no hurgar en el pasado, sino recordar cómo fue y cuánto te quería. Aunque... —aquí Ina hizo una pausa. Parecía como si no estuviese segura de si debía hablar o no, pero luego, y tras entrecerrar brevemente los ojos, continuó—: Aunque creo que hay algo más que deberías saber del día en que encontraste a tu padre llorando en el parque. Tú siempre pensaste que era porque acababa de perder su empleo, ¿verdad? Que se desmoronó por eso, porque era débil, solo un pobre hombre que, como no se atrevía a contar la verdad a su familia, pasaba las horas muertas en un parque agarrado a una botella de whisky hasta que tocaba volver a casa fingiendo que regresaba de un trabajo inexistente. ¿No es así?

Beatriz volteó la cara para no tener que responder afirmativamente, pero, al girar, su vista cayó sobre el cuerpo de Julián y se fijó en la media sonrisa que Ina con tanto amor había dibujado en sus labios.

—Todos cometemos errores —continuó Ina—, pero de tu padre se puede decir cualquier cosa, salvo que era un cobarde. Solo dos veces lo he visto venirse abajo. La primera, en Madrid, cuando se enteró, poco antes de marcharnos, de que sus camaradas lo habían traicionado. La segunda, la tarde, cuando volvió del parque sabiendo que tú lo habías sorprendido. No hacía ni dos semanas —continuó Ina mientras alisaba una inexistente arruga en el traje de su marido— que le habían dado su diagnóstico, le dijeron que la enfermedad que sufría, y a la que él no había dado importancia hasta ese momento, no tenía cura. El suyo iba a ser un proceso lento pero inexorable, eso le advirtieron, un año, dos, tres todo lo más, y había que estar preparado. Por eso, que lo despidieran de la noche a la mañana no solo significaba quedarse sin trabajo, sino también (o, mejor dicho, sobre todo) significaba que el dinero que él pensaba podría quedarnos a ti y a mí tras su muerte se vería mermado considerablemente.

—¿Y todo eso tú lo sabías o tampoco te contaba sus cosas?

—Él y yo nunca tuvimos secretos. Su único secreto está ahí —dijo Ina, señalando con un gesto un sobre gris que había junto a la mesilla.

—Y, por supuesto, tú lo conoces.

—No, yo elegí no abrir nunca ese sobre.

—¡Cómo! ¿Has tenido ahí, a mano y durante años algo importante para él y no te has molestado en ver qué decía? No lo entiendo, no lo puedo entender de ninguna manera. ¡La verdad es mejor que el silencio!

—Verás, hija, hay ciertas cosas —comenzó diciendo Ina, justo antes de que un repiqueteo impertinente sobre la puerta la hiciera detenerse.

—¿Señora Calanda? Oiga, señora Calanda...

Beatriz miró a su madre. El hechizo de las confidencias se había roto.

—Ya voy. Un momento. ¿Qué pasa?

Resultó ser una de las vecinas para decir que acababan de llegar los de la funeraria.

—Vienen a retirar ya al querido señor Calanda —explicó, entrando en la habitación sin más preámbulo—. Vamos, querida, ¿por qué no se toma una buena taza de té mientras se lo llevan? Yo se la preparo en un periquete. Y a ti también, niña —añadió, mirando por primera vez hacia donde estaba Beatriz—. Pero ¡chica! Si casi no te reconozco vestida así, pareces la prima hermana de Twiggy o de Marianne Faithfull, debe de valer una fortuna ese vestidito tan mono. ¿No te acuerdas de mí? Soy Mrs Mallors, vecina tuya y dueña de la tintorería de la esquina por más señas. Ah, ahora sí, ya veo que te acuerdas. Aquí hemos venido todos los de la manzana a ayudar a tu pobre madre, como no tiene a nadie... ¿Y tus hermanos? ¿No les habéis avisado?

Beatriz decidió llevarse de un brazo a la elocuente señora Mallors, alejarla lo más posible de su madre, escoltarla hasta la cocina (que estaba muy convenientemente en la otra punta de la casa) para que preparase esa «*nice cup of tea*» de la que hablaba. Para que dejase de cotorrear. Para que su madre pudiera despedirse de Julián antes de que lo metiesen en la triste caja de pino que dos operarios llevaban sobre sus hombros en dirección al dormitorio. Ella, Beatriz, no quiso ver la operación. Prefería recordarlo con su traje azul recién planchado y la media sonrisa que Ina le dibujó en los labios. O mejor aún, con otro traje azul muy distinto a este, el de su uniforme de chófer del Lloyd's Bank cuando la acompañaba cada mañana al colegio y la despedía con un «Adiós, princesa». Dios mío, se reprochó entonces. ¿Cómo había podido juzgarlo tan mal? ¿Cómo se puede malinterpretar hasta tal punto lo que uno ve y cómo aquel error suyo había llegado a desvirtuar la figura de su padre hasta dejar de creer en él? Cuánto debió de haber sufrido al saber que ella lo había visto en aquellas circunstancias. Y a pesar de todo, aun sabiéndolo, eligió no revelarle su enfermedad. ¿Por qué? ¿Para no apenarla? ¿Para que no tuviese que presenciar su decadencia y ver cómo se moría un poco cada día? Tal vez, se le ocurría pensar ahora, por eso mismo había aceptado, pese a todas sus reticencias hacia Encho y Perlita, que su hija fuese a vivir con ellos a Madrid. Por tanto, no lo hizo solo para alejarla de Nicolò, como ella suponía, sino también —o quizá sobre todo— para que tuviese la vida que él nunca le pudo ofrecer, la misma de la que él había arrancado a Ina cuando abandonaron España precipitadamente.

Sí, Beatriz ahora comprendía muchas cosas. Todas quizá salvo una. Un silencio, una incógnita que aún quedaba por despejar, la verdadera razón de por qué Julián se había visto obligado a huir. Y la respuesta, según le había dicho Ina, estaba en el sobre gris que él le había dejado antes de morir.

Desde la puerta de la cocina, con el radiocasete y los tangos de Gardel ahora venturosamente silenciados pero a merced del parloteo entre compasivo e inacabable de la señora Mallors mientras preparaba el té, Beatriz vio salir el féretro de su padre. Entonces se dijo que, en cuanto pudiera, correría hacia el dormitorio a hacerse con la carta. Para leerla cuando todo esto hubiese pasado. Ahora lo más urgente era estar con su madre, acompañarla a pie hasta la iglesia donde lo iban a enterrar, llorar con ella. A la vuelta sabría al fin aquello que su madre, según ella misma le había dicho, prefirió durante toda su vida ignorar. ¿Por qué? Beatriz no lograba entenderlo. Al fin y al cabo, se dijo, ¿quién elige la ignorancia cuando puede elegir la verdad?

46

Sobre una tumba
[Beatriz - Ina]

—¿Y esos quiénes son, señora Mallors?

—Calle, hombre, ¿no sabe que es ahora cuando el cura dice unas palabras previas al responso?

—Ni lo sé, ni me incumbe demasiado, que yo soy paquistaní.

—Pues como si es usted nativo de uno de los anillos de Saturno, joven, un entierro es siempre un entierro. Ande —condescendió a continuación la señora Mallors, como si hiciera un gran favor a su interlocutor—, aprovechemos que el padre O'Fly es tan prolijo como pesadísimo en sus sermones, ¿cuál era su pregunta?

—No, si yo solo me preguntaba quiénes serían esos dos con tan mala pinta —señaló el señor Rewart, apuntando con la barbilla varios metros más allá—. Llevan ahí, al amparo de esos árboles desde que hemos llegado, a distancia pero muy pendientes de la ceremonia.

La señora Mallors esperó piadosamente a que el padre O'Fly terminara de asperjar la tumba y comenzara con su prédica antes de satisfacer la curiosidad del señor Rewart. En realidad, estaba deseando hacerlo. No todos los días se tiene una noticia tan jugosa que compartir con un vecino. Además, ella era la única de los presentes que podía contestar a su pregunta. El resto de los asistentes al entierro de Julián Calanda eran más nuevos en el barrio que ella y no conocían a las personas a las que acababa de mencionar el señor Rewart. La señora Mallors incluso tenía serias dudas de que lo supiera la propia hija del finado. ¿Porque cómo iba Beatriz, tan guapa ella, tan bien trajeada, tan peluqueada y distinguida desde que se había ido a vivir con unos tíos ricachones allá en el extranjero, cómo iba a reconocer, se decía la señora Mallors a aquella pareja de náufragos sin norte, a aquellas dos sombras en las que se habían convertido Gabriel y Estela, sus hermanos mayores?

Antes de ilustrar a Rewart sobre su identidad, la señora Mallors, a la que le gustaba ser muy precisa en sus comentarios, prefirió echar un nuevo y escrutador vistazo a la pareja. Ella, que lo sabía todo de la gente del barrio, estaba enterada de que Gabriel y Estela tenían apenas cinco o seis años más que Beatriz. Cinco o seis *siglos*, comentó consigo misma la observadora mujer al fijarse en su deplorable aspecto. «Eso por no mencionar —continuó diciéndose— sus ojos apagados y sobre todo los dientes, que es ahí donde más se notan los estragos de la heroína. ¿O será más bien cocaína? No, qué va, la coca es demasiado cara para parias como ellos, caballo cortado con talco y van que chutan».

Todos estos retazos de información fue comunicando la señora Mallors a su vecino Rewart buscando ambos un discreto segundo plano mientras arreciaba el sermón del padre O'Fly. También le ilustró sobre lo que ella misma no dudó en llamar una catástrofe anunciada...

—Sí, amigo mío, supe desde el principio cómo iban a acabar esos dos. Y no porque tenga dones adivinatorios, pero no hay que ser el mago Mandrake para darse cuenta de ciertas cosas. Cuando los adolescentes comienzan con un mal paso y luego otro y otro más, todo el mundo se da cuenta de qué está ocurriendo. Todos menos los padres, que son los últimos en enterarse. Hasta que un día los ingratos van y desaparecen sin dejar rastro.

»En este caso, el primero en largarse fue Gabriel, y un par de meses más tarde la niña, con poco más de dieciséis años los dos, porque son mellizos. Ni se imagina usted lo guapos que eran por aquel entonces, sobre todo ella. Una melena larga hasta aquí tenía —especificó la señora Mallors, señalándose la base de una generosa nalga—, y los mismitos ojos casi transparentes de su padre y su hermana. ¡Pero si Estelita y Beatriz eran como dos gotas de agua! Y mírela ahora, en los huesos, con el pelo estropajoso y ralo y los dientes como carbones. Tampoco es difícil adivinar cómo acabarán esos dos, a menos que alguien ponga remedio pronto. *Hippies* —pronunció la señora Mallors como si nombrara una enfermedad incurable—. Qué le voy a contar a usted, señor Rewart, si los hay por todas partes desde hace lo menos una década. Venga a ir de acá para allá practicando el amor libre y sin oficio ni beneficio: *¡Peace & love, peace & love!* Sí, sí, mucho amor y mucha paz, pero mire en lo que se convierten.

—¿Y vienen mucho por aquí?

—Uy, pasaron años sin dar señales de vida. Pero luego, cuando la pequeña Beatriz ya se había ido para Madrid, reaparecieron de pronto. ¡Ni se imagina la alegría de esos pobres padres! No se les había visto tan felices desde antes de que al señor Calanda lo echaran de su trabajo de la noche a la mañana. Después de aquello, mal que mal iban tirando con los pocos encargos que ella tenía como maquilladora suplente o alguna chapuza que él conseguía por ahí, pero recibieron a sus hijos con los brazos abiertos. Todo era poco para aquellos dos pródigos hasta que... ¿sabe usted lo que pasó? Pues lo que tenía que pasar —continuó la señora Mallors, sin esperar respuesta de su interlocutor—. Que robaron todo lo que había en la casa, que desde luego no era mucho, y volvieron a poner pies en polvorosa. Y mírelos ahora aquí. Cualquiera diría que no han roto un plato.

—Lo que rompieron sin duda fue el corazón de sus padres —opinó el señor Rewart.

—No sabe usted hasta qué punto, aunque ellos, desde luego, se guardaban de demostrarlo. Siempre han sido reservados para sus cosas. Excesivamente dignos, diría yo, de esas personas que prefieren que nadie conozca sus dificultades. «Hay que compartir las alegrías, nunca las penas», me dijo ella un día. «¿Para qué hacer cargar a otros (sobre todo a los que uno más quiere) con lo que no tiene remedio?», se le llegó a escapar en otra ocasión. Pero yo, para entonces, ya estaba al cabo de la calle, naturalmente. Lo sabía todo. Incluida la enfermedad que arrastraba desde hace tiempo el señor Calanda.

—¿Ah, sí, y cómo?

—Lo considero un deber de buena vecindad, ¿sabe usted? Qué menos que estar al tanto de lo que les pasa a las personas con las que uno trata a diario, ¿no cree? Para poderlas ayudar lo más posible —matizó samaritanamente la señora Mallors—. Se sorprendería usted de las cosas que aprende uno sobre el prójimo con solo aplicar una copa de cristal a la pared adecuada. Por eso le puedo asegurar que la vida de la señora Calanda ha sido muy dura estos últimos meses, sobre todo desde que la enfermedad de él se agravó. Sola con un marido que la adoraba pero que se moría sin remedio, sin un chelín y con dos hijos de los que no sabía ni dónde podían estar, imagínese la situación.

—¿Y qué pasaba con la otra hija, con la pequeña? Tampoco ella volvió de donde quiera que estuviese para ayudarla, ¿verdad?

—Él le hizo jurar que no le diría nada, sobre todo de su cáncer.

—Hay cosas que no se entienden, o por lo menos yo no entiendo.

—Ya sabe usted cómo son estas situaciones, cada uno lleva la enfermedad como quiere o puede. Hay gente que lo pregona a los cuatro vientos, mientras otros ni siquiera lo comparten con sus seres queridos, sobre todo con los hijos. Aunque si quiere saber mi opinión, para mí que la señora Calanda tampoco quería que Beatriz regresara, es más, eligió deliberadamente mantenerla lejos de Londres.

—Sí, supongo que con dos desastres en la familia es más que suficiente. Sobre todo cuando, según tengo entendido, la razón de mandar a Beatriz a Madrid en su momento no fue precisamente para... perfeccionar idiomas —comentó el señor Rewart, que no dominaba el arte de pegar copas de cristal a las paredes de sus vecinos, pero que había oído campanas con respecto a Nicolò en el barrio.

—Veo que usted también es de los míos, querido amigo —se congratuló la señora Mallors al descubrir que compartían aficiones—, y siendo así, convendrá en que debe de haber sido un sacrificio muy grande para ella mantener alejada a la pequeña. Pero qué no hará uno por una hija, sobre todo si es la última que le queda...

—¿Y los otros dos? —se interesó el señor Rewart, señalando una vez más y con la barbilla en dirección a Gabriel y Estela.

Para entonces, el padre O'Fly había terminado ya su prédica y los miraba de forma poco amistosa. Fue solo una vez concluido el entierro, después de que ambos se hubieran despedido de la familia, cuando en compañía de otros vecinos asistentes al sepelio enfilaban hacia la salida del cementerio, cuando la señora Mallors pudo responder al señor Rewart.

—¿Esos...? Pues para mí que aprovecharán esta desgracia para intentar un nuevo acercamiento, y ella les perdonará una vez más y ya van... no sé cuántas, he perdido la cuenta. Pero ¿ha visto usted a Gabriel? Apenas puede sostenerse en pie. No me extrañaría nada —concluyó la señora Mallors, persignándose cristianamente— que, dentro de poco, la pobre señora Calanda tenga que acompañar a alguien más hasta este santo lugar.

47

Gabriel y Estela
[Ina]

Ina lo supo en cuanto lo vio: su hijo había vuelto para morir en sus brazos. En lo que a la señora Mallors se refiere, ni siquiera le hizo falta a esta vigía del sufrimiento ajeno recurrir con demasiada asiduidad a la cristalería fina para enterarse de qué estaba pasando en la casa de al lado. Si bien seguía utilizando, y con buenos resultados, tan eficaz trompetilla, le resultó fácil completar información preguntando (muy sutilmente, a su modo de ver) ciertos detalles a Beatriz. La pequeña de las Calanda tampoco era muy comunicativa para los gustos de la señora Mallors, pero al menos consiguió arrancarle un par de datos interesantes: el primero, cómo había sido el reencuentro con sus dos hermanos mayores y luego el hecho de que Beatriz pensaba quedarse durante un tiempo indefinido para ayudar a su madre. Otro dato que pudo recabar fue que Estela —que, según la propia señora Mallors había podido observar en el cementerio, presentaba un aspecto no más saludable que el de su hermano— había comenzado a mejorar a los pocos días de estar en casa. En realidad, este último retazo de inteligencia no lo obtuvo la vecina aplicando su mejor copa a ninguna pared medianera, tampoco intentando sonsacar a Beatriz, porque el cambio era evidente a simple vista: mientras Gabriel se apagaba de día en día, a su hermana melliza parecía ocurrirle lo contrario.

—Debería verla usted ahora —le comentó Mallors al señor Rewart la próxima vez que su vecino pasó por la tintorería que ella regentaba—. Yo no sé qué ha sido más decisivo para que en Estelita se empiece a obrar semejante milagro: si el ver cómo ha acabado su hermano, o el reencuentro con ella.

—Con su madre, supongo que quiere decir usted.

—Sí, con su madre, naturalmente, pero también, y casi me atrevo a decir que, sobre todo, con Beatriz. Es como si, al mirarse en el espejo de su hermana pequeña, esta pobre alma descarriada se hubiese dado cuenta de cuál podría haber sido su vida, su aspecto físico y su nada desdeñable belleza de no haber caído en la maldición de la droga.

—Una maldición, me temo, de la que es imposible salir, sobre todo cuando se ha caído tan bajo.

—No le falta a usted razón, pero si alguien es capaz de conseguirlo, le aseguro que es Estelita. Está muy cambiada desde que usted la vio, ni se imagina cuánto, incluso ha aceptado que la lleven por primera vez desde que empezó con esto a una clínica de desintoxicación.

—Esas instituciones son solo para potentados, cuestan una fortuna.

—Uno (o dos) ojos de la cara, pero todo lo paga ese tío ricachón que tienen en Madrid. Ahora que ha muerto el señor Calanda, que era con quien no se llevaba en absoluto, está ayudando mucho a Ina.

—Lo que no sepa usted —comentó el señor Rewart con admiración mientras dejaba sobre el mostrador una casaca bordada recién traída de Paquistán, pero con una enorme mancha de vino tinto que de ninguna manera debía ver la piadosa señora Rewart—, ¿cómo se entera usted de tanta cosa?

—Preguntando se va a Roma, amigo mío, y el truco está, simplemente, en saber hacer las preguntas adecuadas. Por eso sé (o mejor dicho, en este caso me lo figuro por retales de información que he ido juntando aquí y allá) que en cuanto se produzca el triste desenlace...

—Entonces usted piensa que Gabriel no sale de esta.

—Bueno, de él también se está ocupando el generoso bolsillo del tal tío Encho; y lleva internado en un hospital desde que llegó. Pero les han dicho que no hay mucho que se pueda hacer por él a estas alturas, más que aliviar sus últimos momentos. Por lo visto, aparte de sus problemas con la heroína tiene un extraño cuadro clínico que asombra a los médicos, es como si careciera por completo de defensas, pero no llegan a entender por qué ni saben si está relacionado con la droga o no. La señora Calanda no se despega de su cabecera. Me he ofrecido para sustituirla alguna tarde. «Para eso estamos las vecinas», le he dicho, pero no quiere ni oír hablar del asunto, es tan terca...

—Pobre mujer.

—Sí, está sufriendo mucho, pero qué quiere que le diga, no hay mal que por bien no venga.

—¿A qué se refiere?

—A que yo soy muy práctica para todo, señor Rewart. Hay personas que son un desastre, que no aportan nada en vida, como ese desdichado muchacho, pero su muerte puede cambiar muchas cosas.

—¿Como qué?

—Como hacer que los que se quedan en este valle de lágrimas modifiquen el rumbo.

—Se refiere usted a Estela, supongo.

—Sí, claro. Por lo menos ella no tiene ese extraño problema con las defensas como su hermano, pero aun así el suyo será un calvario largo, le quedan meses, por no decir años, si quiere rehabilitarse del todo. En cuanto a la señora Calanda, también le vendrían de perlas ciertos cambios y así mismito se lo dije el otro día: cuando pase todo esto, usted debe volar, amiga mía. Me miró como miraría cualquier madre que tiene un hijo en esas circunstancias, pero, como le he dicho a usted antes, señor Rewart, soy muy práctica.

—Y muy poco diplomática.

—Bah, piense lo que quiera, pero ya verá, tiempo al tiempo. Tampoco hay que ser el mago Mandrake para darse cuenta de que nada será lo mismo en la vida de esa familia de ahora en adelante.

* * *

425

Ina estuvo junto a su hijo día y noche sin dejar que nadie, ni siquiera Beatriz, la sustituyera. Hasta que llegó el final, se dedicó a cuidarlo y consentirlo como cuando era niño. A enjugar su frente, a humedecer sus resecos labios, a intentar paliar el dolor de su cuerpo desollado por las llagas. Le hablaba del pasado, en especial de cuando Estela y él eran pequeños. «¿Te acuerdas —le decía— de cuando para vuestro octavo cumpleaños os vestisteis iguales intentando confundir a los vecinos y nadie conseguía averiguar quién era quién? A Estelita siempre le han gustado los disfraces... ¿Y cuando íbamos con papá al parque y vosotros montabais en bici mientras yo vigilaba a Beatriz, que por aquel entonces ya comenzaba a andar? "¿Puedo cogerla yo, mami?", me decías tú, y Beatriz enseguida te echaba los brazos. "No, yo la cogeré —se interponía Estela—, yo le enseñaré a andar y a correr y a todo lo que ella necesite, me quiere más a mí"».

Las noches de hospital eran largas. Gabriel no quería dormir, e Ina se dio cuenta de que le daba terror no despertar al día siguiente. Por eso comenzó a contarle cuentos, los mismos que leían cuando era pequeño: *Pedro y el lobo*, *Simbad el marino*, *Los viajes de Gulliver*, hasta que una madrugada sus ojos se cerraron para siempre.

Ina se quedó junto a él sin avisar ni a médicos ni a enfermeras, acunándolo como a un niño, hasta que amaneció. Cuando llegó Beatriz, creyó que estaba dormido, parecía tan en paz, Ina lo había maquillado igual que maquilló a Julián.

«*For the road*», rio tristemente Beatriz mientras se fundía en un abrazo con su madre. «Ahora solo quedamos tú y yo —respondió Ina—... «Y también Estelita, por supuesto», se apresuró a corregir, sintiéndose dolorosamente culpable, asegurándole que no es que se hubiese olvidado de su hermana mayor, solo que la aterraba la idea de que tampoco ella lograse salir adelante. «Ojalá no nos deje, como nos han dejado papá y Gabriel».

Beatriz no podía parar de llorar, pero se obligó a hacerlo. No le quedaba otro remedio, era —o, para ser más precisos, tenía que ser— la más fuerte de las dos en aquel momento. A pesar de que llevaba encima el dolor de dos muertes adicionales, la de Pedro y la de Marisol, tres muertes, si contamos al bebé que no llegó a nacer. ¿Pero qué eran aquellas cicatrices suyas comparadas con la herida de alguien que, en apenas unas semanas, ha visto agonizar y morir primero al amor de su vida y después a un hijo? Por eso Beatriz se tragó las lágrimas y decidió ocuparse de todos los penosos trámites que genera una muerte. Papeleos, permisos, organizar el entierro, hablar con el padre O'Fly.

Solo cuando todo estuvo encarrilado y dispuesto, Beatriz telefoneó a Madrid para informar a Encho y a Perlita. Las habían ayudado tanto durante la agonía de Gabriel, no solo económicamente, sino preocupándose por todos, en especial por Ina...

—... Se encuentra bien, tío Encho, de veras, mamá es muy fuerte. No, por favor te lo pido, no hace falta que vengáis al funeral, ninguno de los dos sois unos niños.... Sí, ya sé que estás como un roble, pero dentro de unas semanas cumples ochenta y tres, no creas que se me olvida el dato. Por cierto —dijo, recordando de pronto lo que hasta ahora le habían parecido solo monsergas de una vecina entrometida, pero que de pronto empezaban a cobrar sentido—. Se me ocurre que no sería mala idea convencer a mamá de volver conmigo a Madrid, al menos para pasar una temporada, un mes, tal vez dos. ¿Qué te parece si la animo con la excusa de festejar juntos tu cumpleaños...? Sí, ya sé que nunca ha querido regresar, pero ahora todo es distinto —afirmó, pensando en que su padre ya no estaba, aunque no quiso mencionar esa circunstancia—. Al fin y al cabo, veintitantos años no son nada —añadió, sonriendo, al evocar el viejo tango de Gardel que a Ina tanto le gustaba—. Seguro que le vendrá bien dejar esto atrás durante un tiempo. ¿... Estela, dices? No, no creo que pueda ir, no de momento. La clínica, con la que tú tanto nos has ayudado, está siendo una bendición, yo voy a verla todos los martes y hemos tenido mucho tiempo para ponernos al día, para hablar de tantas cosas... Está mejor, pero le quedan meses de rehabilitación y durante los tres primeros no puede salir, está completamente contraindicado, incluso entra ahora en una fase en la que desaconsejan todo contacto con el exterior... Sí, eso mismo pienso yo: mejor que así sea porque de otro modo mamá jamás habría consentido dejarla sola. Pero visto que ese es el protocolo a seguir, ya no le quedan excusas. Descuida, de convencerla me ocupo yo. Le vendrá tan bien... volver.

48

QUE ES UN SOPLO LA VIDA
[Ina]

Aeropuerto de Barajas... Carretera de Barcelona en dirección Madrid... Avenida de América... María de Molina... No fue hasta que se vio en la confluencia de esta última calle con Serrano que la moviola de su memoria rebobinó hasta devolverla a aquellos años de mediados de los cincuenta. Otros muchos recuerdos la habían asaltado antes de llegar allí, pero fueron solo fogonazos, escenas inconexas, desordenadas. El reencuentro en Barajas con Encho y Perlita, por ejemplo —«Dios mío, pero si apenas habéis cambiado», mintió cariñosamente Ina, al fundirse en un largo y apretado abrazo con cada uno—, inevitablemente le recordó el día en que llegaron a España por primera vez recién aterrizados de Potosí con Perlita y ella envueltas en sus abriguitos de alpaca. «Tú, en cambio, Juan Pablo, pareces otro», comentó a renglón seguido al ver que el bigotito franquista del conseguidor era ahora una cuidadosamente descuidada barba a juego con su actual y bohemio aspecto: «Gauchista de toda la vida, querida», explicó él mientras lanzaba tal mirada a los gastados zapatos y el simple vestido de algodón de Ina que ella no pudo menos que pensar que bajo aquella chaqueta de *tweed* a lo profesor de literatura en Berkeley latía aún el mismo corazón esnob de toda la vida. Ninguna otra ráfaga de sensaciones pretéritas la había molestado, por lo menos mientras recogían las maletas y montaban en el coche. Fue más adelante, con Encho explicándole las características arquitectónicas de los modernos edificios con los que se cruzaban en la autopista, cuando a Ina la asaltó un primer y esta vez sí punzante recuerdo: el del día en que, montados los tres en el vehículo que Antonio del Monte les había ayudado a alquilar, Julián, Tania y ella iniciaron su viaje sin retorno hacia la frontera. Sin embargo, enseguida y tal como la había asaltado, aquel recuerdo doloroso se disolvió. No tenía mucho sobre qué sustentarse. La nueva y recién asfaltada autopista por la que ahora circulaban no se parecía en nada a la carretera polvorienta y llena de baches que recorrieron hasta llegar a Irún. ¿Qué habría sido de Tania?, se preguntó Ina. Muchas veces había pensado en ella a lo largo de los años, pero sus caminos se separaron para siempre una vez llegados a Francia. Tania dijo que prefería continuar viaje a Marsella y embarcar luego hacia Montevideo, donde tenía parientes, mientras que la intención de Julián y de ella era llegar hasta Calais, cruzar el canal y probar suerte instalándose en Gran Bretaña. «Al menos allí nadie nos conoce, ni podrá hacer preguntas». Eso había dicho Julián y a Ina le pareció bien. A decir verdad, todo le parecía bien, con tal de estar juntos, el resto del mundo no importaba. ¿Y Encho y Perlita? Bueno, ese había sido su mayor pesar y dolor al emprender viaje. Les dejó una carta en la que intentaba explicarle sus motivos. Seguramente no los entenderían en ese momento, pero quizá algún día pudieran perdonarla.

«... Y por fin juntos de nuevo», eso iba diciendo Perlita cuando Ina volvió a prestar atención a la conversación general y la miró agradecida. Acababan de dejar atrás el edificio de Torres Blancas, circulaban ahora Avenida de América abajo e Ina se congratuló de que nada en ese trecho le recordase su pasado. Fue poco después, cuando la Avenida de América se convirtió en María de Molina y, al detenerse en el cruce con Serrano, cuando sus recuerdos dejaron de ser fogonazos inconexos para obligarla a viajar en el tiempo.

Quizá el espejismo se viera propiciado porque el día era tan gris como aquella España de los cincuenta. O quizá se debiera a un anacronismo: en la confluencia de aquellas dos calles, que antes eran estrechas y semivacías y ahora anchas y llenas de coches, junto al semáforo en rojo que los había detenido, un organillero desgranaba un viejo chotis pidiendo limosna. Y dio igual que el coche de tío Encho arrancara poco después dejando atrás las notas de *Una morena y una rubia* porque en la cabeza de Ina y a su conjuro se habían materializado ya varias sombras del pasado.

Y allí estaban las dos primeras, que no podían ser otras que las hermanas Muñagorri. A Ina le pareció verlas, en la acera, verificando la rectitud de la costura de sus medias de cristal antes de iniciar ruta hacia el tontódromo: «¿Lista, chata? Vista al frente y allá vamos. Por Dios, Teté, ¿se puede saber qué haces? ¡Una señorita empolvándose la nariz en plena *rue*, dónde se ha visto!».

A continuación, cierto reflejo en el escaparate de un bar la engañó hasta tal punto que a Ina le pareció ver a Manolo González acodado a la barra de El Corrillo junto a un par de amigotes que le decían: «Chica, qué sorpresa, tú por aquí. ¡A ver, un *martini* para la señorita! ¿Lo tomas con aceituna o con guinda, guapa?». Otras dos sombras del pasado que se figuró ver caminando Serrano arriba fueron la de los primos de las Muñagorri, los que jugaban a comunistas de salón, ¿cómo se llamaban? Ah sí, Quique Entrambasaguas y Javi Santa Eulalia: «Ya ves, muy rojos y muy estalinistas ellos, pero aquí están merendando en California 47 como todo quisque», comentó a su lado el fantasmal recuerdo de Helena Muñagorri.

Y por fin, cerca de la calle Goya, la asaltó el recuerdo de Antonio del Monte. ¿Cuántas veces a lo largo de todos esos años había pensado en él? Muchas y siempre con agradecimiento, también con cariño. En ocasiones lo había recordado ayudándola a salir del ascensor en que se había quedado encerrada; otras, confesándole cuánto la quería para, minutos después y ante sus vacilaciones, tranquilizarla: «Descuida, Ina, yo sé esperar, sé que un día me querrás como yo a ti». Y después estaban el Antonio que, como entonces se decía, ya «subía a casa» porque eran novios; y el Antonio que alababa los piononos que Perlita especialmente encargaba para él; también el Antonio de aquella tarde en Embassy cuando le tuvo que confesar que amaba a otro, y varios Antonios más hasta llegar al último de todos ellos, el que, una mañana, le entregó las llaves del coche que había conseguido alquilar gracias a él para poder huir con Julián. ¿Por qué había aceptado ayudarlos? ¿Quién hace algo así? No solo se había prestado a facilitarles la huida, sino que jamás hizo preguntas. La única condición que puso fue no tener que ver a Julián. «... Para mí será más fácil recordarte como estamos ahora, tú y yo, Ina, solos, merendando en Manila como en los viejos tiempos. No, por favor, no hay nada que agradecer, no digas nada, no es necesario...».

Aun así, ella no había podido evitar preguntarle: «¿Por qué, Antonio? Realmente no me lo merezco». Y él, apartando con tres dedos ese mechón de pelo rebelde que a veces se empeñaba en oscurecer su frente, sonrió cansado:

—No ha sido una decisión fácil, créeme. No soy un héroe ni tampoco ningún santo. Pero te conozco y sé que, si no te presto ayuda, la buscarás en otra parte, no pararás hasta encontrarla no importa dónde. Y ciertos favores se pagan demasiado caros...

* * *

Estos y otros antiguos recuerdos continuaban girando en su cabeza un par de horas más tarde. Para entonces ya estaban instaladas Beatriz y ella en casa de los Pérez. Perlita le había reservado a Ina el dormitorio contiguo al de su hija y a ella le sorprendió descubrir que aquella habitación era la copia exacta de la que había ocupado en la anterior vivienda de la familia, en aquel piso de la avenida de la Castellana con Pitusa Gacigalupo y el general Alonso Vega como vecinos. Por supuesto, esta casa nueva, con su balaustrada, sus jardines de invierno y verano, sus palmeras y su guacamayo, era más grande y rumbosa, pero la habitación que le habían asignado invitaba a viajar en el tiempo tanto como los acordes del organillero de María de Molina. A Ina se le humedecieron los ojos al ver las paredes pintadas en el mismo tono azul pálido e idéntico o muy parecido *chintz* en las cortinas con su colcha a juego. Y sobre esta, tumbada en la cama y desafiando todas las recomendaciones chic de Yáñez de Hinojosa, estaba ella, la vieja Mariquita Pérez que Encho mandó hacer de encargo para que fuera igual a Ina, con su mismo colorido y sus rasgos, con el peinado que llevaba entonces. La misma muñeca de porcelana y cartón sobre la que Ina había jurado intentar como a Perlita y a él les gustaría que fuese, una niña de familia bien, con gustos y deseos lo más parecidos posible a las hermanas Muñagorri.

Se acercó entonces a la cama para cogerla y al hacerlo la Mariquita Pérez abrió los ojos para mirarla con sus heladas pupilas de vidrio. ¿Cuántos años hacía desde la última vez que la había tenido en brazos? Podía recordar la fecha exacta. El día que se marchó para siempre, Ina se había despertado muy temprano, ordenó su habitación y luego abrió el armario en el que colgaba, virgen y mártir, la colección entera de trajes y vestidos que sus padres le habían regalado a lo largo de los años. Eligió un par de faldas de franela, blusas de diario, algo de ropa de abrigo y un par de zapatos cómodos. Sacó luego el joyero y extrajo el broche en forma de ranita de oro que Encho le había regalado antes de salir de Potosí para prenderlo sobre su hombro izquierdo. Pero de inmediato cambió de parecer. No. No tenía derecho a llevarse nada de aquella casa, ni siquiera ese recuerdo al que tenía tanto cariño. Fue a su escritorio y recogió la carta de despedida que con dificultad y tantas lágrimas había escrito la noche anterior y eligió dejarla ahí, sobre la cama, junto a la Mariquita Pérez y el broche para que sus padres pudieran encontrarlos cuando estuviese lejos.

Veintiséis años y un par de meses habían pasado desde aquel día, prácticamente el mismo tiempo que duró su matrimonio con Julián. ¿Cómo aprender a vivir sin él?, se dijo a continuación. ¿Cómo se sigue adelante después de enterrar a un marido y a un hijo? Todos, desde su entrometida vecina la señora Mallors hasta Encho, Perlita y por supuesto Yáñez de Hinojosa, recomendaban más o menos lo mismo: no alimentar fantasmas, no recrearse en los recuerdos. Tal vez estuvieran en lo cierto, eso era lo sensato, lo racional. Pero a ella el corazón le pedía lo contrario. Necesitaba volver, aunque solo fuese una vez, al lugar en que conoció a Julián y se enamoró sin remedio de sus ojos claros.

E Ina se dijo a continuación que si un par de horas atrás, al pasar por la calle Serrano, le habían salido al encuentro tantas y tan reconocibles sombras del pasado, Helena y Teté Muñagorri, Manolo González, Antonio del Monte y hasta los primos Quique Entrambasaguas y Javi Santa Eulalia, ¿por qué no iba a encontrar también la de Julián? Lo único que tenía que hacer era darse un nuevo paseo por la calle Serrano, llegar hasta la cafetería Manila, detenerse ante su escaparate y esperar a que, como en otra lejana tarde, se reflejara en su luna su inconfundible silueta. Es lo único que pedía a la suerte: solo una excursión más al ayer, para verlo por última vez y «a partir de ahí —se juró—, a partir de ahí intentaré el olvido».

* * *

Cuánto había cambiado todo. Por donde antes paseaban jóvenes con sombrero y chicas con vestidos ceñidos hasta la cintura y faldas largas con vuelo reinaban los que ahora llamaban niños de Serrano. Ellas no se parecían en nada a las *swinging girls*, o chicas a la moda, que Ina conocía de Londres. O sí, pero solo a las vecinas de Chelsea y Mayfair, esas que pagaban fortunas por unos pantalones acampanados de Biba's y se adornaban (*peace & love, peace & love*) con carísimas, peludas y bordadas pellizas afganas. Vio también por ahí faldas muy cortas, botas muy largas y vestidos floreados de Liberty, como en Inglaterra, pero lo que más abundaba eran chicos y chicas que parecían recién llegados de Biarritz, con Lacoste y jerséis Shetland sobre los hombros como a la espera de un muy improbable sirimiri. Tampoco faltaban otros detalles indumentarios más autóctonos, camisas ceñidas de Juanjo Rocafort y conjuntos rojos, verdes o amarillos de la boutique Blanco.

Estos y otros retazos de inteligencia sobre usos y costumbres se los debía Ina a Yáñez de Hinojosa, que, al día siguiente, había caído tempranísimo por casa de los Pérez. «Por si

luego quieres que te acompañe a dar una vuelta, querida».
Eso le había dicho mientras coronaba de mermelada de naranja amarga su matutina tostada. «Podría llevarte a tomar el aperitivo a la calle Serrano como en los viejos tiempos, aunque a ti nunca te gustó demasiado el tontódromo».

Ina dijo que en efecto tenía pensado pasarse por allí, pero que no quería molestar a nadie y que prefería ir sola. «Tú siempre tan tuya para tus cosas —había sido el comentario del conseguidor antes de añadir—: Pero si lo que pretendes es ir en busca del tiempo perdido, querida mía, olvídate, porque nada es como antes. Este país empieza a despertar de su santa (e infinita) siesta y, como dice uno de mis nuevos y sin duda mejores amigos, pronto no lo va a conocer ni la madre que lo parió».

Tenía razón aquel amigo de Juan Pablo. Todo era tan distinto que a Ina no le resultó fácil encontrar sombras del pasado, al menos al principio. La calzada de Serrano ahora era más ancha; las aceras, más estrechas y profusamente arboladas e incluso el aspecto general del barrio parecía otro. En Serrano esquina Lista, por ejemplo, donde antes estaban los jardines de un abandonado palacio, se alzaba ahora el flamante edificio de Sears, unos grandes almacenes norteamericanos que, según desvelaban sus escaparates, vendían desde neveras hasta ropa interior de importación. Carbonerías y vaquerías habían desaparecido para dejar paso a boutiques y peluquerías con nombres como Fancy, Ruphert o Jean d'Estrées. De momento, solo la hermosísima sede mudéjar del *ABC* parecía la misma de siempre, pero Ina, en su juventud, no se había atrevido a entrar, de modo que no albergaba recuerdo alguno para ella. También Mozo y El Águila seguían más o menos como los recordaba, pero, como las señoritas no entraban en los bares, tampoco había puesto nunca un pie allí. Ina siguió caminando calle arriba, quería llegar cuanto antes a la esquina de Serrano con Ayala, que era donde se alzaba la entonces muy moderna cafetería en la que había visto por primera vez a Julián, pero descubrió que Manila ya no existía. Sus tres escaparates y su cartel anunciador con la «M» del nombre formada por grandes y entrecruzadas pal-

meras habían sido sustituidos por otras vidrieras más espacio-
sas aún, las de Celso García, otros grandes almacenes de mucho postín. Ina se detuvo sin saber qué hacer. Ya no habría
reencuentro con el recuerdo de Julián, su paseo en busca del
tiempo perdido había sido en vano. Intentó mirar a través de la
luna de aquellos nuevos y espaciosos escaparates por si se producía algún milagroso conjuro, pero solo encontró el reflejo de
una cara que conocía demasiado bien, la de esta nueva Ina algo
cansada que se empeñaba en perseguir sombras. Retomó su camino. No tenía ni idea de adónde dirigirse y, sin embargo, sin
saberlo, sus pasos la fueron llevando hacia otro escaparate cercano, este sí muy reconocible.

Adosado entre una tienda de objetos de regalo para el fu-
mador y una peluquería salón de *beauté*, ahí continuaba El
Corrillo. ¿Por qué no entrar? No iba a ser un recuerdo agradable como el que ella había ido a buscar a Serrano esquina
Ayala, pero se debía a sí misma aquella revancha con el pasado: entrar en El Corrillo y ver cómo el paso del tiempo lo había barrido todo, incluida la absurda idea de que aquel era
un feudo de hombres.

Ina empujó la puerta y allí la esperaban la misma barra,
las mismas banquetas, el mismo bullicio caótico que recordaba. Hasta los clientes parecían los mismos. Es cierto que sus
trajes oscuros se habían metamorfoseado en chaquetas de
tweed y corbatas de lana; también los bigotes se habían convertido en barbas y los zapatos acordonados, en mocasines.
Pero las caras, avejentadas ahora, continuaban siendo similares, hasta tal punto que Ina las observó esperando encontrar
entre ellas la de Manolo González o la de alguno de sus adlá-
teres. Si Manolo y sus amigos continuaban frecuentando el
lugar, debía de ser a otras horas e Ina se dirigió a una mesa
lejos de la barra.

Se había propuesto hacer un experimento. «Un *martini* —pidió—. No, mejor uno doble con ginebra y también vodka»,
rio divertida al ver la cara que acababan de poner los tres
hombres de la mesa de al lado. De masculina admiración y
sin atreverse a acercarse. Muy bien, que la siguiesen mirando
así porque el *martini*, que comenzaba a hacer de las suyas,

acababa de darle una segunda idea. Tal vez, se dijo, si desanduviera el camino y volviese sobre sus pasos hasta llegar de nuevo al escaparate de Celso García, ahora (y con la inestimable ayuda del *martini* doble) esta vez sí lograse ver los ojos de Julián reflejados allí.

Ina apuró su copa sin poder evitar una sonrisa entre culpable e infantil. «Hay que ver las chiquilladas que se te ocurren —pensó—. Pero mira, por probar que no quede, vuelve atrás e inténtalo. Pero solo una vez, ¿está claro? Una y no más, Ina, recuerda, lo juraste hace un rato. De aquí en adelante toca olvidar».

Esta vez no salió corriendo de El Corrillo pero casi. Y hay que ver los milagros que obra un *martini* doble, porque todo lo que veía ahora le parecía luminoso, atrayente. Pero si hasta el sol brillaba más que nunca, y era tan agradable sentir su calor, recrearse en él después de tantos años, de siglos de brumas londinenses.

Se acerca ya a la confluencia de Serrano con Ayala. El sol que la deslumbra le impide ver bien, pero una centena de pasos más, calcula, y alcanzará su destino. Antes de cruzar y haciendo visera con la mano, Ina mira a su derecha como siempre hace antes de cruzar. Solo que en Londres los vehículos circulan en sentido contrario que en España y no ve el taxi que está a punto de arrollarla.

—¡Cuidado! —gritan unos, mientras alguien a su espalda tira de su brazo devolviéndola bruscamente a la acera.

—Dios mío, ¿está usted bien? Espero no haberle hecho daño, permítame que la ayude.

Ina no necesita volverse para saber que es él, porque ¿cómo olvidar la voz de Antonio del Monte?

49

MÁS MENTIRAS Y ALGUNAS
INESPERADAS VERDADES
[Gadea]

La lectura de los álbumes rojos fue desvelando a Gadea muchas verdades y algunas sonadas mentiras sobre la vida de su madre. Ordenados por fechas, por acontecimientos, por años, cada recorte, entrevista o foto era una pieza más en el puzle que comenzaba a completarse ante sus ojos. Todo estaba recogido con minuciosidad admirable, pero aun así también encontró algunos versos sueltos. Como si hubiesen logrado escapar a la metódica mano que recopiló, pegó y rotuló todo aquello, había por ahí, como olvidados entre las páginas del más antiguo de los álbumes, ciertos elementos ajenos: tarjetas postales, un sobre de Kodak con fotos sin clasificar e incluso una necrológica amarilleada por el tiempo pero aún legible. Gadea se detuvo a mirarla con interés, estaba fechada en la ciudad de Potosí, el 15 de octubre de 197... y recogía el fallecimiento en España y a los ochenta y cuatro años de edad de:

> ... *Don Lorenzo Pérez, prohombre nacido en Ciempozuelos, pero que comenzó a labrar su fortuna en la ciudad de Potosí gracias a El Crepúsculo, próspera empresa de pompas fúnebres. Trasladado a Madrid a principios de los cincuenta, en compañía de su esposa e hija, logró codearse con lo mejor de la sociedad, que se disputaba su presencia en todos los salones debido a su gran simpatía y generosa hospitalidad de la que tanto Lorenzo como Perlita hacían gala en el espléndido hogar familiar, con su balaustrada, su palmera e incluso un exótico guacamayo en recuerdo de sus orígenes potosinos. Prín-*

cipes, marqueses y duques desfilaban a diario por los salones de la familia Pérez atraídos por su singular personalidad y honradez. No hay por tanto que prestar atención a las lenguas de doble filo que durante años se han esforzado en propalar el absurdo infundio de que la fortuna de Lorenzo Pérez creció y se multiplicó al amparo del franquismo gracias al contrabando de tabaco. Mentiras y más mentiras, no hay nada que así lo pruebe, y la envidia es muy mala.

Tampoco es cierto que la hija adoptiva de la pareja, doña Ignacia Pérez Rapia, más conocida por Ina, se desentendiera de sus padres desapareciendo de sus vidas para unirse a un individuo de dudosa catadura (un maqui por más señas) y malvivir lejos de la familia que con tanto cariño la había prohijado. La prueba más palpable y reciente de que esto es falso está en que, apenas una semana antes del súbito fallecimiento de don Lorenzo por una crisis cardiaca, se celebró en casa de los Pérez el enlace matrimonial de Ina, para entonces viuda de Julián Calanda (respetadísimo y riquísimo banquero de Lloyd's de Londres) con su segundo y también muy digno marido. Esta unión merecería una explicación debido a sus tintes novelescos y a su feliz broche de oro que se consumó en un tardío (y muy providencial) reencuentro. Ya me gustaría —puntualizaba el autor de aquella extensa y algo estrafalaria semblanza— *explayarme hablando de las circunstancias en las que se produjo dicho venturoso reencuentro, porque el caso, créanme, lo merece. Pero lamentablemente no puede tener cabida en esta necrológica cuyo fin primordial es glosar la figura de mi grandísimo amigo de tantos años. Baste por tanto decir que la boda de Ina Pérez Rapia con don Antonio del Monte, hombre de enorme solvencia y fortuna, se celebró en la más estricta intimidad debido al fallecimiento de doña Perlita Rapia de Pérez seis meses atrás a causa de una malhadada neumonía que puso fin a unos espléndidos ochenta y dos años de vida en los que «mi Perlita», como espero que a ella no le moleste que la llame, nos regaló, a todos los que tuvimos la fortuna de conocerla y apreciarla, su buen juicio, su cariño y, por encima de todo, su amor a una familia de la que yo también llegué a sentirme parte.*

Me gustaría acabar estas líneas agradeciendo a El Heraldo de Potosí *la ocasión que me brinda de poder recordar a amigos tan queridos. Mi edad y mis achaques presagian que no tardaré demasiado en reunirme con ellos, y estoy por asegurar que, allí donde se encuentren, me estarán esperando con una* media combinación *cortita de vermú y larga de ginebra y unos boquerones en vinagre. A lo largo de más de cincuenta años de estrecha y fructífera amistad, tuvimos oportunidad de degustar copetines mucho más elegantes que este. Pero fue ante una media combinación y unos boquerones que nos conocimos en el Ritz de Madrid, yo con los zapatos llenos de agujeros debido a una cruel posguerra, ellos llenos de sueños que espero, al menos en cierta medida, haber contribuido a que se cumplieran. Como testigo de primera mano que he sido de la vida de ambos, vaya desde aquí mi humilde homenaje y mi enorme admiración.*

Firmado: Juan Pablo Yáñez de Hinojosa

En el reverso de esta necrológica y trazado con tinta tan roja igual a la utilizada para «corregir» aquella primera entrevista encontrada por Gadea días atrás y en la que Beatriz hablaba de sus hermanos, había dos grandes signos de interrogación como si quienquiera que los hubiese trazado pusiera en duda alguna de las aseveraciones que allí se hacían. Luego, un poco más abajo y escrito con letras mayúsculas podía leerse:

¡Bravo! Esta enseñanza me la apunto para el futuro: la manera más eficaz de «reescribir» una vida es mezclar con descaro verdades con grandes mentiras.

Sin tener la menor idea de dónde ensamblar esta pieza del puzle, Gadea continuó pasando las hojas de aquel primer volumen lleno de recortes interesándose sobre todo en los elementos que, como la necrológica, no estaban pegados en el álbum. No encontró muchos. Apenas una postal de Roma dirigida a Beatriz y firmada por «Ina y Antonio»; una receta de cómo preparar un *martini* doble y el antes mencionado sobre de Kodak amarillo con fotos viejas, entre ellas, una de Encho y Perlita. No había ningún nombre escrito en el reverso, pero a Gadea no le costó reconocerlos comparándola con otras fotos que Beatriz tenía enmarcadas en la biblioteca. En la que ella tenía ahora mismo en la mano, aparecían bastante más jóvenes y tío Encho, delgado y con bigote, pero eran ellos, no había duda. Más fácil aún le resultó reconocer a sus abuelos Ina y Julián en una segunda foto. Y le interesó mucho porque se notaba, por la forma de vestir, que la instantánea estaba tomada el mismo día que otra que Gadea conocía bien. «Igual a la que mami guarda en su mesilla de noche», se dijo, rebuscando en el sobre por si tenía la suerte de dar con otro hallazgo aún más afortunado, como por ejemplo la copia sin mutilar de la segunda de las fotos que dormían junto a la cama de su madre, esa en la que podía verse a Beatriz con cinco o seis años muy sonriente y, a su derecha, el antebrazo de alguien excluido deliberadamente del retrato. Rebuscó bien en el sobre, pero se ve que la suerte no estaba por la labor de regalarle precisamente esa pieza del puzle. Lo que sí encontró fue otra instantánea que también tenía su interés. Esta era a color y más reciente que las anteriores y tenía como protagonista a la abuela Ina. ¿Cuántos años podía tener en la foto? Gadea nunca la llegó a conocer, tampoco sus hermanas. Abuela Ina había muerto joven. Se detuvo por un momento a estudiarla para ver quién de la familia había heredado sus rasgos. Tiffany no, Herminia aún menos. «Tal vez Alma», ponderó. No resultaba fácil encontrar la similitud porque abuela Ina no era grande ni voluminosa ni tenía el pelo disparatadamente fosco como Alma, pero ambas compartían una misma forma de sonreír con la cabeza levemente ladeada y unos ojos bondadosos y a la vez asombrados. En la foto, los de abuela Ina estaban vueltos hacia un hombre de cierta edad pero con un no muy lejano parecido a ¿cómo se llamaba el protagonista de *Vacaciones en Roma?* Gadea siempre se hacía un lío con esos actores tan antiguos, pero sea cual fuere («Ya lo miraré luego en Google», se dijo curiosa), aquel señor mayor tenía un aspecto estupendo. «Su segundo marido», sonrió Gadea deseando que, con un poco de suerte, más adelante pudiera encontrar algo de información sobre esos amores con reencuentro inesperado del que hablaba el tal Yáñez de Hinojosa en su necrológica. ¿Viviría aún Yáñez? Esa sí que sería una magnífica fuente de información, parecía saberlo todo de la familia. Pero cómo iba a vivir si era viejo en los setenta. Lamentablemente no quedaba nadie de aquellos tiempos tan lejanos que pudiera ayudarla a despejar incógnitas.

«¿Qué otros papeles hay por aquí?», se preguntó Gadea en voz alta, decidida a dar prioridad no a lo que parecía información «oficial», es decir, no a recortes de prensa pegados en los álbumes, sino precisamente a aquellos que daban la impresión de haber logrado escapar a la entomológica mano encargada de recopilar y fijar, como si de insectos o exóticas mariposas se tratara, todo lo publicado con relación a la vida de su madre. Revisó varios álbumes y no encontró nada. Todo parecía en perfecto estado de revista para que quien leyese aquello hallase solo la versión aceptada de la vida de Beatriz. Su boda con Miguel Rico («Mi primer y único novio, yo no era más que una niña, no sabía nada del amor»). El nacimiento de Tiffany («El día más feliz de mi vida, soy hija única y siempre he deseado tener una familia numerosa...»). Su divorcio al cabo de unos años («No existen terceras personas, no es verdad que me haya enamorado de Darío Robiralta; solo lo admiro como escritor...»). Y un par de páginas más adelante —donde dije digo, digo Diego—, mami con Darío fotografiados ante una imponente biblioteca: «Yo siempre he sido sincera, estamos conociéndonos, el tiempo dirá...».

«Y ya sabemos qué dijo el tiempo —sonrió Gadea, y recitó de nuevo en alto—: La manera más eficaz de "reescribir" una vida es mezclar con descaro verdades con grandes mentiras. Se ve que mami aprendió bien la lección del tal Yáñez de Hinojosa. Así ha sido su vida, mitad cierta, mitad deliberadamente fabricada. ¿Por qué? ¿Solo para adornarla? ¿Para venderla mejor a sus admiradores? ¿O tal vez porque había partes que ella misma deseaba olvidar y las mentiras más eficaces de todas son las que uno se cuenta a sí mismo?».

Durante semanas y robando horas al sueño, Gadea continuó leyendo recortes, entrevistas, reportajes, estudió cada una de las fotos de su madre, posturas, sonrisas, miradas por si podían revelar algo imprevisto. Pero, a medida que avanzaba en la lectura, esos álbumes fechados cronológicamente se iban pareciendo cada vez más a las cajas de cristal de un aplicado entomólogo que se enorgullece de haber logrado reunir la más espléndida colección de mariposas perfectamente clasificadas y ensartadas, unas por el alfiler de la corrección política, otras por el de la belleza, todas por el de la conveniencia.

Decidió darse por vencida. Nada de lo que había leído servía para disipar las dudas, por no decir sospechas, que la habían llevado a rebuscar en el pasado de Beatriz. En realidad, ¿qué había encontrado? Lo mismo que uno encuentra en el pasado de cualquiera, vivencias —en este caso— un poco más edulcoradas, más redecoradas de lo habitual, pero nada que pudiera sostener aquel extraño temor que la había hecho dudar de su madre. Mami podía ser algo egocéntrica, manipuladora y algo mentirosa, pero era parte del juego al que todos lo que están tan expuestos al escrutinio público juegan...

Entonces lo vio. En el más reciente de los álbumes, el que recogía recortes de aquel mismo año y, como si alguien lo hubiera utilizado a modo de marcapáginas para señalar la última entrevista que Beatriz concedió para hablar del accidente de Arturo, había un sobre. Uno blanco, sin franquear y sin destinatario, como si su remitente hubiese previsto que se entregara en mano. Estaba abierto y las dos cuartillas escritas con letra temblona y esforzada que contenía comenzaban así:

> *Querida hija:*
>
> *Hace años, la víspera de nuestra huida de Madrid, le escribí una carta como esta a tu madre y le rogué que la leyera antes de tomar la decisión de seguirme, pues contenía la confesión de algo que era preferible que ella conociera de antemano. Al día siguiente, me dijo que la había leído y me aseguró que nada de lo que contenían aquellas líneas, ni ninguna otra información adicional, la disuadirían de unir su vida a la mía. Así, con la convicción de que ella conocía mi secreto, pasaron veintitantos años. Durante todo este tiempo ni un gesto, ni una palabra dicha durante ninguno de los, por demás, escasos desencuentros o desavenencias que hemos podido tener en nuestro matrimonio me hizo suponer jamás que podía no haber abierto la carta, de modo que yo tampoco volví a mencionar su contenido; hay cosas en la vida que con hablarlas una vez basta y sobra. Reconfortado en la creencia de que, si bien yo nunca he llegado —ni llegaré— a perdonarme lo sucedido, ella sí lo había hecho, he vivido siempre.*
>
> *Hace unas semanas, sin embargo, antes de que este cáncer que me come por dentro imposibilitara del todo mis movimientos, ordenando papeles, fui a dar con aquel viejo sobre tan cerrado como yo*

se lo entregué años atrás. Le pregunté por qué, le rogué que lo leye-
ra, intenté explicarle que hay en la vida pesos tan grandes que solo
pueden soportarse si se comparten con alguien. Me dijo que no ne-
cesitaba leer nada. Que lo sabía todo, que ese «peso» como yo lo
llamaba lo había adivinado incluso antes de que le entregase mi car-
ta. Que solo había tenido que sumar dos más dos, es decir, mis si-
lencios con la información que los periódicos publicaban por aquel
entonces, en los que se hablaba de sabotajes y actividades clandesti-
nas. También, o mejor dicho sobre todo, sabía de una acción en con-
creto que tuvo lugar cerca de la estación de Atocha apenas unos días
antes de la detención de Esteban. Una en que se habían producido lo
que ahora eufemísticamente llaman «daños colaterales», pero que,
tanto ayer como hoy, no son otra cosa que víctimas inocentes. En
este caso, un niño y una niña de corta edad que transitaban con su
madre por la calle en ese momento. Yo podía haber esperado a que
cruzaran antes de accionar el detonador, unos instantes apenas y
todo hubiera sido distinto, pero no lo hice. Por precipitación, por mie-
do, por impericia, qué más da. Segundos más tarde y a la vista de su
madre, sus cuerpos saltaban en pedazos mientras un bracito, nunca
sabré de cuál de ellos, aterrizó a un metro escaso de donde yo estaba,
señalando hacia mí como una súplica, como una interrogación.

Te preguntarás, hija mía, por qué te cuento todo esto. Pues, sim-
plemente, porque no quiero morir sin explicar lo ocurrido. A ti y
también a tus hermanos, a los tres os he escrito una carta igual,
aunque ellos hace tiempo que eligieron marcharse. Muchas veces he
pensado que Gabriel y Estelita han sido el modo en que la vida de-
cidió cobrarse mi crimen. Dos hermanos por dos hermanos, ojo por
ojo, así tenía que ser mi destino. Pero ¿y el de tu madre? ¿También
ella debía pagar el mismo precio? Ahora que sé que voy a morir
pronto, mi único deseo, hija mía...

Gadea en su lectura había llegado al pie de la segunda cuar-
tilla, pero no había una tercera. Volteó la página por si la carta continuaba en el reverso y lo único que encontró fue un
párrafo escrito en tinta roja y letras mayúsculas trufadas de
signos de exclamación:

¡¡Qué te parece, tú igual que yo, papá!!
Solo que tú eras un cobarde, siempre lo fuiste. No pasa nada por
torcer el destino. Es tan sencillo y tan divertido hacerlo.

Torcer el destino, tú igual que yo... ¿Qué quería decir su madre?, la carta estaba dirigida a ella. ¿A qué se refería con torcer el destino?

Gadea entorna los ojos. Otra vez las dudas, otra vez las sospechas. Ese es el peligro de bucear en la vida de otros, siempre se encuentra algo que no encaja del todo, mentiras, bajezas, pequeñas infamias y a partir de ahí, los granos de arena se vuelven montañas. Gadea vuelve a pensar en el precario estado de salud de su padre. A pesar de los esfuerzos del fisio, de los cuidados de Lita y del cariño indesmayable de mami, Arturo parece más débil cada día. Si al menos tuviera a alguien con quien comentar todo esto, se dice. Quizá debería hablar directamente con su padre. Siempre tan sensato, tan sereno, él se encargará de despejar todos sus temores.

50

LA ÚLTIMA JUGADA
[Beatriz]

«*LA MAESTRA DE TÍTERES*», escribió ella sobre la pantalla de su ordenador, y, a continuación, dejó que el cursor parpadeara un par de veces antes de continuar. Había llegado el momento. El esperado durante años, el que culminaría con lo que llamaba su última jugada. No. Ella no pensaba hacer como Julián, su padre, dejar una contrita confesión de pasadas culpas pidiendo perdón. ¿Por qué habría de hacerlo? No tenía nada que reprocharse, todo lo había hecho por su familia, por sus seres, o mejor, por su ser más querido. Ahora que, igual que a su padre, acababan de diagnosticarle que su mal no tenía cura y le quedaba tan poco tiempo, el momento había llegado.

«LA VERDADERA VIDA DE BEATRIZ CALANDA», tecleó a continuación. Como subtítulo para las memorias que tenía pensado escribir no sonaba muy original que digamos, pero de momento podía valer, seguro que se le ocurría otro mejor a medida que avanzara en su historia. ¿Cómo la iba a estructurar? Desde luego, no pensaba hacer una narración lineal de los hechos: «Nací un 13 de agosto de mil novecientos... mi infancia fue así o asá...». No, nada de eso. La suya sería una narración fragmentada, una que le permitiera adentrarse tanto en el pasado como en el presente, hablar de sus padres, de sus hermanos, saltar de la historia de unos a la historia de otros porque lo que es una persona solo se comprende si, en paralelo, se cuenta cómo fue la vida de su familia, hablando de su infancia, de su adolescencia, de sus afanes, de sus amores y también —o quizá habría que decir sobre todo— de sus errores. El presente se escribe con la sangre y el semen del pasado. ¿De quién era aquella cita? Ella no lo recordaba ahora mismo, pero ya la buscaría en internet, su labor como escritora no había hecho más que empezar. Con sangre y con semen, así se escriben todas las historias o por lo menos las más interesantes, de modo que esas eran las dos tintas que se disponía a usar. Pensaba contar toda la verdad. No la que uno fabrica cuando se convierte en personaje público y que, a fuerza de repetirla en mil entrevistas a lo largo de los años, incluso acaba creyéndosela, sino la otra. La oculta, esa de la que —no solo ella, sino cualquiera que viva de su imagen— ha ido, a lo largo de los años, suprimiendo capítulos y fabricando otros para que su historia suene mejor, más favorecedora, más acorde con el personaje que, durante todo este tiempo, «yo misma —recalca ahora— he ido cincelando con precisión de orfebre. ¿Que por qué después de tanto trabajo de ocultación, de tanto arte en cultivar mentiras, voy a echarlo todo por tierra contando la verdad? Eso, querido mío —interpela ella de pronto a un hipotético lector, tal como hace uno de sus escritores favoritos, Charles Baudelaire en *Las flores del mal*—, eso, hipócrita lector, mi hermano, mi semejante, solo lo sabrás cuando acabes de leer estas líneas».

¿Por dónde empezar entonces? La suya tiene que ser una narración poco convencional. «¿Qué tal si, en vez de empezar por el principio como todo el mundo, lo hago por su capítulo final, es decir, por la reciente y muy lamentable muerte de Arturo Guerra?».

Al teclear este nombre sus dedos titubean. En realidad, está faltando (levemente) a la verdad porque este hecho no se ha producido aún. Pero, bueno, se dice, tampoco importa demasiado, tiene tan claro cómo, dónde y cuándo va a tener lugar que podría perfectamente describir la escena aun antes de que ocurra. Está todo previsto. Ayer estuvo repasando con el doctor Espinosa cada uno de los pormenores «del hecho», como lo llamaría Macbeth, otro ilustre asesino. Solo que, en este caso, el doctor Espinosa tiene dos ventajas con las que no

contaba el homicida escocés. Eduardo es médico, sabe cómo
hacer pasar por accidente la muerte de alguien tan impedido
como Arturo. Y la segunda ventaja es que está irredentamen-
te enamorado de ella desde hace años y en el amor como en
la guerra todo vale. ¿No es eso lo que se dice siempre? Además —continúa ahora, extendiendo sus largos dedos sobre el
teclado del ordenador, pero aún sin rozar ninguna de sus letras—, en el fondo le estamos haciendo un favor. Un hombre
estupendo, un triunfador, el mejor de los maridos, lástima
que —las desgracias nunca vienen solas— ya estuviese completamente arruinado incluso antes de quedarse en silla de
ruedas. ¿Y qué había hecho ella desde entonces? Estar a su
lado, cuidarlo como un ángel, para que luego digan por ahí
que es una interesada que va de marido rico en marido aún
más rico, cuando en realidad siempre ha sido ella, Beatriz, la
que ha acabado manteniéndolos a todos. Con sus exclusivas,
con sus contratos publicitarios, trabajando sin descanso, incluso ahora, ahora más que nunca, que el tiempo no pasa en
balde para nadie y hay otros personajes mediáticos que empiezan a hacerle sombra. Por eso no le queda más remedio
que dar un nuevo golpe de efecto, maravillar a su público
con un nuevo triple salto mortal y sin red. O, lo que es lo mismo, un nuevo romance de campanillas cuanto más sonoro e
inesperado, mejor. Pero antes y volviendo al tema de Arturo,
cada vez tiene más claro que el doctor Espinosa y ella le están
haciendo un favor. ¿Qué clase de vida es esta para alguien
tan activo y lleno de inquietudes como Arturo? Hundido, sin
salida, completamente acabado, esa es su situación actual...
Igual, por cierto, que el primero de sus maridos, cuando a
ella no le quedó más remedio que darle un empujoncito al
destino... Fue con Miguel Rico con quien aprendió lo sencillo
que es cambiar el curso de una vida sin que nadie sepa de
quién es la mano que mueve los hilos. Tiffany acababa de nacer cuando se dio cuenta de que nunca había estado enamorada de su marido. En realidad, lo notó —el corazón es así de
ciego— cuando apareció en su vida el que, con el tiempo, se
convertiría en el segundo de sus maridos, Darío Robiralta.
Tampoco es que Miguel fuera un esposo modelo, todo hay

que decirlo. Una semana sí y otra también las revistas de chismes hacían ver que seguía tan interesado en las suecas clónicas como aquella noche en la playa en la que cantaba Camarón. «Pero si no son más que habladurías, solo te quiero a ti», le aseguraba Miguel y ella le creyó. Además, él no podía evitar que las mujeres lo asediasen, al fin y al cabo, eran las servidumbres de ser el actor del momento, y desde luego, en aquel entonces, en los años setenta, una no dejaba a un marido por algo así. Pero había otra razón para no hacerlo. Beatriz era una mujer convencional, una buena chica que con poco más de veinte años ya había conocido el fracaso en forma de dos amores dolorosos. El primero con Nicolò (qué pena no tenerlo ahora a mano, con lo que había aprendido desde la última vez en que sus caminos se cruzaron, seguro que no se iba a olvidar de ella en lo que le quedaba de vida). En fin, como iba diciendo —continuó—, la vida le había pegado duro cuando apenas comenzaba a vivirla. Poco después del humillante fin de sus amores con Nicolò le tocó presenciar la muerte de Marisol y de Pedro, y también la del bebé que venía en camino. Y cuando por fin consiguió su sueño de tener una hija, también una familia, aunque no fuera del todo perfecta, ¿cómo iba a confesar que se había enamorado de otra persona? En aquellos tiempos en los que no había divorcio, solo las muy ricas, que siempre han podido hacer de su capa un sayo, se separaban de sus maridos. Miguel Rico, por su parte, jamás se habría separado de ella. ¿Por qué iba a hacerlo si era su coartada perfecta? Tan joven, debió de pensar él, tan desvalida, seguro que nunca se daría cuenta de la «pequeña debilidad» que él tenía. «Pero nosotros sí nos dimos cuenta», parecen decir los diez largos dedos que ahora se estiran sobre el teclado como si amagasen con empezar a escribir pero aún sin hacerlo.

Y los dedos recuerdan entonces cómo la casualidad había querido que un día, en el que Rico aseguró que estaba en Barcelona en un rodaje, lo vieron entrar en uno de esos locales que en aquellos años empezaban a surgir. Uno de esos con puertas anodinas y sin rótulos ni nombres a las que hay que llamar con una previamente acordada contraseña y que solo abren después de comprobar a través de la mirilla la identidad del visitante. Las conocían como «saunas gays», pero también tenían otros nombres, como El Patio de Colegio o Jardilín, porque un porcentaje nada desdeñable de cuerpos que deambulaban desnudos entre aquellas brumas no cumplían el requisito de tener más de dieciocho años. El hombre más deseado, el que en todas las entrevistas confesaba que las mujeres eran «el mejor regalo de Dios y que por eso le gustaban todas». Cuánto había llorado Beatriz al principio de su matrimonio al leer aquellos titulares y, sin embargo, ya ves, la verdad mientras tanto iba por otro lado: dime de qué presumes y te diré de qué careces.

Había sido fácil hacerse con un par de fotos de Miguel Rico en Jardilín. Los hombres se vuelven descuidados cuando piensan que nadie los sigue, y ella tenía mucha paciencia. Después de aquel par de fotos, todo habían sido facilidades. Estaban casados en régimen de separación de bienes, pero Miguel se mostró muy generoso a la hora del divorcio, todo un caballero, decían las revistas. Él tardó apenas un mes en encontrar otra tapadera más joven aún que Beatriz, de modo que a nadie le sorprendió que ella también encontrara otro amor. A alguien tan sonado como Robiralta además, un verdadero festín para las revistas del *cuore*. ¿Habían comenzado a ser amantes cuando ella aún estaba casada? ¿Le había puesto los cuernos al hombre más deseado de España? Ante estas especulaciones, Miguel siguió comportándose como un señor: «Ella es intachable, jamás hablaré mal de la madre de mi hija y Robiralta me parece un gran intelectual», eso dijo antes de largarse a Miami una temporada con su nueva novia, según él con un contrato para probar suerte al otro lado del Atlántico, adiós para siempre, Miguel Rico.

Así comenzaron a escribirse los primeros capítulos de la apasionante vida de Beatriz Calanda. «Así fue como aprendí —se dice ella ahora— que la verdad no existe, la verdad se fabrica. Y precisamente a eso me dedico desde aquel entonces, es tan divertido como útil».

51

La primavera es tan traidora
[Gadea]

—Papá, ¿papá? Perdona, ¿te he asustado? No pensé que estarías dormido a estas horas, hace una mañana tan buena... Puedo volver luego, si lo prefieres...

Gadea había encontrado a Arturo en la biblioteca, en su silla de ruedas, de espaldas a la ventana y solo, como tantas veces. Beatriz había salido más temprano de lo habitual, Lita tal vez estuviera despachando papeles en su oficina y al omnipresente doctor Espinosa hacía lo menos tres días que no se le veía por casa.

—Pasa, mi sol, y no, no me molestas en absoluto, la siesta del carnero, ya sabes; estaba leyendo, se me cayó el libro al suelo y... pero bueno, una cabezadita tampoco viene mal del todo...

Gadea se apresura a recoger el volumen y, al dárselo, nota cuánto le tiemblan los dedos. Dios mío, qué frágil parece hoy. A su padre le cuesta incluso enjugar con el pañuelo que tiene siempre a mano un delator hilo de baba que escapa de sus labios.

—Estoy hecho una facha —ríe, quitándole importancia—. Me habría puesto guapo si llego a saber que iba a tener visita tan temprano.

—Tú siempre estás guapo —miente ella—. Más guapo que nunca —añade cuando lo que piensa es todo lo contrario. Pálido, torpe, soñoliento, así está su padre últimamente.

—La primavera, que es traidora —se disculpa él—. Acuérdate del año pasado. Se me quitó por completo el apetito y me quedé flaco como un hilo. Tu madre estaba tan preocupada. Me hicieron mil análisis, pero solo mejoré cuando Lita empezó a hacerme uno de esos batidos vitamínicos que, según ella, resucitan a un muerto. Ahora resulta que el pesado de Espinosa está empeñado en que me tome otro, que insiste en que obra milagros, pero ya sabes lo que opino del doctor Espinosa y sus pócimas.

—¡Ni se te ocurra probarlo!

—Caray, cielo, deberías ver qué cara has puesto, tampoco es para tanto. Déjame que ahora sea yo quien te regañe un poco. Tú sí que estás paliducha esta mañana. No te habrás quedado toda la noche leyendo, ¿verdad? Estudias demasiado. ¿Sabes dónde está mamá? Anoche se levantó dos o tres veces de la cama, no conseguía conciliar el sueño. Le ocurre con frecuencia, pero esta mañana cuando me desperté ya no estaba. Ella no es de madrugar, sino todo lo contrario, me preocupa un poco.

—¿Por qué?

—No sé... —duda él, encogiéndose de hombros—. ¿Alguna vez te he contado mi teoría de los 52'05 grados? Es bastante interesante. Desde una silla de ruedas la vida se ve desde otro ángulo. Notas cosas que antes siquiera te hubieran llamado la atención, las sientes.

—Tú lo notarías entonces, ¿verdad, papá? Te darías cuenta de que algo malo estaba a punto de pasar.

—Claro que sí, mi sol. ¿Pero a qué viene eso? ¿Qué está pensando esa cabecita loca? Anda, ven, siéntate aquí, a mi lado, ahora mismo pareces una niña. Mi niña Gadea —añade, revolviéndole el flequillo como cuando era pequeña—. Venga, cuéntame qué te pasa. ¿Estás preocupada por algo, por tus hermanas quizá? Hace días que no sabemos nada de ellas...

—Papá... ¿Tú crees que ella te quiere?

—¿Te refieres a Alma o a Herminia?

—Ni a una ni a otra, me refiero a mamá.

—Cielo, ahora la que empiezas a preocuparme eres tú —se asombró su padre—. De sobra sabes que nos adoramos mamá y yo.

«Nos adoramos mamá y yo...», eso había dicho Arturo, revolviéndole por segunda vez el flequillo. Pero Gadea notó de nuevo el mismo temblor que, minutos atrás, había preferido atribuir al despertar súbito de la siesta. Arturo también se dio cuenta y de inmediato retiró la mano mientras comenzaba a hablar de esto y lo otro.

¿Qué fue lo que dijo? Gadea ni siquiera lo recuerda bien. Posiblemente hablara de lo afortunado que se sentía, a pesar de todos los pesares, de tener a su lado una mujer como Beatriz; de lo felices que eran juntos; de lo mucho que lo ayudaba a sobrellevar su desgracia. Tal vez desgranara estos y otros argumentos similares que parecían sacados de una de las entrevistas que mami había concedido a tantas revistas desde que ocurrió «aquello». Pero mientras sus labios daban forma a tan bien fundadas razones, Gadea prestaba atención a otros lenguajes, a otras elocuencias. No solo a lo que delataba el temblor de sus dedos, sino a algo que Gadea creyó leer en el fondo de su mirada y que solo podía tener un nombre: miedo. ¿Pero miedo a qué y sobre todo a quién?

—... Al doctor Espinosa —iba diciendo Arturo cuando Gadea volvió a prestar atención a sus palabras.

—¿Cómo dices, papá? Creo que no te he entendido bien...

—Ya me doy cuenta —rio nuevamente su padre—. Para mí que tienes la cabeza en otra parte. Pero, bueno, ¿qué hacemos tú y yo hablando de cosas tan archisabidas? Ni falta que hace recordar lo mucho que nos queremos mamá y yo.

—¿Pero qué decías antes del doctor Espinosa?

—¿Del doctor Espinosa? —repitió Arturo, como si le sorprendiera la pregunta—. No sé, nada que no hayamos comentado mil veces. Que es un pesado, que tu madre lo invita a almorzar con demasiada frecuencia. Pero las leyes de la convivencia son así, tesoro: uno cede en una cosa y la otra parte cede en otra... es el único secreto de los amores que duran toda la vida, de modo que, si a tu madre le resulta útil consultar a ese tipo de vez en cuando, a ti y mí no nos queda más remedio que sufrirlo cuando aparece por aquí. Por cierto, hace días que no se le ve, ¿verdad?

—Ojalá no vuelva nunca —desea ahora Gadea, recostando su cabeza sobre las rodillas del padre como cuando era niña—. Nunca.

Pero, por supuesto, volvió. Justo cuando Arturo comenzaba a recuperar su buen aspecto de antes, vino una noche a cenar. Al día siguiente, por la tarde, al pasar Gadea a darle un beso como hacía siempre antes de ir a la facultad, lo encontró de nuevo dormitando en la biblioteca. ¿Eran ideas suyas o volvía a estar muy pálido? De lo que no había duda era de que aquel hilillo de baba traslúcida que tanto había angustiado a Gadea días atrás de nuevo recorría su barbilla, su cuello hasta llegar a manchar delatoramente su camisa.

—Perdona, cielo, otra vez me he vuelto a quedar dormido, y eso que sabía que vendrías a darme un beso... Nada, nada, estoy fenomenal, te lo aseguro, pero ya ves, se me cierran los ojos sin querer, la primavera, que es tan traidora...

52

El precio de los maridos-trofeo

Por tercera vez extiende sus dedos sobre el teclado, pero aún sin rozar las letras. ¿A qué espera para empezar a escribir? Ahora ya está muy segura de que el comienzo perfecto para sus memorias será la muerte de Arturo.

«La muerte de Arturo», repite en voz alta. Suena bien, parece algo épico, mitológico, solo que este Arturo no tiene ni caballeros ni tampoco tabla redonda, apenas una silla de ruedas y una reina Ginebra que no ha sido demasiado fiel en el pasado y tampoco lo va a ser en el futuro. Ya lo había dicho de ella en alguna ocasión un periodista especialmente refractario a las sonrisas derretidoras de icebergs: «Beatriz Calanda es como Tarzán de la selva, nunca suelta una liana —léase un marido— antes de tener a mano otra más gruesa, más conveniente». Y sí, había que reconocer que tenía razón aquel individuo, porque lo cierto es que se avizoraba ya en el horizonte una espléndida y robusta liana nueva de nombre Luis Eduardo. Los dedos que sobrevuelan el teclado se agitan ahora dubitativos. ¿Se habrán equivocado al teclear el nombre del próximo señor Calanda? No, son dedos sabios y no se equivocan nunca. Ya ven ustedes, parecen decir, casualidades que tiene la vida, pequeños y curiosos sarcasmos: dos Eduardos al mismo tiempo. El nuevo y espléndido Eduardo —al que, por cierto, acaba de echarle el ojo, de modo que ni él mismo sabe que está en el punto de mira— es uno de los empresarios más importantes del momento, dueño de una inmensa multinacional dedicada al diseño y fabricación de ropa y complementos. Y qué importa que sea bajito, más bien zambo y que esté más cerca de los ochenta que de los setenta, lo que de verdad importa es que es tan archirrico como famosamente dadivoso y a caballo regalador no se le mira el diente. ¿Qué dirá el doctor Espinosa cuando se entere de la existencia de su (casi) tocayo? Pobre doctor Espinosa, con lo útil que ha sido hasta el momento y con lo poco que había costado convencerlo para que la ayudara con Arturo. «... Pero si en el fondo es una obra de caridad, Eduardo —eso le había argumentado—, no me digas que no. ¿Para qué están si no los médicos? Para ayudar a los pacientes, ¿no es así?, para evitarles sufrimientos y, cuando acabe esto... cuando Arturo sea ya parte del pasado, entonces..., rellena tú mismo los puntos suspensivos».

Qué vanidosos son los hombres —se dicen ahora los dedos sabios—, qué sencillo es hacerles creer lo que ellos tan fervientemente quieren creer. ¿Qué se pensaba el muy iluso? ¿Que Beatriz Calanda se había enamorado de él? ¿Que acaso *podía* enamorarse de él? Aunque lo hubiese hecho (remotísima eventualidad), no habría tenido más remedio que renunciar a él. No entraba en el esquema, no daba el perfil. Porque las Beatriz Calanda de este mundo no se casan con quien quieren sino con quien su público espera que se emparejen, con quien queda decorativo en su currículum sentimental. Es un peaje a pagar y no precisamente barato. Sus dedos vuelven a estremecerse ligeramente. No de placer como hicieron el otro día al recordar el modo en que se habían deshecho de Miguel Rico años atrás con solo pulsar el disparador de una cámara fotográfica en el momento preciso. Ahora lo hacen de modo más filosófico al recordar esos onerosos peajes en los que nadie repara, ni siquiera quien ha de tributar por ellos. Hasta que una pasa por la vicaría con ese hombre tan envidiado, tan sensacional cuya «caza» todo el mundo aplaude y solo entonces descubre con horror el precio de tener que convivir con él a todas horas. Con él y con su ego descomunal, como le ocurrió en el caso de Darío Robiralta. Y si únicamente se tratase de su infinito ego, mal que bien lo habría podido sobrellevar, pero resultó que, una vez casados y después de toda la polvareda mediática que habían levantado esos amores tan inesperados, tan rutilante astro de las letras comenzó a eclipsarse hasta acabar como una estrella sin luz, un planeta muerto, un agujero negro. Ni un año había pasado cuando el Arthur Miller español, la pluma más afilada del Parnaso patrio se convirtió en la pesadilla que más teme un hombre soberbio, en un apéndice de su mujer, en la triste sombra de sí mismo, en un patético «Ya Fue». De ahí que Tarzán de la selva (o tal vez deberíamos decir Jane de los Monos) no tuvo más remedio que buscarse otra liana sustitutiva. Y por ahí estaba, mira tú qué conveniente, el conde Claudio de Alcaudón, grande de España, con el que apenas tuvo que bailar un par de sevillanas para que cayera muerto de amor. Porque una de las ventajas de ser la reina de corazones o Jane de los Monos es que el trabajo de conquistar a un hombre se allana considerablemente. Pura antropología y de la más elemental —cavilan ahora los dedos escribidores—, porque el atractivo de una mujer como Beatriz se parece mucho al de ese papel engomado que se usa para atrapar moscas. En cuanto cae la primera, otras, cada vez más grandes y lustrosas, se precipitan a probar suerte solo para quedar igual e irremediablemente atrapadas.

Los dedos, que hasta ahora solo se han limitado a anotar ciertas reflexiones y a tomar apuntes con ánimo de desarrollarlos más adelante, corren veloces a dar forma a esta parte de la historia de Beatriz Calanda, deseosos de poner negro sobre blanco el peaje que le tocó pagar en su tercer y también muy aplaudido matrimonio. Explicar que el precio por casarse con un marido-trofeo es tener que someterse voluntariamente a martirios que otra mujer que no tenga un marido de esas características ni siquiera puede sospechar. De ahí que, en el caso del conde de Alcaudón, por ejemplo, a pesar de que Claudio no tenía las inclinaciones de Miguel Rico ni tampoco el ego colosal de Darío Robiralta, el precio de lo que la gente creía su idílica felicidad tampoco había sido barato. Horcas Claudinas, así llamaba ella a aquel suplicio que, hablando en plata, consistía en sexo sin tregua. En el comienzo de su matrimonio fue sexo por remuneración. Más tarde por compasión, sexo por lástima, sexo por remordimiento. Y en cantidades industriales... Sexo por la mañana, sexo por la tarde, sexo en todas las posturas y situaciones, sexo hasta por las orejas y/u orificios de los que es preferible no hablar. Y todo con su sonrisa más indesmayable, porque cuando una es una profesional del matrimonio feliz, no tiene más remedio que serlo hasta que encuentra una salida airosa, una maldita gatera por la que poder escapar.

¿De veras vais a extenderos hablando de este tipo de sucios detalles?, pregunta ella a sus dedos que corren desbocados pulsando teclas. Claro que sí, le contestan, esto no es más que un esbozo, notas tomadas a vuelapluma, pero más adelante, cuando llegue el momento de la redacción, habrá que explayarse confesándolo todo. Absolutamente todo, el tiempo apremia, mi carrera ahora es contra esta enfermedad, la misma que acabó con papá y no puede ganarme la mano. ¿Qué pensaría él al leer la larga confesión que me dispongo a hacer? «Bah, no deberías escandalizarte tanto, padre —dice ahora y en voz alta—, tú también dejaste para mis hermanos y para mí una confesión contando algo que te atormentaba. Tú acabaste con dos vidas, yo en cambio fabriqué una, me la inventé y la moldeé hasta en sus más ínfimos detalles. No tengo que pedir perdón a nadie. Pero ya ves, papá. Nunca lo hubiera pensado, pero me pasa igual que a ti. Supongo que es algo habitual. Todo el mundo siente la necesidad de sincerarse antes de morir».

53

PESADILLA

Gadea, el corazón desbocado, la frente helada, se incorpora en la cama. Abre los ojos y le parece que todo lo que acaba de ver en sueños está aún ahí, ni siquiera la primera luz del día que comienza a filtrarse a través de la persiana logra que se desvanezca.

«No es más que una pesadilla», se dice, pero una tan real que Gadea vuelve ahora a ver a su padre como lo ha visto en sueños segundos antes. Está en pijama, caído en el suelo, con un brazo extendido, la mano abierta, suplicante: «Beatriz, ayúdame, no me dejes aquí». Y un poco más allá está su madre, que mira con la misma expresión que Gadea recuerda de aquella mañana ante la mampara opaca de la bañera tras la que su marido luchaba contra la muerte. «... Dios mío, ¿qué me pasa? —dice ahora Arturo en esa pesadilla que se resiste a desvanecerse—. Ni siquiera siento ya mis brazos, mis dedos, Beatriz, por favor...».

Pero Beatriz no se mueve. Sigue ahí, una mano sobre la puerta como si se dispusiera a cerrarla para siempre, tan guapa, tan serena. «Oye, Eduardo —dice ahora volviéndose hacia el doctor Espinosa, que está más allá, entre las sombras—. ¿Cuánto crees que va a durar esto? No queremos que sufra inútilmente..., ¿verdad?».

En el gran rompecabezas al que ella intenta dar forma desde hace semanas, Gadea acaba de colocar la última ficha. Le parece que ya no hay duda. Eso es exactamente lo que va a ocurrir, lo que ella intuía sin tener certeza alguna, pero del que este sueño es el último de los presagios. ¿Y si en vez de un presagio es una revelación? ¿Y si lo que más teme ha ocurrido ya? Gadea siente la necesidad de salir de dudas, de correr al dormitorio de sus padres, de entrar sin llamar, de abrir la puerta de un golpe igual que cuando era pequeña y la atormentaba un mal sueño. Pero cómo va a hacer eso, ya no es una niña. Además, ¿con qué se iba a encontrar? ¿Y si la puerta estaba cerrada? Mamá y el doctor Espinosa amantes, quién podía imaginárselo, pero, al mismo tiempo, qué bien encajaba todo, perfecto el hecho de que él fuera médico. «No se puede dejar nada librado al azar». Era eso lo que mami, tan previsora, decía siempre, ante cualquier problema y justo antes de añadir en su inglés impecable, «*Mummy knows best...*».

Gadea empuña el picaporte y la puerta se abre con un chasquido delator. Las primeras luces del día que alumbraban su habitación alumbran ahora la de sus padres. Y allí están los dos, cada uno en su extremo de la cama, Arturo hecho un ovillo inmóvil, mami con antifaz y boca arriba. Ella es la primera en despertarse y, segundos después, su padre, muy aturdido, que dice:

—Qué susto, cielo, ¿qué haces aquí?

Beatriz se incorpora molesta y se quita el antifaz para mirar la hora:

—Por Dios, Gadea, no lo puedo creer, ¡que son las seis de la mañana! ¿Se puede saber qué mosca te ha picado?

—Perdonad, es que he tenido una pesadilla.

—¿Pesadilla? De verdad, parece que tienes diez años, anda, vuelve a la cama ahora mismo —dice mami, volviendo a ponerse la máscara—. A ver si consigo dormir un poco, ayer me acosté tardísimo.

También su padre se gira ahora con dificultad, buscando el abrigo de las sábanas.

—No pasa nada, cielo, duérmete.

Pero Gadea sabe que ya no podrá dormir. Sabe que pasará la hora y media que falta hasta que suene el despertador pensando, planeando qué va a hacer a continuación: ¿seguir buscando en los álbumes para ver si encuentra algún otro secreto, alguna nueva mentira? No, ya no es necesario. Lo que tanto teme que pueda suceder no parece tener más relación con el pasado que el hecho de que su madre ha ido fabricándose, a lo largo de los años, una personalidad acorde con sus intereses. Si al menos tuviera a alguien con quien comentar sus temores. ¿Pero quién le creería? Beatriz, la más deseada, la más admirada, la pluscuamperfecta. ¿Quién sabe de la existencia de la otra Beatriz, la de las mentiras, la de los silencios, la que ha eliminado de su vida todo lo que no convenía a su personaje? Desde luego, no Arturo, que la adora, tampoco sus hermanas, que tienen cada una su vida y se han alejado de ella. Solo quedaba una persona: Lita. Desde que Gadea tenía uso de razón, la asistente personal de su madre siempre había estado ahí. Años, una vida entera, por lo que ella sabía, llevaba en la casa desde antes de nacer Tiffany, aunque de todas las hermanas, ella, Gadea, siempre había sido su preferida.

«Pero Lita también adora a mami —se dice entonces Gadea—. Como todo el mundo. Más que el resto. Pero si incluso la imita, se peina y habla como ella. Mami dice que eso es muy común, que jefas y subalternas, sobre todo si llevan tantos años juntas, acaben pareciéndose un poco. Además, da la casualidad de que las dos tienen los ojos claros y Lita, en sus días de salida, solía perfilárselos con un lápiz verde para que se notase más la similitud. Es como la fotocopia de mami, solo que en más vieja, también en más gorda y por supuesto bastante más fea. Seguro que si entrase en su habitación, la encontraría tapizada de fotos de mami en todas las poses imaginables, su mejor y más ferviente fan. ¿Pero qué pasa si en realidad no lo es? ¿Y si lo que ocurre es todo lo contrario? Gadea recuerda entonces que, en alguna ocasión, ha sorprendido a Lita observando a mami con... —¿cómo describirlo?— con algo muy parecido a una condescendiente burla. Entre la devoción y el odio no hay más que un paso, piensa entonces Gadea, pero la ayudante es tan introvertida, tan silenciosa que es difícil saber qué piensa. Tal vez, si pudiese echar un vistazo a su habitación, sabría si es conveniente o no hablar con ella. Es una idea absurda, disparatada. ¿Qué espera encontrar allí que pueda convencerla de una cosa u otra? Gadea no sabe cuál es la respuesta a esta pregunta, pero sí conoce la de otra muy útil, la de cómo acceder a esa habitación pequeña y austera en la que nunca hasta el momento se le había ocurrido entrar.

Si Lita es tan reservada que la mantiene siempre con llave también es tan metódica que Gadea sabe en cuál de los cajones de su despacho guarda ese llavín. Ahora no tiene más que esperar a que salga a alguna compra, como cada mañana, y entrar.

Nada. Eso es lo que encontró Gadea una vez dentro. Ni un cuadro ni una foto de mami adornando las paredes. Solo una librería con varios volúmenes, sobre todo de grandes maestros de la literatura, que Gadea no se molesta en observar más detenidamente. A la izquierda de la cama, que es estrecha con una simple colcha blanca, hay una ventana con una mata de margaritas por todo adorno. A la derecha, un armario que Gadea abre y en el que cuelga, en perfecto orden, su ropa, la mayoría heredada de Beatriz. En el centro, un par de sillas y una mesa y sobre esta un ordenador portátil que Gadea misma le había regalado unos meses atrás, cuando se le quedó viejo. Tal vez porque ha sido suyo, casi mecánicamente se le ocurre levantar la tapa y entonces la ve. La foto está pegada en la cara interior del portátil y Gadea la conoce muy bien. Solo que nunca la había visto entera, sino recortada a la altura del pecho, de modo que en ella aparecía la imagen de Beatriz de niña y, a su izquierda, el codo de alguien que deliberadamente había sido excluido de la foto. En cambio, en esta otra instantánea sin mutilar, aparece la segunda persona y esa mujer es tan igual a la Beatriz adolescente que Gadea había visto en los álbumes rojos que queda desconcertada. ¿Qué extraño montaje fotográfico era aquel en el que parecía verse a dos Beatrices, una más joven y otra unos ocho o diez años mayor, entrelazadas por la cintura? Hay tres palabras y una fecha escritas en el borde de la foto con tinta roja, pero tan difuminadas que tiene que acercar una luz para poder descifrarlas. La fecha es 13 de agosto; la primera de las palabras: Londres y, a continuación, figuraban dos nombres propios: Estelita y Beatriz.

54

ESTELITA Y BEATRIZ

Vaya noche de perros. Cualquiera diría que es el fin del mundo, cavilan los dedos sabios. Afuera arrecia el temporal, pero a ella le gusta aprovechar las horas de la noche cuando todos en casa duermen. Siempre ha sido noctámbula. Ya lo era antes de que la internaran en The Farm, aquella clínica de desintoxicación tan cara a la que la mandaron después de la muerte de su mellizo Gabriel. Aún recuerda lo que sintió cuando le dieron la noticia: como si una parte de ella hubiera muerto también. Juntos desde la cuna, iguales en todo, hasta en los errores. Sobre todo en los errores. Pero qué más daba eso ahora, aquello había ocurrido hace siglos y ella enseguida encontró otra alma gemela. Es cierto que su hermana Beatriz era varios años menor, pero todo el mundo decía que se parecían tanto... Como dos gotas de agua cuando eran niñas y sin duda lo volverían a ser cuando ella saliera de aquel sanatorio horrible, cuando recuperara la belleza que la droga le había robado, también el brillo de sus ojos azules como los de Beatriz. «Ya verás, Estelita, te pondrás buena, volverás a ser la de antes», eso le decía su hermana cada vez que venía a visitarla a la clínica. Fue entonces cuando le pidió a Beatriz que la llamara Lita. El nombre Estela nunca le gustó y Estelita se le había quedado pequeño. Fue entonces también cuando decidió convertir a Beatriz en su nueva gemela. Se lo dijo y le pareció que su hermana no había comprendido qué quería decir, tal vez creyera que era una forma de hablar, una metáfora. Que lo siguiera pensando, mejor para ella.

Lita acaba de abrir la tapa del portátil, teclea su contraseña y se dispone a retomar el texto que había empezado a esbozar días atrás. De momento su idea es seguir tomando notas, apuntes aislados. Le va bien ese sistema, dejar libre la imaginación para que vuele asociando ideas. Ya las ordenará, ahora lo importante es soltar la mano recordando escenas, aunque sean inconexas.

Una vez abierta la tapa, con un dedo contornea la foto que hay pegada en su interior. Lo considera un rito, una cábala. Allí están las dos, codo con codo, tan juntas como lo han estado en los últimos cuarenta y tantos años, Lita y Beatriz, Beatriz y Lita. Cuánto se parecen en esa vieja foto de su compartida infancia y qué parecidas continúan siendo ahora. No de aspecto físico, lamentablemente, porque, a pesar de lo que le prometieron en The Farm, nunca recuperó la belleza perdida, ni siquiera el brillo de sus ojos azules. Tampoco se parecen en forma de ser. Beatriz es abierta, ocurrente, empática, exhibicionista y con un irresistible encanto que hace que la gente la crea fuerte y vulnerable a la vez. Lita, por el contrario, es reservada, reflexiva, poco sociable y su único encanto irresistible es una inteligencia que ella, deliberadamente, ha preferido que germine en la sombra. Por eso entre las dos forman la mujer perfecta, porque tenemos —se dice Lita orgullosa— una virtud y su contraria.

Qué buen tándem habían hecho desde que Lita salió de The Farm y cuánto habían mejorado sus vidas desde que estaban juntas. Y no solo las de ellas dos, también la de Ina. ¿Quieres que empecemos a escribir ya contando cómo aprendí el arte de «mejorar», de modelar vidas ajenas?, parecen preguntar ahora los dedos sabios a su propietaria. Y, sin esperar respuesta, se ponen a teclear contando lo que ocurrió una vez que pudo abandonar la clínica y reunirse con su madre y su hermana en Madrid. Los dedos veloces esbozan ahora cómo había sido su llegada a casa de Encho y Perlita, lo distinta que le pareció aquella vida a todo lo que había conocido anteriormente, el lujo, los mil detalles de una realidad en la que las apariencias juegan un papel primordial. «Y mi apariencia dejaba mucho que desear», sonríe Lita, recordando su aspecto, los kilos que ganó en The Farm y de los que nunca ha logrado librarse, su nula capacidad a la hora de entablar relaciones, su falta absoluta de eso que en Inglaterra llaman *social graces*, destrezas sociales. «Mientras intentaba adaptarme, empecé a mirar a mi alrededor y lo primero que vi fue el sufrimiento de mi madre. Fue así como empezó todo, con la mejor de las intenciones. Fue en ese momento cuando aprendí lo fácil que era cambiar destinos, no el mío, lamentablemente, pero sí el de otros. Yo no podía resarcir a mi madre por la pérdida de papá y de Gabriel, pero sí compensarla por haber salvado mi vida. Por eso le regalé a ella una nueva».

Los dedos de Lita teclean diestros explicando cómo, al enterarse de que Ina se había reencontrado casualmente en la calle con un antiguo novio, se dedicó a hacer lo que los taurinos llaman poner a alguien en suerte. Al principio no fue fácil, no conocía la ciudad ni las costumbres del lugar. «Pero pronto me di cuenta de que los hombres españoles aman las rutinas tanto o más que los ingleses, y aquel al que gusta dejarse ver por la calle Serrano, tarde o temprano vuelve a hacerlo, de modo que solo era cuestión de averiguar a qué hora. La tercera vez que, después de, literalmente, arrastrar a Ina para que me acompañara de compras a Celso García y coincidimos con Antonio a las puertas del establecimiento, mi madre comprendió que el destino le estaba mandando señales tan claras que haría mal en ignorarlas. Que quien propiciara el encuentro no fuera exactamente el destino ni la providencia, sino su descarriada hija recién llegada de Londres después de salir del infierno, jamás se le pasó por la cabeza. Y mientras tanto, yo descubrí lo sencillo (y a la vez apasionante) que es "hacer que pasen cosas". En silencio, sin que se sepa, sin contárselo a nadie. Es parte de la diversión. La droga y la mala suerte me habían desposeído de todas las cualidades que hacían irresistibles a mi madre y a mi hermana, pero yo tenía un don que me hacía superior a ellas. Sabía mover los hilos, modelar deseos, propiciar situaciones. Podía por tanto ser maestra de títeres y no burda marioneta, ser Dios, y no una simple mortal».

Un relámpago ilumina el cuarto de Lita, la estrecha cama de madera, el armario de contrachapado, las paredes llenas de libros. ¿Qué hora es? ¿Las cuatro y media ya? Hay que ver cómo pasa el tiempo, y Lita se dice basta de escritura por hoy. Mañana toca madrugar. Beatriz viaja a París para asistir a una fiesta de Karl Lagerfeld en la que es invitada especial y está todo por hacer. La maleta, el vestido que va a llevar y que solo ella sabe cómo debe doblarse para que no se arrugue. Y luego deberá ocuparse de sus zapatos y de sus cremas, también de sus pastillas *antiaging*, seleccionadas y organizadas por horas, por días. Qué buena idea había tenido llevando a su hermana a esa médica ortomolecular, una verdadera maga. Beatriz estaba guapísima desde que hacía aquel nuevo tratamiento, realmente espectacular, y, por cierto, hablando de médicos, también tenía que llamar a Eduardo Espinosa para que pasara por casa mañana por la tarde. Sería ideal llevar a cabo «el hecho», como diría lady Macbeth, aprovechando que Beatriz está fuera, en otro país, cuanto más lejos mejor, para evitar suspicacias. Realmente —piensa ahora, dando a la tecla de guardar y mientras echa un nuevo y ritual vistazo a la foto de la tapa— hay que estar en todo. O como yo digo siempre, no se puede dejar nada librado al azar, *«Lita knows best»*.

A punto está de guardar el ordenador cuando se le ocurre una nueva e interesante idea para añadir a su relato. Vaya, qué inoportuno, ahora no tendrá más remedio que reiniciar el programa que tarda un siglo en abrirse. Pero es preferible hacerlo. Las ideas son evanescentes, vienen y van a su capricho y hay que atraparlas cuando pasan porque es posible que no vuelvan más.

Espera con paciencia a que se inicie el equipo. Teclea su clave ••••. Pero entonces se le ocurre otra idea todavía más relevante. Acaba de caer en la cuenta de que es un error garrafal tener clave de acceso. Ella siempre ha sido una persona reservada, todo lo custodia bajo siete llaves, es parte de su oficio. Pero este documento que guarda en su ordenador personal es diferente al resto de los que archiva en su ordenador de trabajo. En el hospital le han dicho que su mal avanza len-

466

tamente, que lo suyo no es cosa de hoy para mañana, que pueden pasar meses. Pero ¿qué ocurriría si a la muerte, que tiene la mala costumbre de llegar cuando uno menos la espera, le diese por sorprenderla antes de que acabe lo que está escribiendo? Cuando ella falte, ¿qué harán con el vetusto portátil de una vieja asistente que siempre ha pasado inadvertida? «Lita no tiene vida propia», eso piensan todos, de modo que lo más probable es que acabe en la basura sin que se tomen la molestia de ver qué contiene. Tanto esfuerzo para nada, años de manejar los hilos, de ser la más discreta y perfecta «Maestra de títeres», para que su secreto muera con ella. No, de ninguna manera. Precisamente para eso ha comenzado a escribir esta larga confesión con ese título. Al principio pensó en llamarla *Vanitas Vanitatis*, pero hoy día la gente lee tan poco la Biblia que el juego de palabras iba a pasar inadvertido; al fin y al cabo, quién se acuerda del viejo Salomón y su Eclesiastés. Y sin embargo, tal como él dejó escrito hay —se dice ahora Lita mientras teclea rápidamente para suprimir la clave de su ordenador—... hay —y yo lo sé muy bien, porque durante años me he dedicado tanto a una cosa como la otra—... hay un tiempo para matar, pero también un tiempo para sanar; un tiempo para destruir y un tiempo de edificar; un tiempo para rasgar y un tiempo de coser; un tiempo de callar y un tiempo de hablar. Matar, sanar, destruir, edificar, callar, todo eso he hecho hasta el momento. Ahora es tiempo de hablar. Y lo siento, querida, se dice mirando la foto de las dos, Lita y Beatriz, muy jóvenes, allá en Londres, pero algún día tenía que saberse quién era quién en este tándem nuestro. Seguro que serás la más sorprendida cuando se revele todo. ¿De veras que jamás sospechaste quién manejaba, tallaba y cincelaba tu vida? No. Siempre has sido adorable, irresistible, espectacular, hipnotizadora de serpientes y el más extraordinario receptáculo de hormonas femeninas y feromonas que pueda existir, pero nunca fuiste demasiado inteligente. Al menos no como yo. ¿Qué tal —se dice ahora Estelita Calanda y Pérez Rapia— si, aquí, junto a nuestra foto, dejo también una nota en la que indique que, en caso de que yo muera, dentro hay una larga confesión que espera ser leída? Últimamente he estado moviendo un par de hilos que me permiten saber que la antigua propietaria de este ordenador, mi niña Gadea, no tardará en rebuscar en él.

Perfecto —concluye antes de apagar la luz y dejar que su cama estrecha, sus libros y el resto de su sencilla habitación se suman en las sombras—. Ahora sí que ya no queda nada librado al azar.

EPÍLOGO

¡Rumore, rumore!

——————— S T Y L E ———————

RUMORES   GOSSIP   CASAS REALES   VIDA SANA   CELEBRITIES

¿QUÉ PASA CON BEATRIZ CALANDA? PREOCUPACIÓN ENTRE LOS INCONDICIONALES DE LA SOCIALITÉ.

La princesa está triste. ¿Qué tendrá la princesa? No diremos, como el poeta, que los suspiros escapan de su boca de fresa, que ha perdido la risa, que ha perdido el color, y que en su vaso olvidada se desmaya una flor... No, nada de esto. Beatriz Calanda se ha caracterizado siempre por, pase lo que pase, jamás bajar la guardia. Nunca se la ha visto sin rímel o con un mechón de pelo fuera de lugar aunque arrecie un temporal. Y eso que un temporal de fuerza doce es lo que se abatió sobre nuestra socialité favorita hace un par de semanas cuando se supo que, de modo anónimo, había llegado a la redacción de la única revista del *cuore* no muy complaciente con la Calanda cierto documento. Una biografía no autorizada de la bella en la que podían leerse revelaciones brutales sobre su vida. Una vida hasta ahora algodonosamente rosa, tan peluqueada y manicurada como la propia Beatriz Calanda. «¡Mentiras y más mentiras!», se apresuró a desmentir la interesada en su revista de cabecera (en un espléndido reportaje, diez páginas a todo color, en el que aprovechó para lucir unos cuantos modelitos de temporada).

> *«No sé de dónde ha podido salir tan horrible sarta de embustes sin pies ni cabeza. Todo el mundo sabe que mi vida es un libro abierto, está en las hemerotecas para quien quiera consultarla».*

¿Entonces no es cierto que al morir su asistente personal de tantos años, Gadea, la más pequeña de sus hijas, descubrió una larga confesión escrita por Lita antes de su fallecimiento? —preguntó el cómplice entrevistador para dar pie a la respuesta más conveniente al caso.

«¡En qué cabeza cabe, Lita llevaba conmigo desde antes de que naciera Tiffany, una vida entera como quien dice. Jamás se le hubiera ocurrido nada parecido, me adoraba, era —y con esto te digo todo— como una hermana para mí. La echo tanto de menos, su muerte nos sorprendió a todos. Ni siquiera sabíamos que estuviera enferma cuando de pronto su mal se aceleró y... Mis hijas están muy afectadas, en especial Gadea, era su favorita».

¿Desmiente entonces que Gadea encontrara esas memorias indiscretas que tan lamentable como inexplicablemente han llegado a manos desaprensivas?

«Por supuesto. Todo es una gran patraña. Mis abogados han actuado con diligencia evitando su publicación, pero mi hija está disgustadísima, imagínate».

Creo que Gadea ha decidido poner tierra de por medio...

«Por favor, ¡dicho así qué mal suena! Gadea estudia Medicina y hace siglos que tenía planeado pasar un año sabático colaborando con una ONG en el Lejano Oriente. Es un tesoro, mi niña, como todas mis hijas, dicho sea de paso».

¿Qué tal están las otras tres?

«¡Mejor imposible! La familia crece por minutos. María Tiffany espera gemelos para octubre; Herminia y Hamid me acaban de anunciar que están embarazados (risas), lo mismo que Alma y María Emilia...».

Noto una pequeña vacilación en su voz. ¿Le impresiona que su hija se haya casado con una mujer?

«¡En absoluto! Desde el principio me volqué en apoyarlas a muerte, fui yo quien las animó a irse a vivir juntas. Ahora esperan la llegada de una Almita o de una pequeña María Emilia (aún no han decidido cómo se va a llamar), pero seguro que será ideal como sus mamás. Y yo feliz, como te puedes imaginar, para mí la familia siempre ha sido lo primero... y lo segundo, y lo tercero (más risas)».

¿Desmiente usted por tanto que haya crisis en su matrimonio con Arturo Guerra como también se ha dicho?

Un destello de dolor asoma a sus ojos antes de contestar.

«Cómo va a haberla. Mi marido es un inválido y nosotros nos adoramos».

Perdón, no quería entrar en un tema tan doloroso para usted...

Pero ella valientemente toma el toro por los cuernos:

«Al contrario, agradezco la ocasión de poder desmontar otro infundio que corre por ahí. Ni siquera conozco a ese señor del que hablan. ¿Cómo se llama?».

Se refiere usted sin duda a Luis Eduardo Domínguez, uno de los hombres más ricos de Europa, el dueño de esa enorme multinacional.

«El mismo. Encantador, no me cabe la menor duda, pero no tengo el gusto... ¿De veras lo relacionan conmigo en esas delirantes memorias apócrifas?».

Me temo que sí...

«Por suerte no verán la luz. Mis abogados se han ocupado de que así sea, pero ya sabes cómo son las cosas en este mundo en el que triunfan las *fake news*. Calumnia, que algo queda».

Calumnia, que algo queda. Así acaban las declaraciones con las que Beatriz Calanda ha querido zanjar esta enojosa cuestión y en Facebook, en Twitter y en Instagram su legión de admiradores ha cerrado filas en torno a su icono de glamur favorito. Todo está aclarado, por tanto, pero entonces, ¿por qué está triste la reina de corazones, la princesa de la boca de fresa? Será que, como dice Rubén Darío:

> *¿Piensa, acaso, en el príncipe de Golconda o de China o en el que ha detenido su carroza argentina...? ¿O en el rey de las islas de las rosas fragantes o en el que es soberano de los claros diamantes?*

¡No, y mil veces no! Ella asegura que su pesar se debe solo a la inesperada muerte de su querida Lita y a que se ponga en duda la estabilidad de su matrimonio. Pero, *¡Rumore, rumore!*, conociendo su currículum sentimental, se pregunta: ¿a quién extrañaría que estuviera preparando un nuevo triple salto mortal hacia otro gran amor como a los que nos tiene acostumbrados? Y he aquí otra apasionante incógnita: ¿será verdad lo que apuntan esas memorias escandalosas de que Lita era, más que una fiel asistente, quien se ocupaba de mover los hilos, de allanar los caminos de su señora? Si era así, ¿qué ocurrirá ahora que ella ya no está? ¿Cuál será el próximo capítulo en la vida amorosa de Beatriz Calanda? Se admiten apuestas.

DEJA TU COMENTARIO 📢

ÍNDICE